Die Sultanin

COLIN
FALCONER

Die Sultanin

Roman

Aus dem Englischen von
Barbara Wolter und Regina Hilbertz

WILHELM HEYNE VERLAG
MÜNCHEN

Titel der englischen Originalausgabe:
Harem
Die Originalausgabe erschien bei Hodder & Stoughton, London

Copyright © 1992 by Colin Falconer
Copyright © 1995 der deutschen Ausgabe
by Wilhelm Heyne Verlag GmbH & Co. KG, München
Umschlaggestaltung: Christine Kriegler, Wien
Satz: Leingärtner, Nabburg
Druck und Bindung: Graph. Großbetrieb, Pößneck
Printed in Germany

ISBN 3-453-08700-3

Pardedâri mikunad dar kasr-i-Káysar ankebût.

Die Spinne spinnt ihr Netz im Palast des Sultans.

Eine Strophe von Sa'adi

DANKSAGUNG

Kein Buch wird von jemandem allein geschrieben. Wie immer möchte ich meinen Agenten danken. Tim Curnow in Sydney und Anthea Morton-Saner in London für ihre Hilfe und ihre Ermutigung; Anne Malarkey und ihrem Team von der West Australian Library dafür, daß sie für mich die große Anzahl Bücher ausfindig machten, die ich für meine Recherchen benötigte; den Mitarbeitern des Lesesaals im British Museum in London dafür, daß sie mir geholfen haben, Nachschlagewerke zu finden; meiner Frau Helen für ihre unendliche Ermutigung und Geduld, auch dann noch, als das Leben mit mir etwas schwierig wurde – obwohl ich überzeugt bin, daß es meinen Freunden schwerfällt, das zu glauben; Anna Powell und Nick Sayers für ihre Begeisterungsfähigkeit und ihre Vorstellungskraft; und schließlich Bill Massey, meinem Lektor, der den Wald sehen kann, wo ich nur Bäume sehe. Mögen die Heiligen ihn segnen und schützen.

VORWORT

Viele der Hintergrundgeschehnisse in diesem Roman können in der Geschichtsschreibung über die Ottomanen in dieser Zeit nachgelesen werden. Niemals jedoch können wir erfahren, was hinter den eisenbewehrten Toren der Erhabenen Pforte geschah und was ein solches Ausmaß an Gewalt und Leidenschaft entstehen ließ. In dieser Hinsicht liegt hier ein fiktives Werk vor. Nur die schon lange tot sind, könnten uns berichten, wieviel davon wahr ist.

Der Gedichtabschnitt am Ende des Buches entstammt einem Originaltext Süleymans.

Für Anna Powell und Bill Massey.
In Dankbarkeit.

Inhalt

Wien
Buda
Pest
Venedig
Rom
Neapel
ADRIATISCHES MEER
Donau
SCHWARZES
Adrianopel
Stambul
Manisa
Anatolien
Konya
Rhodos
Kreta
Zypern
MITTELMEER
Nil

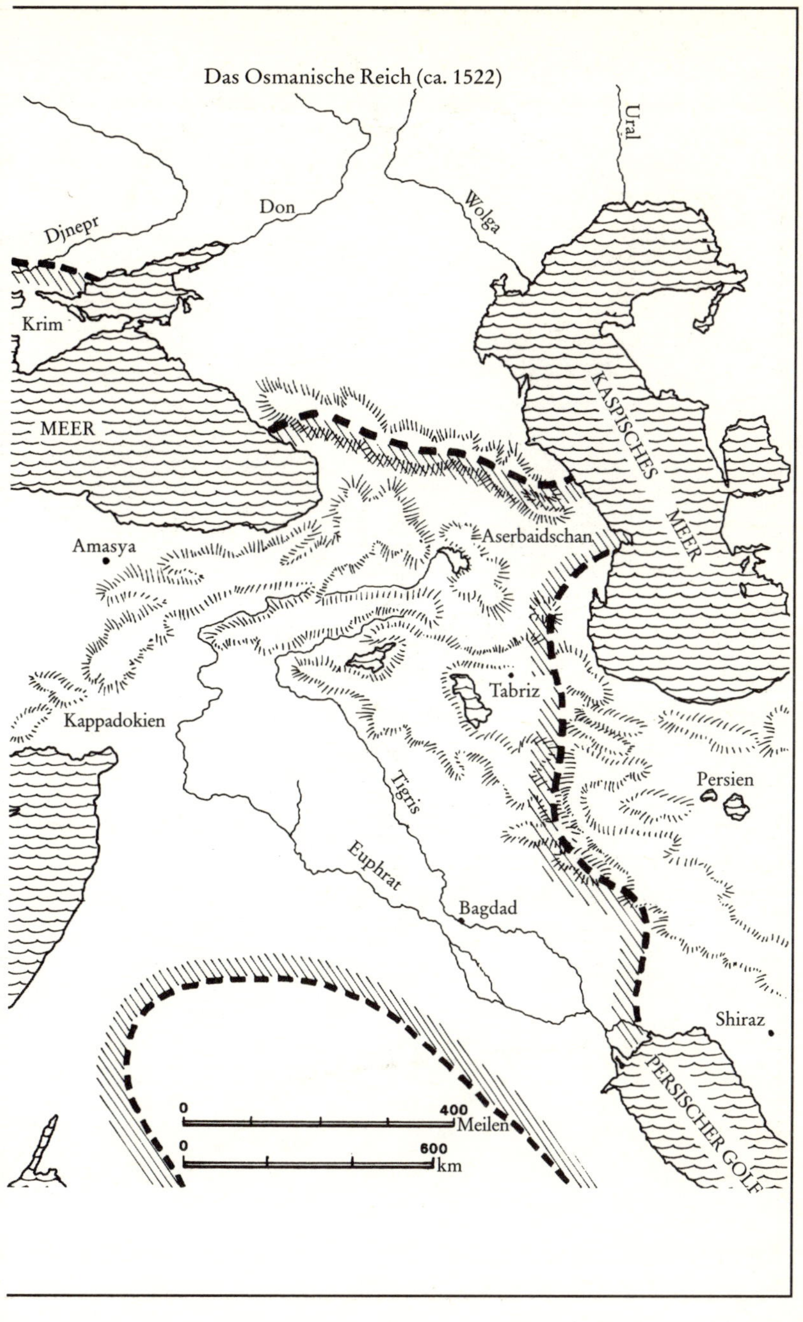

Das Osmanische Reich (ca. 1522)
Djnepr
Don
Wolga
Ural
Krim
MEER
KASPISCHES MEER
Amasya
Aserbaidschan
Kappadokien
Tabriz
Persien
Tigris
Euphrat
Bagdad
Shiraz
0   400
Meilen
0   600
km
PERSISCHER GOLF

PROLOG

Topkapi Sarayi, Istanbul, 1990

Es gab einmal eine Zeit, da herrschte Stille.

Es gab einmal eine Zeit, da hätte man einem Menschen zur Strafe die Fußsohlen von den Füßen abgezogen, wenn er seine Stimme erhoben und lauter als im Flüsterton gesprochen hätte in diesem Hof der Platanen und Kastanienbäume, dem heiligen Rückzugsort von Allahs Stellvertreter auf Erden, Herr über alle Herren dieser Erde, Eigentümer aller Menschenhälse, König über Gläubige und Ungläubige, Kaiser des Ostens und des Westens, Schutzhort für alle Völker der ganzen Welt, der Schatten des Allmächtigen, der Ruhe über die Erde ausbreitet.

Es gab einmal eine Zeit, da störten nur das Murmeln der Diener und Wesire, das äsende Rehwild und die Schautänze der Pfauen, wenn die Geschäfte des Reiches, das die sieben Weltwunder umfaßte, mit gedämpften Stimmen abgewickelt wurden.

Es gab einmal eine Zeit, da herrschte Stille.

Jetzt rumpeln Mercedeslimousinen durch die Erhabene Pforte, an der verschlafenen Kirche der heiligen Irene und an dem Brunnen vorbei, in dem der *Bostanji-Bashi* nach der Hinrichtung das Blut von seinem Schwert abwusch. Jetzt lotsen mit Raybans bebrillte Touristenführer grauhaarige Manager im Ruhestand aus Frankfurt, Chicago und Osaka mit um den Hals gehängten Canon-Kameras und Ehefrauen, die wie Schulmädchen kichern, durch das Menschengedränge beim *Ortakapi.* Sie verweisen nicht einmal mit einer Bemerkung auf die Nischen in den Wänden hoch über ihnen, die einstmals als Ruhestätten für die Köpfe der Wesire des Sultans dienten.

Hinter dem Ortakapi, nur wenige Meter von der Diwanhalle entfernt, gibt es an der Steinmauer ein Schild mit der Aufschrift »Der Harem«. Vier betagte Matronen aus Ohio posieren darunter, während einer der Ehemänner dabei ist, die Optik seiner Minolta scharf einzustellen.

»Lehn dich nicht an die Wand, Doris«, sagt er in breitem Dialekt, »ich weiß nicht, ob sie das Gewicht aushalten kann.«

Die großen, schwarzen Tore schwingen auf, und die Reisegruppe wird nach innen geleitet, in die kühle, kopfsteingepflasterte Dunkelheit. Ein junger Türke mit offenem Hemdkragen und ungebügelten Hosen steht auf der Seite und spricht zu ihnen über das Surren und Klicken der Kameras hinweg in einem Englisch, das nur durch ein Lispeln geringfügig verzerrt ist.

»Harem heißt ›Verboten‹«, erzählt er ihnen. »Verboten für Männer. Früher war der einzige Mann – der einzige vollständige Mann –, der durch diese Pforte gehen konnte, der Sultan selbst. Und keine Frau, die hier eintrat, konnte jemals wieder herausgehen.«

Es gab einmal eine Zeit, da herrschte hier Stille. Diese wurde nicht durch Kriegsgeschrei oder Eindringlinge gebrochen, sondern durch Gelächter. Durch das Lachen einer Frau.

Am Anfang aber herrschte Stille.

TEIL EINS

DAS SPINNENNETZ

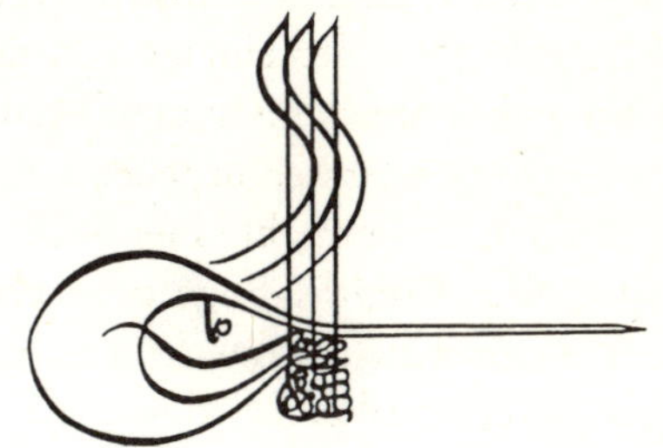

1

Stille ringsum. Nur der beständige Rhythmus des Regens, der in die blutgefärbten Pfützen klatschte und von den Zeltdächern herabtropfte. Kamele und Männer stapften durch den Morast. Vor dem beißenden Gestank, der von kranken Menschen und von mangelhaften sanitären Einrichtungen ausging, rümpften sogar die Lasttiere ihre Nase – vor allem aber vor dem üblen Geruch aus dem Graben.

Dieser Grabenring um die Festung war sechzig Fuß tief und einhundertundvierzig Fuß breit, und stellenweise war er fast bis zum Rand gefüllt mit den aufgeblähten Körpern der Toten. Die Ausdünstungen der verwesenden Leichen durchdrangen alles und setzten sich in Kleidung, Haut und Haaren fest. Sogar in den seidenen Privatgemächern des Sultanzelts selbst blieb dieser stechende Geruch haften, ungeachtet der aufgestellten Räuchergefäße und der parfümierten Taschentücher, die sich die versammelten Generäle vor die Nase preßten.

Der junge Mann, der mit gespreizten Beinen auf dem Thron aus Perlmutt und Schildpatt saß, wirkte sprungbereit wie ein Panther. Wütend zog er die Lippen hoch und entblößte seine Zähne, während er den gemurmelten Ehrerbietungen seines Zweiten Wesirs zuhörte. Krallengleich krampften und spreizten sich seine langen Künstlerfinger, und das Gesicht unter dem Turban war bleich vor Zorn.

»Wie viele der Männer deines Sultans hast du heute verloren?« zischte er, wobei er wie stets in der Öffentlichkeit von sich selbst sprach, als sei er eine fremde Person.

Das Gesicht des Zweiten Wesirs war geschwärzt von den Spuren eingetrockneten Blutes aus einer Wunde, die ihm ein Schwerthieb auf die Stirn versetzt hatte. In seinem schwarzen Bart verkrustet, schimmerte es matt wie tausend winzige Rubine. Ein halbes dutzendmal hatte er seine Männer an diesem Tag zum Sturm auf die Bresche angeführt, die in der Mauer unterhalb der Türme von St. Michael und St. Johannes entstanden war, und jedesmal hatten die graubärtigen Vetera-

19

nen des Kreuzes seine *Azeps* mit ihren Breitschwertern und Pfeilen zerfetzt. Frauen und Kinder hatten Pflastersteine aus den Straßen gerissen und sie ihnen von den Schutzwällen herab auf die Köpfe geworfen. Er hatte sogar gesehen, wie einer ihrer blassen Priester oben auf den Schutzwällen mithalf, die Bottiche mit siedendem Teer umzustülpen. Einige der Männer Mustafas hatten die Nerven verloren und waren fortgerannt; mit seinem Schwert hatte er sie erschlagen und anschließend seine Soldaten wieder zu erneuten Anstrengungen zusammengeschart.

Jetzt aber fürchtete er sich, zum erstenmal an diesem Tag.

»Wie viele Männer?« wiederholte der junge Mann auf dem Thron.

Mustafa wagte es, den Kopf ein wenig zu heben, damit er dem Sultan in die Augen schauen konnte. Oh, erhabener Gott! »Zwanzigtausend, Herr«, flüsterte er.

»Zwanzigtausend!« Der Sultan sprang auf die Füße, und alle Männer im Raum, bis auf einen, wichen einen Schritt nach hinten.

Während der nun folgenden langanhaltenden Stille vermeinten einige der Feldherren, Mustafa schlucken zu hören.

Als Sultan Süleyman wieder zu sprechen begann, war seine Stimme leise und zischend. Wie eine Todesrassel im Menschenhals, durchfuhr es Mustafa. »Du hast dich für diesen Feldzug eingesetzt. Drei Jahrhunderte lang haben die Ungläubigen von dieser Festung aus die Osmanen verhöhnt. Nicht einmal der Fatih oder mein Vater Selim haben sie vertreiben können. Aber du hast deinem Sultan weisgemacht, daß es diesmal etwas anderes wäre!«

Mustafa blieb stumm. Er wußte, daß es für sein Versagen keine Entschuldigung gab. Darüber hinaus konnte er nicht mehr länger sicher sein, daß seine Männer ihm auf dem Weg zu den Mauern noch einmal Gefolgschaft leisten würden. Unter der Wucht der Wut, mit der sein Körper erbebte, warf die Seide von Süleymans Gewändern unzählige kleine Wellen im Licht der Öllampen. Seine Hände ballten sich auf beiden Seiten zu weißen Fäusten. Speichelschaum hatte sich in seinen Mundwinkeln gebildet.

»Schon wieder liegen zwanzigtausend Armeesoldaten deines Sultans im Schlamm am Fuße dieses verfluchten Felsens, die übrigen sind von der Pest befallen, und noch immer stehen die Mauern fest! Der Winter bricht bald ein, die Stürme brauen sich schon jetzt am Horizont zusammen und schicken sich an, die Flotte zu zerstören und was noch vorhanden ist vom Heer eures Sultans erfrieren zu lassen. Sollte Süleyman jetzt aber umkehren, wäre das eine Schande für die Fahne der Osmanen, das Banner des Islam! Du hast deinen Sultan nach Rhodos gebracht. Was soll er deiner Meinung nach jetzt tun?«

Mustafa blieb stumm.

»Du hast zu all diesem geraten!« schrie er und stieß seinen Finger wie einen Eisendorn in Richtung auf seinen Zweiten Wesir. Er wandte sich dem Bostanji zu, einer mürrischen und feindseligen Erscheinung, die sich im Schatten bereithielt. Mit einem schnellen Wink rief er den Taubstummen herbei und brüllte: »Hinrichten!«

Mit großen Schritten preschte der Schwarze vor und stieß Mustafa mit einer gekonnten Bewegung seines linken Armes und Beines auf die Knie. Die Muskelstränge im Rücken des Mannes spannten sich, als er mit dem Killiç über dem Kopf zum Schlag ausholte.

Der alte Piri Pascha, der Großwesir, war schneller. Mit flehend erhobenen Händen trat er vor und lenkte den Bostanji für einen Augenblick ab. Die Klinge des Killiç funkelte im Schein der Öllampen.

»Erhabener Gebieter, bitte! Verschont ihn! Er hat sich tatsächlich vielleicht geirrt, vor den Mauern aber hat er wie ein Löwe gekämpft! Ich habe ihn gesehen –«

»Still!« schrie Süleyman, und der Speichel rann ihm jetzt in den Bart. »Wenn du glaubst, daß er so ehrenhaft ist, kannst du ihm gleich ins Paradies folgen!«

Es war, als hätte eine unsichtbare Hand den Raum mit einer Sense durchschnitten. Piri Pascha! Er war ein alter Mann, war der Wesir, der Selim den Strengen überlebt hatte und den heranwachsenden Süleyman eigenhändig erzogen hatte. Er selbst hatte davon abgeraten, Rhodos anzugreifen. Die Feldherren und Räte, die sich vor dem jungen Sultan versammelt hatten, warfen sich vornüber zu Boden, und sie alle flehten inständig um Nachsicht.

Der Falkner Ibrahim war der einzige, der es wagte, sich ihm zu nähern. »Mein Gebieter«, flüsterte er und ergriff Süleymans Hand. Er kniete nieder und küßte den Rubin an seinem rechten Ringfinger.

Süleyman wollte gerade den dritten Auftrag an seinen Bostanji erteilen, als er den jungen Mann zu seinen Füßen erkannte.

»Ibrahim!«

»Großer Gebieter, es gibt einen anderen Weg!«

Es schien, als wolle sich Süleyman dem jungen Mann, der seine

Hand noch immer mit beiden Händen hielt, entziehen. Statt dessen aber sagte er: »So laß denn hören!«

»Die Überlieferung berichtet uns, daß die Griechen Troja vierzehn Jahre lang um einer Frau willen belagert haben. Sollten da die Türken, die seit über dreihundert Jahren von diesem Felsen aus Überfälle und Angriffe erdulden mußten, nicht einmal einen Winter über in einer Belagerung ausharren können?«

Der Bostanji verlagerte sein Gewicht. Der Killiç wurde schwer.

»Was rätst du, Ibrahim?«

»Es heißt, daß einer der römischen Cäsaren, sobald er eine Insel besetzte, seine Flotte am Strand verbrannt habe. Erhabener Gebieter, wenn Ihr auf diesem Hügel, der von der Burg aus gut sichtbar ist, eine Villa errichten laßt, werden die Verteidiger vielleicht begreifen, daß wir nicht aufgeben werden, bis die Festung uns gehört. Das wird ihren Kampfgeist brechen. Gleichzeitig wird unseren Soldaten der Mut wachsen, wenn sie Euren festen Willen erkennen.«

Süleyman atmete tief auf und setzte sich wieder auf den kostbaren Thron nieder. Sanft strich er mit dem Zeigefinger über einen der Türkise, die auf der Armlehne eingelegt waren. »Und was ist mit denen da?« fragte er und deutete mit dem Kopf auf die zwei Männer, die noch immer mit gebeugtem Haupt unter dem Killiç knieten. Er blickte auf den alten Piri Pascha und zuckte zusammen. Wie hatte er so etwas überhaupt nur erwägen können?

»Es ist heute schon viel zuviel türkisches Blut vergossen worden«, sagte Ibrahim.

Was bist du doch für ein Diplomat! dachte Süleyman bei sich. Auf einen fast unmerklichen Wink mit dem Kopf hin verschwand der Bostanji wieder im Schatten.

»So sei es also«, ließ sich Süleyman vernehmen, »der Sultan bleibt hier.«

2

Der Eski Sarayi (der Alte Palast), Stambul

Hoch über der Stadt ließ sich der Falke von den Luftströmen tragen und bog je nach Aufwind oder Windstille seine gezahnten Flügelspitzen nach unten oder nach oben. Er schwebte zweihundert Fuß über den mächtigen, seewärtigen Befestigungsmauern Stambuls und über seinen schmutzigen gepflasterten Straßen, in denen Bettler ohne Beine um Almosen jammerten und schwarze Fliegenwolken über den Melonenschalen und sogar noch über den hochragenden Kuppeln und Minaretten der Moscheen waberten, welche sich in der Abenddämmerung gerade graurosa färbten. Sein goldenes, starrblickendes Auge heftete sich auf eine junge Frau, die auf der Terrasse des Eski Sarayi stand.

Sie war eine auffallende Gestalt, allein, hoch oben auf den Mauern des Palastes. Auch unter den dreihundert Frauen des Harems hob sie sich heraus durch die zwei Zöpfe, die von Satinbändern gehalten wurden und ihr weit über den Rücken herabfielen. Ihr Haar hatte die Farben des Feuers, es schimmerte im Sonnenlicht in gebrannten Gelb-, Gold- und Rottönen, als wollte es jederzeit in Flammen aufgehen, und bildete einen verblüffenden Kontrast zu ihren grünen Augen und der blassen Tataren-Haut. Sie war hochgewachsen und schlank, und ihre Bewegungen waren infolge ihrer Jugend noch recht eckig.

Das Gesicht hatte sie nach Nordosten gewandt und über die entfernten Hügel von Rumelien hin zu einem Ort gerichtet, der weit hinter dem violetten Horizont lag; er lag außerhalb des Gesichtsfeldes, aber sie hatte ihn trotzdem vor Augen. Hier wuchs das Gras im Sommer so hoch, daß es fast an den Reitgurt heranreichte, hier schimmerte salziges Sumpfland im Mondenlicht, und ein Reiter konnte drei Tage und Nächte hindurch reiten, ohne einer einzigen lebenden Seele zu begegnen.

Und als die Erinnerung sie überkam, öffneten sich ihre Lippen ganz leicht zu einem Klagelaut, und der wiederum schreckte eine Nachtigall auf, die, gefangen wie sie selbst, in einem reichgeschmückten Käfig unter dem Dachüberstand der Terrasse lebte.

»Mein ganzes Leben lang verbringe ich vielleicht hier eingesperrt«, flüsterte sie dem Vogel zu. »Sie halten mich hier fest, weil ich so hübsche Farben habe und weil ich singen kann, und eines Tages wird meine Jugend verwelkt und vergangen sein wie eine Blume, die man in ein Buch gepreßt hat. Aber ich werde einen Weg hier heraus finden.«

Es gab tatsächlich nur einen einzigen Ausweg hier heraus. Und dieser hielt sich immer noch in Rhodos auf, wo er, wie man sich erzählte, auf dem Berg Philermus eine neue Villa baute, von der aus die Festung überwacht werden konnte. Sie gehöre ihm, hatte man ihr gesagt, sie sei sein Eigentum; aber sie hatte ihn noch nicht einmal gesehen, obwohl sie schon beinahe zwei Jahreszeiten in seinem dunklen und hübschen Gefängnis zugebracht hatte.

Es hieß, daß er sowieso keine der Frauen ansah. Seine Favoritin war Gülbehar, die *Montenegrinerin*, die man »Rose des Frühlings« nannte. Allen anderen Konkubinen schenkte er keinerlei Beachtung, obwohl er dreihundert der schönsten Frauen sein eigen nannte, aus einem Reich, das sich von Babylon bis Belgrad erstreckte, von denen jede einzelne für ihn handverlesen worden war.

Nun gut, irgendwie mußte es möglich sein. Sie würde ihre Tage nicht untätig damit verbringen, von einem Wunder zu träumen, das sie vielleicht in sein Bett bringen könnte. Sie wollte den Teufel selbst in Bewegung setzen und alle Höllenfeuer unter diesem Palast anzünden, aber auf jeden Fall irgendeine Möglichkeit finden, die *Montenegrinerin* zu vertreiben und hier herauszukommen.

Sie sollten es bereuen, diese Höllenkatze jemals in ihren Vogelkäfig eingelassen zu haben.

Sie würde warten, bis es soweit war.

Sollte er nur kommen.

Sie würde warten.

Rhodos

An dem Tag, an dem die Christen den heiligen Nikolaus feierten, betrat Süleyman die Städte St. Nikolaus und St. Angelo, die innerhalb der bröckelnden Mauern der Festungsanlage lagen, deren Erstürmung für seinen Vater und sogar schon für seinen Urgroßvater Fatih, den

Eroberer, ein erstrebtes Ziel gewesen war. Mit achtundzwanzig Jahren hatte er schon erreicht, wovon diese nur geträumt hatten. Er hatte einen Dorn aus der Flanke des osmanischen Weltreichs gezogen; er hatte den Rittern des Johanniterordens Rhodos abgerungen.

»Es heißt, daß Kolossos einst an dieser Stelle gestanden habe. Jetzt gibt es einen neuen.«

Süleyman drehte sich im Sattel um. Ibrahim war das gewesen, und er strahlte über das ganze Gesicht, während sein Araberhengst tänzelte und den Kopf wild aufbäumte, als habe sich irgend etwas vom Überschwang seines Herrn durch den Sattel auf ihn übertragen.

»Dein kluger Rat hat den Ausschlag gegeben«, sagte Süleyman trocken.

»Heute ist der Tag des heiligen Nikolaus. Glaubst du, daß sie jetzt auf dem Petersplatz feiern?«

Süleyman schaute über den Platz hinüber auf eine Gruppe bärtiger Ritter, die außerhalb ihrer Gemeinschaft auf den Knien beteten. Ihr Wappen war in den Stein über dem Torweg eingemeißelt. Ausnahmslos alle waren verwundet; einer trug eine frische, rosafarbene Narbe quer über dem Gesicht, und an der Stelle, wo einmal sein Auge gewesen war, sah die Haut wie lehmverschmiert aus; ein anderer trug einen blutgetränkten Verband über einem Armstumpf. Gemeinsam murmelten sie ihre Gebete und kümmerten sich nicht um das Scheppern von Rüstungen und Stahl und nicht um den Pferdegeruch, während die Janitscharen und seine eigenen Solaken-Leibwächter hinter ihrem Rücken vorbeimarschierten; sie achteten nicht auf die Siegesböller der Kanonen vor den Toren und ebensowenig auf das Flattern der grünweißen Fahnen um sie herum. Nicht sie hatten sich ergeben; letztlich waren es die Bürger von Rhodos gewesen, die sich zuerst für einen Waffenstillstand eingesetzt hatten.

»Sie haben keinen Grund zum Feiern«, sagte Süleyman.

Ibrahim lenkte sein Pferd näher heran und senkte seine Stimme zum Flüsterton. »Mein Gebieter, Ihr versetzt mich in Erstaunen. Ihr habt den größten Sieg für das Osmanische Reich errungen, seit Fatih Konstantinopel erobert hat. Freut Ihr Euch denn gar nicht?«

»Diese Männer da haben tapfer gekämpft, Ibrahim. Ich bin nicht blutrünstig. Wir sind dem Islam Eroberungen schuldig. Wir sind aber nicht verpflichtet, uns daran zu ergötzen.«

Ibrahim versuchte, seinen Unwillen nicht offen zu zeigen. Aber

Süleyman wußte, was er dachte, und gestattete sich ein dünnes Lächeln.

»Ihr lacht über mich, mein Gebieter?«

»Du bringst mich immer zum Lachen, Ibrahim. Das weißt du doch.«

Ibrahim blickte auf die Reihen der mit weißen Federbüschen geschmückten Soldaten, die lange Oberlippenbärte trugen und Hakenbüchsen umgehängt hatten. Das Bild von tollwütigen Hunden an einer Leine drängte sich ihm auf. »Du wirst den Janitscharen heute freie Hand lassen?«

»Nein, Ibrahim. Ich habe mein Wort gegeben. Diesmal nicht.«

»Sie kämpfen nur um der Beute willen, die du ihnen überläßt. Sie sind wie Hunde, die sich von Speiseresten ernähren. Du weißt, wozu ein hungriger Hund fähig ist!«

»Sie werden noch eine Weile lang hungrig bleiben müssen. An diesem Ort wird es keine Plünderungen geben.«

»An dieser Stelle haben wir vor der absoluten Niederlage gestanden! Ihr seid außerordentlich gnädig, mein Gebieter.«

Am Tonfall erkannte Süleyman, daß Ibrahim etwas völlig anderes dachte. Er war der Ansicht, daß er die letzten vier Monate vergessen habe. Keinem anderen Menschen hätte er erlaubt, sich herauszunehmen, so mit ihm zu sprechen. Ibrahim aber, nun ja …

Außerdem irrte Ibrahim. Er hatte nicht vergessen; wie könnte ein Mensch je den widerwärtigen Geruch von Blut vergessen, die leicht süßlichen, Übelkeit erregenden Ausdünstungen von Leichen, die im Schlamm verrotteten, oder die Schreie von Menschen, die in Gräben zusammengepfercht starben? Wie hätte er den Anblick einer einstmals stolzen Armee vergessen können, die nach und nach in Schlamm und gefrierendem Regen von der Pest aufgerieben wurde? Am Ende aber hatte Gottes Wille gesiegt.

»Und was geschieht jetzt, mein Gebieter?« fragte Ibrahim.

Süleymans Gedanken schweiften zum Eski Sarayi und zu Gülbehar, seiner Favoritin. Dort würde er Frieden finden. Dort konnte die besänftigende Berührung einer Frau einem Mann dazu verhelfen, solche Alpträume zu vergessen.

Vielleicht konnte sie ihm auch helfen, ebenso jenen schrecklichen Augenblick zu vergessen, in dem er seinen eigenen Vater in sich entdeckt hatte; wenn Ibrahim nicht gewesen wäre, hätte er seinen Ersten

und zugleich seinen Zweiten Wesir hinrichten lassen! Selbst Selim hatte
so etwas nie getan.

Diese Entdeckung der Bestie in der eigenen Seele hatte ihn zutiefst
aufgewühlt. Sie hatte ihn noch tiefer erschüttert als das Gemetzel, welches dazu geführt hatte, sie tief in seinem Verborgenen aufzuwecken.
Er hätte niemals gedacht, daß in ihm ein solch unbeherrschter Zorn
lauern könnte und daß er von so unnachgiebiger Bösartigkeit erfüllt
werden könnte. Wäre Ibrahim nicht gewesen, er hätte ihr freien Lauf
gelassen. Ohne Ibrahim an seiner Seite wäre die Bestie in ihm vielleicht
immer noch imstande, ihn zu zerstören.

Ihn schauderte. »Laß uns nach Hause gehen«, sagte er.

3

Der Eski Sarayi

Brachte man ein neues Mädchen in den Harem, so wurde sie sofort in
der Sprache des osmanischen Hofes und im Koran unterwiesen;
gleichzeitig wurde sie einer der Haremsbediensteten zur Ausbildung in
einer besonderen Pflicht zugeteilt.

Hürrem war der Kiaya des Seidenzimmers unterstellt worden, der
Verwalterin der Kleider. Diese war eine verbitterte Tscherkessin, deren
Haut die Farbe und Beschaffenheit von Leder aufwies und die sich
immer noch an die Erinnerung an die eine folgenlose Nacht klammerte, die sie mit Süleymans Großvater, dem Sultan Bayezit, geteilt
hatte. Jetzt verbrachte sie den Rest ihres Lebens zwischen Ballen von
Brokat, Damast und Satin, zwischen Taft- und Samtstoffen, zwischen
bestickten Roben, Hemden und Schleiern, die in unterschiedlichen
Bearbeitungsstufen auf Tischen um sie herum aufgestapelt waren, und
ihre Laune wurde von Tag zu Tag gereizter.

Hürrem freute sich über ihre Stellung – oder vielmehr, sie hatte
beschlossen, das Beste daraus zu machen. Ihre Finger waren flink und
ihre Augen gut, und ihre Taschentücher hatten bei der Sultan Valide,

der Mutter des Sultans, welche die oberste Machtstellung im Harem innehatte, beifällig gemurmelte Anerkennung gefunden.

Über einer Stickarbeit mit Gold- und Silberfäden an einen viereckigen Stück Diba-Satin summte sie nun eine Melodie vor sich hin. Die Kiaya hatte ihr erzählt, daß dieser Satin, in den sie ein kompliziertes Muster aus Blättern und Blüten hineinwirkte, aus Stambul und der beste Satin der Welt sei.

Sie versenkte sich völlig in die Arbeit und begann leise ein Lied vor sich hin zu singen, das sie von ihrem Vater erlernt hatte, ein Tatarenlied, das die Steppen und den Nordwind besang.

Sie hörte nicht, wie die Kiaya hinter ihr das Zimmer betrat, sondern verspürte nur den brennenden Schlag auf ihrem Ohr. Vor Schreck fuhr sie auf und ließ die Silbernadel auf den Boden fallen.

Bereit zum Gegenschlag sprang sie auf die Füße, und die Augen der Kiaya funkelten vor Bosheit: »Na, komm schon! Schlag mich doch, du kleines Biest! Ich werde dafür sorgen, daß der Kapi Aga dir eine *Bastonade* verpassen läßt!«

Der Zorn färbte Hürrems Gesicht tiefrot bis unter die Haarwurzeln, aber sie senkte dennoch den Kopf.

»Hier wird nicht gesungen, kleines Biest«, belehrte die Kiaya sie. »Das habe ich dir schon einmal gesagt. Dies hier ist der Harem. Hier herrscht allzeit Ruhe.«

»Ich singe gerne.«

»Was du gern magst, spielt keine Rolle. Es kommt darauf an, was der Große Gebieter will.«

»Er ist ja nicht einmal hier! Wir könnten eine Kanone im Korridor abfeuern, und es würde keinerlei Eindruck auf ihn machen.«

»Unverschämtes kleines Biest!« Die Kiaya versetze ihr einen weiteren Schlag ins Gesicht. Aber diesmal hatte sich Hürrem auf sie vorbereitet und schrie nicht auf. Sie nahm den Schlag entgegen und schüttelte den Kopf wie ein junger Hund, der sich Wassertropfen aus dem Fell schüttelt. Ihr Mund verzog sich zu einem höhnischen Lächeln, obwohl die Handfläche der Kiaya einen rosa Abdruck auf ihrer Wange hinterlassen hatte.

»So ist es Gesetz!« schrie die Kiaya sie an.

Hürrem beugte sich näher zu ihr und flüsterte: »Paß auf, daß du leiser sprichst! Der Sultan könnte zuhören! Er haßt jeden Lärm!«

Die Kiaya wandte sich von ihr ab und knöpfte sich das Taschentuch vor, das sie gerade bestickt hatte. Auf der Suche nach einem Fehler musterte sie es kritisch. Als sie keinen fand, ließ sie es mit gekonnt verächtlichem Ausdruck auf die Bank zurückfallen. »Mach, daß du weiterkommst mit deiner Arbeit!«

Hürrem teilte sich die Arbeit mit einem schwarzhaarigen jüdischen Mädchen, das man Sklavenhändlern in Alexandria abgekauft hatte. »Marktfleisch«, nannte die Kiaya sie. Sie hieß Meylissa, hatte lange Beine, zarte Handgelenke und die schnellen, nervösen Bewegungen eines Spatzen. Aus dem Augenwinkel heraus konnte Hürrem sehen, wie sie sich über den seidenen Kissenbezug beugte, den sie gerade bestickte, und dabei versuchte, sich unsichtbar zu machen. Aber in ihrer gegenwärtigen Laune bot sie für die Kiaya eine allzu verlockende Zielscheibe.

»Laß mich das anschauen«, sagte die Kiaya und entriß Meylissas Fingern das Stück aus Seide und Brokat. Fauchend kräuselte sie die Lippen: »Schau dir das an! Der allerbeste Bursa-Brokat, und du hast ihn verdorben!« Sie schlug dem jungen Mädchen schallende Ohrfeigen um den Kopf. »Wo bist du mit deinen Gedanken gewesen? Schau sich einer diese Stiche an! Ein Kind hätte das besser machen können!«

Meylissa senkte den Kopf und sagte nichts. Die Kiaya warf den Stoff zu Boden und schlug das Mädchen erneut. »Trenne all diese Stiche auf, und fang noch einmal neu an! Und erwarte heute abend ja kein Essen, ehe das fertig ist, hast du mich verstanden?«

Sie drehte sich um und rauschte aus der Kammer.

»Fetter alter Afterwind von einem Kamel!« sagte Hürrem und schüttelte ihre Haarmähne nach hinten. Sie setzte sich wieder vor die Arbeitsbank und begann erneut und lauter als zuvor zu singen. Stillsein ist Gesetz! Was für ein Blödsinn!

Sie vernahm einen unterdrückten verzagten Ton hinter sich und drehte sich um. Den Kopf in den Armen vergraben, schluchzte Meylissa vor sich hin, und ihr dünner Körper erschauerte unter der Wucht ihrer Verzweiflung.

»Meylissa, was hast du? Meylissa … Laß dich doch von ihr nicht aus der Fassung bringen! Sie ist solch eine alte Schrulle! Selbst bei Pferden habe ich schon mehr Intelligenz aus dem Hinterteil kommen sehen!«

Aber Meylissa schüttelte nur den Kopf, und das Schluchzen wurde stärker. Ihre langen Finger krallten sich in die unbehandelte Bankoberfläche, wobei ihre Nägel am Holz kratzten.

»Meylissa?«

Hürrem stand auf und versuchte, ihren Unwillen zu zähmen. Also wirklich! War das Mädchen denn noch nie zuvor geschagen worden? Sie hockte sich in die Bank neben sie hin, legte ihr eine Hand auf die Schulter und richtete sie auf.

»Hör auf!«

»Es ist nicht ihretwegen …«

»Was ist es dann? … Meylissa? Was ist denn nur los?«

Plötzlich verstand Hürrem die riesigen braunen Augen des Mädchens ganz deutlich. Sie erkannte, daß es nicht die Kiaya war, die ihr dies angetan hatte. Hier herrschte blankes Entsetzen, mit weit aufgerissenen Augen und voller Verzweiflung.

Gütiger Himmel, was hatte sie angestellt? »Meylissa?«

Meylissas Augen durchforschten ihr Gesicht, und in ihr rang das Entsetzen mit dem verzweifelten Verlangen, zu beichten und zu vertrauen.

»Sei ganz ruhig«, hörte sich Hürrem sagen, »du kannst es mir anvertrauen.«

»Sie werden mich umbringen«, flüsterte Meylissa.

»Niemand will dich umbringen. Außer sie haben vor, uns mit Nähen zu Tode zu langweilen …«

»Du verstehst nicht.«

»Natürlich nicht. Du hast mir ja auch nichts gesagt!«

Meylissa packte die Rockzipfel ihres Kaftans und preßte den Stoff zu einem harten, braunen Ball zusammen. »Ich bin schwanger«, flüsterte sie.

Zuerst dachte Hürrem, sie hätte sie falsch verstanden. »Was?«

»Ich bin schwanger. Ich weiß es. Meine Blutung ist ausgeblieben.«

Hürrem wollte laut auflachen. Schwanger! In diesem Damengefängnis! Und sie hatte diese kleine Jüdin für dumm gehalten! Wie um alles auf der Welt hatte sie das fertiggebracht?

»Du hast dich geirrt.«

Meylissa hatte jetzt zu weinen aufgehört. »Es ist kein Irrtum.«

»Wie ist es passiert?«

Meylissa sah Hürrem über die Schulter. Hürrem konnte den Adamsapfel am Hals des braunen Mädchens hüpfen sehen. In dem schmuddeligen Zimmer leuchtete das Weiß in ihren Augen auf wie riesige Perlen. »Der Kapi Aga.«

Der Kapi Aga! Der Kommandant der Wache, der Oberste Weiße Eunuch! Vor Erstaunen blieb Hürrem der Mund offenstehen. Obwohl dieser den Oberbefehl über die Haremswache hatte, durfte er niemals mit irgendeinem Mädchen allein zusammensein, weil er – anders als die Schwarzen – nicht völlig entmannt, kein richtiger Eunuch war. Es hieß, daß die meisten weißen Eunuchen nur teilweise kastriert waren, daß man ihnen die Hoden nur abgebunden oder zerquetscht hatte wie bei jungen Lämmern. War es möglich …?

»Er soll doch ein Eunuch sein.«

»Natürlich ist er ein Eunuch! Denkst du denn, ich hätte einen ganzen Mann gevögelt? Hier drinnen?«

Hürrem war erschüttert. Nicht nur wegen des Wortes – die spröde kleine Meylissa! –, sondern darüber, welch gegenteilige Rollen sie beide in Meylissas Kopf einnahmen. Die dachte tatsächlich, daß *Hürrem* die Dumme von ihnen beiden war! Und selbstverständlich geht ein Einzelgänger immer davon aus, daß er klüger ist als die anderen, dachte Hürrem. Wie naiv war sie doch gewesen! Während sie immer noch mit der neuen Sprache kämpfte und sich einbildete, wegen ihrer Erziehung und ihres Hintergrundes bessergestellt zu sein, hatten diese Bauerntöchter schon herausgefunden, wie man Gurken einschmuggeln und sich ins Bett legen lassen kann.

Wenigstens bin ich nicht schwanger, dachte Hürrem.

»Aber wenn er ein Eunuch ist …«

»Man sagt, daß ein Mann sich manchmal … erholen kann. Sogar die schwarzen Eunuchen. Sie müssen jedes Jahr untersucht werden, um sicherzustellen, daß nichts nachwächst.«

»Was für ein Unsinn! Wenn man ein Pferd verschneidet, bleibt es verschnitten!«

»Aber die weißen Eunuchen, weißt du … Sie sind nicht völlig verschnitten – ihre Dinger sind nicht abrasiert wie bei den Schwarzen.«

Eine Weile schwiegen sie. Meylissa war jetzt ruhiger, das Reden hatte ihr gutgetan. Hürrem starrte sie immer noch entgeistert an. Schwanger!

»Aber wie?«

Meylissa warf wieder einen schnellen Blick auf die Tür und fuhr mit leiser Stimme fort: »Am Nordende des Palastes gibt es einen Innenhof, der von hohen Wänden umgeben ist und von Platanen überschattet wird. In der Mauer gibt es eine Tür. Die ist aber immer abgeschlossen und wird niemals bewacht.«

»Was hast du dort getan?«

»Ich habe meinen Koran gelernt, wie man uns angewiesen hat.«

Hürrem lächelte fast. Vielleicht war es Gottes Fügung gewesen! »Sprich weiter!«

»Er muß mich gesehen haben. Vielleicht vom Nordturm aus. Ich hörte einen Schlüssel im Schlüsselloch. Ich wollte fortlaufen, aber … «

Hürrem neigte ihren Kopf zur Seite und wartete auf das, was diesem »aber« folgen sollte; statt dessen zog Meylissa jedoch nur die Schultern hoch. »Er sagte, ich sei die schönste Frau im Harem. Er sagte, er würde mir helfen, die Aufmerksamkeit des Sultans zu erlangen.«

»Wie oft ist es passiert?«

»Fünfmal, vielleicht sechsmal.«

»Sechsmal! Weißt du, was man mit dir gemacht hätte, wenn sie dich erwischt hätten?«

»Sie haben mich ja erwischt«, sagte Meylissa. »Oder etwa nicht?«

Hürrem schwieg. Sie fragte sich, was sie getan hätte, wenn sie es gewesen wäre, die den Koran im schattigen Garten gelesen hätte. Wahrscheinlich dasselbe. Alles, selbst Lebensgefahr, war besser als die lähmende Langeweile in diesem düsteren Palast! Und die täglichen Dampfbäder und Massagen, zu denen man gezwungen wurde, hatten etwas in ihr zum Leben erweckt. All diese Trägheit und Verhätschelung wirkten wie ein Aphrodisiakum. Aber es gab keinen Mann, der das Verlangen stillen konnte.

»Wie hat es sich angefühlt?«

»Wie es sich angefühlt hat? Was spielt das für eine Rolle, wie es sich angefühlt hat?« zischte Meylissa. »Sie werden mich töten. Weißt du, was sie mit einem Haremsmädchen machen, das schwanger wird, ohne daß der Sultan bei ihr geschlafen hat? Sie verschnüren es in einen Sack und werfen es in den Bosporus!«

»Ich werde dir helfen«, hörte Hürrem sich selbst sagen.

»Wie kannst du mir helfen? Was könntest du tun?«

»Du wirst schon sehen. Ich werde dir helfen. Warte nur ab!«

4

Im Eski Sarayi

Der Raum war genauso, wie er ihn in der Erinnerung behalten hatte. Zum erstenmal seit seiner triumphalen Ankunft in Stambul vor drei Tagen fühlte Süleyman, daß er zu Hause angelangt war. Er warf sich auf das Wandsofa. Und zusammen mit dem Seidenturban schleuderte er auch jene andere Seite seines Selbst beiseite, den Sultan der Osmanen, den Mann, der ihm von Tag zu Tag fremder wurde. Mit der Hand fuhr er sich über den glattrasierten Kopf bis hin zu der einen Locke, die seinen Schädel krönte. Seit er vor drei Jahren den Thron von seinem Vater geerbt hatte, ließ ihn das Gefühl nicht los, als schaue er aus einem verdunkelten Raum in die Welt hinaus und beobachte sich selber wie einen Schauspieler in einem Schattenspiel. Sogar in seinen Tagebüchern bezog er sich auf sich selbst in der dritten Person.

Er seufzte, und seine Schultern sackten nach unten. Man nannte den Großwesir den »Träger der Lasten«. Aber der Großwesir war nichts als ein Jongleur in einem Balanceakt aus Schmeicheleien, Berechnung und Doppelbödigkeit. In Wirklichkeit trug der Sultan die Last, er trug das ganze Gewicht des Islam, und die Bedürfnisse von sechs Millionen Türken dazu; und diese Bürde würde ihn jetzt bis zu seinem Todestag begleiten.

Aber hier in der Stille des Harems konnte er Erleichterung finden. Hier brannte parfümiertes Holz im hohen Kupferkamin, und das Licht des Feuers kräuselte sich auf den gekachelten Wänden wie eine Brunnenspiegelung. Hier hingen silberne Weihrauchbrenner unter der Decke, die schwelten und für eine Weile den widerlichen Blutgeruch vertrieben, den er in der Erinnerung an Rhodos mit sich schleppte. Hier gab es keine Wesire, keine Generäle, keine Protokollvorschriften oder Verpflichtungen. Hier gab es Gülbehar.

Süleyman vernahm das Rascheln von Stoff, als sie den Raum durch einen roten Damastvorhang am anderen Ende betrat. Er hob seinen Blick auf zu ihr und verspürte eine Mischung aus Erleichterung,

Freude und Verlangen. Ihr langes, helles Haar war zu einem einzigen langen Zopf auf dem Rücken zusammengeflochten, und die Glut des Feuers zeichnete ihre Gesichtszüge in Ocker- und Rosaschattierungen nach. Sie trug ein Frauenhemd – ein Gömlek – aus himmelblauer Seide; es war nahezu durchsichtig, und zwei Diamantknöpfe schimmerten und tanzten auf ihrem Körper im Rhythmus ihrer Schritte. Ihr Mieder war aus schwerem blauen Bursa-Brokat, und ihre langen Beinkleider fielen wie ein Wasserfall aus weißer Seide herunter bis zu den Fesseln. Im Haar trug sie Perlen.

Gülbehar, Rose des Frühlings, ging es ihm durch den Kopf. Wie treffend ist der Name, den man dir gegeben hat.

Sie fiel auf die Knie und berührte mit der Stirn den Teppich. »Sala'am, Gebieter meines Lebens, Sultan aller Sultane, Herr der Welt, König aller Könige.«

Er gab ihr ungeduldig ein Zeichen. Wie oft hatte er ihr schon gesagt, daß das unnötig war! Aber sie begrüßte ihn jedesmal auf diese Art und hielt sich fest an die vorgegebenen Regeln. In diesem Augenblick wollte er nicht an das erinnert werden, was er war. Er war ein Mann, der nach Hause zurückgekehrt war, und damit hatte es sein Bewenden.

»Komm her.«

Die wenigen letzten Schritte lief sie fast und barg ihr Gesicht an seinem Hals. Er spürte das Naß ihrer Tränen und roch den Duft getrockneter Jasminblüten in ihrem Haar.

»Als ich das Weiß auf den Minaretten sah und du noch nicht zurückgekehrt warst, dachte ich, du würdest vielleicht niemals zurückkommen. Ich fürchte mich so sehr ohne dich. Es wird soviel gemunkelt.« Sie löste sich von ihm und schaute ihm zum erstenmal direkt ins Gesicht. »Du bist nicht verletzt?«

»Keine Narben, die man jemals sehen würde«, sagte Süleyman, und aus irgendeinem Grund mußte er an Piri Pascha denken und daran, wie er den Tod seines Mentors aus Kindheitsjahren angeordnet hatte. Wenn Ibrahim nicht gewesen wäre …? Vielleicht war er ja doch ein Tyrann wie sein Vater. »Wie geht es Mustafa?«

»Er schläft. Er hat dich vermißt«, fügte sie hinzu, »er spricht oft von dir.«

Er kennt mich kaum noch, dachte Süleyman. »Laß mich ihn sehen.« Gülbehar nahm seine Hand und führte ihn durch die Wohngemächer in den Schlafraum des Prinzen. An einer Ecke des Bettes brannte eine Kerze in einem langen, goldenen Kerzenhalter und wurde von einem turbanbedeckten Pagen gehütet. Im Schatten auf der anderen Seite des Bettes stand ein zweiter Page. Wenn der Junge sich im Schlaf auf die andere Seite drehte, wurde die Kerze ausgeblasen und die andere angezündet, damit niemals direkt Licht auf sein Gesicht fiel.

Süleyman beugte sich über das Lager. Mustafa hatte blonde Haare wie seine Mutter und dasselbe schöne, klare Gesicht. Er war jetzt neun Jahre alt, wurde groß und stellte sich beim Speerwerfen ebenso geschickt an wie beim Auswendiglernen des Korans und beim Studium der Mathematik. Der nächste Sultan der Osmanen, schoß es Süleyman durch den Kopf. Genieß deine Jugend, solange du kannst. Gut, daß dir breite Schultern wachsen.

Es berührte ihn zum wiederholten Male. Eigenartig, daß er einen Sohn hatte, der ihm so wenig ähnelte, geschweige denn einem der Türken, deren Oberhaupt er eines Tages werden würde. Aber die Frau eines jeden Sultans war eine Sklavin und eine Christin, denn der Koran schrieb vor, daß kein Muslim als Sklave verkauft werden durfte. Deshalb war jeder Sultan der Sohn einer Sklavin, der Sohn einer Christin, und war dennoch von Gott ausersehen als Beschützer des Großen Glaubens. Gottes Netz war wahrhaft groß.

»Es geht ihm gut?« fragte Süleyman.

»Er wächst jeden Tag. Er will wie sein Vater sein.«

Süleyman lächelte in der Dunkelheit. Gülbehar, wie leicht bist du zu durchschauen! Jetzt schon buhlst du um meine Gunst. Es ist schrecklich, wie sehr alle Osmanensöhne lernen, ihre Väter so zu hassen. Aber mit gutem Grund.

Er berührte Mustafas Stirn mit seinen Fingerspitzen. Der Unterkiefer des Jungen war im Schlaf nach unten gefallen. Er sah wieder wie ein Kleinkind aus. »Sei gesegnet, mein Sohn«, flüsterte Süleyman. Mustafa murmelte im Schlaf und rollte sich auf die andere Seite.

Süleyman wandte sich Gülbehar zu. Ihre Umrisse zeichneten sich gegen den Kerzenschein ab. Tief in der Bauchhöhle traf ihn das Verlangen wie ein körperlicher Schlag. Er wollte auf der Stelle Besitz von ihr ergreifen, seinen Samen wie eine Flutwelle, wie einen Strom in sie ergießen und dann an ihrer Brust schluchzen wie ein Baby. Aber das entsprach nicht den Regeln.

Statt dessen sagte er: »Wir sollten jetzt essen.«

Gülbehar trug das Essen selber auf, winzige Lammfleischwürfel, die in aromatischen Kräutern gekocht waren, Hühnerteile, die man über kleiner Flamme langsam gebacken hatte, und mit Reis gefüllte Auberginen. Zum Nachtisch gab es Feigen in saurem Rahm und Sorbet, das in einem gekühlten Goldpokal aufgetragen wurde. Schweigende Pagen sorgten dafür, daß ihre Schüsseln und Gefäße stets nachgefüllt wurden.

»Worüber redet man so im Harem?« fragte Süleyman sie. Es amüsierte ihn immer, den Klatsch zu hören. Und gleichzeitig war er auch ein Barometer für seine Stärke als Sultan.

»Man sagt, daß du ein großer Held bist«, antwortete Gülbehar, und er konnte erkennen, daß sie einen Teil des Ruhmes für sich selbst in Anspruch genommen hatte. »Als die Nachricht eintraf, daß du Rhodos erobert habest, sagten sie, du würdest in die Geschichte als ein neuer Fatih, als großer Eroberer, eingehen. Dir wäre es beschieden, der allergrößte Sultan zu sein.«

»Der Preis war hoch …«

»Unsere Armee wird bald wieder stark sein.«

Was wußte sie schon über Armeen, dachte Süleyman bitter. Er nahm einen neuen Anlauf. »Es war ein furchtbarer Kampf. Wenn es sich nicht um die Ohren einer Frau handelte, könnte ich dir Dinge erzählen …«. Er beendete sein Mahl und tauchte die Finger in eine Silberschüssel. Sofort erschien ein Page an seiner Seite, um sie ihm abzutrocknen.

»Du darfst nicht mehr daran denken.«

»Tagsüber ist das leicht. Aber des Nachts, in der Dunkelheit, da ist es schwer, sich nicht zu erinnern.«

Er wartete, aber Gülbehar ermutigte ihn nicht dazu, weiterzusprechen. Wie kann ich es ihr erzählen, dachte er. Ich muß es jemandem erzählen. Oder vielleicht ist dies auch eine von den Lasten, die ich allein tragen muß. Er blickte zu Gülbehar auf und lächelte. Sie war so lieblich. Wie wunderbar war es doch, daß Gott Dinge wie solche blauen Augen erschaffen hatte! Er warf einen Blick auf den Schatten, den ihre Brüste unter dem Seidenhemd warfen, und es war ihm, als könne er die Wärme ihres Körpers über den Tisch hinweg spüren.

»Als du fort warst«, sagte Gülbehar, »da habe ich deine Gedichte herausgeholt und sie gelesen. Dadurch habe ich mich dir immer wieder nahe gefühlt.«

So lange Zeit über hatte er nur harte Dinge berührt, die Lehne eines goldenen Thrones, den Griff eines Schwertes, die Lederzügel eines Pferdes. Danach war es jetzt ein Wunder, wieder etwas Weiches zu fühlen. Süleyman war ausgehungert danach. Gierig ergriffen seine Hände Gülbehars Körper, drückten ihre Brust ganz fest, als wolle er sie wie einen ureigenen Schatz für sich selber nehmen; erst als sie vor Schmerz aufschrie, kam er zu sich und zog seine Hand zurück. Ihr Bauch und ihre Schenkel waren so weich. Er spreizte ihre Beine auseinander, fühlte, wie sie sie ihm um die Hüften schlang und schloß die Augen vor Wonne. Er wollte sich in sie ergießen, sich in ihrer Weichheit und Wärme verlieren. Er verjagte die Bilder vom gefrierenden Regen, vom panzerbewehrten Arm, der wie eine Klaue aus dem Schlamm herausragte, vom Turm von St. Michael, der aus einer dunklen Wolke hervortrat. War es der Geruch nach Blut oder die Nähe einer Niederlage, die immer noch bewirkten, daß ihn dieses Entsetzen verfolgte? Gülbehar flüsterte ihre süßen Zauberformeln in sein Ohr, und er schob sich in sie hinein und spürte zugleich mit dieser einen anhaltenden, drängenden Bewegung den Spasmus seines Körpers, die heiße, süße Wollust, die ihn überschwemmte, und die Bitterkeit und Süße, die aus ihm rann.

Wie eine Flutwelle, wie ein Strom.

Als es zu Ende war, bildete er sich ein, sie würden in einem See aus seinem Samen liegen. Zukünftige und vergangene Bilder überstürzten sich in seinem Gehirn. Gülbehar mit einem zweiten Sohn, der stinkende Graben von Rhodos, das Henkersschwert, das wie ein Diamant über Piri Paschas Kopf funkelte, Mustafas schlafendes Gesicht, das plötzlich zu dem seinen wurde und dann zu dem seines Vaters, zu einem Monster mit blutgetränktem Bart, das seine eigenen Kinder fraß. Er stöhnte laut auf, fiel zur Seite und wurde gewahr, daß Gülbehar ihm besänftigende Worte ins Ohr flüsterte. Arm und Bein hielt sie um ihn geschlungen, und er spürte die köstliche klebrige Wärme auf seinem eigenen Schenkel. Dann war nichts.

Als er wieder erwachte, gab es nur die Stille des Harems, die Schwärze der Nacht und die stummen Sklaven auf ihrem Posten am Fußende des Bettes. Eine einzelne Kerze brannte in der Finsternis. Gülbehar lag schlafend neben ihm, bewegte sich kaum und war still wie immer in ihrem Schlaf. Er öffnete die Augen, schaute im Raum umher und betrachtete die dunklen Schatten in den Wandnischen, in denen Gülbehar die Manuskripte seiner Gedichte aufbewahrte.

Dies ist mein Harem, sagte er sich, mein Rückzugsbereich, der allen anderen Männern außer mir verwehrt ist. Meine Favoritin, meine Gözde, liegt schlafend in meinem Arm, mein Samen ist noch feucht in ihr; es sind meine Gedichte, die hier an den Wänden stehen, jedes einzelne ist ein Stück von mir, ist aufbewahrt und in der reichen persischen Sprache eingebettet, birgt meine ganz eigenen und aus der Seele kommenden Gedanken. Über die Vorschriften für einen Harem hinaus habe ich diese Räume wie ein Heiligtum behandelt.

Warum nur fühle ich mich immer noch so allein?

5

Als sie anfing, sich auf das Hammam, die morgendlichen Bäder, zu freuen, wußte Hürrem, daß sie verführt worden war. Draußen in der Steppe sah man das Baden nicht so gern, ja, es wurde sogar gefürchtet. Jeder wußte, daß Waschen zu Frieren, Krankheit und Tod führte. Der Winter und der Wind waren ihre Feinde gewesen, jeder Luxus und jede Verweichlichung unmöglich.

Hier aber bestand man darauf, daß die Mädchen zweimal täglich badeten und jedes Haar von ihrem Körper abrasierten. Zuerst hatte sie das mit großem Entsetzen erfüllt; aber nachdem sie herausgefunden hatte, daß sie nicht krank wurde, fühlte sie sich nur noch angewidert, und das nicht so sehr durch die Unzüchtigkeit als vielmehr durch die Trägheit. Sie wußte nicht mehr, wann sie angefangen hatte, anders zu empfinden. Sie verweichlichte, das wurde ihr bewußt. Wenn ihr Vater sie jetzt sehen könnte – zur Hölle verdammt sei seine barbarische Seele! Nun, sie war immer noch eine Tatarin. Das würde er schon sehen.

Es gab drei Räume: das Camekam oder Ankleidezimmer; den Sogukluk oder Aufwärmraum; und den größten, zentralen Raum, den Dampfraum, das sogenannte Hararet. Hürrem streifte sich schnell die Kleider ab, und eine der Negerinnen – die Gedikli – reichte ihr ein parfümiertes Handtuch. Sie schlüpfte mit den Füßen in ein paar

Rosenholzsandalen und ging in den Sogukluk, wo sie den warmen Dampf auf ihrer Gänsehaut spürte. Mitten im Raum stand ein großer Marmorspringbrunnen, dessen Wasser in einem darunterliegenden massiven Kessel erhitzt worden war, und eine Reihe von Mädchen standen oder saßen um ihn herum, schöpften Wasser in große Kupferschüsseln und gossen es sich über den Kopf. Hürrem gesellte sich zu ihnen.

Während sie vorgab, mit ihrer eigenen Körperpflege beschäftigt zu sein, schaute sie um sich. Sie hatte nie aufgehört, über die Vielfalt der nackten Erscheinungen zu staunen. Bis zu ihrem Aufenthalt hier war es ihr nie aufgegangen, wie groß die Welt war und daß die Menschen so unterschiedlich sein konnten. Haare, Brustwarzen, Haut und Augen – solch ein mannigfaltiger Überschwang an Form und Farbe! Da gab es die Gedikli mit ihrer festen schwarzen Haarkrause und der mahagonifarbenen Haut; griechische Mädchen mit dunklen Augen und tausend Ringellöckchen; goldhaarige Tscherkessinnen mit blauen Augen und rosenknospigen Brustwarzen; ägyptische Mädchen mit langen, aristokratischen Profilen und Brustwarzen in der Farbe überreifer Pflaumen; persische Mädchen mit nachtschwarzen Haaren, deren Augen so dunkel und tief wie Brunnen waren. Und so viele Formen! Sie goß sich eine neue Schüssel mit Wasser über den Leib und gab vor, nicht genau hinzuschauen, während sie sich selber mit den anderen Mädchen verglich. Einige hatten volle, blasse, blaugeäderte Brüste; wie stillende Mütter, dachte Hürrem, nur daß ihre Bäuche fest und flach waren. Es gab Brüste in der Form von Tränen, und manche waren nur zarte Knospen. Viele der Harem-Huris waren junge Mädchen, die kaum der Pubertät entwachsen waren, mit harten, festen und runden Brüsten, die unglaublich straff und glatt waren. Hürrem besah sich ihren eigenen Körper, der schmal und klein war wie der eines Knaben, und fragte sich, warum man sie für diesen Ort ausgesucht hatte.

Nun, vielleicht bin ich nicht so schön wie einige dieser Odalisken, sagte sie sich. Aber mein Haar ist golden wie das eines Fuchses, und die passende Schläue habe ich auch.

Sie nahm ihr Handtuch auf und ging hinein in das Hararet, begleitet vom Klickklack ihrer Holzsandalen auf dem Marmor

Hier sah es aus wie in einer Szene aus einer milchigen Hölle. Der Dampf brannte in den Lungen und heftete sich an die Haut wie ein sengender Schleier. Sie spürte, wie ihr der Schweiß in tausend winzigen

Tröpfchen auf die Haut trat. Die Umrisse nackter Gestalten traten wie Gespenster aus dem Nebel hervor oder gingen in ihn hinein, und die Stille wurde nur vom Klacken der hölzernen Sandalen auf dem Marmor unterbrochen, vom Scheppern der Kupferschüsseln und vom Wasserplanschen, mit dem ein Mädchen sich ins Bad legte oder wieder herausstieg.

Aus den Fenstern in der Gewölbekuppel fiel Licht durch die Nebelschwaden, und der Dampf und die Wände aus graugemasertem Marmor verschmolzen ineinander, so daß es den Anschein hatte, als gäbe es gar keine Wände.

Hürrem ließ sich in eines der warmen Becken gleiten und schloß die Augen. Sie genoß es, wie das Wasser den Schweiß abspülte und um ihre Brüste und Schultern plätscherte. Sie legte den Kopf auf den Marmor, schöpfte sich eine Handvoll Wasser über das Gesicht und strich das nasse Haar aus den Augen. Ja, es war eine köstliche Empfindung, fand sie. Ehe ich hierherkam, war mein Körper nur aufs Überleben ausgerichtet, auf die Bewegungen eines Pferdes und auf die Kraft, die für körperliche Arbeit erforderlich ist. Jetzt haben diese Eunuchen und Kiayas etwas Neues in mir geweckt.

Aber wozu? Alle diese Frauen, deren Haut von Dampf und heißem Wasser gerötet, weich und kribbelnd ist, deren Körper von den Gedikli geschmeidig geknetet und massiert wird, die träge sind und wie Kätzchen schnurren, die vorbereitet sind und aufgeputzt in Seide und Brokat – und dennoch gibt es keinen Mann, der sie würdigt oder ihr Verlangen stillt. Alles war ein Geheimnis, eine strahlende, mythische, unerreichbare Verlockung.

Hürrem spürte, wie das Wasser sich bewegte, und öffnete die Augen. Eine hochgewachsene, blondhaarige Frau saß auf der Kante des Beckens, nur ein paar Fuß entfernt, und zwei Odalisken übergossen ihren Leib mit Wasser und massierten ihr die Muskeln an Schultern und Hals. Die junge Frau hatte sich nach hinten auf ihre Arme gestützt und den Kopf zurückgeworfen; ihr langes Haar berührte fast den Marmorboden hinter ihr. Es war eine Pose von unverschämter Selbstsicherheit und trägem Stolz. Gülbehar!

Hürrem fühlte, wie ihr das Blut in die Wangen stieg. Wenn es irgendein Geheimnis gab, *sie* jedenfalls kannte es. Unversehens brach eine Woge von Neid und Haß in ihr auf, Gefühle, die sie in diesem Augenblick mit jeder anderen Frau im Hammam zu teilen glaubte. Warum du? dachte sie bei sich. Unter all diesen Frauen, warum du allein? Liegt es daran, daß du so verführerisch bist? Oder ist es so einfach, ihn zu behexen?

Gülbehar hatte ihr Herüberstarren bemerkt, hob den Kopf und öffnete die Augen für einen Augenblick. Im nebligen Dunst des Hammam wirkten sie unerhört leuchtend, wie zwei von Eis umgebene Saphire. Was war das für ein Ausdruck in ihrem Gesicht? Verwirrung? Neugier? Mitleid?

Hürrem erwiderte ihren Blick für kurze Zeit und wandte sich dann absichtlich um, erhob sich aus dem Bad und ließ ihr Hinterteil für einen Moment länger als nötig mitten im Sichtfeld. Sofort bedauerte sie die alberne Geste.

Sie braucht mich nicht zu bemitleiden, dachte sie, während sie ihr Handtuch aufnahm. Fürchten vielleicht, ja. Aber nicht bemitleiden. Sie verschwand durch den Nebel, und das Klappern ihrer Sandalen sprengte die Stille.

Marmorsäulen führten vom Hararet hinüber zu den Yeni Kapliya, kleineren Seitenräumen, in denen erhöhte Marmorpritschen aufgestellt waren, auf denen die Gedikli die Odalisken behandelten, ihre Körper massierten, ihre Arme und Beine, den Schamhügel, die Scheide und den After, ja sogar die Nase und die Ohren minuziös untersuchten und dafür sorgten, daß jede Spur von Körperhaar beseitigt wurde. Hürrem hatte schon vor langer Zeit ihren Widerstand gegen diese Demütigung aufgegeben. Sie überließ sich der Prozedur jetzt ohne Widerspruch. Schließlich würden sie es sowieso tun.

Der Name des schwarzen Mädchens war Muomi; sie war ein mürrisches Mädchen mit dichten pechschwarzen Haarkringeln und Lippen, die ständig zu einem Schmollmund nach unten gezogen waren. Die anderen Mädchen sprachen im Flüsterton über sie. Sie sagten, daß sie eine Hexe sei, und mieden sie nach Möglichkeit. Sie hatte große, knochige Hände, mit denen sie bei ihrer Arbeit Gelenke und Sehnen auseinanderzuziehen schien, und aus einer Behandlung bei dieser Muomi kamen manche Mädchen mit tränennassen Gesichtern. Hürrem genoß diese Behandlung. Sie riß sie aus ihrer Trägheit heraus.

Hürrem warf sich mit dem Gesicht nach unten auf den kühlen Marmor. »Versuch es ordentlich zu machen«, sagte sie. »Ich möchte, daß es diesmal weh tut.«

»Ich habe dir beim letztenmal weh getan, Ich dachte, du würdest gleich wie ein kleines Baby zu heulen anfangen.«

»Ich werde dir zwei Asper geben, wenn du es schaffst, mich zum Weinen zu bringen.«

»Du besitzt keine zwei Asper.« Muomi begann mit der Massage und knetete die Muskeln an Hürrems Hals und Schultern mit ihren schweren Händen, bis diese meinte, die Augen würden ihr aus dem Kopf springen. Sie wollte laut aufstöhnen, schnappte aber statt dessen tief nach Luft und wartete ab. »Es heißt, daß du eine Hexe bist.«

»Wer sagt das?«

»Die anderen Mädchen.«

»Die anderen Mädchen! Wenn sie die hierherbringen, achten sie nur auf das Aussehen, nicht auf den Verstand.«

»*Bist* du eine Hexe?«

Muomis Hände arbeiteten sich an Hürrems Wirbelsäule entlang. Es war, als versuche sie, ihre Knöchel zwischen alle Knochen zu treiben und diese auseinanderzudrücken. Hürrem spürte, wie ihr die Tränen in die Augen schossen, und barg ihr Gesicht in den Armen, um sie zu verbergen.

»Nun, bist du also eine?«

»Wenn ich eine Hexe wäre, hätte ich mich schon längst von diesem Ort weggezaubert.«

Muomi preßte ihre Finger in Hürrems Hinterbacken, und ihre Knöchel fanden die Verbindung zwischen Becken und Hüften. Hürrem biß sich in die weichen Muskeln ihres Unterarms, damit Muomi nicht merkte, daß sie ihr weh tat. »Deine Muskeln sind hart wie die eines Knaben«, gestand Muomi unwirsch zu.

»Ein bißchen stärker«, sagte Hürrem, »ich kann es fast nicht spüren.«

Muomi gluckste. »So recht?« – und Hürrem stöhnte laut auf.

Als Meylissa eintrat, fand sie Hürrem auf dem Rücken liegend, und Muomi war mit der Enthaarung beschäftigt. Die Gedikli hatte eine Rusma-Paste aufgetragen, die aus Ätzkalk hergestellt war, und schabte mit der scharfen Kante einer Muschelschale geschickt winzige Härchen ab. Hürrem hielt ihre Hände hinter dem Kopf verschränkt und schaute ihr zu. Bebend hob und senkte sich ihre Brust mit ihrem Atem. Ihre Wangen waren naß.

»Fehlt dir irgend etwas?«

»Ich bin dieser Hexe zwei Asper schuldig«, sagte Hürrem.

»Weshalb?«

»Sie will den Job des Bostanji«, sagte Hürrem. »Ab morgen wird sie der neue Folterchef des Sultans sein.« Muomi hatte ihr die Beine auseinandergespreizt und inspizierte mit äußerster Genauigkeit ihre Schamleiste auf der Suche nach Haaren.

Meylissa drehte der Negerin den Rücken zu. »Was soll das Ganze? Muomi ist die einzige, die sich jemals dafür interessieren wird, ob wir rasiert sind oder nicht. Der Sultan wird es nie tun!«

Hürrem grinste. »Wir müssen vorbereitet sein. Wir können doch nicht eine goldene Gelegenheit um eines goldenen Haares willen aufs Spiel setzen.«

Meylissa hockte sich auf die Kante der Marmorliege und senkte ihre Stimme zu leisem Flüstern. Sie legte sich eine Hand auf ihren schlanken, braunen Bauch. »Bald wird man es mir ansehen!« Sobald sie die Worte ausgesprochen hatte, füllten sich ihre Augen mit Tränen.

Muomis Kopf schnellte hoch. »Was ist denn mit der los?«

»Sie muß gerade daran denken, wie du ihr das letztemal den Rücken abgerieben hast«, sagte Hürrem. Sie packte Meylissas Arm so, daß sich ihre Nägel tief ins Fleisch hineingruben und die andere zusammenzuckte und ihn zurückziehen wollte. Aber Hürrem hielt sie fest.

»Nicht hier!«

»Was soll ich denn tun?«

»Alles ist in Ordnung. Ich habe einen Plan.«

»Was wirst du tun?«

»Du wirst es sehen. Muomi hier wird uns auch helfen.« Und sie grinste sie beide an. Die Mädchen blickten sie erstaunt an, aber Hürrem schloß die Augen und überließ sich ganz der weichen Welt des Dampfes und Muomis Muschelschale.

6

Zwei Monate lang hatte der Kapi Aga in abgrundtiefem Entsetzen gelebt, ab und zu unterbrochen von Zeitspannen voll zitternder Erwartung und taumelnder Wonne. Er war ein Mann mit lebhaftem Vorstellungsvermögen, und im Geist konnte er genau sehen und hören, was mit ihm geschehen würde, wenn man sein Geheimnis je aufdecken sollte. Aber er konnte jetzt nicht aufhören, selbst wenn ihm einer der Sendboten Gottes ein Garantieschreiben ausgehändigt hätte, daß er gefaßt werden würde, in Gold und von Gott eigenhändig unterschrieben: Er wußte, er wäre trotzdem heute hierhergekommen. Sie war eine wunderschöne Frau, und doppelt so schön durch den Umstand, daß sie verboten war – aber die geschlechtliche Lust spielte nur zum Teil eine Rolle. Es war vielmehr die Bestätigung einer Männlichkeit, von der er gedacht hatte, daß er sie verloren hätte, und die Wiederentdeckung der Potenz, die sowohl unwiderstehlich war als auch nicht ungeschehen gemacht werden konnte. Jeden Tod würde er ertragen können, solange er als ein Mann starb.

Jedenfalls redete er sich das ein.

An jedem Donnerstag nachmittag kam sie eine Stunde vor Sonnenuntergang in den Garten, um den Koran zu lesen. Dem Kapi Aga schien es, als drehe sich die ganze Woche auf gefährliche Weise um jenes schreckliche, auserlesene Durcheinander von Minuten, in dem er den Schlüssel wieder in dem verrosteten Schlüsselloch umdrehen und den Garten betreten konnte. Niemals, wenn er die Tür aufstieß, war er sicher, wen er vorfinden würde: sie oder aber seine eigenen Soldaten mit gezogenem rasierklingenscharfem Killiç. Um diesen Garten drehten sich alle seine Träume … und Alpträume. Auch als Befehlshaber der Palastwache und Hüter der Mädchen würde er seine eigenen Wachhunde nicht zurückpfeifen können, wenn man ihm einmal auf die Spur gekommen war.

Die eisengerahmte Tür quietschte beim Öffnen – Gott hab Erbarmen, in der Stille des Harems klang es wie ein Kanonenschuß! –, und er huschte hindurch und verschloß sie wieder hinter sich. Er blickte hinauf zum Nordturm. Nur von den obersten Räumen aus würde man ihn sehen können – von dort hatte er Meylissa selbst zuerst gesehen –, und gerade erst hatte er eigenhändig die Tür zu jenen zwei Räumen abgeschlossen.

Und doch kam es ihm immer noch so vor, als beobachte ihn jetzt jedes Mitglied des Diwan und als wetze der Bostanji Bashi gerade die Haken scharf, die ihn auseinanderreißen sollten.

Hohe Steinmauern beschatteten den Garten, die Wege wurden von Säulen aus weißem Paros-Marmor gesäumt und waren von Platanen, Zypressen und Weidenbäumen überwachsen. Hier herrschte immer dämmriges Dunkel, obwohl er sehen konnte, wie die Sonne über den Bäumen auf den Minaretten der Haremsmoschee blinkte und ihnen eine rosa Farbe verlieh, während sie sich vom Himmel hinab auf die staubige Stadt senkte.

Er schaute sich um und suchte die vertraute Gestalt Meylissas, wie sie, über ihren Koran gebeugt, auf einem Marmorsitz unter den Kolonnaden oder unter herabhängenden Weidenzweigen saß, aber da gab es keine Spur von ihr. Er hielt Ausschau nach irgendeiner Bewegung in den schattigen Tiefen. Das einzige Geräusch war das sorgenvolle Zwitschern einer einsamen Nachtigall in den Zweigen über seinem Kopf.

Der Kapi Aga verspürte eine Mischung aus Enttäuschung und maßlosem Entsetzen. Warum war sie nicht hier?

»Sie kommt heute nicht.«

Die Stimme kam von hinten. Voller Schrecken sprang er herum und zog instinktiv seinen Killiç aus der Lederscheide.

Das Mädchen verschränkte die Arme und lachte ihn aus.

Natürlich war es ein Haremsmädchen, aber er erkannte es nicht. Warum sollte er auch? Es gab so viele. Sie war klein und zierlich, hatte leuchtendrote Haare und grüne Augen. Sie trug einen gelben Baumwollkaftan mit einem goldfarbenen Brokatmantel und hatte eine kleine grüne Kappe – ein Talpack – auf dem Kopf. Eine einzelne Perle war an der Troddel der Kappe befestigt. Ihren Kleidern nach schätzte er, daß sie noch nicht lange im Harem und auch noch nicht sehr weit aufgestiegen war.

Er zitterte an Händen und Knien, am ganzen Körper. Oh, allmächtiger Gott! »Wer bist du?«

»Meylissa kommt heute nicht.«

»Wo ist sie?«

»Hier im Harem. Wo sie vor den Zudringlichkeiten von Männern sicher ist.«

»Worüber lachst du?«

»Du bist genauso weiß wie dein Turban. Was ist los? Ich bin kein Janitschar des Sultans, ich habe nicht einmal ein Schwert. Wovor hast du Angst? Ich bin nur ein Nähstubenmädchen. Schau her, ich bin unbewaffnet. Ich habe nicht einmal meine Nadel bei mir.«

Der Kapi Aga rang nach Fassung. »Was bildest du dir ein, mit wem du hier redest? Ich werde dir eine Bastonade verpassen lassen –«

Er tat einen Schritt nach vorn, ergriff ihren Arm und hielt ihr die Klinge seines Schwertes dicht vors Gesicht, um sie einzuschüchtern. Aber Hürrem lächelte nur zurück. Ihm stockte der Atem, als er spürte, wie sich ihre Finger zwischen seine Beine legten. »Meylissa sagt, sie funktionieren noch. Ich bin nur ein unschuldiges kleines Nähmädchen, aber ich dachte, das sollte eigentlich nicht so sein.«

»Wovon sprichst du?«

»Meylissa erwartet ein Baby.«

Der Kapi Aga wich einen Schritt zurück, als hätte sie ihm gerade erzählt, daß sie die Pest habe. Sie beobachtete, wie sich sein Gesicht erschreckend veränderte. Seine Wangen nahmen die schmutzige, graue Farbe eines Leichnams an. Das Schwert entglitt seiner Hand und fiel scheppernd auf den Marmorboden.

Dieser Idiot! dachte sie. Er wird die Wachen aufmerksam machen! Kann er sich denn nicht zusammennehmen? Einen Augenblick lang schien es ihr, als wolle er fortlaufen.

»Es ist … nicht möglich«, stammelte er.

»Das hat sie angenommen. Ich nehme an, daß du das auch gedacht hast.«

»Wer bist du? Was willst du?«

»Ich bin Meylissas Freundin.« Sie betrachtete den Killiç, der auf dem Marmorboden lag. »Heb ihn auf«, sagte sie, einzig und allein, um ihre Überlegenheit auszuprobieren.

Er bückte sich und folgte der Aufforderung. »Was willst du?« wiederholte er.

»Ich will dir helfen.«

»Jetzt erkenne ich dich wieder«, sagte er. »Du bist das russische Mädchen. Wir haben dich den Tataren abgekauft.« Sie beobachtete belustigt, wie jede Frage, jede Überlegung sein Gesicht wie eine Seite aus dem Koran erhellte. »Wer weiß sonst noch davon?« fragte er schließlich.

»Es wäre so einfach, uns beide mitten in der Nacht in den Bosporus zu werfen und die ganze Angelegenheit damit zu erledigen. Das ist es doch, was du denkst, nicht wahr? Darum haben wir noch eine andere eingeweiht. Eine, deren Namen du nie erfahren wirst.«

Seine Lippen verzogen sich vor Enttäuschung und Unwillen, als sich ihm schon wieder ein Ausweg verstellte. »Ich kenne dich. Die Kiaya nennt dich das kleine Biest.«

»Mit gutem Grund.«

»Das sehe ich.« Mit entschlossener Geste steckte er sein Schwert zurück in die Scheide. »Du willst mir also helfen?«

»Vielleicht brauchst du meine Hilfe gar nicht. Vielleicht wirst du sie heiraten und eine Familie mit ihr gründen.«

»Verspotte mich nicht«, zischte er.

»Ich dachte, du würdest dich darüber freuen, daß mindestens einer immer noch so funktioniert, wie er soll.«

Voll Zorn tat er einen Schritt auf sie zu, zügelte sich dann aber. »Woher soll ich wissen, ob dies alles wahr ist?«

»Das kannst du nicht wissen. Du wirst es vielleicht nie sicher wissen, bis es zu spät ist. Eines Abends wird die Sultan Valide mit dem Befehl zu dir kommen, Meylissa zum Segeln auf den Bosporus auszuführen. Dann wird sie dir zwei Säcke reichen. Einen für sie, einen für dich.«

Der Kapi Aga runzelte die Stirn. »Was willst du?«

»Ich werde dir das Problem, das du hast, aus dem Weg räumen. Ganz und gar.«

»Aus dem Weg räumen?«

»Ganz und gar.«

»Was soll das heißen?«

»Das soll heißen, ich kenne einen Weg, das Problem loszuwerden. Du wirst dafür etwas tun, das in deiner Macht steht, aber nicht in meiner.«

»Vielleicht eine bessere Stellung? Willst du zum persönlichen Gefolge der Valide gehören? Kleider? Geld?«

»Es überrascht mich, daß dir dein Leben so wenig wert ist.«

Ungeduldig warf der Kapi Aga einen schnellen Blick auf die Fenster des Nordturms, als erwarte er, den Sultan selbst auf ihn herabstarren zu sehen. Die Sonne stand jetzt tief am Himmel, und die Minarette waren inzwischen blutrot geworden.

»Was denn?«

»Ich will, daß du mich ins Bett des Sultans bringst.«

»Unmöglich!«

»Nein, das ist möglich. Wie es genausogut möglich ist, daß der Sultan dich an einen Haken hängen und in der Sonne schwarz werden lassen wird, wenn er entdeckt, was du getan hast. Du kennst die Strafe.«

Der Kapi Aga wankte zurück auf seine Fersen, als hätte man ihn geschlagen. Seine Augen waren weiß und weit aufgerissen vor ungläubigem Staunen. »Der Sultan schläft mit keiner anderen als mit Gülbehar, und du weißt das! Was du da haben willst, steht nicht in meiner Macht!«

Zum erstenmal verschwand jetzt das kleine, höhnische Lächeln, das um Hürrems Lippen gespielt hatte. »Viel Spaß an deinem Tod. Ich nehme an, der Bostanji ist erfinderisch genug, dir viel Zeit zum Auskosten zu geben.«

Und sie ging fort. Die Schatten krochen den Garten entlang, und der Kapi Aga stand da und sah starr vor Entsetzen, wie sie sich ihm näherten.

7

Die Einrichtung des Harems stammte aus der Zeit, in der die osmanischen Türken noch nichts anderes waren als nomadische Plünderer, die auf den wilden Ebenen Anatoliens und Aserbaidschans lebten. Die Idee des Harems hatten sie von den Persern übernommen; für Krieger, die über eine lange Zeitspanne hinweg abwesend von ihrem Stamm waren, erwies sie sich als nützlich. Als die Osmanen ihren nomadischen Lebensstil aufgaben und eine Hauptstadt gründeten – zuerst in Bursa, dann in Konstantinopel, das zu dieser Zeit Stambul genannt wurde –, da war der Harem schon zu einer eigenständigen Einrichtung geworden, und es hatte sich eine strenge Hierarchie mit eigenen Regeln und einer eigenen Verwaltung herausgebildet.

Der Harem wurde nicht vom Sultan regiert, sondern von der Mutter des Sultans, der Sultan Valide, und der Sultan war ebenso an die Haremsregeln gebunden wie jedes der Mädchen. Es war die Valide, welche die abgeschiedene Gemeinschaft von Eunuchen und Jungfrauen regierte, und der Kapi Aga, der Oberste Weiße Eunuch, der gleichzeitig Oberbefehlshaber der Wachen und Mittelsmann zwischen der Valide und dem Sultan selbst war, ging ihr dabei zur Hand.

Jedes Mädchen erhielt bei seiner Ankunft im Harem eine Stellung in einem der vielen Bereiche: bei der Verwalterin der Kleider, bei der Obersten Küchenmeisterin oder in den Küchen. Sie konnte sich durch eigene Verdienste über verschiedene Stufen eine einigermaßen angesehene Position in der Haremsverwaltung erarbeiten, aber der einzige Weg zur wirklichen Macht war der, eine Gözde zu werden – »im Auge« zu sein –, mit anderen Worten, dem Sultan selbst aufzufallen.

Wenn dieser das Mädchen tatsächlich zu sich in sein Bett nahm, wurde sie eine Ikbal und konnte eigene Gemächer und ein eigenes Taschengeld erhalten. Sie konnte eine Nacht mit dem Herrn des Lebens verbringen oder einhundert. Das hatte keine weitere Bedeutung, so lange, bis sie ihm einen Sohn gebar – und eine seiner Kadins wurde. Es gab immer nur vier Kadins und nicht mehr; danach wurde die Abtreiberin zugezogen. Diese vier Kadins standen immer gerade kurz davor, wirkliche Macht zu besitzen, denn jede wußte, daß eine von ihnen eines Tages unweigerlich die Mutter des nächsten Osmanensultans werden würde.

Süleyman hatte die Tradition durchbrochen. Obwohl er jetzt schon fast dreißig Jahre alt war, hatte er nur mehr eine Kadin, Gülbehar, und nur einen Sohn. Es war ein dünner Faden, an dem die so erhabene Blutlinie der Osmanen hing, und Süleymans Mutter trug ständig Sorge wegen dieser Nachlässigkeit ihres Sohnes.

Hafise Sultan, die Valide, war eine Georgierin mit langem, schwarzschimmerndem Haar. Sie gab ein herrschaftliches und stattliches Bild ab, wie sie in ihrem Audienzraum, einem riesigen, hallenden Gewölbe aus glänzendem Onyx und gemasertem Marmor, hofhielt. Ein verhangener gelber Sonnenstrahl fiel durch die glasumrahmte Kuppel von hoch oben und brach sich in den Perlmuttstücken und Granatsteinen, die man ihr zu einem Blumenmuster ins Haar geflochten hatte. Sie sah uneingeschränkt königlich aus, nur ihr Gesicht wies die weichen Züge und sanften grauen Augen einer Großmutter auf. Ihr Gesicht, dachte der Kapi Aga, war so beschaffen, daß es einen immer in Versuchung brachte, sich ihr anzuvertrauen. Das war gefährlich.

»Du wolltest mich sprechen?« fragte sie ihn.

Der Kapi Aga fühlte sich plötzlich so durchsichtig wie ein Schleier und leckte sich über die Lippen. Er hatte seine Ansprache bis tief in die Nacht hinein geübt, aber jetzt war ihm jedes Wort davon entfallen, und panische schwarze Angst erfüllte ihn. »Krone aller verschleierten Häupter …«, murmelte er und sprach sie mit ihrem formellen Titel an.

»Was ist los? Bist du krank?«

»Ein kleines Frösteln …«

»Vielleicht solltest du die Apotheke aufsuchen?«

»Ich werde tun, was Eure Hoheit vorschlägt.« Großer Gott, mach, daß dies schnell vorbei ist.

»Irgend etwas bedrückt dich!«

Er nickte. Ihn bedrücken! Den größten Teil des Morgens hatte er damit verbracht zu überlegen, ob er sich ein Messer an den Hals setzen sollte. »Man hat mir zugetragen, daß bei einigen Mädchen Unruhe aufgekommen ist.«

Die Valide runzelte die Stirn. »So? Und was für ein Grund besteht für diese … Unruhe?«

»Einige der Mädchen … werden ein bißchen … eifersüchtig.«

»Haremsmädchen sind immer eifersüchtig auf irgend etwas.«

»Es ist ein wenig schwieriger geworden als das.«

Die Valide sah ihm gerade ins Gesicht, und der Kapi Aga hatte das unangenehme Gefühl, als versuche sie, ihm hinter die Augen zu schauen, wie ein Fremder, der in einem verdunkelten Raum etwas zu erkennen versucht. »Sprich weiter«, sagte sie endlich.

»Es handelt sich um Gülbehar. Jeder mag sie natürlich gerne …«

»Außer mir«, bemerkte die Valide trocken.

Nun, damit habe ich gerechnet, dachte der Kapi Aga. »… aber es gibt ein paar Mädchen, die meinen, daß es nicht recht sei, wenn der Sultan alle übrigen so unbeachtet läßt. Einige lassen sich fast nicht mehr unter Kontrolle halten.«

»Nun, das ist allerdings deine Aufgabe, und die vom Kislar Aghasi natürlich. Sie unter Kontrolle zu halten.«

»Wenn es nur irgend etwas gäbe, was ich ihnen sagen könnte …, um ihnen Mut zu machen.«

Die Valide lächelte und klopfte sich mit dem juwelenbesetzten Zeigefinger an die Wange. »Und was würdest du ihnen gerne sagen?«

»Daß der Sultan vielleicht eines Tages für sie Verwendung finden würde …«

»Wer kann das sagen?« Das Lächeln der alten Dame verschwand. Er wußte, daß er hier einen wunden Punkt berührt hatte. Wenn irgend jemand wahrhaft unglücklich war über Süleymans ausschließliche Bindung an Gülbehar, so war es seine Mutter.

»Sie warten alle sehnsüchtig auf die Gelegenheit, dem Herrn des Lebens zu dienen.«

»Natürlich tun sie das!« Sie war einmal ein Sklavenmädchen gewesen, ehe Selim ihr sein Taschentuch über die Schulter geworfen hatte. Das war vor langer Zeit, aber sie hatte es nicht vergessen. »Können sich einige von ihnen mit Gülbehar messen?«

»Das denken alle von sich«, sagte der Kapi Aga mit einem schmalen Lächeln. Normalerweise hätte er sich im Verlauf der Audienz viele solcher kleinen Späße erlaubt. An diesem Morgen fiel es ihm schwer, sich zu entspannen.

Die Valide schaute durch das offene Fenster und über die schimmernden Kuppeln des Harems in die Ferne. Sie klopfte die Finger ihrer linken Hand gegen ihren Daumen, als wenn sie über etwas scharf nachdächte. »Ich werde mit dem Herrn des Lebens reden«, sagte sie. »Ich danke dir dafür, daß du mich auf dieses Thema aufmerksam gemacht hast.«

Der Kapi Aga wollte herausschreien: »Warte doch, ich habe noch nicht alles gesagt!« verneigte sich aber statt dessen und ging rückwärts zur Tür.

»Noch etwas.«

»Ja, Hoheit?«

»Hast du irgendein besonderes Mädchen im Kopf?«

Der Kapi Aga lächelte. »Ja, Hoheit.«

Die Valide nickte. »Wie heißt sie?«

»Hürrem. Sie heißt Hürrem.«

8

Der Koran gebot: »Die Tugend liegt zu Füßen der Mutter.« Sitte und Allah machten es erforderlich, daß Süleyman jedesmal, wenn er den Eski Sarayi aufsuchte, zuerst seine Mutter besuchte. Süleyman hatte sich in der Gesellschaft seiner Mutter stets wohl gefühlt, und so fiel ihm die Erfüllung dieser Auflage nicht allzu schwer.

An diesem Morgen blies der Wind von Süden her, der erste warme Frühlingshauch. Hafise Sultan saß auf der Terrasse auf einem Diwan. Sie trug einen blumengemusterten Kaftan aus Brokat, und die Sonne glitzerte auf dem Perlen- und Granatenstaub, mit dem ihr Haar überpudert war. Süleyman lächelte. Ihr schien dieser wertlose Tand mehr zu gefallen als echte Edelsteine. Es war eine sehr liebenswerte Eitelkeit.

»Mutter.« Süleyman küßte ihre Hand und hob sie sich an die Stirn. Er setzte sich neben sie auf den Diwan und hielt ihre Hand immer noch mit beiden Händen umschlossen. Eine der Dienerinnen beeilte sich, Sorbets und Rosenwasser herbeizuholen.

»Dir geht es gut?«

»Ich spüre die Kühle stärker als früher. In meinem Alter freut man sich auf den Frühling.«

»Du bist nicht so alt.«

»Ich bin eine Großmutter«, sagte sie. »Wenigstens habe ich einen Enkelsohn. Ich nehme an, das ist dasselbe.«

Süleyman warf den Kopf zurück und lachte. »Mutter, du bist so leicht zu durchschauen!«

»Es betrübt mich, daß ich sehen muß, wie leichtfertig du mit den Ängsten einer alten Frau umgehst.«

»Du bist keine alte Frau. Weit davon entfernt.«

Hafise entzog ihm ihre Hand und nahm sich eine Feige aus der Früchteschale, die vor ihr stand. »Und was gibt es Neues vom Eroberer von Rhodos?« fragte sie, und in ihrer Stimme schwang unmißverständlicher Stolz. »Welchen nächsten Schlag hält der Diwan jetzt für erforderlich?«

»In diesem Jahr wirst du keine Kriegstrommel mehr hören. Nachdem Rhodos vorbei ist, lecken alle meine Generäle noch immer ihre Wunden. Es wird eine Weile dauern, bis sie ihre Krallen wieder ausstrecken können.«

»Und was ist mit dir?«

Wozu soll ich ihr etwas vormachen, dachte Süleyman. »Der Gedanke an einen weiteren Feldzug macht meine Seele ganz krank.«

»Ein Sultan, der das Banner Mohammeds nicht ins Feld führt, kann nicht sehr lange Sultan bleiben. Die Janitscharen werden dafür sorgen.«

»An meine Pflicht brauchst du mich nicht erst zu erinnern. Ich würde sie niemals vernachlässigen. Aber zumindest für diese Saison habe ich genug Krieg gehabt.«

Hafise wählte bedachtsam eine neue Feige aus und suchte im Geiste mit ähnlicher Sorgfalt nach den richtigen Worten. »Die Pflicht eines Sultans besteht nicht nur auf dem Schlachtfeld.«

Süleyman seufzte auf. Ihre allerersten Worte an diesem Morgen hätten ihn schon warnen sollen. Sie würde wieder über Gülbehar sprechen. »Die Osmanen haben einen Stammhalter«, sagte er.

»Und was ist, wenn er krank wird? Ein Sultan sollte viele Söhne haben.«

»Damit sie sich gegenseitig umbringen, wenn ich tot bin?« Süleyman dachte an seinen Vater Selim – *Yavuz Selim*, den Strengen, wie man ihn genannt hatte. Dieser hatte seinen eigenen Vater, Bayezit den Zweiten, mit Hilfe der Janitscharen abgesetzt und dann seine zwei Brüder und acht Neffen ermordet, damit seine Sultanschaft nicht angefochten werden konnte. Gerüchte besagten sogar, daß er Bayezit auf dessen Weg ins Exil hatte vergiften lassen, damit der Staatsstreich nie mehr rückgängig gemacht werden konnte. Süleyman selber hatte niemals je einen entspannten Moment erlebt, bis Selims siecher und schmerzgefolterter Körper schließlich auf dem Weg nach Adrianopel einem Magengeschwür erlegen war.

»Du hast eine Verpflichtung.«

»Ich habe viele Verpflichtungen.«

»Und du solltest nicht eine einzige vernachlässigen.«

Süleyman blickte sie scharf an. Natürlich hatte sie recht. Sein ganzes Leben lang war sie sein Gewissen gewesen. Sie, nicht Selim, hatte ihm beigebracht, daß die Pflicht Vorrang hatte vor allem anderen. Selim hatte die Macht und das Blutvergießen um ihrer selbst willen geliebt.

»Gülbehar macht mich glücklich.«

»Und das ist gut so. Aber wir reden nicht über Glücklichsein. Wir reden über Nachfolger für den Stamm der Osmanen.«

Süleyman wandte sich ab und starrte auf das Panorama aus Minaretten und Kuppeln, das dem Durcheinander von Holzhäusern am Berghang über dem Goldenen Horn Akzente verlieh. Die Osmanen hatten es weit gebracht seit der Zeit, da der Wind ihre Zelte auf der anatolischen Hochebene beutelte. Aus irgendeinem Grund erinnerte er sich an die letzten Worte seines Vaters, ehe der ihn als Gouverneur nach Manisa schickte: »Wenn ein Türke vom Sattel absteigt, um sich auf einen Teppich zu setzen, wird ein Nichts aus ihm – ein Nichts.«

Allerdings war sein Vater ein Barbar gewesen.

»In diesem Augenblick schlagen nur zwei Herzen im Hause Osman«, sagte Hafise. »Das ist nicht genug.«

»Was soll ich deiner Meinung nach tun?«

»Ich will nicht, daß du auf deine Gülbehar verzichtest. Es ist nur natürlich, daß du eine Favoritin hast. Aber es gibt viele Mädchen im Harem. Einige davon sind recht erfreuliche Erscheinungen.«

»Ich soll also den Zuchtbullen spielen für das osmanische Geschlecht?«

»Das ist ein unfeiner Ausdruck, besonders einer alten Frau gegenüber, dennoch: ja, genau das sollst du tun. Vielleicht sähe es anders aus, wenn Gülbehar dir mehr Söhne geschenkt hätte. Aber sie ist jetzt neun Jahre lang Kadin gewesen …«

»Sie gefällt mir.«

»Und das kann keine andere Frau?«

»Ich fühle mich wohl bei Gülbehar.«

»Du sollst nicht Wohlbehagen erwarten von diesen anderen Mädchen. Nur einen Sohn.«

Süleyman sprang plötzlich auf. Er bemerkte, daß Fatim, eine der Dienerinnen der Mutter, hinter ihren kajalgeschwärzten Wimpern scheue Blicke auf ihn warf. Er verspürte eine Aufwallung von Zorn, mit ihr, mit sich selbst. Was war denn los mit ihm? Warum war es so schwierig, der Bitte seiner Mutter nachzukommen? Vielleicht ist es mein kleiner Aufstand gegen diese Bürde, die eine Art und Weise, in der ich zeigen kann, daß ich mich von den Bestien unterscheide, die vor mir waren. Diese koketten, hungrigen Frauen bewirkten, daß er sich schäbig und herabgesetzt vorkam.

Das Mädchen sah den Ärger in seinen Augen und senkte ihr Gesicht, wurde rot und war verwirrt.

»Ich werde tun, worum du bittest«, sagte er und küßte seiner Mutter die Hand. Ich werde sie alle der Reihe nach besteigen, wenn es das ist, was du willst, dachte er bitter. Ich werde den Palast mit Wiegen vollstopfen.

Und dann läßt du mich vielleicht mit Gülbehar in Frieden.

Die Kiaya schnappte den Kissenbezug aus Meylissas Händen und warf ihn auf den Boden. Sie trampelte darauf herum wie ein kleines Kind. »Was soll das? Willst du mich absichtlich ärgern?«

Schluchzend schüttelte Meylissa den Kopf, unfähig zu einer Antwort.

»Schau sich einer diese Stiche an! Ich würde so etwas keinem Bauern geben, geschweige denn der Valide!«

»Es tut mir leid …«, schluchzte Meylissa.

»Was ist los mit dir, Mädchen? In diesen letzten paar Wochen warst du einfach unmöglich!« Um ihrem Urteil mehr Nachdruck zu verleihen, gab die Kiaya Meylissa noch eine schallende Ohrfeige. Das Aufheulen des Mädchens ermutigte sie, und so tat sie es gleich noch einmal.

Hürrem war voller Verachtung für Meylissas Ergebenheit, aber es war wenigstens eine Gelegenheit, der Kiaya die Zähne zu zeigen. Sie erhob sich aus ihrer Arbeitsbank und hob den seidenen Kissenbezug vor den Füßen der Kiaya wieder auf.

»Er ist gar nicht so schlecht. Ich kann es schnell ändern.«

Die Kiaya drehte sich auf der Stelle herum. »Ah, das kleine rote Biest! Du kannst nicht ruhig bleiben, wenn um dich herum die Fetzen fliegen, meine Süße, nicht wahr?«

»Laß sie in Ruhe. Es geht ihr nicht gut.«

»Vielleicht sollte ich sie dann in die Krankenabteilung schicken. Und wenn du so phantastisch nähen kannst, so erledige ihre Arbeit doch gleich noch zusätzlich zu der deinen.«

Hürrem schleuderte ihr das Stoffstück ins Gesicht. »Tu es selbst, du alte Schrulle!«

Die Kiaya schlug ihr hart auf die Wange. Hürrem tat einen Schritt nach hinten, dann schoß ihre eigene Hand nach vorn wie eine Schlange, die aus ihrer Ruhe aufgeschreckt worden war. Auf das klatschende Geräusch folgte vollkommene Stille. Es war, als hätte irgend jemand in diesem winzigen Kämmerchen eine Arkebuse abgefeuert. Die Kiaya wankte fassungslos zurück.

Langsam verzog sich ihr Gesicht zu einem triumphierenden Lächeln. »Dafür erhältst du die Bastonade«, flüsterte sie. »Der Kapi Aga wird dafür sorgen, daß sie dir mit der Peitsche das Fleisch von den Fußsohlen abziehen! Jetzt ist Frühling. Wenn du Glück hast, kannst du im Winter wieder die ersten Schritte tun. Ich werde dich lehren, mich zu schlagen!«

Zwei schwarze Wächter waren im Torweg erschienen. Triumphierend grinste die Kiaya Hürrem an. Aber ehe sie irgend etwas sagen konnte, trat einer von ihnen in den Raum und ergriff Hürrems Arm. »Du sollst mit mir kommen«, sagte er mit seltsamem fisteligem Tremolo. »Nimm deine Nähsachen mit.«

Hürrem zögerte, völlig perplex über das, was sie getan hatte, und über die wundersame Erscheinung der Wächter. Was geschah hier? Sie packte ihre Nadeln zusammen, den kleinen Beutel mit Schmirgelpapier und das grüne Seidenviereck, das sie zu einem Taschentuch ausarbeitete.

Die Kiaya starrte die Wächter an. »Wohin bringt ihr sie?«

»Der Kapi Aga hat uns Befehl gegeben«, sagte der Mann und führte Hürrem zur Tür.

»Sie soll die Bastonade erhalten!« kreischte die Kiaya, aber in ihrer Stimme klang keine Überzeugung, sondern Verstörung.

Hürrem ließ sich von den Wächtern schnell den Korridor entlangführen. Die Worte »Kapi Aga« hatten sie beruhigt. Es würde keine Bastonade geben. Sie spürte sofort, daß die entscheidenden Minuten ihres Lebens unmittelbar bevorstanden.

9

Der Innenhof war mit mandelförmigen Pflastersteinen ausgelegt, wurde von den düsteren, hohen Mauern des Palastes umgeben und von einem verzierten Marmorbrunnen beherrscht. Von allen vier Seiten blickten Fenster in den Hof, und es kam Hürrem so vor, als werde sie von überall her beobachtet.

Plötzlich wurde ihr klar, wo sie sich befand. Dies war der Hof der Sultan Valide. Das waren ihre Gemächer.

Die Wächter schleppten sie eilig zur Mitte des Hofes und ließen sie los. »Der Kapi Aga sagt, du sollst hier warten. Und unbedingt singen«, sagte der eine.

»Warum? Was geschieht hier?«

Aber die Männer hatten erledigt, was man ihnen aufgetragen hatte, und zogen jetzt ohne Umschweife wieder ab, wobei die Jatagan-Säbel, die sie an ihren Hüften trugen, in ihren Futteralen rasselten. Hürrem sah ihnen nach. Was war hier los?

Endlose Minuten lang stand sie da und wartete, aber niemand kam. Das Wasser im Brunnen murmelte einlullend und besänftigend. Vielleicht, so sagte sie sich schließlich, hatte der Kapi Aga ein Treffen mit der Sultan Valide selbst arrangiert.

Aber wenn dem so war, warum hatten die Wächter sie dann hier im Hof gelassen? Und warum hatten sie darauf bestanden, daß sie ihre Arbeit mitbrachte? Und was hatten sie doch noch gesagt? »Der Kapi Aga sagt, daß du hier warten und unbedingt singen sollst.«

Der Kapi Aga hatte ihr befohlen, die geheiligte Stille des Harems zu brechen. Warum?

Sie zuckte mit den Schultern, suchte sich eine kühle Stelle im Schatten des Brunnens, setzte sich auf osmanische Art mit untergeschlagenen Beinen hin und breitete das Tuch auf ihrem Schoß aus. Sie zog ihre Nadel hervor und nahm ihre Stickarbeit wieder auf. Das Herz klopfte ihr wild in der Brust, und zum erstenmal in ihrem Leben fand sie es schwierig, zu singen. Sie zwang sich dazu, ein Liebeslied zu singen, das ihre Mutter ihr beigebracht hatte. Es handelte von einem Jungen, dessen Pferd in den Schnee gefallen war und ihn unter sich eingeklemmt hatte: langsam in der Wintersteppe sterbend, erzählte er dem Wind, wie sehr er ein bestimmtes Mädchen liebte, und wie er niemals den Mut aufgebracht hatte, es ihr zu sagen. Er bat den Wind darum, seine Worte über die Ebene zu ihr zu tragen, damit sie sich an ihn erinnerte. Es war ein dummes, sentimentales Lied, fand Hürrem, aber sie hatte die Melodie immer gerne gemocht, und nach einer Weile sprudelten die Worte in ihr Gedächtnis zurück.

Schließlich war sie so eifrig dabei, daß sie ihre Anspannung vergaß und die hohe, schlanke Gestalt mit dem weißen Turban nicht einmal bemerkte, bis ihr deren Schatten über den Schoß fiel.

»Das oberste Gesetz im Harem ist Stille.«

Erschrocken blickte sie auf, aber der Mann stand so, daß er die Sonne hinter sich hatte, und sie mußte ihre Augen schützen, um nicht geblendet zu werden. Er sprach nicht wie ein Eunuch, und er war nicht schwarz. Es gab nur noch einen anderen Mann, der sich hier ungehindert bewegen konnte.

Sie ärgerte sich, daß er sie unvorbereitet angetroffen hatte. »Vielleicht sollten wir dann den Nachtigallen die Zunge herausschneiden«, hörte sie sich sagen. »Und dann die Bienen! Wir sollten auch gegen sie etwas unternehmen! Um diese Jahreszeit kann ihr ewiges Gesumme jedermann leicht in den Wahnsinn treiben.«

Diese Antwort schien ihn zu überraschen. Einen Augenblick lang starrten sie einander an. Hürrem erinnerte sich plötzlich daran, daß ihre erste Handlung hätte sein sollen, die Stirn auf den Boden zu neigen und ihre Untergebenheit zu bekunden. Sie legte ihre Stickerei beiseite und verlagerte ihr Gewicht auf die Knie. Sie berührte mit ihrer Stirn den heißen Stein, wobei ihr bewußt wurde, daß es wahrscheinlich schon zu spät dafür war. Es war ihr klar, daß sie ihn ebenfalls dafür um Vergebung bitten sollte, die Stille gebrochen zu haben. Das hatte jetzt aber keinen Sinn mehr, beschloß sie. Er hat gesprochen, und ich habe ihm geantwortet.

Plötzlich bemerkte sie den Kislar Aghasi – den alten Obersten Schwarzen Eunuchen. Er stand hinter Süleyman, der Schweiß perlte auf seinem Gesicht, und er fächelte sich mit einem seidenen Tuch Kühlung zu. Es hatte den Anschein, als würde er auf der Stelle in Ohnmacht fallen.

»Weißt du, wer ich bin?« fragte Süleyman sie.

»Ja, mein Gebieter. Obwohl ich es ein wenig langsam begriffen habe.«

Mit zusammengekniffenen Augen blinzelte sie zu ihm nach oben und sah weiße Zähne aufleuchten. Vielleicht lächelte er.

»Was hast du da gesungen?«

»Es war ein Lied, das ich von meiner Mutter gelernt habe, mein Gebieter. Ein Liebeslied. Über einen dummen Jungen, der zuließ, daß sein Pferd auf ihn drauf fiel.«

»Er hat das Pferd angesungen?«

Mein Gott, er machte sich lustig über sie! »Ich denke nicht. Ich halte es für eher wahrscheinlich, daß das Pferd durch den Vorfall eine Menge von seinem Reiz verloren hat.«

Sie hörte ihn lachen. Dann trat Stille ein, und sie spürte, daß er sie anschaute. »Wie heißt du?«

»Man nennt mich Hürrem, mein Gebieter.«

»Hürrem? Die Lachende? Wer hat dir diesen Namen gegeben?«

»Die Männer, die mich hierhergebracht haben. Sie taten das, weil sie meinen Namen nicht aussprechen konnten. Obwohl ich vermute, daß sie nicht einmal intelligent genug waren, ihren eigenen Namen auszusprechen.«

Er lachte wieder. »Woher kommst du, Hürrem?«

Sie blinzelte zu ihm auf. Hier nun war der Augenblick, für den sie soviel aufs Spiel gesetzt hatte, und jetzt konnte sie an nichts anderes denken als an ihre schmerzenden Knie! Wie lange würde er sie auf diesen Pflastersteinen kauern lassen? »Ich bin eine Tatarin«, antwortete sie ihm, »von der Krim.«

»Habt ihr Tataren alle Haare von solch phantastischer Farbe?«

»Nein, mein Gebieter. Mir war als einziger in meiner Sippe diese Last auferlegt.«

»Last? Es ist sehr schön!« Sie spürte, wie er sich eine ihrer Haarlocken durch die Finger gleiten ließ, als wolle er ein Materialstück auf Qualität und Stärke hin untersuchen. »Es ist wie feuervergoldet, nicht wahr, Ali?«

Der Kislar Aghasi murmelte zustimmend. Der Lügner! dachte Hürrem. Du hast nur ein einzigesmal mit mir gesprochen, und das nur, um mich eine unterernährte Karotte zu nennen!

»Steh auf, Hürrem!«

Sie tat, was ihr befohlen wurde. Sie versuchte, ihre Augen niederzuschlagen, wie man es ihr beigebracht hatte, aber ihre Neugier gewann die Oberhand. Dies war er also, der Herr über das Leben, der Besitzer sämtlicher Menschenhälse, der Herrscher über die sieben Welten! Er sah gut aus, so kam es ihr vor, aber nicht in ungewöhnlichem Maß. Der Schatten eines Bartes lag auf seinem Gesicht und verlieh seiner langen Hakennase eine gewisse Majestät. Es hätte sich um das Gesicht eines Tyrannen handeln können, aber in diesem Augenblick waren seine Lippen und seine grauen Augen mild vor Vergnügen.

Sie fühlte, wie er sie prüfend betrachtete, genauso wie seine Spahis das damals getan hatten, an dem Tag, an dem ihr Vater sie zum Handelsgegenstand gemacht hatte. Er schien das, was er sah, nicht unerfreulich zu finden, und deshalb war sie bestürzt über die Art, in der er aufseufzte, als er seine Inspektion beendet hatte.

»Was bestickst du da gerade?« fragte er sie.

»Ein Taschentuch, mein Gebieter«, antwortete sie. Was dachte er denn, was es war?

»Laß mich einmal sehen.« Sie nahm es auf und überreichte es ihm. »Eine fein ausgeführte Arbeit. Du hast geschickte Hände. Darf ich es haben?«

»Ich bin noch nicht fertig damit …«

»Hab es heute abend fertig für mich«, sagte er und legte es sorgfältig über ihre linke Schulter. Hürrem sah, wie die Augen des alten Kislar Aghasi sich vor Überraschung weiteten. Ein Taschentuch, das über die Schulter eines Mädchens gelegt wurde, bedeutete, daß sie jetzt Gözde war, und daß der Sultan mit ihr zu schlafen wünschte. Kein Mädchen war auf diese Weise ausgezeichnet worden, seit der Sultan den Thron bestiegen hatte.

Süleyman wandte sich ab und ging ohne ein weiteres Wort. Der Kislar Aghasi sah aus, als würde er platzen; dann besann er sich und eilte hinter dem Sultan her, um seinen Pflichten nachzukommen.

Hürrem sah ihnen nach, viel zu überwältigt, um sich rühren zu können, und bebte am ganzen Körper vor Triumph und vor Aufregung.

Gözde!

Süleyman eilte den Säulengang entlang und fühlte sich verärgert und erleichtert zugleich. Ärgerlich war er darüber, daß er wieder einmal dazu gezwungen worden war, aufgrund seiner Stellung sein eigenes Gewissen zu verraten, erleichtert aber darüber, daß er so schnell und entschieden gehandelt hatte. Nach Hafises Vorhaltungen hatte er beschlossen, daß er sich die erst beste Odaliske, die er antreffen und deren Art und Erscheinung ihm nicht allzusehr mißfallen würde, auswählen wollte. Diese … Hürrem … war auf eine koboldhafte Weise anziehend, und sie hatte zumindest eine belustigende Denkweise. Haremmädchen waren normalerweise unerträglich hohl und leer unter ihrer hübschen, verwöhnten Haut. Diese hier wenigstens war vielleicht anders.

Und wenn sie schwanger wurde, würde seine Mutter für eine Weile zufrieden sein. Und er könnte zu Gülbehar zurückkehren.

10

Topkapi Sarayi

Obwohl Süleyman wußte, daß es sich nur um eine Lichttäuschung handelte, schien es ihm, als zittere der aufgehende Mond am Nachthimmel. Sie hatten vortrefflich gespeist und dem Hummer, Stör und Schwertfisch, die am selben Morgen erst aus dem Bosporus gezogen worden waren, mit Eisgetränken aus Veilchen und Honig nachgespült. Und obwohl der Koran es verbot, hatten sie das Mahl mit einer Flasche zypriotischen Weines abgerundet.

Es war eine geringfügige Überschreitung, aber eine, die ihm gewisse Befriedigung verschaffte, denn in allen anderen Dingen wurde jede Stunde seines Lebens vom Protokoll bestimmt. Jeden Morgen unmittelbar nach dem Wachwerden kümmerten sich der Nagelpfleger, der für seine Maniküre zuständig war, und der Oberste Barbier, der seinen Kopf rasierte, um ihn. Während der Garderobenmeister ihm die Kleidung für den Tag zurechtlegte, von der jedes Teil mit Aloeholz parfümiert war, wickelte ihm der Oberste Turbandreher Ellen von weißem Linnen um seinen Fez.

Von Samstag bis Dienstag erhob er sich im Morgengrauen, um am Diwan teilzunehmen. An jedem Freitag ritt er am Diwan Yolu entlang zu Gebeten in der Hagia Sophia, in Prozession mit seinen Großwesiren, Astronomen, seinem Obersten Jäger, dem Obersten Wärter der Nachtigallen, dem Schlüsselmeister, dem Rittmeister, dem Turbanmeister und viertausend seiner Janitscharen und Spahis von der Hohen Pforte, seiner regulären Kavallerie. Für den Nachmittag war eine kurze Ruhepause vorgesehen, auf zwei Matratzen, von denen eine aus Silber-, die andere aus Goldbrokat gefertigt war. Zu allen Zeiten warteten ihm fünf Wächter auf, taubstumme Eunuchen mit krummen Jatagans. Sogar im Schlaf war er nicht allein.

Sein ganzes Leben wurde von den Erfordernissen des Staates diktiert. Innerhalb der ihn einengenden Verpflichtungen erlangten die kleinen Akte von Widerstand eine große Bedeutung für ihn.

Ibrahim war ein Beispiel dafür. Sie waren unzertrennlich geworden; während der Belagerung von Rhodos hatten sie im selben Zelt geschlafen, ja sie hatten sogar ihre Kleidung untereinander ausgetauscht. Er wußte, daß er bei Hof Anstoß damit erregt hatte, einem Sklaven solche Gunst zu bezeugen; aber schließlich war Ibrahim für Süleyman viel mehr als ein Sklave. Er war sein Vertrauter, sein Beichtvater und Ratgeber. Wenn irgend jemand half, die Last zu tragen, dann war es nicht Gülbehar oder Hafise, nicht einmal der Großwesir. Es war Ibrahim.

Heute abend saß dieser mit überkreuzten Beinen unter dem Fenster und zupfte auf seiner Viole. Es war ihre Gewohnheit, abends im Palast zusammen zu essen, und wenn die Stunde spät war und sie ein bißchen zuviel von dem Zypernwein genossen hatten, rollten Süleymans Pagen zwei Matratzen aus dem Alkoven in der Wand hervor, und Ibrahim schlief die Nacht über ebenfalls dort.

Ibrahim war als Sohn eines Fischers an der Westküste Griechenlands in Parga geboren worden. Eines Tages waren türkische Räuber in sein Dorf gekommen und hatten ihn als Beute mitgenommen. Sie brachten ihn auf die Sklavenmärkte in Stambul, und dort wurde er von einer Witwe aus Manisa erworben. Diese erzog ihn zum Muslim, und als sie entdeckte, daß der Junge Talent für Musik und Sprachen zeigte, sorgte sie dafür, daß er eine gute Erziehung bekam. Er lernte, auf der Viole zu spielen, und konnte fließend Persisch, Türkisch, Griechisch und Italienisch sprechen. Später verkaufte sie ihn mit einem ansehnlichen Gewinn in Süleymans Dienste, als dieser in der Funktion eines Gouverneurs der Provinz Kaffa nach Manisa kam.

Der Sklave wurde als Begleiter bald zur festen Einrichtung an Süleymans Seite. Er war genauso alt wie der Prinz, der Schahsade Süleyman, seine Gestalt war allerdings gedrungener, und er war dunkelhäutiger, außerdem weniger nach innen gekehrt. Tatsächlich schien es Süleyman manchmal, als müsse der junge Mann vor überschüssiger Energie, die in seinem so kompakten Körper steckte, schier bersten.

Als Süleyman im Jahre 1520 Sultan wurde, brachte er Ibrahim mit sich nach der Pforte und ernannte ihn zum Hasoda Bashi, zum Haushaltungsvorstand. Bald hörte er mehr auf Ibrahim, als er das je bei Piri Pascha, seinem alten Großwesir, getan hatte, und nach Rhodos entlohnte er Ibrahim für seinen guten Rat, indem er ihn zum Wesir ernannte. Dies war für sich genommen schon ein Symbol für den egalitären Charakter des ottomanischen Systems, daß ein christlicher

Sklave durch seine eigenen Verdienste aufsteigen konnte und im größten islamischen Reich, das die Welt je gesehen hatte, eine so hochangesehene Stellung einnahm. Was hatte der *Fatih* doch gesagt? dachte Süleyman …

»Unser Reich ist die Heimat des Islam … Vom Vater bis zum Sohn hält man die Lampe unseres Reiches mit dem Öl aus den Herzen der Ungläubigen am Brennen.«

»So ernst, mein Gebieter?« fragte Ibrahim ihn.

Süleyman seufzte. »Bedauerst du manchmal das Vergangene, Ibrahim?«

»Natürlich nicht. Was gibt es zu bedauern?«

»Wünschtest du nicht manchmal, du wärest jemand anders? Fragst du dich jemals, was aus dir hätte werden können, wenn die Piraten an jenem Tag nicht in dein Dorf gekommen wären?«

»Ich weiß, was mit mir geschehen wäre. Ich würde zum Frühstück und zum Abendbrot Fische essen und in der Zeit dazwischen ebendiese aus dem Netz ziehen. Statt dessen schlafe ich in einem Palast, trinke den besten Zypernwein und genieße das Wohlwollen des größten Herrschers auf Erden.«

»Dein Leben wäre viel einfacher gewesen.«

»Mein Leben wäre wertlos gewesen.«

Süleyman bemerkte wieder das irritierte Stirnrunzeln auf Ibrahims Gesicht. Er denkt, ich grüble zuviel. Vielleicht hat er recht.

»Du hast Freude daran, nicht? Du ziehst gerne in den Krieg, hörst dir das endlose Politisieren im Diwan gerne an.«

Ibrahims Gesicht wurde lebhaft. »Wir befinden uns am Nabel der Welt, mein Gebieter. Wir schreiben hier Geschichte.«

»Wir dienen dem Islam.«

»In der Tat, mein Gebieter. Das vergesse ich manchmal.« Ibrahim wandte seine Aufmerksamkeit wieder der Viole zu. »Wir sind die allergrößten Diener des Islam.«

Lügner, dachte Süleyman. Du tust dies alles aus Freude an der Sache. Vielleicht ist es das, warum ich dich so liebe und so beneide. Ich wünschte, ich könnte etwas mehr so sein wie du.

»Manchmal denke ich, daß du besser hättest Sultan sein sollen und ich der Sohn eines griechischen Fischers. Vielleicht wären wir so herum glücklicher gewesen.« Er erhob sich auf die Füße und rieb sich mit den Handinnenflächen die Müdigkeit aus dem Gesicht.

»Wollen wir jetzt schlafen gehen, mein Gebieter?«

»Du kannst schlafen, Ibrahim. Dein Leben ist nicht so kompliziert wie das meine. Ich habe jetzt noch eine Pflicht zu erfüllen.«

Man hatte Hürrem zuallererst zur Badewärterin gebracht, wo sie gebadet und massiert wurde. Man färbte ihr die Nägel, ihr Haar wurde mit Jasmin parfümiert, ihre Haut mit Henna eingerieben, um das Schwitzen zu verhindern, und ihre Augen mit Kajal geschwärzt.

Danach überließ man sie der Obhut der Kiaya der Gewänder, die sie in ein rosafarbenes Hemd und einen langen purpurnen Kaftan kleidete und darüber eine Robe aus silber- und aprikosenfarbenem Brokat legte. Die Kiaya der Juwelen hatte eine Diamantenhalskette gebracht, die schwer wie ein Eisenkragen war, dazu silberne Ringe und Armbänder, aufgereihte dicke Perlen aus dem Arabischen Meer zum Einflechten in die Haare und schwere Rubinohrringe, die ihr bis auf die Schultern reichten. Gleichzeitig gab sie ihr Anweisungen, die sicherstellen sollten, daß Hürrem am nächsten Morgen alles zurückgab.

Eine der Gedikli hielt einen Spiegel hoch, damit Hürrem sich im Spiegelbild betrachten konnte. Fassungslos besah sie das Ergebnis. »Ich sehe absolut scheußlich aus.«

Die Hände auf die Hüften gestemmt, stand die Kiaya der Gewänder vor ihr und betrachtete ihr Werk. »So ist es Sitte.«

»Wohl die Sitte, die einen Mann dazu bringt, sich vor Lachen auf dem Fußboden zu wälzen.«

»Du undankbares kleines Biest«, fauchte die Kiaya. »Siehst du denn gar nicht, welch große Ehre dir zuteil geworden ist? Denke daran, daß dies auch einmal mit mir geschehen ist – bilde dir also nicht ein, du seiest überlegen und mächtig. Du könntest eines Tages als Gewandhüterin enden, und nicht mehr als das!«

»Wenn du dich so für ihn gekleidet hast, dann kannst du von Glück sagen, daß er dich nicht zur Kiaya der Herrschaftlichen Aborte ernannt hat.«

Die Kiaya zischte vor Wut und sandte die beiden Gedikli aus dem Zimmer. Sie wandte sich an Hürrem. »Nun hör einmal gut zu«, fauchte sie. »Ich leugne nicht, daß du mich niemals so zuvorkommend behandelt hast, wie es dir geziemt hätte, aber ich bin immer noch gewillt, dir zu helfen. Dies hier ist eine Gelegenheit, die einem nur einmal im Leben widerfährt. Ich weiß, wie es dabei zugeht. Ich war einmal

Gözde, als Bayezit Sultan war. Laß mich dir sagen, was du tun solltest, um ihm zu gefallen …«

»Ich brauche keine Ratschläge von einer Niete. Ich weiß, was getan werden muß! Ich muß schwanger werden!«

Und sie fegte aus dem Zimmer.

11

Zwei Wächter waren erschienen, dieselben, die sie an diesem Tag schon vorher zum Innenhof geführt hatten. Sie geleiteten sie durch ein Labyrinth aus düsteren, kalten Säulengängen und dann eine enge Stiege hinunter. Ihr Brokatgewand und die Ärmelschleppen ihres seidenen Kaftans verfingen sich ständig an dem splitterigen Holz und rissen sich daran. Schließlich verspürte sie kühle Zugluft an der Wange und wurde durch eine schwere Eisentür in die Nacht vorangeschoben, in eine kastenartige Kutsche hinein. Eine Wolke von Pferdegeruch und schimmeligem Leder schlug ihr entgegen, und dann wurde sie von einer weichen, fleischigen Hand nach innen gezogen.

Die Kutsche ruckte nach vorn, und sie vernahm das Geklapper von Pferdehufen auf Pflastersteinen. Nachdem ihre Augen sich an das Licht gewöhnt hatten, erkannte sie die massige Gestalt des Kislar Aghasi, der ihr gegenübersaß.

»Wohin fahren wir?« fragte Hürrem.

»Zum Sultan«, sagte der Kislar Aghasi. »Er erwartet dich im Topkapi Sarayi.«

Die Vorhänge an der Kutsche waren zugezogen. Hürrem versuchte sie beiseite zu schieben, aber er schubste ihr die Hand weg.

»Ist es weit?«

»Nicht weit«, beschied sie der alte Eunuch, und sie konnte spüren, wie er sie einer Katze gleich beobachtete, mit Augen, die riesig groß waren und in der Dunkelheit weiß leuchteten. »Der Kapi Aga hat dies hier für dich eingefädelt.« Das war eine Feststellung, keine Frage.

»Warum sollte er das tun?«

65

»Diese Frage habe ich mir auch gestellt.«

In der Dunkelheit der Kutsche konnte sie sein Gesicht nicht sehen. Sie hatte das unheimliche Gefühl, sich mit einem Augenpaar zu unterhalten. »Und welche Antwort hast du dir selbst gegeben?«

»Ich habe keine. Genausowenig wie ich eine Antwort darauf habe, warum er so bleich ist. Wie ein Mann, der auf seine Hinrichtung wartet.« Er hielt inne. »Aber vielleicht ist ihm nur unwohl.«

»Vielleicht.«

»Mißversteh mich nicht. Wenn der Kapi Aga in Ungnade fiele, würde ich nicht allzu viele Tränen vergießen. Denke daran.«

»Das werde ich«, sagte Hürrem.

Bald darauf kam der Wagen rasselnd zum Halt, und die Tür wurde aufgerissen. Hürrem schaute, so schnell sie konnte, um sich. Dies war also der Topkapi. Der große Turm des Diwan ragte in der Dunkelheit vor ihr auf, und Fackeln, die man über die Gärten verteilt hatte, schimmerten durch die überhängenden Zweige der Platanenbäume.

Zwei Hellebardenträger, denen der schwere, üppige Federbesatz auf ihren Helmen die Augen verdeckte, führten sie durch ein riesiges eisenbewehrtes Tor und über die Pflastersteine mitten hinein in den Sarayi. Der Kislar Aghasi, der hinter ihnen herwatschelte, keuchte und pustete. Hürrem staunte darüber, wie aufgeräumt und weitläufig alles war im Verhältnis zur grauen und düsteren Beengtheit, die im Harem des Eski Sarayi herrschte. Die Wände waren aus Stein statt aus Holz, es gab ausgedehnte Innenhöfe, und sie konnte hören, wie tausend Bäume im Nachtwind wisperten.

Schließlich gelangten sie zu zwei großen Holztüren mit Einlegearbeiten aus Perlmutt und Schildpatt, die zu den privaten Gemächern des Sultans führten. Zwei Solaken, die Leibwächter des Sultans, standen mit gezogenen Jatagans auf ihrem Posten zu beiden Seiten der Türen.

Hürrem schöpfte tief Atem. Dies war der Augenblick, für den sie ihre Ränke geschmiedet und auf den sie alles gesetzt hatte. Nun gut, sagte sie sich, kein Grund die Nerven zu verlieren. Du mußt ihn nicht betören. Empfange einfach seinen Samen, nimm ihn dankbar an und laß ihn zur Freiheit hin aufgehen.

Der Kislar Aghasi stieß die Türen auf und führte sie hinein.

Voller Ehrfurcht schaute Hürrem im Raum umher.

Die Wände des Schlafgemachs waren mit Fayencekacheln aus Iznik verziert, mit reichen Blumen- und Fruchtmustern in Pfauenblau, Orange und frischem Grün. Die Decke wölbte sich zu einer großen Kuppel, und darunter glitzerten Weihrauchgefäße an langen Goldketten, in denen Türkise und Rubine glitzerten. Ein offener Kamin beherrschte, einer großen Kupferpyramide gleich, die eine Wand. In den Wänden waren Nischen eingelassen, in denen Öllampen glimmten.

Das Bett selbst befand sich auf einer erhöhten Plattform in einer Ecke des Zimmers, darüber hing ein Baldachin, der aus goldenem und grünem Bursa-Brokat gewirkt war und von Säulen aus kanneliertem Silber getragen wurde. Die Decken und Kissen waren aus karmesinrotem Samt und mit Perlenlitzen besetzt. An allen vier Enden brannten Kerzen auf Platinleuchtern.

Süleyman selbst saß auf einem Diwan aus schimmerndem Goldsamt. Er trug ein Gewand aus apfelgrünem Brokat und einen Turban aus reinweißer Seide, dessen Falten mit einer Spange gerafft wurden, die aus Reiherfedern und einem Smaragd von der Größe einer Kinderfaust bestand. Einen Arm hatte er schlaff über den Rücken des Diwans gelegt. Er wirkte ein wenig gelangweilt.

Hürrem hörte, wie hinter ihr die Tür leise ins Schloß fiel, als sich der Kislar Aghasi aus dem Raum schlich. Sie waren allein.

Er betrachtete sie lange, ohne ein Wort zu sagen. Sie konnte fast hören, wie er dachte. »Was haben sie denn mit dir gemacht?«

Sie versuchte, das verzweifelte Aufschluchzen in ihrem Hals zu unterdrücken. Sie hätte sich von Anfang an auf ihr eigenes Urteil verlassen sollen! Statt dessen hatte sie es zugelassen, daß die Kiaya sie noch einmal demütigte.

Schnell band sie die Robe auf und ließ sie auf den Boden gleiten, dann öffnete sie die Diamantknöpfe des Kaftans und zog ihn sich über den Kopf. Sie riß sich die Diamantkette vom Hals und warf sie zusammen mit den Ohrringen auf die Robe. Zuletzt löste sie die Perlen aus ihrem Haar und schüttelte es, so daß es frei herabfiel.

Als sie fertig war, trug sie nur ihr Hemd und ihre Haremshosen. Sie deutete auf den großen Stoß Kleider zu ihren Füßen. »Die Gewandmeisterin hat meine Garderobe eigenhändig zusammengestellt«, sagte sie. »Sie ist jetzt schon halb blind, wie man erkennen kann.«

Er hatte sich nicht bewegt. Warum tut er, warum sagt er nicht irgend etwas, dachte sie. Dann traf die Erkenntnis sie wie ein Schlag. Er fühlt sich genauso unsicher, wie ich mich fühle!

Sie mußte ihn aus seiner Apathie herausrütteln. Sie kannte nur einen Weg, der dazu führte. Sie fiel auf die Knie und bedeckte ihr Gesicht mit den Händen. Sie fing an zu weinen.

»Was ist los?«

»Herr meines Lebens, warum hast du mich ausgewählt? Es gibt so viele wunderschöne Mädchen im Harem. Ich bin nicht gut genug für dich. Ich weiß nichts über Liebe oder über Männer.«

Sie hörte, wie er sich vom Diwan erhob und auf sie zukam. Sie widerstand der Versuchung, seinen Gesichtsausdruck erhaschen zu wollen. Sie spürte, wie er ihre Schulter berührte.

»Bitte. Steh auf.«

»Ich schäme mich zu sehr. Du findest mich häßlich.«

»Ich finde dich … entzückend. Nur anfangs, als du eingetreten bist … Du hast recht, die Kiaya muß halb blind sein.«

Sie tastete nach seiner Hand und erlaubte ihm, sie wieder auf die Füße zu heben. Sie sah zu ihm auf in seine Augen und suchte in seinem Gesicht nach irgendeinem Anhaltspunkt dafür, was er dachte. »Ich habe dies niemals gewollt«, flüsterte sie. »Ich habe Angst.« Das war nun wenigstens die halbe Wahrheit, dachte sie. Ich habe tatsächlich Angst.

»Jedes Mädchen im Harem würde jetzt gerne mit dir tauschen, nehme ich an.« Er schien amüsiert, ja sogar verblüfft zu sein. Das war gut.

»Dann laß sie. Sie sind alle viel schöner als ich.«

»Komm und setz dich.« Er führte sie zu dem Diwan und setzte sie neben sich. Er hielt immer noch ihre Hand. »Ich finde, daß du sehr außergewöhnlich bist«, sagte er, und seine Finger spielten mit einer ihrer Haarlocken.

Sie bewegte leicht ihren Kopf und hielt seine Hand zwischen ihrer Wange und ihrer Schulter fest. »Was soll ich tun?«

Er zögerte. »Es gibt keine … Vorschriften hierfür.«

Er beugte sich vor und nahm fast schüchtern ihr Gesicht in seine Hände. Er zog ihr Gesicht sehr langsam zu sich heran und küßte sie. Sie roch den sauren Dunst von Wein. Jetzt kenne ich das erste Geheimnis von dir! dachte sie.

Seine Hände lagen auf ihren Schultern. Mit plötzlicher Heftigkeit zog er sie an sich. Unsanft drückte er ihr Gesicht an sein eigenes, und sie spürte, wie sich die harten Stoppeln seines Bartes gegen ihren Mund

und ihre Wangen preßten. Dies ist jetzt mein Augenblick, dachte Hürrem.

Sie stöhnte laut und fühlte, wie seine Finger ihre Schultern stärker umklammerten und sich in das weiche Fleisch gruben. Ja, du magst das, nicht wahr? dachte sie. Wie sie es vermutet hatte, wollte der Herr aller Herren dieser Erde einen Beweis dafür, daß er tatsächlich großartiger war als die anderen Männer. Hier ist der Schatten, den Gott auf die Erde wirft. Heute nacht werde ich alles tun, was ich kann, um ihn glauben zu machen, daß er das wirklich ist.

Er stieß sie nach hinten auf den Diwan. Sie spürte, wie seine Finger an den Perlenknöpfen des Hemdes rissen. Mit leicht geöffneten Lippen und fast geschlossenen Augen gab sie sich ihm hin. Sie murmelte sanft, beinahe so, als würde es ihr irgendwie Lust verschaffen, von einem Mann geliebt zu werden.

Es war noch Nacht, als sie ihn aus dem Schlaf weckte. »Bitte, tu es noch einmal«, flüsterte sie. »Vielleicht geschieht das nie wieder mit mir. Bitte, nur noch ein einzigesmal. Es ist so schön mit dir.«

Süleyman wollte nur schlafen, aber dies war eine neue Entdeckung: eine Frau, die dieser Angelegenheit genausoviel Lust abgewinnen konnte wie ein Mann. Er war sich sicher, daß sie, wenn sie es denn nicht berufsmäßig war, so doch als eine Hure zur Welt gekommen sein mußte, aber es kümmerte ihn nicht. Diesen Fall würde er nicht vor die Richter der Ulema, den Gelehrtenrat, bringen. Die Seele einer Frau, hatten die Gesetzesrichter entschieden, wog nicht so schwer wie die eines Mannes, war eher auf der Ebene mit der eines Hundes oder einer Katze. Dennoch mußte ihre Seele irgendwann einmal zur Rettung gebracht werden.

Aber jetzt noch nicht.

Jetzt noch nicht.

12

Als Ikbal erhielt Hürrem ein Taschengeld von zweihundert Asper und ihr eigenes Wohnquartier, gleichzeitig ausreichend Organza, Seide, Taft, Brokat und Satin, um sich von der Gewandmeisterin mit einer vollständigen Garderobe ausstatten lassen zu können. Sie besaß sogar ein eigenes Bad, aus rosa geädertem Marmor gemeißelt, mit Springbrunnenkaskaden, aus denen duftendes Rosenwasser floß. Auf der Terrasse zwitscherten Nachtigallen in Zedernkäfigen.

Auch eine eigene Gedikli wurde ihr zugestanden. Hürrem bat um Muomis Besuch.

Die junge Negerin schien weder erfreut noch überrascht darüber, von Hürrem herbeizitiert worden zu sein. Mürrisch stand sie auf der Terrasse, schob ihre großen, gespreizten Füße unruhig hin und her, und ihr Gesicht trug eine düstere, gleichgültige Maske zur Schau.

Hürrem saß mit untergeschlagenen Beinen auf dem Diwan und musterte sie. »Arbeitest du gerne jeden Tag im Hammam?« fragte sie sie.

Zur Antwort zog Muomi nur die Schultern hoch.

»Als Ikbal darf ich mir eine Dienerin aussuchen. Die Arbeit wird um vieles leichter sein als das, was du gewöhnt bist.«

Muomi zog die Schultern erneut nach oben.

Hürrem stand auf und ging langsam zu ihr hinüber, bis ihre Füße nur wenige Zentimeter voneinander entfernt waren. »Ich möchte, daß du mir hilfst. Sag mir, was du dafür verlangst.«

Muomi rümpfte die Nase, als sei ihr irgend etwas Widerliches daruntergekommen. »Als ich sieben Jahre alt war, kam der Zauberer unseres Stammes mit einer brennenden Nessel in die Hütte meiner Familie. Er spreizte mir die Beine auseinander und rieb mir die Nessel in meine Spalte ein. Sie sollte dadurch anschwellen. Am nächsten Tag kam er zurück und strich mir Butter und Honig zwischen die Beine, und dann schnitt er alles fort, was einer Frau Lust verschaffen kann, und brannte die Wunde mit glühender Kohle aus. Meine Mutter tat, als weine sie

70

vor Freude, um damit meine Schreie zu übertönen. Als ich geheiratet habe, öffnete mein Mann mich mit einem Messer, um mich nehmen zu können. Dann ließ er mich wieder zunähen bis zum nächstenmal. Als das Baby sich ankündigte, war es dasselbe. Als dann die Händler kamen, verschleppten sie mich und mein Baby, aber mein Baby war ein Junge, und so nahm man ihn mir fort. Ich weiß nicht, ob er tot ist oder ob er lebt. Wenn er lebt, werden sie ihn kastrieren, so wie sie mich kastriert haben. Was immer auch geschieht, ich werde jetzt den Rest meines Lebens als Sklavin an diesem Ort verbringen. Wenn nicht für dich, dann für jemand anders. Sag mir also – was könntest du mir überhaupt bieten?«

Hürrem blickte sie lange Zeit unverwandt an. »Rache«, sagte sie schließlich.

Der Okmeydan, der Platz der Pfeile, bot einen Ausblick über die Haine voller Platanenbäume und Rosenbüsche, die so groß wie Aprikosenbäume waren, hinunter auf die dunklen Wasser des Goldenen Horns. Es war beinahe Sommer, die Jahreszeit, in der die Kriegstrommel im Hof der Janitscharen erklang, und der »mächtige Türke« sich wieder aufmachte, um von Stambul aus in die feindlichen Länder einzufallen.

Aber in diesem Jahr sollte kein Krieg stattfinden, und Süleyman würde bald mit seinem Hofstaat zum Jagen nach Adrianopel ziehen. Zusammen mit Ibrahim ging er jetzt regelmäßig zum Okmeydan und übte sich dort mit Pfeil und Bogen im Zielschießen. Ibrahim hatte die Statuen aufgestellt, die sie von den Hängen um Belgrad als Beute mitgebracht hatten. Der Gedanke, griechische Götter als Zielscheiben zu benutzen, schien ihn irgendwie zu amüsieren.

Jetzt hüpfte er durch das Gras wie ein kleiner Junge, rannte, um die Pfeile einzusammeln, die ihr Ziel verfehlt hatten, und triumphierte vor Freude, wenn er gut gezielt hatte und sein Pfeil an seinem marmornen Opfer zersplittert war.

Schließlich ruhten sie sich im breiten Schatten einer Feige aus, und Pagen brachten ihnen Oliven, Käse und Sorbets.

»Wenn unsere Marmorstatuen Karl oder Ferdinand gewesen wären, hätte ich ihre Herzen jetzt tausendmal durchlöchert!«

»Du triffst ausgezeichnet, Ibrahim. Wenn ich ein Keiler wäre, würde ich mich jetzt auf den Weg nach Rußland machen.«

»Dein Auge ist auch sehr gut«, log Ibrahim.

»Nein, nein. Meine Gedanken sind heute mit anderen Dingen beschäftigt.«

Ibrahim leerte seinen silbernen Pokal, wählte dann sorgfältig eine Olive aus und kaute sie bedächtig, wobei er den Kelch um eine Armlänge entfernt hinstellte. Dann spuckte er den Stein mit theatralischer Geste in den Becher. Es rappelte, als er sein Ziel erreichte, und Ibrahim grinste vor Genugtuung.

»Manchmal bist du wie ein Kind.«

»Aber es bereitet dir Freude?«

Süleyman lächelte. »Du bereitest mir immer Freude.«

»Was also macht dir Sorgen, mein Gebieter?«

Süleyman seufzte. Bei Ibrahim konnte er immer sagen oder fragen, was er wollte. »Als wir aus Manisa kamen, konntest du dir doch deinen eigenen Harem einrichten?«

Ibrahim grinste erneut. »Er kann sich nicht mit dem deinen an Größe messen, mein Gebieter.«

»Aber du hast eine Favoritin?«

»Natürlich. Immer wenn ich mit einer Frau zusammen bin, ist sie meine Favoritin.«

Das war nicht die Antwort, die Süleyman erhofft hatte. Wie konnte er sein Problem jemandem wie Ibrahim erklären? Seit er Hürrem zu sich ins Bett genommen hatte, konnte er ihr Bild nicht mehr aus seinem Kopf verjagen. In der nachfolgenden Nacht hatte er ein anderes Haremsmädchen ausgewählt – seine Pflicht galt schließlich der Stammhalterlinie der Osmanen, nicht sich selbst. Das Mädchen war ein albern grinsendes georgisches Mädchen gewesen, mit äußerst aufregenden tiefschwarzen Augen; die gingen wohl durch ihren Kopf hindurch, hatte Süleyman beschlossen, da so wenig Sinnvolles dabei herauskam, wenn sie ihren Mund öffnete. Als er sie in sein Bett nahm, hatte sie fügsam dagelegen und nur einmal aufgeschrien, als er in sie eindrang, und das war ein Schmerzensschrei gewesen und kein lustvoller.

Sie war makellos schön im klassischen Sinn, aber das, war er sich sicher, war nicht genug. Jedenfalls nicht für ihn.

Und was war mit Gülbehar? Sie war seit beinahe zehn Jahren seine Favoritin. Sie war ein dünnes, schüchternes Mädchen von fünfzehn gewesen, als er zum erstenmal mit ihr geschlafen hatte. Sie war eine Jungfrau gewesen, und für ihn war es ebenfalls das erste Mal. Bis Hürrem kam, hatte er gedacht, daß sie alle seine Bedürfnisse befriedige. Aber jetzt?

Das ganze Erlebnis hatte ein Gefühl des inneren Widerstreits in ihm hinterlassen, so, als sei seine Seele in zwei gespalten worden und die beiden Hälften lägen nun miteinander im Krieg. Der eine Süleyman wollte Hürrem noch einmal herbeizitieren und sich die Erinnerung an sie und ihren Duft durch Wiederholung aus dem Kopf herauswaschen.

Aber der andere Teil fürchtete sich. Es war nicht gut, wenn eine Frau soviel Wonne empfand wie ein Mann. Ihre Seele war von den Sünden Rachels besudelt. Wurde er nicht ebenfalls besudelt, wenn er sie in ihrem Laster ermutigte? Und was war mit Gülbehar? Er spürte das erste bittere Nagen eines Gefühls, das in Verbindung mit einer Frau zu empfinden er nie erwartet hatte. Schuldbewußtsein.

»Hat eine Frau eine Seele, Ibrahim?«

»Ist das von Bedeutung, mein Gebieter?«

Süleyman antwortete nicht. Zum erstenmal hatte er beschlossen, daß Ibrahim ihm nicht helfen konnte. In der Politik war er ein Diplomat und ein Staatsmann. Was aber Frauen anging, war er genauso ein Barbar wie die Muslime, die er insgeheim verachtete.

Ibrahim lehnte sich näher herüber, und für einen Augenblick fiel das Grinsen von ihm ab. »Ist es Gülbehar, die dir Sorgen macht, mein Gebieter?«

»Nein, es ist eine andere.«

Ibrahim hob eine Augenbraue. »Darf ich nach ihrem Namen fragen?«

»Sie heißt Hürrem.«

»Hürrem?« sagte Ibrahim. Eine andere Frau in Süleymans Bett?

Natürlich hatte Süleyman schon zuvor andere Frauen gehabt. In der Tat hatte er selber ihn häufig ermutigt, sich öfter welche aus seinem Harem auszusuchen. Warum verspürte er dann also plötzlich diese nagende Unruhe? Es war nichts, es hatte nichts zu bedeuten. Süleyman verfiel oft ohne Grund in diese seltsamen Stimmungen.

Er zielte mit einen weiteren Olivenstein auf den Becher, diesmal aber landete er weich im Gras, einen Männerschritt von seinem Ziel entfernt.

13

Meylissas Gesicht war hager, und ihre Augen wirkten vor Furcht hohl und eingefallen. Im milchigen Nebel des Hammam trieb ihr Kopf auf der gekräuselten Oberfläche des Wassers wie losgelöst vom Körper, wie irgendein schrecklicher Dämon, der Hürrem seine Anklage entgegenschrie. Die Augen verfolgten sie auf dem Weg zum Becken. Hürrem ging bis zum Beckenrand, ließ sich von Muomi das am Körper haftende Gazehemd ausziehen und glitt nackt ins Wasser hinein.

Der Kopf kam durch das Wasser auf sie zu.

»Du siehst krank aus«, flüsterte Hürrem.

»Mir ist jeden Morgen übel. Die Kiaya will mich auf die Krankenstation bringen.«

»Laß sie das ja nicht tun.«

»Denkst du denn, daß ich blöd bin?« Meylissa kam näher. Es kam Hürrem so vor, als könne sie die Verzweiflung des Mädchens regelrecht riechen, als liege sie wie Schweiß als ein säuerlicher, ranziger Geruch auf ihm. »Jeden Tag wird meine Taille dicker. Ich kann nicht ewig so tun, als käme es vom Kuchen. Du hast gesagt, daß du mir helfen würdest!«

»Was denkst du, warum ich hergekommen bin?«

Meylissas braune Augen blitzten vor Wut. »Ich vergaß. Du hast jetzt dein eigenes Hammam. Besucht der Sultan dich jede Nacht?«

»Ich werde dir helfen.«

Die Angst hatte sie gehässig gemacht. »Wie wohl? Wirst du dich beim Sultan für mich verwenden? Du bist Gözde, aber du bist nicht die Valide. Noch nicht, Hürrem.«

»Es gibt einen besseren Weg.«

»Nenne ihn.«

»Muomi.«

Meylissa warf einen Blick auf das schwarze Mädchen. In ihrer Stimme lag gleichzeitig eine Spur von Hoffnung und von Argwohn. »Deine Gedikli?«

»Sie ist eine Hexe«, flüsterte Hürrem.

»Das ist Unsinn«, sagte Meylissa, aber ohne viel Überzeugung, wie Hürrem schien.

»Sie wird dir einen Trank machen. Ein Abtreibungsmittel.«

Hürrem sah, wie Meylissas Unterlippe zu zittern anfing. Sie erkannte, daß das fortdauernde Entsetzen das Mädchen an die Grenze zur Hysterie getrieben hatte.

»Sei tapfer, Meylissa«, flüsterte sie.

»Es ist zu spät …«

Hürrem ergriff ihren Arm, Meylissa versuchte, sich ihr zu entziehen. »Sei doch nicht solch ein Schaf! Natürlich ist es nicht zu spät. Denkst du denn, daß dies für mich irgendwie einfacher ist? Was ist, wenn der Kislar Aghasi herausfindet, was ich tue? Man wird mich ebenfalls töten!«

Meylissa nickte mit dem Kopf, und aller Trotz war jetzt aus ihrem Gesicht verschwunden. »Wann?«

»Morgen werde ich dir Muomi vorbeischicken. Aber du darfst niemandem davon erzählen.«

»Natürlich werde ich das nicht tun.«

Hürrem ließ sie los. »Alles wird gut werden.«

Meylissa entfernte sich durch den Nebeldampf. Hürrem hörte das Wasser planschen, als sie aus dem Becken stieg, und sah den Schatten ihrer Gestalt an der Wand. Großer Himmel, Meylissa wurde dick, fand Hürrem. Bald würde sie überhaupt keine Taille mehr haben.

Aber bevor es soweit war, würde sie sich keinerlei Sorgen mehr machen müssen.

Gülbehar lag nackt neben ihm. Süleyman blickte auf sie herab und spürte, wie seine Erregung wuchs. Es war nicht nur, daß sie schön war, es war die Vertrautheit ihrer Schönheit, die er liebte. Vielleicht hat dieses Protokoll, das ich hasse, es doch geschafft, mich nach seinem Willen zu formen, dachte er. Ich liebe die Ordnung und die Wiederholung zu sehr.

Er berührte ihre Brust fast mit Verehrung. Sie war weiß und gerundet, und auf dem weißen Fleisch verfolgte er den Verlauf einer blauen Ader von der Brustwarze bis hoch zu ihrer Schulter. Er sah, wie sich die Brustwarze zusammenzog und versteifte, eines der kleinen fleischlichen Wunder.

Gülbehar schaute zu ihm auf und lächelte voll unverstellter Freude.

Er verspürte, wie neue Zweifel in ihm aufkamen. Sie mag dies, weil es mir gefällt, dachte er, und so soll es sein. Bei Hürrem ist es so, daß es ihr auch selbst gefällt, und das ist sündig. Warum fühle ich mich dann jetzt so leer?

Er betrachtete den übrigen Körper Gülbehars, die elfenbeinfarbenen Muskeln an Bauch und Schenkeln, das aufregende zinnoberrote Dreieck dort, wo sie ihren Schamhügel mit Henna eingefärbt hatte, wie es Mode war. Sie öffnete ihre Schenkel, war bereit für ihn.

Süleyman ließ sich auf sie herab und begann sich in sie hineinzuschieben. Gülbehar biß sich auf die Lippe und zuckte unter dem Schmerz zusammen, lächelte aber wieder, um ihn zu beruhigen. Erneut drängte er vor und forschte gespannt in ihrem Gesicht nach Anzeichen dafür, was sie fühlte.

Sie bemüht sich so eifrig, mir zu Gefallen zu sein. Sie hat niemals um mehr gebeten, als jeden Hunger, den ich habe, zu stillen. Warum sollte es je anders sein?

Er war jetzt in sie eingedrungen und fing an, sich heftiger zu bewegen. Er schloß die Augen – und das Bild von Gülbehars Gesicht verschwand, als hätte jemand einen Stein in ein stilles Wasserbecken geworfen. Statt dessen dachte er an Hürrem, daran, wie sie ihren Kopf in das Kissen zurückgeworfen hatte, ihren Mund in stummem Schrei geöffnet hielt, ihren Körper unter ihm gebogen hatte, als wäre sie von irgendeiner großen Qual ergriffen, und wie die goldrote Mähne über dem Kissen ausgebreitet lag. Dann merkte er, wie der Orgasmus ihn überkam und wie jeder Muskel in seinem Körper zitterte, als der Spasmus ihn durchfuhr.

Er stöhnte laut auf, dann verließ ihn alle Kraft, und er spürte, wie sich Gülbehars Arme um ihn schmiegten und zu sich herunterzogen.

Immer noch um Luft ringend, öffnete er die Augen und schaute in ihr Gesicht. Gülbehar lächelte immer noch.

»War es gut, mein Gebieter?« flüsterte sie.

»Ja«, log er, »sehr gut.«

Sein Hunger war verflogen. Was wollte er also mehr?

Die Antwort war einfach. Er wollte Hürrem.

Hürrem saß auf der Terrasse und betrachtete die hereinbrechende Morgendämmerung über der Stadt, sah zu, wie sich die silberne Sichel des zunehmenden Mondes im einsetzenden Blau des Morgens auflöste.

Die Rufe der Muezzins unterbrachen die kristallene Stille. Schon wieder war eine Nacht ohne ihn vergangen. Schon wieder hatte er eine Nacht mit Gülbehar verbracht. Schon wieder eine Nacht, die sie weiter ins Exil getrieben hatte.

Es war nun schon fast eine Woche vergangen, und Süleyman hatte nicht wieder nach ihr gefragt. Der Augenblick war vergänglich. Man konnte nicht ewig Ikbal bleiben. Wenn sie nicht schwanger werden würde und der Sultan sie auch weiterhin nicht beachtete, müßte sie wieder in das Nähzimmer und zu den Schmähungen und Seitenhieben der Kiaya der Gewänder zurückkehren.

Das würde sie niemals zulassen.

Niemals.

14

Seit er vor einer Woche zum erstenmal mit Hürrem gesprochen hatte, war der Kapi Aga tausend Tode gestorben. Jeder Augenblick war ein unheiliges Entsetzen, ein Warten auf die Vorladung vor den Sultan, die der Vorbote für die ausgiebige, langsame Rache des Sultans sein würde. Es gab keinen einzigen Moment, an dem er vom dumpfen Schmerz der Reue frei war, keine Nacht, in der er irgendeine Erholung im Schlaf finden konnte, und es verging kein Tag, an dem er sich nicht fragte, ob es nicht irgendeine Fluchtmöglichkeit gäbe. Aber wo könnte er sich verstecken, wo könnten die Krallen des Sultans ihn nicht mehr greifen, in einem Reich, das drei Kontinente umspannte?

Es war ein warmer, duftender Abend, und aus den blattreichen Zweigen der Platanenbäume tönte Nachtigallengesang. Es war beruhigend, es war trügerisch, denn es gab hier keine Sicherheit oder Wärme. Jeder Stein an diesem verdammten Ort war gefährlich.

Er drehte den Schlüssel im Schloß der alten Eisentür und öffnete sie zentimeterweise. Er schlüpfte hindurch in den Garten.

Sie war da.

»Ich habe getan, worum du gebeten hast«, sagte er.

Hürrem kniete auf dem Gras neben dem Marmorbrunnen, und vor ihr auf einem hölzernen Stuhl lag ein in Grün und Gold ausgemalter Koran. Sie trug ein Talpack aus grünem Satin, ein Hemd aus passendem, smaragdfarbenem Damast und weiße Seidenpluderhosen, die so durchsichtig waren, daß er Farbe und Form ihres Fleisches darunter ausmachen konnte.

Wenn er nicht solch entsetzliche Angst vor ihr gehabt hätte, hätte er sie begehrenswert gefunden.

Mit der Andeutung eines Lächelns auf ihren Lippen blickte Hürrem auf. Mit ihren durchdringenden grünen Augen schaute sie ihn seltsam an und wandte dann ihre Aufmerksamkeit wieder ihrem Koran zu. Er war kein schlechtaussehender Kerl, dachte sie. Die Augen waren so stumpf und roh wie bei einem Tier, aber das war ja bei einem Serben nicht anders zu erwarten. Man hatte ihn gut gekleidet: in einen Mantel aus grünem Samt, gelbe Sandalen, einen weißen Zuckerhutturban. Das Resultat war gar nicht so unansehnlich.

»Ich sagte, ich habe getan, worum du gebeten hast«, wiederholte er.

»Ich weiß.«

»Und jetzt?«

»Jetzt?«

»Mußt du deinen Teil der Abmachung einhalten.«

Sie blätterte eine Seite ihres Korans um. Der Kapi Aga bemühte sich, die Wut unter Kontrolle zu halten, die in ihm aufstieg. Was wäre es doch für eine Freude, ihr den Kopf abzuschneiden, dachte er, dieses kleine Biest auf der Stelle zu erledigen. Zuzusehen, wie ihr Blut über Mohammeds Wort und die graue Steinmauer hochspritzte. Er konnte fast hören, wie es aus ihrem Hals pulsierte. Wenn das doch nur das Problem lösen könnte!

»Wann kehrt der Sultan zurück in den Eski Sarayi?«

»Unsere Abmachung …«

»Wann?«

»Er zieht morgen in Richtung Norden zum Jagen nach Adrianopel. Er wird nicht zurück sein, bevor die Blätter fallen.«

Mit Genugtuung bemerkte der Kapi Aga, wie ihr das Blut aus dem Gesicht wich. So, nun verging ihr das Lächeln! Wieviel länger, denkst du, wirst du Gözde bleiben, kleines Biest?

»Wir hatten eine Abmachung.«

»Es gibt noch eine zusätzliche Bedingung.«

Der Kapi Aga tat einen Schritt nach vorn, mit zusammengeballten Fäusten. »Ich habe getan, worum du gebeten hast«, zischte er. »Du kannst keine neuen Forderungen an mich stellen!«

Hürrem schaute nicht einmal auf.

»Solange ich dein Geheimnis für mich behalte, kann ich tun, was ich will.«

Er sah sie hilflos an. Impotent, dachte er. Ja, schon wieder, ich bin impotent. Alles wegen dieser kleinen Hexe. »Du hast gesagt, du würdest mir helfen.«

Hürrem schloß das Buch, und die schweren Blätter schlugen mit solcher Entschlossenheit zusammen, daß das Geräusch in dem winzigen Hof Echos hervorrief. Sie stand auf und kam auf ihn zu. Zu seinem Erstaunen strich sie mit einem Fingernagel über seinen ganzen Arm nach unten und nahm seine Hand.

»Ich werde dir helfen. Ab heute abend wirst du kein Problem mehr haben. Du mußt nicht mehr länger in Furcht leben.«

Sein Mund war plötzlich trocken. Hürrem kam näher. Er konnte die Hitze ihres Körpers und die Weichheit ihres Schenkels an seiner Leiste spüren. Er spürte den Hauch ihres Atems an seiner Wange. »Was willst du?« fragte er, aber die Stimme klang nicht wie seine eigene.

»Ich will etwas von deinem Saft«, flüsterte sie.

Meylissa bestickte einen feuerroten Kaftan für den jungen Schahsaden Mustafa und hatte ihre Handarbeit zum Fenster genommen, um sie im fahler werdenden Nachmittagslicht zu überprüfen. Sie hörte, wie jemand hinter ihr den Raum betrat, und ihr ganzer Körper versteifte sich. Die Kiaya!

»Habe ich dich erschreckt?« fragte Muomi.

»Oh, du bist's.« Muomi schaute sie an. Meylissa wurde unruhig. Muomis hypnotische, zusammengekniffene Augen bewirkten immer, daß sie sich unwohl fühlte. »Was willst du?«

»Ich habe, was du wolltest.«

Muomi streckte ihre Hand aus und stellte ein kleines weißblaues Gefäß auf die Bank. Es hatte einen abgerundeten Korken. Meylissa schnappte es sich, entfernte den Korken und roch daran.

»Es riecht schlecht.«

»Schlucke alles herunter. Es wird dich krank machen und das Baby töten.«

Meylissa setzte den Korken wieder zurück. Plötzlich zitterten ihre Hände. »Danke.«

Muomi warf ihr einen mitleidigen Blick zu. »Ich habe nichts damit zu tun«, sagte sie und schlurfte hinaus.

15

Der Kislar Aghasi erwachte von den Schreien einer Frau. Zuerst dachte er, es wäre nur eins der Mädchen, das da im Schlaf heulte – manche von den Neuen taten das, und normalerweise sorgte er dafür, daß sie am nächsten Tag eine Tracht Prügel bezogen, um ihnen einzubleuen, damit aufzuhören. Aber als er richtig wach wurde, erkannte er, daß es sich hier nicht um den Alptraum eines jungen Mädchens handelte. Er hatte schon solche Schreie wie diese gehört, und sie waren aus der Folterkammer des Bostanji gekommen. Er spürte, wie ihm kalter, klebriger Schweiß am ganzen Körper ausbrach. Mit einem Schwung nahm er die Beine von der Liegestatt, angelte nach den hölzernen Sandalen, und die Hände zitterten ihm dabei.

Die Kerze war nicht sehr weit heruntergebrannt, und so überschlug er, daß er noch nicht mehr als eine Stunde geschlafen haben mochte. Er nahm die Kerze und eilte hinaus auf den Korridor, während sein dicker Bauch wie Gelee in seinem Nachthemd schwabbelte.

Die Schreie kamen aus dem Schlafsaal auf dem oberen Flur. Er nahm sich zwei seiner Wächter und eilte die hölzernen Treppen hinauf.

Meylissa rollte nackt auf dem Fußboden und kratzte mit ihren Fingernägeln auf den blanken hölzernen Bohlen, als suche sie verzweifelt nach irgendeinem handfesten Ausweg aus der Qual, die in ihrem Leib wütete. Ein neuerlicher Krampf schüttelte ihren Körper, und wie ein Fötus zog sie die Knie an sich und erbrach Blut. Blut und Speichel waren über ihr hübsches, dunkles Gesicht und ihre Brust verschmiert, und sie hatte die Lippen wie zum Fauchen über die Zähne hochgezogen, wie ein Hund, den man in einer Falle gefangen hatte.

Die Mädchen standen um sie versammelt und starrten sie an, erschrocken und fasziniert von den Einzelheiten des Todes. Einigen waren die Beine mit einem feinen Sprühmuster aus Blut überzogen, und als sich Meylissa erneut wand, schrien sie und sprangen zurück, als ob sie sie mit dieser entsetzlichen Sache auch anstecken könne.

Meylissa starrte sie durch die wild wütenden schwarzen Schleier ihres Schmerzes an und versuchte zu schreien: »Ich bin nicht krank. Es ist Gift!« Aber die häßlichen Sägegeräusche in ihrem Hals klangen weder wie ihre eigene Stimme noch wie sonst etwas Menschliches. Der Schmerz durchstach sie wieder, und sie krümmte sich und schrie auf.

Sie fühlte, wie sie von Armen gefaßt wurde, die versuchten, sie festzuhalten, aber sie fauchte und stieß wild fuchtelnd um sich, in der Absicht, sich von der Qual, die ihren Bauch zerfetzte, zu befreien. Einmal öffnete sie die Augen und schaute direkt in das entsetzte, haarlose Gesicht des Kislar Aghasi und erkannte Hürrem an seiner Seite. Sie versuchte, ihren Gesichtsausdruck zu ergründen. Sie wollte ihren Finger zur ewigen Verdammung auf sie richten, aber die Eunuchen hielten ihre Arme fest, und reden konnte sie nicht, weil ihr Mund voll von warmem Blut war. Sie fing an zu würgen, und tiefe Schwärze zog sich wie ein Vorhang vor ihren Augen zusammen.

Am Fluß Maritza, bei Adrianopel

Die Jagdhunde scheuchten das Rebhuhn von seiner Lagerstatt im Salbeibusch auf, und mit heftigen, wilden Schlägen seiner kurzen Flügel schoß es nach oben. Ibrahim lachte voller Aufregung und hob den schweren Lederhandschuh, den er an seinem linken Handgelenk trug, nach oben. Das Wanderfalkenweibchen spürte die Nähe der Beute und zitterte.

Ibrahim entfernte die lederne Augenklappe des Vogels, und die riesigen goldenen Augen zwinkerten zum wolkenbedeckten Himmel hinauf. Fast unvermittelt hob sich der Wanderfalke in die Luft, und die enormen Flügel ließen den Vogel in nur wenigen Sekunden auf große Höhe emporschnellen.

Jagdbereit gaben Ibrahim und Süleyman ihren Pferden die Sporen.

Der Falke tauchte seine Flügel nach unten und senkte sich herab. Einen Augenblick lang glitt er auf den Luftströmungen dahin, schwerelos wie die Luft selbst; im nächsten fiel er wie ein Stein vom Himmel. Das Rebhuhn flatterte in der Luft in panischer Angst und hatte keine Chance, langsam, schwer und dick, wie es war. Der Falke schlug es von oben, und es entstand ein Wirbel von Federn: die langen Klauen fanden ihren Angriffspunkt am Rückgrat, und der Schlag war so gewaltig, daß der Vogel im Flug starb. Für einen Moment fielen Sieger und Beute gemeinsam, dann löste der Falke seinen Todesgriff, schwenkte triumphierend ab und ließ das tote Rebhuhn in den Sumpf fallen.

Ibrahim stieß einen Freudenschrei aus und galoppierte bis hart an den Rand des schwarzen Wassers, die Hunde klatschten noch vor den Hufen der Pferde hinein und wetteiferten darum, die Beute herauszuziehen.

Ibrahim schaute nach oben und streckte seinen behandschuhten Arm für den Falken aus, der immer noch hoch über seinem Kopf kreiste.

Voller Furcht und Verwirrung beobachtete der Keiler mit seinen kleinen, gelben Augen den Eindringling von seiner Zufluchtsstätte, einem Gehölz wilder Rosen, aus. Er schnob heftig, während er sich immer weiter in die Dornen und den Stechginster hinein zurückzog. Von der einen Seite näherte sich das Kläffen der Jagdhunde, von der anderen das Donnern der Rufe und der Hufe der Bogenschützen. Er konnte sich nicht weiter in den Sumpf zurückziehen.

Er hatte nur eine Wahl.

Wutschnaubend stürmte er aus dem Dornengestrüpp.

Süleyman sah ihn kommen und rief Ibrahim eine Warnung zu. Er sah, wie der Keiler Ibrahims Araber hoch an der Flanke erwischte und mit einem vergilbten Stoßzahn die Seite des Hengstes durchbohrte und ihm ein blutiges Loch in den Bauch riß. Das Tier brüllte auf vor Überraschung und Schmerz und scheute zurück, wobei ihm die Eingeweide aus der Wunde quollen.

Süleyman befand sich noch fünfzig Ellen entfernt. Er spornte sein Pferd an, zog den Bogen aus der Lederhülle an seinem Sattel und zielte schnell. Sein erster Pfeil prallte dumpf auf die Schulter des Keilers auf und warf ihn zur Seite. Torkelnd rappelte er sich wieder auf die Füße, quiekte schrill und wandte sich dieser neuen Pein zu.

An den Zügeln führte Süleyman sein Reittier näher, zog einen neuen Pfeil aus dem juwelenbesetzten Köcher und zielte sorgfältig. Der zweite Pfeil traf den Keiler hinter der Schulter, drang von dort in das Herz und grub sich tief hinein.

Der Keiler taumelte zurück, und die Hinterbeine brachen unter seinem Gewicht zusammen.

Plötzlich war es, als werde die Luft ringsum von riesigen Händen zerteilt, während Pfeil um Pfeil in den grauen Leib des Keilers eindrang. Das Blut lief ihm aus zwei Dutzend Wunden, und er sackte hintenüber. Augenblicke später war er tot.

Die Janitscharen, welche die Bogenschützen gewesen waren, jubelten und rannten vor, und im Nu war Süleymans Pferd von Solakenreitern umstellt. Süleyman achtete nicht auf die lautstarken Entschuldigungen des Kapitäns und sprang von seinem Pferd.

»Ibrahim?«

Ibrahims Araber stand immer noch aufrecht, drehte sich und wieherte – angezogen vom Blut kläfften die Jagdhunde und kreisten ihm um die Beine, leckten und sprangen nach den Eingeweiden, die ihm aus der Flanke hingen. Einige der Janitscharen liefen mitten hinein ins Gewühl, wobei einer versuchte, die Zügel des Pferdes zu ergattern, während die anderen fluchten und mit ihrem Killiç auf die Hunde einhieben.

Der verwundete Hengst, dem Schaum aus dem Maul troff und dem vor Schmerz und Entsetzen die Augen aus dem Kopf traten, drehte sich zu Süleyman hin. Der stolperte rückwärts. Aber dann waren die Hunde wieder da, und das Pferd drehte sich im Kreis, galoppierte durch die Quittenbäume ins Weite und war fort.

Benommen schaute Süleyman um sich. Wo war Ibrahim? War er tot?

Plötzlich entdeckte er ihn, bis zum Knie im Sumpf, und sein weißer Kaftan war mit Brackwasser und Schlamm besudelt. Sein Turban saß schief und verlieh dem breiten, verschmitzten Grinsen auf seinem Gesicht einen Hauch von Wahnsinn. In seiner rechten Hand hielt er das Rebhuhn am blutigen Genick.

»Wir haben unsere Beute!« rief er Süleyman zu.

»Ich dachte, du wärest tot!« entfuhr es Süleyman.

»Wie könnte ich sterben, solange mein Sultan mich beschützt?«

Er strahlte eine knabenhafte Unschuld aus, fast so, als wäre ihm gar nicht in den Sinn gekommen, daß er hätte verletzt werden können. In der Tat wirkte er so zufrieden mit sich und seiner Trophäe, daß Süleyman den Kopf zurückwarf und gleichfalls lachte.

Sie waren in Süleymans Zeltpavillon, und die Musik von Ibrahims Viole wurde vom Quaken der Frösche in den Sümpfen nahezu ertränkt. Das Kerzenlicht flackerte auf den wogenden scharlachroten Falten des Zeltes.

Süleyman war von der ereignisreichen Jagd immer noch sehr aufgeregt und konnte nicht schlafen. Mit untergeschlagenen Beinen saß er auf dem Diwan, während Ibrahim die Melodie zu Ende spielte; aber seine Gedanken waren nicht bei der Musik. Er hatte einen Entschluß in einer Angelegenheit gefaßt, die ihn seit einigen Wochen beunruhigt hatte. Er hatte seine eigene Vorliebe gegen die Vorschriften von Tradition und Hofprotokoll abgewägt, und seine Unentschiedenheit war durch sein Bedürfnis, sich vor seinem eigenen Gewissen zu rechtfertigen, noch stärker geworden.

»Ich will Ahmed Pascha durch einen anderen Großwesir ersetzen«, sagte er plötzlich, als die letzten Töne von Ibrahims Melodie noch in der Luft schwebten.

»Hat er seine Pflicht vernachlässigt?« fragte Ibrahim.

Sogar er sieht überrascht aus, dachte Süleyman.

»Nein. Aber er besitzt nicht die notwendigen Fähigkeiten.«

»Aber er hat viele Jahre lang im Diwan gedient …«

»Ja, ja. Dennoch ist er nicht geeignet. Ich will ihn zu meinem Gouverneur in Ägypten machen. Ich habe nicht vor, ihn zu erniedrigen.« Süleyman runzelte die Stirn wegen Ibrahims Einwurf. Wann machte sich Ibrahim denn selbst jemals Gedanken darüber, was man allgemein für richtig hielt?

»Durch wen willst du ihn ersetzen?«

Süleyman fühlte sich wie ein Vater, der dabei war, seinem Sohn ein wertvolles Geschenk zu überreichen. Er erschauerte vor Freude. »Durch dich, Ibrahim.«

Ibrahim wandte den Blick zur Seite. »Durch mich?«

»Ja. Du wirst mein neuer Großwesir sein.«

Süleyman wartete. Aber die erwartete Flut von Dankbarkeit und das vertraute knabenhafte Grinsen traten nicht zutage. Statt dessen barg Ibrahim die Viole in den Armen und starrte finster auf seine Hände.

Süleyman spürte eine gewisse Gereiztheit in sich aufsteigen. »Was ist los?«

»Einige Vertreter des Diwan werden sich fragen, warum du mir vor Ahmed Pascha den Vorzug geben willst.«

»Es ist nicht Sache des Diwan, meine Entscheidung über irgend etwas in Frage zu stellen.«

»Nur, was sie privat sagen werden, macht mir Sorgen.«

»Was sie privat sagen, kann dir nichts anhaben!«

»Aber es wird so aussehen, als sei ich unserer Freundschaft wegen zum Pascha ernannt worden.«

Süleyman starrte Ibrahim erstaunt an. Dies war ganz und gar nicht, was er erwartet hatte. Ibrahim hatte die Stellungen, die er ihm zugewiesen hatte, immer mit Wonne, ja mit Triumph angenommen. Süleyman glaubte nicht, daß Ibrahim sich über die Meinung der anderen Mitglieder des Diwan oder über das osmanische Protokoll Sorgen machte.

»Möchtest du, daß ich meine Entscheidung rückgängig mache?«

Ibrahim schwieg eine lange Zeit. Eine nächtliche Brise raschelte in den Falten des Zeltes wie ein anhaltender, langgezogener Seufzer. Die Verzweiflung Gottes? fragte sich Süleyman. »Ich habe Angst«, sagte Ibrahim.

»Angst?« Süleyman dachte daran, wie Ibrahim mit dem Rebhuhn aus dem Sumpf aufgetaucht war und welche Ehrfurcht ihm das gerade eingeflößt hatte. Es hatte beinahe den Anschein gehabt, als hätte Ibrahims Glaube an sich selbst alle Furcht vollkommen gebannt. »Du hast ganz offensichtlich keine Angst davor, von einem wilden Keiler aufgeschlitzt zu werden oder von deinem eigenen Pferd zu Tode getrampelt zu werden. Was ist es also, wovor du Angst hast?«

»Vor dir, mein Gebieter.«

Süleyman sah ihn entgeistert an. »Vor mir?«

»Einem Großwesir hängt das Schwert immer über dem Genick, mein Gebieter. Obwohl ich es für die größte Ehre halte, die ein Mann je erhalten kann, gestehe ich, daß ich mich trotzdem etwas davor fürchte.«

Süleyman verstand plötzlich. Er dachte an seinen eigenen Vater, der acht seiner eigenen Wesire in gerade soviel Jahren verschlissen hatte. In der Tat hatte ein verbreitetes Fluchwort unter den Türken gelautet: »Mögest du der Wesir Selim des Strengen werden!« Er erinnerte sich

daran, wie er selbst in blinder Wut den armen alten Piri Pascha beinahe
hingerichtet hatte.

»Du hast von mir nichts zu befürchten, mein Freund.«

Ibrahim schaute auf, und seine eifrigen schwarzen Augen baten
inständig. »Ich habe immer gedacht, daß ich dies wollte. Bis zu diesem
Augenblick. Du solltest mich nicht so hoch erheben, daß es tödlich
werden würde, wenn ich falle.«

Süleyman stand auf, ging zu Ibrahim hinüber und legte ihm seine
Hände auf die Schultern. »Ich gebe dir mein Wort. Solange ich lebe,
werde ich dafür sorgen, daß dir kein Leid geschieht. Gott sei mein
Richter.«

Ibrahim nahm Süleymans Hand und küßte den Rubinring. »Du hast
mir mehr Ruhm gebracht, als ich mir das in meinen wildesten Träumen
ausgedacht habe«, flüsterte er. »Ich gelobe, dir zu bis zu meinem
Todestag zu dienen.«

16

Im Eski Sarayi

Wo war sie?

Der Kapi Aga blickte überall um sich im schattigen Hof, hin und
her gerissen zwischen dem panischen Verlangen zu fliehen und der
dringenden Notwendigkeit, dort zu bleiben. Die Schatten narrten ihn.

Sie ist nicht hier. Sie hat dich verraten.

Der Körper ist der wahrhafte Verräter, dachte er: das brennende Verlangen der Sinne, das dich zu Wonnen und Qualen hinzieht wie eine
Motte zum Feuer. Dasselbe Fleisch, das ihn in Ekstase versetzen
konnte, konnte ihn auch in alle erdenklichen Torturen hineinlocken,
die der Satan nur aushecken konnte – oder der Oberste Bostanji, was
dasselbe war.

Was tat er hier? Sie war auch eine von der Teufelsbrut, er wußte das
jetzt, sie hatte ihm das bewiesen. Er müßte einen Weg finden, sie loszu-

werden, müßte das Risiko eingehen und hoffen, daß es keinen dritten Verschwörer gab.

Ah, aber dann würde er auch die Wärme jenes Körpers verlieren, die Empfindung ihrer warmen Brüste, die sich an ihn drängten, den Hunger ihres Mundes, die unmögliche, verbotene Ekstase, in die sie ihn versetzte. Keine Wonne, die er sich vorzustellen vermochte, konnte sich mit der vergleichen, die er in diesem schattigen Hof mit seinem flüsternden Brunnen, dem Marmorweg und den langfingrigen Platanen gefunden hatte. Hier war er kein Eunuch mehr, und die entsetzliche, quälende, rasierklingenscharfe Nahtstelle zur Gefahr brachte ihn auf solche Höhen der Erregung, daß sogar die Liebe zum Leben selbst im Vergleich verblaßte.

Was aber, wenn Hürrem ebenfalls schwanger werden würde? Dieser dunkle Tunnel aus Fleischlichkeit und ihrer Konsequenz schien kein Ende zu nehmen; in dem Augenblick, in dem er den letzten Spasmus seines Höhepunktes spürte, senkte sich das blanke Entsetzen wieder auf ihn herab und füllte seine Eingeweide mit kalter, grauenvoller Panik. Er stürmte dann immer heraus aus diesem schattigen Garten seiner Qual, schwor, niemals wiederzukehren, und versprach sich selbst, einen Weg zu finden, wie er sie loswerden konnte.

Aber sein Körper hatte ihn hörig gemacht. Schon nach ein paar Tagen, manchmal nur Stunden konnte er an nichts anderes denken als an das nächstemal. Das Vorstellung von ihrem Körper – und von seinem eigenen als dem eines wieder vollständigen Mannes – löschte alles andere aus. Diese wenigen Minuten jede Woche in dem schattigen Hof waren zu seinem Lebensinhalt geworden.

Er versuchte so zu tun, als ob sie niemals erwischt werden könnten. Als ob es niemals enden würde.

Er hörte das Rascheln von Stoff hinter sich und drehte sich um. »Hürrem!«

»Habe ich dich erschreckt?«

Dem Kapi Aga war, als würde sein Herz gleich mit einem Satz aus der Brust springen. Es schlug so fest, daß es beinahe schmerzte. »Wo bist du hergekommen?«

»Ich habe dich beobachtet. Hinter der Säule.«

Er starrte sie an. Sie trug Pluderhosen aus weißer Seide und ein Gömlek aus durchsichtiger smaragdfarbener Seide, das bis zur Taille offen war und die zarte Schwellung ihrer Brüste freiließ. Es hob und senkte sich mit ihrer Atmung. Der Kapi Aga konnte seine Augen nicht davon lösen.

Hürrem kam einen Schritt auf ihn zu. »Laß es uns tun. Schnell.«

Sie trug einen Gazeschleier, der an dem kleinen grünen Talpack befestigt war, das sie auf ihrem Kopf trug. Mit einer flinken, geübten Bewegung ihrer rechten Hand nahm sie ihn ab. Der Kapi Aga schaute sie an. Sie sah so ruhig, so gefaßt aus. Hatte sie niemals Angst?

Er schaute zum Nordturm hinauf. Die Fenster dort starrten auf ihn herab wie zwei furchtbare schwarze Augen, die ihn beobachteten. Die Türen waren verschlossen, sagte er sich, aber er zog Hürrem am Arm dennoch tiefer in den Schatten unter der Mauer.

Hürrem hob seine Robe hoch und langte nach ihm. »Wie fühlt es sich an, wieder ein Mann zu sein?« fragte sie.

Machte sie sich lustig über ihn? Wie schon hundertemal zuvor fragte er sich, warum sie dies tat. War es nur Lust? Fühlte sie überhaupt nichts für ihn?

»Du hast sie umgebracht«, sagte er.

»Es war Muomis Schuld. Das Abtreibungsmittel war zu stark.«

»Du hast es absichtlich getan.«

»Und was wäre, wenn ich hätte? Denkst du, ich bin schlechter als du? Du hättest uns beide umgebracht, wenn du damit deinen Hals hättest retten können.«

Die Pantoffeln lagen auf dem Marmor. Sie löste die drei Diamantspangen des Gömlek. Er versuchte, seine Augen von dem harten kleinen Körper loszureißen und sich auf die Lügen und die Wahrheiten zu konzentrieren, die ihr Gesicht vielleicht verriet. »Sie war deine Freundin.«

»Während ihr euch praktisch völlig fremd wart! Du hast sie geschwängert, indem sie im Hofgarten an dir vorbeiging …«

Sie lehnte sich an die Mauer zurück. Der Kapi Aga spürte, wie ihm der Mund austrocknete. Sie beobachtete ihn, mit jenem kleinen, schmalen Lächeln auf ihrem Gesicht, und wußte genau, daß er keinerlei Macht über sie hatte.

Ihre Brustwarzen waren hart. Vor Verlangen oder vor Kälte? Er dachte, er wüßte die Antwort darauf. Es war gleichgültig. Sein Glied stand fast senkrecht, so angeschwollen war es. Wie viele vollständige Männer konnten sich damit rühmen? Er faßte sie grob bei den Handgelenken und drückte sie gegen die Mauer.

»Vielleicht werde ich dich eines Tages zum Bosporus führen.« Er setzte seine rechte Hand an ihren Hals. Es war ein kleiner Hals, und seine Hand hätte ihn leicht umschließen können. Er führte sie nach unten auf ihre Schulter und zu ihrer Brust und drückte, so fest er konnte, weil er sie zum Aufschreien bringen wollte. Aber ihre Augen erwiderten seinen Blick nur, hart und grün.

»Man sagt, daß er zu dieser Jahreszeit sehr gefährlich ist. Du solltest selber aufpassen, daß du nicht hineinfällst.« Sie hob seine Gewänder an und schlang ihre Schenkel um seine Hüften, während sie ihn an sich zog. Sie nahm eine der Falten seines Gewandes und stopfte sie ihm in den Mund, um zu verhindern, daß er aufschrie, während er in sie eindrang. Der Brunnen würde solch einen Laut nicht übertönen.

Der Kapi Aga bekam keine Luft. Die Intensität der Empfindung überwältigte ihn, und er biß auf die Seide in seinem Mund und fühlte, wie ihn jede Kontrolle verließ. Haß kochte in ihm auf; Haß auf sie wegen dieser Macht, die sie über ihn hatte, Haß auf alle Frauen und Haß auf sich selbst wegen seiner Schwäche. Er fing an zu zittern.

Hürrem schlang ihm ihre Arme um den Hals und bewegte ihre Hüften so, daß ihre zarte Haut die ganze Länge seiner Erektion umfing und streichelte. »Gib mir deinen Saft«, flüsterte sie ihm ins Ohr. »Ich will allen haben.«

Er fühlte, wie der Höhepunkt ihn über den Abgrund trug, zu erschauernder, blind machender Glückseligkeit. Ein paar scharlachrote Sekunden lang war er frei von ihr, frei von seiner sklavischen Untergebenheit allen Frauen gegenüber, und er überließ sich diesem Gefühl. Er wollte nicht zurückkommen. Es war wie der Tod, und wenn es ihm möglich gewesen wäre, hätte er sich darin verlieren mögen. Wenn dieser Orgasmus doch auf ewig weiterbeben könnte! Als er aber aufhörte, blieben nur der kalte Abend und die Furcht zurück.

Das Leben war eine Falle. Es gab keinen Ausweg. Man suchte eine Fluchtmöglichkeit und wurde doch nur an der Nase zur Schlachtbank geführt.

Der Kapi Aga erfuhr über seinen Erfolg nicht von Hürrem selbst. Eines Tages erwachte er und fand, daß ein Gerücht im Palast umherging: die Ikbal trug ein Kind!

Die Erleichterung verwandelte sich schnell in ein neues Entsetzen. Was sollte er jetzt tun? Er konnte nicht wieder zum Garten gehen.

Liebe mit der Kadin des Sultans zu machen war eine viel zu große Sünde, als daß man sie auch nur erwägen konnte. Aber was würde Hürrem tun, wenn er sich zurückhielte? Würde sie ihn verraten? Aber wie könnte sie das, ohne sich selbst zu verraten?

Dann traf ihn ein anderer Gedanke wie ein Blitzschlag. Was wäre, wenn das Kind von ihm war?

Es wurde ihm klar, daß es ihm nicht möglich war, ihren Willen zu durchschauen. Er war eine Schachfigur in einem Spiel, das er nicht mehr verstand. Von dem Augenblick an, in dem er zum erstenmal die Pforte geöffnet hatte, um eine der Odalisken des Sultans zu verführen, hatte er alle Gewalt über sein eigenes Leben verloren.

Er war hilflos. Alles was er tun konnte, war abwarten.

17

Hafise betrachtete die neue Ikbal ihres Sohnes mit dem geübten Auge einer Frau, die fast ihr ganzes Erwachsenenleben in der tückischen Welt des Harems verbracht hatte. Sie war sich sofort sicher, daß diese hier etwas völlig anderes war als Gülbehar. Es lag in der Art, wie sie ging, wie sie sich hielt. Ihre Augen waren ein wenig zu wissend, ihre Zunge – jedenfalls so hatte sie es gehört – war ein wenig zu schnell.

Aber das war vielleicht gar nicht so schlecht. Sie hatte selbst nicht ohne eine gewisse Verstandesschärfe so viele Jahre in Selims Harem überlebt. Und jawohl, auch nicht ohne ein wenig Stahlhärte.

»Hürrem«, sagte sie warm und streckte ihre Hand aus, »die Nachricht über dich freut mich sehr. Komm und setz dich neben mich.«

Hürrem lächelte und setzte sich auf die andere Seite des Diwans. Es war ein warmer Nachmittag, und sie saßen auf einer Terrasse über dem schattengeschützten Osthof des Palastes. In den verzierten Zedernkäfigen, die unter den Dachvorständen hingen, zwitscherten Finken, und vor ihnen auf dem Tisch standen Sorbets, Melonen und Rahat Lokum. Hinter ihnen schimmerte die Stadt im Nachmittagsdunst, und die Kuppeln der Moscheen leuchteten wie Diamanten im Staub.

»Süleyman ist fort zum Jagen in Adrianopel. Heute habe ich einen Boten mit einer Nachricht für ihn abgesandt. Ich bin sicher, daß er ebenso überglücklich sein wird über die Neuigkeiten von dir wie ich.«

Hürrem legte eine Hand auf ihren Bauch. »Wir werden noch viele Monate abwarten müssen, ehe wir das Ausmaß seiner Freude ermessen können.«

Eine gute Antwort, dachte Hafise. Wenn es ein Mädchen ist, stehen wir wieder da wie am Anfang. »Wenn es Gottes Wille ist«, sagte sie. Hafise streckte ihre Hand aus, ergriff eine Strähne von Hürrems Haar und hielt sie gegen das Licht.

Sie berühren mich alle auf diese Art, dachte Hürrem. Als ob sie mich damit daran erinnern wollen, daß ich osmanisches Eigentum bin.

»Du hast wunderschöne Haare«, sagte Hafise. »Nicht rot und auch nicht golden. Woher kommst du?«

»Mein Vater war ein Khan bei den Krimtataren, Krone der verschleierten Häupter«, sagte sie und versuchte das Ausmaß ihres Stolzes in ihrer Stimme zu verbergen. Es wäre nicht angebracht, die Mutter des Sultans wissen zu lassen, daß sie sich erhabener fühlte. Hafise war schließlich nur die Tochter eines georgischen Bauern.

»Wie bist du zu uns gekommen?«

»Mein Vater sah eine günstige Gelegenheit.«

Hafise lächelte. »Für dich? Oder für sich selbst?«

»Die Spahis mußten ihn auf den Boden binden und die Gewehre und das Geld mit Gewalt in seine Taschen stecken. Er kämpfte und schrie. Es war furchtbar.«

Hafise lächelte nicht. »Du lachst, wenn du diese Dinge erzählst, aber deine Augen lachen nicht.«

Hürrem fühlte den prüfenden Blick der Valide. Sie brauchte dieses Bündnis, beschloß sie. Doch sie sollte diese Frau nicht unterschätzen, ob sie nun von Bauernart war oder nicht. Dieses flauschige und freundliche Küken hatte die Augen eines Falken. »Warum sollte ich weinen? Er lebt immer noch in einem Zelt, ich lebe in einem Palast. Letztendlich bin ich bei dem Handel besser weggekommen.«

»So bist du hier also glücklich?«

»Ich werde glücklicher sein, wenn mein Gebieter zurückkehrt.«

»Ich war viele Jahre lang die Frau von Sultan Selim. Ich kann die Anzahl der Wochen, die wir gemeinsam verbracht haben, an meinen Fingern abzählen. Es ist ein einsames Leben, Hürrem.«

Hürrem nickte. »Dann werde ich also Eurem Rat folgen, Hoheit. Ich werde zu meinem Vater zurückgehen. Könnt Ihr mir ein Pferd besorgen?«

Hafise mußte gegen ihren eigenen Willen lachen. Dieses Mädchen machte sich ein wenig lustig über sie, aber hinter dem, was sie sagte, lag die Wahrheit. Warum sollte man sich über Dinge grämen, die zu ändern man nicht in der Hand hatte? »Ich fürchte, daß nicht einmal ich das tun kann. Jetzt, wo du ein Kind vom Sultan gebären wirst, wird der Harem für den Rest deines Lebens dein Zuhause bleiben.«

»Dann werde ich mich um größere Zimmer bemühen müssen.«

Hafise lächelte und zeigte auf ihre eigenen Gemächer. »Wie meine vielleicht?«

Hürrem lächelte zurück. »Wenn es Gottes Wille ist.«

»Ich wäre nicht überrascht, wenn dies sein Plan wäre.« Hafise suchte sich ein Stück Lokum aus, das mit Pistaziennüssen gewürzt war, und biß hinein. »Wenn es irgend etwas gibt, das du brauchst, mußt du es mir sagen. Im Islam ist die Mutter heilig, und niemals mehr als in diesem Augenblick. Alles wird getan werden, um dein Wohlbefinden sicherzustellen.«

»Da gibt es eine Sache, Hoheit.«

»Ja?«

»Ich möchte einen Leibwächter haben.«

Hafise schaute erstaunt auf zu ihr. »Einen Leibwächter? Hier?«

»Ich habe Angst.«

»Wovor?«

»Ich habe Gerüchte gehört. Daß ich es nicht erleben werde, daß mein Baby geboren wird.«

»Wer wagt es, dich zu bedrohen … und das Kind des Sultans?«

Hürrem wandte ihre Augen zur Seite. »Ich weiß es nicht. Es könnte nur Gerede sein.«

Sie lügt, dachte Hafise. Sie weiß, wer es ist, aber wagt nicht, es auszusprechen. Es gibt nur eine Person, die ihr den Tod wünschen würde. Gülbehar! Sie schüttelte den Kopf. Nein, das war unmöglich. Gülbehar war *dazu* nicht fähig. Aber das Mädchen schien wirklich Angst zu haben.

»Wenn du denkst, daß diese Gerüchte wahr sind, solltest du dafür sorgen, daß deine Dienerin all dein Essen vorschmeckt, sogar alle Kleider anprobiert, ehe du sie trägst, für den Fall, daß der Stoff vergiftet worden ist. Als Vorsichtsmaßnahme werde ich dafür sorgen, daß der Kislar Aghasi einen seiner Eunuchen für dich abstellt.«

»Danke, Hoheit.«

»Wir müssen sicherstellen, daß dem Sohn des Sultans kein Leid geschieht.«

Hürrem lächelte verständnisvoll. Sie sind alle so sicher, daß es ein Junge ist, dachte sie. Aber das ist eine Angelegenheit, über die ich keine Macht habe.

Der Kapi Aga schaute hinunter vom Nordturm, sah, wie sie aus den langen Schatten im Hof herauskam, sich auf die Marmorbank neben dem Brunnen setzte und den Koran auf ihrem Schoß aufschlug. Seine Faust ballte sich vor Unsicherheit schmerzhaft zusammen. Sie war wiedergekommen. Warum nur, warum? Was versuchte sie zu tun? Bald könnte sie Süleymans Kadin sein, was wollte sie mehr? Sie würden jetzt nicht so weitermachen können, die Risiken waren zu groß. Wenn er aber nicht hinginge …, was würde sie dann tun?

Er mußte mit ihr reden, mußte diese Qual beenden. Sogar sein Verlangen hatte jetzt ein Ende gefunden; nachdem er erfahren hatte, daß sie schwanger war, schien es sich aufgelöst zu haben, und das Vakuum in ihm war schnell aufgefüllt worden durch das Verlangen zu überleben. Dies hier mußte aufhören.

Was wollte sie? Was würde sie tun, wenn er nicht ginge, um sie zu treffen? Würde sie – konnte sie – ihn irgendwie im Zusammenhang mit dem Tod Meylissas verraten?

Er faßte einen Entschluß und eilte aus dem Zimmer, verschloß hinter sich die Tür. Er eilte die hölzernen Stufen zum Innenhof hinunter.

Minutenlang zögerte er an der Eisenpforte und ließ den großen Metallschlüssel im Loch ruhen. Der Schlüssel und das Loch, dachte er, Männer und Frauen. Du steckst den Schlüssel ins Schloß und öffnest die Pforte zu Träumen und zu Alpträumen. Nichts war verlockender als eine verschlossene Tür.

Er mußte herausfinden, was sie wollte.

Er drehte den Schlüssel um und schlüpfte nach innen. Hürrem schaute auf, und ihre Augen weiteten sich vor Überraschung. Dann ließ sie den Koran fallen, stand auf und schrie.

Der Kapi Aga starrte sie an, und das Erstaunen auf ihrem Gesicht –

von dem er wußte, daß es vorgetäuscht war – war eine Spiegelung seines eigenen Erstaunens. Was hatte sie vor? Er hörte jemanden stöhnen und erkannte den Tonfall seiner eigenen Stimme. Er wollte fortlaufen, doch seine Muskeln gehorchten ihm nicht.

Er wußte jetzt, was sie getan hatte.

Er schaute zu seiner Rechten und blickte direkt in das erschrockene Gesicht eines seiner eigenen schwarzen Wächter.

»Du kleine Hure«, flüsterte er. Er zog den juwelenbesetzten Dolch aus seinem Mantelüberwurf und stach auf sie ein. Hürrem schrie erneut und fiel rückwärts, während der Streich einige Zentimeter von ihrem Gesicht entfernt die Luft durchsäbelte.

Der Kapi Aga sah nicht, wie der Wächter sich auf ihn stürzte. Er nahm das plötzliche Aufblitzen der Klinge wahr und hörte ihr tödliches Zischen. Dann war der Dolch weg und gleichzeitig mit ihm auch seine rechte Hand. Er schnappte nach Luft und umklammerte sein Handgelenk. Da war kein Schmerz, noch nicht, aber er schrie vor Entsetzen und starrte mit offenem Mund auf den Stumpf und auf den Strahl hellen Blutes. Dann fiel er auf die Knie und versuchte, den Dolch aus den Fingern der abgetrennten Hand herauszuwinden. Wenn er sie jetzt töten könnte, hätte alles seine Richtigkeit. Sie könnten mit ihm machen, was sie wollten. Solange die kleine Hexe nur tot war.

Aber dann schleiften ihn die Wachen fort, und er schrie wieder, diesmal aber über den plötzlichen weißglühenden Schmerz in seinem Handgelenk, und er sah die dunklen Flecken, die die Pflastersteine färbten, die Blutspur, die von dem kleinen Luder mit dem grünen Talpack fortführte. Er versuchte wieder, ihr seine Verwünschungen entgegenzuschreien, aber dann schlug einer der Wächter mit dem schweren Eisengriff seines Jatagans auf ihn ein, er stöhnte, und sein Kopf fiel nach hinten.

Der Falke schwebte im Aufwind der glutheißen Pflastersteine der Stadt, kreiste dann, tauchte nach unten zum Bosporus herunter und verharrte wieder über den Mauern des Topkapi Sarayi. Sein goldenes Auge heftete sich auf die Doppeltürme der Pforte der Glückseligkeit, wo der Kopf des Kapi Aga in einer Nische oben in der Mauer gerade schwarz und faltig wie eine Olive wurde. Außerhalb der Mauern hing sein geköpfter Körper immer noch von dem riesigen Haken herunter, an dem er drei Tage lang gefoltert worden war; dessen Stahlspitzen drangen ihm durch Rippen und Oberschenkel, während ein Seil, das man vom Blutgerüst aus an seinen Handgelenken festgezurrt hatte, ihn aufrecht hielt. Er würde da bleiben, bis die Rabenkrähen ihre Arbeit beendet hatten und die Sehnen und Bänder an den Knochen verfaulten.

Der Falke kreiste wieder, hinaus zum Goldenen Horn und zum alten hölzernen Palast hoch auf dem Hügel neben der großen Moschee von Bayezit. Zwischen den kupfernen Halbkugeln stand eine Frau auf einem Balkon und hielt die Hand auf ihrem anschwellenden Bauch. Sie fiel auf wegen der beiden mit Satinband gehaltenen Zöpfe, die ihr über den halben Rücken hinunterfielen. Ihr Haar hatte die Farbe des Feuers, und auf ihren Lippen trug sie ein Lächeln.

Die Monate würden schnell vergehen. Sie berührte ihren Bauch. Soll er nur kommen. Soll er kommen.

Wenn eine Geburt stattfand, zeigte sich Weiß auf den Dächern des Harems.

Ein Geburtsstuhl und Wickelverbände wurden in Hürrems Gemächer gebracht, man brannte Weihrauch, verstreute Rosenblätter über die Marmorböden, rund um das Zimmer herum wurden Amulette und blaue Perlen gehängt, um das böse Auge fernzuhalten.

Hürrem hatte noch nie zuvor solch einen Schmerz erlebt. Als das Baby nicht kommen wollte, setzte sich ihr die Haremshebamme, eine schreckliche Nubierin, die vielleicht soviel wog wie drei Odalisken zusammen, auf den Bauch, um das Kind mit Gewalt aus ihrem Schoß zu treiben.

Hürrem schrie. Man klemmte ihr einen Elfenbeinstock zwischen die Zähne, um sie still zu halten.

»Beiß zu!« zischte die Hebamme. »Beiß zu und sei still!«

Endlich geschah es. Über den Stuhl gebeugt, auf jeder Seite von den Hebammen gestützt, gebar sie das Kind, und die Nubierin fing den Säugling in einem Leinentuch auf, während sie das Glaubensbekenntnis rezitierte.

Allahu Akbar ... Gott ist allmächtig ...

Der Kislar Aghasi stand daneben, schaute zu und stellte sicher, daß das kostbare Kind nicht vertauscht wurde. Er brachte das Kind eigenhändig zu dem weißen Marmorbrunnen und vollzog die üblichen drei Waschungen an ihm. Man gab ihm gezuckertes Öl in den Mund, das für eine süße und liebenswerte Zunge Sorge tragen sollte; um die Augen wurde ihm Kajal gestrichen, um für einen klaren Blick zu sorgen. Seine Stirn wurde mit einem diamantenbesetzten Koran berührt.

Hürrem krallte sich an die Schulter der Hebamme und blinzelte, um sich den Schweiß aus den Augen zu treiben. »Was ist es?« flehte sie um Antwort. »Sag mir nur, was es ist!«

Es war der Kislar Aghasi, der ihr antwortete. »Sie haben einen Sohn geboren, meine Herrin«, ließ er sie wissen.

»Einen Sohn«, wiederholte Hürrem. Sie lächelte ihn an und versank dann in reglose Ohnmacht.

TEIL ZWEI

DUNKLER ENGEL

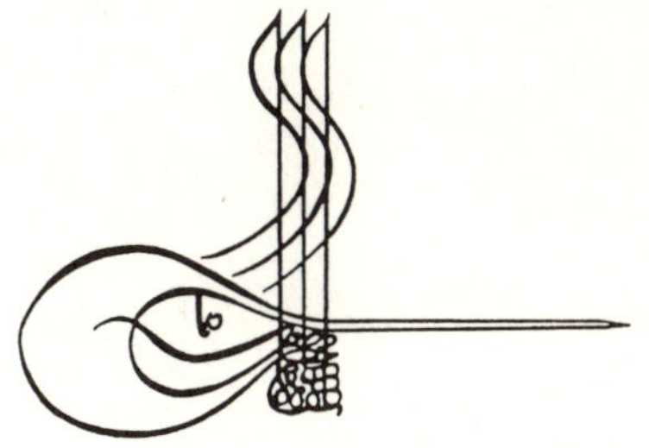

18

Sie war ein Traumbild in schwarzem Samt, ein dunkler Engel mit Haaren, die wie schwarze Kohle schimmerten, und dessen Augen zwei Türkissplittern glichen. Ihre Wangenknochen waren aristokratisch hoch und ihre Lippen feucht und rot, wie angeschwollen. Das Miederteil ihres Gewandes hatte einen modischen, tiefen Ausschnitt, die Haut an Schultern und Brust war geschmeidig und glatt wie Elfenbein, und das kleine Goldkreuz an ihrem Hals – er konnte sich den warmen Puls lebhaft vorstellen – schien ihn geradezu zu verhöhnen.

Doppelt verboten.

Die Piazza war belebt und laut und erfüllt von den Rufen der Verkäufer, den Flüchen der Matrosen, die in den Arkaden würfelten und sangen, vom schroffen Stakkato der Armenier und Dalmatier und der harmonischen Melodie der Venezianer. Ein Albaner in ausgebeulten Hosen schob sich vorbei und kaute auf einer Knoblauchzehe, als sei sie süßes Naschwerk, ein Togaträger im Purpurgewand eines Senators antwortete mit einem Wink und einem »addio caro vecchio« auf den respektvollen Gruß anderer Bürger.

Es war, als ob sie alle nicht vorhanden wären. Abbas schaute ihr nach, als sie die Treppen zum Kirchenportal hinaufstieg. Sie ging mit fast übertriebener Grazie, ihren Blick zur Erde gerichtet, aber einmal schaute sie doch kurz auf – und es war Abbas, als habe er einen harten Schlag gegen die Brust erhalten. Ihre Lippen öffneten sich fast unmerklich – genug, um ihn wissen zu lassen, daß sie ihn gesehen hatte und daß seine Gegenwart sie auf irgendeine Weise berührt hatte. Gott allein wußte, auf welche Weise.

Ihm stockte der Atem. Sie war die vollkommenste Frau, die er je in seinem Leben gesehen hatte. Er wollte vorwärtsstürmen, ihren Arm fassen und mit ihr von der Piazza laufen.

Die alte Hexe, die sie begleitete, warf ihm einen verächtlichen und zurückweisenden Blick zu, während sie beide die Stufen der Kirche

Santa Maria dei Miracoli erklommen. Dann verschwanden sie ins Innere.

»Hast du sie gesehen?« flüsterte er.

»Natürlich habe ich sie gesehen«, antwortete Ludovici. »Das ist Julia Gonzaga.«

»Du kennst sie?«

»Meine Stiefschwester kennt sie. Sie ist ihre Cousine.«

»Ihre Cousine?« Abbas ergriff Ludovicis Saion – den modischen taillenlangen scharlachroten Kittel, den er über seinem Hemd trug – und zog ihn zu den Treppen.

»Was machst du?«

»Ich will sie sehen.«

»*Tu sei pazzo* – du bist verrückt!«

»Komm schon.«

Ludovici packte den Arm seines Freundes. »Weißt du, wer ihr Vater ist? Antonio Gonzaga – er ist ein Consigliatore!«

»Das ist mir gleichgültig!«

»Das ist dir gleichgültig?« Ludovici war alarmiert, aber nicht überrascht. Abbas war einer der leidenschaftlichsten, willensstärksten jungen Männer, die er je gekannt hatte. Leichtsinnig, sagte sein Vater von ihm. Wenn das vielleicht auch sein Fehler war, so machte es doch auch seinen Charme aus. Wahrscheinlich lag es ihm im Blut, schloß Ludovici. Ein Maure bleibt ein Maure. Aber diesmal würde er nicht zulassen, daß er sich lächerlich machte. Außerdem drohte hier eine echte Gefahr.

»Ich will nur schauen.«

»Es gibt hier nichts für dich zu schauen. Sie ist eine Gonzaga!«

»Dann bleib hier«, sagte Abbas, riß sich los und rannte die Treppen hinauf. Ludovici zögerte. Zur Hölle mit ihm! *Corpo di Dio!* Das war sein Begräbnis! Er drehte sich um und schickte sich an, fortzugehen; dann aber änderte er seine Meinung und lief die Treppen hoch ihm nach.

Hagere Heiligengestalten spähten mit mißbilligenden Gesichtern von der reichvergoldeten Decke herunter. Von ihrer Balustrade auf den kaltgrauen und korallfarbenen Marmorwänden aus blickte eine Büste der Vergine della Santa Clara stirnrunzelnd hinüber zu den Kirchenstühlen. Putti und Seeungeheuer vollführten Kapriolen auf den Pilastern der gebogenen Pfeiler.

Nach der Wärme der Piazza war es in der Kirche dunkel und kalt. In Form zweier riesiger Finger fiel Licht durch das bunte Glasfenster über der Apsis; sie schienen ihn geradewegs auf die beiden Gestalten hinweisen zu wollen, die auf der Betbank vor dem Altar knieten. Abbas verspürte ein warnendes Prickeln. Die Marmorstatuen von Franziskus und dem Erzengel Gabriel sandten wilde Blicke aus ihren Nischen zu ihm herüber, mit denen sie sein unbefugtes Betreten anklagten. Es kam ihm so vor, als könnten sie jeden Moment plötzlich unter Stöhnen zum Leben erwachen und von den Wänden herunterspringen, um den Eindringling zu stellen.

Sie sind nichts als Marmorstücke, sagte er sich. Sie haben keine Macht. Aber das Fluidum der Heiligkeit, das diese Standbilder umgab, verschaffte Ludovicis Warnung zusätzliches Gewicht. Er betrat jetzt eine andere Welt, eine Welt, die er nicht völlig verstand.

Er spürte eine Hand auf seiner rechten Schulter und schrie beinahe laut auf.

»Ludovici!«

»Hast du gedacht, es wäre Gonzaga?«

Abbas schaute auf die Halbfigur des Erzengels, die hinter ihm an der Wand stand. »Nein, eher jemand, der noch ein bißchen mehr verehrt wird«, sagte er und grinste über die Verwirrung des Freundes. Er wandte sich wieder den beiden schattenhaften Gestalten am Altar zu. »Sie ist das Lieblichste, das ich je gesehen habe.«

»Sie ist nicht für dich bestimmt, Abbas.«

»Vielleicht.«

»Vielleicht! Du könntest ebensogut die Hände nach dem Mond ausstrecken, Abbas!«

Die alte Frau neben Julia hörte ihre Stimmen und erhob ihren Kopf vom Gebet. Abbas und Ludovici duckten sich hinter den Schutz der Säule. Abbas führte seinen Finger an die Lippen. Das Mädchen schaute sich einmal um, und ihr Gesicht wurde einen Augenblick lang von einem Meer gelben Lichts umrahmt, das durch die großen Türen hereinflutete. Dann zog die Duenna sie beiseite.

»*Tu sei pazzo!*« zischte Ludovici.

»Man hat mich in der Wüste erzogen, als Maure und als Muslim. Dennoch sehe ich mich gezwungen, hier in einer christlichen Republik auf dem Wasser zu leben!« Abbas grinste ihn an. »Wenn du an meiner Stelle wärest, würdest du vielleicht auch ein wenig verrückt werden!«

Mahmud stand auf dem Balkon des Palastes, hatte seine beiden breiten Hände auf die Balustrade gestützt und beobachtete durch einen rosa Schleier, wie die Sonne vor dem Hintergrund sich auftürmender Wolken hinter den schneebedeckten Gipfeln des Cadore im Westen unterging. Die Gondeln, Galeeren und die entfernten Inseln verloren ihre Plastizität und hoben sich vor dem Perlgrau der Lagune als schwarze Konturen ab. Dieser Anblick verfehlte nie seine Wirkung auf ihn; dieser Hafen machte der größten Seefahrerrepublik des Mittelmeers alle Ehre. Manchmal vergaß er sogar, daß ihm dies alles nicht gehörte, sondern daß er lediglich ein gedungener Söldner war. Aber so sah die Wirklichkeit aus; sein Sohn mußte lernen, das zu verstehen.

»Es ist völlig ausgeschlossen!« knurrte er.

»Ich muß mich mit ihr treffen«, sagte Abbas.

»Wie lange leben wir schon hier bei diesen Leuten? Sechs Jahre? Und immer noch sieht es so aus, als wüßtest du nicht das Allermindeste über sie!«

»Wir dürfen ihr Leben beschützen, aber ihre Töchter nicht heiraten.«

Mit vor Wut angespanntem Körper drehte sich Mahmud zu seinem Sohn um, und Abbas fühlte, wie sein Entschluß ins Wanken geriet. Es war keine einfache Angelegenheit gewesen, seinem Vater gegenüberzutreten. Der Oberste General der Republik war ein bärenstarker Hüne von einem Mann. Der Seidenstoff seines Wamses spannte sich über den Schultern, und der mächtige Krausbart verstärkte den Eindruck von Größe und Wildheit noch, der von ihm ausging. Wenn er zornig war, wie in diesem Augenblick, dann glühten seine Augen in dem dunklen Gesicht wie zwei Leuchten.

»Es gibt Gründe dafür, daß wir hier sind«, sagte er. »Alles hat einen Grund.« Der Grund bestand natürlich darin, daß ein Doge seine Streitkräfte nie unter das Kommando von Angehörigen aus seinen eigenen Adelsständen stellte, weil jeder – mit gutem Grund – befürchtete, daß sie gegen ihn aufgewiegelt werden könnten. In der Tat war der Oberste General selten ein Italiener, und oftmals – wie gerade jetzt – nicht einmal ein Christ.

Was mich betrifft, dachte Mahmud, so habe ich in Barbary einen Prinzenbruder, der besser schlafen würde, wenn ich tot wäre. Ja, es gibt einen Grund für alles.

»Man behandelt uns wie Dreck«, sagte Abbas.

»Die Magnifici behandeln jedermann wie Dreck.«

»Aber wir haben Königsblut.«

»Was für Königsblut?« Mahmud ließ beide Fäuste auf den Walnußtisch krachen, der zwischen ihnen stand. »Das Königshaus eines muslimischen Prinzen? Welchen Wert hat das in ihren Augen? Ich werde dir sagen, was wir sind … Wir sind gedungene Söldner. Mach dir nicht vor, daß wir hierhergehören. Auch wenn du in einem Palast wohnst und dich kleidest wie der Sohn eines Togaträgers, bist du doch keiner von ihnen. Merk dir das.«

»Was soll ich dann also tun? Wen soll ich heiraten?«

Mahmud wandte sich ab. »Mach es wie das andere junge Blut, und suche deinen Spaß auf der Ponte de Tette – der Brücke der Titten!« Abbas kannte den Ort. Seinen Namen hatte er wegen der Frauen, die nackt bis zur Taille in den Toreingängen standen und lüsterne Blicke auf die jungen Männer warfen. »Und überhaupt«, sagte Mahmud, »bist du zu jung dafür, an eine Ehefrau zu denken.«

Abbas holte tief Luft. Er hatte sich noch nie zuvor seinem Vater widersetzt. »Ich will Julia Gonzaga treffen.«

Mahmud seufzte. Sein Zorn war verflogen. Was hatte das für einen Sinn? Es war, als bettele ein kleines Kind ungeduldig um ein eigenes prächtiges Schloß. Es war unerreichbar, und das setzte dem Ganzen ein Ende. Selbst wenn Gonzaga ein Mann gewesen wäre, der sich mit dem Gedanken hätte anfreunden können, daß seine Tochter einen Schwarzen heiratete – und Gonzaga war gewiß nicht solch ein Mann –, gab es ein Gesetz in der Republik, die es jedem venezianischen Adligen verbot, außerhalb seines Standes zu heiraten. Ein Magnifico aus dem Zehnerrat durfte mit einem Fremden nicht einmal privat sprechen, auch dann nicht, wenn es sich dabei um den Obersten General der Streitkräfte handelte.

Ganz besonders nicht, wenn es sich um den Obersten General der Streitkräfte handelte.

»Es liegt nur an deiner Jugend, Abbas. Morgen wirst du es schon völlig vergessen haben.«

»Da kennst du mich schlecht«, sagte Abbas und verließ den Raum.

Hinter der vergitterten Abschirmung der Loggia, vom Balkon des Palazzo ihres Vaters aus, beobachtete Julia Gonzaga das Schauspiel der venezianischen Nacht. Die Laternen, die vom Heck der Gondeln hingen, hinterließen gekräuselte Spuren auf der Wasseroberfläche des

Kanals. Die Fondamenta entlang flüsterten Stimmen, und ein junges Paar verschwand Arm in Arm durch ein dunkles Sottoportico. Julia bekämpfte einen Anflug von Neid.

Sie dachte wieder darüber nach, was ihr an jenem Nachmittag in der Kirche von Santa Maria dei Miracoli zugestoßen war. Warum hatte der Junge sie so angestarrt? Und wer war er? Er war schwarz, vielleicht ein Neger, wie einige der Gondolieri, aber er war nicht so gekleidet wie diese. Er trug ein juwelengeschmücktes Barett auf dem Kopf, und seine linnene Camicia war vorne offen, in der Art, in der die eher modischen jungen Adligen ihr Hemd trugen.

Wer war er also?

Wieder ein Geheimnis, das sich an Geheimnis über Geheimnis reihte. Es war, als lebte sie in einem riesigen Haus, in dem man alle Türen vor ihr verschlossen hielt. Da war das Geheimnis, das ihr Vater darstellte, eine strenge, düstere Erscheinung, die sich durch die Schatten seines Palastes hin und her bewegte wie … wie der Schatten Gottes selbst, dachte sie errötend. Da war das Geheimnis um ihre Mutter, die bei der Geburt gestorben war, die sie nie gekannt hatte, von der nie gesprochen wurde.

Aber vor allem war da das Geheimnis um die Männer.

Ihr Vater hatte ihr bedeutet, daß sie vielleicht eines Tages einen solchen heiraten würde. Diese Vorstellung erweckte in ihr zwei Gefühle: Abscheu und Erleichterung. Ein Mann war irgendwie anders, das wußte sie, wie anders aber, darüber konnte sie nur Vermutungen anstellen. Nach den Aussagen der Bibel und denen ihrer Duenna – ihrer Gouvernante Signora Cavalcanti – waren junge Männer das Werk des Teufels und würden ihre Seele im Innersten in Gefahr bringen. Dennoch fragte sich ein Teil von ihr, ob Verdammnis nicht besser wäre als der gegenwärtige Zustand. Sie war schon lebendig begraben. Was könnte schlimmer sein?

In letzter Zeit hatte sie angefangen, ständig über Männer nachzudenken. Gegen ihre Absicht, da war sie sicher, hatte Signora Cavalcanti eine unwiderstehliche Faszination in ihr entfacht, die zwingend zu der Art von Neugier führte, wie sie zum Beispiel eine verschlossene Kellertür hervorruft. Trotz ihrer Angst war Julia begierig darauf, herauszufinden, was dahintersteckte.

Aber wie sollte das geschehen?

Das Mädchen roch unangenehm nach Wein und Schweiß. Lachend ließ sie sich auf Ludovicis Schoß fallen. Er lachte ebenfalls, steckte seine Hand in ihr Kleid und ließ eine Brust hervortanzen. Die wog er dann in seiner Hand, als wäre sie eine schöne Vase, die er einem Gast vorführte. Sie war weiß und schwer, und auf die Brustwarze war Rouge aufgelegt worden, wie er bemerkte.

»Nun schau mal her, Abbas! Worüber regst du dich denn so auf? Sieh her, untendrunter sind sie alle gleich!«

Die Frau kreischte und knuffte Ludovici spielerisch am ganzen Kopf. Mit einem gespielten Anflug von Züchtigkeit zog sie ihr Mieder nach oben.

»Sie ist wie ein Wal, den man an den Strand gezogen hat«, sagte Abbas voller Abscheu. »Es fehlen nur noch die Landungshaken.«

Der Prostituierten blieb das Lachen im Halse stecken. Empört und verletzt starrte sie Abbas an. »*Bastardo!*« verfluchte sie ihn. »Heide! Wahrscheinlich buckelst du dich lieber auf ein Kamel drauf!«

Sie stürmte fort. Ludovici lachte immer noch. Er hob den Becher, der vor ihm stand, und kippte sich noch mehr von dem schweren Rosso in die Kehle, wobei er ein wenig davon auf seine weiße Camicia verschüttete. Dort breitete es sich wie ein Blutfleck über seiner Brust aus.

Abbas schaute sich um. Die Taverna war übervoll, hauptsächlich mit den jungen Söhnen der Togati und ihren Huren. Ein buntes Durcheinander von Farben bestimmte den Ort; nur die arbeitende Bevölkerungsschicht und die Prostituierten durften sich in der streng überwachten Gesellschaft von La Serenissima, wie Venedig bei seinen Einwohnern hieß, so kleiden, wie sie wollten; die Frauen und Töchter der Patrizier kleideten sich immer in Schwarz. Die jungen Edelherren trugen ihre Haare neuerdings in Schulterlänge, hatten ihre Hemden über der Brust weit geöffnet, und ihre Barette glitzerten vom Edelsteinbesatz.

Der Ort stank entsetzlich nach saurem Wein und Parfüm. Aus dem Hintergrund kam der noch unappetitlichere Geruch nach Urin.

»Nimm das Leben nicht so ernst«, sagte Ludovici, »ein Mann

braucht einfach ein Loch, in dem er herumschwänzeln kann. Wer schert sich schon darum, wem es gehört?«

Abbas schüttelte den Kopf. Sein Freund war betrunken. »Wenn Gonzaga sich darum schert, tue ich das auch.«

»Du bist früher nicht so anspruchsvoll gewesen.« Ludovici grinste ihn an. Der rote Wein hatte seine Zähne verfärbt. Er sah lächerlich jung aus. Aber er ist dennoch älter als ich, rief Abbas sich ins Gedächtnis.

»Vielleicht weiß ich es jetzt besser«, antwortete Abbas. Das war wahr. Er hatte diese Flittchen für ihre Zuwendungen und ihre vorgetäuschten Liebesbezeugungen bezahlt, und es war niemals so gewesen wie jene Liebe, von der die Troubadoure sangen. Einige von ihnen verlangten mehr Geld von ihm, weil er ein Schwarzer war, andere nahmen weniger, weil sie neugierig waren. Sie waren alle sehr betrunken oder sehr vulgär oder, Gott möge ihm verzeihen, sehr alt.

»Für einen Mann«, hatte Ludovici ihm einmal gesagt, »ist das genauso notwendig wie ein anständiger Schiß. Es kostet nur sehr viel mehr.«

Abbas stand auf, angewidert von den Erinnerungen und ungehalten über den Krach, die Gerüche und Ludovicis Gelächter. Er zog ihn hoch und stellte ihn auf die Füße. »Laß uns gehen!«

Ludovici protestierte laut, als Abbas ihn nach draußen zog. Der Becher fiel scheppernd zu Boden, als die Tür hinter ihnen zuschlug.

Abbas hielt seinen Freund am weinbesudelten Hemd aufrecht und lehnte ihn gegen die Mauer der Taverne. »Hör mir gut zu«, flüsterte er, »du mußt mir helfen.«

Ludovici versuchte sich zu konzentrieren, alarmiert durch die plötzliche Dringlichkeit in der Stimme seines Freundes. »Was ist los?«

»Julia. Kannst du ihr einen Brief zukommen lassen?«

»*Tu sei pazzo!*«

»Vielleicht bin ich das. Wirst du es tun?«

»Bitte, Abbas …«

»Wirst du es tun?«

»Gonzaga wird dich umbringen!«

»Gonzaga ist mir vollkommen egal. Ich möchte mich mit ihr treffen. Nur ein einziges Mal.«

»Um Gottes willen …«

»Du hast gesagt, daß sie Lucias Cousine ist …«

»Das ändert nichts an der Sache …«

»Sie kann einen Brief für mich überbringen.«

Ludovici gab sich geschlagen und ließ die Schultern hängen. Es war zwecklos, mit Abbas zu streiten, wenn er sich etwas in den Kopf gesetzt hatte. »Ich werde sie fragen.«

Abbas strahlte und klopfte ihm auf die Schulter. »Es wird klappen, Ludovici, du wirst sehen!«

Ludovici fühlte sich plötzlich nüchtern. Er schauderte. »Es ist gefährlich, Abbas.«

»Gefahr gibt dem Leben einen Sinn.«

»Sie kann es aber auch beenden. Tu es nicht. Wenn du dich mit ihr triffst – und das ist unmöglich, Abbas, weil sie nirgends ohne Begleitung hingeht –, wirst du dich in ernsthafte Gefahr begeben. Du kannst mit der Ehre eines solchen Mannes nicht leichtfertig spielen.«

Abbas wandte sich um. Sein Gesicht war halb im Schatten, und das Mondlicht verlieh seinen Augen eine unheimliche Intensität. »Ich habe auch meine Ehre, Ludovici! Mein Vater mag ja zufrieden damit sein, den Kampfhund des Dogen abzugeben, aber ich habe vor, mein eigener Herr zu sein.«

Oh, mein Gott, dachte Ludovici. Liebe und Aufbegehren. Eine hochwirksame Verbindung. Wirksam genug, um ihn gegen den normalen Menschenverstand blind werden zu lassen.

»Tu es nicht«, flüsterte er.

»Ich werde den Brief heute abend schreiben!« Abbas legte einen Arm um Ludovicis Schulter und führte ihn die Ruga hinunter in Richtung Piazza San Marco. Den ganzen Weg über schimpfte sich Ludovici einen Trottel, weil er die Verbindung Lucias mit Julia überhaupt erwähnt hatte.

Aus dieser Angelegenheit würde nichts Gutes erwachsen. Er wußte es.

Vor einer taubengrauen verputzten Wand tanzte eine mit Wäsche bestückte Leine. Auf der anderen Seite des Kanals beugte sich eine alte Duenna aus dem Fenster, um aus einer Gondel, die längs der Riva festgemacht war, einen Korb mit Vorräten nach oben zu ziehen. Im Kanal spiegelte sich das Sonnenlicht, warf gesprenkelte Schatten auf die Fassaden der Palazzi und drang sogar in die Düsterkeit der Loggia.

Julia hielt ihre Spitzenarbeit über die Knie gebreitet und genoß die Wärme der gelben Sonne auf ihrer Haut bei der Arbeit. Lucia saß bei ihr und plauderte über den belanglosen Klatsch, den sie von ihrem Bruder aufgeschnappt hatte. Lucia besuchte sie im Sommer oft zum Schwatzen und Nähen – natürlich in Begleitung ihrer Duenna. Für alle beide war es eine willkommene Abwechslung von der klösterlichen Abgeschiedenheit ihres Alltags.

»Wie ich höre, sollst du verheiratet werden«, sagte Lucia. Sie war ein dunkles, stämmiges Mädchen mit dem Schatten eines schwachen Oberlippenbärtchens. Ihr älterer Stiefbruder Ludovici war blond und hatte noch nicht einmal Anzeichen eines Bartes. Das Leben war ungerecht, dachte Julia.

Julia schaute zur Signora Cavalcanti auf. Die erwiderte den Blick mit finsterem Triumph. »Ja«, sagte Julia. »Im Herbst.«

»Sieht er gut aus?«

»Ich habe nur meinen Vater von ihm reden hören.« Julia tat so, als untersuche sie ihre Spitzenarbeit. »Er ist ebenfalls ein Mitglied des Consiglio di Dieci. Seine Frau ist vor drei Sommern gestorben.«

Aus dem Augenwinkel heraus konnte sie auf Lucias Gesicht Enttäuschung sehen – oder war es Entsetzen?

Sie beugte sich näher zu ihr herüber. »Wie alt ist er?«

»Er steht im sechzigsten Jahr. Aber er kann immer noch gut aussehen.« Sie kämpfte mit dem Zittern in ihrer Stimme. Was für eine passende Partie ihr Vater für sie arrangiert hatte! Ihre Lippen zitterten vor Zorn und vor Selbstmitleid. Nun, zumindest er schien damit zufrieden.

»Wie heißt er?«

»Serena. Frag mich nicht nach seinem Vornamen, ich kann mich nicht mehr daran erinnern.«

Signora Cavalcanti hörte die Gereiztheit in ihrer Stimme und schaute prüfend auf.

»Ich habe ihn schon gesehen«, sagte Lucia. »Er ist sehr ... sehr wichtig.«

Er ist wie ein welkes Blatt, dachte Lucia. Wie passend, daß sie im Herbst verheiratet werden sollen. Falls er noch so lange lebte. Er sah jetzt schon so aus, als wenn aller Saft aus ihm herausgepreßt wäre. Sie unterdrückte ein Kichern. Arme Julia!

Sie verfielen in Schweigen. Signora Cavalcanti legte ihre Stickarbeit beiseite und rieb sich die Augen. »Ich glaube, ich werde eine Ruhepause einlegen«, sagte sie und ging nach innen. Julia hörte, wie sie auf der Terrasse über ihnen die Vorhänge in ihrem Schlafzimmerfenster herabließ.

Lucia wartete, bis ihre alte Duenna sie für einen Augenblick allein gelassen hatte, dann faßte sie in die Falten ihres Gewandes und zog einen Brief hervor, der mit rotem Wachs versiegelt war. Sie warf ihn beinahe auf Julias Schoß, als ob er in Flammen stünde.

Mit offenem Mund schaute Julia sie erstaunt an. »Was ist das?«

»Es ist ein Brief«, flüsterte Lucia und warf einen Blick auf die offenstehende Tür, die zum Balkon führte. »Schnell, mach auf!«

»Von wem ist er?«

»Du hast einen Bewunderer!«

Julia schien es, als müsse sie genau dasselbe fühlen, was sie jetzt empfinden würde, wenn sie in den Kanal fiele: völlige Überraschung, Verwirrung, große Kälte. Sie hielt den Umschlag hoch. Ein Wort stand mit schwarzer Tinte daraufgeschrieben: Julia. Sie versuchte zu schlucken.

»Los, öffne ihn!«

Lucias Gesicht verriet die Aufregung und die Neugierde eines Kindes. Julia riß ihn schnell auf.

Ich liebe dich. Du bist die schönste Frau, die ich je in meinem Leben gesehen habe. Ich muß mich mit dir treffen. Ich werde jede Gefahr auf mich nehmen. Sag mir nur, was ich tun muß.

Julia las die Worte wieder und wieder, und ihre Hände fingen an, unbeherrschbar zu flattern.

»Was steht drin?« fragte Lucia eindringlich.

»Von wem ist er?« fragte Julia sie.

»Ich weiß es nicht. Von einem Freund meines Bruders.«

»Von welchem?«

»Er wollte es mir nicht sagen. Er hat mich nur darum gebeten, ihn dir zu geben. Zeig ihn mir!«

Lucia versuchte, den Brief zu lesen, aber Julia schnappte ihn ihr ärgerlich weg, faltete ihn zusammen und schob ihn sich vorne in das Gewand. Dort würde er wenigstens sicher sein vor den Augen der Signora Cavalcanti. Sie zerriß den Umschlag in kleine Stücke und warf sie vom Balkon in den Kanal.

Sie schwebten hinunter wie Schnee.

»Warum schickt mir dieser Freund deines Bruders Briefe? Will er Schande über mich bringen?«

»Ludovici hat gesagt, daß es die einzige Möglichkeit sei.«

»Die einzige Möglichkeit wofür?«

»Ich weiß nicht. Die einzige Möglichkeit, daß ihr zwei euch treffen könnt, nehme ich an.« Sie faßte Julia am Arm. »Worum geht es?« fragte sie sie und gewann mehr und mehr Gefallen an der Verschwörung.

Julia versuchte die Fassung wiederzuerlangen. Ihre Wangen fühlten sich glühend heiß an. Sie war gleichzeitig zutiefst erschrocken und freudig erregt: erschrocken über die Folgen, die es haben würde, wenn ihr Vater dies jemals herausfinden sollte; freudig erregt darüber, daß plötzlich und unerwartet ein Liebesabenteuer in ihr Leben trat.

Sie war auch sehr erstaunt über ihre eigene Reaktion – sie hatte beinahe auf der Stelle damit begonnen, einen Plan zurechtzulegen. Ein Teil ihrer selbst schrie im Inneren: Dies ist Wahnsinn! Du wirst unweigerlich entdeckt werden! Du wirst Schande über den Familiennamen bringen, und deine Seele wird zu Höllenqualen verdammt werden!

Mit einem anderen Teil fragte sie sich, welche Strafe von ihrem Vater als die schlimmere angesehen werden würde.

Aber es war unmöglich. Einen völlig Fremden ohne offizielle Vorstellung, ohne Begleitung zu treffen! Nein, sie würde den Brief verbrennen. Sobald Lucia ging, würde sie den Brief sofort verbrennen müssen.

Wenn der Urheber des Briefes ein standesgemäßer Umgang – oder sogar Ehemann – für sie wäre, dann hätte er ein Treffen über ihren Vater arrangiert. Wer auch immer es war, er war offensichtlich kein Togati, noch war er Mitglied irgendeiner besonders angesehenen Familie.

Und trotzdem.

»Was wirst du tun?« fragte Lucia sie.

Und trotzdem.

»Meine Duenna schläft jeden Nachmittag zwischen drei und fünf Uhr. Ich lese in meinem Schlafzimmer die Bibel. Sage deinem Bruder ...«, sie zwang sich zum Schlucken, »sag deinem Bruder, daß sein Freund um diese Zeit mit einer Gondel am Kanal warten soll. Wenn er irgendwie zu früh oder verspätet da sein sollte, werde ich nicht hinunterkommen, und er soll mich nicht wieder stören.«

Lucia starrte sie voller Ehrfurcht und Überraschung an. »Du willst ihn treffen … ohne deine Duenna? Ohne Wissen deines Vaters?«

»Ja, das habe ich vor«, ließ Julia sie wissen. »Es macht mir nichts aus, wenn ich verdammt werde.« Sie dachte an ihre Verheiratung mit einem sechzigjährigen Consigliatore. »Ich bin ja sowieso verdammt, oder nicht?«

20

Julia zog sich das lange Mantelcape enger um die Schultern und zog die Kapuze tief in die Stirn, wodurch sie ihr Gesicht verschattete. Es war nicht zu spät zur Umkehr, sagte sie sich. Sie schaute zurück, die Treppen hinauf. Es war dunkel und kühl, und sie konnte die Signora Cavalcanti in ihrem Schlafzimmer schnarchen hören. Altes Schwein.

Sie öffnete die schwere hölzerne Tür ein paar Zentimeter weit und spähte die grauen Steinstufen hinab. Das Licht tat ihren Augen weh, und sie blinzelte gegen das Gleißen an. Maria, Mutter Gottes, vergib mir, murmelte sie. Sie war da! Die Gondel war am Eisenring am unteren Ende der Treppe vertäut. Der Gondoliere war ein hochgewachsener Neger mit einer scharlachroten Seidencamicia mit aufgeschlitzten Ärmeln, und die Krempe seines breitrandigen Hutes war noch zusätzlich in Scharlach abgesetzt. Er lehnte mit arroganter Gelassenheit auf seiner Punta, beinahe, als wolle er sich über ihre Furcht lustig machen.

Langsam klinkte sie die Tür wieder zu und tat einen tiefen Atemzug mit geschlossenen Augen.

Es ist nicht zu spät, um zurückzukehren.

»Zurückzukehren zu was?«

Zurückzukehren in ihr Zimmer, um die große schwarze Bibel auf ihrem Schreibpult zu öffnen. Zurückzukehren dazu, ihre Handarbeit ans Fenster zu tragen, um das Licht auszunützen und die Anstrengung ihrer Augen zu verringern. Zuzusehen, wie die Gondolieri grinsten und den Kopf neigten, um dann die vorhangverhangenen Vordächer forschend zu betrachten und sich zu fragen …

Zurückzukehren in ihr Zimmer und auf einen sechzigjährigen Senator mit Namen Serena warten.

Sie ordnete ihre Kapuze mit ein paar letzten Handgriffen und öffnete die Tür. Schnell lief sie die Treppen hinunter, zog den Vorhang beiseite und sprang in die Gondel.

Sie unterdrückte einen überraschten – und entsetzten – Aufschrei.

Er war schwarz.

Nicht so schwarz wie der Gondoliere, aber ganz gewiß ein Maure. Sie erkannte ihn sofort; er war der junge Mann, der sie bei der Kirche Santa Maria dei Miracoli angestarrt hatte. Deswegen konnte er sich ihrem Vater nicht nähern. Er war nicht nur kein Sohn eines Magnifico, er war nicht einmal Venezianer!

Die Kapuze verdeckte immer noch ihr Gesicht, aber es war, als könne er ihren Gesichtsausdruck erkennen. »Man sagt mir, ich wäre perfekt ausstaffiert, um einen erstklassigen Gondoliere abzugeben«, sagte er grinsend, »aber mein Vater erlaubt es mir nicht. Seiner Meinung nach soll der Sohn des Verteidigers der Republik wichtigere Dinge anstreben.«

»Ihr Vater …?«

»… ist der Kommandierende General der Armee.«

Mahmud, der Maure! Sie hatte von ihm gehört. Jetzt begriff sie.

»Wenn Ihr meine Erscheinung zu schockierend findet, meine Dame, mögt Ihr die Gondel verlassen und werdet niemals wieder von mir hören. Weil ich mich nämlich in den Fluß werfen werde.« Wieder grinste er, und sie bemerkte, daß ihre anfängliche Empörung verpuffte.

»Ich kann nur für ein paar Minuten fortbleiben«, sagte sie, aber ihre Stimme klang so, als gehöre sie nicht zu ihr. Er nickte dem Gondoliere zu und zog dann die Vorhänge hinter ihnen zu. Sie vernahm das Gerassel der Eisenkette und dann, als der Gondoliere sie auf die Mitte des Kanals zusteuerte, das behutsame Platschen des Wassers.

»Wohin fahren wir?«

»Nirgendwohin. Wo können wir uns unbeobachteter unterhalten als hier drinnen?«

Auf allen Seiten hingen schwere blaue Samtvorhänge, so daß sie in der winzigen Kabine völlig unter sich waren. Der dumpfige Geruch nach Moder und Walnuß, der ihr auffiel, war nicht unangenehm. Alles, was sie draußen sehen konnte, war die buntgefärbte Strumpfhose des Gondoliere, der seine Stellung auf dem Punta Piede bezogen hatte.

Julia wandte ihre Aufmerksamkeit ihrem Begleiter zu. Sie erkannte, daß er jung war, fast so jung wie sie selbst. Seine Haut war walnußfarben, sein Haar dicht gekräuselt, aber nicht so wie die pechrabenschwarze Wolle des Negergondoliere. Seine Gesichtszüge waren glatt und wohlgerundet wie bei einer Bronzestatue. Er trug eine weiße Leinencamicia und ein Wams aus schwerer blauer Seide, und in seinem linken Ohr glitzerte ein Rubin.

Er war so ziemlich das Exotischste, das sie je in ihrem Leben gesehen hatte.

»Wie heißt Ihr?« fragte sie.

»Abbas.«

»Abbas …«, wiederholte sie und spürte dem Klang dieses Namens in ihrer eigenen Sprache nach.

»Es ist kein venezianischer Name, aber wie Ihr sehen könnt, bin ich selbst auch nicht ganz venezianisch.«

Sie faßte in die Falten ihres Umhangs. »Hier ist Ihr Brief.«

Er schien verwirrt. »Ich will ihn nicht zurückhaben …«

»Er ist gefährlich. Wenn Ihr wollt, verbrenne ich ihn …«

»Ich will nicht, daß Ihr ihn verbrennt.« Er nahm ihn ihr fort. »Was ich gesagt habe, war mein Ernst.«

Sie fühlte ihre Wangen heiß werden. Was wollte er von ihr? »Ihr kennt Ludovici Gambetto?« fragte sie.

»Sein Vater ist ein General und Berater meines Vaters. Ich nehme an, daß wir beide Renegaten sind.«

»Beide?«

Es schien ihn zu überraschen, dies erklären zu müssen. »Auf eine bestimmte Weise sind wir beide Außenseiter.«

»Die Gambetti gehören zu den aristokratischen Familien Venedigs.«

Abbas war peinlich berührt. »Ihr wißt es nicht?«

»Was weiß ich nicht?«

»Ludovici ist unehelich. Signor Gambetti hatte eine Geliebte. Als sie starb, war Ludovici noch ein Säugling. Signor Gambetti übernahm die Verantwortung für ihn …, aber er ist trotzdem ein Außenseiter.«

Julia schaute ihn erstaunt an. Geliebte? Was war das? Und wie konnte ein Kind außerhalb der Ehe geboren werden?

»Vielleicht hätte ich Euch das nicht erzählen sollen«, sagte Abbas. »Ich ging davon aus, daß Ihr das wüßtet.«

Wie sollte sie wissen? Niemand sagte ihr je etwas. »Es ist nie erwähnt worden.«

»Ich entschuldige mich …«, er spreizte die Hände und schaute sich unter dem kleinen samtenen Baldachin um, »… für dies hier. Ich wollte, daß mein Vater für mich spricht, aber er hat gesagt, daß das nicht möglich sei. Ich mußte aber mit Euch sprechen, ich mußte es. Ihr seid die allerschönste Frau, die ich jemals in meinem Leben gesehen habe.« Er hob die Hände und schob ihre Kapuze zurück. Sie erstarrte, weil sie meinte, daß er sie berühren wollte. Aber als die Kapuze fiel, schaute er sie nur unverwandt an und betrachtete ihr Gesicht mit beängstigender Intensität.

»Ihr seid wundervoll«, flüsterte er.

Einen Augenblick lang wollte sie lachen; es war das Herrlichste, das ihr je irgend jemand gesagt hatte. Schon lange hatte sie die Vermutung gehegt, daß sie schön sei – und ganz plötzlich schienen sich alle Risiken dieses Nachmittags zu lohnen. Durch tausend Messer hindurch wäre sie für diese Art von Anbetung Spießruten gelaufen.

Sie fühlte, wie ihr das Blut in den Kopf schoß. Sie hatte keinerlei Vorstellung davon, was sie tun oder sagen sollte. Sie zog die Kapuze über die Augen zurück. »Ich sollte wieder zurückgehen.«

»Noch nicht.«

»Wenn meine Duenna dies entdeckt …«

»Nur noch ein paar Minuten.« Ein Schatten huschte über den Baldachin, als die Gondel unter einer Brücke hindurchglitt. Sie hörte die Rufe von Lausbuben, die auf den Pflastersteinen spielten. »Ist mein Anblick eine zu große Beleidigung?«

»Oh, nein«, flüsterte sie. »Das ist es nicht …«

»Ich muß Euch wiedersehen.«

»Ich kann nicht.«

»Ihr müßt. Ich habe so etwas noch nie zuvor in meinem Leben gefühlt. Es ist, als ob Feuer brennt.«

»Ich soll verheiratet werden«, stammelte Julia.

Er schien eher verärgert als betroffen zu sein. »Wann?«

»Im Oktober. Mein Mann wird dann aus Zypern zurückkehren …«

»Das kann ich nicht zulassen.«

»Ihr dürft nicht so reden. Ihr erschreckt mich. Wir müssen zurückkehren.«

Er senkte seine Stimme zu einem Flüstern. »Könntet Ihr einen Mauren auch so lieben, wie ich eine Ungläubige liebe?«

»Fahrt mich zurück«, sagte sie, aber ihre Stimme war brüchig und verriet sie.

Ein paar Minuten später vernahm sie das Rasseln des Eisens, als die Gondel wieder am Fuß der Treppen außerhalb des Palastes festmachte. Julia stand auf, und die Gondel schwankte. Sie stolperte, und Abbas hielt sie am Arm fest.

»Laßt mich noch einmal Euer Gesicht sehen.«

Sie entzog sich ihm und schob langsam ihre Kapuze zurück. Sie sah, wie seine Lippen sich zu einem entzückten Lächeln öffneten. Es verwandelte sein Gesicht. Aus irgendeinem Grund erschien vor ihren Augen das Bild einer Rosenknospe, die zum Schutz gegen den Frost fest wie eine Faust geschlossen war und in der ersten Frühlingswärme zur Blüte aufbrach.

Ist er es? Oder bin ich's? fragte sie sich.

»Ich werde an nichts anderes denken, bis ich Euch wiedergesehen habe«, sagte er.

»Ich kann Euch nicht wiedersehen«, log sie, wand sich aus der Gondel und rannte die Treppen hinauf. Sie hörte nicht auf zu laufen, bis sie unbehelligt die Sicherheit ihres eigenen Zimmers erreicht hatte, und hier kniete sie vor dem hölzernen Kruzifix an dcr Wand nieder und bat um Vergebung – und dann um eine nächste Gelegenheit, sündigen zu können.

21

Antonio Gonzaga hatte eine leichte und doch besorgniserregende Veränderung an seiner Tochter bemerkt. Er war beunruhigt über den rosaroten Schimmer auf ihren Wangen und eine verhaltene, unruhige Erregung in ihrem Gebaren. Es stand nicht im Einklang mit einer jungen Dame, deren Gedanken einzig mit religiösen Unterweisungen und Spitzenarbeit beschäftigt sein sollten.

Die Magd setzte zwei Teller Squazzetto, eine reichhaltige Brühe aus Reis und Huhn, vor sie auf den Tisch. Gonzaga beobachtete, wie seine Tochter den Löffel nahm.

»Nimm deine Schultern zurück.«

Julia tat wie befohlen.

Gonzaga konnte ein irritiertes Stirnrunzeln nicht verbergen. Je eher sie verheiratet und aus seiner Verantwortung entlassen war, desto besser.

»Eine junge Dame von Stand sollte nicht krumm am Tisch sitzen.«

»Ja, Vater.«

»Bald wirst du die Ehefrau eines Mitglieds des Consiglio di Dieci sein. Er wird anständiges Benehmen von dir erwarten.«

»Ja, Vater.«

Was mag nur los sein mit dem Mädchen? dachte er. Er hatte früher schon diesen kuhähnlichen Ausdruck an Frauen bemerkt: bei seiner Frau in der Hochzeitsnacht; und bei seiner Geliebten, immer wenn sie schwanger war. Etwas, das mit allzu häufiger Regelmäßigkeit geschehen war.

Er nahm einen Zug schweren roten Wein und trommelte mit den Fingern auf den Tisch, während er über die Veränderung nachdachte. Der Gedanke an die Heirat mit Serena hatte diese Röte ganz sicher nicht in ihre Wangen aufsteigen lassen? Wenn das der Fall gewesen wäre, so hätte sie diesen Mann arg falsch eingeschätzt. Das war schließlich nicht der Sinn einer Heirat. Der Verdacht, seine eigene Tochter könne solch flittchenhafte Gedanken hegen, ließ Ärger in ihm aufsteigen.

Er stieß den Teller beiseite und stand auf.

Julia schaute beunruhigt auf. »Vater?«

»Ich fühle mich unwohl. Ich werde mich ausruhen. Du wirst mich entschuldigen müssen.« Er verließ sie, und sie mußte ihre Abendmahlzeit allein beenden.

Gonzaga saß in seiner privaten Studierstube am Tisch und starrte düster in die Kerze. Der Raum paßte zu einem Mann von Gonzagas Einfluß und Bedeutung. Ein Gemälde von Carpaccio, der »Tod der Jungfrau«, beherrschte den Raum; zwei kleinere Gemälde, eine Jungfrau mit Kind von Bellini und ein Porträt seiner selbst, das er vor fünf Jahren bei Palma Vecchio in Auftrag gegeben hatte, hingen jedes zu einer Seite der Tür. Zwischen den Tapisserien an der Wand hingen persische und syrische Teppiche, und oberhalb des Kamins standen zwei Bronzen von Il Riccio.

An der Tür klopfte es zaghaft.

»*Chi c'è?*« knurrte er. »Wer ist da?«

»Signora Cavalcanti, Exzellenz.«

»Herein.«

Mit leisen Schritten trat Signora Cavalcanti ein und beugte das Knie, um den Ärmel seiner schwarzen Samtrobe zu küssen.

»Exzellenz«, murmelte sie, »Ihr wünschtet, mich zu sehen?«

»Ich mache mir Sorgen, Signora Cavalcanti.«

»Ich hoffe, es hat nichts mit einem Versäumnis von meiner Seite zu tun, Exzellenz.«

Gonzaga schaute sie prüfend und scharf an. »Ich weiß es nicht, Signora.«

Die Duenna rang die Hände. Gonzaga flößte ihr Furcht ein. Angesichts seiner langen schwarzen Robe, deren Samt in aufwendiger »alto e basso«-Manier gewebt war, mit seinem Barett und der Stola, die gleichfalls aus schwarzem Samt gefertigt waren, mit den silbernen Schnallen und Schilden an seinem Gürtel und den finsteren, grauen Augen, die sie unter den langen, insektenschwarzen Augenbrauen hervor scharf anblickten, kam es ihr vor, als müsse es genauso sein, wenn sie beim Jüngsten Gericht vor Gott stünde. »Ich versichere Eurer Exzellenz, daß ich meine Pflichten mit außerordentlicher Sorgsamkeit erfüllt habe.«

»Hast du das?«

Fräulein Julia! Aber was konnte fehlen?

»Ich glaube, daß sie vielleicht etwas vor dir verbirgt.«

Signora Cavalcanti dachte angestrengt nach und versuchte, irgendeinem Irrtum in der Erfüllung ihrer Pflichten auf die Spur zu kommen. Dies war ein alter Trick von ihm, das wußte sie, um ein volles Geständnis zu erhalten über etwas, das für ihn nur ein Hauch von Verdacht war. »Ich glaube das nicht, Exzellenz.«

Die Stille hing in der Luft. Schließlich sagte Gonzaga: »Hat sie viel mit dir über die freudige Angelegenheit ihrer Vermählung gesprochen?«

»Sehr wenig, Exzellenz.«

»Die Erwartung dieser erfüllt sie mit Freude?«

Wenn sie ein dankbares Kind wäre, vielleicht, dachte Signora Cavalcanti. Aber sie besitzt nicht einen einzigen dankbaren Knochen in ihrem verdrießlichen kleinen Gestell. Aber sie konnte diesen Gedanken nicht vor Gonzaga wiederholen und sagte deshalb: »Ich bin sicher, daß sie außer sich vor Freude ist.«

Gonzagas Finger klopften einen Trommelwirbel auf die Armlehne seines Stuhles. »Sie wird niemals unbeaufsichtigt gelassen?«

Signora Cavalcanti dachte mit Schuldgefühlen an die Mittagsruhe, die zu nehmen sie sich jeden Nachmittag angewöhnt hatte. »Nein, Exzellenz.«

Gonzaga schien zu seufzen und nachzugeben. »Behalte sie im Auge, gut im Auge. Ich muß an meine Stellung denken.«

»Ja, Exzellenz«, sagte die Duenna und wandte sich dankbar zur Tür. Ja, sie würde sie von nun an viel mehr im Auge behalten. Sie hatte keine Ahnung, was ihren Herrn beunruhigt haben könnte, aber sie würde es herausfinden, was immer es auch war. Und sie würde ihm ihre Entdeckung als ein Angebot überbringen, und seine Dankbarkeit und sein neu gefestigtes Vertrauen in sie wären dann ihr gerechter Lohn.

Als die späte Nachmittagssonne hinter die Dächer der Palazzi tauchte, saßen sie auf der Terrasse und hielten die Spitzenarbeit ruhend auf ihren Knien. Im Haus war es ruhig. Die Duenna hatte sie allein gelassen, aber Julia hatte nicht gehört, daß sie die schweren Vorhänge an den oberen Fenstern zugezogen hätte.

Lucia lehnte sich hinüber zu Julia und flüsterte: »Hast du dich mit ihm getroffen?«

»Mit wem?« fragte Julia.

Lucia blickte sie zornig an. »Du weißt, wovon ich rede! Sag es mir!«

Julia zog die Schultern hoch. »Vielleicht.«

»Und?«

Julia lächelte und sagte nichts.

Plötzlich erschien Signora Cavalcanti auf der Terrasse. »Worüber flüstert ihr beiden Mädchen?«

»Nichts, Signora«, sagte Julia.

Die Duenna setzte sich und nahm ihre Spitzenarbeit wieder auf. Sie schaute auf Julia. Dann auf Lucia, und ihr Gesicht verzog sich zu einem finsteren Ausdruck voller Argwohn.

Der verbleibende Nachmittag verlief in Stille. Julia spürte, wie zwei Augenpaare auf ihr hafteten, beide voller Fragen, aber sie schaute nicht auf und sagte kein weiteres Wort.

22

Julia schob die Kapuze ihres Umhangs nach hinten, langsam und mit Absicht, und genoß das erregende Gefühl von Macht, das sie dabei empfand. Die Gefühle, die ihr Aussehen in ihm zu erwecken schienen, schlugen sie vollständig in ihren Bann. Es war Eitelkeit, das wußte sie. Das Laster des Teufels.

Maria, vergib mir, dachte sie, *aber ich liebe dies sehr.*

Sie hatte niemals vorgehabt, ihm eine zweite Chance zu geben. Aber an jedem der folgenden Nachmittage nach jenem ersten Treffen war die Gondel an den Treppenstufen unter dem Palast erschienen, und schließlich war die Versuchung zu groß gewesen. Sie wollte nur noch einmal diesen Ausdruck in seinen Augen sehen, ja, wollte sogar noch einmal denselben Nervenkitzel spüren, den die Angst hervorrief. Sie wollte sich einfach lebendig fühlen.

Das zweite Mal erleichterte die folgenden Wiederholungen. Wie oft hatten sie sich nun schon auf diese Weise ein Stelldichein gegeben? Ein halbes Dutzend mal, oder mehr? Es war ihr einziges, köstliches Geheimnis. Zum erstenmal in ihrem Leben hatte sie Macht. Ihr Vater und Signora Cavalcanti hatten keine vollständige Kontrolle mehr über sie.

Eitelkeit, Furcht, Macht. Vielleicht waren dies die Dinge, die das Leben lebenswert machten.

Maria, vergib mir.

»Julia«, flüsterte Abbas.

»Nur für ein paar Minuten«, sagte sie. Jedesmal sprach sie dieselben Worte, wie ein Ritual, einen Einsatz für ein Abkommen mit dem Schicksal. Wer wird mich jemals für ein paar wenige Minuten verurteilen? In den übrigen Stunden des Tages wird mein Großer Beichtvater mich makellos vorfinden.

119

Mit der Handinnenfläche nach oben streckte er seine Hand nach ihr aus. Bei den letzten beiden Gelegenheiten hatte sie ihm erlaubt, sie zu berühren. Dies war ihr Signal. Sie gab ihm ihre Hand und gestattete ihm, sie zu halten. Er barg sie in seinem Handteller wie einen kleinen, verwundeten Vogel.

»Ich liebe dich, Julia.«

»Es ist unmöglich … Wir müssen aufhören damit.«

»Ich kann jetzt nicht aufhören. Und wenn man mich allen Höllenfeuern ausliefert, mir könnten keine größeren Qualen zustoßen, als ich sie jetzt schon habe.«

»Hör auf«, murmelte sie, aber sie wollte nicht, daß er aufhörte. Sie fragte sich, ob sie jetzt noch ohne dies leben könnte: Abbas' Leidenschaft und das Gefühl, das er ihr gab, als sei sie die schönste und wichtigste Frau auf der Welt. Wie nur konnte sie einfach dazu zurückkehren, die Welt durch ihr Fenster zu betrachten?

»Ich werde aufhören, wenn sie mich in die Erde legen.«

»Abbas, ich werde verheiratet werden …«

»Komm mit mir.«

»Was?«

»Komm mit mir. Ich kann eine Schiffspassage besorgen.«

Julia starrte ihn an, entsetzt und fasziniert zugleich. »Nein.«

»Wir können nach Spanien gehen. Wir werden dort sicher sein vor deinem Vater. Mein Vater wird uns Geld geben …«

»Nein …«

Er drückte ihre Hand so fest, daß es ihr weh tat. »Was denn sonst?«

»Bring mich zurück.«

»Was bleibt uns denn sonst übrig?«

Er hatte recht. Es war so leicht, sich vorzumachen, daß sie dieses Spiel ewig würde spielen können. Aber ab Herbst würde sie in einen anderen Palast, an ein anderes Fenster verbannt werden. Zu einem alten Mann, der finster und grau war wie ihr Vater. Ihr schauderte bei dem Gedanken. Aber fortzulaufen, Venedig zu verlassen … Ihre kühle, dunkle Welt war ebensosehr Schutz wie Gefängnis. Es war, als hätte er sie eingeladen, mit ihm in einen Abgrund zu springen. Ihre Gedanken rasten, und einer brachte den anderen aus der Bahn, und sie wußte, daß sie sich nicht mehr auf sich verlassen konnte.

»Bring mich zurück.«

»Bitte, Julia. Seit ich dich in der Kirche gesehen habe, wußte ich, daß ich dich heiraten würde. Ich werde alles tun, alles. Ich würde lieber sterben, als dich aufgeben.«

Es ist ihm ernst, dachte Julia. Sie erkannte zum erstenmal, daß dies kein Spiel war. Abbas war genauso gefährlich wie ihr Vater. Er meinte ernst, was er sagte. Er würde jetzt vor nichts haltmachen. Sie war entsetzt – und gleichzeitig begeistert.

Er meint es ernst.

»Bitte bring mich zurück.« Sie bat jetzt.

»Sag mir, daß du mit mir gehen wirst.«

»Ich kann nicht.«

»Du mußt.« Er beugte sich zu ihr. Er wird mich gleich küssen, dachte sie, und begann zu zittern. *Du darfst das nicht tun!* wollte sie ihn anschreien. *Gott wird uns dafür bestrafen! Dies geht zu weit!* Statt dessen schloß sie die Augen und blieb völlig still, nahm die eigenartige Ausstrahlung eines anderen Körpers neben sich und den sanften Duft seiner Kleider wahr. Seine Lippen berührten ganz zart die ihren, und dann löste er sich wieder von ihr.

»Komm mit mir«, wiederholte er. Sie öffnete die Augen. Er blickte sie auf diese seltsame, intensive Art an, die ihm eigen war. Als ob ihr die Antwort irgendwo in Miniatur auf dem Gesicht geschrieben stünde. Was ist, wenn mich niemals wieder jemand so anschaut? dachte sie. Der Gedanke war unerträglich.

»Ich muß zurückkehren.«

Nachdem sie den Palast erreicht hatten, stieg sie die Treppen wie in Trance hinauf. Kaum nahm sie das grinsende Gesicht des Gondoliere wahr, kaum, wie die Tür beim Öffnen in den Angeln quietschte. Gähnende Schwärze tat sich vor ihr auf und war eher beängstigender Fluchtweg als Schutzraum.

»So, du hast mich also betrogen.«

Maria, Mutter Gottes! Sie schaute auf. Nachdem ihre Augen sich an das Dämmerlicht gewöhnt hatten, sah sie zwei helle, bösartige Augen, die sie von der obersten Stufe der Treppen aus betrachteten.

»Signora Cavalcanti!« An die Stelle von Furcht trat nahezu unvermittelt eine unerwartete Aufwallung von Zorn. Dies hier war kein Zufluchtsort. Sie war eine Gefangene. Man könnte sie genausogut an die Wand ketten.

Die Augen der Duenna leuchteten im Triumph, als sie die Treppenstufen herunterstieg. »Was hast du getan?«

Julia drehte sich um und riß die Tür auf. Sie hörte, wie die Signora Cavalcanti vor Empörung schrie; ihr Schrei wurde durch das Zuschlagen der schweren eisenbeschlagenen Eichentür unterbrochen. Julia rannte zurück zum Kanal, aber die Gondel glitt schon von den Stufen fort. Julia wollte gerade einen Warnruf ausstoßen, hörte dann aber die Schritte der Duenna auf den Steinplatten hinter sich. Seinen Namen zu rufen hieße, ihn zu verraten.

Die Hände der alten Frau lagen auf ihren Schultern und schoben sie zum Toreingang zurück, und sie tat einen Aufschrei vor Zorn und Verbitterung; sie sah eine Bewegung an den Vorhängen der Gondel, aber sie konnte nicht sicher sein, daß Abbas sie gesehen oder gehört hatte, was geschehen war.

Antonio Gonzaga war in die scharlachroten Gewänder gekleidet, die ihn als einen Mann von hohem Rang, als einen Consigliatore auswiesen. Er stand neben dem Fenster, hielt seine zu Fäusten geballten Hände an die Fensterläden gepreßt und starrte über die Dächer der Paläste hinweg auf den Campanile von San Marco. Dahinter, das wußte er, lag der Dogenpalast. Was würde man dort über ihn sagen, wenn je ein Wort über diesen Skandal hinausdringen sollte? Was würde aus seiner Verbindung mit Serena werden? Sein Zorn steckte ihm wie eine geballte Faust in den Eingeweiden und drückte immer stärker und stärker zu ... seine Tochter! Benahm sich wie eine gewöhnliche Prostituierte! Er wollte ihr die Kehle durchschneiden.

»Wer ist der Junge?« knurrte er.

Julia schlug die Augen nieder und versuchte, das Zittern in ihren Knien zu verhindern. Auch wenn sie es gewollt hätte, sie hätte ihm nicht antworten können. Sie hatte noch nirgendwo solch eine wilde Wut erlebt. Sie fürchtete, daß sie jede Kontrolle über ihre Blase verlieren und sich mit Schande beflecken würde. Aber wie kann ich – zumindest in den Augen meines Vaters – überhaupt noch mehr Schande auf mich laden, dachte sie.

»Ich habe gefragt, WER IST DIESER JUNGE?« brüllte er sie an.

Julia spürte, wie Signora Cavalcanti sie mit Augen beobachtete, die voller sadistischer Belustigung glitzerten. Julia sagte nichts. Sie würde Abbas nicht verraten. Soviel ließ sich hier noch retten.

Der Schlag traf sie vollkommen unvorbereitet. Er schmetterte sie zu Boden, und ein paar Augenblicke lang konnte sie weder sehen noch hören. Als sie schließlich wieder zu Sinnen kam, stand der Consigliatore mit gespreizten Beinen und geballten Fäusten über ihr.

»Du wirst mir sagen, wer es ist.«

»Niemals«, hörte sie sich selber sagen.

Dieser unerwartete Widerstand seiner Tochter machte ihn nur noch wütender. Er brüllte laut und ergriff eine Faustvoll von ihren Haaren, schüttelte sie wie einen Hund und zog sie dann auf den Marmorfliesen herum. Er schrie Verwünschungen auf sie herab, benutzte dabei eine Art Sprache, die sie manchmal auf den Märkten gehört hatte, aber niemals von ihm zu hören vermutet hatte. Als er schließlich von ihr abließ, ringelten sich lange Büschel schwarzblauen Haares zwischen den Fingern seiner Faust.

Julia faltete die Hände über den Kopf, um sich vor weiteren Mißhandlungen zu schützen, und krümmte sich schluchzend zu einem Bündel auf dem Boden zusammen.

Als sie die Augen öffnete, sah sie, daß sogar die alte Cavalcanti entsetzt aussah.

»Du wirst mir seinen Namen sagen!«

Julia konnte ihm nicht antworten. Der Trotz schnürte ihr die Kehle zusammen. Sie schrie wieder, als Gonzaga sie mit einem festen Griff um die aufgebauschten Ärmel ihres Gewandes auf die Füße hochzerrte und ihr dabei das Kleid zerriß. Wieder und wieder schlug er mit der offenen Hand auf ihren Kopf ein, während sie sich drehte und wand und versuchte, den Schlägen auszuweichen. Ebenso plötzlich ließ er sie wieder los, und sie sackte schwer zu Boden.

Heute abend würde er nichts Vernünftiges aus ihr herausholen können, wurde ihm klar.

»Bedecke dich, Hure«, sagte er. Er hatte die Schulter ihres Kleides abgerissen und eine Brust entblößt. Julia machte einen hastigen Versuch, die zerrissenen Stoffetzen über sich zusammenzuhalten. Aber ihre Hände schlotterten so heftig, daß es ihr nicht gelang.

»Bring sie auf ihr Zimmer«, befahl Gonzaga der Duenna. »Dann komm wieder hierher zurück. Ich will mit dir reden.«

Signora Cavalcanti hatte in ihrem ganzen Leben noch nie so viel Angst gehabt. Sie hatte Seine Exzellenz immer als einen strengen Mann verehrt, die Szene aber, die sie gerade miterleben mußte, hatte sie zutiefst aufgewühlt. Es war eine Sache, wenn ein rechtschaffener Richter ein

Urteil verkündete, es war aber etwas völlig anderes, wenn er sich selbst daran beteiligte, am Rad der Folterbank zu drehen.

Als sie das Studierzimmer wieder betrat, hatte sich Gonzaga aber schon wieder gefangen. Er saß an seinem Tisch und hielt die Hände im Schoß gefaltet, und sein Gesicht war düster und fest entschlossen zu einer Maske gefroren. Nur sein unter dem Barett verrutschtes Haar legte Zeugnis ab von dem Gewaltausbruch, der wenige Minuten zuvor stattgefunden hatte.

»Meine Tochter ist schändlich starrsinnig«, sagte er.

Signora Cavalcanti wußte nicht, was sie sagen sollte. Sie sah in das verzweifelte Gesicht der Jungfrau Carpaccios und schämte sich.

»Ist es möglich, daß sie das Ausmaß des Schadens, den sie mir zugefügt hat, nicht erkennt?« fragte Gonzaga.

»Ich habe sie getreulich in ihren Pflichten der Republik und Gott gegenüber unterwiesen«, beeilte die Duenna sich zu antworten.

»Vielleicht.« Gonzaga ließ das Wort wie eine Drohung in der Luft hängen. »Wenn das aber wahr ist, warum leistet sie mir dann solchen Widerstand?«

Die Duenna erkannte, daß sie auf die Probe gestellt wurde. Aber was sollte sie zu ihrer Verteidigung sagen? Vielleicht hätte sie ihre Entdeckung letztlich doch für sich behalten sollen. Nun, dazu war es nun zu spät.

»Viele Fragen ergeben sich in dieser Angelegenheit«, sagte er, »zum Beispiel die: Wie kamen diese Treffen zustande?«

Signora Cavalcanti verkniff sich das Bedürfnis, *ich weiß es nicht* zu sagen. Das wäre einem Eingeständnis ihres Versagens gleichgekommen. Sie hätte dies alles durchdenken sollen, erkannte sie jetzt.

»Ich werde es herausfinden«, sagte sie.

»Ich hoffe sehr, Signora Cavalcanti. Tatsächlich vertraue ich darauf.«

Er lächelte. Die Duenna mochte es nie leiden, wenn die Exzellenz sie anlächelte. Die Wirkung war nicht angenehm.

23

Abbas folgte der Kutsche vom Palast zu Fuß. Auf den engen Calles verlor er sie aus den Augen, holte sie aber im Betrieb des Mercato um den Campo Santa Maria Nuova wieder ein. Er schob die Obstverkäufer und Kleinkrämer, die ihm nicht schnell genug aus dem Weg gingen, beiseite und übersprang einen Handwagen, der mit Seidenballen randvoll beladen war.

Die Kirche von Santa Maria dei Miracoli beherrschte die Piazza. Mit ihrer Fassade aus sattgelbem, grauem und weißem antikem Marmor zählte sie zu den schönsten Kirchen der Stadt. Die Kutsche hielt unterhalb der Treppen zum Hauptportal, im Schatten der großen Kuppel.

Abbas beendete seinen Lauf auf der gegenüberliegenden Seite der Piazza und beobachtete, wie die beiden Gestalten aus der Kutsche stiegen; die eine war klein und gedrungen, die andere groß, schlank und anmutig. Für einen unbeteiligten Zuschauer sahen die Frauen von Venedig möglicherweise alle gleich aus – ganz in Schwarz, mit weiten Röcken, aufgebauschten Ärmeln und dunklen Schleiern –, wer aber *sie* einmal kannte, konnte sie schon durch die Art, mit der sie sich bewegte, aus tausend anderen Frauen herausfinden.

Julia!

»Dies ist Wahnsinn!« hauchte ihm Ludovici ins Ohr.

»Warst du niemals verliebt, Ludovici?«

»Hier handelt es sich nicht um Liebe, dies ist Selbstmord! Komm wieder zu Sinnen, Abbas!« Ludovici legte ihm die Hand auf die Schulter und versuchte ihn fortzuziehen.

Abbas schüttelte ihn ab. »Ich kann nicht ohne sie leben.«

»Du atmest, du ißt, du trinkst. Das ist alles, was das Leben ausmacht. Du kannst das ohne eine Frau bewerkstelligen, oder etwa nicht?«

»Das ist kein Leben, Ludovici! Ohne Leidenschaft findet überhaupt kein Leben statt!«

»Sie wissen jetzt Bescheid! Du hast die Duenna auf dem Kai gesehen! Wenn Julia deinen Namen an Gonzaga verrät, wirst du es mit der Hölle bezahlen!«

»Sie wird ihm aber nichts sagen.«

Abbas begann, die Treppen zur Kirche hinaufzugehen. Ludovici rannte ihm nach. »Was hast du vor?«

»Ich muß sie sehen.«

»Das kannst du nicht …«

»Sie werden mich nicht bemerken! Ich muß nur … schauen …«

Ludovici zog resigniert die Schultern hoch. Was hatte es für einen Sinn? Im allergünstigsten Falle würde Gonzaga Mahmud ruinieren, und der würde dann zusammen mit Abbas aus der Republik gejagt werden – wenn er nicht im Gefängnis landete.

Er sah zu, wie er die Treppen der Santa Maria dei Miracoli hinaufstürmte – vor Verlangen blind für alles andere. Wie ein Kind, dachte Ludovici. Ein bockiges, leidenschaftliches, mutwilliges Kind.

Die Kirche war leer. Es schien, als deute der heilige Franziskus seinen langen Marmorfinger mit eiskaltem Hohn auf Abbas. Der Fries mit nackten Putten, die über dem Hauptbogen tanzten und balgten, machte sich über ihn lustig. Abbas hielt inne und schaute sich verwirrt um.

Hinter ihm bewegten sie sich behende Schatten unter den Schatten; als er begriff, was geschehen war, waren sie auch schon am Eingang angelangt, und er sah sie nur für den Bruchteil einer Sekunde. Er erkannte, daß die Duenna sein Kommen erwartet hatte. Ludovici hatte recht gehabt. Er war ein Dummkopf. Man hatte ihm eine Falle gestellt.

»Julia!«

Sie drehte sich um, stolperte und wurde von dem alten Weib weitergezogen. Für einen Augenblick schlug sie den Schleier zurück, und er konnte die Qual in ihrem Gesicht ablesen. *Corpo di Dio!*

Er setzte an, ihr nachzulaufen, und hielt ein. Wozu? Was konnte er jetzt tun?

Er stand oben auf den Treppenstufen. Ludovici schaute zu ihm herauf; ohnmächtige Enttäuschung und Mitleid hatten sich in seine Gesichtszüge gegraben. Eine Kutsche rumpelte die Via delle Botteghe hinab, und die Pferdehufe trappelten auf den Pflastersteinen.

»Abbas Mahsouf? Der Sohn des *Mauren*?«

Signora Cavalcanti nickte eifrig und weidete sich an ihrer eigenen Gerissenheit. Sie hatte den jungen Mann so leicht angelockt. Sie war überzeugt, daß Gonzaga sie dafür stattlich entlohnen würde.

Gonzaga erhob sich, und der Eichenstuhl krachte hinter ihm auf die Marmorfliesen. »Ein *Maure*?«

»Ich habe ihn mit meinen eigenen Augen gesehen. Er rief ihren Namen, als wir die Kirche von Santa Maria dei Miracoli verließen!«

Gonzaga hob eine buschige Augenbraue hoch wie ein Fragezeichen. »Und woher wußtest du, daß er dort sein würde?«

Signora Cavalcanti wand sich. »Er war früher schon einmal dort gewesen. Ich habe mich daran erinnert.«

»›Früher schon einmal‹? Davon hast du mir nichts erzählt.«

»Es schien eine Bagatelle.«

»Ich verstehe«, sagte Gonzaga bedeutungsvoll. »Eine Bagatelle! Wie konnte diese Bagatelle geschehen?«

»Ich habe dort noch jemand anders gesehen.«

»Wen?«

»Ludovici Gambetto.«

Er starrte sie angewidert an. »Du denkst, daß sie sich mit beiden getroffen hat?«

Signora Cavalcanti schüttelte heftig den Kopf. Um Himmels willen, nein! »Er schaute nur herüber. Ich erkannte sein Gesicht, als wir die Piazza verließen. Ich glaube, der Maure pflegt freundschaftlichen Umgang mit ihm.«

Gonzaga ging zum Fenster und wandte ihr den Rücken zu, während er seinen Blick über den Canale Grande schweifen ließ. Sie konnte seinen Gesichtsausdruck nicht ergründen. »Der Bastard meines Schwagers!«

Die Duenna betrachtete den Fußboden und wartete ab, bis sie wieder mit dem Sprechen an der Reihe war.

»Du denkst, daß auf diese Weise Botschaften weitergegeben wurden?«

»Lucia und sie besuchen einander oft.«

Gonzaga schwieg lange. Schließlich sagte er: »Ich gratuliere dir zu deinen Entdeckungen. Du wirst deine Belohnung erhalten, Signora Cavalcanti. Es sei dir gestattet, mich jetzt zu verlassen.«

Die Tür schloß sich leise hinter ihr. Gonzaga schlug mit der Handinnenfläche gegen die Wand. Was sollte er tun? Wenn er die Angelegenheit vor die Gerichte trug, würde er sich zum Gespött von ganz Venedig machen. Seine Tochter und ein schwarzer Maure! Es wäre so gut wie unvermeidlich, daß man ihn zur Aufgabe seiner Stellung im Consiglio di Dieci zwingen würde.

Er konnte die Sache Ludovicis Vater vortragen, aber auch das war mit Gefahren verbunden. Dessen Ehefrau war schon lange tot, und jetzt erstrebte der alte Gambetto im Wettstreit mit Gonzaga selbst die Stellung als nächster Doge, und er könnte solch eine Gelegenheit zu einem willkommenen Anlaß nutzen, einen Skandal daraus zu machen.

Nein, die Angelegenheit verlangte nach mehr Fingerspitzengefühl und Geduld. Ludovici konnte zu gegebener Zeit bestraft werden. Um Abbas dagegen mußte man sich sofort kümmern.

Was hatte doch Signora Cavalcanti gesagt? »Lucia und sie besuchen einander oft.« Er lächelte. Hier lag die Antwort! Lucia war der Verbindungskanal. Wenn Wasser in die eine Richtung fließen konnte, so ging das auch in die andere.

Diesmal jedoch würde er diese Verbindung zu seinem eigenen Vorteil nutzen.

Als Lucia an jenem Nachmittag kam, wurde ihre Duenna fortgeschickt, und anstatt daß man sie in den Salon mit Blick auf den Canale Grande brachte, geleitete Signora Cavalcanti sie in die private Studierstube. Sie wunderte sich, daß Signore Gonzaga persönlich sie dort erwartete.

Er erhob sich, sie zu begrüßen, und sein schwarzes Gewand flatterte wie die Flügel eines großen Aasvogels. »Ah, Lucia. Wie schön, dich wiederzusehen.«

»Exzellenz«, antwortete Lucia und verspürte ganz plötzlich Beunruhigung. Sie beugte sich auf ein Knie und küßte den Saum seines Ärmels.

»Komm, und setz dich her zu mir.« Er warf einen Blick auf Signora Cavalcanti und entließ diese damit. Die Tür schloß sich, und sie waren allein.

Gonzaga setzte sich und betrachtete sie schweigend, auf seinem Gesicht war ein künstliches Lächeln eingefroren. Die Sekunden dehnten sich zur Minute, und die Stille wurde unerträglich.

Lucia fühlte Panik in sich aufsteigen. Er mußte Bescheid wissen, er mußte. Warum sonst würde er mit ihr sprechen wollen – alleine? Wieviel hatte Julia ihm schon erzählt? Wenn er sie bei einer Lüge erwischte, würde es schlimmer werden für sie. Was wäre, wenn er es ihrem Vater berichten würde?

»Nun denn, ich glaube, du hast mir etwas zu sagen«, sagte er endlich.

»Ich … ich habe nichts Falsches getan«, stammelte sie.

»Ist schon gut. Julia hat mir alles berichtet.«

»Sie sind nicht zornig?«

»Auf sie, ja. Auf dich …, ja, ich ärgere mich auch über dich, meine Liebe.« Er heftete seine Henkersaugen auf sie und sagte immer noch lächelnd: »Aber du kannst Vergebung finden vor meinen Augen. Schließlich bist du nur ein Bote gewesen.«

»Ich habe nicht gewußt, was in dem Brief stand. Mein Bruder hat mich gebeten, ihn Julia zu geben. Das ist alles.«

»Denkst du etwa, das entschuldigt dich?« fragte er sanft. »Daß du nichts Falsches getan hast, weil du ja unschuldig am Inhalt des Briefes warst?«

Lucia starrte ihn an. Worauf wollte er hinaus? Was erwartete er, was sollte sie sagen? »Ja, Exzellenz.«

Er strahlte, aber aus irgendeinem Grund war Lucia nicht danach zumute, es ihm gleichzutun. »Das ist gut«, sagte er. »Weil ich nämlich wünsche, daß du deine Rolle noch einmal spielst.«

»Exzellenz?«

»Sag mir, hast du jemals Briefe von Julia übermittelt?«

»Nein, Exzellenz.«

Gonzaga lächelte. »Gut. Das ist es nämlich, was du jetzt tun wirst.« Er öffnete die Schublade seines Tisches und holte einen Umschlag mit einem schweren Wachssiegel heraus. Er übergab ihn ihr.

»Dieser ist für Abbas.«

Lucia machte große Augen. »Von wem ist er, Exzellenz?«

»Von Julia, natürlich.«

Er lächelte wieder. Er log.

»Nimm ihn.«

Lucia zögerte. »Exzellenz …«

Gonzaga beugte sich über den Tisch. Sein Lächeln verschwand auf der Stelle. »Versteh mich richtig, Kind. Du wirst deinem Bruder diesen Brief geben, damit er ihn an Abbas weitergibt, und du wirst niemandem – niemandem – von unserer Unterhaltung berichten. *Capisci?* Wenn du mir in dieser Sache nicht folgst, werde ich deinen Vater darüber unterrichten, welche Rolle du und dein Bruder in dieser unrühmlichen Episode gespielt haben. Des weiteren werde ich so viele Verleumdungen über euch beide verbreiten, daß keiner von euch je sein

Gesicht wieder in La Serenissima wird zeigen können. Habe ich mich deutlich genug ausgedrückt?«

Lucia nickte und nahm den Umschlag mit zitternden Händen an sich. Ihr war, als würde sie ohnmächtig werden. Gonzaga brauchte seine Drohung nicht weiter auszumalen. Als Mitglied des Consiglio di Dieci hatte er mehr Macht als der Doge selbst.

»Darf ich Julia jetzt besuchen, Exzellenz?«

»Sie fühlt sich nicht wohl und ist nicht in der Lage, Besuche zu empfangen«, sagte Gonzaga. Er stand auf und öffnete die Tür. »Signora Cavalcanti wird dich hinausbegleiten.« Er legte ihr seine Hand auf die Schulter, als sie an ihm vorbeiging. Seine Finger waren kalt wie der Tod. »Sieh zu, daß Abbas seine Botschaft erhält. Ich werde es erfahren, falls es nicht so sein sollte.«

Lucia nickte mit dem Kopf, konnte aber ihre Stimme nicht gebrauchen. Als die Tür sich hinter ihr schloß, schüttelte sie sich vor Erleichterung. Jetzt wollte sie nichts anderes mehr, als diesen letzten Botengang machen und in dieser Angelegenheit für immer ihre Ruhe haben.

24

Mein liebster Abbas,

ich soll bis zu meiner Hochzeit in den Konvent nach Brescia geschickt werden. Es bleibt nur noch wenig Zeit. Wenn du mich ernsthaft so liebst, wie du sagst, setze ich mein ganzes Vertrauen in dich. Ich kann nur noch einmal von hier fortkommen. Die große Tür, die zum Kanal führt, ist jetzt für immer verschlossen, aber vielleicht gibt es noch einen anderen Weg. Wenn du morgen um Mitternacht auf der Ponte del Vecchio auf mich warten willst, treffe ich dich dort. Ich werde überall hingehen, wohin du mich bringen willst. Mein Leben liegt jetzt in deinen Händen. Die vergangene Woche war eine einzige Qual. Wie soll ich ohne dich leben? Ehe ich deine Liebe verliere,

*würde ich lieber sterben. Mögen die Stunden bis zur morgigen Nacht
schnell vorbeigehen!
Tausend Liebkosungen,*

Julia

Abbas überflog den Brief gleich noch zweimal. Das Nagen eines aufkommenden Zweifels wurde durch die Woge der Erregung, die ihn übermannte, schnell fortgeschwemmt. Sie wollte mit ihm gehen!

Ludovici beobachtete ihn mit wachsender Ungeduld. »Was sagt sie?« zischte er.

Abbas zerriß das Pergament vorsichtig in zwei Hälften und hielt die Stücke über die Kerzenflamme. Die gelbe Flamme verschlang beide und ging dann in einer dicken schwarzen Rauchschwade auf. Abbas sagte nichts, bis die Flammen um seine Finger gezüngelt waren und die Botschaft nur noch aus ein paar hauchdünnen schwarzen Blättern bestand, die auf dem Tisch lagen.

»Nichts«, sagte er.

Abbas wurde ins Savio alla Scrittura geführt, das Beratungszimmer, das seinem Vater im Kriegsministerium gehörte. Sein Vater schaute von der Karte auf, die vor ihm auf dem Tisch ausgebreitet war, und schickte die beiden Provveditori Generali degli Armi aus dem Zimmer. Er fuhr fort, sich mit der Karte zu beschäftigen – es war eine Karte der Halbinsel und der umgebenden ottomanischen Besitzungen –, und blickte nur einmal kurz durch seine dicken buschigen Augenbrauen nach oben.

»Was gibt es so Dringliches, daß du mich hier stören mußt?«

»Es tut mir leid, Vater.«

»Nun?«

»Ich brauche Geld.«

»Ist dein Gehalt als Offizier in meiner Armee nicht genug?«

Abbas schöpfte tief Luft. Sein ganzes Leben lang hatte er sich vor seinem Vater gefürchtet. Es war ihm, als ob der Prophet selbst ein wenig wie sein Vater gewesen sein mußte, ernsthaft, mutig und stolz und ungeheuer eindrucksvoll in seiner körperlichen und geistigen Präsenz. Er hatte keine Erinnerung mehr an seine Mutter – sie war lange vor der Zeit in Venedig Konkubine in Mahmuds Harem gewesen –, und so war sein Vater für ihn zum Inbegriff von allem geworden, Vater und Lehrer, Herr und Vertrauter, Förderer und Beichtvater zugleich. Jetzt sah er sich nicht nur dem Mann Mahmud gegenüber, sondern seiner ganzen Erziehung. Es war das erstemal, daß er sich je gegen die Wünsche seines Vaters aufgelehnt hatte.

»Ich muß fortgehen.«

Mahmud wandte seine Aufmerksamkeit von der Karte ab und zu seinem Sohn hin. »Und welchen Grund solltest du haben, Venedig verlassen zu müssen?«

»Ich habe vor, Julia Gonzaga zu heiraten.«

Mahmud steckte seine Daumen in den breiten silberbeschlagenen Gürtel, den er um seine Mitte trug, und richtete sich auf. Er ging um den großen Eichentisch herum auf Abbas zu. Die Art seiner Bewegung erinnerte Abbas an einen riesigen braunen Bären, den er einmal in den Wäldern nahe von Belluno gesehen hatte: langsam, machtvoll und bedrohlich. Bei jener Begebenheit hatte Abbas damals Rückendeckung von zehn Bogenschützen gehabt. Er wünschte sich, daß sie jetzt auch bereitstünden.

Mahmud musterte ihn. »Ich habe es dir schon gesagt. Es ist unmöglich.«

»Nichts ist unmöglich.

»Was soll das heißen?«

»Ich habe mich heimlich mit ihr getroffen. Wir haben vor, gemeinsam zu fliehen.«

Mahmud streckte eine Hand vor, um sich an dem großen Tisch festzuhalten. Er stieß mit einem tiefen Seufzer die Luft aus seinen Wangen und starrte ihn an. »Du kleiner Narr.«

»Ich liebe sie.«

»Was hat Liebe damit zu tun? Du hast unser beider Hälse auf den Henkersblock gelegt!«

»Ich werde nach Ferrara gehen. Ich habe schon an zwei Attacken gegen die Ottomanen teilgenommen, und dein Name ist überall auf der ganzen Halbinsel bekannt. Ich werde in irgendeiner Armee eine Aufgabe für mich suchen. Wenn es einmal soweit ist, wird Gonzaga sich damit abfinden müssen. In einem, vielleicht in zwei Jahren werde ich nach Venedig zurückkehren.«

Mahmud schüttelte den Kopf. »Deine Phantasie übertrifft deinen Verstand bei weitem. Ich weiß nicht, wie du es geschafft hast, Gonzaga so lange zu täuschen, aber ich glaube nicht, daß er dir das jemals vergeben wird. Und mir auch nicht.«

»Was kann er tun, wenn wir erst verheiratet sind?«

»Weiß noch jemand Bescheid über diese Sache?«

Abbas verneinte. Nein, nicht einmal Ludovici. Gerade Ludovici nicht. Der hatte soviel getan, er würde seinen Freund nicht noch mehr in Gefahr bringen. »Niemand.«

»Gut.« Der Schlag war so heftig, so unerwartet, daß Abbas vom Boden abhob. Er fand sich plötzlich auf dem Rücken liegend, mit dem Blick zur gewölbten Decke, und mit einem Kopf, der sich schwer wie ein Stein anfühlte. Es summte ihm in den Ohren wie von tausend Bienen, und im Mund schmeckte er sein eigenes Blut.

Mahmud hob ihn mühelos wieder vom Boden auf und schubste ihn gegen die Wand. »Du hörst mir jetzt zu! Ich liebe dich, und ich werde nicht zulassen, daß du dein Leben – und auch das meine – wegen eines Anflugs von jugendlicher Begierde ruinierst. Kauf dir eine Geliebte, wenn du willst, aber laß Julia Gonzaga in Ruhe! Hast du mich verstanden?«

Abbas sank vornüber und stützte den Kopf auf die Schulter seines Vaters. Er schloß die Augen angesichts der Welle von Übelkeit, die ihn zu überwältigen drohte. Während die Wirkung des Schlages nachließ, spürte er, wie der Vater seinen festen Griff lockerte.

»Leb wohl«, flüsterte er und wand sich frei. Ehe Mahmud ihn aufhalten konnte, stürzte er aus dem Zimmer und war verschwunden.

Das Gesetz gestattete es keinem Magnifico, allein mit dem Obersten General der Armee zu sprechen. Ständig drohte eine Verschwörung, und der Consiglio di Dieci war auf der Hut vor jedem Edelmann, der versuchen könnte, die Armee für seine eigenen Zwecke einzuspannen, wie Sforza das in Mailand getan hatte. Mahmud wurde deshalb nach überallhin von zwei Senatoren begleitet, den Provveditori Generali degli Armi. Sie waren auch jetzt bei ihm, als er in die privaten Gemächer von Antonio Gonzaga hineinstürmte. Gonzaga saß am anderen Ende des Zimmers und hatte die bleiumrandeten Butzenscheibenfenster in seinem Rücken. Hinter ihm ragte vor dem Hintergrund eines malvenfarbenen Himmels der Dom von San Giovanni Chrisostomo auf.

»Hochwürdigster Signore«, murmelte Mahmud und beugte sich herab, um den Saum von Gonzagas Gewand zu küssen.

»Man ließ mich wissen, daß Ihr mich wegen einer ziemlich dringenden Angelegenheit aufzusuchen wünschtet«, sagte Gonzaga, und streifte die beiden Provvidentori mit einem Seitenblick. »Ich muß annehmen, in einer Angelegenheit von privater und nicht von nationaler Bedeutung?«

Mahmud richtete sich auf, aber er konnte Gonzaga nicht ins Auge sehen. Die unangenehme Situation machte ihn nervös. Er hätte dies lieber mit Gonzaga allein besprochen, aber das hätte sogar noch gefährlicher sein können als die mißliche Lage, in der er sich jetzt befand.

»Eine äußerst heikle Angelegenheit, Signore.«

»Hat sie mit meiner Tochter zu tun?«

Erleichterung – und, ja, auch ein Hauch von Furcht, wie Gonzaga hocherfreut feststellte – stand dem Mauren ins Gesicht geschrieben. »Ja, Signore. Sie haben schon Kenntnis über das, worüber ich Ihnen berichten will?«

Gonzaga wußte, daß jetzt allerhöchste Vorsicht angebracht war. Er mußte die Zunge des Mauren und seine eigene im Zaum halten. Die beiden Provvidentori lechzten förmlich in Erwartung eines Skandals.

»Soweit mir bekannt ist, ist Lucia Gambetto dumm genug gewesen, Briefe zwischen meiner Tochter und ihrem Stiefbruder Ludovici weiterzuleiten.« Mahmud wollte gerade zum Widerspruch ansetzen, aber der Ausdruck auf Gonzagas Gesicht hielt ihn zurück. Er bemerkte, wie er zu den beiden Senatoren hinübersah, und verstand sofort.

»Man hat mir zu verstehen gegeben, daß ein gewisses … Treffen … geplant worden sei«, sagte Mahmud.

»Ich habe ebenfalls davon gehört«, sagte Gonzaga. »Natürlich würde niemals zugelassen werden, daß solch eine Indiskretion stattfindet.« Verfluchter Junge, dachte Gonzaga. Ich habe nicht gedacht, daß er sich seinem Vater anvertrauen würde. Jetzt werde ich mir einen anderen Weg ausdenken müssen. Es sei denn …

»Ich bin äußerst erleichtert darüber, Sie so unterrichtet vorzufinden«, sagte Mahmud. »Ich fühlte, daß es meine Pflicht ist, Sie zu warnen.«

»Ich bin Ihnen zu Dank verpflichtet, General. Darf ich fragen, wie Sie zu dieser Information gelangt sind? Über Ihren Sohn vielleicht?«

Mahmud zögerte. Jetzt, wo es möglich war, den Skandal in Grenzen zu halten, war es nicht notwendig, Gonzaga – oder den Provvidentori – zu eröffnen, daß er seinen Sohn seit dem Vorabend nicht mehr gesehen hatte. »Seine Verpflichtung gilt Venedig. Wie auch die meine, Signore.«

»Sie werden dann bitte meinen Dank übermitteln, General. Seien Sie versichert, daß ich keinen Flecken auf dem Namen Gonzaga dulden werde.«

Mahmud verneigte sich und verabschiedete sich. Auf seinem Weg fort vom Palazzo bemühte er sich darum, den nagenden Zweifel zu zerstreuen, der ihn befallen hatte. Was war es nur, das ihm das Gefühl gab, irgendwie manipuliert worden zu sein? Nun, es war genug, daß Gonzaga gewarnt worden war. Wenigstens bestand jetzt nicht mehr die Möglichkeit, daß das Leben seines Sohnes – und sein eigenes – zerstört werden konnte durch etwas, das man überall in der Republik für ein paar Zechinen käuflich erwerben konnte.

25

Die Schatten waren zu Abbas' Freunden geworden. Die ganze vergangene Nacht und diesen ganzen langen Tag über hatte er sich versteckt gehalten, Pläne geschmiedet und Erwartungen aufgebaut. Mit dem wenigen Geld, das er besaß, hatte er die Überfahrt nach Pescati auf einer Handelsgaleere bezahlt, die mit der morgendlichen Flut unter Segeln auslaufen würde. Er hatte keine Ahnung, wie sie von dort aus dann weiter nach Neapel gelangen könnten, aber Abbas sorgte sich nicht um die Zukunft. Das einzig Wichtige war jetzt, aus Venedig herauszukommen.

Ludovici hatte eine Geliebte – die Tochter eines armen Bäckers, der froh darüber gewesen war, ein hungriges Maul gegen einen Beutel Goldzechinen einzutauschen –, und Abbas hatte sich den ganzen Tag über in der Wohnung versteckt, die Ludovici für diese in Giudecca unterhielt. Als Ludovici an jenem Abend zurückkehrte, berichtete er ihm, daß Mahmuds Soldaten den ganzen Tag über in der Stadt Ausschau nach ihm gehalten und alle Gaststätten und Tavernen bei ihrer Suche umgekrempelt hätten.

»Was hast du angestellt?« fragte Ludovici ihn mit Augen, die vor Schreck weit aufgerissen waren.

135

»Ich kann es dir nicht sagen. Ich habe dich schon viel zu sehr hinein-
verstrickt.«

Ludovici schüttelte den Kopf. »Das Spiel wird todernst, Abbas, ich
habe dich davor gewarnt.«

»Mir ist es schon die ganze Zeit über todernst gewesen, Ludovici.
Nur hast du meine Absicht nicht ernst genommen.« Er grinste und
nickte dem schweigsamen, dunkelhaarigen Mädchen zu, das sie aus der
anderen Zimmerecke heraus beobachtete. »Ich glaube, das arme
Mädchen war der Meinung, daß du vorhattest, sie mit mir zu teilen.
Keine Sorge. Heute nacht werde ich fortgehen, ohne deinem Haus und
deiner Geliebten etwas zuleide getan zu haben.«

Ludovici lächelte nicht. »Wohin willst du gehen?«

»Ich kann dir nicht einmal das sagen.« Das Grinsen verschwand, als
er ihn umarmte. »Ich danke dir sehr. Du bist der großartigste Freund,
den ein Mann je haben kann.«

Obwohl Abbas protestierte, hatte Ludovici ihm eine Geldbörse in
die Hand gedrückt. Abbas wehrte sich nicht allzusehr dagegen. Ohne
sie hätte er kaum genug Geld gehabt, um nach ihrer beider Ankunft in
Pescati einen Laib Brot zu kaufen.

Er hörte, wie die große Uhr auf der Piazza San Marco die zwölfte
Stunde schlug. Er zog sich den Mantel zum Schutz gegen die Nacht-
kühle eng um die Schultern und spähte suchend in die Schatten hinein.
Würde sie kommen?

Die Gondel wurde an einem Eisenring auf den Stufen unterhalb der
Brücke vertäut. Abbas konnte hören, wie die Wellen sanft an die
Schiffswände schlugen. Er vernahm Fußtritte auf den Pflastersteinen
und sah einen dunklen Schatten in einem Kapuzenmantel von der Calle
auf der gegenüberliegenden Seite der Brücke herbeieilen. Abbas spürte,
wie ihm das Herz in der Brust sprang.

Julia!

Er rannte auf die Brücke hinauf. Sie sah ihn ebenfalls und begann
ihm entgegenzulaufen. »Julia!« flüsterte er.

Er streckte seine Arme aus.

Plötzlich nahm er noch andere Geräusche wahr. Da waren Schritte
hinter ihm auf der Brücke, und wieder andere kamen aus der Calle auf
der anderen Seite. Die Milizia di Notte! Die Nachtwache!

»Julia, Vorsicht!«

Er streckte seine Hand nach ihr aus, und die Kapuze fiel zurück. Im flutenden Mondlicht erblickte er das häßliche, bärtige Grinsen eines Wildfremden.

»Bin ich nicht die Schönheit, die du erwartet hast?« fragte der Mann. Abbas sah eine Klinge aufblitzen und spürte, wie ihm ihre Spitze zwischen die Rippen gestoßen wurde. »Wenn ich auch nicht deine Julia bin, den Weg in das Herz eines Mannes kenne ich auch!«

Abbas stieß abrupt mit dem Knie nach oben. Der Mann quiekte auf wie ein abgestochenes Schwein, fiel vornüber und brach im Schatten zu seinen Füßen zusammen. Abbas rang nach Luft. Im Fallen hatte der Mann seinen Dolch nach vorne gestreckt und ihm die Seite aufgeschlitzt.

Er setzte zur Flucht an und zog sein Schwert, während er versuchte, zwischen harmlosen und feindlichen Schatten zu unterscheiden. Wie viele davon gab es? Nach dem Widerhall der Schritte zu schließen, mußte es noch drei, vielleicht vier andere geben. Voll wildem Entsetzen erhob er sein Schwert, hieb auf die Gestalt zu seinen Füßen ein und spürte, wie die Klinge am Knochen knirschte. Der Mann schrie auf, und sein Schrei unterbrach die Stille wie das Wehklagen einer Todesfee.

Plötzlich erwachten die Schatten zum Leben. Abbas wich zurück, bis er spürte, wie sich der feste Stein der Brücke gegen sein Hinterteil preßte. Er hörte, wie der Gondoliere die Gondel von der Brücke fortpaddelte – verflucht sei seine falsche Seele! Gleichzeitig eilten noch zwei weitere Schatten auf die Brücke und wurden im Licht des zu drei Vierteln vollen Mondes zu Männergestalten verwandelt.

Zu seinem Unbehagen mußte er erkennen, daß sie nicht so amateurhaft waren wie ihr Kollege, der immer noch irgendwo neben seinen Füßen jammernd sein Leben aushauchte. Sie bewegten sich unisono, kamen gleichzeitig von rechts und links auf ihn zu. Abbas hieb mit dem Schwert auf Brusthöhe aus, damit sie sich nicht wegducken konnten, aber sie hatten nicht den Fehler begangen, zu nahe an ihn heranzukommen. Zu seinem Grauen erkannte er, daß sie auf irgend etwas warteten.

Er wandte sich nach links.

Da bemerkte er eine neuerliche Bewegung, diesmal über der Augenhöhe, und da war ein Schatten vor dem Mond. Etwas Schweres fiel ihm über Kopf und Schultern, und instinktiv warf er eine Hand nach oben, um sich zu schützen. Ein Netz! Während seine zwei Angreifer näher kamen, versuchte er fortzukommen. Er stolperte über den sterbenden

Mann und verwickelte ihn mit in das Maschenwerk. Auf seiner freien Hand verspürte er etwas Warmes, Klebriges und nahm wahr, wie der Mann unter ihm um sich drosch und schrie.

Er versuchte aufzustehen, zog aber das Netz in der Panik nur noch fester um sich. Der Mann unter ihm wand sich erneut. Er hatte immer noch das Messer! Plötzlich verspürte er einen brennenden Schmerz an Wange und Nase und bog sich zur Seite. Neue Schreie erschallten.

Diesmal waren es seine eigenen.

Er konnte sich nicht besinnen, wie lange er schon wach gewesen war. Es war pechschwarz in dem Laderaum und deshalb unmöglich festzustellen, wann sich die stumpfsinnige Umnebelung, die ihn betäubt hatte, aufgelöst hatte und und das feurige Brennen in seinem Gesicht ihn wieder zu vollem Bewußtsein erweckt hatte. Der Gestank der Bilge, das langsame Wellengeplätscher und das aufgeregte Herumhasten der Ratten war alles, was er wahrnahm.

Und dann war da noch etwas, ein fremder Geruch, an den er sich von seinen frühen Erfahrungen auf dem Schlachtfeld her nur allzu gut erinnerte. Leichengeruch.

Wer immer ihn auch überfallen hatte, es hatte den Anschein, als hätte man nicht vorgehabt, ihn umzubringen. Warum hatten sie ihn in diesen stinkenden Laderaum gebracht? Er erinnerte sich an das Netz und an den heftigen Schmerz, mit dem die Klinge in sein Gesicht geschnitten hatte. Sie mußten ihm danach einen Knüppel über den Kopf geschlagen haben. Er konnte sich nur noch an eine heiße, entsetzliche Schwärze erinnern.

Er versuchte sich zu bewegen, aber man hatte seine Hände und Füße zusammengebunden. Laut schluchzte er gegen den Schmerz in seinem Gesicht an und versuchte, sich Klarheit über seine mißliche Lage zu verschaffen.

Es war nur allzu offensichtlich, was geschehen war. Julia hatte keinen Brief geschrieben. Es war alles nur ein kunstvoll eingefädelter Hinterhalt gewesen.

Gonzaga!

Draußen hörte er Schritte und Männerstimmen. Die Tür wurde aufgestoßen, und Fackelschein ergoß sich in den Raum. Er drehte seinen Kopf zur Seite wegen des plötzlichen Eindringen des Lichtes, und sein Blick heftete sich statt dessen auf einmal an das Gesicht des bärtigen

Fremden von der Brücke. Dessen Augen starrten in eisiger Überraschung zu ihm zurück wie die eines toten Fisches. Neben ihm lag noch ein Leichnam, diesmal eine alte, schwarzgekleidete Frau. Man hatte ihr den Hals durchgeschnitten, und ihr Gesicht war schwarz von geronnenem Blut.

Ein Mann lachte. Abbas wandte sich seinen Häschern zu. Sie waren bärtige, barfüßige Seemänner, von der Art, wie man sie an jedem beliebigen Wochentag für ein paar Zechinen an der Marghero-Werft kaufen konnte. Einer von ihnen beugte sich nieder – sofort schlug Abbas der Dunst von billigem Wein und stechendem Körpergeruch entgegen – und hielt ihm die brennende Fackel im Abstand nur weniger Zentimeter vor das Gesicht.

»Also jetzt bist du nicht mehr so hübsch.« Er grinste. »Bartolomeo hat dich mit seinem Messer gestochen, ehe er starb. Hat dein halbes Gesicht weggeschnitten. Aber das wird dir jetzt nicht mehr viel ausmachen.«

Die beiden Männer hinter ihm lachten.

Er beugte sich weiter vor. Abbas versuchte, vor ihm zurückzuweichen, das blanke Entsetzen überwältigte ihn so, daß er weder denken noch sprechen konnte. Ihm war, als ob er ohnmächtig würde. »Siehst du die andere neben Bartolomeo? Sie war Gonzagas Duenna. Hat vielleicht angefangen zu kämpfen! Hat ihr aber nicht viel genützt. Schon mal geseh'n, wie jemand ein Schwein abschlachtet? So war das.« Voller Zufriedenheit grinste er bei der Erinnerung. »Trotzdem hat sie mehr Glück gehabt als du, das kann man wohl sagen. Du wirst dich noch an ihre Stelle wünschen, bevor die Nacht vorüber ist.«

Abbas fühlte, wie einer der Männer in der Höhe seiner Taille an der Hose zerrte, während ein anderer gleichzeitig die Fesseln an seinen Fußgelenken aufschnitt. Sie ergriffen seine Knie und machten sich daran, ihm die Beine auseinanderzuspreizen.

Voller Entsetzen stieß er einen schrillen Schrei aus und versuchte sich loszutreten. Aber sie waren zu kräftig.

Der erste Mann zog sein Messer. Abbas schrie in höchsten Tönen. Das Bewußtsein löste sich allmählich auf in Versatzstücke kleinerer Details, wie zerschmetterte Glasscherben … die verfaulten Zähne des Mannes … die Furunkel auf Brust und Rücken … das graue Haar der Duenna, das in der Ecke auf dem Wasser der Bilge auf und nieder schwamm.

Wieder schrie er mit aller Kraft, und jeder Muskel seines Körpers spannte sich gegen die Schlingen an seinen Handgelenken und gegen die Männerarme, die seine Beine festhielten. Er wußte, was sie jetzt vorhatten. Er wußte, warum sie ihn auf der Ponte del Vecchio nicht getötet hatten.

»Du wolltest also Signore Gonzagas Tochter mit diesem kleinen Spielzeug spielen lassen, ja? Na, vielleicht werden wir es ja dem Signore Gonzaga geben, und er kann es dann an sie weitergeben.«

»NEIIIIIIIIIIIIIIIIIIIIIIIIIIN!«

Er fühlte, daß er urinierte, und die Männer lachten.

»Verabschiede dich davon, Maure«, sagte der Mann verächtlich. Die Klinge blitzte im Fackelschein auf, und die Welt drehte sich und steuerte geradewegs in einen heißen, höllischen Ort.

Es herrschte eine milchige, marmorkühle Morgendämmerung. Ein Begräbniszug aus Gondeln, die mit schwarzem Samt ausgeschlagen waren, kam unter der Ponte Molino hervor und glitt still über den Sacca della Misericordia und über die Lagune zur Friedhofsinsel von San Michele. Julia beobachtete sie, bis sie in dem Vorhang aus Nebelschleiern verschwunden waren. Es war, als trügen sie ihren lebendigen Geist mit sich.

Heute sollte sie in den Konvent nach Brescia gebracht werden, dort auf die Ankunft von Serena warten und auf das, was ihr Vater als »die freudige Begebenheit ihrer Hochzeit« bezeichnete.

Es war eher so, als würde sie lebendig begraben werden.

Abbas, Abbas.

Wo war er jetzt?

TEIL DREI
ROSE DES FRÜHLINGS

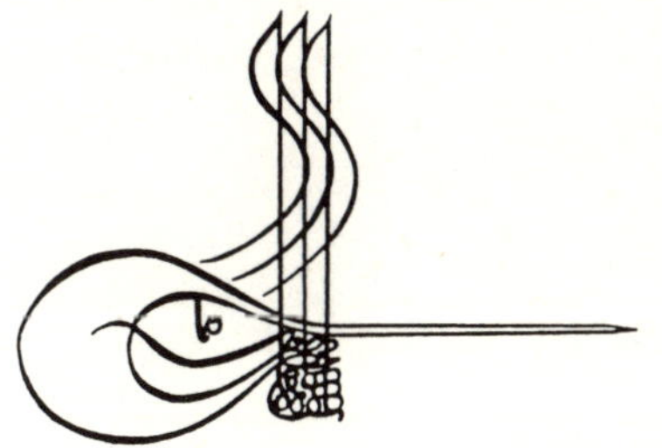

26

Die süßen Wasser Europas, in der Nähe von Eyüp

Große Felder von Sonnenblumen blendeten das Auge; sie hingen als leuchtende Goldflecken am Berghang. In der Ferne hinter den grauen, dem Land zugewandten Mauern zog sich die Stadt in matten Bernsteinfarben hin. Man hatte den ganzen Harem in verdeckten Kajiken den Bosporus entlang gebracht, eine willkommene Abwechslung von der bedrückenden Eintönigkeit des Eski Sarayi.

Die Mädchen lagen im Schatten der Zypressenbäume auf blauen und roten Perserteppichen und schwatzten, während die Gedikli ihnen Pfirsiche, Weintrauben und süßes Gebäck auf silbernen Tabletts reichten. Schwarzhäutige Musikanten spielten ihnen mit Flöten und Violen auf; ganze Stapel seidener Kissen schützten ihre verwöhnten Hinterteile vor dem harten Untergrund; Tanzbären und Affen führten teilnahmslos ihre Kunststücke auf dem Rasen vor.

Gülbehar saß getrennt von den anderen. Eine ihrer Gedikli holte einen Spiegel hervor und hielt ihn ihr so, daß sie sich darin sehen konnte. Sein Griff war mit Saphiren besetzt – ein Geschenk von Süleyman nach der Geburt von Mustafa. Sie musterte ihr Spiegelbild und strich ein vereinzeltes Haar zurück an seinen Platz.

»Und wo ist Hürrem?« flüsterte eins der Mädchen, die ihr zusahen.

»Der Kislar Aghasi sagt, daß sie bei Süleyman ist«, antwortete ein anderes Mädchen. »Er verbringt jetzt all seine Tage mit ihr und seine Nächte ebenso.«

Sirhane, eine Perserin mit rabenschwarzem Haar, warf sich eine Traube in den Mund. »In den Basaren heißt es, daß sie eine Hexe ist, daß sie den Herrn der Erde mit einem Zauberspruch gebannt hat. Wie sonst hätte sie die Rose des Frühlings so geschwind und unter Ausschluß aller anderen aus seiner Zuneigung verdrängen können?«

»Schaut sie an«, flüsterte ein anderes Mädchen und sah zu, wie Gülbehars Gedikli ihr das lange, seidige Haar kämmte. »Wenn der Herr über das Leben sogar sie nicht mehr anschauen will, worauf sollen wir anderen dann noch hoffen?«

»Es heißt, daß sich sogar der Großwesir vor ihr fürchtet«, sagte die, welche Sirhane genannt wurde. »Der Kislar Aghasi hat mir anvertraut, daß der Herr des Lebens sie sogar aufsucht, um mit ihr über Politik zu sprechen, und daß sie ihn bei militärischen Unternehmungen berät.«

»Der Kislar Aghasi hat eine blühende Einbildungskraft.«

»Er schwört, daß das wahr ist!«

»Der Großwesir hätte sie im Bosporus ertränken lassen!«

»Vielleicht kann er das nicht«, sagte Sirhane. Plötzlich schauten all die anderen Mädchen auf sie, und wilde Mutmaßungen und Spott spiegelten sich auf ihren Gesichtern. Niemand war mächtiger als der Großwesir! Sirhane genoß die Aufmerksamkeit, die man ihr zollte. »Jedenfalls tut Gülbehar mir leid! Der Herr des Lebens hat sie in Ungnade fallen lassen.«

»Gülbehar ist immer noch die Erste Kadin«, meinte ein anderes Mädchen. »Und eines Tages wird sie Sultan Valide werden. Ihr Tag wird kommen.«

»Es heißt, daß Gott den Herrn des Lebens bestraft, weil er eine Hexe zur Kadin gemacht hat. Darum ist sein jüngster Sohn in der Wiege gestorben.«

Sirhane zog die Schultern hoch. »Hürrem hat aber noch zwei Söhne, die am Leben sind. Und sie trägt gerade wieder ein Kind aus.«

»Keiner davon wird sich jemals an Mustafa messen können!« rief ein anderes Mädchen, und an dieser Stelle endete das Gespräch. Träge wandten die Mädchen dem Tanzbären ihre Aufmerksamkeit zu, und Sirhane wagte es nicht, das andere Geheimnis wiederzugeben, das sie vom Kislar Aghasi gehört hatte: daß Hürrem dabei sei, Ränke zu schmieden, um Mustafa aus dem Weg zu räumen.

Außerdem war es nur ein Gerücht. Und Gerüchte dieser Art waren gefährlich.

Topkapi Sarayi

Hier zwischen den Pavillons und Zierteichen herrschte Stille. Nur das Seufzen des Windes in den Platanen und Kastanienbäumen und das sanfte Murmeln des Wassers in den reichverzierten Brunnen konnte die Gazellen, die unter den Blättern grasten, in Unruhe versetzen.

Süleyman ging gerne hier spazieren, um seine Gedanken zu ordnen und Erholung zu finden vor den nicht enden wollenden Anfragen und Forderungen, die Diwan und Harem an ihn stellten. Früher war er immer allein hierher gekommen, jetzt aber hatte er eine Begleitung mitgebracht, mit der er die nachdenkliche Stille teilen wollte. Es war Hürrem, die er mitgebracht hatte.

Die vergangenen fünf Jahre waren in vielfacher Hinsicht gesegnet gewesen, dachte er bei sich. Als er bald nach ihrer ersten Vereinigung wieder von der Jagd bei Adrianopel zurückkam und sie vorfand, war sie schon rundlich geworden vom neuen Leben. Zu Beginn des folgenden Jahres hatte sie einen Jungen entbunden. Auf das Drängen der Valide hin hatten sie ihn Selim genannt.

In die große Freude seiner Mutter hatte er nicht eingestimmt. Für sie zählte die Festigung der osmanischen Linie; er sah nur die Konflikte. Während ihr das Blut helle Freude bereitete, sann er nur trübsinnig darüber nach, daß es irgendwann in der Zukunft vergossen werden könnte. Die Erinnerungen an das, was sein Vater seinen eigenen Blutsverwandten angetan hatte, um seinen Thron zu sichern, würde ihn nie verlassen.

Es stand aber nun dadurch fest, daß Hürrem seine Zweite Kadin war. Er konnte sie jetzt nicht unbeachtet lassen, und er wollte es auch nicht. Obwohl er sich bei Gülbehar immer wohl gefühlt hatte, war es ihm jedoch unmöglich gewesen, die Bürde seiner Stellung mit ihr zu teilen.

Als sich im August nach Selims Geburt Ahmed Pascha in Ägypten mit einem Aufstand gegen ihn erhob, sandte Süleyman Ibrahim aus, um ihn zu Fall zu bringen. Während dessen Abwesenheit ertappte sich Süleyman dabei, daß er seine Probleme nun Hürrem vortrug. Zu seiner Überraschung entdeckte er, daß sie einen schlauen Verstand hatte und die Feinheiten der Hofpolitik ganz selbstverständlich erfaßte, und er begann, sie immer mehr in sein Vertrauen zu ziehen, auch dann noch, als Ibrahim zurückgekehrt war. Ihre Vorsicht war das Gegenstück zu Ibrahims instinktiver Angriffslust.

Sie hatte ihm eine neue Welt erschlossen. Während Gülbehar nachgiebig und berechenbar war, überraschte Hürrem ihn beständig. Bei dem einen Besuch konnte sie widerspenstig und leidenschaftlich sein, ein andermal hinwiederum überschwenglich und verspielt. Sie konnte ihn mit ihrem Gesang und Violenspiel besänftigen oder aber ihn mit ihrem Tanz in Erregung versetzen. Manchmal kleidete sie sich wie ein schlanker Knabe in einen militärischen Husarenmantel, manchmal in durchsichtige Gaze wie eine Huri. Er wußte nie, was er von ihr zu erwarten hatte, obwohl sie selbst eine unheimlich treffsichere Fähigkeit zu haben schien, seine eigenen Stimmungen vorherzusehen.

Ihr Vergnügen am Liebesakt war gotteslästerlich, und er wußte, daß ihre Seele in ständiger Gefahr schwebte und daß er sie eines Tages zur Erziehung zum Mufti würde schicken müssen. Für den Augenblick aber gewährte ihm ihre ungläubige Seele ein grenzenloses Ausmaß an Wonne. Ihr lustvolles Stöhnen und ihre verzückten Schreie verschafften ihm größere Machtgefühle als der ganze Zeremonienpomp des Diwan und das unterwürfige Gebaren der Abgesandten mit all ihren Geschenken.

Hürrem war seine Freude. Alles andere war seine Pflicht. Er war sich gewiß, daß Gott noch ein wenig länger Geduld aufbringen würde.

Das kleine russische Mädchen – das er auch zärtlich »kleine Roxelana« nannte –, das ein instinktives Talent für Politik an den Tag legte, hatte im Eski Sarayi reichlich Gelegenheit, diese Fähigkeit zu benutzen. Mit großer Umsicht hatte sie ihre Freundschaft zu seiner Mutter, der Valide, gepflegt, und die Natur hatte ihr dabei geholfen, die Beziehung zu festigen, indem sie ihr einen weiteren Enkelsohn, Bayezit, schenkte. Nur einmal hatte sie im Gebärzimmer kein Glück gehabt, als einer der Zwillinge, die sie zur Welt brachte, ein Mädchen war. Der Junge, Abdullah, war im letzten Jahr gerade gestorben; Mihrimah aber war jetzt drei Jahre alt.

Sie war keine so hingebungsvolle Mutter, wie Gülbehar es gewesen war, aber das enttäuschte ihn nicht; er wollte sie für sich selber haben. Und außerdem war Gülbehar die Mutter des Schahsaden, des nächsten Sultans.

»Ich wollte mit dir reden«, sagte er, während sie spazierengingen.

»Ja, mein Herr«, antwortete sie eifrig.

»Es geht wieder um die ungarische Frage.«

Sie nickte aufmerksam. Hier im Garten trug sie keinen Schleier und ließ den Wind frei durch ihr langes rotes Haar wehen, wie durch ein Banner. Süleyman spürte, wie ihn eine Welle des Stolzes ergriff. Manchmal hatte er das Gefühl, als sei sie seine eigene Schöpfung.

»Ferdinand sendet eine Abordnung, um ein Abkommen mit uns zu schließen. Er weiß nichts davon, daß der Woiwode Zápolya ebenfalls seinen Mann gesandt hat. Der ist schon insgeheim mit Ibrahim zusammengetroffen.«

Er wußte, daß Hürrem die Lage abschätzen konnte. Zwei Jahre zuvor hatte Süleymans Armee unter Ibrahims Führung die ungarischen Streitkräfte auf der Ebene von Mohács vernichtend geschlagen. Selbst deren König war dem Massaker zum Opfer gefallen und in einem Sumpfgelände ertrunken, nachdem sein Pferd beim Rückzug auf ihn gefallen war. Weil Ungarn zu weit entfernt von Stambul lag, um ständig von der Armee besetzt gehalten zu werden, war es nun zu einer Art Niemandsland geworden, in der sich kriegerische Banden bekämpften, und wurde von solchen Edelleuten wie Zápolya und von der Familie Habsburg unter Anführung Ferdinands, des Bruders des Heiligen Römischen Kaisers, begehrlich betrachtet.

»Was willst du tun, mein Herr?«

»Wir haben den König von Ungarn umgebracht. Die Pferde der Osmanen haben ihre Hufe nach Buda hineingesetzt, und folglich ist es zum Herrschaftsgebiet des Islam geworden. Es gibt keinen anderen ungarischen König außer mir.«

»Du mußt also in jeden Sommer deine Armee ausschicken, um zurückzuholen, was sie im Vorjahr erobert hat.«

Süleyman erwog diese Antwort bedächtig. »Die Hunde lauern immer vor der Tür, wenn es Reste gibt.«

»Du mußt jeden einzelnen Hauseingang bewachen. Wenn du dich zu sehr auf einen konzentrierst, kann die wirkliche Gefahr ganz woanders liegen.«

»Ich werde kein Abkommen mit Ferdinand schließen, auch wenn er das wollte. Damit würde ich einen Hund gegen einen tollwütigen Wolf eintauschen.«

»Was ist mit Zápolya?«

»Zápolya ist ein Emporkömmling. Er ist kein König.«

»Was ist ein König? Nicht die Krone macht den König aus, sondern das Schwert. Mach Zápolya zu deinem Torwächter, und laß ihn sein Stückchen Eisen als Kopfschmuck haben. Im Gegenzug verlange dafür Tribut und freien Durchzug für deine Streitkräfte. Laß ihn sich einen König nennen, wenn ihm das Freude macht. Solange es keine Grenze für dich gibt, bleibst du sein Herr.«

»Er kann Ferdinands Armeen nicht aufhalten.«

»Er kann die Grenzen halten, bis man eine wirkliche Streitmacht versammelt hat. Eine, die deiner Aufmerksamkeit wert ist. Eine, die Ferdinand selbst herauszufordern vermag. Oder vielleicht sogar Karl.«

Süleyman schaute auf das schwarze Wasser des Bosporus hinab, über dessen Oberfläche der Wind weiße Schaumstreifen blies. Auf der einen Seite lag Asien, auf der anderen Europa. Hier von der Serailspitze aus wurde er immer an den Mikrokosmos erinnert, der sein Reich war; man konnte nicht zu lange auf die eine Seite schauen und die andere vergessen. Hürrem hatte recht.

»Zápolya also.«

»Wenn mein Herr meint, daß mein Rat klug ist. In allen Dingen beuge ich mich der Überlegenheit deiner Einsichten.«

Süleyman nickte. Hürrems diplomatische Art schmeichelte ihm. Ja, sie war wirklich ein seltener Schatz!

Der Eski Sarayi

Sie aßen Lamm-Kebabs mit Pinienkernen von Silberspießen und tranken parfümiertes Rosenwasser aus gläsernen Pokalen, die in Iznik hergestellt worden waren. Nachdem die Gedikli die Schüsseln abgetragen hatte, saßen sie lange Zeit in Schweigen gehüllt.

»Habe ich dein Mißfallen erregt, mein Gebieter?« fragte Gülbehar schließlich.

»Das hast du nicht«, antwortete Süleyman.

»Es ist schon viele Monate her, seitdem du nach mir gefragt hast. Wenn du hierher kommst, ist es nur, um Mustafa zu besuchen.«

»Untersteh dich, mich zu verhören.«

Gülbehar ließ den Kopf hängen. Süleyman spürte Mitleid mit ihr; sie war ein gutes Eheweib gewesen. Ein Stück venezianischen Satins, etwas Seide aus Bagdad oder ein Kamm aus Schildpatt waren bislang alles gewesen, worum sie jemals gebeten hatte. Und sie hatte ihm Mustafa geschenkt.

Er hatte sie nicht auf diese Weise verletzen wollen. Aber in jedem Augenblick, den er mit ihr verbrachte, verglich er sie mit Hürrem, und seine Ungeduld wuchs. Er konnte sich bei ihr nicht entspannen; Mitleid und ein Gefühl des Versagens schlugen unweigerlich in Zorn um.

Er erhob sich. Gülbehar schaute erstaunt auf. »Du gehst fort, mein Gebieter?«

»Ich muß mich um andere Angelegenheiten kümmern.«

Gülbehar sah tieftraurig aus. »Hürrem …«

Es war ein unverzeihlicher Bruch der Etikette, aber Süleyman beschloß, ihn nicht zu beachten. »Meine Gebieterin«, sagte er und nahm Abschied von ihr.

Im Eski Sarayi herrschte immer Halbdunkel. Sogar an einem Sommermittag konnte die Sonne die Schatten nicht aus den endlosen schummrigen Korridoren und aus dem Labyrinth der winzigen Zimmer und versteckten Innenhöfe vertreiben. Konkubinen, in deren Haare dunkle Rubine eingeflochten waren, die holunderschwarzen Augen mit Kajal umrandet, erschienen flüchtig wie Geister auf den schattigen Treppenaufgängen – unerfüllt, vergessen. Eine Welt aus staubigen Laternen, Barockspiegeln und einer Schönheit, die von uraltem Schmutz überzogen ist.

Hürrems Stimmung hatte sich davon anstecken lassen. Dies ist mein Erbteil, dachte sie. Ich bin einen Herzschlag entfernt von einem trostlosen Dasein. Dies ist mein Vermächtnis von Süleyman, falls er jetzt sterben sollte.

Sie war so hoch aufgestiegen. Sie hatte ihm Söhne geschenkt, und sie hatte ihr Netz um ihn gesponnen und ihn dazu gebracht, das staubige Lagerhaus der Schönheit zu vergessen. Nichts davon war leicht gewesen. Die Anstrengung ihrer Schwangerschaften hatte an ihren Kräften gezehrt, aber nach jeder Niederkunft hatte sie sich Muomis Massagen ausgeliefert, dazu dem Hunger und den unzähligen Phiolen mit der übelschmeckenden Arznei der Gedikli, um ihre Figur wiederherzustellen. Sie hatte Milchammen für die Kinder gehabt, weil ihr die Säuglinge nicht die Brüste austrocknen sollten.

Aber das alles könnte umsonst gewesen sein, alles könnte ihr im Handumdrehen entrissen werden. Es gab nur eine Frau, die alles besaß, die Macht über ihr eigenes Leben hatte; das war nicht die Ehefrau, sondern die Mutter des Sultans.

»Muomi! Muomi!«

Die Gedikli, die auf ihrem Posten direkt vor der Tür kauerte, erschien auf der Stelle. »Meine Gebieterin?«

»Komm«, sagte Hürrem und winkte sie in den Raum hinein.

Muomi sank auf dem Teppich an der Seite von Hürrems Diwan in die Knie. »Meine Gebieterin?« wiederholte sie mürrisch. Das Weiße in ihren Augen schien in der Düsterkeit des Zimmers zu fluoreszieren.

»Ich möchte, daß du etwas für mich tust.«

»Noch einen Arzneitrank, meine Gebieterin?«

Hürrem nickte langsam. »Ich möchte, daß du Mustafa für mich umbringst.«

27

Der Eski Sarayi

In den gewölbten Steinküchen unterhalb des alten Palastes ging es eng und heiß zu; Gewürze, Schweiß und Dampf bildeten ein intensives Gemisch, und von den offenen Feuerstellen stieg die Hitze in Wellen nach oben. Das Scheppern der Töpfe, die Rufe der Köche und die durch den Wust aus Hitze und Krach hastenden verschleierten Gedikli bildeten den alltäglichen Hintergrund aus Wirrwarr und Plackerei.

Niemand achtete darauf, als das hochgewachsene schwarze Mädchen sich mit einem Tablett voller Orangen durch die eilenden Pagen, Dienstboten und Köche schob. Niemand hatte einen Anlaß dafür, sie beim Verlassen des Ortes zu beobachten; und auch, wenn es anders gewesen wäre, hätte der alleraufmerksamste Beobachter nicht wahrgenommen, daß der Teller mit Orangen, den sie trug, ein anderer war als der, den sie mitgebracht hatte.

Im Alter von vierzehn Jahren hatte sich Mustafa zu all dem entwickelt, was Süleyman sich von einem Sohn erhofft hatte. Wie jeder Prinz wurde er zusammen mit der Elite der Knaben, die man in der Dev-schirme, der Knabenlese, rekrutiert hatte, in der Palastschule des Enderun ausgebildet. Er war ein hervorragender Schwertfechter und Reiter, ein offener und beliebter Knabe und jetzt schon ein Liebling der Janitscharen, die oft kamen, um ihn im Hippodrom beim Çerit anzufeuern – einem Spiel auf dem Pferderücken, bei dem hölzerne Wurfspieße eingesetzt wurden.

In den Geisteswissenschaften war er gleichfalls ein begabter Schüler.

150

Den Koran, die persische Sprache und die Mathematik hatte er sich schnell und fundiert angeeignet. Darüber hinaus übertrafen seine anderen Leistungen diese Errungenschaften noch bei weitem – er war eine begabte Führernatur mit geradezu verwegenem Mut und gewinnendem Charme. Süleyman war überzeugt davon, daß die Osmanen keinen besseren Schahsaden haben könnten.

An diesem Tag trug Mustafa eine dicke pflaumenfarbene Beule zur Schau, direkt über dem rechten Auge; es war fast zugeschwollen. Mit gespieltem Entsetzen schüttelte Süleyman den Kopf, als sein Sohn niederkniete, um ihm den Rubinring an der rechten Hand zu küssen.

»Was ist mit dir geschehen?«

»Das geschieht dauernd«, sagte Gülbehar hinter ihm. »Er wurde beim Çerit von einem Wurfspieß getroffen. Mit nichts, was ich ihm sage, kann ich etwas ausrichten.«

»Soll ich vorsichtiger sein, Vater?« Mustafa grinste.

»Du solltest aufpassen, daß du nicht so oft getroffen wirst.«

»Er würde den ganzen Tag auf seinem Pferd verbringen, wenn er könnte«, sagte Gülbehar.

»Daran ist nichts Falsches. Es gab einmal eine Zeit, da hatten die Ghasis keine vornehmen Paläste, in denen sie sitzen konnten, und mußten keine Gesetze machen. Es ist gut, daß der nächste Sultan weiß, wie es ist, ein Pferd unter sich zu haben.«

Mustafa grinste verschwörerisch über Süleymans milden Rüffel. Er wußte, daß er hier einen Verbündeten hatte.

»Er kennt nichts anderes.«

»Ein Knabe erhält leicht zu viele Zurechtweisungen«, antwortete Süleyman.

Er betrachtete seinen Sohn. Er war jetzt schon nur ein paar Handbreit kleiner als Süleyman selbst, trug ein strahlendes, breites Grinsen im Gesicht und die ersten Bartsprosse auf dem Kinn. Und dann erst die Augen! Sie sprühten vor Lebenslust und jugendlichem Unternehmungsgeist. Als Süleyman selbst in diesem Alter war, hatten Zweifel und Schrecken seine Augen verdüstert, und in ihnen hatte sich die Frage gespiegelt, wann der Schatten seines Vaters ihm über das eigene Gesicht fallen würde. Gott sei Dank würde Mustafa dieses Entsetzen niemals erleben müssen!

Gülbehar setzte sich auf den Diwan und hielt ihre Hände sorgsam im Schoß gefaltet, während ihr Gesicht sich in Mißbilligung verzogen hatte. »Verlaß uns jetzt, Mustafa. Ich möchte allein mit dem Herrn des Lebens reden.«

Mustafa grinste wieder und grüßte seinen Vater mit einem Sala'am. Er küßte Gülbehar auf die Wange und verließ den Raum.

Süleyman setzte sich neben sie auf den Diwan. »Du bist zu streng mit ihm«, sagte er.

Gülbehars dunkle Augen blitzten kurz auf. »Er ist alles, was ich habe.«

»Ein junger Mann muß alle jugendlichen Freuden auskosten, solange er kann. Er wird bald genug Verantwortung tragen, davon wird Gott mein Zeuge sein.«

»Aber jeden Tag bringt er eine neue Verletzung aus dem Hippodrom mit nach Hause. Letzte Woche ist er dreimal vom Pferd gestürzt! Was ist, wenn er stirbt, Süleyman? Ich habe dann keinen Sohn und keinen Herrn. Mein Leben ist dann vorbei.«

Süleyman starrte sie an und war verärgert darüber, daß sie die Wahrheit so unverblümt vor ihm ausgesprochen hatte. »Wie Gott will«, sagte er. Nur an seiner sanften Stimme verriet sich seine Wut.

»Du kommst immer nur hierher, um Mustafa zu sehen.«

»Das ist mein Recht.«

»Habe ich keine Rechte mehr?« Ja, das zumindest ist wahr, dachte er. Er hatte den Nobet Geçesi, den nächtlichen »Schichtwechsel«, nicht eingehalten, auf den jede Kadin ein Recht hatte. Der Vorschrift nach sollte er mindestens einmal in der Woche mit ihr schlafen. Gülbehar hatte bisher nicht gewagt, diese Frage anzuschneiden.

Erzürnt darüber, daß sie das nun zur Sprache brachte, stand Süleyman auf. Sie hatte ihn niemals zuvor in Frage gestellt. Vielleicht war das schon immer der Fehler gewesen. Das schlechte Gewissen schürte seinen Zorn nur noch mehr. »Du magst zwar Erste Kadin sein, aber du bist trotzdem nur ein Mitglied meines Kullars, meiner Sklavenfamilie. Du wirst tun, was ich befehle, und du wirst dir nicht anmaßen, mir Fragen zu stellen.«

Im Angesicht seines Zornes wurde Gülbehar ganz kleinlaut. Sie ließ den Kopf hängen. »Sie hat dich verhext.«

»Wer?«

»Hürrem! Das kleine rothaarige Biest. Sie hat dich umgarnt, und jetzt will sie die Herrschaft über den Harem – und sogar über dich selbst!«

»Und was willst du?«

Gülbehar schaute kläglich auf zu ihm. »Nur dir dienen.«

»Dann schweig still«, sagte Süleyman. »Diene mir, indem du still bist.«

Und er drehte sich um, und die bestickte weiße Seide seines Kaftans schlug ihm an die Fersen. Wie ein großer Vogel auf der Flucht, dachte Gülbehar. Aufbruch für immer.

Dann war er verschwunden, und die teilnahmslosen schwarzen Stummen an der Tür starrten geradeaus vor sich hin wie Standbilder und erfaßten keinerlei Sinn.

An jenem Abend nach dem letzten Gebet kam der Killerji Bashi in Mustafas Zimmer und fragte, ob er gerne essen würde. Wortlose Pagen brachten ihm seine Mahlzeit auf einem goldenen Tablett. Da gab es winzige Fleischwürfel, die in Gewürzen geschmort waren, mit Reis gefüllte Kürbisgurken, Feigen in saurer Sahne und frische, saftige Orangen.

Die Mahlzeit wurde in winzigen blauweißen Porzellanschalen aus Iznik serviert, und jede Schüssel war in Rumi- und Hatayi-Manier mit Schnörkelverzierungen in Kobalt und Olive handbemalt. Der Killerji Bashi kostete jedes Gericht auf Gift vor, wie er das bei jedem Mahl tat, dann verbeugte er sich und verließ den Raum. Mustafa saß mit unter- einandergeschlagenen Beinen auf dem Teppich und aß still. Von Zeit zu Zeit erhob er den Zeigefinger der rechten Hand, und einer der Pagen trat vor, um den goldenen Pokal mit Sorbet nachzufüllen.

Als er das Mahl beendet hatte, musterte Mustafa die Orangen. Er nahm eine, schälte sie auf der einen Seite ab und kostete sie. Sie war trocken und leicht säuerlich. Er ließ sie auf das Tablett fallen und schob es von sich; im selben Moment trat ein anderer Page vor, der eine Schüssel mit parfümiertem Wasser trug. Mustafa tauchte seine Finger in die Schale und ließ sie sich dann trocknen. Er stand auf und ging in das Schlafgemach. Es war üblich, daß die Pagen sich nahmen, was er übriggelassen hatte, und beim Verlassen des Raumes sah er, daß sie sich wie streunende Hunde über das Tablett hermachten. Der Anblick widerte ihn jedesmal an.

Seine Pagen hatten in seinem Schlafgemach schon die Matratze ent- rollt, aber er fühlte sich nicht müde. Er saß mit überkreuzten Beinen am Koranpult und las noch zwei Suren beim Kerzenlicht, ehe der erste Krampf seinen Magen umklammerte.

Als Gülbehar kam, waren die Pagen, die die Mahlzeit des Prinzen aufgetragen hatten, schon tot; ihre Augen waren in Todesqualen weit hervorgetreten, und ihre Körper waren durch die Krämpfe, von denen sie geschüttelt worden waren, völlig verdreht. Mustafa war blaß und zitterte, lebte aber noch. Der Palastarzt hatte ein Brechmittel verabreicht, und Mustafa stöhnte, als sein jetzt leerer Magen erneut rebellierte.

Gülbehar fiel auf die Knie und schluchzte, und sie wiegte ihren Sohn in den Armen und spürte, wie sein Körper erschauerte. »Wer hat dies angerichtet?« schleuderte sie den verängstigten Gesichtern der Pagen und Wächter entgegen. »Wer hat dies meinem Sohn angetan?«

»Wir werden denjenigen finden, der dies verschuldet hat«, versprach der neue Kapi Aga. Beim Heiligen Bart des Propheten, wenn Mustafa gestorben wäre, hätte sein eigener Hals den Weg nach oben auf das Tor der Glückseligkeit gefunden.

Aber Gülbehar hörte nicht auf seine entsetzten Versprechungen. Sie fing an, den Knaben wie ein Baby in ihren Armen hin und her zu wiegen, wobei sie vor Kummer, Furcht und Zorn schluchzte. »Wer hat dies getan?«

Der Killerji Bashi, der Vorkoster des Schahsaden, wurde dem Bostanji übergeben, der ihn unterhalb des Ba'ab i Sa'adet in seiner Folterkammer erwartete. Er wurde gründlich examiniert und beteuerte seine Unschuld zwischen den Schreien. Trotz seiner Proteste war er schließlich in der Lage, ihnen wenigstens darüber Gewißheit zu geben, welche Nahrung das Gift enthielt; und zwar wurde das durch den einfachen Trick beschleunigt, ihn mit Gewalt dazu zu bringen, jeden einzelnen Krümel, der auf dem Tablett des Schahsaden geblieben war, aufzuessen.

»Es waren die Orangen«, meldete der Bostanji schließlich. »Irgendwie hat man die Orangen vergiftet.«

Süleyman befahl, daß jeder, der an der Zubereitung der Mahlzeit des Prinzen beteiligt war, gleichfalls verhört werden müsse: die zwei Köche und der Page, der das Tablett aus der Küche gebracht hatte.

Alle starben schreiend, beteuerten ihre Unschuld und flehten um Gnade, die aber niemals kam.

28

Aus goldenen Hähnen tropfte warmes Wasser in das Marmorbad. Nackte Leiber, alabaster-, kaffee- und ebenholzfarben, auf denen Wasser perlte, bewegten sich durch die Nebelschwaden hin und her. Schwarze Gedikli in gazedünnen Badehemden schöpften mit vergoldeten Schalen Wasser aus den Tauchbecken und gossen es den Mädchen über die Köpfe. Aus der hochgewölbten Kuppel hallte das Geräusch zurück, das entstand, wenn Fleisch auf den warmen Marmorstein klatschte.

Hürrem saß oben am Rande des Nabelsteins, einer riesigen hexagonalen Steinplatte, die durch eine unsichtbare Feuerstelle von unten beheizt wurde. Sie ließ sich von Muomi den Rücken mit dickem Schaum einseifen und dann Kopf und Schultern mit warmem Wasser übergießen. Die anderen Mädchen gingen mit abgewandten Augen an ihnen vorüber – vielleicht aus Eifersucht, dachte Hürrem, wahrscheinlich aber aus Furcht.

Hürrem überließ sich den harten Knöcheln Muomis, die ihre Rückenmuskeln kneteten. Danach würde sie ihren Bauch und ihre Schenkel bearbeiten lassen. Sie würde es sich nicht gestatten, hier drinnen alt und fett zu werden. In dieser Schlangengrube konnte es sich kein weibliches Wesen erlauben, ohne Fangzähne zu sein.

Sie schloß die Augen und bemühte sich, nicht darüber nachzugrübeln, wie nahe sie der Lösung ihrer Probleme gekommen war. Die Orangen waren ihre Idee gewesen. Sie wußte, daß der Killerji Bashi eine ganze Frucht nicht verdächtig finden würde. Sie hatte Nadeln in die Orangen gestochen, und Muomi hatte ihren Schierlingssaft in die winzigen Nadelstiche gegossen. Der pure Zufall hatte den Schahsaden gerettet. Nicht zu ändern. Sie würde irgendeine andere Methode finden.

Dann sah sie Gülbehar. Das dünne Badehemdchen haftete an ihren schweren Brüsten. Hürrem bemerkte mit Freude, daß ihr Bauch dicker wurde. Der Grund dafür war völlig offensichtlich; eines der Sklavenmädchen aus ihrem Gefolge trug eine Silberplatte mit kandierten Früchten.

»Du wirst bald eine ganze Prozession von Sklaven benötigen«, flüsterte Hürrem, als sie vorbeiging.

Gülbehar hatte sie nicht gesehen, aber sie erkannte Hürrems Stimme sofort. Sie drehte sich ganz schnell herum und entdeckte Hürrem durch den Nebelschleier. »Was hast du gesagt?«

Hürrem nahm befriedigt zur Kenntnis, daß in Gülbehars Augen sofort Leidenschaft aufgelodert war.

»Ich habe gesagt, daß du bald mehr als zwei Sklavenmädchen benötigen wirst, sonst werden deine Brüste auf dem Boden schleifen. Vielleicht zwei, um jede einzelne auf einer Silberplatte zu tragen. Wie die Früchte.«

Gülbehar starrte sie voller Wut an. Dieses kleine Biest verhöhnte sie. Verhöhnte sie doch tatsächlich!

»Wie kannst du es wagen, so mit mir zu reden …« Gülbehar schnappte nach Luft. »Ich weiß, daß du es gewesen bist. Du hast versucht, meinen Sohn zu ermorden!«

»Du wirst alt. Dein Verstand spielt dir Streiche!«

»Du warst es, du kleine Hexe!«

»Dann lauf doch zu deinem Sultan, und erzähl ihm von deinem Verdacht. Wenn du es wagst!«

Gülbehar fühlte, wie sich ihre Augen mit heißen Tränen füllten. Hürrem war sich ihrer Macht über ihn so sicher! Das Schlimmste daran war, daß sie recht damit hatte. Süleyman würde ihr niemals glauben.

»Wenn du meinem Sohn etwas antust, werde ich dich töten!«

Hürrem lächelte. »Ich denke nicht, daß mein Süleyman das zulassen wird.« Sie legte sich beide Hände auf den Bauch. »Was denkst du, wie viele Sultane könnte ich hier drinnen noch wachsen lassen?«

»Mustafa ist …«

»Mustafa ist alles, was du hast. Ich habe drei, und ich kann noch viel mehr haben, weil der Sultan nicht mehr in dein Bett kommt. Wie kommt das, daß du ihn nicht von mir fernhalten kannst, Rose des Frühlings? Ist das so, weil du dumm bist oder weil du langweilig bist?«

»Laß meinen Sohn in Ruhe!«

»Hürrem senkte ihre Stimme zu einem Flüstern. »Verabschiede dich von deiner kleinen Knospe, Rose des Frühlings!«

Gülbehar schlug mit der rechten Hand zu. Der Schlag brannte auf Hürrems Wange. Sie schlug zurück, verlagerte den Schlag aber in der letzten Sekunde, so daß er Gülbehar nur an der Seite am Kopf streifte.

Gülbehar schlug erneut zu, diesmal mit ihren Nägeln. Hürrem packte sie bei den Schultern, zog sie zu sich heran, und beide fielen sie zu Boden. Die Gedikli sprangen schreiend zurück. Der Silberteller schepperte auf den Marmor.

Muomi stützte Hürrem, als sie in ihre privaten Gemächer zurückwankte. Der Schmerz in ihrem Bauch ließ sie vornübergebeugt gehen und nach Luft ringen. Sie war immer noch tropfnaß und hatte die dünne Baderobe lose um sich gewickelt. Das Haar hing ihr in nassen Strähnen um das Gesicht, und auf Stirn und Wangen rannen Streifen von verwässertem Blut.

Muomi half ihr auf den Diwan und wich dann einen Schritt zurück, um sie anzustarren. Sie war eher verwirrt als erschrocken. Sie spürte, daß Hürrem dies vorhergeplant hatte, daß es Teil eines ausgeklügelten Planes war.

»Soll ich den dem Arzt herbitten?« fragte sie.

Trotz der Schmerzen lachte Hürrem. Sie war schwer aufgeschlagen, als sie Gülbehar zu Boden gerissen hatte. Nun, wenn sie das Baby verlor, würde das immer noch in ihre Pläne passen. Zwei Söhne waren sowieso genug. »Wie könnte der Arzt mir helfen?« Er würde nur ihre Hand untersuchen können, und das durch drei Reihen bewaffneter Eunuchen hindurch.

»Du bist schlimm verletzt.«

»Bring mir den Spiegel.«

Muomi holte den edelsteinbesetzten Spiegel und reichte ihn Hürrem. Die hielt ihn hoch und überprüfte ihr Aussehen. Da gab es ein paar kleine Kratzer auf ihren Wangen und zwei tiefere auf ihrer Stirn. Verdammtes kleines Weibsstück. Nicht einmal richtig kämpfen konnte sie!

»Zerkratz mich«, sagte Hürrem.

»Meine Gebieterin?«

»Zerkratz mich!« Hürrem ergriff Muomis Handgelenk und zog sich deren Nägel über die Wange. »Stärker!«

Mit ausgesuchter Sorgfalt führte Muomi ihre Fingernägel an Hürrems Wangen und machte sich daran, ihr tiefe Kratzer in die Haut zu furchen. Sie tat es wieder und wieder und wieder. Plötzlich lachte sie auf. Welch eine Freude war es, etwas wegzunehmen; welch eine Freude, nicht das Opfer zu sein.

»Genug!«

»Nur noch einmal, meine Gebieterin.«

Hürrem schrie und drehte Muomis Hände von ihrem Gesicht fort.
Sie tastete nach dem Spiegel. Ihr Gesicht war eine blutige, unkenntliche
Maske.

»Bist du zufrieden, meine Gebieterin?« fragte Muomi. Sie klang
atemlos, wie nach einem Liebesakt.

»Ja, ich bin zufrieden, Muomi.«

»Wird dein Sultan dich jetzt mehr lieben, wenn du so aussiehst?«

»Nein, Muomi. Aber er wird Gülbehar weniger lieben«, sagte Hürrem, und Tränen des Schmerzes vermischten sich mit dem Blut, das ihr
die Wangen herabrann.

29

Der Eski Sarayi bebte.

Süleyman eilte durch die verdunkelten Säulengänge, und hinter
ihm schlurfte der Kislar Aghasi, dessen Gesicht von kleinen
Schweißbächen überströmt war und der voller Furcht vor sich hin
stammelte. Es reichte bis an die Grenze seiner Kräfte, Schritt zu halten
mit dem Herrn des Lebens.

Wie ein großer weißer Adler, dachte er, während er auf die hohe
Gestalt sah, die ihm mit flatterndem Kaftangewand voranschritt. Und
die Krallen hat er gespreizt.

Der Herr des Lebens hatte durch seine Mutter, die Valide, von dem
schrecklichen Ereignis im Hammam gehört. Nachrichten verbreiteten
sich rasch im Harem. Außer Klatsch gab es so wenig, über das sich
reden ließ. Selbst die allerkleinste Begebenheit, ein eingebildeter leichter oder böser Blick, würde der Hafise im Laufe des Tages zugetragen
werden.

Und dieser schreckliche Zwischenfall im Hammam war keine Klei-
nigkeit.

Der Kislar Aghasi sah den Herrn des Lebens vor den Türen zu Hürrems Gemächern anhalten. Die zwei Eunuchenwächter schienen bei seinem Näherkommen zu beben, fuhren aber fort, unverdrossen starr geradeauszublicken.

Der Kislar Aghasi wartete, und sein Atem keuchte schmerzhaft in der Brust.

»Sag ihr, daß ich hier bin«, wies Süleyman ihn an.

Der alte Eunuch nickte und ging nach innen, aber es war Muomi und nicht Hürrem, die dort drinnen wartete, um ihn zu begrüßen. Sie erbot ein Sala'am und blieb auf ihren Knien hocken.

»Der Herr des Lebens wünscht deine Herrin zu sehen«, sagte er. Er hatte schon einen Boten vorausgeschickt, um Hürrem anzumahnen, bereit zu sein.

»Sie kann ihn nicht empfangen«, sagte Muomi.

Der Kislar Aghasi starrte sie verblüfft an, als habe sie in einer fremden Sprache geantwortet. »Was hast du gesagt?«

»Meine Herrin ist über alle Maßen unglücklich darüber, daß sie die Ehre, die er ihr erweist, indem er sie hier besucht, nicht annehmen kann. Aber sie kann ihn nicht empfangen. Es schickt sich nicht, daß der Herr des Lebens ihr Gesicht betrachtet, solange es so entstellt ist.«

»Entstellt?«

»Sie hofft, daß die Zeit ihre Wunden heilen wird und daß sie ihre frühere Schönheit zurückerhält. Aber sie kann nicht zulassen, daß der Herr des Lebens sie in ihrem jetzigen Zustand anschaut.«

Der Kislar Aghasi stand hilflos da, und der Schmerz in seiner Brust verschlimmerte sich. Er wurde alt, zu alt für die widerwärtigen Drangsale, die diese kleine Russin in den Harem eingebracht hatte. Es war einmal alles so leicht gewesen, als es nur Gülbehar gab. Wie sollte der Oberste Schwarze Eunuch dem Sultan berichten, daß seine zweite Frau ihn nicht empfangen würde? Es gab keinen Vorläufer für diesen Fall im Protokoll.

»Sie muß ihn empfangen«, sagte er.

Muomi sah ihn unbeweglich an und sagte nichts.

Er eilte an ihr vorbei in das private Wohnzimmer. Dort war Hürrem, saß auf einem Diwan aus grünem Brokat und hatte einen dichten Schleier vor ihr Gesicht gezogen. Sie machte keine Bewegung bei seinem Eintritt.

»Meine Gebieterin«, sagte er.

Sie sagte immer noch nichts. Dies war einfach unerträglich, dachte er, und tupfte sich den Schweiß mit einem seidenen Taschentuch vom Gesicht. Sie hielten ihn zum Narren, diese Muomi und die kleine rothaarige Hexe.

»Der Sultan wünscht dich zu sehen«, sagte er.

Hürrem hob langsam den Schleier von ihrem Gesicht, und dem alten Eunuchen stockte der Atem. Über ihrer Nase, über ihren Wangen und sogar über ihren Augen lag häßlicher roter Schorf. Es sah aus, als wenn sie von einer wilden Katze angegriffen worden wäre. Dies entsprach aber nicht dem, was er gehört hatte. Den Gerüchten nach war keine der beiden Frauen ernsthaft verletzt worden, obwohl das Ganze unziemlich gewesen sei.

Er stieß einen Laut aus, der wie der Schluchzer eines kleinen Tieres klang, und eilte aus dem Zimmer.

»Zu entstellt, um mich zu empfangen?« wiederholte Süleyman langsam. Er starrte seinen Obersten Schwarzen Eunuchen an. Der arme alte Mann sah aus, als wolle er ohnmächtig werden.

»Das ist, was sie sagt, mein Gebieter.«

»Gülbehar!« flüsterte Süleyman.

»Mein Gebieter?«

Gülbehar fieberte vor Aufregung. Der Bote des Kislar Aghasi hatte sie davon unterrichtet, daß der Herr des Lebens im Eski Sarayi war, wie sie das erwartet hatte. Sie war völlig sicher, daß er sie jetzt aufsuchen würde, war überzeugt, er würde sich über die Unerhörtheit unterrichten lassen, die ihr das russische Biest im Hammam zugefügt hatte. Endlich hatte die Schlange sich eine Blöße gegeben. Süleyman mußte jetzt erkennen, wie sie wirklich war. Sie wollte ihm berichten, wie sie versucht hatte, seinen geliebten Mustafa zu ermorden. Er würde sie und die schwarze Hexenmeisterin zum Bostanji schicken, und die Wahrheit käme ans Tageslicht.

Und sicherlich kehrte Süleyman zu ihr zurück. Alles würde gut werden.

Sie kümmerte sich selbst um das Decken des Tisches, stellte Konfekt, Rahat Lokum und Sorbet bereit und setzte sich auf den Diwan. Ihr Haar war gebürstet und geflochten, ihr Leib frisch gebadet und parfümiert. In ihr Haar waren Perlen eingebunden, und in ihrer Halsgrube funkelte ein Rubin.

Sie versuchte, geduldig auf dem Diwan sitzen zu bleiben, aber es war ihr unmöglich. Sie konnte es nicht erwarten, Süleyman zu berichten, was dieses Weib zu ihr gesagt hatte, wie sehr sie sie provoziert hatte, und dazu auch noch ihre geflüsterten Drohungen gegen Mustafa. Er würde es einsehen. Endlich hatte sie die Gelegenheit, ihm die Augen zu öffnen. Sie war schließlich seine Erste Kadin, die Mutter des nächsten Sultans.

Sie ging zum Fenster und schaute durch das Gitter auf das glitzernde Wasser des Horns und auf die rotgedeckten Paläste, die dahinter den Galata-Hügel anstiegen. Eine helle, leuchtende Welt, die ihrem Sohn gehörte. Hier drinnen aber war es dunkel und kalt. Zu lange war es dunkel und kalt gewesen.

Das würde sich jetzt ändern.

Krachend flog die Tür auf.

Da stand kein schwitzender alter Neger, der den Herrn des Lebens in ihr Gemach geleitete. Keine Zeit, die richtige Sitzhaltung einzunehmen. Keine Zeit, sich vorzubereiten.

Mit wutverzerrtem Gesicht stand Süleyman auf der Türschwelle. Er schlug die große Tür hinter sich zu und stürmte in die Zimmermitte.

Gülbehar fiel vor ihm auf die Knie. »Sala'am, Herr meines Lebens, Sultan aller Sul-«

Er faßte sie am Arm und zwang sie zu stehen. Gülbehar schrie auf vor Schmerz und Überraschung – seine Finger schnitten ihr wie Stahlzangen in das weiche Fleisch des Oberarmes.

»Nimm deinen Schleier ab.«

Gülbehar bebte. Was hatte er? Was konnte ihn so aufgebracht haben? Sie zog den Schleier zurück und sah, wie sich sein Gesicht zu finsterer Verachtung verzog.

»Nicht einen Kratzer …«

»Ich verstehe nicht, mein Gebieter …«

Er holte mit der Hand aus und schlug ihr hart quer über das Gesicht. Er wiederholte das zweimal. Nach dem vierten Schlag fiel sie zu Boden.

Sie lag dort und schluchzte. Was war hier los? Was geschah? Als Süleyman wieder sprach, war seine Stimme so sanft, daß sie kaum die Worte auseinanderhalten konnte. »Wenn du mir die Freude, in ihr Gesicht zu schauen, fortnimmst, so schwöre ich, … werde ich dich töten.«

»Bitte … mein Gebieter …«

»Deine Eifersucht vergiftet den ganzen Harem!«

»Was ist geschehen? Was habe ich getan?«

»Genug! Hörst du mich? Du bist Mustafas Mutter. Du wirst eines Tages Sultan Valide sein. Gib dich damit zufrieden!«

»Was hat das kleine Biest dir erzählt? Nicht ich war es, die …«

Er holte erneut mit der Hand aus und schlug sie, faßte sie bei den Haaren und zog sie auf die Füße, schlug sie wieder und wieder, während sie schreiend um Einhalt bettelte. Rasende Wut brüllte in seinem Kopf und machte ihn taub gegen ihre Schreie. Erst als er das Blut sah, das ihr weißes Hemd verschmierte, hörte er endlich auf. Er ließ sie schlaff wie eine Stoffpuppe fallen, hielt seine Hände zur Seite abgewandt und starrte auf die Blutflecken.

Eine lange Zeit über lag sie zu seinen Füßen und schluchzte. Keuchend stand er über ihr und war plötzlich angewidert von dem, was er getan hatte. Als sie schließlich den Kopf erhob, waren ihre Lippen und Augen angeschwollen, und aus Mund und Nase quoll Blut, das sich leuchtend von ihrer marmorweißen Haut abhob.

»Mein Gebieter …«

»Ruhe!« Der Atem in seiner Brust ging abgehackt, und er hatte Mühe, ihn zu kontrollieren. »Maße dir niemals wieder an, sie von mir fernzuhalten.« Nun, da sein Zorn verraucht war, beugte er sich hinunter und nahm ihren Arm, um sie auf die Füße hochzuziehen, aber sie entwand sich ihm.

Süleyman verspürte einen Stich der Reue. Ich hätte sie umbringen können, dachte er. Ich war so nahe daran. Wenn ich einen Dolch in der Hand gehabt hätte, hätte ich sie um ihr Leben gebracht. Über so viele Jahre hin war sie seine Kadin gewesen, seit er ein Knabe war, und doch hätte er sie in seinem Zorn töten können.

»Du mußt fort von hier«, flüsterte er. »Es ist das beste für dich.«

Er ging aus dem Zimmer und überließ sie ihren bitteren Tränen.

30

Das Hippodrom

Güzül war Jüdin; es war ihr gestattet, einmal im Monat innerhalb des Harems Schmucksteine und allerlei Tand an die Odalisken zu verkaufen. Das war aber nicht ihre eigentliche Aufgabe; in der abgeschlossenen Welt des Harems gehörte Güzül zu den ganz seltenen Ausnahmeerscheinungen – sie konnte ein und aus gehen. Im Lauf der Jahre war sie natürlich zur Stimme Gülbehars in der Außenwelt geworden.

Sie war nicht mehr ganz jung. Ihre Haut war faltig und hatte die Farbe von Tabak; die Augen glitzerten ihr im Kopf wie kleine Saphire in einem Lederbeutel. Um ihre dahinwelkende Jugend wieder wettzumachen, färbte sie ihre Haare mit Henna und band leuchtende Schleifen hinein als modische Zutat. Ibrahim war überzeugt, daß sie einmal sehr schön gewesen sein mußte.

Für ihren Botengang hatte sie sich einen Umhang aus schwerer scharlachroter Seide ausgesucht, und auf ihrem Kopf trug sie eine kleine runde Satinkappe, die ebenfalls scharlachfarben war. Sie hatte ein Wams aus goldenem Damast und weiße Ziegenlederschuhe an. Um Arm- und Fußgelenke trug sie Silberspangen, und im Haar hatte sie Perlen. Hände und Füße waren mit Henna eingefärbt, und dicker, schwarzer Kajal war auf die Augenlider aufgetragen. Sie sah aus wie eine Räuberkönigin.

Im Sonnenuntergang färbte sich Ibrahims Palast rötlich. Die imposanten Wandmauern und mit Holzgittern versehenen Fenster spiegelten die Pracht des großartigen Topkapi wider, der weniger als eine halbe Meile entfernt auf der anderen Seite des Roßplatzes, des At Meydani, stand. Der Palast war ein deutliches Zeichen für jedermann – von den Reitern, die dort unten Çerit spielten, bis zu den Gläubigen, die Schlange standen, um in die Hagia Sophia zu kommen, von den Flickschustern und Bäckern der Stadt bis zu den Janitscharen hinter dem Erhabenen Portal von Ba'ab i Hümayun –, daß der Grieche der bedeutendste, reichste und mit der größten Machtfülle ausgestattete Wesir war, den das Osmanische Reich je gekannt hatte.

Die Größe der Empfangshalle machte Güzül bewußt, wie wahrhaft unbedeutend sie war. Der wunderbare Teppich, auf dem sie kniete – er war ganze zehn mal fünf Schritte groß –, der Thronstuhl aus Elfenbein und Schildpatt, die Weihrauchgefäße aus Kupfer und Türkis, die silbernen Kerzenständer – alle waren sie eines Sultans würdig. Ibrahim selbst erschien ihr in seinem riesigen weißen Turban und Satingewändern so, wie sie sich den Herrn des Lebens selbst ausmalte.

Es ist ihm gelungen, den Eindruck zu erwecken, daß er viel größer als in Wirklichkeit ist, dachte Güzül. Wahrscheinlich machte das der Turban, der noch einmal gut zwei Kopf hoch war und auf einem dicken Goldband ruhte. Es würde schwerfallen, sich von ihm oder von dem riesigen, vogeleigroßen Rubin, den er am Finger trug, nicht beeindrucken zu lassen.

Schwerfallen, nicht beeindruckt zu werden, und schwerfallen, keine Furcht zu haben.

Das Leben hatte es gut mit Ibrahim gemeint. Nachdem Süleyman ihn zu seinem Großwesir ernannt hatte, hatte er ihm auf der anderen Seite des Hippodroms mit öffentlichen Geldern einen Palast gebaut. Süleyman hatte ihn sogar mit seiner Schwester, Hatise Sultan, vermählt.

Der aufgehende Stern hatte noch einen zusätzlichen Satelliten auf seine Umlaufbahn mitgenommen. Dieser saß mit überkreuzten Beinen am Fuße der Marmorstufen, die zu Ibrahims Thron hinaufführten, und hatte ihr den Rücken zugewandt, so daß sie sein Gesicht nicht sehen konnte. Aber sie wußte, wer er war.

Es hieß, daß Rüstem Defterdar ein geborener Bulgare und vor vielen Jahren von der Devschirme, der Knabenauslese, nach Stambul gebracht worden war. Er hatte seine Erziehung im Enderun, der Palastschule, erhalten und sich ganz besonders in der Mathematik hervorgetan. Dank Ibrahims Fürsprache, so wurde gesagt, war er schnell durch alle Stufen der Schatzverwaltung aufgestiegen. Man kann sich gut vorstellen, dachte Güzül, wie nützlich es für Ibrahim sein kann, wenn einer der Seinen die Fäden der Geldangelegenheiten in der Hand hält. Es grassierten Gerüchte über Mißbräuche und Bakschischgaben, obwohl selbstverständlich niemand seine Stimme gegen Ibrahim erheben würde. Es sei denn, er wollte sich die Spieße auf den Mauern des Ba'ab i' Sa'adet aus der Nähe betrachten.

Sie fragte sich, was Rüstem hier tat. Vielleicht sucht Ibrahim jetzt seinen Rat auch in anderen Angelegenheiten, dachte sie.

Der mächtige Mann beobachtete sie. Er bemerkte, daß sie in die Richtung von Rüstem blickte, sprach sie aber an, als seien sie allein. »Nun, Güzül, sag mir an, was führt dich in mein bescheidenes Serail?«

»Meine Herrin, die Rose des Frühlings, schickt ihre Glückwünsche. Mögen Gesundheit und Reichtum deines Hauses immer weiter wachsen.«

»Ich danke ihr für die guten Wünsche. Möge Gott sie immer beschützen, und möge ihre Schönheit niemals verwelken.«

»Inschallah. So Gott will.«

»Ich habe Gerüchte vernommen, Güzül.«

»Was für Gerüchte, mein Gebieter?«

»Daß deine Herrin im Eski Sarayi mit der Dame Hürrem Streit hat. Man kann nur beten, daß die Auseinandersetzung zur Zufriedenheit aller beigelegt wird.«

Güzül beschloß, die höfliche Sprache des Hofes beiseite zu lassen. »Sie soll ins Exil geschickt werden, mein Gebieter.«

Ibrahim schwieg einen Augenblick, gestattete sich aber keinerlei Reaktion auf seinem Gesicht. »Auch ein Gerücht, Güzül?«

»Meine Herrin bittet um Einspruch beim Herrn über das Leben, mein Gebieter.«

»Das liegt nicht in meiner Macht, Güzül.«

Das widerspricht aber dem, was man in den Basaren sagt, dachte Güzül. Dort spricht man davon, daß du in allem der Sultan bist, nur dem Namen nach nicht. Aber ich wage nicht, das zu sagen, auch nicht hier drinnen. »Meine Herrin bittet nur darum, daß du dich bei dem Herrn über das Leben für sie verwendest.«

»Das ist eine Angelegenheit des Harems und geht mich deshalb nichts an. Du weißt, daß ich deiner Herrin gerne helfen würde, wenn ich das könnte, aber dies übersteigt meinen bescheidenen Einflußbereich. Vielleicht sollte sie ihren Fall vor dem Kislar Aghasi darlegen.«

»Mein Gebieter, meine Herrin bittet nur darum, daß Ihr die Folgen ihrer Abreise bedenkt.«

Ibrahim beugte sich vor, wobei er einen Arm auf die Stuhllehne aufstützte. Anzeichen von Unbehagen verrieten sich auf seinem Gesicht. »Ja, Güzül?«

»Ihr seid immer ein Freund für Mustafa gewesen. Eines Tages wird er Sultan sein. Seine Mutter möchte Euch freundlich daran erinnern.«

»Ist das eine Drohung, Güzül?«

»Nein, mein Gebieter. Aber meine Herrin möchte Euch nur wissen lassen, daß sie ein langes Gedächtnis für ihre Freunde hat.«

»Ihre großen Tugenden sind wohlbekannt und grenzenlos.«

»Meine Herrin möchte Euch zu bedenken geben, daß sie niemals versucht hat, die Macht des Großwesirs anzufechten.«

Ibrahim lachte überrascht auf. »Natürlich nicht.«

»Aber Hürrem ist vielleicht bereit dazu, es jetzt mit Euch aufzunehmen.«

Die Worte hallten in der Stille wider, als hätte man ein Hufeisen auf den Marmorboden fallen lassen. Lange Zeit starrte Ibrahim sie an und hielt dabei die Lehne des Thronstuhls fest mit der Faust umklammert. Schließlich fragte er: »Ist es das, was du denkst, Güzül?«

»In den Basaren redet man darüber, daß sie ihn verhext hat, mein Gebieter.«

»Das Reich wird nicht von Teppichverkäufern regiert.«

»Meine Herrin will Euch nur daran erinnern, daß er lange Tage und Nächte mit ihr verbringt, mein Gebieter. Er spricht mit ihr über Politik.«

»Noch mehr Haremsgeschwätz!«

»Meine Herrin bittet Euch lediglich darum, für sie mit dem Herrn über das Leben zu sprechen. Ihr seid ein weiser und treuer Ratgeber. Sie wünscht allein, daß es Euch weiterhin wohl ergehe, mein Herr.«

»Du hast dich klar genug ausgedrückt, Güzül.«

»Mein Gebieter.« Güzül kroch nach vorn und küßte den Teppich zu den Füßen seines Thrones und kroch auf allen vieren nach draußen. Ibrahim schaute zu, wie sie sich zurückzog, und er runzelte irritiert die Stirn. Hürrem eine Bedrohung! Unmöglich!

Und doch …

Ibrahim schaute auf den Mann, der immer noch still und geduldig zu Füßen des Thrones saß. »Nun, Defterdar, was meinst du?«

»Es ist immer klug, sich nicht mehr Feinde zu machen, als absolut notwendig sind.«

»Er gewährt diesem kleinen russischen Mädchen viel Freiraum. Aber … das Amt des Wesirs anfechten?«

»Das ist eine Frage, die nur Ihr beantworten könnt, mein Gebieter«, sagte Rüstem.

Ibrahim erforschte sein Gesicht. Kannst du sehen, was ich denke, Defterdar? Wenn du mein wirkliches Problem hier erkannt hast – daß nämlich der Harem der eine Teil des Reiches ist, über den ich keine Kontrolle habe –, dann hast du nicht zugelassen, daß dein Gesicht deine Zweifel verrät. Aber schließlich läßt du niemals Gefühle an die Oberfläche kommen. Manchmal frage ich mich, ob du überhaupt jemals etwas empfindest; und das ist es, warum ich dich vor allen anderen gewählt habe. Manchmal erlaube ich dem Aufwallen meines Blutes, meine Urteilskraft zu trüben.

»Die Rose des Frühlings ist die Mutter des Schahsaden«, sagte Ibrahim. »Eines Tages wird sie die Valide sein. Ich werde tun, was ich kann, um ihr zu helfen.«

»Es mag dir ebenfalls nützlich sein, das Ausmaß des Einflusses einzudämmen, den dieses Haremsmädchen hat«, sagte Rüstem.

Ibrahim sah ihn scharf an. Er hatte das nicht einmal in Erwägung gezogen. Aber natürlich würde Süleyman sich von seinem Rat leiten lassen. Hatte er sich jemals zuvor über seinen Rat hinweggesetzt?

Nun?

31

Topkapi Sarayi

Heute abend machte ihm Ibrahims Viole überhaupt keine Freude. Süleyman starrte trübsinnig auf seine Hände, während die Pagen das letzte Gefäß mit Rahat Lokum forträumten – diesem süßen, nach Pistazien schmeckenden »Rest für den Hals«, mit dem er alle seine Mahlzeiten beendete. Ibrahim führte seine Ballade zu Ende, legte das Instrument hin und neigte seinen Kopf zur Seite.

»Irgend etwas macht dir Sorgen, mein Gebieter?«

Süleyman nickte bedächtig. »Ja, Ibrahim.«

»Machst du dir Sorgen wegen des Abgesandten Haberdansky?«

Süleyman blickte finster. Haberdansky! Der habsburgische Abgesandte! Ferdinand hatte die Frechheit besessen, ihn an seinen Hof zu senden ohne jedes Zugeständnis und ohne einen Abkommensvorschlag; er behauptete lediglich, daß kraft Ferdinands königlicher Herkunft Ungarn ein Teil von seinem Reich sei, und verlangte dessen Rückgabe. Es hatte ihm große Genugtuung verschafft, Ibrahims Vorschlag zuzustimmen, wonach man ihm die echte osmanische Gastfreundschaft in den Verliesen von Yedikule erwies.

»Nein, was mir zu schaffen macht, ist nicht die Politik, Ibrahim.«

»Dennoch ist es etwas, das gelöst werden muß.«

»Ja doch, ja.«

»Vielleicht, mein Gebieter, wirst du deinem Großwesir Mitteilung machen von deinem Entschluß, sobald du ihn getroffen hast.«

Süleyman lächelte, obwohl ihm nicht danach zumute war. Da lag kein Vorwurf in Ibrahims Stimme, und seine Mundwinkel waren nach oben gezogen mit einem Lächeln, mit dem er sich über sich selbst lustig machte. Er hat recht, dachte Süleyman. Er hat schon vor Tagen wegen einer endgültigen Entscheidung bei mir nachgesucht.

Er seufzte. »Was denkst du über diesen Zápolya?«

»Er ist niemals ein König, aber ich denke, er würde einen großartigen Vasallen abgeben!«

Süleyman nickte. Es war dieselbe Begründung, die Hürrem ihm zu bedenken gegeben hatte. »Ich bin zu einem ähnlichen Schluß gelangt«, sagte er. »Wir können ihn zu unserem Torwächter machen. Solange er uns Abgaben in Gold und in Sklaven für die Devschirme macht, während er die Krone tragen darf, solange bleibt das Königreich unseres.«

»Es ist also beschlossen?«

»Ja«, sagte Süleyman. »Gib seiner Eskorte deine Entscheidung.«

Ibrahim nahm die Viole wieder hervor und zupfte sanft an den Saiten. Süleyman verspürte ein gereiztes Prickeln. Nicht einmal hier konnte er Ruhe finden. Ständig dachte er über den Nervenkrieg nach, der in seinem eigenen Harem stattfand.

»Da gibt es etwas, das ich mit dir besprechen muß«, sagte er schließlich.

»Ja, mein Gebieter?«

»Es geht um Mustafa.«

»Mein Gebieter?«

»Er zeigt sich sehr vielversprechend, sowohl als Führer wie auch als Krieger. Er ist vierzehn Jahre alt. Vielleicht ist es an der Zeit, ihm eine Gouverneurschaft zu übertragen, um seinen Eifer für die großen Aufgaben auszuprobieren, die er eines Tages wird übernehmen müssen.«

Ibrahim legte die Viole hin. Es war also wahr! Süleyman plante, Gülbehar aus dem Harem auszuschließen und unter dem Deckmantel von Mustafas erstem Gouverneursposten ins Exil zu schicken.

»Er ist noch jung«, sagte er.

»Nur ein Jahr jünger, als ich war, als mein Vater mich nach Manisa sandte.«

»Ein Jahr macht viel aus, wenn jemand so jung ist.«

»Trotzdem denke ich, daß es an der Zeit ist. Aber ich akzeptiere, was du sagst. Wir sollten ihn von seiner Mutter begleiten lassen, um ihn zu führen. Sie sind sich sehr nahe. Bist du einverstanden?«

»Ich würde davon abraten, mein Gebieter.«

»Ich habe es fest beschlossen.«

Ibrahim zwinkerte vor Überraschung. Süleyman hatte noch niemals zuvor eine Entscheidung ohne sein Gutheißen gefällt. »Es liegt eine Gefahr darin, ihn zu schnell mit Blut besudeln zu lassen. Wir sollten das sorgfältig abwägen.«

»Diesmal nicht, Ibrahim. Da gibt es nichts mehr, womit wir uns beschäftigen müssen.«

»Ich würde für einen Aufschub plädieren, mein Gebieter. Wir sollten mindestens ein Jahr abwarten.«

»Er ist mein Sohn. Ich kenne ihn am besten.«

»Aber ihm so früh einen Gouverneursposten zu übertragen …«

»Laß mich damit in Ruhe, Ibrahim! Ich habe gesagt, daß ich es beschlossen habe! Du bist ein guter Wesir, aber der Sultan bist du nicht!«

Ibrahim schaute ihn erstaunt an. Süleymans Augen blitzten vor plötzlicher Erregung. Er ist wie trockenes Pulver, dachte er bei sich, jederzeit zur Explosion bereit. Jemand anders hat ihm dies eingegeben. Er ist nicht bereit, auf mich zu hören, weil er davor gewarnt worden ist. Wer könnte das wohl getan haben?

Ibrahim wußte, daß es gefährlich war, ihn weiter zu provozieren. »Ganz wie du sagst, mein Gebieter, ich beuge mich vor deiner größeren Einsicht.«

»Ich werde zu Bett gehen, ich bin müde«, sagte Süleyman.

Süleyman zog sich aus und machte es sich unter der Bettdecke auf den Schlafmatratzen bequem, welche die Pagen auf dem Boden ausgebreitet hatten. Während diese neben den beiden Kerzen am Fußende Wache hielten, blieb Ibrahim mit überkreuzten Beinen auf dem Teppich sitzen und schlug eine melancholische Melodie auf der Viole an.

Beim Spielen schloß Ibrahim die Augen, und er sah, wie sich die Saiten der Viole über die grauen Palastwände hinaus dehnten, über die sieben Hügel Stambuls, über das Schwarze Meer, das Mittelmeer und das Ägäische Meer, über die Treibsandfelder Ägyptens und Algeriens, die Berge Persiens und Griechenlands, die mächtigen Ströme Euphrat und Donau, die Ebenen Ungarns und die Steppen der Ukraine und über die heiligen Städte Jerusalem, Babylon, Mekka und Medina. Und am Ende der Saiten tanzten Prinzen und Paschas, Schahs und Scheiche; er und Süleyman hatten die Melodie dazu aufgespielt. Jetzt aber spulten sich neue, klebrige Gewebefäden wie Fangarme von der gewaltigen Stadt ab, und er konnte spüren, wie sie sich um seinen eigenen Körper und um den seines geliebten Padischahs legten. Und die Hände, die dieses Netz hielten, waren weich und weiß und feminin, und die Fingernägel waren rot angemalt.

Er fröstelte in der Kälte des Raumes, und zum erstenmal in seinem Leben war ihm ein wenig ängstlich zumute.

Im gepflasterten Innenhof saß Süleyman auf einem weißen Pferd, und der Topas auf seinem Turban wirkte wie ein dunkles Herz, über dem die Reiherfeder sich im Winde neigte. Seine weißen Gewänder blähten sich im Nordwind, der nicht zur Jahreszeit paßte. Sein Gesicht hatte sich zu einer strengen, ernsten Maske verzogen. Es war unmöglich, seinen Ausdruck zu ergründen, selbst wenn die Pagen und Wächter, die um ihn herumstanden, die Kühnheit aufgebracht hätten, ihn ohne Scheu anzuschauen. Und aus lauter Todesfurcht tat das keiner von ihnen.

Er schaute zu, wie Mustafa gewandt auf sein eigenes Pferd aufsaß – der Knabe wirkte sicherer auf dem Pferd als auf seinen eigenen langen, immer noch wachsenden Gliedmaßen – und wie er, die Augen hoffnungsvoll auf die Schatten unter dem Osttor gerichtet, wartete.

Süleyman bewegte fast unmerklich die Knie, und sein Hengst setzte sich langsam in Bewegung und spitzte die Ohren, um selbst den leisesten Befehl seines Reiters hören zu können.

Süleyman führte ihn an die Seite von Mustafas Pferd. Er langte hinüber und legte eine Hand auf den Unterarm des Jungen. »Möge Gott deine Reise segnen und dich sicher geleiten«, sagte er.

»Danke sehr, Vater.« Eine leichte Röte überflutete die Wangen des Jungen, während sein jugendlicher Enthusiasmus sich gegen die selbstauferlegte Würde auflehnte.

»Viel Erfolg.«

»Ich werde alles tun, was ich kann, um Euch zu dienen.«

»Nicht mir dienst du, Mustafa, sondern dem Islam. Denke daran. Auch Sultane und ihre Prinzen sind nur Diener. Der Islam ist unser Herr. Gehe in Frieden.«

»Ja, Vater.«

Süleyman fühlte ein großes Gewicht auf seiner Brust lasten. Wie seltsam würde es sein, in den Harem zu gehen, ohne Mustafa dort vorzufinden! Hinter sich hörte er Bewegungen, und er sah, wie drei verschleierte Gestalten den Innenhof durchquerten und sich beeilten, in die wartende Kutsche einzusteigen: Gülbehar und ihre beiden Dienerinnen.

Eine der Gestalten hielt inne und starrte ihn durch ihren Schleier hindurch an, als warte sie auf irgendeine Geste, die andeutete, daß er kommen und mit ihr sprechen würde, aber Süleyman wandte sich ab.

Als er sich wieder umschaute, war sie verschwunden.

Süleyman wartete so lange, bis der kleine Zug den Hof verlassen hatte und die großen Tore des Eski Sarayi hinter ihnen zugeschlagen waren. Als sie fort waren, verspürte er ein eigenartiges Gefühl der Erleichterung, so als sei er schließlich doch von einem Teil der Last, die auf ihm bürdete, befreit worden.

TEIL VIER

DER HÜTER DER GLÜCKSELIGKEIT

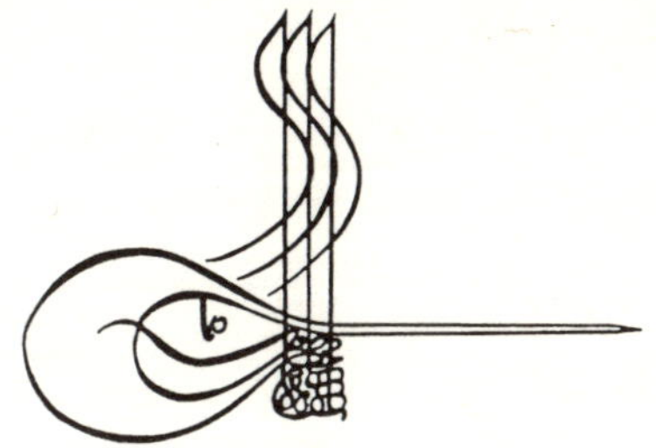

32

Das Ionische Meer, 1532

Die Sinneseindrücke widersprachen einander auf verstörende Weise. Einerseits gab es die Farben und die ganze Prächtigkeit des Himmels – und andererseits diesen viehischen, Übelkeit erregenden Gestank.

Die Galeere sah aus wie ein riesiger Wasserkäfer, der auf jeder Flanke durch einen Satz von siebenundzwanzig Rudern wie mit Spindelbeinen über die straff gespannte, blau glitzernde Wasseroberfläche geschoben wurde. Stander und Flaggen bewegten sich nur schlaff an Mast und Heck, und der goldene Löwe von Venedig schlief in der Sonne. Das erhöhte Achterdeck, das reich mit Schnitzwerk und Vergoldungen verziert war, wurde von einem violett- und goldfarbenen Sonnensegel beschattet, unter welchem die Offiziere und die zarte »Fracht« bequem auf Teppichen und niedrigen Diwanen ruhten. Dabei hielten sich alle parfümierte Taschentücher vor die Nasen, um die widerwärtigen Gerüche, die von unten in Schwaden heraufzogen und das Schiff wie ein unsichtbares und bösartiges Phantom umgaben, wegzufiltern.

Die Segel waren über dem Vorder- und Hauptmast zu zwei riesigen, ausgebuchteten Stoffballen zusammengebunden. Im Halbdunkel des Schiffsbauches verborgen, schoben nackte Sklaven in siebenundzwanzig Reihen die Galeere über das Meer. Sie saßen auf Holzbänke gekettet, und in der Bilge schwammen ihnen der eigene Urin und die Fäkalien um die Knöchel. Achtzehn Stunden lang hatten sie jetzt ohne Unterbrechung gerudert. Einer der Unteroffiziere schob sich die Bankreihen entlang, um mit Wein getränktes Brot in die keuchenden Münder derjenigen zu stopfen, die am Rand der Erschöpfung schienen. Mehrere Männer waren schon ohnmächtig geworden in ihren Ketten. Mit Seilen, die zuvor ins Meerwasser getaucht wurden, hatte man sie ins Bewußtsein zurückgepeitscht. Zwei waren nicht schnell genug wieder zu sich gekommen, und man hatte sie aus ihren Fesseln gelöst und seitlich über Bord geworfen.

Von ihrem Stuhl unter dem violetten und goldenen Tabernakel aus sah Julia Gonzaga nichts davon. Gemusterte Brokatvorhänge ersparten den Passagieren solche Widerwärtigkeiten, trotzdem hatte sie mehrere Male während der Reise einen kurzen Anblick von den armen Teufeln an den Rudern erhascht, und dieser Anblick hatte sich wie mit einem Brenneisen tief in ihr Gedächtnis eingeprägt. Niemals zuvor hatte sie solch ausweglose Verzweiflung und solchen Schmutz gesehen, und das Bild verfolgte sie in jeder einzelnen Sekunde der zehn Tage, die sie auf dem Meer verbracht hatten. Der Kapitän hatte ihr erklärt, daß es sich nur um Heiden handelte, um türkische Seeleute und arabische Piraten, die man gefangen hätte, daß sie sich also nicht von Tieren unterschieden. Aber es war ihr nicht möglich, das Gefühl tiefer Beschämung aus ihrer Seele zu verbannen. Sie schloß die Augen vor der gleißenden Helligkeit des Mittelmeeres, ließ den Rosenkranz durch die Finger gleiten und versuchte, ihre Gedanken auf christlichere Bahnen zu konzentrieren.

Sie hatte La Serenissima – Venedig – zum allererstenmal verlassen und war voll freudiger Erregung und voller Furcht zugleich. Pietro, ihr Ehegemahl, war vor zwei Monaten während eines Besuches seiner Güter auf Zypern krank geworden. Wie sie zuletzt erfahren hatte, könnte seine Krankheit länger andauern, und er verlangte jetzt ihre Gegenwart an seiner Seite. Julia nahm an, daß er sie als Krankenschwester und nicht als Ehefrau herbeirief; er hatte ihr als Frau nur wenig Leidenschaft entgegengebracht, und sämtliche Geheimnisse, die er hätte entschlüsseln können, waren für sie rätselhaft geblieben. Aus Anlaß ihrer Hochzeitsnacht hatte er sie vor der Tür ihres Schlafgemachs auf die Wange geküßt und die Nacht über in seinem eigenen Zimmer geschlafen, und an diesem Ritual hatte er seitdem jeden Abend festgehalten.

Nur wenn er wieder einmal mit einer Krankheit darniederlag, hatte sie sein Schlafzimmer betreten, um ihm zu Diensten zu stehen; diese Situationen hatten sich im Laufe der letzten zwei Jahre gehäuft. Er hieß sie dann, sich Tag und Nacht neben ihn zu setzen und ihm aus Platons Schriften vorzulesen. Von allem, was sie tat, war dies das einzige, das ihm jemals Freude zu bereiten schien. Schon sehr früh hatte sie sich klargemacht, daß er ein reizbarer und leicht in Rage zu versetzender alter Mann war, der von seiner eigenen Bedeutung übermäßig überzeugt war, und täglich verwünschte sie ihren Vater dafür, daß er diese Verbindung für sie arrangiert hatte.

Politik. Allein die war ihm wichtig.

Eigentlich hätte sie die Reise genießen sollen, die frische Luft, das glitzernde Meer und die volle Blüte leuchtender Frühlingsblumen auf den Inseln. Sie freute sich über die Befreiung aus der abgeschlossenen Umgebung des Palazzos, aus den düsteren Korridoren, dem feuchten Moder, der Eintönigkeit von Spitzenhandarbeiten und den täglichen Frühmetten. Wunderbar hätte es sein können – wenn da nicht dieser Geruch gewesen wäre. Der von den Sklavenbänken aufsteigende Gestank gemahnte sie ständig an das Häßliche dort unten und an das Häßliche, das sie an ihrem Reiseziel erwartete, an den Geruch eines sehr alten und sterbenden Ehemannes.

Ohne jeglichen Grund fragte sie sich, was wohl mit Abbas geschehen war. Abbas … Kein Mann hatte zuvor oder seitdem so mit ihr gesprochen wie er. Abbas! Wie eine Ikone leuchtete er in ihrer Vergangenheit auf. Ein paar herrliche Tage lang hatte sie sich lebendig gefühlt.

»Angenehme Gedanken, meine Dame?«

Erschrocken schaute Julia auf. Es war Bellini, der Kapitän, ein untersetzter junger Mann mit rosigen Wangen und flinken, verstohlen blickenden Augen. »Was sagten Sie, bitte?« Hatte er sie durch die schwere schwarze Spitze ihrer Mantilla hindurch lächeln gesehen?

»Man hat soviel Zeit zum Nachdenken auf diesen langen Reisen.«

»Ich habe an meinen Mann gedacht.«

»Ah.« Bellini wandte seinen Blick ab und zeigte auf den Horizont. »Noch einmal zehn Tage, und dann werden Sie wieder zusammensein, da bin ich sicher. Bei günstigem Wind könnten es weniger sein. Die Ruder sind nur ein erbärmlicher Ersatz.«

»In der Tat.«

Bellini hielt sich das Taschentuch für einen Augenblick vor die Nase und atmete tief. »Wie lange haben Sie Ihren Mann nicht mehr gesehen?«

»Es müssen fast sechs Monate sein.«

»Eine lange Zeit. Sie werden ihn sicher vermissen.«

Julia bemerkte eine Spur von Spott im Tonfall seiner Stimme und spürte, wie der Zorn trotz allem in ihr hochstieg. »Mehr, als Sie sich das jemals vorstellen können«, antwortete sie und freute sich über die Schamröte, die sie damit dem jungen Mann ins Gesicht trieb.

Wenn ich es mir wenigstens selbst vorstellen könnte, dachte sie bitter.

Bellini suchte Schutz in der Wertschätzung seiner selbst. »Mit einem guten Wind …«, hub er an, aber der Satz blieb ihm im Halse stecken. »*Corpo di Dio!*« fluchte er und hastete über Deck, um sein Teleskop zu holen. Aber ein Schrei der Seeleute, die die Segel an den Rahen des Vormastes aufrollten, bestätigten Bellinis Befürchtungen.

Die dreieckigen Lateinersegel der Galeote kamen in weniger als einer Meile Entfernung unvermittelt hinter den Felsriffen einer Insel zum Vorschein. Ihre Ruderblätter hoben sich und tauchten ein, und während sie sich unaufhaltsam näherte, fuhren sie fort, sich zu heben und einzutauchen.

»Türken!« schrie Bellini, und seine Stimme überschlug sich voller Panik. Er stürmte die Stufen hinunter, die vom Achterdeck durch die Sklavendecks zur Brücke führten. »Rudern!« hörte Julia ihn brüllen. »Rudern!«

Signalpfiffe schrillten, und schwer klatschten die Peitschen auf. Sie hörte, wie Männer aufschrien und gegen diese neuerliche Art der Bestrafung protestierten. Die Galeere schlingerte, während der Steuermann sich oben auf der Plattform über dem Achterdeck auf die lange Ruderpinne legte, um das Schiff auf Steuerbordkurs zu bringen, weg von den auf sie zuhaltenden türkischen Piraten. Schon schien die Galeote am Horizont ihre Größe verdoppelt zu haben. Sie konnte die Ruder deutlich erkennen: eintauchen, einhalten, ziehen, eintauchen, einhalten, ziehen.

In Sekundenschnelle hatten sich die Decks in ein Gewirr durcheinanderschwärmender Menschen verwandelt, die von den Rahen auf ihre Stellungen in Bug und Achterdeck herunterkletterten; dazwischen Soldaten, die ihre Arkebusen und Armbrüste aufnahmen. Angst trieb ihnen den Schweiß aus dem Körper, stierte aus ihren Augen und bahnte sich ihren Weg in abgehackten Flüchen aus ihren Mündern.

Der lange, gebogene Bug der türkischen Galeote war jetzt deutlich auszumachen, war wahrscheinlich nicht weiter als eine halbe Meile von ihrem Heck entfernt.

Eintauchen, einhalten, ziehen.

Julia packte Bellini am Arm. »Was wird geschehen?«

Der Kapitän starrte sie mit weitaufgerissenen weißen Augen an, ohne sie wirklich zu sehen. »Ich glaube nicht, daß wir schneller sein können als sie. *Corpo di Dio*, wo ist unser Begleitschiff?« Verzweifelt suchte er den Horizont nach dem Kriegsschiff ab, denn er hatte es in

Unachtsamkeit zugelassen, daß es ihm aus dem Blickfeld entschwunden war.

»Können wir sie nicht abhängen?«

»Sie sind leichter und schneller. Und außerdem sind ihre Ruderer alle freie Menschen und noch dazu ausgeruht. Sie haben uns aufgelauert.«

»Was wird geschehen?« fragte Julia, und eine kalte Faust legte sich ihr ums Herz und begann zuzudrücken.

Bellini aber schob sie ohne eine Antwort beiseite und lief auf die Brücke oberhalb des Sklavendecks. »Rudern! Rudern!« hörte sie ihn brüllen, und die Schreie und das Peitschenklatschen und das Eisengerassel verdoppelten sich.

Sie sah zum Heck, und ihr stockte der Atem. Die Galeote war weniger als eine viertel Meile entfernt.

Ein unirdischer, primitiver Klang bahnte sich seinen Weg vom Sklavendeck nach oben und übertönte die Schreie des Lotsen, des Kapitäns und der Soldaten und das stete »Bum! Bum!« der Kriegstrommel. Die Männer an den Rudern trotzten ihren Offizieren, trotzten deren Flüchen und Peitschen und hatten ihre Stimmen zu einem seltsamen, gutturalen Gesang erhoben:

»*La illaha ilallah Muhammadu rasul allah … La illaha ilallah Muhammadu rasul allah …*«

Gott ist allmächtig und Mohammed ist sein Prophet.

Julia drehte sich um und betrachtete die Galeote, an deren Mast die grüne Fahne des Islam flatterte, nur zweihundert Meter heckwärts. Dies war also der Heide, von dem sie soviel gehört hatte. Dies war der Teufel Islam.

Der Rais, deren Kapitän, stand am Achterdeck und spornte die Männer an den Rudern unter sich zu noch größerer Anstrengung an, während ein riesiger, glatzköpfiger und barbrüstiger Araber den Takt mit dem Tamburin angab. Die Ruderblätter hoben und senkten sich in makellosem Gleichklang. Als einige der Türken das Feuer mit ihren Arkebusen eröffneten, konnte sie sehen, wie sich weiße Wolken vom Bug erhoben. Einer der Sodaten auf der Brücke über dem Sklavendeck schrie auf, umklammerte sein Gesicht und fiel über die Seite und verschwand. Sie vernahm den dumpfen Schlag, mit dem sein Körper außerhalb des Sichtbereichs auf das untere Deck aufschlug.

Mehrere der Galeerensklaven jubelten auf.

»La illaha ilallah Muhammad rasul allah …«

Die Galeote rauschte jetzt auf der Steuerbordseite vom Heck her auf sie zu, wo sie geschützt war vor den Bogenschützen der Venezianer und vor deren nach vorn gerichteten Kanonen. Julia hörte es krachen, als die Türken ihre eigenen Kanonen abfeuerten. Das Wasser vor ihnen wurde zu weißem Schaum aufgewühlt, und dann fiel ein Teil der Takelage am Hauptmast unter dem Krachen berstenden Holzes in sich zusammen.

Vor Schreck gelähmt sah Julia zu. Jetzt hörte sie ein anderes Geräusch, die Schamade, den Ruf, den die türkischen Ruderer ausstießen, um ihren Feind einzuschüchtern. *»Allahu Akbar! Allaaaah!«* Einer von Bellinis Offizieren bemerkte sie und schob sie sofort zum Laderaum.

»Um Gottes willen«, schrie er, »gehen Sie nach unten! Gehen Sie nach unten!«

Sie rannte.

Sie erreichte die Schiffsleiter und hielt inne. Von hier aus konnte sie die Rudermänner gekrümmt auf ihren Bänken sitzen sehen, ihre Rücken gestreift von den Schlägen der Galeerenmeister, und sie konnte die Halbherzigkeit sehen, mit der sie sich ins Ruder legten, und ihre Gesichter, die von Schmerz und von Hoffnung zerfurcht waren. Gleichzeitig konnte sie die Rambade sehen, den eisenbewehrten Kampfbug der türkischen Galeote, die ihren Weg durch das Wasser auf sie zu nahm.

Während sie schaute, fuhr ein Krachen durch die Ruder auf der Steuerbordseite, als ob es sich bei ihnen um Zweige handelte, und das Splittergeräusch des Holzes ertrank in den gellenden Schreien der Ruderer, als die Ruderschlegel ihnen auf Brust und Gesicht zurückschnellten. Die Bilge färbte sich rot, und die Männer krallten ihre Hände in die zerschmetterten Überreste ihrer Gesichter. Sie konnte sehen, wie ein Mann versuchte, sich seine eigenen Eingeweide wieder in den aufgeplatzten Bauch zurückzuschieben.

Dann bohrte sich die Rambade krachend durch die Verschanzungen am Steuerbord; die Galeote schlingerte erneut, und Julia stolperte vorwärts in die Finsternis.

Als sie die Augen öffnete, fand sie sich auf dem Rücken liegend unten an der Schiffsleiter wieder. Das Luk war leer, aber über dem Deck schwebte ein hauchdünner Nebel aus weißem Rauch. Sie konnte verschiedene Männerstimmen ausmachen, zornige Stimmen, die Befehle brüllten, andere, die vor Schmerzen aufschrien oder um Schonung flehten. Das Reiben von Stahl und das Abfeuern von Arkebusen ließ schnell nach, und es folgte ein schreckliches Heulen und Rasseln wie von tausend Dämonen.

Langsam begriff sie, was es war: es waren die Galeerensklaven, die um ihre Freiheit bettelten.

Sie lag ganz still. Jetzt gab es nichts mehr, wohin sie hätte laufen können. Sie schleppte sich bis an die Verschanzung, kauerte sich mit an die Brust gezogenen Knien hin und wartete. Sie nestelte ihren Rosenkranz hervor und fing an, Gebete aufzusagen.

»Heilige Maria, deine unermeßliche Gnade …«

Auf dem Deck über ihrem Kopf vernahm sie Schritte, und dann verdeckten drei schwarze Schatten das Sonnenlicht vor der Luke. Die Männer trugen alle Turbane und Krummsäbel.

Als sie die Leiter halb heruntergekommen waren, hielten sie ein und starrten sie an. Dann rief einer der Männer laut etwas, das sie nicht verstand, und die anderen lachten. Man stellte sie auf die Füße und zog sie über die Niedergangstreppe grob nach oben zurück.

33

Algier

Unerwartet schob sich Afrika aus dem Horizont hervor, das kleine Dorf Sidi Bou Said – kahl und weiß vor dem Hintergrund der rotverbrannten Erde. Dahinter erhob sich die stahlgraue Silhouette des Djebel Ressas.

Während die Galeote an der Landspitze vorübersegelte, füllten sich die Lateinersegel mit einer Brise, die, wenn sie früher eingesetzt hätte, das wacklige, elende Menschenhäuflein auf dem Zwischendeck hätte retten können. Einzeln tauchten sie einer nach dem anderen aus dem Laderaum auf und blinzelten im Sonnenlicht.

Aus dem Wasser ragte die Festung von Algier empor. Unterhalb davon stapelten sich gekalkte Gebäude wie blendendweiße Würfel am Hügel übereinander – im Schutz von osmanischen Kanonenmündungen und unter dem grünen Banner Mohammeds.

Der Hafen wimmelte von Schiffen, die alle die grüne Halbmondflagge des Islam gehißt hatten. Als die Galeote sich an dem Felsen zur Hafeneinfahrt vorbeischob, verfielen die Gefangenen in tiefes Schweigen und ergaben sich mit gebeugten Häuptern in ihr Schicksal.

Da sie eine Frau war, wurde Julia von den anderen Gefangenen abgesondert. Jetzt faßte sie sich ein Herz und warf einen Blick auf sie durch die schwarze Spitze ihrer Mantilla, und es verschlug ihr den Atem. Man hatte sie völlig nackt ausgezogen, außer einigen dünnen Stoffstreifen um ihre Leisten, und ihre Hände und Füße waren zusammengekettet. Gebeugt und gedemütigt starrten sie alle hinunter auf das Deck. Niemand von ihnen schaute zu ihr herüber, nicht einmal Bellini. Sie erkannte ihn kaum; ohne seine Uniform sah er viel kleiner und dicker aus, und sein Bauch war fahlweiß wie Gänsefett.

Julia fühlte, wie ihr die Hitze in die Wangen schoß und schaute fort. Sie schob sich ihren Rosenkranz durch die Finger und konzentrierte sich auf ihre Gebete.

Die Galeote wurde am Kai unterhalb von Hafenmoschee und Suk festgemacht, und bald hatte sich eine Menschenmenge im Hafengebiet versammelt, um sie anzustarren. Zuerst führte man die Männer ab, wobei die türkischen Piraten den Mob der braunhäutigen, in Burnus und flatternde Umhänge gewandeten Araber zurückschob. Die räusperten sich, bespuckten die Venezianer und schrien in einer seltsamen, gutturalen Sprache schimpfend auf sie ein, während ihre Gesichter vor Haß fast weiß wurden.

Julia spürte, wie sie am ganzen Körper zu zittern begann.

Dann griff einer der Türken – sie hielt ihn für deren Rais – ihren Arm und führte sie ab, den anderen hinterher, indem er sie vor sich her durch die Menge schob.

Julia hatte die Hoffnung nicht aufgegeben. In ihrem Inneren rangen Demütigung, Zorn, Angst und Verachtung um die Oberhand. Schließlich waren sowohl ihr Ehemann als auch ihr Vater Magnificos und beide herausragende Mitglieder des Consiglio di Dieci. Venedig und die Osmanen lebten in Frieden miteinander, ihr Ehegemahl trieb Handel mit ihnen und hatte sogar Mitglieder von Süleymans Hof an seiner

Tafel bewirtet. Schlimmstenfalls wird man mich für ein Lösegeld gefangennehmen, sagte sie sich. Der Alptraum kann nicht ewig dauern.

Sie warf einen Blick auf die spuckenden, Flüche ausstoßendenGesichter in der Menschenmenge um sich herum und biß sich vor Wut auf die Lippen. Heiden! *Heiden!*

Der Rais trieb sie voran.

Die Menschenmenge folgte ihnen durch die Kasbah, schmale Gassen entlang, in denen sich der Unrat türmte. Ratten huschten zwischen den Abfällen weg, sobald sie ihnen näher kamen. Die Männer wurden vor ihr hergestoßen, und sie stolperten tiefer hinein in das Labyrinth der Straßen. Julia hielt ihre Blicke gesenkt, sie schämte sich doch zu sehr, die nackten, schwankenden Männer anzublicken. Venezianer allesamt, die jetzt kein wenig besser aussahen als … als ihre eigenen Galeerensklaven …

Der Palast des Begs ragte vor ihnen auf. Man geleitete sie durch das große Tor, an den Verschlägen der schwarzen Sklaven vorbei, wohin die Karawanen aus der Sahara die Nubier, Sudanesen und Guineer brachten. Die schwarzen Männer, Frauen und Kinder hatte man alle zusammengepfercht; einige der Frauen trugen noch Babies an den Brüsten, die ungeniert daran nuckelten, und die Männer waren ziemlich nackt …

Corpo di Dio!

Sie wurden in einen Hof geführt, auf einen geräumigen Platz mit weißem Sand, der auf allen vier Seiten von Kreuzgängen umgeben war. Die Ausdünstungen von hunderten schwitzender Körper ergaben einen schneidenden Gestank; Straßenlärm erfüllte die Luft, eine breite Palette unterschiedlicher Sprachen, Stimmen, die Befehle schrien, andere, die voller Furcht plapperten, und wieder andere, die wütend feilschten. Julias Sinne wurden von all den Reizen überschwemmt, und sie verzögerte ihren Gang. Der Rais verwünschte sie und stieß sie vor sich her.

Julia erkannte plötzlich, daß sie die anderen aus den Augen verloren hatte, und kam sich irgendwie verlassen vor. So verloren und hilflos sie auch waren, so stellten sie doch die letzte Verbindung dar mit der Welt, die sie kannte.

Sie betraten einen anderen Innenhof, und das Stimmendurcheinander brach ab. Obwohl der ausgebleichte Sand viele Fußabdrücke aufwies, war der Hof leer. Julia schaute auf.

Ein fetter, dunkelhäutiger Mann saß auf einem Stapel Kissen im Schatten. Hinter ihm stand ein junger Negerknabe und wedelte ihm mit einem Fächer aus Pfauenfedern Kühlung zu. Sein weißer Kaftan war mit einem Goldfaden herausgeputzt, und an seinem weißen Musselinturban steckte ein großer Türkis. Der Rais sprach hastig mit dem Mann. Julia hörte, wie ein Wort immer wieder wiederholt wurde: Giaur.

Der feiste Mann starrte sie mit einem weichen Lächeln auf den Lippen an. Zum Zeichen, daß er aufstehen wolle, erhob er einen Arm. Der Negerknabe ließ den Fächer fallen und half ihm auf die Füße.

»Wie heißt du?« fragte der Mann.

»Ihr sprecht italienisch?«

Wieder lächelte der Mann. »Natürlich. Wer denkst du denn, daß ich bin? Ein Barbar?« Er kam näher. »Sprichst du türkisch?«

»Natürlich nicht.«

Er lächelte wieder und hob ihre Mantilla hoch. Julia erstarrte. Kein venezianischer Herr hätte jemals gewagt, den Schleier einer Frau zu heben. Nur ihr Ehemann hatte das Recht dazu. Aber gleichzeitig wagte sie nicht, seine Hand fortzuschlagen. So war sie mit dem Rais verfahren an dem Tag, an dem sie gefangengenommen wurde, und er hatte ihr von rechts und links in das Gesicht geschlagen für ihren Widerstand. Sie konnte das Brennen davon immer noch spüren.

Der dicke Mann blickte zum Rais hinüber. »Er hat recht. Du bist wunderschön. Wie heißt du?«

»Julia Gonzaga. Mein Vater und mein Gemahl sind beide Mitglieder des Consiglio. Sie werden Euch für meine Rückgabe reichlich belohnen.«

Wieder lächelte der fette Mann. »Mein Sultan wird mich noch reicher belohnen«, sagte er. »Gestatte, daß ich mich vorstelle. Mein Name ist Mehmet Ali-Osman. Ich bin der Beg von Algier, im Dienst von Sultan Süleyman, dem König der Könige, Herrn über alle Herren, Gebieter über die sieben Weltreiche.« Er mimte eine Scheinverbeugung. »Ich bin sein lebenslanger Diener. So wie du von jetzt an.«

»Ich bin niemandes Dienerin.«

»Du bist zu stolz. Stolz und Schönheit treten oft gemeinsam auf, aber das hat nichts zu bedeuten.«

Er ging um sie herum, und Julia spürte, wie er sie mit den Augen detailliert inspizierte. Sie ertrug diese neuerliche Demütigung, indem sie starr auf den weißen Sand blickte. Er betrachtete sie wieder von vorn, streckte dann seine plumpe Hand aus und drückte sanft ihre Brust, so als wolle er ein Stück Obst prüfen. Julia schrie auf und wich bebend zurück.

Der Rais schimpfte auf sie ein, aber der Beg schüttelte den Kopf und brach in schallendes Gelächter aus. »Deine Schamhaftigkeit wird dir jetzt nicht viel nützen, Bellissima!«

Er wandte sich dem Rais zu, und fünf Minuten lang tobte ein heftiger Streit zwischen ihnen. Julia konnte nichts davon verstehen, aber am Gesichtsausdruck des Piraten und aus der Art, wie er redete, wagte sie, die Hoffnung zu schöpfen, daß er gleich sein Schwert ziehen und den Beg an die Wand heften würde. Nie zuvor hatte sie irgend jemanden so sehr gehaßt wie diesen fetten kleinen Mann, der es gewagt hatte, ihr Schamempfinden zu verletzen.

Dann aber langte der Beg in die Falten seines Gewandes und holte einen Lederbeutel hervor. Er öffnete ihn, schüttete sich eine Anzahl Goldmünzen in die Hand und übergab sie dem Rais, der daraufhin lachte und dem Beg auf die Schulter klopfte, als seien sie beide lebenslang Freunde gewesen. Die Feindschaft, die wenige Minuten zuvor geherrscht hatte, war plötzlich verschwunden.

Dann ging der Rais, und sie war mit Mehmet Ali-Osman allein.

»Julia, meine Bellissima, jetzt bist du ein Mitglied von Sultan Süleymans Kullar, seiner Sklavenfamilie. Gesegnet sei der Tag!«

»Mein Vater …«

»Deinen Vater gibt es nicht mehr und deinen Gemahl auch nicht. Der Kislar Aghasi wird mich gut bezahlen für solch eine Schönheit, wie du es bist! An dir werde ich einen zehnfachen Profit verdienen.« Er klatschte in die Hände, und zwei turbanbehelmte Soldaten traten aus dem Schatten. »Bringt sie nach innen und bewacht sie gut. Achtet darauf, daß man ihr zu trinken und zu essen gibt. Wer weiß, vielleicht ist sie eines Tages die Mutter des nächsten Sultans!«

Während man sie fortführte, hörte sie, wie Mehmet Ali-Osman sich wieder auf seine Kissen niederließ und sein Gelächter in dem leeren Hof widerhallte.

Grenzenlos glitzerte ringsum das blaue Meer und schmerzte in den Augen; plötzliche, heftige Sommerstürme kamen auf und hinterließen sie stöhnend und schwach vor Übelkeit, und es gab kein Entrinnen vor dem scheußlichen Geruch aus der Bilge oder dem Geruch nach Erbrochenen, der sich festgesetzt hatte. Woche um Woche durchsegelten sie das Osmanische Reich und sahen ab und zu die Umrisse von Inseln oder einer entfernten Küste.

Julia fühlte sich die ganze Zeit über krank, seekrank, verlassen und war voller entsetzlicher Angst. Die Türken beobachteten sie mit glänzenden, gierigen und harten Augen, aber niemand von ihnen wagte es, sie zu beleidigen oder zu berühren. Sie war jetzt Fleisch, das dem Sultan gehörte.

Sie brachten ihr Essen, das kaum genießbar war, aber sie stellte fest, daß es derselbe Brei aus Reis und getrocknetem Fleisch war, den sie selber aßen. Sie gaben ihr eine Kabine unter Deck, die jede Nacht von zweien aus der Mannschaft bewacht wurde. Aber obwohl sie jedesmal, wenn sie auf Deck ging, ihre Augen auf sich spürte, sprach keiner von ihnen mit ihr oder machte auch nur irgendwelche Anstalten, sich mit ihr zu verständigen.

Einmal starrte Julia in das Wasser und erwog ernsthaft, sich über den Bootsrand fallen zu lassen. Aber ein Teil von ihr klammerte sich immer noch an eine Hoffnung. Ihr Vater würde dafür sorgen, daß sie befreit würde. Sie war jetzt noch keine Sultanshure. Bis sie in Stambul ankäme, hätte er von ihrer Entführung Nachricht erhalten, und eine Gesandtschaft des venezianischen Botschafters würde am Hafen warten, um die Lösegeldsumme auszuhandeln.

Sonnenaufgang, Sonnenuntergang über einem endlosen blauen Meer.

Eines Morgens kam Julia nach oben auf das Deck, und vom Dunst verschleiert erhoben sich vor ihr die lilafarbenen Berge Anatoliens aus dem Horizont. Einige Stunden später legten sie in Smyrna an, und die Mischung aus Erleichterung und Entsetzen versetzte sie in Aufruhr. Endlich. Das Warten war beinahe vorüber.

Ein paar Tage später segelten sie bei Sonnenuntergang an Troja vorbei und durch den engen Flaschenhals der Dardanellen in das milchige Blau des Marmara Denizi; sie warteten mit gelichtetem Anker auf die Morgendämmerung.

Die Wasseroberfläche war ruhig, glänzend und grau wie ein Schwertblatt. Stambul erhob sich aus der Dämmerung wie eine Hand aus dem Nebel, wobei die spitzen Minarette der Hagia Sophia wie Finger in den Himmel zeigten. Das Sonnenlicht reflektierte von den goldenen Kuppeln der Moscheen, die an den Seiten der sieben Hügel aufgereiht lagen, und es verjagte die Nebelschwaden, die sich am Fußende der seewärtigen Mauern und an der herausragenden Serailspitze zusammendrängten. Auf dem Wasser wimmelte es von griechischen Karamusalis und wendigen Kajiken. In einer Entfernung von nur hundert Metern konnte sie auf einer gehißten Flagge sogar den venezianischen Löwen ausmachen, und sie verspürte einen beinahe körperlichen Schmerz. So nahe!

Dann hatten sie die Spitze umrundet und befanden sich innerhalb des gebogenen Armes des Goldenen Horns. Hier wurde sie aber von keiner Gesandtschaft aus La Serenissima erwartet, und Julias Finger klammerten sich fest um die Reling. Sie schloß die Augen und begriff, daß alles, was ihr einmal etwas bedeutet hatte, von jetzt an Vergangenheit war.

34

Manisa

Gülbehar beobachtete die Reiter von den vergitterten Fenstern des Palastes aus. Die Hufeisen der Pferde hallten auf den glatten Steinen der Römerstraße und erzeugten einen Widerhall an den Talwänden. Der Klang erinnerte sie an die Glocken, die in der Abgeschiedenheit des Eski Sarayi in Stambul stündlich geläutet wurden. Welch eine andere Welt als diese, dachte sie. Sie vermißte weder die staubigen Treppenfluchten noch die zugigen Zimmer; aber sie hatte Verlangen nach *ihm*. Als sie seine Kadin gewesen war, hatte sie seine Wärme gespürt. Bei aller Freiheit, die ihr neues Leben ihr bot, war ihr Bettlager jetzt ständig kalt.

Wenn Mustafa nicht wäre, hätte sie jetzt gar nichts.

Die Abendsonne hatte sich hinter den Hügel gesenkt, und die Gersten- und Weizenfelder waren in einen sepiafarbenen Schleier gehüllt. Der Geruch nach Brennholz lag in der Abendbrise.

Die Reiter kamen näher. Sie konnte sie jetzt deutlich erkennen. Es waren ein Dutzend Männer; einer ritt den anderen voraus, und auch aus dieser Entfernung erfüllte seine donnernde Stimme das Tal. Er war blond, hatte einen Bart und trug ein weitgeschnittenes Gewand mit Turban. Quer über seinem Sattel lag ein Hirsch, dessen Hals von einem Pfeil durchbohrt war. Blut war aus der Wunde getreten und hatte die Flanke des Pferdes besudelt.

Mustafa.

»Nun denn. Wir werden Wildbret speisen«, murmelte Gülbehar vor sich hin. Ihr Sohn sah sehr zufrieden mit sich aus. Zweifelsohne würden sie den ganzen Abend lang in Jagdgeschichten schwelgen.

Er reitet wie ein echter Schahsade, dachte sie, während sie ihn betrachtete. Er läßt sich weder durch seine Jugend noch durch seinen Mangel an Erfahrung beirren. Er rief irgend etwas, das im Winde verlorenging, und die anderen Spahis lachten lauthals. Was für ein Sohn! dachte Gülbehar. Er war ein exzellenter Reiter und Jäger und hatte sich auch in der Mathematik, in den Sprachen und ebenso im Koran hervorgetan. Jetzt schon konnte er genausogut persisch und italienisch sprechen wie türkisch. Er war bei den Janitscharen und Spahis beliebt und war trotz seiner erst achtzehn Jahre schon seit vier Jahren Gouverneur von Manisa.

Jetzt schon hieß es, daß er der herausragendste aller Osmanensultane werden und seinen Vater sogar noch übertreffen würde. So viele Talente, und so wenige Fehler. Ah, dachte Gülbehar, aber man kennt dich nicht so gut wie ich. Du hast einen Fehler, und du kannst ihn nicht selbst sehen. Und der wird dich umbringen, wenn ich dich nicht rette.

Die Reiter passierten die große Pforte aus Eiche und Eisen und stiegen im Hof von den Pferden ab. Mustafa schwang sich von seinem Pferd, schaute zum vergitterten Fenster hinauf und winkte, immer noch lachend, nach oben. Er konnte sie natürlich nicht sehen. Aber er wußte, daß sie dort sein und zuschauen würde.

Ein solch edler junger Sohn. Ein solcher Löwe.

Ein solches Lamm.

Die Jahre des Exils hatten sie verändert. Nicht körperlich – obwohl man bei guter Beobachtung die feinen Linien erkennen konnte, die Bitterkeit, die ihre Augen und Mundwinkel gezeichnet hatte –, aber am Herzen der Rose des Frühlings waren Dornen gewachsen. Ihre Schönheit hatte sie früher einmal passiv gemacht, weil sie ihr alles gegeben hatte; und von ihrer Veranlagung her hätte sie sogar den Verlust Süleymans ertragen können.

Aber sie würde nicht zulassen, daß man ihr Mustafa entrisse; sie würde nicht zulassen, daß jene Hexe ihrem Jungen auch nur ein Haar krümmte.

Sie aßen schweigsam. Mustafa war in überschwenglicher Stimmung von der Jagd zurückgekehrt, hatte ihr die Verfolgung des Hirsches dreimal beschrieben, ehe er ihre Verfassung wahrnahm und sich davon anstecken ließ. Im Hochgefühl seines eigenen Erfolges nahm er seiner Mutter die düstere Stimmung übel.

»Das Wildbret ist gut, nicht wahr?« fragte er dickköpfig, während er sich zum wiederholten Male einen Würfel des gebratenen, kräftigen Wildfleisches aus der Schale nahm.

»Köstlich«, murmelte Gülbehar. »Erzähl mir noch einmal die Geschichte von der Jagd.«

»Du bist nicht wirklich interessiert, Mutter. Laß uns keine Spielchen miteinander treiben.«

Gülbehar schaute zu ihm auf. Sogar im Sitzen überragte er sie bei weitem. Mit achtzehn war er über sechs Fuß hoch gewachsen, hatte einen seidigen bronzegoldenen Bart und eine einschüchternde körperliche Präsenz. Seine Augen waren leuchtend und flink, spiegelten seine Leidenschaft und ruhelose Kraft und waren ständig in Bewegung. Er erinnerte sie an ihren eigenen Vater – einen montenegrinischen Bergräuber.

»Was ist los?« fragte er schließlich.

»Wir müssen über deine Zukunft nachdenken«, sagte Gülbehar.

»Meine Zukunft?« Er lachte. »Vor mir liegt die allereinfachste Zukunft, die ein Mann haben kann. Im Augenblick bin ich der Gouverneur von Kütahya. Eines Tages werde ich der Sultan der Osmanen sein.«

»Wirst du das wirklich?«

Das Lächeln verschwand. »Mutter, bitte.«

»Es dauert jetzt schon vier Jahre. Dein Vater fragt immer seltener danach, dich zu sehen. In der Zwischenzeit schmeichelt sich die Hexe immer weiter in seinen Hofstaat ein …«

»Er ist mein Vater. Das genügt. Wie er seinen Harem führt, geht mich nichts an.«

»Du bist blind.«

»Du witterst überall Verschwörung.«

»Sie hat versucht, dich zu vergiften!«

»Es gibt keinerlei Beweis dafür.«

»Wer sonst würde dich gerne tot sehen?«

»Die Osmanen haben viele Feinde.«

Gülbehars Hände krampften sich in ihrem Schoß zusammen. Die Knöchel wurden weiß. »Sie war es. Du stehst ihr im Weg zum Thron für ihre Brut.«

»Mein Vater würde mich niemals verraten.«

»Er weiß noch nicht einmal, was direkt vor seiner Nase geschieht.«

»Was denkst du denn, daß ich tun soll?«

Gülbehar senkte den Blick. »Du hast viele Freunde an der Hohen Pforte. Vielleicht ist es an der Zeit, daß du darüber nachdenkst, wie du sie einsetzen kannst.«

»Zu welchem Zweck?«

»Dein Großvater hätte dir das beigebracht.«

Mustafa wurde blaß. »Ich werde meine Hand nicht gegen meinen Vater erheben. Das ist eine Sünde vor Gott.«

»Es gibt größere Sünden. Sie werden in diesem Augenblick im Palast von Stambul begangen.«

Mustafa hob einen Finger nach oben, und einer der Taubstummen eilte mit einer Schale parfümierten Wassers vor. Er wusch seine Finger und streckte sie aus, damit sie abgetrocknet würden. »Der Thron wird mir zukommen nach Gottes Willen. Ich werde meine Hand nicht gegen meinen eigenen Vater erheben.« Er langte herüber und nahm Gülbehars Hand in die seine. »Ich liebe dich, Mutter. Aber du siehst überall Gespenster.« Er lächelte plötzlich. »Wenn Hürrem meine Feindin ist, wird sie sich zu gegebener Zeit dafür verantworten müssen. Aber ich werde ihm keinen Schaden zufügen.«

Nachdem er gegangen war, klatschte Gülbehar in die Hände und wartete, bis die Pagen die Speiseschüsseln aus dem Zimmer trugen. Lange Zeit über saß sie da und brütete still vor sich hin. Dann veranlaßte sie, daß eine ihrer Mägde Güzül herbeiholte.

Niemals zuvor in ihrem Leben hatte Julia etwas so Häßliches gesehen.

Der Kislar Aghasi war jung, vielleicht nicht älter als sie selbst. Er war in einen Kaftan aus geblümter Seide gewandet, mit einer breiten Schärpe um die Taille, und darüber trug er einen langen smaragdgrünen Mantel, der mit Hermelin gefüttert war und dessen bodenlange Ärmel auf der Erde schleiften. Auf den plumpen kleinen Fingern, die ungeduldig auf der Thronlehne trommelten, saßen dicke Rubine. Auf seinem Schoß döste schnurrend eine weiße Katze.

Nicht eines dieser eleganten Details konnte die Tatsache verbergen, daß er unanständig fett war. Massige Fettwülste wabbelten unter den Falten seines Gewandes. Und erst sein Gesicht: es sah aus, als wenn ein Bildhauer es aus Lehm geformt hätte, es dann abscheuerfüllt von sich geschlagen hätte – und ihm dabei alle vorstehenden Konturen genommen und das Gesicht verwischt und verzerrt hinterlassen hätte.

Auf der langen Reise von Algier hatte Julia etwas Türkisch gelernt, und sie hörte, wie er abgehackt mit einem der Wächter sprach, die sie gebracht hatten. Sie vernahm vertraute Wörter. »Giaur«, »Beg von Algier«, »Frau«.

Er deutet auf sie. »Nimm ihr den Schleier weg.«

Ebenfalls auf der langen Seereise hatte Julia gelernt, daß sie sich weitergehende Demütigungen ersparen konnte, wenn sie solche Befehle selbst ausführte, anstatt sich von dreckigen Händen berühren zu lassen. Nachdem er die Worte gesprochen hatte, langte sie hoch und schob den Spitzenstoff der Mantilla nach oben.

Vor ihren Augen unterzog sich das Gesicht des Kislar Aghasi einer erstaunlichen Wandlung. Es sah aus, als ginge ein Zucken durch seinen Körper, so als ob man ihm ein Messer in den Rücken gestoßen hätte. Seine Kinnlade fiel herab.

Er sprang auf die Füße, und der schwere Thron krachte hinter ihm auf den Marmorboden. Er zeigte mit dem Finger auf sie und brüllte: »Bringt sie fort, ich will sie nicht sehen!«

Die Wächter gafften und waren fassungslos über diese Reaktion.

»BRINGT SIE FORT, ICH WILL SIE NICHT SEHEN!« schrie er noch einmal, und dann war er weg und schlug eine Tür hinter sich zu. Die Wächter griffen sie bei den Armen und führten sie fort.

Der Kubbealti, die Halle des Diwan, war der Dreh- und Angelpunkt des Reiches, um sie drehte sich das riesige Rad der Befehlsgewalt, dessen Speichen bis nach Algier, Griechenland und Ungarn, bis zur Krim, nach Persien und Ägypten reichten. Achtzig Jahre lang hatten osmanische Sultane vier Tage lang jede Woche in den kleinen Gemächern unter dem Wachturm des zweiten Innenhofes hofgehalten, von Samstag bis Dienstag, und Bittgesuche entgegengenommen, rechtliche Anliegen geregelt, ausländische Gesandtschaften empfangen und alle außenpolitischen und staatspolitischen Angelegenheiten entschieden. Alle Dinge, von unbedeutendsten Auseinandersetzungen zwischen Kaufleuten bis hin zur Kriegserklärung, wurden hier verhandelt.

Am Morgen des Diwan erstreckte sich eine lange Schlange in völligem Stillschweigen durch den Garten des Zweiten Innenhofes, dann warteten die Bittsteller auf ihr Recht, ihren Fall vor dem Sultan auszubreiten. Mit einem Turban aus schneeweißem Musselin und einem Kaftan aus weißem Satin saß Süleyman auf einem gepolsterten Podium der Tür gegenüber, den Großwesir hatte er zu seiner Rechten, die Kaziasker von Rumelien und Anatolien, den europäischen und asiatischen Provinzen des Reiches, saßen direkt hinter ihm. Agas, Paschas und Muftis saßen auf beiden Seiten nach dem ihnen beigemessenen Rang, Sekretäre und Notare auf dem Fußboden, bereit, mit Federkiel und Pergament die imperialen Anordnungen und Urteile aufzuzeichnen.

Nur der Sultan hatte das Recht, zu sprechen. Andere konnten ihre Meinung nur auf Nachfrage äußern oder wenn sie zu einem besonderen Punkt weltlichen oder religiösen Rechts konsultiert wurden, der ihr Spezialgebiet war. Die Verfügungen des Sultans waren endgültig.

Aber es hatte den Anschein, als sei Süleyman der mühsamen Entscheidungsrechte seiner Macht überdrüssig geworden. Er hatte seine Aufgaben an Ibrahim übertragen, der nun dem Diwan an seiner Stelle vorstand, und der dem Sultan zweimal in der Woche seine Entscheidungen vorlegte, um sie von ihm verabschieden zu lassen. Hoch über Ibrahims Diwan war ein kleines, vergittertes Fenster in die Wand gebrochen worden, damit Süleyman die Verhandlungen jederzeit verfolgen konnte, aber Ibrahim wußte, daß er selten da war.

Währenddessen verzehrte sich Ibrahim in großer Sorge ob der Veränderungen, die er bei Süleyman beobachtet hatte. Vielleicht waren sie zu schnell zu hoch gelangt. Sie hatten Rhodos und Belgrad erobert und die Ungarn und ihren König bei Mohács vernichtend geschlagen. Süleyman hatte erreicht, was seinem Vater, ja was sogar dem legendären Mehmet Fatih nicht gelungen war, und seine Größe war erwiesen. Seit ihrem letzten Feldzug nach Wien war er in sich gekehrt und desinteressiert.

Das war das Werk der Hexe, dachte Ibrahim.

An diesem besonderen Morgen mußten die Bittsteller warten, während der Sultan sich mit seinen Generälen über die militärischen Aktionen in den Kriegsgebieten im bevorstehenden Sommer beriet. Ibrahim gestattete dem Mufti, zuerst zu sprechen.

»Früher oder später muß sich der Sultan um den persischen Schah Tahmasp kümmern, der es wagt, die Abtrünnigen der Scheria bei sich zu beherbergen und mit seinen Reitern Raubzüge gegen unsere Grenzen zu unternehmen. Er versündigt sich am Islam. Es ist die Pflicht des Sultans, ihn zum Gehorsam zu bringen!«

Ibrahim neigte seinen Kopf in Ehrerbietung vor dem islamischen Richter, obwohl er tief im Innern den Kopf des Scharlatans lieber auf einen Eisendorn über der Pforte der Glückseligkeit gespießt hätte. Er wandte sich an die anderen Generäle. »In der Tat, ich stimme dem Mufti zu. Der Schah ist wahrhaftig eine Beleidigung für Gott und den Sultan. Sollten wir aber mit einer Kanone auf Spatzen schießen? Obwohl Schah Tahmasp sich zweifelsohne gegen den Islam gewandt hat, ist das größte Geschenk, das wir Gott machen können, der Fang des Grünen Apfels.« Das bezog sich auf Rom. In der Tat wurde jeder Sultan, ehe er den Thron der Osmanen bestieg, vom Aga der Janitscharen traditionell gefragt: »Kannst du vom grünen Apfel abbeißen?« – was bedeuten sollte: »Kannst du uns Rom ausliefern?«

Ibrahim hielt einen Moment inne, um seine Worte wirken zu lassen. »Zweifelsohne ist doch der Mann, der sich selbst den Heiligen Römischen Kaiser nennt, unsere größte Bedrohung? Im Augenblick hat er an seiner südlichen Flanke Schwierigkeiten mit Franz; der christliche Ketzer Luther entfacht in Deutschland einen Aufstand gegen den Papst; Karls eigene Edelleute sind untereinander in Fehden verwickelt. Wenn unser Feind am schwächsten ist, ist die rechte Zeit zum Zuschlagen. Wiens Stadtmauern sind reif zum Zusammenfallen, und dann wird die ganze Christenheit vor unserem Ansturm erzittern!«

Er wandte sich an den Aga der Janitscharen. »Was meinst du, Achmed?«

Der Aga wägte bedächtig ab. Er erinnerte an Rhodos. »Solange unser Suppentopf gefüllt ist, mein Herr, werden wir essen. Meine Männer sehnen sich nach einer neuen Gelegenheit, ihre Schwerter blutig zu machen.«

Ibrahim wendete sich den anderen Generälen zu. Mahmut, der Aga der Spahis, und Cihangir, der Kaziasker von Rumelien, sprachen sich beide für Wien aus.

»Wir können mit dem Ketzer Tahmasp jederzeit fertig werden«, argumentierte Cihangir. »Aber Ferdinand ist jetzt am schwächsten. Laßt uns zuschlagen und unserem Padischah Wien zu Füßen legen!«

Ibrahim lächelte. Seit ihrem letzten großartigen Sieg waren sechs Jahre vergangen. Kein Weltreich konnte auf der Stelle stehenbleiben. Die Ghasis wußten das; sobald ein Mann von seinem Pferd abstieg, begannen seine Muskeln, weich zu werden. Vielleicht würde auch Süleyman sich auf dem langen Weg nach Wien wieder fangen und das Haremsmädchen vergessen, das ihn schwach machte.

»Dann ist es entschieden«, sagte Ibrahim. »Der Sultan wird nach Wien gehen.«

35

Der Eski Sarayi

Als sie das erstemal hierhergekommen war, war sie vor Entsetzen und vor Scham fast wie gelähmt gewesen. Nicht in tausend Jahren hätte sie sich solch einen Ort ausdenken können! Julia konnte sich überhaupt nicht daran erinnern, jemals irgendwo anders als in ihrem eigenen privaten Bad nackt gewesen zu sein. Und sogar dort hatte sie sich ohne Kleider sündig gefühlt. Hier aber, im Palast der Heiden, schienen die Frauen Vergnügen daran zu finden.

Man hatte ihr die Kleider fortgenommen und sie zum Baden

gezwungen – die Bademeisterin hatte angesichts des Geruches ihrer Kleider vor Abscheu finster vor sich hin gemurmelt –, und dann hatte man ihr zugemutet, sich einer Prozedur zu unterziehen, die für jede christliche Frau das Erniedrigendste war, was man sich nur vorstellen konnte. Man hatte sie vollkommen rasiert, unter den Armen, in den Nasenflügeln, den Ohren, und – sogar jetzt schloß sie noch die Augen, wenn sie daran dachte. Es gab keine Worte für das, was sie fühlte. Sie hatten sich unerhört an ihr vergangen, und sie wußte, daß sie jetzt niemals mehr nach Hause zurückgehen konnte. Niemals mehr konnte sie zur La Serenissima heimkehren und ihrem Vater oder ihrem Ehegemahl in die Augen blicken. Sie würden es wissen. Sie war geschändet, und sie schämte sich.

Sie war vollkommen gefühllos. Sie konnte sich nicht vorstellen, daß man ihr noch etwas Schlimmeres antun könnte.

Das Baderitual erneuerte ihre Qualen immer wieder. Jeden Tag zwang man sie herzukommen, sich vor den Augen der anderen Frauen auszuziehen, zu baden und sich den Aufwartungen der schwarzen Gedikli zu unterziehen. Sie versuchte, den Blickkontakt mit den anderen Frauen zu vermeiden, versuchte sich vorzustellen, daß sie nicht da wäre und das Gelächter und den geflüsterten Spott hinter ihrem Rücken nicht verstünde, obwohl sie überrascht war herauszufinden, daß sie die Sprache sehr gut verstand. In den letzten paar Wochen hatte sie die sehr schnell gelernt.

Hastig entfernte sie ihr Badehemd und glitt in das Wasser.

Am Rand des Bades suchten zwei Mädchen einander nach Haaren ab, eine mit einer Adlernase und haselnußfarbener Haut, die andere weiß wie Alabaster und mit unglaublich blauschwarzem Haar. Die Untersuchung wurde sehr intim, und Julia wußte, daß sie sich eigentlich abwenden sollte, aber eine schreckliche Anziehungskraft ließ sie zusehen.

Das nußfarbene Mädchen drückte ganz zwanglos die Beine des anderen Mädchens auseinander, wobei ihre Finger eine Linie um die Schamleiste der anderen beschrieben, bis hin zu den Schamlippen, die sie sanft auseinanderschob. Julia hörte, wie das andere Mädchen aufstöhnte und dann ein paar Koseworte flüsterte, die sie nicht verstand. Die Ägypterin kam näher an sie heran und begann, ihren Mittelfinger langsam zu bewegen, und Julia konnte erkennen, daß ihr Finger auf einmal in das andere Mädchen eingedrungen war.

Corpo di Dio! Noch eine Ungeheuerlichkeit, ein weiteres Bild der Hölle! Die zwei Mädchen vernahmen, wie ihr der Atem stockte, und die kleine Ägypterin drehte sich herum und lächelte sie an, machte sich lustig über sie. Das weißhäutige Mädchen hatte den Kopf zurückgeworfen, und ihr langes Haar wischte über die Kante des Marmorbades. Sie stöhnte, hob ihre Hinterbacken vom Marmor hoch und bewegte ihre Scham näher an die Finger des anderen Mädchens heran.

Julia schaute wie betäubt zur Seite und fing sich wieder, als sie in ein Paar der schwärzesten, tiefgründigsten Augen blickte, das sie jemals gesehen hatte.

»Du bist die Giaurin«, sagte die Frau.

Julia nickte. Giaur, das hatte sie gelernt, bedeutete Christ. Julias Wangen fühlten sich an, als brennten sie, und sie spritzte sich etwas Wasser darüber. Es war wie ein Alptraum, ein beständig sich wiederholender, schrecklicher, niemals endender Alptraum.

»Hab keine Angst«, sagte das Mädchen.

In ihrer Stimme lag eine Freundlichkeit, die Julia Vertrauen einflößte. »Was machen sie?« flüsterte sie.

Das Mädchen zog die Schultern nach oben. »Sie erleichtern sich von der Anspannung der Langeweile. Warum nicht? Es gibt keinen Mann, der es für sie tut.«

Julia blickte auf die schwarzen Wächter und wunderte sich, sagte aber nichts. Sie fühlte sich schon dumm genug.

»Wie heißt du?« fragte das Mädchen sie.

»Julia«.

»Ich bin Sirhane«, sagte das Mädchen. »Ich komme aus Persien. Mein Vater hat mich an die Devschirme verkauft.«

»Die Devschirme?«

»Das ist genau so etwas wie eine Steuer. Die Männer des Sultans kommen alle paar Jahre und nehmen die besten Jungen und Mädchen für den Hofdienst fort.«

»Das tut mir leid.«

Sirhane grinste. »Warum? Ich wollte kommen. Weißt du, was ich jetzt gerade tun würde, wenn ich nicht hier in diesem Bad liegen würde? Baumwolle pflücken! Was würdest du lieber tun?«

Julia antwortete nicht. »Sag mir etwas«, bat sie. »Gehören diese Frauen alle dem Sultan? Sind sie alle seine Ehefrauen?«

Sirhane lachte belustigt auf. »Natürlich nicht! Er hat nur zwei

Kadins, und eine von ihnen ist weit fort, in Manisa. Also bleibt nur noch Hürrem, und die wird alt, und deshalb gibt es für uns übrige Hoffnung.«

»Ich verstehe nicht. Sprich langsamer.«

Sirhane kam näher und legte zu Julias Entsetzen ihren Arm um sie. »Du wirst jemanden brauchen, der auf dich aufpaßt. Weißt du denn gar nichts, du Giaur?«

»Ich will nur nach Hause«, murmelte Julia.

»Hast du einen Ehemann?«

»Ja.«

»Ist er ein guter Liebhaber?«

Julia verstand das Wort für Liebhaber nicht und hätte auch nicht gewußt, was es bedeutete, wenn sie es verstanden hätte. Deshalb sagte sie. »Er ist ein alter Mann.«

»Warum dann noch weiter Tränen vergießen, Giaur? Wenn das Kismet dir wohl will, findest du vielleicht den besten Ehemann der Welt. Den Sultan Süleyman selbst!«

»Ich bin schon verheiratet.«

Sirhane lachte wieder. »Oh, Giaur, du mußt noch soviel lernen!«

Julia wußte instinktiv, daß sie eine Freundin gefunden hatte, und ihr Körper fing an, sich unkontrolliert zu schütteln. Alles was sie wollte, war, daß sich jemand ihrer wieder annehmen möchte, ihr erklärte, was geschah, ihr half, sie tröstete. Sie legte ihren Kopf auf Sirhanes Schulter. Sirhane umarmte sie, und Julia spürte die Wärme und die Weichheit ihres Körpers durch das Wasser; und der Duft, der sie umgab, erinnerte sie an ihre Mutter – ein uralter, geheimnisvoller Duft. Vorsichtig legte sie einen Arm um Sirhanes Hals und weinte. Sie konnte aber an nichts anderes denken als an ihren Beichtvater auf dem Campo Santa Maria dei Miracoli, und sie wußte, daß Venedig immer weiter von ihr wegrückte und daß sie selbst Gott entglitt.

Der Kislar Aghasi stand am vergitterten Fenster, welches das Hammam überblickte, und weinte.

Hätten sie mir doch lieber auf der Folterbank die Knochen gebrochen, als daß ich dies erleben muß, dachte er. Hätten sie mich doch lieber mit glühenden Eisen durchstochen, mich lieber mit eisenverstärkten Peitschen gepeinigt, als mir diese Tortur anzutun. Wenn ich nur den Mut dazu aufbrächte, hätte ich mir schon längst das Leben genommen.

Welcher Teufel in all den vielen Höllen hatte sich nur solch eine raffinierte Qual ausdenken können wie die, einen Mann aller Möglichkeiten zu berauben, eine Frau zu lieben, und ihm dennoch sein Verlangen genauso mächtig und stark zu erhalten, wie es in seiner Jugend gewesen war?

Durch Hunderte von kleinen runden Fenstern in der hochgewölbten Kuppel ergoß sich Licht in den Raum. Im Hararet war die Luft durch das sonnengelbe Streulicht, die Dampfschwaden und die Atemluft von mehreren hundert Frauen verhangen. Hier lagerten sie auf den angewärmten Marmorliegen, an den Beckenrändern, flochten sich gegenseitig die Haare und waren nackt bis auf die Gazehemden; andere glitten in die Badebecken, um sich dort das Wasser über die Brüste zu gießen oder genüßlich im warmen Wasser liegen zu bleiben und dabei zu lachen, zu schwatzen oder zu singen.

Durch die aufsteigenden Dampfwolken hindurch sah er Julias milchige Silhouette ins Badebecken gleiten und beobachtete, wie sich ein anderes Mädchen durch das Wasser auf sie zu bewegte und sie umarmte.

Seine Finger schlangen sich in ohnmächtiger Verzweiflung um das eiserne Gitterwerk des Fensters.

Er wäre lieber tot gewesen.

Und jetzt die Venezianerin.

Jetzt auch noch das.

Süleyman betrachtete den Säugling im flackernden Kerzenschein. Er war so dünn, so blaß. Vorsichtig streckte er die Hand aus und berührte den Rücken des Kindes, tastete über den grotesken Knoten an der Wirbelsäule, ließ seine Finger über die Beine streichen, die so dünn wie der Mündungslauf einer Arkebuse waren.

Hürrem beobachtete ihn und war überrascht. Er hatte ihren anderen Kindern im Säuglingsalter niemals irgendeine Art von Aufmerksamkeit gewidmet. Aber jetzt kam er oft und beschäftigte sich ausführlich mit diesem verwachsenen und ungestalten Sohn, den sie ihm jetzt geboren hatte.

»Nimmt er Nahrung zu sich?« fragte er sie.

»Die Ammen sagen, daß er wenig Appetit hat, daß er nicht gedeihen will. Sie glauben nicht, daß er überleben wird.«

Süleyman nickte mit dem Kopf und wandte sich wieder dem kleinen

Cihangir zu. »Du mußt ihn jeden Tag hochnehmen und ihm etwas vor-
summen. Das wird helfen.«

Hürrem starrte ihn mit offenem Mund an. »Jawohl, mein Gebieter.«
Sie wollte mit dem kleinen Monstrum nichts zu schaffen haben! Die
Geburt hatte sie fast umgebracht. Sie glaubte nicht, daß sie die furcht-
baren Schmerzen jemals vergessen würde.

Süleyman richtete sich auf, langte in seine Taschen und holte eine
Handvoll Goldmünzen hervor. Die gab er der Milchamme. »Küm-
mere dich gut um meinen Sohn«, sagte er. Er führte Hürrem aus der
Kammer.

Als sie allein waren, half Hürrem ihm, seinen Turban abzuwickeln,
und führte ihm den Kopf an ihre Brust. Hungrig schmiegte er sich an
sie und begann, an den Perlenknöpfen ihres Hemdes zu zerren. Sie
gewährte es ihm, daß er sie nahm und sich in ihr ergoß. Danach lagen
sie auf dem Diwan; sie hielt die Beine noch immer um ihn geschlungen,
und sein Kopf lag zwischen ihren Brüsten.

»Du machst Liebe wie ein Löwe«, flüsterte sie.

»Was täte ich nur ohne deine Lügen, kleine Roxelana?«

»Mein Gebieter hat Sorgen?«

»Diwan-Angelegenheiten.«

»Möchtest du darüber reden?«

Es war immer so. Zuerst war da die physische Wohltat ihres Körpers; danach befreite er sich auch von dem, was ihm auf der Seele lag.
Zuerst hatte es sie amüsiert, ihren Geist auf die Probleme der Politik
und der Macht zu konzentrieren, die er vor ihr ausbreitete. Es machte
ihr Freude, ihren Verstand an etwas anderem zu wetzen als an dem
Haremsklatsch und an den kleinen Problemen, die sich beim täglichen
Bad und bei der Enthaarungsprozedur ergaben. Süleyman schien an
den Antworten, die sie ihm gab, immer Gefallen zu finden, und mit der
Zeit erkannte sie, daß ihr Geist schneller war als der seine – obwohl sie
diesen Gedanken natürlich für sich behielt. Aber aus dem Spiel war
inzwischen etwas anderes geworden; es war jetzt ein Machtinstrument.
Weil Süleyman seine Probleme voller Vertrauen an sie herantrug, verschaffte ihr das Macht über ihn – und damit auch über Ibrahim.

Süleyman seufzte. »Es ist Frühling. In jedem Frühling ist es wieder
dasselbe. Meine Agas drängen mich zu einem neuen Feldzug. Sie wollen wieder nach Norden ziehen, gegen Wien.«

»Und was sagt Ibrahim dazu, mein Gebieter?«

»Ibrahim macht das lauteste Geschrei von allen.«

»Er sehnt sich nach Ruhm. Für den Islam, natürlich.«

Süleyman lächelte. »Ja, kleine Roxelana, natürlich.«

»Aber ich frage mich, ob es klug ist.«

»Sag mir, was du denkst.«

»Der Weg nach Wien ist lang. Vielleicht ist er zu weit, um eine Armee auf ihm zu führen, auch wenn es das Osmanenheer ist. Wenn man durch eine Tür gehen soll, muß man auch wissen, wie man wieder herauskommt.«

»Der wahre Preis ist Ferdinand. Oder sogar der Kaiser selbst!«

»Karl wird nicht kommen! Warum sollte er in einer Schlacht gegen die beste Armee der Welt alles riskieren? Er wird eine Entschuldigung für eine Verzögerung finden. Du wirst ihn nicht in Wien vorfinden. Wenn du dich für den Winter zurückziehst, wird Ferdinand kommen und sich die Stadt wieder zurücknehmen, und alles wird sein, wie es vorher war. Du wirst nichts weiter vorzuweisen haben als einen langen Treck durch den Schlamm.«

»Ich kann den Heißhunger der Janitscharen keinen weiteren Sommer mehr zurückhalten.«

»Du hast mir berichtet, daß die Perser die östlichen Grenzen überfallen und unseren Mufti ermordet haben. Schicke sie doch nach Asien! Vielleicht dienen wir Gott besser, indem wir seine Richter erhalten.«

»Die Perser! Sie sind nicht mehr als Fliegen, die sich am Hinterteil eines Löwen zu schaffen machen. Wir müssen nur mit dem Schwanz klatschen, um sie zu vertreiben.«

»Vielleicht will Gott ja, daß wir seine Fliegenklatsche sind, obwohl dabei natürlich wenig Ruhm zu ernten ist.«

Süleyman lachte laut. »Was würde ich nicht dafür geben, dich gegen Ibrahim debattieren zu lassen!«

Hürrem hielt seinen Kopf in ihren Händen und fühlte schwach, wie das Blut in seinen Schläfen pulsierte. Dies ist alles, was ich habe, dachte sie. Wenn dieser Puls aufhört, hört für mich auch das Leben auf. Bis ich irgendeinen Weg finde, mich von diesem Fluch Mustafa zu befreien, muß ich versuchen, dich aus jedem Schaden herauszuhalten.

»Geh nicht, mein Gebieter.«

»Geh nicht?«

»Laß Ibrahim die Bürde tragen. Laß ihn den Ferdinand durch den österreichischen Dreck jagen!«

»Ausgeschlossen! Wenn meine Armee in die Schlacht zieht, muß ich an ihrer Spitze stehen. So ist es Recht und Sitte. Die Janitscharen erwarten das so.«

»Recht und Sitte! Wenn es dir nicht recht ist, was soll das schon bedeuten?«

»Ich kann nicht.«

»Liebst du den Krieg so sehr?«

»Du weißt, daß ich das nicht tue.«

»Warum dann also?«

»Es ist meine Pflicht, Hürrem.«

»Die Pflicht hat den König aller Könige zum Sklaven gemacht!«

Süleymans Kopf schnellte hoch, und auf der Stelle stand ihm große Verärgerung ins Gesicht geschrieben. »Das reicht jetzt!«

Hürrem schmiegte ihre Hände um seine Wangen und biß sich zerknirscht auf die Unterlippe. Innerlich verwünschte sie sich selbst. Sie hätte es besser wissen und ihn nicht ärgerlich machen sollen. Eine Wespe fing man mit Honig ein, nicht mit Essig! »Mein Gebieter, ich wollte dich nicht beleidigen.«

»Der Sultan der Osmanen hat immer an der Seite seiner Armee gestanden.«

»Es ist nur, weil ich dich so sehr liebe, mein Gebieter. Die Sommer ohne dich sind endlos. Und ich habe solche Angst, daß du eines Winters nicht zurückkehren könntest … Sei nicht böse auf mich.«

Süleyman nahm seine Hand von ihrer Mitte und legte sie ihr auf die Brust. »Genug von der Politik«, sagte er leise. »Ich werde in Ruhe darüber nachdenken. Jetzt will ich dich noch einmal haben.«

Sie legte ihm die Arme um den Hals und lächelte. »Du bist wirklich ein Löwe«, flüsterte sie ihm zu.

Er spürte, wie sich ihre warmen Schenkel um seine Taille schlangen und ihn hineinzogen. Glücklicher Sohn des Selim! dachte er. Daß er soviel in nur einer einzigen Frau gefunden hatte!

Morgen würde er vielleicht darüber entscheiden, wo er als nächstes losschlagen sollte. Heute abend würde seine Waffe auf ein freundlicheres Ziel treffen.

Ja, ein Löwe! Oh, glücklicher Sohn des Selim!

Die Mädchen des Harems waren in einem langen Schlaftrakt an der Seite eines steinernen Innenhofes untergebracht. Tagsüber wurden die Matratzen in Schrankwänden aufbewahrt, und am Abend wurden sie für die Mädchen zum Schlafen auf erhöhte Plattformen ausgerollt. Nur die Ikbals hatten ihre eigenen Wohngemächer.

Julia lag in der Dunkelheit auf ihrer Matratze und versuchte, sich die Erinnerungen des Tages aus dem Kopf zu vertreiben, aber sie konnte keinen Schlaf finden. Wenn der Schlafsaal oben auf den Mauern gelegen wäre, hätte sie sich nur zu gerne aus dem Fenster geworfen. Diese Tiere hatten ihr jeden Rest von Würde genommen! Sie war nicht mehr als ein Stück Vieh für sie.

Es ging nicht darum, daß man sie einem Mann zur Sklavin gegeben hatte; ihre eigenen Landsleute taten das auf ihre Weise vermutlich ebenfalls, ging es ihr durch den Kopf. Aber sie hatte erwartet, daß sich das Ganze privat abspielte, daß sie, auch wenn sie eine von vielen Ehefrauen sein sollte, nicht vor anderen Männern nackt zur Schau gestellt würde.

In ihrer Seelenqual zog sie die Knie hoch an die Brust. Sie hatte sich niemals vorgestellt, daß ein Harem so aussehen würde; tausend Alpträume hätten nicht diese Wirkung haben können.

Die ganze Nacht über lag sie wach, zu aufgebracht, um weinen zu können, zu verletzt, um schlafen zu können. Das war es dann also mit ihrem Priester und seinem Christengott. An dieser Stelle halfen sie ihr kein bißchen weiter.

36

Pera

Von dem Viertel, in dem der Bailo, der venezianische Botschafter, und alle anderen venezianischen Händler ihre Paläste gebaut hatten, überblickte man das gesamte Horn und schaute direkt nach Süden auf die Stadt und den Topkapi-Palast. Der üblichen venezianischen Bescheidenheit entsprechend nannte man dieses Vorort-Wohngebiet Communità Magnifica.

Hier hatte Ludovici einen kleinen Palast errichtet, mit einer Marmorterrasse, die auf angenehme Weise zum Wasser hin gelegen war. Von hier aus konnte er beobachten, wie seine eigenen Schiffe an der Serailspitze vorbei in das Marmara Denizi einsegelten, beladen mit türkischem Getreide, nubischen Sklaven, arabischen Pferden und orientalischen Gewürzen, die in Venedig sehr gefragt waren; auf ihnen hatte er sich sein eigenes Vermögen aufgebaut, seit er La Serenissima den Rücken gekehrt hatte.

Als einem unehelichen Sohn war ihm der venezianische Hof verschlossen. Während seine Kameraden sich die schwarzen Togati überzogen, hatte er sich nach Pera, der Ausländerkolonie in Stambul, aufgemacht und dort als Kaufmann etabliert. Da er sich weder seinen Gastgebern noch seinen früheren Landsleuten gegenüber besonders verpflichtet fühlte, hatte er sehr schnell gelernt, beide zu seinem eigenen Vorteil zu benutzen.

Sein Vater hatte ihm natürlich geholfen. Senator Gambetti kam Ludovicis Entscheidung, nicht in Venedig zu bleiben, sehr gelegen, hätte doch seine Gegenwart ihm als Togati Unannehmlichkeiten bescheren können. Gambettis Zechinen hatten die Geschäftsgrundlage gebildet, und Ludovicis Scharfsinn hatte das Unternehmen zur Blüte gebracht.

Der Anfang war schwierig gewesen. Der Gewürz- und Pfefferhandel war bei den großen Kaufmannsfamilien Venedigs und Genuas weitgehend in festen Händen. Ludovici hatte bald erkannt, daß die größten Gewinne durch Weizenschmuggel erzielt werden konnten.

Mit strengen, festgesetzten Preisvorgaben hatte Süleyman dem Export von türkischem Weizen Beschränkungen auferlegt. Aber Ludovici hatte bald herausgefunden, daß man als erfinderischer Mensch mit ein bißchen Wagemut und ein wenig Phantasie einen Weg an solchen Vorschriften vorbei finden konnte. Er charterte eine Flotte griechischer Karamusalis, die er in Schwarzmeerhäfen Getreide laden und zu den venezianischen Kolonien auf Kreta und Korfu transportieren ließ. Die türkischen Hafenpatrouillen zu meiden bedeutete nichts anderes, als sich darin auszukennen, welche Hand im Topkapi-Palast geschmiert werden mußte.

Privat verachteten ihn die anderen Mitglieder der Communità Magnifica, aber das hatte hier keinerlei Auswirkungen. Hier konnte er ohne ihre Schirmherrschaft Geschäfte treiben, und eine gute Heirat war für den Erfolg nicht notwendig. Er hatte sich sogar einen kleinen Harem zugelegt.

Er saß auf seiner Terrasse, nippte an zyprischem Wein und war zufrieden mit seinem Leben. Er besaß Geld, einen schönen Palast und, was noch wichtiger war: er hatte die Mittel, dem ganzen Rest der Communità Magnifica seine Verachtung unverblümt ins Gesicht zu schleudern.

Das einzige, was ihm fehlte, war ein Freund.

Einer seiner Eunuchen – die arme Kreatur hatte man in einem Sklavenlager am Nil dem Messer unterzogen; es war nahezu unmöglich irgendeinen unkastrierten jungen Schwarzen zu finden – erschien auf der Terrasse. Er wurde Hyazinth genannt – alle diese Eunuchen erhielten die Namen von Blumen –, und seine Gestalt war genauso wie die der Mehrzahl von ihnen: fett, bartlos und mit einer Tremolostimme.

»Es ist jemand da, der Euch sehen will, Exzellenz.«

»Wer ist es?«

»Er läßt ausrichten, er sei ein alter Freund von Euch«, antwortete Hyazinth, aber sein Gesicht und der Tonfall seiner Stimme verrieten Verwirrung.

»Hat er denn seinen Namen nicht genannt?«

Hyazinth schüttelte den Kopf. Ludovici war neugierig geworden. Ein alter Freund, vielleicht frisch aus Venedig angekommen? Das würde wieder bedeuten, Herablassung zu ertragen. »Bring ihn herein«, seufzte Ludovici.

Ludovici war auf alles gefaßt gewesen, nur nicht auf die Erscheinung, die ihn wenige Augenblicke später begrüßte. Der Mann trug eine schwarze Seidenferijde, deren Kapuze ihm das Gesicht bedeckte. Ludovici bemerkte, daß er unter der Ferijde einen seidenen Kaftan und weiche Lederstiefel trug. Er war mit Sicherheit kein Venezianer.

Beunruhigt stand Ludovici auf. »Wer bist du?«

Der Mann schob seine Kapuze zurück. Ludovici starrte ihn an. Es war schwer zu unterscheiden, ob es sich um einen Mauren oder einen Nubier handelte. Sein Gesicht war so sehr entstellt durch die Narbe, die sich über Nase und rechtes Auge furchte, daß er seine Gesichtszüge nicht deutlich erkennen konnte. Außerdem war er ebenso abscheulich fett wie Hyazinth. Sein Kopf war zum Tragen eines Turbans kahlrasiert. Ludovici wußte sofort, daß der Mann ein Eunuch war.

Wie aber ein alter Freund?

»Hallo, Ludovici«, sagte der Mann.

»Kenne ich dich?« Ludovicis anfängliche Unruhe war verflogen und hatte einer Mischung aus Neugier und Zorn Platz gemacht. Dieser Mann war deutlich sichtbar ein Sklave. Wie war er hierhergekommen? Und woher kannte er seinen Namen?

»Wer bist du?« fragte Ludovici erneut.

»Ich bin der Kislar Aghasi von Sultan Süleyman.«

Der Kislar Aghasi! Der Wächter der Glückseligkeit – das Oberhaupt über die Mädchen! Eine der mächtigsten Kreaturen im Harem des Sultans! Ludovici gaffte ihn an und war viel zu erstaunt, um etwas sagen zu können.

»Erkennst du mich nicht?«

Ludovici starrte ihn eine lange Zeit lang an. Als die Erkenntnis ihm dämmerte, kippte er sprachlos rückwärts auf seinen Diwan. Er spürte, wie sich ihm ein Kloß im Hals bildete, ganz so, als hätte er einen großen Stein geschluckt.

»Abbas«, sagte er weich.

Kanlica

Süleyman zügelte seinen Araber und sah zu, wie der Hühnerhabicht sich in Erwartung seiner Beute hoch oben auf der Luftströmung treiben ließ. Einen Augenblick lang neidete er ihm diese Freiheit. Dann rief er sich ins Gedächtnis, daß der Habicht durch Training und Anlage gezwungen war, jeden Tag am Ende der Jagd zu Panzerhandschuh, Lederkappe und Käfig zurückzukehren. Im Augenblick aber war der Vogel frei; so wie er selbst, wenn er hier war – bei der Jagd oder mit Hürrem. Hier konnte man den Wind spüren, sich mit ihm über die Erde erheben.

Ibrahim ritt seinen Hengst langsam durch das hohe Gras, um die Beute für sie beide aufzuscheuchen.

Süleyman beobachtete, wie der Habicht seine Flügel zu drehen schien, tiefer tauchte und sich wieder zurechtschüttelte.

Dann erspähte er mit seinen goldenen Augen das Opfertier ganz deutlich, das, aufgeschreckt durch den schweren Hufschlag von Ibrahims Pferd auf dem Erdreich, hundert Fuß unter ihm davonhuschte, und er ließ sich im Sturzflug herabfallen. Süleyman verfolgte seinen Fall und beobachtete, wie er dem Schwert eines Henkers gleich auf den Rücken des Hasen herabstieß und ihn mit messerscharfen Krallen packte. Der Hase kämpfte, zappelte einen Augenblick lang wild herum und war dann still. Der Vogel schlug mit seinen großen Schwingen und ließ sich auf sein Opfer nieder. Für einen Moment konnte Süleyman sehen, wie sich das Scharlachrot auf dem weißen Fell zwischen seinen Klauen ausbreitete.

Die Pagen stürmten vor, das Wild zu holen.

Es erschien Süleyman jedesmal eigenartig, daß die weiblichen Habichte sich besser eigneten für dieses tödliche Spiel; da sie größer und kräftiger waren als die Männchen, bevorzugten seine Falkner sie stets für ihre Arbeit. Das war doch der Menschenwelt so unähnlich!

Ibrahim kehrte mit breitem Grinsen zurück, den Habicht, dessen Kopf jetzt von einem ledernen Helm bedeckt war, hoch auf dem linken behandschuhten Arm. Hinter ihm trugen die Pagen die Trophäen des Tages: ein Dutzend Hasen und Kaninchen, die an Stangen festgebunden waren, und eine halbe Strebe mit Fasanen.

»Ein gutes Tagesergebnis«, rief Ibrahim.

»Die Sonne steht schon tief«, sagte Süleyman. »Wir sollten zum Kajik zurückkehren.«

Ibrahim gab seinem weißen Hengst die Sporen, damit er neben ihm in Gleichschritt fiel.

»Es ist lange her, seit wir das letztemal zusammen gejagt haben, mein Gebieter.«

»Zu lange, Ibrahim. In diesem Sommer sollte es viele solche Tage wie heute geben.«

Ibrahim antwortete ihm nicht sofort. »Ich wünschte, wir könnten uns auf einen solchen Sommer freuen«, sagte er schließlich. »Der Diwan hat zu einem erneuten Angriff auf den König von Spanien geraten.«

Der König von Spanien, dachte Süleyman und verzog belustigt sein Gesicht. Das war der besondere Spottname, mit dem Ibrahim Ferdinands Bruder Karl, den Römischen Kaiser, bedachte.

»Vor zwei Jahren haben wir Wien belagert. Weder Ferdinand noch sein Bruder sind damals gekommen. Was spricht dafür, noch einmal nach Norden zu gehen?«

»Wir sind damals in außergewöhnlichen Regenfällen steckengeblieben. Wenn wir damals schon unsere Kanone vor den Stadtmauern gehabt hätten …«

»Wie sollen wir Wien denn halten, nachdem wir es eingenommen haben? Ehe man zu einer Tür hineingeht, sollte man wissen, wie man wieder herauskommt.«

Ibrahim nickte zustimmend. Dies hörte sich nicht nach Süleymans eigenen Worten an, sondern klang wie eine Rede, die er einstudiert hatte. Süleyman erwog niemals Taktiken, sondern dachte immer nur an Pflichten.

»Wir müssen hinausziehen in die Kriegsländer. Es ist unsere Verpflichtung dem Islam gegenüber.«

Süleyman lächelte zum erstenmal. »Ach ja, richtig. Ich hatte vergessen, was für ein guter Muslim du bist, Ibrahim.«

Ibrahim fühlte sich durch diesen Seitenhieb getroffen, obwohl er wußte, daß Süleyman ihn nur verspotten wollte. »Wir können die Janitscharen keinen weiteren Sommer lang mehr in der Stadt lassen, mein Gebieter«, sagte er und bemühte sich, seiner Stimme die Verärgerung nicht anmerken zu lassen. »In ihrem Kampfhunger werden sie langsam ungeduldig.«

»Vielleicht sollten wir in eine andere Richtung schauen.«

»Zum Schah Tahmasp?«

»Die Safawiden versuchen, das abbasidische Kalifat mit ihrer Schia-Ketzerei anzustecken. Es gibt Berichte, denen zufolge man ein paar unserer Muftis getötet hat. Tahmasp unterstützt die Aufrührer und gewährt ihnen Unterschlupf. Man muß ihm eine Lehre erteilen.«

»Er ist nur ein kleiner Störenfried. Wir können ihn jederzeit zermalmen.«

Süleyman schaute mit Ernst auf seinen Freund. »Du träumst so sehr von Ruhm, Ibrahim, und vergißt dabei, daß unsere Pflicht manchmal in nicht mehr besteht als darin, Gewürm zu zertreten.«

Ibrahim beugte sich dieser Zurückweisung, spürte aber, wie sich in seinem Inneren Wut aufstaute. Er war erzürnt darüber, daß er es Süleymans schwerfälligem Geist ermöglicht hatte, den seinen auszumanövrieren. Irgend jemand mußte ihm Anweisungen gegeben haben.

»Karl ist der Römische Kaiser, der eingeschworene Feind unseres Glaubens. Er liegt gerade im Streit mit Rom, hat Ärger mit Luther, führt Krieg gegen Franz. Es gibt keine bessere Gelegenheit für einen Angriff als jetzt.«

»Was haben wir davon, wenn wir Wien einnehmen und Karl nicht dort ist? Einen entlegenen Außenposten, den er sich wiederholen kann, sobald wir uns zurückgezogen haben. Tahmasp ist eine viel unmittelbarere Gefahr.«

Der Hühnerhabicht auf seinem Handgelenk wurde unruhig. Er schlug mit den Flügeln um sich, und Ibrahim raunte ihm sanfte Töne zu, um ihn zu beschwichtigen. Er wußte natürlich, was hier geschah. Hürrem war die Ursache. Sie hatte sich wieder einmal dazwischengedrängt und Süleyman ihr Idiotengeschwätz ins Ohr geflüstert. Da wuchs eine Mauer zwischen ihnen heran. Süleymans sanftes Mahnen war neuerdings durch einen anderen Ton ersetzt worden.

»Wenn wir Wien erobern, liegt der Grüne Apfel in unserer Hand. Wir werden Karl endlich fortjagen.«

Süleyman sagte keinen Ton. Schwerer Pinienduft lag in der Abenddämmerung. Die Piniennadeln bildeten ein weiches Tuch unter den Hufen der Pferde und dämpften jedes Geräusch. Zwischen den Bäumen konnte Ibrahim sehen, wie sich Rosenfarbe über das Silber im Bosporus ergoß und die Umrisse der herrschaftlichen Barkasse verdunkelte.

»Es sei dir natürlich gestattet, zu entscheiden, Ibrahim. Du bist derjenige, der sie anführen wird.«

»Als Euer Seraskier, natürlich. Aber als Sultan –«

»Nein, Ibrahim. Ich werde dieses Mal nicht an deiner Seite sein. Du wirst in diesem Jahr meine Armeen befehligen. Es gibt viel zu tun in Stambul. Ich werde hier bleiben.«

Völlig überrascht zog Ibrahim die Zügel seines Pferdes an. Süleyman achtete nicht auf ihn. »Mein Gebieter!« Ibrahim gab dem Pferd wieder die Sporen. »Mein Gebieter!«

Über Süleymans sanften braunen Augen lag ein Schleier. Er weiß, daß es unrecht ist, dachte Ibrahim. Er will, daß ich es gutheiße, aber er weiß, daß es unrecht ist. »Das könnt Ihr nicht tun, mein Gebieter!«

»Bin ich nicht der Sultan? Der König der Könige darf nicht machen, was er wünscht?«

»Euer Platz ist an der Spitze Eurer Armeen!«

»Mein Platz ist da, wo immer ich ihn wünsche.«

»Die Janitscharen beziehen ihren Eifer ganz auf Euch! Wenn Ihr nicht bei ihnen seid, sie nicht anführt ...«

»Sie sind meine Soldaten. Sie müssen nach meinen Befehlen handeln.«

»Kein Sultan hat jemals ...«

»Ein Sultan macht die Tradition. Er befolgt sie nicht wie ein Sklave.«

»Ihr werdet ihr Vertrauen verlieren!«

Süleyman langte hinüber und griff in die Zügel von Ibrahims persischem Hengst. Er lenkte ihn sich zur Seite und beugte sich so über den Sattel herüber, daß sein Gesicht nur Zentimeter entfernt war von dem seines Wesirs, und Ibrahim konnte den heißen Atem spüren. »Ibrahim, du bist mein Freund und mein Wesir. Ich habe genug vom Krieg gehabt. Nimm mir diese Last ab. Übernimm meine Armeen. Gib ihnen mehr Leine. Sie wollen nur Blut sehen. Laß sie darin waten. Ich habe genug davon gehabt.«

»Ihr müßt es tun«, flüsterte Ibrahim.

»Ich bin fest entschlossen.« Süleyman richtete sich kerzengerade in seinem Sattel auf. Er legte seine Hand auf Ibrahims Schulter. »Ich vertraue dir, wie ich nie jemand anders vertrauen würde. Du bist mein Bruder. Tu es für mich.«

Er ritt voran, durch die Bäume hindurch auf das Wasser zu. Oh, großer Gott, dachte Ibrahim, als er ihm nachsah. Er meint das tiefernst.

Pera

Sogar seine Stimme hat sich verändert, dachte Ludovici. Nichts war übriggeblieben von dem jungen Mann, den er gekannt hatte; selbst die Hautfarbe hatte sich verändert. Sie war blasser, grauer, sah ungesund aus. An die Stelle der Vitalität und Leidenschaft, an die er sich erinnern konnte, war das Phlegma der Fettleibigkeit getreten; die glatten Züge waren durch Narbengewebe verzogen; das Feuer, das in seinen Augen gefunkelt hatte, war fast völlig erloschen. Es war Abbas, und doch war er es nicht.

Abbas sah ihm nicht in die Augen. Statt dessen starrte er auf das glitzernde Wasser des Horns, und seine Stimme wurde heiser, während er sich erinnerte. »Ich hätte auf dich hören sollen, Ludovici. Du hast versucht, mich zu warnen.«

»Ich wußte nicht, was mit dir geschehen war. Niemand wußte das.«

»Was geschah mit meinem Vater?«

Jetzt war es an Ludovici, die Augen abzuwenden. »Er fiel in Ungnade. Gonzaga brachte Anklagen wegen Trunkenheit gegen ihn vor den Consiglio. Er wurde aus seinem Amt als Oberster General entlassen. Ich glaube, daß er jetzt Soldat in Neapel ist.« Ludovici schüttelte den Kopf, unfähig, alles auf einmal zu begreifen. »Abbas, ich habe nichts davon gewußt. Niemand wußte, wo du hingegangen warst. Ich glaubte, daß du nur fortgerannt wärest …«

»Da gab es nichts, was du hättest tun können.«

»Es war Gonzaga, nicht wahr?«

Die Erinnerung an das Grauen und Entsetzen verschleierte Abbas' Augen. »Man hat mich verschnitten, Ludovici. Gleich dort im Laderaum der Galeote. Sie dachten, ich würde sterben, aber es war ihnen gleichgültig. Ich habe überlebt, obwohl ich mir seitdem jeden Tag gewünscht habe, daß es nicht so wäre. Aber Gott hat mir diese Gnade nicht gewährt. Statt dessen hat er zugelassen, daß ich auf dem Markt in Stambul verkauft wurde. Ich wurde als Page in den königlichen Harem gebracht. Der alte Kislar Aghasi entwickelte eine Vorliebe für mich und bereitete mich zur Übernahme größerer Verantwortung vor, obwohl das wahrscheinlich nicht rein zufällig war. Zum einen hatte ich eine Ausbildung, und ich konnte Türkisch und Arabisch sprechen, was keiner von all den anderen Nubiern kann.« Er schloß die Augen. »Auch wenn sich die Seele nach dem Tode sehnt, ist der Körper ein großer Überlebenskünstler, Ludovici. Ich lernte meine Aufgaben gut, und als der alte Kislar Aghasi starb, ernannte die Sultan Valide mich an seiner Stelle.« Er unterbrach sich und ließ den Kopf für einen Augenblick in die Hände fallen. Ludovici hatte das Bedürfnis, die Hand auszustrecken und ihn zu berühren, spürte aber voller Abscheu sich selbst gegenüber, daß er das nicht fertigbrachte.

Nach einer Weile fing Abbas sich wieder und erhob den Kopf von den Knien. »Sie haben ein Gespenst aus mir gemacht, Ludovici. Ein Gespenst, das läuft, spricht und atmet, aber Abbas ist nicht mehr da. Nicht der Abbas, an den du und ich uns erinnern.«

Ludovici wollte irgend etwas sagen, um ihn zu trösten, aber er fand keine Worte. Statt dessen fragte er: »Warum bist du nicht eher gekommen?«

Abbas lachte ohne Freude. »Wir wissen beide, warum nicht.«

»Warum bist du dann heute gekommen?«

»Weil ich deine Hilfe brauche.«

»Sag mir, was. Was auch immer es sei.«

Abbas schüttelte den Kopf. »Sei nicht so schnell dazu bereit, einem Fremden einen Gefallen zu tun, Ludovici.«

»Du bist kein Fremder.«

»Natürlich bin ich das! Wie könnte ich derselbe Mann sein nach all dem, was man mir angetan hat?«

Ludovici beugte sich vor. »Abbas, du warst einmal mein Freund. Ich werde dich niemals verleugnen.«

Abbas wandte sich zur Seite, und die Finger seiner linken Hand verirrten sich an seine Wange, an die Stelle, die der Dolch vor vier Jahren zerschnitten hatte – waren es erst vier Jahre gewesen? »Du mußt wissen, Ludovici, es hört nicht auf. Du verzehrst dich immer noch nach Frauen. Warum verschwindet das nicht?«

Ludovici ergriff seinen Arm. Na, sieh mal, was für eine Überwindung hatte das gekostet? fragte er sich selbst. Er ist kein Aussätziger. »Abbas, sag mir einfach, was ich für dich tun soll.«

Abbas schüttelte sich, als ob er aus einer Trance erwachte. »Erinnerst du dich an Julia Gonzaga?«

»Natürlich erinnere ich mich an sie.«

»Sie ist hier.«

»Hier in Stambul?« Unmöglich. Wenn sie in die Communità Magnifica gekommen wäre, hätte er davon gehört. »Wo?«

»Im Harem.«

»Wie bitte?«

»Sie ist von Korsaren gefangengenommen worden. Ich habe sie gesehen, Ludovici. Ich habe sie mit meinen eigenen Augen gesehen, und sie ist so wunderschön wie eh und je. Und mein Verlangen nach ihr ist immer noch genauso groß wie früher …«

»Abbas, bitte …«

»… aber ich kann sie nicht haben. Deshalb will ich, daß sie da herauskommt …«

»… das ist unmöglich! …«

»… Ich weiß, ich weiß. Aber es muß einen Weg geben, und ich kann es nicht allein schaffen!«

Ludovici schwieg für eine lange Zeit. »In Ordnung«, sagte er schließlich.

37

Ibrahim stand auf den Zinnen des großen Palastes, und seine Hände umklammerten die Steine voller Wut. Lange Zeit sagte er kein Wort und schaute mit starrem Blick zu, wie die Dämmerung über die rosaroten Mauern der Hagia Sophia einbrach und ebenso über die Kuppeln des unter ihm liegenden Palastes, der vom Turm des Diwan überragt wurde.

»Ich nehme an, daß es der Rose des Frühlings gutgeht«, sagte er.

Güzül betrachtete ihn in dem schwachen Licht. Er sah müde aus, und seine Schultern waren gebeugt. Der Hochmut, der ebenso zu ihm gehörte wie die stolze griechische Nase, fehlte völlig. Irgend etwas hatte ihn verstört. Was war das?

»Körperlich geht es ihr gut, mein Herr. Am Herzen aber ist sie krank. Das ist auch der Grund, warum sie mich hierher gesandt hat, um Hilfe zu erbitten von meinem Gebieter.«

»Ich bin, wie immer, ihr Diener«, sagte Ibrahim vorsichtig.

Güzül legte eine Pause ein. Dies war eine schrecklich heikle Angelegenheit. Gülbehar hatte ihr nachdrücklich eingeschärft, daß nichts von dem, was sie sagte, auf Papier festgehalten werden oder anderen Ohren als denen des Großwesirs selber anvertraut werden dürfe. »Sie hört Gerüchte, mein Gebieter.«

»Gerüchte gibt es überall.«

»Über die Herrin Hürrem.«

»Was für Gerüchte hört sie?«

»Daß sie den Herrn über das Leben selbst verhext hat.«

»Was im Harem geschieht, geht uns nichts an, Güzül. Und auch nicht deine Herrin, die Rose des Frühlings. Jedenfalls im Augenblick.«

»Sie fürchtet um ihren Sohn, mein Gebieter. Sie weiß, daß die Hexe sich gegen ihn verschworen hat.«

Ein kühler Wind begleitete die Abenddämmerung. Ibrahim schauderte. »Hat sie Beweise?«

»Nein, mein Gebieter.«

Ibrahim zog die Schultern hoch. Wenn es doch nur Beweise gäbe! »Was soll ich denn dann für deine Herrin tun, Güzül?«

»Sie hat mich gebeten, Euch nur eine Nachricht zu überbringen: wenn Ihr Euch selbst einmal bedroht fühlen solltet, dann wäre Mustafa bereit, Euch zu Hilfe zu kommen.«

Oh, Gülbehar, wie weit hast du es gebracht! dachte Ibrahim. Jetzt planst du selber eine Verschwörung, geradeso wie alle anderen in diesem Schlangennest! Er hatte das vorausgesehen, aber dennoch fuhr ihm der Schrecken darüber eiskalt in die Knochen. Allein aus dem Grund, an einer solchen Unterhaltung teilgenommen zu haben, könnte ein Mensch seinen Kopf auf dem Tor der Ergebenheit wiederfinden! Er wußte, mit welcher Botschaft Gülbehar die Zigeunerin betraut hatte: Hochverrat.

Wie scharfsinnig von ihr, zu erkennen, daß er jetzt auch bedroht war. Wenn Hürrem tatsächlich plante, Mustafa aus dem Weg zu räumen und sich selbst eine Machtposition zu erschleichen, müßte ihr fraglos bewußt sein, daß er sich ihr als Süleymans Freund und Berater unweigerlich in den Weg stellen würde.

Aber Hochverrat!

»Kam dies von Mustafa aus eigenem Antrieb?« fragte Ibrahim.

»Von Gülbehar, mein Gebieter.«

Obwohl es dämmrig war, konnte Ibrahim spüren, daß die alte Frau zitterte. Sie wußte ebenfalls genau, daß es furchtbar war, was man ihr zu tun aufgetragen hatte.

Sie muß in der Tat eine bemerkenswerte und schöne Frau sein, dachte er. Einen Monarchen unter ihre Regentschaft zu bringen und die Mutter des Schahsaden zu solch verzweifelten Maßnahmen greifen zu lassen!

»Du kannst der Rose des Frühlings eine Nachricht überbringen«, sagte Ibrahim. »Sag ihr, daß ich alles tun werde, was in meiner Macht steht, um ihr zu helfen. Ich bin ebenso besorgt wie sie. Aber sag ihr, daß ich niemals, niemals irgend etwas tun werde, um dem Herrn über das Leben Schaden zuzufügen. Eher würde ich sterben.«

»Ich werde ihr Eure Worte genau überbringen, mein Gebieter.«

»Noch eines«, fragte Ibrahim. »Hast du dieses Mädchen, diese Hürrem, einmal gesehen?«

»Ich habe sie oft gesehen, mein Gebieter.«

»Beschreibe sie mir.«

Güzül forschte in Ibrahims Gesicht und versuchte herauszufinden, was er vielleicht hören wollte. »Sie ist hübsch, mein Gebieter. Man würde sich schwertun, sie als schön zu bezeichnen, aber ihr ist eine gewisse Art zu eigen, welche die meisten Männer mögen …«

»Welche Haarfarbe hat sie?«

»Rotgold, mein Gebieter. Wie Weizen und Rost.«

»Und ihr Gesicht?«

»Sie hat zarte Knochen. Ihre Lippen sind ein wenig zu schmal, und ihre Nase ist etwas klein. Sie ist nicht weiter bemerkenswert, bis auf ihre Augen.«

»Ihre Augen?«

»Sie sind sehr grün und sehr leuchtend, mein Gebieter. Fast stechend in ihrer Intensität.«

Ibrahim versuchte, sich in Gedanken ein Bild von ihr machen, aber die Mosaikteilchen verschmolzen in seinem Kopf nicht zu einer Vorstellung. Sie blieb ein Hirngespinst für ihn, eine Krankheit, die in die Seele des Mannes eingedrungen war, der sein ganzes Leben geleitet und beherrscht hatte. Er wandte sich ab und stützte sich auf die Brüstung, das Gesicht zum Diwanturm gewandt, und seine Umrisse wurden grau vor dem dunkler werdenden Himmel.

»Danke, Güzül. Du kannst gehen.«

Güzül berührte den Steinboden mit der Stirn, dann erhob sie sich dankbar und eilte fort. Nachdem sie gegangen war, blieb Ibrahim stehen und beobachtete gedankenvoll, wie die Nacht sich senkte.

Ein Sandgebäude, dachte er und streichelte den kühler werdenden Stein. Sein Palast war nach dem Modell des Eski Sarayi, der dem Sultan selbst gehörte, gebaut worden; er hatte seine eigene Privatbarkasse, acht Ehrenwächter, und sein Gehalt war doppelt so hoch wie das des vorhergehenden Großwesirs. Er war zum mächtigsten Mann des Reichs aufgestiegen. Aber alles hing von der Freundschaft eines einzigen Menschen ab.

In jeder Hinsicht war er jetzt der Sultan. Er hatte den Vorsitz im Diwan, und er befehligte die Armee. Und doch hatte er das alles nicht angestrebt. Er war zufrieden gewesen in Süleymans Schatten; in der Tat war das eine Art von Freiheit gewesen. Aber Süleyman hatte ihn gebeten, die Lasten zu übernehmen, und er hatte das ohne Zögern getan in dem Bewußtsein, daß er der Aufgabe besser gewachsen war als der Herr über das Leben selbst.

Ein trügerisches, bröckelndes Sandgebäude.

Süleyman hatte seine Last auf ihn geladen und ihn jetzt mit seinen Zweifeln und seiner Einsamkeit allein gelassen. War er wirklich in Gefahr, wie Gülbehar gemeint hatte? Nein, Süleyman hatte ihm sein Wort gegeben. Was immer ihm die Hexe in der abgeschlossenen Welt seines Harems auch einflüsterte, Süleyman würde ihn niemals verraten. Was immer Süleyman auch sonst täte, das würde er niemals tun.

38

Der Eski Sarayi

Nachdem die Seeräuber sie gefangengenommen hatten, empfand Julia zunächst nichts anderes als Furcht. Sie war überzeugt davon, daß man sie quälen und töten würde. Sie hatte Angst vor den dunklen Männern mit den habichtähnlichen Gesichtern, vor der Wildheit in ihren Augen, und sie war überzeugt davon, daß all dieses Unerklärliche darin gipfeln würde, ihr Leid zuzufügen. Aber als sie dann erkannt hatte, daß man nicht vorhatte, ihr etwas Böses anzutun – daß sie auf irgendeine Weise wertvoll war –, da wurde die Angst abgelöst vom Gefühl der Verlassenheit, von einem schrecklichen, nagenden Schmerz, unter dessen Last sie mühevoll bestrebt war, sich an die fremden Gesichter, die fremde Umgebung und das fremde Essen zu gewöhnen.

An dem Tag, als sie die Türen des Harems hinter sich zuschlagen hörte, hatte sie begriffen, daß sie nie wieder würde zurückkehren können zu dem Leben, das einmal das ihre gewesen war. La Serenissima war für immer verloren. Sie hatte sich in ihr neues Leben gefügt, was auch immer es bringen mochte. Sirhanes Freundschaft vertrieb ihr sogar die Einsamkeit. Ein neues Gefühl trat an ihre Stelle, das ebenso mächtig wie unerwartet war:

Lebensfreude.

Niemals zuvor hatte sie über all das Elend in ihrem Leben ernsthaft nachgedacht; sie hatte ja kein anderes Leben, mit dem sie es hätte vergleichen können. Und obwohl sie in vieler Hinsicht nur den einen Käfig mit einem anderen vertauscht hatte, war ihr hier mehr Freiheit gewährt, als sie es in ihren Träumen je für möglich gehalten hätte. Hier war sie befreit von dem alten und kränkelnden Ehemann, den sie verabscheute; von der erstickenden Abgeschlossenheit ihres Hauses, in dem nur Dienstboten ihr Gesellschaft leisteten; vor allem aber war sie befreit von der schrecklichen körperlichen Isolierung.

Im Harem waren Bäder, Massage und Nacktheit alltägliche Begebenheiten. Langsam hatte sie begonnen, körperliche Empfindungen bei sich wahrzunehmen, und die Entdeckung hatte sie überwältigt. Sie hatte Sirhane gestattet, sie in den Baderäumen zu massieren, und täglich freute sie sich auf ihr Zusammentreffen im Hammam mit einer solch köstlichen Vorfreude, wie sie ihr zuvor völlig unbekannt gewesen war.

Außer vielleicht einmal. Bei Abbas.

So wie damals verdüsterte ihr auch jetzt der Schatten ihres Beichtvaters die Befreiung. Gott würde sie natürlich bestrafen. Aber dann fragte sie sich: wenn er gewollt hätte, daß sie pflichttreu bliebe, warum hatte er dann zugelassen, daß die Seeräuber ihre Galeere kaperten? Oder wollte er sie nur prüfen? Wohlan, wenn dies eine Prüfung war, so hatte sie sie nicht bestanden. Doch wo lag die Sünde? Sie hatte keinen Ehebruch begangen und sagte immer noch täglich ihren Rosenkranz auf.

Sie begann sich selbst einzureden, daß man ihr nichts vorzuwerfen habe. Und jeden Tag verblaßte der Schatten ihres Beichtvaters ein wenig mehr.

Mit dem Gesicht nach unten lag sie auf dem angewärmten Marmor und gestattete Sirhane, ihr den Rücken mit warmem Öl einzureiben. Es war drückend heiß im Hararet, und der Schweiß rann ihr unaufhaltsam von der Stirn in die Augen. Sirhanes Hände waren beruhigend, fast hypnotisierend. Sie wußte, daß sie genau dieses jetzt nicht wieder aufgeben konnte, weder für ihren Vater noch für den Dogen, noch sogar für die Heilige Jungfrau.

Diese Berührung durch ein anderes menschliches Wesen.

Sie sah zu den schwarzen Pagen hinüber, die als stumme Wächter an den Toren des Hammam standen. Sie dachte an Abbas. »Warum versuchen sie niemals, mit uns zu sprechen? Warum … fassen sie uns niemals an?«

»Einige von ihnen tun das …«, sagte Sirhane, und ihre Stimme klang verschwörerisch.

»Warum erlaubt der Sultan das?«

»Weil sie keine Männer mehr sind.«

Julia wußte, daß Sirhane sie für dumm halten würde, aber wen sonst konnte sie fragen? »Warum nicht?«

»Das weißt du nicht?« fragte Sirhane, aber anstatt Spott schwang Überraschung in ihrer Stimme mit. »Sie sind verschnitten worden«, sagte sie, und als sie begriff, daß Julia immer noch nicht verstand: »Man hat ihnen ihre Männlichkeit weggenommen. Sie können mit einer Frau keine Liebe machen.«

Julia schloß die Augen, während Sirhane ihre Nackenmuskeln bearbeitete und so sehr knetete, daß ihr die Tränen in die Augen schossen. »Hast du jemals Liebe mit einem Mann gemacht?«

»Natürlich.«

»Wie war das?«

Sirhane hielt ein. »Ich dachte, du wärst verheiratet.«

»Er war ein alter Mann.«

Sirhane fing wieder an und preßte ihre Knöchel tief in die Muskeln an Julias Wirbelsäule entlang. »Ich habe nur zweimal Liebe gemacht. Wenn mein Vater das gewußt hätte, hätte er ihn umgebracht.«

»Was passiert dabei?«

»Der Junge hat dieses Ding da zwischen den Beinen. Es ist lang und steif und geht in dich hinein.«

»Wo?«

»In die Öffnung deiner Möse natürlich.«

»Tut das weh?«

»Ja, es tut weh. Am besten daran ist die Art, wie sie dich lieben. Hanif war sanft. Ich habe es gern gemocht, wie er mich geküßt hat. Er hat auch meine Brüste geküßt. Das mochte ich am liebsten.«

Julia schloß die Augen und versuchte, sich vorzustellen, daß Serena ihre Brüste küßte. Der Gedanke löste körperlichen Ekel in ihr aus. »Ist es das, was der Sultan tun wird?«

»Wenn du Glück hast.«

»Wenn ich Glück habe?«

»Möchtest du nicht vom Sultan erwählt werden?«

Sirhane schob ihre Hände von den Muskeln des Gesäßes bis hoch oben auf die Schultern, und Julia stöhnte.

»Wenn der Sultan dich erwählt, wirst du allen Reichtum und alle Bequemlichkeit haben, die du dir nur vorstellen kannst. Schau dir Hürrem an. Sie ist so etwas wie eine Königin.«

Julia öffnete die Augen und starrte auf die Eunuchen an der Tür. Wie Statuen, dachte sie. Es gab einmal eine Zeit, da hatte sie sich gedemütigt gefühlt, vor ihren Augen nackt zu sein. Jetzt ist es so, als ob sie gar nicht da wären.

»Ich habe einmal einen Jungen gekannt. Glaubst du, daß er Liebe mit mir machen wollte?«

»Natürlich. Roll dich herum.«

Julia rollte sich auf den Rücken, ihre Augen halb geschlossen, ihr Körper wie im Traum entspannt.

Sirhane betrachtete sie, und in ihren Augen lag ein Blick, den sie nie zuvor gesehen hatte. »Du bist sehr schön, Julia«, flüsterte sie. Plötzlich küßte sie sie. Julia erstarrte. Sirhanes langes, schwarzes Haar fiel ihr über das Gesicht, und sie spürte, wie sich ihre Hand über ihren Bauch und zwischen die Beine bewegte. Ihr Finger steckte *in* ihr *drinnen*!

Julia wandte ihr Gesicht ab und stieß Sirhane beiseite. In hellem Entsetzen rannte sie durch die Dampfschwaden und wußte nicht, was sie denken, noch, was sie fühlen sollte.

Topkapi Sarayi

Süleyman und Ibrahim speisten an einem silbernen Tisch von Geschirr aus grünem und tiefblauem chinesischem Porzellan. Es war ein Geschenk von irgendeinem längst vergessenen Abgesandten, das Süleyman angestaubt in seinem Schatzhaus gefunden hatte. Jede Mahlzeit war eine Bestätigung für das Reich, das die Osmanen in den vergangenen drei Jahrhunderten errichtet hatten. Es gab Honig aus der Walachei, Butter, die man in riesigen Ochsenhäuten aus Moldawien über das Schwarze Meer gebracht hatte, Sorbets aus allerfeinstem Schnee, der in Filzsäcken vom Olymp zum Schwarzen Meer getragen worden war und der in der Palastküche in speziellen Gruben aufbewahrt wurde, und schließlich gab es Datteln und Pflaumen aus Ägypten.

Zu jedem Gericht wurde zypriotischer Wein gereicht, der aus einem

Pokal getrunken wurde, den man aus einem einzigen Türkisstein gefertigt hatte.

Die beiden aßen wortlos. Als sie endlich allein waren, zeigte Süleyman auf die Viole. »Spielst du für mich, Ibrahim?«

Ibrahim holte tief Luft. »Mein Gebieter, ich hoffe, Ihr verzeiht mir, aber heute abend plagen mich viel zu viele Sorgen, als daß ich spielen könnte.«

Süleyman lächelte mild tadelnd. »Und was bereitet dir Sorgen, Ibrahim? Wünschst du immer noch, daß ich gegen die Mauern von Wien anstürme und meinen Beitrag leiste, die Wallgräben für deine Reiter zu füllen?«

Aber Ibrahim seinerseits lächelte nicht. »Es geht um etwas weitaus Wichtigeres, mein Gebieter.«

Süleyman seufzte. Ibrahim hatte sich verändert. Er lachte nur noch selten. Wann immer sie jetzt zusammenkamen, verzog sich sein Gesicht zu einem beständigen Vorwurf. Was hatte die Empfindlichkeit des Großwesirs jetzt schon wieder beleidigt?

»Hat es mit dem Diwan zu tun?«

Ibrahim schüttelte den Kopf. »Es geht um eine Angelegenheit, die zu erwähnen mich unter gewöhnlichen Umständen erzittern lassen würde.«

Süleyman hatte den Tag mit Hürrem verbracht und war bester Laune. »Hast du mit deinem Pferd kopuliert?« scherzte er lachend.

Ibrahim fuhr beharrlich fort: »Es gibt Gerede bei den Janitscharen und in den Bazaren.«

»Gerüchte! Du willst meinen Kopf mit Gerüchten vollstopfen!«

»Gerüchte sind die Handelswährung der Weltreiche, mein Gebieter.«

»Ich dachte, die Schwerter wären das.«

»Es ist wie bei der Pest. Mit ein paar hundert pro Jahr muß man rechnen. Wenn es eine Epidemie gibt, muß man sich in acht nehmen.«

»Eine Epidemie?«

»Sie werden gefährlich. Das Gerede erfüllt die Basare, den Bedesten, und verbreitet sich sogar in der Abgeschiedenheit des Sarayi.«

»Was für Gerüchte sind es?«

»Es geht um Hürrem.«

Er sah, wie Süleyman erstarrte. Es war das erstemal, daß er ihren Namen ausgesprochen hatte, und er war erstaunt über die physische

Reaktion, die das hervorrief. Süleymans Gesicht verdüsterte sich zornig.

»Die Kadin?« knurrte er.

»Im Bazar nennt man sie bei ihrem Namen.«

»Was ist mit ihr?«

»Ich wiederhole nur, was ich höre, mein Gebieter.«

»Laß mich hören.«

»Es heißt …« Ibrahim warf einen kurzen Blick auf Süleyman und bemerkte, daß sein Gesicht weiß wie Alabaster war. »… es heißt, sie sei eine Hexe. Es heißt, sie habe Euch verhext und Euch den Verstand vernebelt.«

Süleyman sprang auf die Füße, als hätte man ihn mit einer Peitsche geschlagen, und stampfte durch das Zimmer, als suche er irgendeinen unsichtbaren Angreifer. »Eine Hexe! eine HEXE!«

Ibrahim blieb entschlossen sitzen, obwohl er hören konnte, wie Süleyman hinter ihm auf und ab eilte und unter der Wucht seines Zorns um Luft rang. »Das ist es, was man sagt, mein Gebieter.«

»Bring mir jedermann, der auch nur wagt, das zu flüstern! Ich will dafür sorgen, daß sie alle dem Folterer übergeben werden!«

»Ihr versteht wohl, daß ich solche Dinge nicht selbst gehört habe. Es ist nur das, was meine Spione mir berichtet haben.«

Süleyman ergriff den erstbesten Gegenstand, der ihm in die Quere kam – Ibrahims Viole –, und schmetterte sie gegen die Steinwand. »ICH WERDE IHNEN DIE ZUNGE HERAUSSCHNEIDEN UND SIE ZWINGEN, SIE AUCH NOCH AUFZUFRESSEN!«

»Mein Gebieter, wenn Ihr doch nur zum Diwan zurückkehren und mehr Zeit außerhalb des Harems verbringen würdet, würde das diese gemeinen Gerüchte zerstreuen und –«

»Laß mich in Ruhe!«

»Mein Gebieter?«

»LASS MICH IN RUHE!«

Ibrahim erhob sich und fürchtete sich ganz plötzlich. Dies war noch niemals geschehen, Süleyman hatte ihn niemals fortgeschickt.

Vielleicht hatte das kleine Biest ihn tatsächlich verhext.

»Mein Gebieter, laßt mich einen Augenblick neben Euch sitzen und –«

Unvermittelt beugte sich Süleyman nach unten und zerriß sein Gewand mit den Fäusten. Einen schwarzen Pagen, der stumm in einer

Ecke des Zimmers gestanden hatte, packte Süleyman und warf ihn auf
den Boden. Schluchzend kroch der Mann davon. Süleyman versetzte
ihm einen solchen Tritt in sein Hinterteil, daß er auf allen vieren gegen
die Tür schlitterte. Dann zog er seinen edelsteinbesetzten Dolch aus
dem Gürtel und hieb nach ihm. Die Klinge zerriß das Gewand des
Mannes und verursachte eine klaffende Wunde auf einer Hinterbacke.
Mit einem halberstickten Röcheln machte der stumme Mann, daß er
fortkam.

Süleyman stand keuchend mitten im Raum, den blutigen Dolch in
der Hand. Er schaute mit seltsam abwesenden Augen auf Ibrahim, so,
als ob er ihn zum allererstenmal sähe.

»RAUS MIT DIR!«

Ibrahim wandte sich um und verließ das Gemach. Es war ihm jetzt
ganz deutlich geworden. Er mußte die Macht brechen, die Hürrem
über den Herrn des Lebens innehatte. Ehe sie irgendwelchen wirklichen Schaden anrichtete.

39

Der Eski Sarayi

Es kam Abbas wie ein Witz vor, daß man sie der Kleidermeisterin übergeben hatte. Sie hatte Fähigkeiten beim Anfertigen feinster Handarbei-
ten gezeigt, und die Kiaya hatte sich sehr zufrieden über sie geäußert.

Er fand sie über ein Satingewand gebeugt, das für den kleinen Baye-
zit gefertigt wurde, in dessen Stoff sie mit feinem goldenen Faden ein
Muster einarbeitete. Sie erschrak und sprang auf, als sie ihn bemerkte.
Sie wollte zum Gruß ansetzen, aber er hinderte sie daran.

»Setz dich.«

Julia tat wie geheißen.

»Sieh mich an«, flüsterte er.

Sie hob ihr Gesicht, und er sah, wie sie unwillkürlich zurück-
schreckte. Diese Narbe ist nicht sehr ansehnlich, dachte er. Besonders

nicht bei guter Beleuchtung und von nahem wie hier. Es wäre besser gewesen, wenn das Schwert das Auge völlig zerstört hätte, als so wie jetzt das Augenweiß allein die Welt anstarren zu lassen. Er wartete darauf, daß sich irgendein Zeichen des Erkennens auf dem wohlgestalteten, ovalen Gesicht abzeichnete, aber da gab es nichts. Überhaupt nichts.

»Weißt du, wer ich bin?«

»Ihr seid der Kislar Aghasi.«

»Ja. Der Kislar Aghasi. Meine Aufgabe ist es, für dein Wohlergehen während deines Aufenthaltes im Harem zu sorgen. Verstehst du das?«

Julia nickte.

»Behandelt man dich gut hier?«

»Die Kiaya ist sehr freundlich zu mir.«

Abbas nickte. In jeder Hinsicht besser als die vorherige. Vom alten Aga hatte er gehört, daß Hürrem befohlen hatte, ihr den Fuß zu amputieren und sie nach Diyarbakir zu verbannen.

»Wie ich sehe, hast du schon ein wenig Türkisch gelernt.«

»Es ist mir nicht schwergefallen.«

»Dann bist du also genauso klug wie du schön bist.« Aber das habe ich immer gewußt, dachte Abbas. Ich möchte zu gerne wissen, was du tätest, wenn ich in deiner eigenen Sprache mit dir spräche. Würdest du mich dann erkennen? »Bist du eine Giaur, eine Christin?«

»Ja, das bin ich.«

»Das wird dir hier nichts helfen. Niemand wird dich zwingen, deine Religion aufzugeben, aber du wirst mehr Möglichkeiten haben, aufzusteigen, wenn du den Koran lernst. Hat man dir einen Koran gegeben?«

»Ich kann ihn nicht verstehen. Er ist arabisch.«

»Dann mußt du lernen, Arabisch zu lesen.« Mit gesenkter Stimme sagte er freundlicher: »Du mußt Venedig vergessen. Diese Welt ist für dich jetzt verloren. Nichts kann dich jemals wieder nach dort zurückbringen.«

»Ich weiß.«

Er schaute sie unverwandt an und suchte nach etwas, das er ihr noch sagen könnte. Er verstand plötzlich, was für ein Gefühl es sein müßte, wenn man ein Gespenst war, wenn man die physische Welt zwar sehen, nicht aber an ihr teilhaben konnte. Sie erkennt mich nicht, dachte er, und was wäre schon anders, wenn sie es könnte? Ich will ihr Mitleid nicht, das könnte ich nicht ertragen. Und was könnte sie nach all dieser Zeit schon anderes empfinden?

»Wenn du irgend etwas brauchst, laß es mich wissen.«

Sie neigte den Kopf. Er zögerte. Sie war so wunderschön. Ich habe dich sogar nackt gesehen, dachte er. Von meinem vergitterten Fenster oben im Hammam habe ich dich gesehen, und ich habe mich vor brennendem Verlangen nach dir verzehrt, so wie damals, als ich ein Mann war. Ich schäme mich dafür, dir nachspioniert zu haben, aber es hat dir nicht geschadet, ich habe nur mir selbst damit weh getan. Ich habe dich bewundert, so wie ein Mann ein herrliches Kunstwerk bewundern kann, denn mein Verstand ist alles, was mir jetzt noch übriggeblieben ist. Sogar dort bist du noch das Wundervollste, das ich je gesehen habe. Kein Bildhauer hätte je einen so vollkommenen Körper, je ein so engelsgleiches Gesicht erschaffen können.

Der Schmerz in seiner Brust überwältigte ihn auf einmal so sehr, daß er um Atem ringen mußte.

»Mein Gebieter?«

Er wurde gewahr, daß er sie anstarrte.

»Ist etwas nicht in Ordnung?«

»Es ist nichts.«

Es gab nichts mehr zu sagen, und also wandte er sich um und verließ den Raum. Langsam ging er durch die abgedunkelten Säulengänge des Harems zu der winzigen Zelle, die ihm gehörte. Dort angekommen, setzte er sich auf das Bett, ließ den Kopf hängen und weinte.

Hafise Sultan blickte über die Kaskaden von Kuppeln und Halbkuppeln hinweg auf das Marmarameer, das glatt wie rosafarbenes Glas in der Spätnachmittagssonne lag und dessen Oberfläche graue Inselhügel wie Walbuckel unterbrachen. Im Garten unter dem Fenster wurden die Platanenbäume grün, und die Zweige der Kirschbäume bogen sich schwer unter der Last ihrer Früchte.

Sie wandte ihre Aufmerksamkeit wieder nach innen in das Zimmer und zu den drei kleinen Knaben mit Schädelkappen und weiten Hosen, die ihre Hände über den Tuniken gefaltet hielten und sich Mühe gaben, sie nicht zu beobachten, während sie mit ihren weichen Hausstiefeln in rastloser Unruhe auf dem Marmorboden hin und her scharrten.

»Also berichtet mir, habt ihr Knaben eure Aufgaben gewissenhaft erledigt?«

Bayezit und Mehmet schauten auf ihren älteren Bruder und warteten, daß er für sie sprach; der aber schniefte nur und starrte weiter auf den Fußboden. Schließlich übernahm Bayezit die Verantwortung und ergriff das Wort für sie alle. »Ja, Großmutter«, sagte er.

Hafise betrachtete sie aufmerksam. Bayezit und Mehmet waren beide wohlgeratene Knaben, dachte sie. Sie hatten die langen Gliedmaßen ihres Vaters und sein schmales, gutes Aussehen. Aber Selim macht mich unsicher. Wann war er so dick geworden? Und warum läßt er es zu, daß Bayezit für ihn antwortet? Er ist acht Jahre alt. Er sollte alt genug sein, eine Zunge im Kopf zu haben.

»Lernst du deinen Koran, Selim?«

»Unser Lehrer schlägt uns«, stammelte er.

»Warum schlägt er euch? Seid ihr faul?«

»Ich weiß es nicht«, sagte Selim, ohne die Augen zu heben.

Hafise betrachtete das Silbertablett, das vor ihr stand und auf dem ihr Lieblingsnaschwerk arrangiert war, Rahat Lokum, »das dem Hals Ruhe verschafft«. Täglich bereiteten ihre Konditoren es frisch für sie zu. Sie verwendeten dafür das Mark weißer Trauben, weißen Grieß, Weizenmehl, Rosenwasser, Aprikosenkerne und Wildhonig. Sie nahm ein Stück, wobei die weiten Ärmelsäume ihres Gewandes auf dem Marmor raschelten, und schob es sich in den Mund.

»Möchtet ihr gerne ein Stück haben, Kinder?« fragte sie.

Mit immer noch gesenkten Köpfen traten die Jungen eifrig vor. Sie beobachtete, wie Bayezit und Mehmet jeder ein Stück nahmen, Selim dagegen drei.

Sie betrachtete sie aufmerksam und fragte sich, ob irgendeiner von ihnen eines Tages Schahsade werden würde. Sie bezweifelte, daß auch nur einer von ihnen ein solch prächtiger Prinz wie Mustafa werden könnte, aber wenn diesem irgend etwas zustoßen sollte …

Bayezit und Mehmet hatten Fähigkeiten. Aber sie waren noch so jung. Mit der Zeit würde es sich erweisen. Selim? Ehre sei Gott, daß er zwei starke, gesunde Brüder hatte!

»Erzählt mir, was ihr im Enderun gelernt habt«, sagte Hafise.

»Ich kann vom Pferderücken aus einen Speer werfen.« Bayezits Stimme überschlug sich fast.

Hafise schaute ihn verwundert an. »Aber du bist doch erst sechs Jahre alt«, sagte sie.

»Und ein Ziel mit einem Pfeil treffen!«

»Was ist mit deinem Koran?«

Bayezit senkte wieder die Augen. Er stieß Mehmet an, der ohne aufzublicken zehn Strophen aus der ersten Sure des Korans rezitierte. Hafise klatschte zum Applaus in die Hände, und Mehmet wurde rot bis an die Haarwurzeln.

»Und was ist mit dir, Selim? Was hast du aus deinem Koran gelernt?« Selim zog die Schultern hoch und schwieg.

»Komm schon, Selim. Du bist drei Jahre älter als Mehmet. Sag mir die erste Sure auf. Das mußt du doch bis jetzt können.«

Stockend murmelte Selim die ersten fünf Zeilen und hielt dann inne. »Nun?«

»Ich weiß nicht mehr weiter, Großmutter.«

Hafise runzelte die Stirn, wollte versuchen, ihn herauszufordern und mehr herauszulocken, besann sich aber dann eines Besseren. Dummer kleiner Junge! Kein Wunder, daß dein Lehrer dich schlägt! In deinem Alter konnte Mustafa das erste Kapitel aufsagen und brauchte dabei beinahe nicht einmal Luft zu holen. Sie verzog ihre Lippen zu einem dünnen weißen Strich.

»Ich bin müde«, sagte sie. »Kommt und gebt eurer Großmutter einen Kuß, Knaben, und dann ab mit euch!«

Bayezit und Mehmet gaben ihr pflichtschuldig einen Kuß auf die Wange. Selim war der letzte, und seine Lippen berührten ihr Gesicht kaum. Sie sah, wie er sich beim Fortgehen noch eine Handvoll Rahat Lokum griff und ins Gewand steckte. Beinahe wollte sie ihn zurückrufen, um ihn zu tadeln, aber sie unterließ es. Wozu würde das gut sein? Er war ein dicker, dummer kleiner Junge, und das würde er immer bleiben.

Sie sah zu, wie sie am Brunnen im Hof unter ihrem Fenster spielten. Selim zeigte seinen Brüdern das Naschwerk, das er sich genommen hatte, und als sie ihre Hände danach ausstreckten, schnappte er es ihnen vor der Nase weg und stopfte es sich in den Mund. Er beugte sich vor, damit sie ihm beim Kauen zusehen sollten, und lachte sie aus, als sie sich beschwerten.

Angewidert wandte sich Hafise vom Fenster ab. Jawohl, fett und dumm. Und grausam.

Gott sei gedankt für Mustafa.

In königlichen Empfangshallen gibt es eine Währungsform, die sich nicht mit Gold aufwiegen läßt. Geld ist ein Spielzeug, ein Symbol, eine Belohnung. Geld hat für sich selbst genommen keinen Wert. Information ist das einzige, mit dem man um Macht oder Leben verhandeln kann.

Informationen waren es, die Abbas jeweils nachmittags am letzten Tag der Sitzungen des Diwan in einen kleinen Raum in der Schatzkammer verschlugen, in das Amtszimmer des Defterdar, in Rüstems Amtszimmer. Hier trank er den Chai des Defterdar, aß sein Halva und lauschte, wie der Lebenssaft des Reiches von den Lippen dessen troff, den Ibrahim auserwählt hatte.

»Was gibt es Neues im Harem, Kislar Aghasi?« wollte Rüstem wissen.

»Die Herrin Hürrem macht den Dienerinnen und den anderen Huris das Leben schwer, fortwährend.«

»Und die Valide?«

»Sie ist kränklich. Der Arzt schickt ihr Medikamente, aber sie nützen wenig.«

Rüstem nickte, doch sein Gesicht ließ sich nichts anmerken. Er muß sich fragen, wie lange ich überleben werde, wenn die Valide nicht mehr ist. Das habe ich mich auch schon selbst gefragt.

»Ich habe hier einen kleinen Krümel, an dem du dich versuchen kannst«, sagte Rüstem.

Abbas nickte und wartete. Einen Krümel! Dieser anmaßende, erbarmungslose kleine Mann! Immer behandelt er mich herablassend. Warum? Weil Ibrahim sein Herr ist oder weil er seine Eier noch hat? Nichts davon nützt ihm hier sehr viel. Das sollte er doch bislang gelernt haben.

Natürlich gab er ihm nur solche Informationen, die Ibrahim ihn wissen lassen wollte. Aber darum ging es nicht. Es war gleichgültig, welchem Herrn man hier diente, solange man nur belohnt wurde und überlebte. Was sonst hielt das Leben denn jetzt bereit?

»Hast du die Kriegstrommel schlagen gehört?«

»Und die Schmiede, die in den Gießereien Tag und Nacht arbeiten. Wir ziehen wieder in den Krieg gegen Ferdinand.«

»Aber diesmal wird das Unternehmen anders verlaufen.«

»Inwiefern?«

»Diesmal wird der Großwesir die Armee befehligen.«

Abbas verzog das Gesicht und versuchte, die Bedeutung des Gesagten zu erraten. »Wer sonst sollte Seraskier sein?«

»In der Tat, niemand könnte ihn ersetzen, gelobt sei Gott. Besonders dann, wenn der Sultan selbst beschließt, hier im Palast zu bleiben.«

Abbas gaffte ihn an. »Ist das wahr?«

»Noch ein Krümel für dich, Kislar Aghasi. Es war die Herrin Hürrem, die ihn dazu überredet hat, sich von seinen Pflichten in den Kriegsländern loszusagen. Sie hat vor, ihn mit friedlicheren Dingen zu beschäftigen, während die Janitscharen vor den Toren Wiens mit den Männern Ferdinands kämpfen.«

»Er muß wahnsinnig sein!«

»Oder verhext.«

»Der Sultan würde seine Armee niemals allein lassen.«

Rüstem gähnte. »Bald wird es der ganze Palast erfahren, Kislar Aghasi. Die Hafise Sultan wird dich in gutem Gedächtnis behalten, wenn du ihr zuerst davon berichtest.«

Und vielleicht wird die Valide endlich Maßnahmen gegen die giftige kleine Hexe Hürrem ergreifen, dachte Abbas. Gebe Gott, daß sie das tut, denn niemand von uns wird es lange überleben, wenn die Valide einmal nicht mehr sein wird.

Ich vermute einmal, daß das für deinen Herrn ebenso gilt.

40

Der Eski Sarayi

Eine graue Schleierwolke verhängte den Eingang des Bosporus. Eine Geißblattranke schabte am Fenstergitter, und ein verspäteter kühler Nordwind riffelte das Wasser des Horns und ließ es trübe erscheinen. Beinahe zehn Jahre bin ich jetzt schon in diesem Gefängnis, dachte Hürrem. Auf der anderen Seite der Wolken neigt der Wind das lange Gras zu grünen Bannern, zerzaust die Mähnen an den Pferdehälsen und pfeift durch durch die Nomadenzelte wie durch Segeltuch.

Zehn Jahre, und ich bin immer noch eine Gefangene.

Süleymans Gefangene.

Sie saß in ihrem Empfangszimmer auf einem Diwan und sah einer Nachtigall zu, die in ihrem winzigen lackierten Käfig sang. Ungeduldig trommelte sie mit den Fingern auf ihre Oberschenkel. Auf eine plötzliche Eingebung hin nahm sie den Käfig und trug ihn nach draußen an den Rand der Terrasse. Sie öffnete die Tür.

Der Vogel zauderte und schaute zunächst sie, dann das Türchen schief an. Er hüpfte auf den Fußboden des Käfigs, dann auf seine Stange zurück, erschrocken und unsicher.

»Du bist zu lange in deinem Käfig gewesen«, sagte Hürrem. »Du wüßtest gar nicht mehr, wie du draußen überleben könntest. Dies hier ist die einzige Welt, die du jetzt kennst, nicht wahr?«

Sie hängte den Käfig wieder an seinen Haken, ging nach innen und warf sich auf den Diwan. Bald würde sie wahnsinnig werden.

Sie starrte wieder auf die Terrasse und auf die dahinterliegenden Berge.

Die Steppe. Der Wind. Die wogenden Gräser. Jetzt so weit außerhalb ihrer Reichweite. Das alles könnte genausogut auf dem Mond liegen.

Sie sollen verdammt sein. Alle Männer sollen verdammt sein.

Die Ungezwungenheit, die im Hammam herrschte, machte Julia nichts mehr aus. Es schockierte sie nicht mehr, so viele Frauen zusammen zu sehen ohne die Schranken, welche die Gesellschaft oder die Nähe von Männern ihnen auferlegte. Hier badeten zwei Mädchen zusammen, seiften sich gegenseitig die Körper ein und liebkosten einander selbstvergessen, dort hatten sich zwei andere auf den Rand einer Marmorbank niedergehockt und untersuchten sich gegenseitig aufs genaueste nach Haaren. Andere Mädchen saßen ganz allein, waren nackt oder trugen nur die durchsichtigen Gazehemden, blickten gelangweilt aus den Fenstern, rieben sich die Zähne mit Bimsstein, steckten den Finger in die Nase oder kratzten sich ungeniert zwischen den Beinen.

Kleine, würfelförmige Gemächer schlossen sich an das Hararet an, in denen die Mädchen sich auf vorgewärmte Marmorpritschen legen konnten, um sich von den Gedikli die Körper mit warmen, parfümierten Ölen einreiben und die Arme, Beine und ihre Scham rasieren zu lassen. Hier fand Julia Sirhane mit dem Gesicht nach unten auf dem Marmor liegend, und ihr langer, schlanker Körper glitzerte vor Schweiß und Dampf.

Mit einem Blick schickte Julia die Masseuse leise aus dem Raum.

Dann goß sie sich etwas von dem warmen Öl in die Hände, schüttete es auf Sirhanes Schultern und verteilte es sanft über die Haut. Sirhane spürte den Unterschied in der Berührung und öffnete erstaunt die Augen. »Julia?«

»Ich wollte dir sagen, daß es mir leid tut«, flüsterte sie.

Sirhane setzte sich auf und rollte sich auf ihre Seite. Ihre Haut ist soviel dunkler als meine, dachte Julia, als ob sie das zum erstenmal bemerkte. Dunkel wie ein Olivenkern und von der gleichen Beschaffenheit wie die äußere Haut der Olive. Und sie hatte große, schwere Brüste wie eine Mutter.

»Ich liebe dich, Julia.« Sirhane strich mit ihren Fingern durch Julias Zöpfe und drapierte sie ihr auf die Schultern. Sie zog ihren Kopf an sich. Ihr Mund öffnete sich mit feuchten Lippen. Er schmeckte süß nach Sorbet und Früchten. Ihre Haut war glitschig und warm.

Julia löste sich von ihr. »Was willst du von mir?«

Sirhane nahm ihre Hand, zog sie mitten über ihren Körper bis zur Gabelung der Beine und preßte ihre Handinnenfläche gegen den glatten Schamhügel. Sie schloß die Augen vor Verlangen und Wonne.

»Tu deinen Mund dahin«, flüsterte Sirhane.

Julia rang fast hörbar um Atem. Meinen Mund? *Nein!* Die Vorstellung betäubte und ekelte sie. Aber Sirhane schob ihr den Kopf zur Seite, und in ihren Augen lag ein solches Flehen. Wenn ich dies nicht tue, wird sie mir auf ewig aus dem Weg gehen. Sie ist die einzige Freundin, die ich hier habe. Und ich habe solche Sehnsucht nach ihrer Berührung.

Sie küßte ihr den Bauch und die Leistenbeuge. Sirhane schluchzte leise auf vor Lust, Schauer liefen ihr über den Körper, und jeder kleine Muskel ihrer Oberschenkel und ihres Bauches schien sich zu spannen. Sirhane schob ihr den Kopf an ihre Schamlippen.

Ich kann dies nicht tun, dachte Julia. Sie stellte sich vor, ihr Beichtvater stünde am Kopfende des Marmors, und daneben ihr Vater. Er trug den roten Umhang des Consiglio, und der Priester war in seine langen Bußgewänder gekleidet, die Bibel fest in der rechten Hand. Sirhane ließ ihren Kopf über den Rand des Marmors herunterhängen. Sie öffnete die Beine weiter auseinander, und ihre Fersen rutschten auf den warmen Kacheln. Ihre Schamlippen waren rosafarben wie Rosenblätter.

»Du wirst für alle Ewigkeit zur Hölle verdammt sein«, sagte der Priester, »man wird dich mit metallbestückten Peitschen geißeln und dir kochendes Pech in die Wunden gießen. Dämonen werden dich langsam über dem Feuer rösten, und es wird kein Entrinnen aus der Qual geben. Du wirst in alle Ewigkeit sengen …«

»Du bist schlimmer als ein Tier«, sagte ihr Vater. »Du bist abscheulicher, als Worte beschreiben können. Dein Name wird wie ein anderes Wort für Schande im ganzen Reich der La Serenissima gehandelt werden …«

»Bitte«, flehte Sirhane leise. Sie maunzte wie ein Kätzchen und atmete so heftig, daß Julia sehen konnte, wie sich die Rippen unter ihrer Haut abzeichneten. »Bitte.«

Sie spreizte ihre Beine noch weiter auseinander, wölbte ihren Rücken und zog Julia mit den Fingern, die sie ihr ums Haar gewickelt hatte, nach unten. Julia zuckte vor Schmerz zusammen. Sie ergab sich, verschloß die Augen vor Vater und Beichtvater und stellte sich taub gegen deren Entrüstungsschreie.

Sie berührte die Lippen mit ihrem Mund, streifte versuchsweise daran entlang und wartete darauf, daß irgend etwas geschah – daß vielleicht eine Peitsche auf ihre Schultern herabsauste oder Stimmen sie voller Entsetzen anbrüllten oder Soldatenschritte herbeimarschierten. Aber alles was geschah, war, daß Sirhane stöhnte und sich wand, heftig atmete und ihr Gesicht immer stärker an sich heran preßte.

Erstaunt stellte Julia fest, daß kein Geschmack an ihr haftete, da war nur warmes, duftendes Moschus und Seidigkeit. Sirhane schluchzte laut auf, und Julia öffnete verwundert die Augen. Konnte das wirklich soviel Entzücken bereiten? War es wirklich so schwierig auszuhalten?

»Nimm deine Zunge«, flüsterte Sirhane. Sie robbte sich zu ihr heran, bis ihre Beine über die Kante des Marmors herunterhingen. Sie warf die Arme hinter den Kopf und bog wieder ihren Rücken in völliger Hingabe.

Sie unterwirft sich mir vollständig, dachte Julia. Das ist nicht nur Lüsternheit. Das ist auch Vertrauen. Sie vertraut darauf, daß ich ihr nicht weh tue, daß ich ihr nichts anderes als Lust bereite.

Mit herausgestreckter rosa Zungenspitze beugte sie ihr Gesicht wieder herab und vergrub ihr Gesicht zwischen den Beinen Sirhanes.

Zuerst war sie zögerlich, aber dann ergab sie sich auch selber, krallte sich mit ihren Nägeln in Sirhanes Körper fest, knetete und massierte das Fleisch, und das Verlangen erwachte, nach der langen Zeit der Aushungerung erwachte die Begierde, und unter dem Stachel ihrer langen Verdammnis kostete sie jeden Augenblick bis zum äußersten aus.

41

Topkapi Sarayi

Die für die Jahreszeit ungewöhnlichen Winde nahmen schnell wieder ein Ende. Die Tage erwärmten sich, und der Sommer erblühte über dem Bosporus. Es war Kriegszeit.

Der Pavillon lag wie ein Juwel auf dem langen, samtigen Finger der Serailspitze. Arabeske Blumenmotive in Blau und Weiß schmückten seine versilberte Kuppel. In die Holzvertäfelung hatte man mit Elfenbein Verzierungen eingelegt, die farbigen Fenster waren blutrot und pfauenblau gemustert. An den Wänden standen Sofas mit goldenem Gitterwerk, und an die eine Wand war ein riesiger konischer Kamin aus Bronze gebaut.

Hier fand Süleyman Zuflucht in warmen Nächten, hierher floh er vor den aufgeheizten Steinen des Palastes, hinaus auf die Landspitze, auf der die kühle Brise vom Marmara Denizi zwischen den Zypressen und Platanen murmelte.

Hürrem lag neben ihm auf dem langen Diwan und lauschte den Flöten und Violen der Musiker, die unsichtbar in den Gärten spielten.

Mit ihren Fingern vollführte sie ein Schattenspiel auf der Wand. »Schau«, flüsterte sie.

»Ein Kamel«, lachte Süleyman.

»Und jetzt dies hier.«

»Ein Schaf?«

»Das ist ein Pferd!«

»Es sieht wie ein Schaf aus!«

»Hast du jemals ein Schaf mit einer solch langen Nase gesehen?«

»Ein türkisches Schaf«, grinste sie, »das Ibrahim heißt.«

»Der einzige Ibrahim, den ich kenne, ist keineswegs ein Lamm! Zeig mir etwas anderes!«

Hürrem runzelte die Stirn voller Konzentration, während sie ihre Finger bewegte. Süleyman beobachtete sie lächelnd. Manchmal war sie wie ein kleines Kind.

»Und was ist dies?«

»Eine Katze?«

»Die Katze des Kislar Aghasi. Sieh hin … sie hat nichts zwischen den Beinen.«

Er zog die Augenbrauen hoch. »Du solltest nicht solche Witze machen.«

»Warum nicht?«

»Du verstößt gegen den Islam.«

»Du bist ein solcher Heuchler.«

Süleyman fand keine Antwort und schüttelte den Kopf. Wie konnte sie es wagen, solche Sachen zu sagen? Hatte sie denn kein Gespür für ihre Stellung? Während er sich diese Frage stellte, beantwortete er sie gleich selbst – nein, sie hatte keines. Vielleicht war es das, was er am meisten an ihr liebte. Er würde keinem anderen Menschen erlauben, so mit ihm zu sprechen.

Außer vielleicht Ibrahim.

Süleyman starrte in den Garten hinaus. Schildkröten, auf deren Panzer man Kerzen befestigt hatte, schaukelten im Wiegegang zwischen den Rosen und Nelken, und ein voller Mond warf lange Schatten durch die Blätter. Hier herrscht Frieden, dachte er. Hier könnte ich für immer bleiben.

Aber Gott befiehlt Krieg. In dieser stillen Nacht konnte er hören, wie die Schmiede in der Waffenkammer bei Galata neue Kanonen für den bevorstehenden Angriff in den Kriegsgebieten oben im Norden hämmerten. Es war Sommer geworden, und der Sommer war die Zeit, in der man zu neuen Feldzügen aufbrach; die Zeit, in der die Söhne der Ghasis, der Glaubenskrieger, wie immer das Banner Mohammeds gegen die Ungläubigen führten.

Aber diesmal werde ich nicht an ihrer Spitze sein, dachte Süleyman. Diesmal werde ich hierbleiben. Ich bleibe bei Hürrem.

Hafise Sultan wurde alt. Ihr vormals dichtes, schwarzes Haar war jetzt mit Henna gefärbt, um das Grau zu verbergen, und Kajal und Puder konnten nicht verhindern, daß die Tränensäcke unter den Augen und das Doppelkinn sichtbar blieben. Ihre Gliedmaßen zitterten, auch wenn sie saß.

Ihre Audienzhalle hatte eine gewölbte Decke, die mit einem Fresko aus geflochtenen Zedernstreifen geschmückt war. Die Kacheln aus Izmir, mit denen man die Wände verziert hatte, waren ebenfalls mit Zedernholz eingefaßt und mit Silbernägeln befestigt.

Sie saß mit untergeschlagenen Beinen auf einem Diwan aus fransenbesetztem Brokat, zwischen Satinkissen, die mit Goldfäden bestickt waren.

Abbas legte seine Stirn in Ehrerbietung auf den dicken Seidenteppich, bevor er sich an sie wandte.

»Krone der verschleierten Häupter.«

»Abbas.« Die Valide wirkte außer Atem, als sei sie vom Garten herübergelaufen, um ihn zu empfangen, was natürlich ein absurder Gedanke war. Sie hatte sich, das wußte er, hier mindestens eine Stunde lang ausgeruht. »Du hast darum gebeten, mit mir zu sprechen?«

»In der Tat, Krone der verschleierten Häupter. Eine Angelegenheit, die sich, wie ich hoffe, als unbedeutend erweisen wird.«

»Nun also wirklich, Abbas. Ich kenne dich besser, als dir das zu glauben. Wenn du mit diesem Problem zu mir gekommen bist, muß es wichtig sein.«

»Es handelt sich lediglich um ein Gerücht, das mir … von meinen verschiedenen Quellen zugetragen worden ist.«

Die Gebrechlichkeit schien von der Valide abzufallen. Sie wurde plötzlich ganz aufmerksam und bohrte ihre Augen in die seinen. »Um wen geht es?«

»Es geht um die Herrin Hürrem.«

Das Gesicht der alten Dame verzog sich abschätzig. »Ach die!«

»Es handelt sich nur um ein Gerücht.«

»Manchmal schenke ich deinen Gerüchten mehr Aufmerksamkeit als den Verkündigungen des Diwan. Sag mir, was du gehört hast, Abbas.«

»Bald wird die Armee sich auf den Weg machen, nach Wien, gegen Ferdinand.«

Hafise gestattete sich ein schmales Lächeln. »Die ganze Stadt weiß das. Sogar Ferdinand weiß das.«

»Ich habe gehört, daß der Herr über das Leben die Armee vielleicht nicht anführen wird.«

»Wie bitte?«

»Man hat mir zugetragen, daß die Dame Hürrem den Sultan dazu überredet hat, hierzubleiben.«

Abbas war über ihre Reaktion beunruhigt. Einen Augenblick lang erschien es ihm, als wolle sie ersticken. Auf ihren Wangen erschienen rote Flecken.

Abbas schwieg.

»Du … glaubst dies … daß dies wahr ist?«

»Ich berichte Euch nur, was ich höre, Krone der verschleierten Häupter. Ich war der Ansicht, es sei meine Pflicht, es zu melden.«

Hafise nickte mit dem Kopf, anscheinend immer noch aufgewühlt von ihren Empfindungen. Sie schlug mit der rechten, offenen Handinnenfläche auf die Armlehne des Diwans. »Sie maßt sich zuviel an!«

»Ich hoffe, ich habe keine Kränkung verursacht«, sagte Abbas.

»Du hast mir einen großen Dienst erwiesen, Abbas. Einen großen Dienst.« Sie griff sich ein Kissen, das neben ihr lag, und warf es mit überraschender Kraft durch das Zimmer. Abbas und die zwei Dienerinnen starrten zuerst auf die zerbrechliche alte Frau und blickten einander dann gegenseitig erstaunt an.

»Dieses unverschämte kleine Luder! Sie macht ihn langsam zu einem Eunuchen!« Dann kontrollierte sie sich wieder und wandte sich Abbas zu. »Danke, Abbas. Ich werde mich jetzt darum kümmern.«

42

Süleyman war bestürzt, als er seine Mutter sah. Sie schien jedesmal, wenn er kam, ein wenig älter und gebrechlicher geworden zu sein. Bisher war er immer davon ausgegangen, daß sie unverwüstlich sei.

Augenscheinlich hatte das Alter ihren Verstand und ihre Zunge aber nicht weniger scharf gemacht. »Hast du deine Söhne besucht?« fragte sie ihn, nachdem er sich neben ihr auf dem Diwan niedergelassen hatte.

»Ich habe sie gesehen. Der kleine Cihangir ist immer noch schwächlich, aber die anderen gedeihen. Ihre Lehrer scheinen zufrieden.«

Hafise blickte finster. »Ich kann den Selim nicht leiden. Er ist ein mürrisches Kind. Er wird fett vom Naschen und nörgelt herum wie eine Frau. Und ich habe beobachtet, daß er Mehmet und Bayezit quält. Im übrigen ist er natürlich ein vorbildlicher Prinz.«

»Seine Lehrer haben nichts gesagt.«

»Natürlich nicht. Es ist die Schuld seiner Mutter. Sie verbringt kaum Zeit mit ihnen. Es ist ein Wunder, daß Mehmet und Bayezit so erfreulich geraten sind.«

»Ohoho! Höre ich hier ein paar freundliche Worte?« zog er sie auf.

Hafise ließ sich nicht auf den scherzhaften Ton ein. »Du magst darüber lächeln, Süleyman, aber du kannst von Glück sagen, daß du einen Sohn wie Mustafa hast. Falls Selim Schahsade werden sollte, würde ich schier verzweifeln.« Sie betrachtete ihn trotzig. »Du wirst bald aufbrechen?«

»Das Heer zieht noch in dieser Woche fort«, sagte er und vermied es, ihr in die Augen zu schauen.

Es ist also wahr! dachte Hafise. Du törichter Mann! Was hat sie mit dir angestellt? »Um dich um Ferdinand zu kümmern?«

»Ferdinand?« lächelte Süleyman. »Das ist nur ein kleiner Mann aus Wien, wie Ibrahim ihn nennt. Karl ist der große Treffer. Aber ich erwarte nicht, daß Ibrahim ihn ausradieren wird. Er wird sich in seinen Burgen in Deutschland verstecken.«

Hafise nickte. »Die Vorbereitungen sind gut angelaufen?«

»Ibrahim wird dreißig Belagerungskanonen haben, um damit die Mauern zu bestürmen. Vorausgesetzt, sie versinken auf ihrer Reise gen Norden nicht wieder im Sumpf.«

Hafise achtete auf sein Gesicht. Er würde es ihr nicht erzählen! Er schämt sich. Er weiß, daß er seiner Pflicht untreu geworden ist; gegenüber den Osmanen und gegenüber Gott.

Hafise legte ihre Hand auf die ihres Sohnes. »Du wirst der größte aller Sultane sein, mein Sohn. Die Schicksalspropheten haben es bei deiner Geburt so geweissagt.«

»Ich habe mein Bestes getan«, sagte Süleyman. Er erwiderte ihren Händedruck und war entsetzt über ihre Zerbrechlichkeit. Sie war so

leicht und welk wie ein trockenes Blatt. Er hatte nicht bemerkt, wie
krank sie wirklich war. Angst übermannte ihn plötzlich. Er konnte sich
nicht vorstellen, in den Harem zu kommen und sie nicht mehr vorzufinden.

Sie lehnte sich näher heran. »Dennoch habe ich Geschichten gehört …«, murmelte Hafise.

»Geschichten?«

»Daß du vorhast, deine Armeen allein und ohne Befehlshaber zu
lassen.«

Süleyman versuchte, seine Hand fortzuziehen, aber das verwelkte
Blatt von Hand war auf einmal so kräftig und zeigte soviel Willens-
stärke wie·die eines Mannes. Süleyman schaute zur Seite und versuchte
den Zorn, der in ihm aufstieg, vor der eigenen Mutter zu verbergen.

»Sie brauchen mich nicht. Ibrahim ist der Seraskier.«

»Dann ist es also wahr?«

»Natürlich nicht. Du hörst zuviel auf die Klatschgeschichten der
Dienerinnen. In diesen Mauern nisten Gerüchte wie Vipern.«

Hafise nickte lächelnd. »Deine Augen verraten dich mir immer,
Süleyman. Wann wolltest du es mir sagen? Nachdem sie abgezogen
wären? Wie lang, hast du gedacht, hättest du dies vor mir verbergen
können?«

Süleyman zog seine Hand fort und sprang auf die Füße. »Ich entscheide!«

»Es gibt einige Dinge, die kein Sultan entscheiden darf, und wenn er
noch so berühmt ist. Du bist vor allem ein Muslim und fügst dich dem
Willen Gottes.«

»Ich habe genug gehabt vom Kriegsgestank!«

»Du hast deine Pflicht!«

»Die ich immer über alles gestellt habe.«

»Bis jetzt!« Die Augen der alten Frau waren auf einmal hart. »Sie war
es, nicht wahr? Sie hat dir dies angetan.«

Süleyman gab keine Antwort. Er wandte sich ab, starrte zu den
Fenstern hinaus, die sich zur Terrasse hin öffneten und den Blick auf
die Dächer des Basars und die farbig gestrichenen Holzhäuser frei-
gaben, die sich am Hügel bis hinunter zum blauen Wasser des Horns
stapelten.

Auf einmal war der Blick auf seine Stadt nicht mehr so angenehm.
Das Hämmern der Waffenschmiede und der Gießereien bei Galata

tönte durchdringend. Soviel Ansprüche an ihn. Nach Waffen, nach Macht. Pflichten über Pflichten, seinem Gott, seiner Familie, seinem Kullar gegenüber. Gab es denn nirgendwo Frieden?

Hafise stellte sich hinter ihn. »Dort unten in der Kapala Çarshasha erzählt man sich, sie habe dich verhext.«

»Wenn ich denjenigen finde, der so etwas sagt, werde ich dem Bostanji befehlen, ihm die Zunge herauszuschneiden und dafür zu sorgen, daß er sie auffrißt.«

»Dann wäre die halbe Stadt stumm.«

Süleyman ballte die Fäuste an seiner Seite. »Ich sorge dafür, daß sie Brot zu beißen und genug Fleisch zu essen haben. Sie leben unter meinem Schutz, sind sicher vor den Raubzügen der Armeen, die halb Europa versklavt haben. Ich habe Rhodos, Belgrad und Ungarn für sie erobert. Was wollen sie noch mehr von mir? Ich habe ihnen gegenüber meine Pflicht erfüllt, und auch Mohammed gegenüber.«

»Du hast den Diwan an Ibrahim abgetreten, und jetzt gibst du ihm deine Armeen. Und du verbringst all deine Tage untätig und schließt dich mit dieser Hürrem ein!«

»Es gibt noch andere Dinge als die lächerlichen Streitereien des Diwan und den Blutgeruch in Gräben! Jawohl, ich werde der berühmteste aller Osmanensultane sein, weil ich anders bin! Ich werde diesen Menschen Gesetze geben und Städte! Ich will bauen, nicht zerstören!«

»Du hast deine Macht an Ibrahim abgetreten und deine Männlichkeit an eine Frau.«

Süleyman stierte sie an, kalkweiß im Gesicht.

»Sie hat diese Dämonen in deinem Kopf hochgepäppelt, nicht wahr?« flüsterte Hafise. Sie nahm seine Hand wieder, aber diesmal leistete er ihr keinen Widerstand. »Höre auf mich … Ich will dich nicht unglücklich machen. Du weißt, was zwischen euch vorgefallen ist, du mußt entscheiden. Aber du darfst nicht vergessen, daß du ein Ghasi bist. Du darfst das Leben im Harem nicht zu sehr schätzen. Der Harem ist aus der Wüste bis hierher gelangt. Der Harem hat uns stark gemacht. Sein erklärtes Ziel war es, Söhne hervorzubringen, und nicht Behaglichkeit.«

»Es ist das Gesetz, das uns stark macht. Der Kanun und die Scheria.«

»Süleyman … was bleibt mir, wenn ich dich nicht habe? Mein ganzes Leben ist dir gewidmet gewesen und deinem Sultanat. Ich bin so stolz auf dich gewesen. Du bist nicht grausam wie dein Vater es war, und das ist deine Stärke gewesen. Aber es kann auch deine Schwäche sein. Ich habe das mit Gülbehar beobachtet, mit Ibrahim und jetzt mit Hürrem. Du mußt lernen, für dich allein zu stehen.«

»Dann gibt es nirgendwo einen Zufluchtsort für mich?«

»Suche Zuflucht im Islam. In deiner Pflicht.«

»Nein.«

»Süleyman …«

»Ich werde meine Pflicht erfüllen. Ich werde mein Reich mit den Kanuns, dem geschriebenen Gesetz, festigen. Ich werde meine Armeen gegen die Mauern des Christentums ziehen und diese niederreißen lassen, und ich werde dafür sorgen, daß die Menschen in meinem Reich Nahrung und Kleidung haben. Aber es muß noch etwas übrigbleiben für Süleyman.«

»Nimm dir deine Führerschaft wieder zurück, Süleyman. Ehe man sie dir fortnimmt!«

»Ibrahim würde sich niemals gegen mich wenden …«

»Wie steht es mit Hürrem?«

»Sie ist nur eine Frau!«

Hafise achtete nicht auf die Bitterkeit, die in seiner Zurückweisung lag. »Ja, eine Frau! Und du hast zugelassen, daß sie über dich bestimmt! Du hast hier Hunderte von Frauen zur Verfügung. Warum nur eine?«

»Weil ich in ihrer Gegenwart ich selbst bin. Nicht der Sultan … nicht der Besitzer der Menschenhälse … nur ich selber.«

»Und was ist mit ihr? Möchte sie nichts anderes sein als allein Hürrem … oder vielleicht doch die nächste Valide?«

»Inschallah! Bitte«, flüsterte Süleyman. »Laß mich in Frieden. Ich liebe sie. Laß es gut sein.«

Als er sich verneigte und ihre Hand küßte, spürte Hafise plötzlich Mitleid mit ihm. Sie erkannte, daß er schwach war. Kein Feigling, denn er würde die Höllentore für den Islam erstürmen, und er hatte auch nicht die Schwäche mancher Männer für Wein, Weiber und Zerstreuung. Er war schwach, weil er wie andere Menschen sein wollte, und weil ihm diese Köstlichkeit nicht gestattet werden konnte.

43

Der Basar – der Bedesten – hatte seit der Zeit Mehmet Fatihs unterhalb der Mauern des Eski Sarayi bestanden. An den Rändern der großen Treppen und steinernen Wege verkauften Händler Gold und Silber, Brokat- und Seidenstoffe, karmesinrote Teppiche aus Damaskus und seidene in Pfauenblau, die aus Bagdad kamen. Außerhalb vom Basar rösteten Straßenhändler Maiskolben über Kohlebecken, fachten das Feuer mit Truthahnschwingen an und schlugen vergeblich nach den kleinen, beharrlichen schwarzen Fliegen. Andere verkauften Kutteln, die mit Knoblauch gewürzt waren, oder warme, mit Zimt bestreute Mandelcreme. In den Straßen herrschte ein wimmelndes Durcheinander von Geräuschen, Farben und Gerüchen. Es dauerte viele Minuten lang, ehe Süleyman sich von dem Schrecken erholte, sich in seiner eigenen Stadt verirrt zu haben.

Mitten in diesem Durcheinander konnte Süleyman aber sogar die Ordnungszeichen erkennen, die seine Väter eingeführt hatten. Die Vielzahl der versammelten Farben hatte ihren Zweck; zum einen gab es hier Türken wie ihn selbst, die einen weißen Turban trugen, dann gab es Griechen mit blauen Turbanen und schwarzen Stiefeln; Juden trugen genau wie die Armenier gelbe Turbane, obwohl deren Stiefel karmesinrot, die der Juden aber blaßblau waren.

Zusammen mit anderen Gaffern hielt er inne, um einen Händler anzustarren, der mit den Ohren an seine Ladentür genagelt worden war. Ein Schild, das man ihm um den Hals gelegt hatte, besagte, daß er überführt worden sei, falsch abgewogen zu haben. Einer aus der Menge spuckte ihm vor die Füße, und Süleyman tat es ihm nach. Er verspürte kein Mitleid, es war ein gerechtes Gesetz. Es war der Kanun.

Seltsam, daß ich mich hier so fremd fühle, dachte er. Vielleicht habe ich zu lange in Palästen gewohnt. Das Gebrabbel der Stimmen schmerzt mir in den Ohren, dieser Geruch nach Schmutz und fauligem Abfall dringt nicht bis in die Gänge meiner Sarayis. Dies ist mein Volk. Ich sehe die Menschen oft, wenn sie mit ihren Gesuchen zum Diwan kommen, aber ich vergesse, wie sie leben.

Die Nacht umhüllte die vollgestopften Straßen, sie brach schnell herein, und über den Dächern des Bedesten erhob sich der aufgehende Mond. Süleyman fühlte sich sicher hier; wer sollte ihn hier schon in den armseligen Lumpen erkennen, die er trug – besonders, wo die gewöhnlichen Leute ihr Leben lang immer gelernt hatten, die Gesichter beim Näherkommen des Sultans abzuwenden. Und hier lauerte keine Gefahr; die Janitscharen kontrollierten die Straßen jede Nacht; Gewalttaten wurden als Beleidigungen gegen den Sultan selbst angesehen.

Auf welche Art könnte also ein Sultan besser erforschen, ob es wahr wäre, was man ihm über den Klatsch auf den Basaren zugetragen hatte?

Er schlenderte die langen Steinkolonnaden entlang, durch die Bögen und Pfeiler des Basars. Am Stand eines Gewürzhändlers hielt er an, neben Behältnissen mit Kaninchenfett, Sesamsamen, Aloe, Safran, Eselsmilch und Lakritz. Der Händler schien in eine hitzige Debatte mit einem seiner Kunden verwickelt zu sein; er schnappte den Namen »Hürrem« auf und hielt an, um zu horchen, während er vorgab, die Säcke mit grünem Henna und orangefarbenem Zimt genau zu betrachten.

»… es heißt, daß er seit Selims Geburt noch nicht einmal eine andere Frau angeschaut hat.« Der Händler war ein hakennasiger Mann mit schlechten Zähnen und einem spärlichen Bart. Er trug einen blauen Turban – ein Grieche! Er wedelte wild mit den Händen und spuckte üppig auf das Pflaster, wobei sein Auswurf Süleymans Ärmel nur knapp verfehlte.

»Unmöglich!« sagte der Kunde. Er war ein Türke, wie Süleyman sehen konnte. »Er hat einen Harem mit dreihundert der schönsten Frauen des Reiches! Kein Mann könnte widerstehen und sich sieben Jahre lang nicht einmal eine Kostprobe nehmen von solch einem Schatz!«

»Es sei denn, man hätte ihn verhext!« rief der Grieche und spuckte wieder auf die Straße. Es schien, daß es ihm unmöglich war, im Flüsterton zu reden.

»Unsinn.«

»Es heißt, daß sie gar keine Frau ist. Sie ist ein böser Geist, ein Dschinn aus den Wäldern der Walachei!« Räuspern – Spucken!

»Nun sieh mal einer an«, sagte der Türke. »Jedermann weiß, daß sie nicht aus der Walachei kommt, sondern eine Russin ist. Und wenn sie ein bösartiger Geist ist, wie du sagst, warum ist dann Süleyman der größte Sultan, den wir je hatten? Schau dir einmal seine Eroberungen an – Belgrad, Rhodos, Buda-Pest! Vor zwei Sommern lag er sogar vor den Toren von Wien!«

Der Händler warf die Hände voller Verachtung in die Höhe. »Genau! Warum haben wir Wien nicht erobert? Man sagt, die Hexe habe es den ganzen Sommer hindurch regnen lassen, so daß unsere Kanonen im Sumpf steckengeblieben sind und nutzlos waren im Kampf.« Er räusperte sich und spuckte mit solcher Wucht auf den Boden seines Ladens, daß sogar sein Kunde einen Schritt nach hinten tat. Süleyman mußte an den Spruch denken, den Ibrahim ihm beigebracht hatte: »Man braucht zehn Türken, um einen Juden im Streit zu besiegen, und zehn Juden, um mit einem Griechen fertig zu werden.«

»Nein«, sagte der Händler, »sie hat ihn verhext. Sie sagen, daß er nicht einmal Wasser lassen kann ohne ihre Erlaubnis.«

»Wenn ihn irgend jemand in seiner Gewalt hat, dann ist es Ibrahim. Sieh doch nur, wie er im At Meydani seine Götzen vor uns zur Schau stellt!«

»Ibrahim ist ein großartiger Soldat!« Räuspern. »Wir brauchen einen starken Wesir.« Spucken. Noch mal spucken. »Besonders wenn unser Sultan einem seiner Sklavenmädchen Mondaugen macht. Ich sage, das wird zu nichts Gutem führen! Wenn ein Sultan alle seine anderen Frauen links liegenläßt, dann bedeutet es, daß sie ihn mit festem Griff am Glied hält und daß sie ihn daran herumführen wird wie einen Esel am Zügel!« Er drehte sich um zu Süleyman. »Was willst du denn haben?«

Was ich wirklich will, ist mein Schwert nehmen und damit deinen häßlichen Kopf absäbeln, dachte Süleyman. Danach würde ich ihn dann an die Torpfosten der Erhabenen Pforte hängen und dazu auffordern, ihn noch einmal zu bespucken. Statt dessen aber sagte er: »Ich will nichts von hier. Auf deinem Zimt liegt Spucke.«

Es bereitete ihm Freude, den Türken irgendwo innen im Laden lachen zu hören.

Aber die Beleidigungen, die er vernommen hatte, echoten in seinem Kopf, während er halb blind durch das Labyrinth des Basars ging. Es war wahr, was Ibrahim und seine Mutter ihm gesagt hatten.

Verhext.

War ihm keine Privatsphäre vergönnt? Gab es keine Tagesstunde keinen Monat, keine Jahreszeit, in denen man ihm ein eigenes, ungestörtes Leben gestattete? Wie hatten diese Gerüchte ihren Anfang gefunden? Und warum mußte er beständig seine Führerrolle und seine Pflichttreue vor dem Thron und vor Gott beweisen? Nun gut also, er würde in den Harem zurückkehren. Er würde wieder zeigen, daß er Herr im eigenen Hause war. Es war wiederum eine Pflicht, der er sich stellen mußte, und danach konnte er vielleicht ein wenig verschont werden von den Anforderungen, die sein Volk an ihn stellte, und sein Diwan und seine Mutter … ja, und auch von denen, die von Gott kamen.

Was blieb ihm denn anderes übrig?

44

Es gab eine genaue Vorschrift für die Auswahl eines Mädchens, so wie es für alles im Harem eine Vorschrift gab. Nachdem die großen eisenbewehrten Pforten sich aufschwangen, ritt Süleyman hoch zu Roß herein und wurde vom Kislar Aghasi begrüßt, der eine langärmelige Pelisse und einen Zuckerhut-Turban trug. Hundert Mädchen, denen man Perlen und Juwelen in die Haare geflochten hatte, deren Körper mit Jasmin und Orange parfümiert waren, die in Seide und Satin schimmerten, standen alle in einer Reihe wartend im schattigen Teil des Hofes. Sie waren aufgeregt und nervös an diesem Tag, der der wichtigste in ihrem Leben sein sollte.

Jeder Mann würde vor Wonne bei diesem Anblick erschauern, dachte Süleyman. Warum verspüre ich dann also dieses blanke Entsetzen? Warum ist mein Harem für mich der schwierigste Aufenthaltsort?

Die große Pforte fiel hinter ihm ins Schloß. Süleyman stieg vom Pferd. Wie lange war es her, seitdem er dieses Ritual vollzogen hatte? Bevor er Sultan wurde sicherlich, vor Gülbehar. Er spürte hundert Augenpaare, die ihn beobachteten, mit Neugier, mit flehentlichem Bitten, obwohl keines von ihnen es wagte, ihn direkt anzuschauen. Die Wahl, die er in den wenigen nächsten Minuten traf, würde das Leben eines dieser Mädchen auf immer und unwiederbringlich verändern.

Jedenfalls war es das, was sie glaubten.

Der Kislar Aghasi berührte mit seiner Stirn den Fußboden. »Mächtiger Gebieter.«

»Man muß dich loben«, sagte Süleyman ihm, und folgte dabei dem Protokoll, »sie sind alle sehr auserlesen.«

Der Kislar Aghasi fiel hinter ihm in Gleichschritt, während er die Reihe der Mädchen entlangging. Ein Gesichtergemisch mit ergeben gesenkten Blicken und rosa errötenden Wangen himmelte ihn an. Er nickte und grüßte jede einzeln, und der Kislar Aghasi flüsterte ihm ihre Namen zu.

Warum nur trinke ich nicht von diesem Brunnen, bis ich schier platze? dachte Süleyman. Andere Männer würden das tun. Es heißt, Ibrahim habe einen Harem, der fast so groß ist wie der meine, und daß sein Appetit unstillbar ist. Er ging weiter die Reihe der Frauen entlang und fragte sich, welche er schließlich auswählen würde. Sie sind alle so wunderschön, daß die Schönheit für sich genommen bedeutungslos wird, dachte er. Diese zum Beispiel. Sie ist wie eine Porzellanpuppe. Es ist, als ob sie zerbrechen könnte, wenn man sie zu grob anfaßt. Sie hätte von einem meisterlichen Handwerker aus einem einzigen Stück Alabaster gefertigt worden sein können. Eine solche Vollkommenheit war einschüchternd.

»Wie heißt du?« fragte er.

Das Mädchen flüsterte etwas, aber so leise, daß er es nicht verstehen konnte. Er wandte sich zu dem Kislar Aghasi.

»Was hat sie gesagt?«

Der Kislar Aghasi schien zu zögern. »Julia«, murmelte er schließlich.

»Julia«, wiederholte Süleyman. Er wandte seine Aufmerksamkeit wieder dem Mädchen zu. Welch wahrhaftige Vollkommenheit! Er nahm das grüne Taschentuch vom Ärmel seines Gewandes und legte es ihr über die Schulter, um anzuzeigen, daß er seine Wahl getroffen habe. Das Taschentuch war eines, das Hürrem selbst für ihn bestickt hatte. Er wußte, daß sie zuschauen würde, und er wußte, daß er ein deutliches Zeichen gesetzt hatte.

»Ich werde jetzt in den Gärten umherspazieren«, ließ er den Kislar Aghasi wissen, der das Mädchen mit einem Ausdruck anstarrte, den er sich nicht erklären konnte. Diese Eunuchen waren seltsame Kreaturen.

Er ging weiter aus dem Hof heraus, um sich zwischen den Straußenvögeln und Pfauen und dem Duft von Jasmin und Orangen zu ergehen.

Hürrem wandte sich vom Fenster ab, und ihre Finger schlossen sich um den langen silbernen Kerzenständer, der auf dem niedrigen Tisch vor dem Diwan stand. Sie schleuderte ihn quer durchs Zimmer und zerstörte damit die Fayencen aus blauen Iznik-Kacheln, mit denen die Wohnräume ausgekleidet waren. Muomi duckte sich, um außer Reichweite zu gelangen.

Hürrems Gesicht war blaß vor Wut. Eine lange Zeit über stand sie bewegungslos mitten im Zimmer, und das Beben ihrer Nasenflügel und das Arbeiten der Kinnmuskulatur waren ihre einzigen Bewegungen. Wenn Süleyman dich jetzt sehen könnte, dachte Muomi. Dann würde er dich vielleicht nicht so hübsch finden.

»Ich muß es verhindern.«

»Er ist der Sultan«, sagte Muomi vorsichtig. »Wie kannst du ihm Einhalt gebieten?«

Neben dem Diwan stand ein Silbertablett mit Gebäck. Hürrem nahm es auf und warf es durch das Zimmer. »Wer ist diese kleine Fotze?«

»Ich weiß nicht, wie sie heißt. Sie wurde aus Algerien hergebracht. Es heißt, daß Piraten sie von einer venezianischen Galeere gekapert haben.«

»Wie kann ich das verhindern?«

Zum allererstenmal seit sie bei ihr war, fürchtete Muomi sich.

»Meine Gebieterin …«

Hürrem packte den großen goldenen Ring, der von Muomis rechtem Ohr herabhing, und zog heftig daran. Muomi schrie auf und fiel auf die Knie.

»Wie kann ich das verhindern?«

»… du tust mir weh …«

»… ich will, daß du zum Apotheker gehst … eine deiner Tinkturen …«

»… laß mich …«

Hürrem ließ von ihr ab und stemmte sich bebend die Fäuste in die Seiten. Ich darf die Kontrolle nicht verlieren, jetzt nicht, dachte sie. Wer einmal die Kontrolle verliert, verliert alles.

Muomi keuchte und hielt ihr Ohr mit beiden Händen. »Wenn du sie tötest, wird er sich einfach eine andere nehmen. Und der Kislar Aghasi wird wissen, was du getan hast.«

»Was dann?«

Muomi schaute zu ihr auf, ihr Gesicht war finster, und in ihren Augen glitzerte der Haß. »Tu mir ja niemals wieder weh.«

»… Sag mir, was ich tun soll, Muomi.«

Das schwarze Mädchen zog die Schultern hoch. »Es gibt etwas anderes.«

»Was? Sag's mir …«

»Kannst du heute abend mit ihm speisen?«

»Mit Süleyman? Er wird jetzt nicht zu mir kommen.«

»Dann erfinde etwas, damit er kommt.«

»Das wird schwierig sein.«

»Für dich?«

»Was kann ich tun?«

»Es gibt ein Gebräu … das einem Mann die Leidenschaft wegnehmen kann. Du kannst sicherstellen, daß er sich nicht in sie verlieben kann.«

Die Anspannung schien von Hürrems Körper abzufallen. Sie gestattete sich ein Lächeln. »Du kannst bekommen, was du benötigst?«

»Jede Apotheke in der Stadt wird die Kräuter haben.«

»Dann werde ich einen der Diener schicken, sie dir zu holen. »Hürrem nahm wieder auf dem Diwan Platz. »Und jetzt schicke dem Kislar Aghasi eine Nachricht. Sag ihm, daß ich dringend mit ihm sprechen muß. Wenn ich mich nicht irre, wird er es erwarten.«

Zuerst wurde Julia zur Bademeisterin gebracht, um vorbereitet zu werden. Sie wurde sorgfältig rasiert, überall genauestens auf Haare untersucht, dann in Wasser gebadet, das mit Jasmin und Orangen parfümiert war, und man wusch ihr die Haare mit Henna. Danach lag sie dann auf einer gewärmten Marmorpritsche, und schwarze Gedikli massierten ihr die Schultern, den Rücken, die Schenkel und Waden mit einer Mischung aus warmem Reismehl und Öl. Heißgemachtes Wasser dampfte neben ihr in Behältern, damit die Schlammpackung warm und geschmeidig gehalten wurde.

Als der Kislar Aghasi die Bäder betrat, fand er sie nackt auf der Kante des Marmors sitzend, von allen Seiten von Gedikli umsorgt, deren jede schweigsam mit einem kleinen Teil von ihr beschäftigt war, und es gab kein anderes Geräusch als das Rascheln ihrer Leinenhemden.

Er preßte die Kiefer fest aufeinander, um das Aufschluchzen des Schmerzes zu unterdrücken, der ihm die Kehle abdrückte.

Julia starrte in die Ferne, als ob keiner von allen um sie herum Wirklichkeit wäre, und ihre Augen waren leer und verschleiert. Je eine Gedikli arbeitete an einer ihrer Gliedmaßen, bemalte ihr Finger- und Fußnägel, eine andere schob ihr Aloe unter die Zunge, das ihr den Atem süß machen sollte, und setzte sich dann daran, ihr die Augenlider mit Kajal zu umranden. Wiederum eine andere kniete sich hin, um ihr den Schamhügel in der traditionellen Manier mit Henna einzufärben. Julia kooperierte nicht, leistete aber auch keinen Widerstand. Sie ließ es geschehen, daß man ihren Körper manipulierte, als ob sie nicht da wäre, als ob das Ganze mit ihr überhaupt nichts zu tun habe.

Ich würde gerne wissen, was sie denkt, fragte Abbas sich. Ist sie in Gedanken in Venedig, bei ihrer Spitzenarbeit, und beobachtet die Gondolieri auf dem Canale Grande? Ist sie in der gedeckten Gondola mit mir, oder ist dies nur meine Eitelkeit, die wünschte, daß es so wäre?

Irgendwo hinter ihm stritt sich die Herrin der Kleider mit einer Helferin über die rechte Kleiderauswahl.

In wie vielen schlaflosen Nächten habe ich mir dies erträumt? dachte Abbas. Wie oft habe ich mir vorgestellt, wie das sein würde, bei dir zu sein. Dich völlig nackt zu sehen. Niemals in meinen Vorstellungen hast du so dagesessen wie jetzt und direkt durch mich hindurchgeschaut, unberührbar und unberührt. Ich bin nicht vorhanden, keine von den anderen hier ist für dich vorhanden. Du bist allein und so unerreichbar, wie du es immer gewesen bist.

Aber so wunderschön! Obwohl sie dir das Haar mit Henna eingefärbt, deine Augen geschwärzt und deine Lippen rot angemalt haben wie bei einer der Prostituierten, die Ludovici so gern hatte, können sie damit deine Würde und deine Anmut doch nicht übermalen.

Und dein Körper ist so vollkommen, wie ich das geahnt habe. Die Wölbungen und Kehlungen, Pulse und Schatten alle so wunderbar proportioniert, als ob sie von einem Meister der Bildhauerei geschaffen wären. Die Brustwarzen waren kleine Rosenknospen, und jeder Muskel an Schenkeln, Schultern und Bauch zeichnete sich wie aus Marmor geformt deutlich unter der Haut ab.

Wie kann ich nur so etwas fühlen? fragte Abbas sich. Wie kann ich mich nach etwas sehnen, was ich nicht besitzen kann? Warum folterst du mich immer noch, wenn du mir doch nichts mehr anbieten kannst?

Vielleicht ist dies die reinste Form des Verlangens; und die reinste Form der Qual.

Unterdessen begann eines der Mädchen, seidigen, goldenen Puderstaub auf Julias Armen, ihrem Rücken, ihren Brüsten zu verteilen. Es bewirkte, daß ihre Haut wie gehämmertes Gold aussah, in dem sich das Kerzenlicht wie in tausenden winziger Diamantensplitter spiegelte.

Julia …

Zögernd wandte er sich ab. Hürrem wollte ihn sehen. Er hatte sich das schon so gedacht.

Hürrem kauerte auf dem Diwan, hielt ein zerknülltes Taschentuch in ihren Fäusten und wickelte es sich aufgeregt vor Sorge unablässig um die Finger. Ihre Augen waren rot vom Weinen. Fast hatte Abbas Mitleid.

Er vollführte eine Temmenah, und seine rechte Hand berührte sein Herz, seine Lippen, seine Stirn. »Meine Herrin? Ihr wolltet mich sehen?«

Hürrem zog die Nase hoch und betupfte sich die Augen mit dem Taschentuch. »Was soll ich tun, Abbas?«

»Meine Herrin?«

»Ich höre, daß der Herr des Lebens beschlossen hat, die Nacht mit einer der Huris zu verbringen.«

»Das ist richtig, meine Herrin. Ihr solltet Euch nicht beunruhigen. Ihr seid immer noch zweite Kadin. Nichts kann daran etwas ändern.«

Hürrem tupfte wieder an ihren Augen. »Wie heißt sie?«

Abbas zögerte und wurde plötzlich mißtrauisch. Es wurde ihm bewußt, daß hier eine Gefahr lauern konnte. »Julia«, sagte er vorsichtig. »Sie ist eine Venezianerin.«

»Eine kultivierte Hofdame.«

»Wie Ihr sagt.«

Hürrem schien nachzudenken. »Ich wünsche, den Herrn über das Leben zu sehen. Könnte er vielleicht heute abend mit mir das Nachtmahl einnehmen?«

»Ich glaube nicht, daß das möglich ist, meine Herrin. Wenn der Sultan ein Mädchen auswählt …«

»Ich habe dich nicht nach deiner Meinung gefragt!« Ihre Stimme war wie ein Peitschenhieb. Sie brachte ihn sofort zum Verstummen. Er betrachtete sie sorgfältiger. Vielleicht hatte sie doch gar nicht geweint.

»Meine Herrin?«

»Ich möchte den Herrn über das Leben sehen … heute abend. Er ist noch im Sarayi und besucht die Valide. Ist das nicht so?«

»Wie ihr sagt, meine Herrin …«

»Bitte ihn darum, mit mir zu Abend zu essen. Sag ihm, ich sei zerknirscht und möchte Frieden schließen.«

»Es ist vielleicht nicht möglich, zu …«

»Abbas, erinnerst du dich daran, was mit der letzten Kiaya der Gewänder geschehen ist? Vielleicht hast du damals noch nicht zum Harem gehört?«

Abbas spürte, wie sein Mund trocken wurde. Das kleine Biest hatte seine Zähne immer noch nicht verloren. »Ich bin nicht sicher, daß ich Euch folgen kann, meine Herrin.«

Hürrem stand auf und kam auf ihn zu. Sie stand so nahe bei ihm, daß er ihr Parfum riechen konnte. Sie schaute ihn lächelnd an. »Doch, das kannst du, Abbas. Jedermann hier weiß, was mit der letzten Kiaya geschehen ist. Und sie hat es nicht gewagt, mich so zu beleidigen, wie du mich jetzt beleidigst.«

»Ich möchte Euch keinesfalls beleidigen, meine Herrin. Es ist nur d…«

»Ich möchte deine Ausrede nicht hören, Abbas. Heute abend schläft der Sultan vielleicht mit einer anderen Frau, aber weißt du, in wessen Bett er morgen nacht liegen wird? Wenn eine Frau einen Mann zwischen ihren Beinen hat, Abbas, dann hat sie seine ungeteilte Aufmerksamkeit. Bis du also nicht sicher weißt, was morgen geschieht, denk an die Kiaya – und tu, worum ich dich bitte.«

»Ja, meine Herrin.«

Abbas verließ den Raum und haßte sich selbst wegen seiner Schwäche. Warum war das Leben ihm so wichtig, daß er alles tun würde, es zu erhalten? Dieser Überlebensinstinkt hatte ihm schon wieder eins ausgewischt.

Nun gut, er würde also ihre Marionette sein. Wenn sie aber Julia etwas zuleide tun sollte, würde aus dem Wurm eine Schlange.

45

»Ich habe das Essen selbst zubereitet«, sagte Hürrem.

Es gab Weinlaubblätter, die mit Milchlamm gefüllt waren, kleine, am Spieß gegrillte Hühnerstücke, Schisch Ketabi, Revani-Gebäck, Halva und Sorbets. Süleyman setzte sich und schaute sie vorsichtig an. Er fühlte sich jetzt ihr gegenüber wie ein Fremder. Als ob er sie irgendwie verraten hätte.

Sie sah zu, wie er aß, ohne ein Wort zu sagen.

»Du bist nicht hungrig?« fragte Süleyman sie.

Sie schüttelte den Kopf.

Er kostete das Essen. »Es ist gut«, murmelte er. »Hast du neue Gewürze verwendet?«

»Muomi hat tausend Rezepte, mein Gebieter.«

Er kaute noch einen Mund voll von dem Essen. Er betrachtete ihr Gesicht genau. Sie hatte geweint, dessen war er sicher, obwohl sie sich nichts anmerken ließ. Aber ihre Augen waren gerötet und ihre Lider geschwollen.

»Soll ich Schatten spielen lassen?« fragte sie.

Manchmal war sie wie ein kleines Kind, dachte er. Immer will sie mir Freude bereiten. »Jetzt nicht«, sagte er.

Sie verfiel in Schweigen und beobachtete ihn mit einem halben Lächeln, das ebenso flüchtig wirkte wie die Schatten. »Soll ich meine Viole holen?«

Er schüttelte den Kopf. Das Essen war gut, aber er hatte keinen Appetit darauf. Er schob den Teller fort von sich.

»Bitte iß, mein Gebieter.«

»Ich bin nicht hungrig.«

»Habe ich dir ein Ärgernis bereitet, mein Sultan?« flüsterte sie.

»Nein, da gibt es nichts Ärgerliches.«

»Aber manchmal bin ich in deiner Gegenwart ungebührlich anmaßend gewesen. In meiner Leidenschaft für dich habe ich meine Stellung vergessen. Wenn du zornig bist, dann weiß ich, daß ich daran schuld bin.«

Hürrem wirkte durch und durch reumütig. Süleyman wollte seine Hand ausstrecken und sie trösten. Aber das ging nicht. Er durfte sie nicht sehen lassen, daß sein Schmerz ebenso groß war wie der ihre. Sie mußte das verstehen, so sehr er sie auch liebte, er hatte seine Pflichten gegenüber dem Islam und den Osmanen, und sie hatte ihm gegenüber eine Pflicht. Pflichterfüllung zu erlernen war sehr schwer, Gott wußte, wie schwer, sollte sie es nur gleich jetzt lernen.

»Du bist meine Zuflucht, meine kleine Roxelana. Aber ich bin immer noch der Herrscher. Das darfst du nicht vergessen.«

»Ja, mein Gebieter.«

Er stand auf. Hürrem hob ihre Augen nicht. Statt dessen beugte sie sich plötzlich vor und küßte seine Füße.

Süleyman war wie vor den Kopf gestoßen. Niemals hatte er sie je so demütigen wollen.

»Hürrem«, flüsterte er sanft, »wir sind durch Pflicht gebunden. Ich kann nicht wie andere Männer sein.«

Er mußte fortgehen, ehe sein Entschluß weich wurde. Arme Hürrem. Sie verstand nicht. Ja, es war wahr, sie hatte ihn verhext. Aber sie war keine Hexe. Sie hatte ihn durch ihre Unschuld und Ergebenheit bezaubert.

Nachdem er gegangen war, betrat Muomi den Raum und kniete sich neben den Tisch mit den zur Hälfte aufgegessenen Speisen.

»Er hat sein Essen kaum berührt«, sagte Hürrem. »Wird das reichen?«

»Ja«, flüsterte Muomi, »es reicht aus.«

Fast hätte Abbas sie nicht erkannt.

Man hatte ihr ein rosarotes Hemd angezogen, dazu blaue Haremspluderhosen, einen Dhuma – einen schweren Kaftan mit Perlenknöpfen und goldgewirkten Knopflöchern – und einen Kopfschmuck, der vor Smaragden, Diamanten und Opalen nur so glitzerte. Ihre Augen waren mit Kajal umrandet, und das übrige Gesicht verbarg sich unter einem Yashmak mit Perlenfransen.

Um Hand- und Fußgelenke trug sie schmale Silberkettchen, dünn wie Fäden, und dazu eine breites goldenes Halsband mit einem Perlentropfen. An ihrem Kopfschmuck war außerdem noch ein goldener Anhänger befestigt.

Als sie sich erhob, war ihr eine der Gedikli mit dem Ferijde behilf-
lich, dem Mantelumhang aus schwerem Brokat, dessen weite Kapuze
und lange Ärmel sie überall so bedeckten, daß nicht einmal ein Finger
zu sehen war.

Meine Julia.

Er führte sie durch die dunklen Gänge des Palastes zur wartenden
Kutsche.

Als sie anfuhren, starrte er auf die unbewegliche, eingehüllte Figur,
die ihm gegenübersaß, und fragte sich, was sie wohl sagen würde, wenn
sie wüßte, daß der fettleibige, narbenentstellte Eunuch auf der anderen
Seite ihr einmal auf den Kanälen Venedigs den Hof gemacht hatte.

»Fürchtest du dich?« fragte er.

»Ja.«

»Du brauchst keine Angst zu haben. Der Sultan ist ein sanfter Mann.
Er will dir nichts Böses tun.«

Nach einer langen Zeit hörte er sie fragen: »Was muß ich tun?« Ihre
Stimme bebte. Er spürte, daß sie einem Panikanfall nahe war.

»Hast du je mit einem Mann im Bett gelegen?«

»Nein, niemals.«

»Niemals?« *Corpo di Dio!* Niemals! Es gab keinen Gott! Wenn
doch, dann war er ein Sadist und ein Tyrann! Wie anders konnte das
Schicksal eine Jungfrau und einen sie liebenden Eunuchen zusammen-
bringen – als in einem bösen Scherz?

Was konnte er ihr sagen? Wie könnte er ihr jetzt helfen? »Du mußt
einfach tun, um was er dich bittet. Er wird es dir zeigen.«

»Warum hat er mich ausgewählt?«

»Weil du die allerschönste Frau der Welt bist«, hörte er sich sagen,
verfiel aber danach in Schweigen, weil er wußte, daß er sich sonst selbst
verraten würde. Ich werde dich zum Bett meines Herrn führen, dachte
er. Sollen die Götter ihren Spaß haben. Ich kann jetzt nichts daran
ändern. Wir wollen es hinter uns bringen, denn ich habe das Maß an
menschenmöglicher Verzweiflung bereits erlebt. Wenn du Glück hast,
wird dir ein besseres Schicksal als mir beschieden sein.

Topkapi Sarayi

Als Abbas das Schlafgemach betrat, wartete Süleyman schon. Angetan
mit einem einfachen weißen Gewand, das mit Hermelin gesäumt war,

lag er auf dem Bett, und an seinem Turban war eine Reiherfeder mit einer Spange aus weißen Diamanten und Rubinen befestigt. Der Duft aus den Messinggefäßen, die von der hohen, gewölbten Decke hingen, erfüllte den Raum.

Abbas berührte den Teppich dreimal mit der Stirn. »Großer Gebieter.«

Süleyman betrachtete ihn und ermahnte sich zur Einhaltung der protokollarischen Regeln. »Kislar Aghasi, ich habe mein Taschentuch verlegt. Weißt du, wer es hat?«

»Ja, mein Herr. Ich werde dafür sorgen, daß sie es Euch bringt.«

Abbas wuchtete seine Körperfülle vom Boden hoch. Süleyman sah ihn prüfend an. Irgend etwas mit Abbas stimmte nicht, fand er. In letzter Zeit hatte er krank ausgesehen. Heute abend war sein Gesicht schweißgebadet – es war keine besonders heiße Nacht –, und seine Augen hatten jenen schrecklich starren Blick, den er oft genug im Kampf gesehen hatte. Er hoffte, daß er nicht krank wurde.

Abbas ging zu der gewaltigen Tür und führte eine kleine, eingehüllte Gestalt herein. Er nahm ihr die Ferijde ab und flüsterte ihr etwas zu, indem er sie nach vorne schob. Länger als es sich geziemte, verharrte er an der Tür.

»Geh«, sagte Süleyman.

Die Tür fiel leise ins Schloß, und sie waren allein.

Das Mädchen zitterte. Sie zog das grüne Taschentuch hervor, das er ihr an diesem Morgen über die Schulter gelegt hatte, fiel auf die Knie und kroch auf allen vieren zum Bett. Sie hob die Bettdecke, führte sie sich an Stirn und Lippen, und kroch über das Bett weiter bis nach oben.

Süleyman wartete ab, und er wünschte von ganzer Seele, er könnte mit Hürrem zusammensein.

Nackt erhob er sich aus dem Bett und schaute vorwurfsvoll auf das Mädchen, das vor ihm zusammengerollt auf der Matratze lag. Das Kerzenlicht warf lange Schatten über die Täler und Hügel ihres Körpers und legte in ihre Augen eine Leidenschaft, die nicht vorhanden war.

Er warf sich einen Seidenmantel über und ging, das Fenster zu öffnen. Der Vollmond hing dick und tief über der asiatischen Küste bei Üsküdar und warf phosphoreszierendes Licht auf die schwarzen Wolkenberge. Ein Vollmond, ein Hexenmond. Vielleicht war das der Grund, dachte er.

Vielleicht hat sie mich wirklich verhext.

Sie war wunderschön, dieses venezianische Mädchen. Ihr Körper war seidig, er war himmlisch anzuschauen und zu berühren. Dennoch war es ihm nicht gelungen, Leidenschaft für sie zu empfinden. Er verspürte keinerlei Appetit. Es hätte ebensogut … Abbas sein können.

Irgend etwas … irgend jemand … hat mich zum Eunuchen gemacht. Der Sultan der Osmanen so impotent wie sein eigener Kislar Aghasi!

Furcht, Wut und Verwirrung überschwemmten sein Inneres. Er fühlte, wie die Erniedrigung seine Wangen heiß brennen machte. Vom Bett aus sah das Mädchen ihn mit den Augen einer Rehkuh angsterfüllt an und sagte keinen Ton. Seit Abbas sie hergebracht hatte, war ihr nicht ein einziges Wort über die Lippen gekommen; verdammt sein sollte sie.

Würde aber ihr Schweigen auch noch anhalten, wenn sie in den Harem zurückgekehrt war?

Dieses Mädchen war nicht wie seine Hürrem. Sie hatte keine unerhörten Tricks, die ihn erregten, kein weiches Stöhnen, das ihn aufstachelte, den Hengst zu spielen. Sie lag einfach da und bot ihre Schönheit dar – eine geringe Währung im Harem. Vielleicht war es einfach das. Vielleicht gab es keine Hexerei. Vielleicht konnte keine Frau ihn je wieder erregen, nachdem er Hürrem beigewohnt hatte.

Aber im Harem würde man das nicht verstehen. In den Straßen und Basaren würden sich die Gerüchte verstärken, und man würde wieder herumschreien, daß er verhext sei, kein richtiger Mann mehr, kein richtiger Herrscher.

Er drehte sich herum und schaute sie an. Sie hatte die Knie bis zur Brust heraufgezogen und schaute ihn an, bewegungslos bis auf das langsame Augenblinkern.

Behende eilte er zur Tür und riß sie auf. »Abbas!«

Die Hellebardiere, die vor der Tür Wache gestanden hatten, zuckten vor Angst zusammen. »Wo ist Abbas?«

Einer von ihnen rannte, den Kislar Aghasi zu suchen.

Süleyman warf die Tür hinter sich zu und ging zum Bett. Er sammelte die Kleider des Mädchens auf und warf sie ihr zu. »Zieh dich an!«

Wenige Augenblicke später erschien Abbas unter der Tür, eine Kerze in der Hand. Seine Augen waren furchtgeweitet. »Mein Gebieter?«

Süleyman zeigte auf das Mädchen. »Bring sie hier raus!«

»Sie gefällt Euch nicht, mein Herr?«

»Sieh zu, daß du sie rausbringst!« Er packte Julia am Arm – sie trug nur die Haremshosen und das Seidenhemd –, zerrte sie in den Korridor und ließ sie schluchzend auf dem Teppich liegen.

Dann zog er einem der Hellebardiere den Jatagan aus dem Gürtel und ging in die Schlafkammer zurück, wobei er die Tür hinter sich zuwarf. Er hielt dem Kislar Aghasi die Klingenspitze unter das Kinn. Ein dünner Blutfaden rieselte ihm den Hals herunter und verfärbte den Kragen seiner Pelisse.

Abbas stockte der Atem, und er ließ beinahe die Kerze fallen.

»Sie darf heute abend mit keinem Menschen sprechen! Und wenn sie morgen früh noch lebt, wird dein Kopf bei Sonnenuntergang den Krähen auf der Pforte der Glückseligkeit zum Fraß dienen! Verstehst du mich?«

»Ja, mein Gebieter …«

»Raus mit dir!«

Abbas eilte über das Kopfsteinpflaster des Säulengangs im Topkapi Sarayi und hielt das versiegelte Pergament mit seiner rechten Hand fest umschlossen. Er war auf dem Weg zur Zelle des Aga der Sendboten. Er mußte dafür sorgen, daß seine Botschaft über den Bosporus zu Ludovici kam. Jetzt. Heute nacht.

Julia wurde in eine Zelle unter dem Ortakapi eingesperrt. Es war schon fast Mitternacht, was bedeutete, daß Ludovici, wenn er die Nachricht erhalten hatte, nicht mehr als fünf Stunden verbleiben würden, um seine Vorkehrungen zu treffen.

»Julia«, murmelte er im Laufen, »Julia, was hast du angestellt?«

46

Morgendämmerung.

Abbas führte Julia durch die große Pforte der Palastmauer, die am Bosporus lag, und hinunter bis zum Wasser. Einen Augenblick lang hielt er inne, um zum wasserblauen Himmel aufzusehen, und

254

bemerkte, daß die Vögel, die die Stambuler »Verdammte Seelen« nennen, über ihnen beiden kreisten. Der Schwarm weißer, wilder Vögel machte nicht das geringste Geräusch, sogar ihr Flügelschlag war lautlos. Man sah niemals, daß sie fraßen oder sich ausruhten, sie schienen sich unentwegt lauernd über den schwarzen Wassern des Bosporus treiben zu lassen. Bei den Stambulern hieß es, sie seien die Seelen der Huris, die man dort unten in den Wassern ertränkt hatte.

Es war dies die übliche Methode, mit der der Sultan sich der Frauen eines Bruders entledigte, wenn er den Thron bestieg, oder mit der ein Mädchen bestraft wurde, die es irgendwie fertiggebracht hatte, sich von einem der weißen Eunuchen schwängern zu lassen. Es hieß, der Schlick am Boden des Bosporus sei gespickt mit den verbleichenden Knochen ehemaliger Konkubinen.

Jetzt bist du dran, Julia.

Abbas schauderte, als er sie betrachtete. Sie hatte geweint, und der Kajal hatte ihr die Wangen schwarz gefärbt, und das geflochtene Haar hing ihr in einer dicken Strähne um das Gesicht. Sie trug nichts als das rosafarbene Hemd und den blauen Salwar. Er sah, wie die beiden Bostanji ihren Körper durch die dünne Seide taxierten.

»Was geschieht jetzt?« murmelte sie.

Abbas sah, wie die Meuchelmörder ihn beobachteten. Er würde ihnen keinen Anlaß zur Spekulation geben. »Du wirst nicht mehr in den Eski Sarayi zurückkehren«, sagte er. Er nahm ihren Arm und führte sie die Sandbank hinunter zum wartenden Kajik.

»Wohin gehen wir?«

»Tu einfach, was man dir sagt«, beschied Abbas sie.

»Bitte, sag mir, was geschieht.«

»*Silenzio!*« zischte er sie an, und der Klang ihrer Muttersprache ließ sie entgeistert verstummen.

Auf den Bodenplanken des Schiffes war ein großer Sack ausgebreitet. Als sie am Wasser angelangt waren, drehte sich Abbas herum und hob sie mühelos so in den Kajik hinein, daß sie mit den Füßen auf dem Sack zu stehen kam. Aus den Falten seiner Pelisse zog er ein silbernes Band hervor, ergriff ihre Hände und knüpfte sie ihr hinter dem Rücken zusammen.

»Was soll das?«

Abbas antwortete nicht. Im Heck des Schiffes lag ein Haufen großer, glatter Steine, und die legte er alle nacheinander auf den Sack. Dann ergriff er die Seiten des Beutels um sie herum, zog sie ihr über den Kopf hoch, und verknotete sie mit einem Seil.

»Denk daran, daß ich dich liebe«, flüsterte er auf italienisch und stieß sie auf die Planken. Dann stieg er wieder aus dem Kajik aus und in das andere Boot zu den beiden Bostanji hinein.

Eine frische Brise kräuselte die Oberfläche des Bosporus. Vom europäischen und asiatischen Teil der Stadt her hallten die lauten Rufe der Muezzins über das Wasser, mit denen sie die Gläubigen zum Gebet aufforderten. Der Turm des Diwan erhob sich aus dem Nebel, und an seiner Spitze brach sich das Sonnenlicht.

Ein wunderschöner Morgen zum Sterben, dachte Abbas.

Sie ruderten an der Landzunge der Serailspitze und den düsteren, seewärtigen Palastmauern vorbei und zogen den anderen Kajik bis zu einer Stelle, die auf halbem Wege zwischen der Halbinsel und der asiatischen Seite lag. Abbas stand am Bug, sein Blick schweifte über das Wasser und erspähte für einen Augenblick ein griechisches Fischerboot, ein Karamusali, auf der scheckigen Wasseroberfläche, ehe es wieder vom herumwirbelnden Nebelvorhang verschluckt wurde.

Er befahl den Bostanji, ihre Ruder einzuziehen, und eine Weile lang trieben sie still dahin. Abbas schaute zum Heck, zu dem winzigen Boot, das sie an einer Leine hinter sich herzogen. Das formlose Bündel im Sack zappelte immer noch, so daß das Boot im Wasser leicht schaukelte.

»Nehmt die Leinen«, rief Abbas, ein wenig lauter, als es notwendig gewesen wäre.

Die Bostanji ergriffen die Taue, die vom Heck des Kajik herabhingen und begannen, an ihnen zu ziehen, so daß das andere Boot zu schlingern anfing und Wasser hineinschwappte. Schließlich neigte es sich nach Steuerbord und kenterte. Als der Sack in das Wasser fiel, hörte man ein leises Aufklatschen. Einen Augenblick lang schäumten Luftblasen auf der Oberfläche, dann waren sie wieder verschwunden.

Abbas forschte wieder in den Nebelschwaden nach dem Karamusali, sah aber nichts. Er wies die Bostanji an, die Taue zu kappen, und saß dann zusammengesunken im Bug, während sie zur Landspitze zurückruderten.

Julia stockte der Atem, als sie ins Wasser fiel und spürte, wie die Steine sie mit den Füßen zuerst ins Wasser herabzogen. Sobald der Kislar Aghasi ihr die Hände zusammengebunden hatte, hatte sie gewußt, was geschehen würde, und sie hatte auch gewußt, daß es sinnlos sein würde, zu kämpfen. Sie hatte sich vorgenommen, das Wasser gleich in sich hineinzusaugen, um es schnell hinter sich zu bringen, aber irgendein gefühlsmäßiger Überlebensinstinkt hatte ihren Entschluß kraftlos werden lassen, und als der Kajik kenterte, hatte sie ihre Lunge voll mit Luft gefüllt, versucht den Atem anzuhalten und unterdessen ihre Hände zu befreien, indem sie mit den Verknotungen hinter ihrem Rücken kämpfte.

Zu ihrer Verblüffung lösten sich die.

Während sie durch das Wasser sank, war ihr, als habe irgend jemand ihr mit zwei heißen Nadeln die Trommelfelle durchstochen. Sie hatte versucht, nicht gegen den Schmerz anzuschreien und ihre eingeatmete Luft nicht zu verlieren. Voller Todesangst kratzte und zog sie an der Sacköffnung und spürte plötzlich, wie sie sich öffnete.

Der Kislar Aghasi! dachte sie. Er wollte, daß ich entkomme!

Der Sack fiel von ihr ab, und sie paddelte blind gegen das schmutzige grüne Wasser an, sah die silberne Oberfläche weit, weit über sich, versuchte mehr Luft zu schnappen, verschluckte dabei aber nur noch mehr Wasser und begann zu würgen.

Sie kämpfte mit Armen und Beinen gegen das Wasser, aber ihr Mund füllte sich damit, dann ergriff sie siedendes Entsetzen, und sie wußte, daß sie sterben würde.

Irgend etwas berührte ihren Arm, und sie klammerte sich verzweifelt daran. Dann war nichts.

Abbas schaute einmal zurück, sah, wie das Karamusali sich sanft zwischen den Kajik und die asiatische Küste schob, und entdeckte zwei Gestalten auf Deck, die sich abmühten, irgend etwas an Bord zu hieven. Schnell wandte er seinen Blick ab für den Fall, daß die Bostanji seiner Blickrichtung folgten, aber dann hatte sich der Nebel um sie herum wieder geschlossen, und der Morgen behielt seine Geheimnisse.

Als Süleyman von den Schlachtfeldern wieder zurückkehrte, lag Schnee auf dem großen Tor des Ba'ab i Hümayun. Er saß ganz in sich versunken auf dem wunderbaren arabischen Hengst und war taub gegen die jubelnden Zurufe der Janitscharen und der Menschenmenge, die den Diwan Yolu säumten, um ihn willkommen zu heißen. Diesmal waren sie nicht einmal bis Wien gekommen. Ibrahim war länger als einen Monat von einer kleinen Garnisontruppe bei Güns aufgehalten worden, und der Feldzug hatte sich völlig zerstreut in einer Reihe von Raubzügen seiner Akinji-Reiter und in der Uneinigkeit seiner Generäle darüber, aus welcher Richtung man losschlagen sollte.

Er kehrte in Trauer zurück. Hafise Sultan, seine Mutter, war tot. Obwohl er um sie trauerte, fühlte sich ein Teil von ihm seltsam befreit. Er sprach seine Gebete für sie und spürte, wie ihm die Last von den Schultern abfiel. Mit jedem Tag verschwand die Stimme, die ihn beständig an Pflicht, Pflicht, Pflicht gemahnt hatte, mehr aus seinem Bewußtsein.

Die europäische Unternehmung hatte sich als ein Musterbeispiel an Vergeblichkeit erwiesen. Das Zwischenspiel mit dem venezianischen Mädchen war eine Katastrophe gewesen. Ihm war jetzt über alle Maßen deutlich, wer sein klügster Ratgeber war – sowohl auf dem Schlachtfeld wie auch im Bett.

Er war viel zu lange fort gewesen.

Verhexe mich wieder, Hürrem.

DAS VERWEHEN VON STAUB

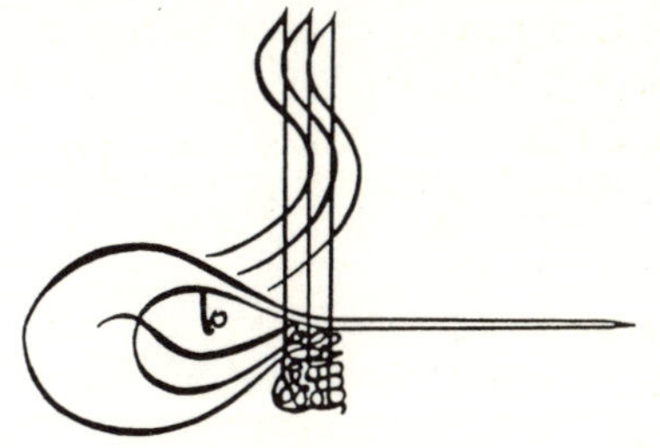

47

Der Eski Sarayi, 1535

Eine Gedikli führte sie durch die Wohnräume. Güzül war gegen ihren Willen beeindruckt. Hürrem besaß ihren eigenen Garten mit einem Marmorbrunnen und einer Vogelvoliere, in der es Nachtigallen und Kanarienvögel gab und dazu einige Vögel, die sie noch nie zuvor gesehen hatte: höckerschnabelige Geschöpfe mit roten, grünen und königsblauen Federn. Im Bedesten flüsterte man sich gegenseitig zu, man habe ihr sogar ein elfenbeinernes Bett aus Amoy in China zum Geschenk gemacht, das mit Aloe, Sandelholz und rosa Korallenstückchen eingelegt sei. Es sollte über 90 000 Scudi gekostet haben, was für sich genommen schon ein Vermögen war.

Hürrem lag mit dem Gesicht nach unten auf einer Marmorplatte, die durch das Heizsystem des Palastes von unten angewärmt war, und Muomi massierte ihr Nacken und Schultern. Güzül stellte fest, daß ihr ganz privates Hammam genauso groß war wie das Audienzzimmer von Ibrahim.

Sie vollführte ein zeremonielles Sala'am auf dem Fußboden und wartete auf den Knien, bis Hürrem ihre Gegenwart bemerkte.

Hürrem blinzelte mit einem Auge, und ihr Gesicht erhellte sich mit einem sanften Lächeln.

»Ah, Güzül.«

»Wäre meine Herrin so gnädig und würde meine armseligen Waren prüfen?«

Mit einer kaum merklichen Kopfbewegung stimmte Hürrem zu. Güzül beugte sich herunter und knüpfte das grünseidene Tuch auf, das sie in den Armen gehalten hatte, und breitete die Auswahl an Bändern und Spitzen und Talmi vor sich aus, wobei sie jedes Stück einzeln so hinlegte, daß es um der besseren Wirkung willen ein wenig Sonne einfing.

Muomi fuhr fort damit, ihre langen, kraftvollen Finger in Hürrems Schultermuskeln hineinzukneten. Sie erhält sich ihren schlanken Körper noch immer, dachte Güzül. Sie mußte an eine Katze denken, die sich geschmeidig und zufrieden auf ihrem Lieblingslager ausgestreckt hatte. Die Augen halb geschlossen in traumverhangener Trägheit, die Glieder ausgestreckt in schlaffer Gelassenheit. Man würde nicht glauben, daß sie fünf Kinder geboren hatte, kam es ihr in den Sinn. Immerhin hat sie ja Milchammen für alle gehabt, und sie hatte ihnen nach der Durchtrennung der Nabelschnur erdenklich wenig Aufmerksamkeit gewidmet. Ihre Brut wird sich ganz allein durchs Leben schlagen müssen, wenn sie groß werden will.

Feuchte, dicke rotgoldene Haarsträhnen klebten ihr im Gesicht und an den Wangen. Es war, als ob die grünen Augen sie durch lange Wüstengrasstengel hindurch betrachten würden. Sie wirkte wie ein Raubtier im Anschlag. Es schauderte Güzül.

»Wie geht es denn deiner Meisterin?« wollte Hürrem unvermittelt wissen.

Güzül spürte, wie ihr alles Blut aus dem Gesicht wich. »Meiner Meisterin, meine gnädige Herrin?«

»Der Rose des Frühlings.«

Güzül verschlug es plötzlich den Atem. Sie wagte es nicht, in jene schrecklichen grünen Augen aufzuschauen. Statt dessen konzentrierte sie sich auf die Tandwaren, die auf dem Teppich vor ihr lagen. »Meine gnädige Herrin irrt sich.«

»Meine gnädige Herrin irrt sich nie«, sagte Hürrem und gähnte. »Du bist Gülbehars Geschöpf. Du kommst nach Stambul, um ihre Botschaften zu überbringen und den Harem auszuspionieren.«

Güzül sagte nichts. Sie wartete ab.

»Hab keine Angst. Ich will nur ein wenig Auskunft von dir haben. Das ist die einzige Ware von dir, an der ich interessiert bin.«

Langsam kratzte sich Hürrem mit dem großen linken Zeh am Schienbein des anderen Beines. Güzül bemerkte, wie sich die Muskeln an ihrem Gesäß spannten. Das war klein und hart. Wie bei einem Knaben, dachte Güzül. Während Gülbehar in Manisa fett und faul vom Naschwerk wird, hungert Hürrem und trinkt von irgendeinem Brunnen ewiger Jugend. Oder vielleicht sind es die Mixturen, die Muomi ihr zu trinken gibt.

Hexe.

»Ich bin nur eine Sendbotin, meine gnädige Herrin.«

»Genau. Aber wer ist das, frage ich mich, der dich hier in Stambul

empfängt? Wer am Hof ist der Freund meiner gnädigen Herrin Gülbehar?«

Güzül schwieg weiter. Sie spürte, wie ihr die Knie weich zu werden
begannen. Es war unmöglich, das Zittern anzuhalten. Sie verriet sich
mit ihrem eigenen Körper.

»Du tust recht daran, dich zu fürchten, Güzül. Es ist richtig, daß du
der Frau dienst, die eines Tages die Mutter des nächsten Sultans werden
könnte. Aber das wird morgen sein, und vielleicht lebst du nicht so
lange. Heute bin ich es, die in stillen Augenblicken dem Sultan etwas
zuflüstert, und wenn ich es will, könnte ich ihm zuflüstern, daß eine
gewisse Zigeunerkrämerin in seinen Harem gekommen sei und seiner
Lieblingskadin ins Gesicht gesagt habe, sie sei eine Hexe, und sie
unvorstellbar beleidigt habe.«

Güzül streckte eine Hand aus, um sich mehr Halt zu verschaffen.
»Meine gnädige Herrin.«

»Du hast die Wahl. Denk einen Augenblick darüber nach.«

Hürrem schloß wieder die Augen und gab sich ganz Muomis Handgriffen hin. Güzül fühlte sich einer Ohnmacht nahe. Sie wußte, daß sie
ein gefährliches Spiel gespielt hatte; aber es hatte niemals wie Wirklichkeit ausgesehen. Jetzt war sie mit der Gewißheit des Todes konfrontiert, und ihre Därme gerieten in Aufruhr.

»Ibrahim … meine gnädige Herrin«, brachte sie schließlich zuwege.

Hürrem schlug die Augen auf. »Ibrahim«, murmelte sie. Ihre Züge
schienen von der Massage entspannt, aber ihr Blick war auf einmal kalt
und leer. »So. Ich sollte nicht überrascht sein. Er ist wie ein eifersüchtiger Liebhaber, nicht wahr, Güzül?«

Güzül hatte ihre Stimme verloren.

»Du mußt eine Wahl treffen, alte Frau. Du kannst nicht zwei Her-
rinnen gleichzeitig dienen. Und du hast auch nur ein Leben. Das Leben
ist grausam, nicht wahr?«

»Meine gnädige Herrin, ich werde alles tun …«

»Du weißt noch nicht, um was es sich handelt, Güzül. Da drüben auf
dem Tisch steht eine kleine verstöpselte Flasche. Es ist eine kleine
Menge Flüssigkeit darin. Ich möchte, daß du es in dein Gewand steckst
und mit dir nach Manisa nimmst. Dann will ich, daß du eine Möglichkeit findest, den Inhalt in Mustafas Getränk zu schütten. Denkst du,
daß du das tun könntest?«

Ein Stöhnen entrang sich Güzül.

»Eine schwierige Wahl, das verstehe ich. Aber ehe du dich von deinen Knien erhebst, mußt du sie getroffen haben. Du oder Mustafa. Wer von euch beiden wird sterben?«

»Es ist unmöglich, meine gnädige Herrin. Die Vorschmecker nehmen von allem eine Probe …«

»Vielleicht denkst du, daß Ibrahim dich retten könnte. Es ist wahr, daß der Sultan ihm sein Ohr leiht. Aber er hat noch andere Teile, die zu besitzen weit begehrenswerter sind. Und sehr viel überzeugender. Wofür entscheidest du dich also, Güzül?«

»Meine gnädige Herrin, bitte. Alles andere …«

»Wofür entscheidest du dich?«

Sie meint, was sie sagt, schoß es Güzül durch den Kopf. Wenn ich nicht zustimme, wird sie mich ohne Zögern umbringen lassen.

Gott, hilf mir in meiner Bedrängnis!

»Ich werde tun, was ich kann«, sagte sie.

»Falls es dir mißlingt, erwarte kein Mitleid von mir.«

»Aber, meine gnädige Herrin …«

»Es ist ein einfaches Geschäft, Güzül. Es gibt keine Belohnung für Mißlingen.«

Güzül starrte sie an, und ihre Augen waren leer vor Grauen.

»Danke dafür, daß du mir diesen Schmuckkram gezeigt hast«, sagte Hürrem. »Aber ich bin schon angemessen ausgestattet.«

Mit zitternden Fingern sammelte Güzül ihren Schmuck auf und schlug ihn in das große Tuch ein, dessen Ecken sie sorgfältig verknotete. Auf den Knien kroch sie zum Marmortisch und nahm die hübsche, blauweiße Flasche aus Iznik an sich, als ob sie ihr eigenes Todesurteil enthielte. Was sich immer noch bewahrheiten könnte, dachte Hürrem. Sie kroch aus dem Raum hinaus und war eine weitaus ältere Frau als beim Hereinkommen.

Nachdem sie gegangen war, schloß Hürrem die Augen und stöhnte, denn Muomi knetete mit ihren Knöcheln ihre Gesäßmuskeln beinahe so, als wollte sie ihr die Hüftgelenke auseinanderdrücken. Ich muß mit dir fertig werden, Ibrahim, dachte sie. Das ist unvermeidlich, obwohl ich mich bemüht habe, es zu umgehen. Du hast Süleyman besitzen wollen.

Aber er gehört mir.

Der Diwan war ein langer, rechteckiger Raum, in dem ringsum Sofas an den Wänden standen. Auf einer Kopfseite wölbte sich ein mit Rohrgeflecht vergittertes Fenster, das mit einem Vorhang aus schwarzem Taft verhängt war. Die Höflinge nannten es das »Gefährliche Fenster«, weil dies die Stelle war, wo Süleyman jederzeit hinkommen konnte, um den Verhandlungen des Diwan zuzuhören. Das bedeutete, daß die Paschas, wenn sie ihm am Abend Bericht erstatteten, nichts zurückhalten konnten, weil sie nicht wußten, ob er an jenem Tag zum Gefährlichen Fenster gekommen war oder nicht.

Heute jedenfalls war er dort. Er verfolgte, wie Ibrahim der langen Beschwerde eines armenischen Händlers über einen jüdischen Kaufmann wegen irgendeines unbedeutenden Wucherzinses aufmerksam zuhörte. Er staunte über die grenzenlose Aufnahmebereitschaft seines Wesirs für jedes Detail, über sein unermüdliches Vergnügen selbst noch an den kleinsten Machtinstrumenten. Süleyman war nach seiner Rückkehr aus Wien kurz in den Diwan zurückgekehrt, hatte aber die mühselige Pflicht bald wieder an Ibrahim abgegeben. Gott sei gedankt für Männer wie ihn, dachte er. Er verspürte eine warme Welle von Stolz, dieselbe Woge väterlicher Zuneigung, die ihn manchmal bei Mustafa überkam.

Er mußte daran denken, wieweit die Ghasis es doch gebracht hatten, seit sie auf den großen anatolischen Ebenen Kriegs- und Beutezüge unternommen hatten, seit der Zeit, als sie ihr Leben und ihre Kultur noch in den schwarzen Ziegenfellzelten mit sich trugen. Jetzt lebten die Söhne der Osmanlis in riesigen Palästen, beteten in der riesigen christlichen Kathedrale der Hagia Sophia, dem Meisterwerk des byzantinischen Kaisers Justinian; jetzt sorgte er, Süleyman, für den Umbau dieser großartigen Stadt, die an der Übergangspforte zwischen Europa und Asien stand, und er erlaubte es früheren Christen, bei der Verwaltung dieses riesigen Reiches mitzuhelfen, während er die Kanuns formalisierte, Gesetze, auf denen sich in den kommenden Jahrhunderten eine großartige muslimische Zivilisation gründen würde.

Das war die Aufgabe, für die Gott ihn auserwählt hatte, da war er sich sicher. Fünfzehn Jahre lang war er jetzt Sultan gewesen, und er war erschöpft. Er war erschöpft vom Glaubenskrieg, dem Dschihad, erschöpft von den endlosen Angriffen, die seine Agas und die Janitscharen forderten, erschöpft vom Blutgeruch und von übereinander-

gestapelten Leichen in den Gräben großer Festungen, die wieder an die
Ungläubigen zurückfielen, sobald er seine Armee für den Winter abgezogen hätte.

Die Zeit des Zerstörens war vorbei. Sollte Ibrahim doch das Reich
bewachen. Er würde diesen Ghasis und ihren christlichen Sklaven eine
Zivilisation geben, die tausend Jahre währen würde. Er würde die Stadt
zum Ruhm des ganzen Islam umbauen und ihnen die Kanuns geben,
die Frieden und Regierbarkeit garantierten und diese rastlosen Nomaden zur Ruhe brächten.

Er holte tief Luft. Von jetzt an würde es seine Aufgabe sein, zu
bauen, und nicht, zu zerstören.

48

Mit Süleyman in dessen Privatgemächern zu speisen war eine Gunst,
die keinem anderen Menschen gewährt wurde, und doch freute sich
Ibrahim nicht mehr so sehr über diese Ehre wie ehemals. Er war ein
regelmäßiger Besucher in Süleymans Serail gewesen, aber jetzt kamen
die Einladungen zum Essen immer spärlicher. Wenn er dann schließlich kam, hatte er in Süleyman einen mühsamen Tischgenossen vorge-
funden, der über Verwaltungsangelegenheiten brütete oder endlos
über die Pläne sprach, die er mit seinem Bauherrn Sinan für einen
neuen Moscheenkomplex gemacht hatte. Es erschien Ibrahim, als habe
er das Lebensblut des Reiches, eines jeden Reiches, vergessen. Er war
dem erlegen, was Ibrahim für einen kardinalen Irrtum hielt: er war der
Eroberungen müde geworden.

Nachdem der Killerji Bashi das Geschirr abgetragen hatte, füllte
Ibrahim zwei Pokale mit zyprischem Wein nach und begann, aus der
Geschichte Alexanders laut vorzulesen. Er rezitierte den Marsch nach
Persien, den Sieg über den persischen Kaiser Darius bei Guagamela,
und die Eroberung von Babylon.

Ibrahim hielt mit dem Vorlesen inne und schaute auf Süleyman. »Wir müssen ebenfalls dort hingehen, mein Gebieter.«

Süleyman nickte. An diesem Tag war die Nachricht im Diwan eingetroffen, daß der persische Schah Tahmasp Babylon zurückerobert hatte. Als Verteidiger des Glaubens konnte Süleyman solch einen schwerwiegenden Anschlag auf seine Führungsrolle nicht auf sich beruhen lassen. Es konnte nicht ungesühnt bleiben.

Der Schah begünstigte die ketzerischen Mullahs und gestattete ihnen, ihre häretische Doktrin in Mesopotamien und sogar bis nach Armenien und Aserbaidschan zu verbreiten. Sie waren ein widerwärtiges Geschwür, das dem Islam aus dem Fleisch geschnitten werden mußte. Sie wagten es, von der Unfehlbarkeit ihrer Imams – sterblichen, menschlichen Wesen – zu predigen, und forderten sogar mystische Interpretationen des Korans. Sie beleidigten ihn, wie kein Giaur, dessen Sünde letztlich ja nur Unwissenheit war, das je hätte tun können.

Es durfte nicht zugelassen werden, daß sie ihr Übel in der Heiligen Stadt Bagdad predigten.

»Ja, Ibrahim«, stimmte Süleyman zu. »Wir können die Safawiden nicht länger ungeschoren davonkommen lassen.«

»Warum so ernst, mein Gebieter?«

Süleyman seufzte. »Müssen wir fortwährend zu den Toren eilen, Ibrahim? Wir unterdrücken einen Angriff, und schon erschallt Trompetenschall von der nächsten Mauer.«

»So ist es Brauch. Du bist der Kaiser. Das ist es, wozu du geboren bist.« Wie kommt es, fragte Ibrahim sich, daß ich das soviel besser zu verstehen scheine als er?

»Es gehört mehr zu einem Reich, als Kriege auszufechten, Ibrahim. Wir müssen auch bauen. Wir müssen etwas erschaffen, das dauerhaft bleibt, wenn der Staub, den die Armeen aufgewirbelt haben, über dem Horizont verschwunden sein wird.«

»Es wird immer Armeen geben, mein gnädiger Herr. Immer.« Gott sei Dank. Was war schon ein Mann, wenn er nicht einen Sattel unter sich hatte, und in der Nase den Geruch von Leder und Staub? Süleyman wurde zu weichlich, er war seinem Harem zu sehr zugetan.

Nein, vielmehr Hürrem zu sehr zugetan.

»Ich bin es leid, Ibrahim.«

»Mein Gebieter, ein Mann kann nicht Sultan sein und sein Leben ohne Konflikte leben. Er muß andere unterwerfen oder selber unterworfen werden. Es kann niemals anders sein.«

»Dann sind wir nichts Besseres als Straßenköter.«

»Mohammed selbst hat uns zum Dschihad gedrängt, mein gnädiger
Herr. Wenn wir in die Kriegsgebiete ziehen, tragen wir das grüne Banner des Islam bei uns.«

Süleymans Gesicht verzog sich zum erstenmal zu einem Grinsen.
»Mohammed! Was machst du dir schon aus dem Islam?«

»Er ist meine Religion, mein Gebieter.«

»Deine Religion ist, was immer dir paßt. Denkst du, ich wüßte das
nicht, alter Freund?«

Religion ist für Heuchler und Abergläubische, dachte Ibrahim. Aber
wenn du das von mir weißt, wieso übergibst du mir dann soviel Verantwortung? »Ich bin ein getreuer Diener des Islam«, sagte er.

»Du bist ein guter Soldat und ein getreuer Wesir. Das reicht mir.«

»Du machst dich lustig über mich, mein Gebieter.«

»Du machst dich über uns alle lustig.«

Nein, dachte Ibrahim. Ich mache mich nicht lustig über dich. Ich
liebe dich wie einen Bruder. Vielleicht, weil wir so verschieden sind. Ich
liebe dich um deiner Sanftheit und Schwäche willen. Vielleicht liebe ich
dich, weil du mich brauchst. Ich liebe dich, weil ich dir meine Träume
zu Füßen gelegt habe und du mir gestattet hast, sie zu leben.

»In ein paar Tagen werden wir unter dem grünen Banner zusammen
reiten, mein Gebieter. Der kühle Wind wird alle diese Vorbehalte fortblasen.«

»Nein, Ibrahim, diesmal nicht. Vor drei Jahren wollte ich nicht nach
Wien gehen, und ich bin überredet worden. Die Zeit hat mir recht
gegeben. Fünf Monate lang habe ich zugeschaut, wie unsere Kanonen
immer tiefer in den Schlamm sanken unterhalb einer Festung, an deren
Namen ich mich nicht einmal jetzt mehr erinnern kann. Ferdinand ist
nicht aufgekreuzt, und Karl ist nicht gekommen, so, wie ich das vorausgesagt hatte. Diesmal wird man mich nicht davon abbringen. Du
wirst meine Armee allein nach Persien anführen.«

Ibrahim starrte mit eisernem Schweigen zu Boden.

»Ist dies solch eine entsetzliche Last, die ich dir auferlegt habe, Ibrahim? Andere Männer würden bei solch einer Ehre in Tränen ausbrechen!«

»Ein Sultan gehört zu seiner Armee.«

»Belehre mich nicht über meine Pflicht!« brauste Süleyman auf und sagte dann sanfter: »Kannst du diesen Schah Tahmasp zerquetschen und mich von dieser lästigen Mücke befreien?«

»Natürlich, mein Gebieter.«

»Dann tu es, Ibrahim. Von jetzt an wirst du der Wächter an meiner Pforte sein.«

»Ich wünschte, du würdest dies nicht tun, mein Gebieter.«

»Ich habe es beschlossen.«

Ibrahim war sehr lange still. Es war an der Zeit, beschloß er. Es mußte gesagt werden. »Mein Gebieter, da gibt es eine Angelegenheit, die mir große Sorge bereitet.«

»Sprich frei heraus, Ibrahim.«

»Heute ist ein Bote aus Manisa zu mir gekommen. Es hat einen Anschlag auf das Leben deines Sohnes Mustafa gegeben.«

Süleyman zog scharf die Luft ein. Seine Lippen verzogen sich zu einer bösen Linie. »Wer hat dir diese Nachricht gebracht?«

»Es war einer von Gülbehars eigenen Kurieren, gnädiger Herr. Es ist keine Falschmeldung.«

»Was ist geschehen?«

»Er setzte sich, um mit einem Kapitän seiner persönlichen Leibwache zu speisen. Der Mann trank ein wenig Wein und wurde sofort krank. Er starb eine Stunde später unter Qualen.«

»Und Mustafa?«

»Er hatte noch nicht aus seinem Becher getrunken, Gott sei gepriesen.«

Süleyman schlug mit der Faust auf den Boden. »Wer hat es getan?«

»Es gibt keinen Beweis. Aber wir müssen die Möglichkeit in Erwägung ziehen.«

»Wer?«

Ibrahim antwortete nicht. Er vermied es, Süleyman in die Augen zu blicken. Wir wollen doch sehen, ob er so blind ist, daß er nicht erkennen kann, was allen übrigen voll ins Gesicht springt.

Süleyman beugte sich plötzlich vor und packte Ibrahims Handgelenk. Ibrahim zuckte zusammen. Er hatte vergessen, wie stark er war. »Du irrst dich«, zischte Süleyman.

»Mein Gebieter, wer sonst?«

»Das ist wieder eine von Gülbehars Wahnideen! Bring mir Beweise, Ibrahim, bring mir nur ein Zipfelchen eines Beweises!«

»Mein Gebieter, du hast ihr zuviel Macht eingeräumt! Sie beherrscht dich bei Tag und bei Nacht! Wie oft sehe ich dich jetzt? Wir jagen nicht mehr, wir essen nur noch selten miteinander, du holst mich niemals, um für dich aufzuspielen! Sie hält dich jede wache Minute besetzt!«

»Ich verstehe«, murmelte Süleyman weich, »du bist also eifersüchtig.«

»Ich fürchte mich. Ich fürchte mich davor, was mit dir geschieht. Der Süleyman, den ich kannte, hätte seine Armee nicht ohne sich in den Kampf ziehen lassen.«

Ibrahim wußte, daß er schon zu weit gegangen war, aber er konnte seine Zunge jetzt nicht mehr bremsen. Er spürte, wie ihm das Blut in den Ohren trommelte. »Sie will, daß Mustafa tot ist, damit einer ihrer Söhne Sultan werden kann!«

Süleyman starrte Ibrahim lange an, ehe er etwas sagte. Als er es tat, war seine Stimme bar jeglichen Gefühls. Es war, als wenn sich ein Teil von ihm aus dem Raum – und von Ibrahim – zurückgezogen hätte.« »Du bist lange mein Freund gewesen, Ibrahim. Bring mich nicht dazu, dich zu hassen.«

»Mein Gebieter …«

»… Geh jetzt. Ich muß nachdenken.«

Ibrahim erhob sich und verließ den Raum. Verdammt sein sollte die kleine Hexe. Vielleicht hatte er die Sache schon viel zu lange unbeachtet gelassen. Wer, wo es die Hafise Sultan nicht mehr gab, war jetzt da, der Süleyman wieder zu Verstand bringen konnte?

Der Timariot hatte gehört, wie man ihn nannte: der Mann, der niemals lächelte.

Er hatte erwartet, daß er irgend etwas wie Furcht in dessen Gegenwart verspüren würde. Aber Rüstem Defterdar war von keiner Aura des Bösen umgeben, und sein Gesicht wies keine Narben oder äußerlich sichtbaren Zeichen von Bösartigkeit auf. Er war wie jeder andere der hundert Schreiber im großen Palast. In seinem Gesicht wies nichts darauf hin, daß für ihn irgend etwas anderes existierte als das Pergament, das er vor sich liegen hatte. Er schaute nicht auf, als der Timariot den Raum betrat. Er fuhr fort, das Dokument zu betrachten, das zwischen ihnen beiden auf dem Tisch lag.

»Du bist Mohammed Dürgün?«

»Das bin ich«, erwiderte der Timariot.

»Du bist aus Kirklareli?«

»Ja.«

Er schaute immer noch nicht auf. »Dein Vater hat bei Mohács und bei der Eroberung von Buda-Pest gedient?«

»So ist es.« Der Timariot zögerte, wußte nicht, was er als nächstes sagen oder tun sollte. Was war, wenn die Geschichte, die er über den Mann, der niemals lächelte, gehört hatte, nicht wahr wäre? »Er ist im letzten Jahr gestorben. An der Pest.«

»Wenn das wahr ist, dann fallen dem Gesetz nach die Länder an den Sultan zurück.« Rüstem Defterdar nahm den Federkiel vom Tisch und machte eine Bemerkung auf das vor ihm liegende Dokument.

»Gibt es …« Der Timariot hielt inne und fragte sich, wie er es sagen sollte. Er war zwei Tage hierher geritten, getrieben von der Furcht, das Land zu verlieren, das Selim der Strenge seinem Vater nach der Eroberung Belgrads gegeben hatte. »Gibt es irgendeine Möglichkeit?«

Rüstem Defterdar hielt inne. »Der Name deines Vaters war Hakim Dürgün?«

»Ja.«

»Meinen Aufzeichnungen zufolge irrst du dich. Er lebt noch. Er sollte jedes Jahr den Gegenwert von einem Asper pro Schaf an das Schatzamt entrichten. Hast du irgendwelche Fragen?«

»Nein, Defterdar.«

»Dann sind wir fertig.«

Der Timariot verließ das Büro Defterdars und war fassungslos über die Einfachheit dessen, was er gerade getan hatte. Die Kanuns des Fatih verboten es streng, daß irgendein Lehen vom Vater auf den Sohn übertragen wurde. Aber mit ein paar einfachen Worten war er der Eigentümer des Landes seines Vaters geworden – für einen Preis. Seinem Vater hatte man als Steuer einen Asper pro zwei Kopf Schafe abverlangt. Für das Privileg, ihm zu gestatten, das Land zu behalten, hatte Rüstem die Steuer einfach verdoppelt. Er konnte sich vorstellen, wo das übrige Geld hingehen würde.

Trotzdem war es das wert.

Er hätte nur allzu gerne gesehen, was für eine Augenfarbe der Mann hatte, der niemals lächelte.

49

Der sechsseitige Pavillon hinter der Pforte der Glückseligkeit beherrschte die Selamlik-Gärten. Der Marmor blendete die Augen, die farbigen Fenster waren mit Gold durchbrochen. Der Pavillon schmiegte sich in einen Hain schwarzer Zypressen, seine Wände waren mit Kachelfayencen in Türkis und Blau in Saz-Mustern eingelegt und stellten einen entzückenden Wald aus fedrigen Blättern dar; die Augen der furchterregenden Pelztiere, die ihn bevölkerten, waren mit Rubinen und Majolikasteinen besetzt. Dicke Teppiche wiederholten das Saz-Muster in Rubin und Elfenbein. Cufic-Schriftzüge in Himmelblau und Weiß waren mit der Zedertäfelung über den Türen verwoben. Der Fußboden war von Süleymans Künstlern so sorgfältig gefertigt worden, daß es aussah, als sei er aus einem einzigen Stück Felskristall. Es war ein Paradies im Paradies, ein sagenhaft schöner Marmorschrein. Süleyman ruhte auf einer goldbestickten Matratze, während Hürrem zu seinen Füßen saß und eine leise, sich wiederholende Melodie auf ihrer Viole spielte, wobei sich ihre Stimme im Sprechgesang hob und senkte. Er lag auf der Seite und beobachtete, wie das Sonnenlicht aus der geschliffenen Laterne hervortanzte, die von der Kuppel über seinem Kopf hing und an der die Korallen und Kristalle wie Juwelen schimmerten.

Jetzt wollte man ihn schon wieder aus seiner Ruhe und aus seinem Glück in die einsamen Berge Asiens abberufen.

Pflicht, hörte er seine Mutter rufen. Pflicht.

Aber wo lag seine Pflicht jetzt? Darin, den Janitscharen noch mehr rohes Fleisch vorzuwerfen, oder darin, die Grundlagen der Zukunft für seine osmanischen Söhne zu legen? Wie sein Vater vom Geruch des Blutes in den Kriegsgebieten zu leben oder den Frieden in Pergament und Stein abzusichern?

Durch das vergitterte Fenster schaute er in die Ferne durch die Geißblattgirlande, die vom Gitter herabhing, den Pfad aus farbigen Kieselsteinen entlang, der sich durch die fleckigen Schatten der Platanen schlängelte. Warum sollte er dies hier aufgeben, diese Stunden, die er mit Hürrem zusammen war, diese Gelegenheit, Zeit mit seinen Söhnen Selim, Mehmet, Bayezit und Cihangir zu verbringen? Er hatte so wenig Zeit mit seinen Söhnen zusammen verlebt. Er kannte sie kaum. Und wer konnte die Zukunft vorhersagen? Eines Tages könnte einer von ihnen vielleicht der Schahsade sein.

Schahsade. Zu guter Letzt, so schien es, war es allein der Schahsade, auf den alles ankam. Sogar schon von dem Augenblick an, in dem er den Thron bestieg, hatten sich alle Augen auf Mustafa gewandt, um zu sehen, ob er geeignet sei. Von dem Augenblick an, in dem du Sultan wirst, bereiten sie sich auf deinen Tod vor.

Hürrem beendete den Gesang und legte die Viole zur Seite. Sie langte herüber und streichelte seine Wange.

»Du runzelst die Stirn. Woran denkst du?« flüsterte sie.

»An Mustafa«, sagte er.

Das Lächeln flackerte, als ob der Wind über eine Flamme hinwegblies. »Ist etwas nicht in Ordnung, mein Gebieter?«

»Ibrahim hat mir eine beunruhigende Nachricht überbracht, kleine Roxelana. Jemand hat versucht, meinen Sohn zu vergiften.«

Er schaute sie genau an. Sie blickte zurück, mit offenem, aufrechtem Blick. »Geht es ihm gut?«

»Gott sei gedankt, ja.«

»Wer hat es getan?«

»Wir wissen es nicht.« Er schaute sie an und wartete auf irgendeinen Hinweis. »Ibrahim beschuldigt dich.«

Hürrem setzte sich auf, und ihr Gesicht war blaß. »Mein Gebieter … aber warum?«

»Er glaubt, daß du einen von deinen Söhnen als Sultan sehen willst.«

Ihre Augen forschten in seinem Gesicht, versuchten herauszufinden, was er dachte. »Mein Gebieter, natürlich möchte ich das. Glaubst du, daß Gülbehar sanft mit mir umgehen wird, wenn ihr Sohn Sultan ist? Glaubst du, ich möchte, daß meine Söhne alle nach Art der Osmanlis ermordet werden? Natürlich nicht. Ich bete, daß Gott mich und meine Söhne beschützen möge. Aber Ibrahim schmeichelt mir, wenn er denkt, daß ich hier in deinem Harem die Macht hätte, einem großen Prinzen in fünf Tagesrittentfernungen von Stambul etwas anzutun. Und daß ich fähig wäre, Mustafa etwas zuleide zu tun. Er ist dein Sohn, und ich könnte dir diesen Schmerz nicht antun. Lieber würde ich zuerst sterben.«

Süleyman sah sie starr an und sagte nichts.

Hürrem beugte sich plötzlich nach vorn und zog den zeremoniellen Dolch, den er trug, aus der Scheide. Ehe er reagieren konnte, hielt sie ihn in der rechten Hand, die Klinge gegen das weiche Fleisch ihres Handgelenks gepreßt. Die Rubine und Saphire, mit denen der Griff besetzt war, glitzerten im gelben Nachmittagslicht.

»Wenn du das glaubst, sag mir, ich solle meine Adern öffnen, und ich werde es tun. Ich würde lieber sterben, als zulassen, daß du mich dessen verdächtigst. Wenn da auch nur ein Körnchen Zweifel ist, sprich das Wort, und ich werde deinem Bostanji ersparen, sein Schwert zu besudeln.«

Süleyman beobachtete sie. Mit jeder Faser seines Körpers wollte er ihr glauben. Er wollte glauben.

Plötzlich stieß Hürrem den Dolch nach unten, und das dunkle Rot spritzte auf das reine Weiß ihres Hemdes und lief ihr wie ein roter Bach den Arm herab. Süleyman sprang vor, rang ihr den Dolch aus der Umklammerung und warf ihn zu Boden.

»Hürrem!«

»Nein – ich will so nicht leben! Laß es mich tun!«

Er umschloß die Wunde mit seiner Hand und zerriß den schweren Brokat seines Gewandes, um sie zu umwickeln. Hürrem wehrte sich und weinte hysterisch. Er nahm sie in die Arme und wiegte sie, voller Entsetzen darüber, daß er sie verlieren könnte.

Nacht.

Beim flackernden Kerzenlicht wickelte Muomi vorsichtig den Brokat ab, der immer noch um Hürrems Handgelenk gewunden war und untersuchte die Wunde. Hürrem sah ihr zu. Ihr Gesicht war schweißbedeckt.

»Ist es schlimm?« flüsterte Hürrem.

»Die Klinge hat die Hauptschlagader gerade verfehlt, meine Gebieterin«, sagte sie leise. »Wenn du sie da hineingestochen hättest, hätte das Bluten vielleicht niemals aufgehört.« Sie machte sich daran, die Wunde mit einem Kräuterbrei und einem frischen Leinenverband zu bedecken. »Du mußt sehr vorsichtig geschnitten haben.«

»Oh, ja, das habe ich tatsächlich«, sagte Hürrem und lächelte schwach. »Ich war schnell. Aber ich war sehr, sehr vorsichtig.«

50

Hürrem lächelte, als der Kislar Aghasi zu ihr geleitet wurde. Abbas wußte, daß dies ein gutes oder schlechtes Zeichen sein konnte. Die Tatsache, daß sie lachte, mochte alles und jedes bedeuten. Er malte sich aus, daß sie vermutlich an dem Tag, da sie seine Hinrichtung anordnete, bester Laune sein würde.

Seit dem Tod von Hafise Sultan hatte Hürrem die Stellung als Sultan Valide eingenommen. Es bedeutete, daß Abbas nichts anderes als ihr Hauptdiener war, tausenderlei Launen ausgesetzt und ziemlich machtlos. Ihr gehörte das Ohr des Sultans, während er dreihundert zunehmend unruhigen Odalisken vorstand, einem Harem nur dem Namen nach. Einige der Mädchen hatten sich bei ihm beschwert, ihnen wüchsen schon Spinnweben zwischen den Beinen.

Er führte die drei zeremoniellen Sala'ams aus, die erforderlich waren, und ließ sich von seinen beiden Pagen wieder auf die Füße helfen. Hürrem beobachtete amüsiert die Darbietung.

»Mein Abbas«, murmelte sie.

»Zu Diensten, Schleier der gekrönten Häupter.«

Hürrem entließ die Pagen mit einem nahezu unmerklichen Kopfnicken. Die Brunnenwasser, die aus goldenen Hähnen an den vier Wänden des Raums sprudelten, würden ihre Unterredung vor Lauschern verbergen. Abbas durchlief ein Schauer des Entsetzens. Er hatte nie Freude an Hürrems Geheimnissen.

»Gefällt dir deine Stellung, Abbas?«

»Ja, meine Herrin.«

»Du zitterst ja. Stimmt etwas nicht?«

Sie spielte mit ihm. Ziadi! Hexe! »Ich fühle mich einfach von der Gegenwart Eurer Schönheit überwältigt.«

Hürrem warf den Kopf zurück und lachte laut. »Abbas, du bist lächerlich.«

Was für einen Sinn hätte es, anders zu sein? dachte er. Schließlich bin ich kein Mann mehr und möchte aus irgendeinem Grund nicht sterben. »Ja, meine Herrin.«

»Du vermutest wohl, daß der Palastvollstrecker mit seinem Strang hinter dir steht.«

Abbas merkte, wie sein Gesicht in Schweiß ausbrach. Er wagte es nicht, sich herumzudrehen, doch schon mit der Andeutung hatte sie ihn dazu gezwungen, sich vorzustellen, wie der Strang ihm unter dem Kinn ins Fleisch schnitt und die starken Arme den Knoten wanden …

»Armer Abbas. Da ist kein Bostanji. Schau selber nach.«

Abbas starrte sie nur weiter an.

»Komm. Schau nach.«

Er tat wie befohlen. Das Gemach war leer, und das glucksende Wasser der Brunnen verspottete ihn. Er wandte sich wieder Hürrem zu und haßte sie in diesem Moment mit einer solchen Intensität, daß er einen stechenden Schmerz in der Brust verspürte. Sie bringt mich um, diese Hexe, dachte er. Sie wünscht mir, daß ich nie mehr Frieden finde.

»Die Auskunft, die du mir über Güzül gegeben hast, hat gestimmt. Mein Kompliment.«

»Meine Herrin.«

Sie lehnte sich vor, stützte das Kinn auf die Hand und betrachtete ihn aufmerksam, als sehe sie ihn zum erstenmal. »Solange der Herr über das Lebens kaum etwas für seinen Harem übrig hat, bist du weitgehend überflüssig, nicht wahr, Abbas?«

»Wie meine Herrin sagt«, erwiderte Abbas. Worauf wollte sie hinaus?

»Seit dem Tod von Hafise Sultan, möge Gott sie segnen und im Paradies weilen lassen, scheint es bisher deine Hauptfunktion zu sein, meinen Haushalt zu verwalten. Dein Schicksal ist mit meinem verwoben.«

»Ich schätze mich sehr glücklich.«

Die grünen Augen musterten ihn durchdringend. »Ja, Abbas, aber kann ich mich eines gehorsamen Dieners glücklich schätzen?«

»Schleier der gekrönten Häupter, ich lebe dafür, Euch zu dienen.«

»Ja, vielleicht.« Sie betrachtete ihn lange Zeit, und Abbas spürte, wie sich das Entsetzen kalt und bleiern in seiner Brust festsetzte. »Erinnerst du dich noch an Julia Gonzaga?«

Abbas schwankte etwas auf seinen Füßen. »Eines der Haremsmädchen vielleicht?«

Hürrem lachte erneut. »Ja, vielleicht.«

»… Ach, jetzt fällt sie mir wieder ein. Sie erfreute den Herrn über das Leben nicht. Sie schläft im Bosporus.«

»Sie schläft in Pera, mit den Giauren.«

Es war, als wäre eine stramme Saite in ihm zersprungen. Sie weiß es also, dachte er. Jetzt bin ich ihr ausgeliefert. Diese verdammte kleine rote Hexe. Verdammtes Weib, verdammtes Weib.

»Warum hast du das getan, Abbas?«

Glaubst du etwa, ich verrate dir das und lasse dich das einzige an Würde verhöhnen, woran ich mich noch klammere? »Sie hat mich bezahlt.«

»Du hast um Geldes willen den Sultan mißachtet?«

Abbas nahm seinen Mut zusammen. »Würdet Ihr das nicht tun?«

Hürrem klatschte begeistert in die Hände.

»Ach, ich habe es so viel lieber, wenn du ehrlich zu mir bist, Abbas. Du bist eine Schlange, die vorgibt, ein Schaf zu sein. Ich fühle mich so viel wohler, wenn du mir deine Giftzähne zeigst.«

»Muß ich jetzt sterben?«

»Willst du denn sterben, Abbas?«

»Ein Teil von mir will sterben.«

»Ich würde dich nicht daran zu hindern suchen. Du kennst natürlich die Strafe für diese Art von Mißachtung des Sultans. Sie werden dich auf einem scharfen Pfahl aufspießen und dort der Sonne überlassen, bis du stirbst. Es heißt, daß es drei Tagen dauern kann, manchmal auch länger …«

»Bitte, meine Herrin …«

»Ich erwarte nicht von dir, daß du bettelst, Abbas. Dafür habe ich dich nicht herbestellt.«

»Was wünscht Ihr dann?«

»Deinen Gehorsam, Abbas. Das ist alles. Deinen Gehorsam bis zum Tag meines Todes.«

»Abbas starrte auf den gemusterten Läufer zu seinen Füßen. »Ich bin bereits ein Sklave. Es spielt keine Rolle, wer mir gebietet.«

»Dann wirst du mir also jemanden auftreiben, der mir Ibrahims Kopf liefern kann?«

Schon der Gedanke raubte ihm den Atem. »… Ibrahim?«

»Du glaubst wohl, ich lasse dich dem glänzenden, spitzen Haken des Sultans um nichts entrinnen, Abbas? Deine drei Tage der Todesqualen tausche ich dir nicht so ohne weiteres ein, mein Eunuch.«

Abbas richtete die Augen zu ihr auf. Oh, wie gern würde ich dir dieses triumphierende Lächeln aus den Augen wischen. Oh, wie gern würde ich dir mit einer Peitsche kommen, kleine Ziadi, und dich züchtigen, bis du dich schluchzend zu meinen Füßen windest. Oh, wie gern würde ich dich vergewaltigen, dich unter meinen Lenden in die Zange nehmen. Aber das ist alles jenseits meiner Macht.

»Ich werde Euch helfen«, sagte er.

Abbas saß auf seiner Schlafmatratze, die er aus ihrer Wandnische herausgerollt hatte, und eine weiße Katze schmiegte sich auf seinem Schoß. Er streichelte sie sanft. Er war jetzt überzeugt, daß Katzen gemäß Mohammeds Lehre wie Menschen eine Seele haben, und er sprach mit ihr wie mit einem Menschen.

»Was soll ich denn tun, kleine Ziadi? Sie hat mir einen Spiegel vors Gesicht gehalten, und ich kann nichts darin sehen. Sie hat mir meine Schwäche vor Augen geführt. Früher einmal dachte ich, ich hätte Mut. Aber es ist eine andere Art von Mut, den Tod zu riskieren, als sich ihm hinzugeben. Selbst nach dem, was sie mir angetan haben, könnte ich noch ein Mann sein, wenn ich mich dazu entschließen würde, meiner Knechtschaft mit meinem eigenen Messer ein Ende zu setzen. Aber ich kann es nicht. Ich kann es nicht. Was also bleibt mir da noch?«

Die Katze schnurrte leise und rhythmisch; träge blinzelten die grünen Augen im Zwielicht.

»Wenn sie Ibrahim zu vernichten wünscht, dann will ich ihr den Weg ebnen. Was macht es mir jetzt schon aus? Ich werde der Lachenden ihr perfektes Gegenstück liefern. Den ›Mann, der niemals lächelt‹.«

51

Eine warme Nacht, die erste des Frühjahrs. Sie lagen im Kerzenlicht auf dem Diwan, während die Mondsichel tief über den Minaretten hing, eingerahmt vom offenen Fenster.

»Bleib für immer hier«, raunte Hürrem.

Süleyman lächelte. »Und was würde dann aus den Osmanen werden, wenn ich es täte?«

»Das Reich würde zu Staub zerfallen. Was kümmert's mich.«

»Manchmal …« Er ließ den Satz unvollendet. »Die Stunden reichen einfach nie aus, Hürrem.«

»Wird es diesen Sommer überhaupt Stunden geben, mein Herr? Wird der Aga bald wieder die Kriegstrommel schlagen?«

»Der Schah von Persien ist jetzt zu unverschämt geworden. Es ist an der Zeit, die Stechmücke zu zerquetschen.«

Hürrem zog eine verdrießliche Grimasse. Er nahm ihre Hand hoch und betrachtete den Verband an ihrem Handgelenk. Ihm grauste bei der Erinnerung, die ihm dabei kam.

»Und du?« flüsterte sie.

Süleyman lächelte. »Den ganzen Weg nach Persien nur eines lästigen Insekts wegen? Das überlasse ich lieber Ibrahim.«

Hürrem umschlang seinen Hals mit den Armen und zog ihn an sich. Er spürte die Nässe ihrer Tränen auf seinem Nacken. »Du meinst es diesmal wirklich ernst?«

»Ich bin den Krieg leid, kleine Roxelana.«

»Wie steht es mit dem römischen Kaiser Karl?«

»Der Papst besteht auf einem Bündnis gegen uns. Er möchte, daß sich Neapel und Venedig zum Schutz des Mittelmeerraums mit ihm zusammentun. Ibrahim meint, daß solch ein Pakt keinen Erfolg haben wird.«

»Ibrahim …«, sagte sie spöttisch.

»Ich vertraue seinem Urteil.«

»Gibt er dir Garantien?«

»Niemand kann garantieren, was ein Giaur wohl als nächstes tut. Vor fünf Jahren plünderten Karls eigene Heerscharen Rom. Solche Männer haben keine Ehre. Wer will schon vorhersagen, was solche Barbaren beabsichtigen?«

Hürrem wandte den Blick ab. »Mein Gebieter, vergib mir meine Kühnheit, aber letzte Nacht hatte ich einen Traum. Mir träumte, du hättest mit dem König von Neapel und mit dem Dogen von Venedig Friedensverhandlungen geführt. Du hast ihnen Sanktionen und ein Bündnis angeboten. Deine Überlegung war, daß du im Falle ihrer Zustimmung das Mittelmeer dann gegen Karl abgesichert hättest. Sollten sie nicht einschlagen, so wäre dies nach deinen Worten ein Vorwand für deine Admiräle, die Küsten der beiden den ganzen Sommer über zu stürmen. Findest du den Traum gut?«

Süleyman starrte sie an, warf dann den Kopf zurück und lachte.

Solch ein berechnender Geist war eine Vergeudung bei einer Frau! dachte er. Sie hätte einen guten Wesir abgegeben. Er war stets von neuem erstaunt über ihre Begabung für Politik. Doch vielleicht ist dieser Geist nicht vergeudet; nicht, solange er nur mit mir verkehrt.

»Eines Tages mache ich dich noch zum Großwesir«, lachte er.

»Das solltest du auch vielleicht eines Tages«, sagte sie. »Ich nehme mir dann Ibrahim als Schreiber.«

»Ibrahim würde eher sterben.« Er wurde ernst. »Mach dich nicht lustig über ihn. Ohne Ibrahim hätten wir nicht diese Zeit miteinander. Ibrahim vor allem hilft mir, diese Bürde zu tragen.«

Hürrem strich ihm durch den Bart, während er das Spiel ihrer Gedanken auf ihrer Miene beobachtete. Sie begann an ihrer Unterlippe zu kauen, ein sicheres Zeichen, wie er wußte, daß sie ein Anliegen hatte.

»Woran denkst du, kleine Roxelana?«

»Ach, nichts.«

»Sag es mir.«

Sie schaute ihm in die Augen. »Es geht um Ibrahim. Manchmal … also, manchmal … machst du dir da Sorgen, daß er vielleicht … seine Macht mißbraucht?«

»Ibrahim? Auf keinen Fall.«

»Ich meine bloß, es laufen immer solche Gerüchte im Harem herum. Weil ich nie weiß, was stimmt, mache ich mir Sorgen um dich.«

Süleyman setzte sich bestürzt auf. »Welche Gerüchte?«

Hürrem zögerte. »Ich möchte wirklich nichts gegen Ibrahim sagen. Das ist nicht meine Absicht … Ich hege keinen Groll gegen ihn …«

»Welche Gerüchte?«

»Daß er sich über den Islam lustig macht und mit den Giauren Umgang pflegt. Daß er sich, wenn er mit Botschaftern zusammenkommt, Sultan nennt.«

Geschockt schaute Süleyman sie lange unbewegt an. Dann warf er den Kopf zurück und lachte. »Weiberphantasien!«

Hürrem ließ den Kopf hängen. »Es tut mir leid. Ich sollte nicht die Geschichten wiedergeben, die mir zu Ohren kommen. Es ist fast immer hinterhältiger Unsinn. Aber ich höre so vieles, und wenn ich dich lange Zeit nicht sehe, weiß ich nicht mehr, was ich glauben soll.«

»Ibrahim ist hitzig und brüstet sich gern. Aber er würde mich niemals verraten.«

»Vergibst du mir?«

»Was gibt es denn zu vergeben?«

Hürrem lächelte, ganz wie ein kleines Kind, dem gesagt wurde, es komme diesmal ohne Schläge davon. Sie erhob sich langsam. Ihr Haar, ihre Hände und ihre Füße waren mit Henna gefärbt, und ihre Augen waren rundum dick mit Kajal geschwärzt. Es war offenbar ihre Rolle für den gegebenen Tag, ganz genau so wie eine aus der großen Schar Huris im Harem zu sein.

Zu seinem Erstaunen vollführte sie die drei zeremoniellen Sala'ams, die er von jedem Haremsmädchen erwartet hätte, das ihm zum erstenmal an sein Schlaflager gebracht wurde. Er sah fasziniert zu, wie sie aufstand und die Perlenknöpfe des Seidengömlek zu lösen begann. Ihre Brustwarzen waren mit Haschisch bestrichen worden. Es war ein Lieblingstrick der Haremsmädchen. Während er an ihrer Brust saugte, verschluckte er dann eine winzige Menge der Droge, und dies würde später seinen Höhepunkt noch steigern.

Nackt bis zur Taille, ließ sie sich auf die Knie fallen und näherte sich dem Diwan wie eine einfache Sklavin. Die weiße Seide ihrer Pluderhosen war nahezu durchsichtig, und die Rundungen ihrer Hüften und das weiße Fleisch ihrer Oberschenkel und ihres Hinterns war deutlich durch das feine Gewebe sichtbar.

Ihm stockte der Atem. Gerade, wenn er glaubte, er kenne all ihre Tricks, kleidete oder verhielt sie sich auf unerwartete Weise wieder neu. Sie schien eine grenzenlose Phantasie zu besitzen, führte ständig wieder ein neues Spiel ein, um ihn weiterhin in ihren Bann zu ziehen.

Sie ist mein Harem, dachte er. Sie ist wie tausend Frauen.

Sie erreichte den Fuß des Diwans und küßte ihm die Füße in dem traditionellen Akt der Demut und begann auf ihn zuzukriechen. Doch Hürrem fügte dem Ritual eine neue Wendung bei, und er spürte, wie ihre Lippen sich an seiner Leistengegend zu schaffen machten, und schnappte nach Luft, als ihre Finger seine Gewänder für ihre Liebesbezeugungen lockerten.

Die schwarzen Taubstummen, die den Eingang bewachten, konnten sein Stöhnen nicht hören. Ein Pfau, der unterhalb des Fensters durch die Tulpen raschelte, schaute mit einem Ruck auf und fuhr dann fort, nach Futter zu suchen. Und dann vermischten sich die Seufzer des Sultans mit dem Gemurmel des Wassers von den Brunnen, bis der Mond langsam unter die Zweige der Platanen rückte und das Kerzenlicht zu flackern begann und verlöschte.

Die Stadt war ein gewaltiges Farbmosaik, dort unter den langen Fingern der Minarette und den schimmernden Kuppeln der Moscheen. Der Kanun des Fatih schrieb vor, daß alle Häuser dem Glauben ihrer Einwohner gemäß gestrichen werden sollten; da gab es Gruppen grauer Häuser, wo die Armenier lebten, gelbe Gettos für die Juden, Ansammlungen von Dunkelgrau im griechischen Viertel. Die türkischen Häuser waren entweder gelb oder rot gestrichen, wohingegen Mitglieder des Hofes dazu verpflichtet waren, ihre Häuser schwarz anzumalen.

Das erleichterte die Suche nach dem Haus des Defterdar.

Abbas hatte sich in die belebten Gassen von Stambul vorgewagt, wobei seine Anonymität durch den schwarzen Ferijde-Umhang gesichert war. Rüstems Haus war überraschend groß, aus rotem Stein erbaut, mit einem eigenen Garten nach hinten hinaus. Ein Page führte ihn hinein. Rüstem saß in einem Pavillon hinten im Garten. Ein Marmorbrunnen murmelte in der Nähe.

Rüstem vollführte eine kurze Temmenah und bedeutete Abbas, er solle sich ihm gegenüber auf den karmesinroten Teppich aus Damaskus setzen. Ein schwarzer Page brachte ihnen Sorbets und stellte eine Silberplatte mit Gebäck zwischen sie.

»Aus welchem Grund widerfährt mir die Ehre der Anwesenheit des Kislar Aghasi?« fragte Rüstem.

»Ich komme im Auftrag der Herrin Hürrem.«

Nicht einmal ein Zucken in seinem Gesicht verriet Interesse, bemerkte Abbas. Der Mann hatte eine Miene wie eine Statue.

»Nun?« äußerte sich Rüstem schließlich.

»Anscheinend habt Ihr ein gemeinsames Interesse.«

»Was könnte das sein?«

»Ihr selbst.«

Ah, eine Reaktion, dachte Abbas mit Befriedigung. Nicht viel, bloß ein leichtes Erzittern seiner Wange, ein kurzes Heben der Augenlider. Aber immerhin.

»Ihr habt doch sicher die Absicht, Euch deutlicher auszudrücken, Abbas.«

Abbas war seit geraumer Zeit über Rüstems Korruptheit im Bilde, hatte sich aber darüber ausgeschwiegen. Er hatte rasch begriffen, daß man im Harem ein wertvolles Zahlungsmittel wie Informationen nicht leichtfertig in Umlauf setzte. Es konnte jederzeit dazu dienen, eine drohende Hypothek abzuzahlen. So wie die Hypothek, mit der Hürrem ihn jetzt in ihrer Gewalt hatte.

Als Defterdar war Rüstem für das Eintreiben der Steuern bei den Timariots verantwortlich, den Lehnsmännern der Reiterei, die für ihre Dienste auf dem Schlachtfeld kleine Lehnsgüter erhielten. Die Spahis trieben ihrerseits entsprechende Steuern von den ansässigen Bauern ein, tauschten sie in Bargeld um, beglichen davon die Aufwendungen für sich und ihre Pferde und leiteten den Rest an die Regierung weiter.

Das Land jedoch blieb im Besitz des Sultans und mußte im Todesfall an den Staat zurückgegeben werden. Das gehörte zu den Grundprinzipen des osmanischen Systems. Der Sultan allein konnte Besitz als Erbe anhäufen.

Abbas lehnte sich vor. »Der Schleier der gekrönten Häupter hat mich aufgefordert, Euch über einen Mann namens Hakim Dürgün zu unterrichten. Er ist anscheinend voriges Jahr an der Pest gestorben. Und doch bewirtschaftet er weiterhin sein Timar in der Nähe von Adrianopel. Ein bemerkenswert fleißiger Geist, findet Ihr nicht, Rüstem?«

»Bemerkenswert. Ich werde mich darum kümmern.«

»Es gibt noch weitere Geschichten. In Rumelien gibt es einen Timariot, der vor vier Jahreszeiten gestorben ist. Etwa zu der Zeit, als Ihr Schatzmeister geworden seid. Er verlangt den Bauern auf seinem Besitz seither acht Asper pro Schaf ab. Und dennoch habt Ihr nichts unternommen, was diesen Toten angeht. Liegt es daran, daß Ihr Angst vor Geistern habt oder daß Ihr selbst zwei Asper pro Schaf einstreicht?«

Rüstem versuchte gar nicht erst zu leugnen, und Abbas erwartete es auch nicht von ihm. Es entsprach nicht der Natur des Mannes. »Wie habt Ihr das herausgefunden?«

»Wo immer ein Schwarzer ist, habe ich ein Ohrenpaar, Rüstem. Ich habe noch eine ganze Reihe von Geschichten auf Lager.«

»Ich verstehe.« Rüstem wählte ein Stück Gebäck aus und kaute langsam. »Was wollt Ihr? Geld?«

»Ich bin nicht meinetwegen hergekommen. Die Herrin Hürrem hat mich hergesandt.«

»Sie braucht kein Geld.«

»Das versteht sich von selbst.«

»Also einen Gefallen?«

»Weit mehr als das, Rüstem. Weit mehr.«

»Sagt es mir.«

»Sie möchte sich verbünden.«

Zum erstenmal hob Rüstem die Augen und schaute Abbas direkt an. Es waren graue Augen, bemerkte Abbas. Novemberaugen. Nicht kalt. Einfach grau und leer.

»Es wäre ein interessantes Arrangement. Ist sie sich der Tatsache bewußt, daß Ibrahim mein Schirmherr ist?«

»Selbstverständlich. Ihr glaubt doch nicht, daß ich ihr das vorenthalten würde?«

»Ihr sagt ihr, meiner Meinung nach, was immer Ihr für nötig haltet und keinen Deut mehr.«

Abbas ignorierte den Seitenhieb. »Wenn ich es richtig verstanden habe, sollt Ihr den Wesir auf dem Feldzug in den Osten begleiten.«

»Und was für ein Interesse hat die Zweite Kadin an einem Militärunternehmen in Persien?«

»Überhaupt keins. Sie interessiert sich nur für Ibrahim.«

Rüstem runzelte die Stirn, als brüte er über einem mathematischen Problem. »Er ist der mächtigste Mann im ganzen Reich, abgesehen vom Sultan selbst.«

»Doch genau das ist seine größte Schwäche. Sollte er sich seiner Machtstellung zu sicher fühlen, könnte er sich eines Tages um seinen Kopf bringen. Seine Prahlerei ist jetzt schon der Skandal am Hof und in den Basaren.«

»Das ist wohlbekannt. Was würde denn die Herrin Hürrem in dieser Hinsicht von mir erwarten?«

»Sie würde erwarten, daß Ihr jenen Tag beschleunigt, Rüstem. Sie möchte Beweise für seinen Verrat.«

»Er genießt die Macht, die man ihm gegeben hat. Das kann man kaum Verrat nennen.«

»Er genießt sie zu sehr.«

»Man könnte es so erscheinen lassen.« Rüstem griff nochmals nach dem Gebäck. »Und wenn ich keine Lösung dafür finde?«

»Dann wird Hürrem eines Nachts dem Sultan, während sie ihn mit ihren Lenden umschlungen hält, zuflüstern, wie Ihr Steuern von den Timariots unterschlagen und die Pfründen veruntreut habt.«

Abbas musterte das Gesicht des anderen Mannes, doch da war keine Furcht zu entdecken, lediglich ein bedauerndes Einlenken und Resignation, als müsse er sich beim Schachspiel geschlagen geben. Er kannte sich in der Mathematik der Machtverhältnisse aus. Sie hatte Macht über ihn, also mußte er sich fügen.

»Und was für eine Belohnung könnte ich mir erhoffen, falls ich mich als mächtiger Verbündeter erweise?«

Die Frage erstaunte Abbas. »Euer Leben.«

»Ich möchte mehr als das, Abbas. Bestellt ihr, ich könnte mich als unersetzlicher Diener erweisen. Aber ich möchte entschieden mehr.«

»Ich werde es ihr bestellen«, erwiderte Abbas.

Später auf seinem Rückweg durch die Straßen kam Abbas an einem Pferd vorbei, das jemand in der Gosse dem Tod preisgegeben hatte. Die Hunde hatten daran genagt, und die Innereien waren durch ein Loch herausgezerrt, das in den Bauch des Tieres gerissen worden war. Der Gestank, der von dem Kadaver ausging, kam Abbas angenehmer vor als alle Rosenölessenzen von Hürrem und der beizend-süße Duft von Ibrahims Defterdar.

52

Galata

Galata lag genau gegenüber der Serailspitze am Goldenen Horn und wurde vom Galata Kulesi beherrscht, dem hohen runden Turm, den die Genueser als Krönung der Befestigungsanlagen der Stadt errichtet hatten. Am Fuß des Hügels, neben dem Hafen, drängten sich winzige Häuser und Läden, die Niederlassungen jüdischer und genuesischer Handelsagenten. Es gab Berber aus Afrika und Araber vom Roten Meer; ihre Warenhäuser waren mit Gewürzen, Elfenbein, Seide, Glas und Perlen aus der Ferne bestückt. Es gab sogar kleine Läden, wo man Wein und Arrak servierte. Der Geruch nach Fisch und Salz vom Bosporus her durchdrang den dumpfigen Stadtgestank. Die Paläste von Pera blickten von dem Hügel auf die Stadt hinunter, als wollten die reichen ausländischen Kaufleute sich über das vulgäre Handelsgetümmel erheben, von dem sie doch alle abhingen.

Ludovici hielt sich ein Haus in dem Viertel, obwohl dort nie jemand wohnte. Es diente allein als neutraler Boden, auf dem er Informationen erhalten und Bakschisch an Palastbeamte zahlen konnte. Ein Besucherstrom von Regierungspaschas zu seinem Palast in Pera hätte Nachforschungen herausgefordert.

Das Haus war in Gelb gehalten, der Farbe der Juden. Im Inneren war es sparsam eingerichtet. Da stand ein niedriger Tisch aus Zedernholz, und über den Boden waren ein paar Kissen und Teppiche verstreut, die mit ihrer kostbaren persischen Seide die bescheidene Umgebung Lügen straften.

Abbas saß mit übereinandergeschlagenen Beinen am Tisch. Vier Pagen hatte es bedurft, seinen enormen Leib auf den Boden niederzulassen. Jetzt saß er schweigend da und konzentrierte sich auf das Gebäck, das sich auf einem Silberteller vor ihm stapelte. Sobald die vier gegangen waren, griff er mit spitzen Fingern in die Silberschale, die ihm ein weiterer Diener von Ludovici darbot. Er rülpste unaufdringlich in ein seidenes Taschentuch, das er aus den reichen Falten seines Gewandes hervorholte.

Einmal im Monat kam er, verborgen unter seiner schweren schwarzen Ferijde, zu seinen Treffen mit Ludovici hierher. Für Ludovici war er zu einem unschätzbaren Schlüssel ins Innere des Topkapi geworden, stets willig, Informationen auszutauschen oder Bakschisch weiterzuleiten. Zu Anfang hatte Ludovici versucht, ihn wie einen guten Freund anzusprechen; den vertrauten Abbas von früher jedoch gab es nicht mehr. Er hatte sich abgekapselt, nicht mehr willens, ob aus Scham oder Bitterkeit, irgend etwas von den ihm früher eigenen alten Leidenschaften preiszugeben. Er schien diesen Besuchen kein Vergnügen abzugewinnen, und Ludovici fragte sich, weshalb er weiterhin kam; vielleicht lag es daran, daß Ludovici seine letzte Verbindung zu Julia war.

»Wie geht es Julia?« brach Abbas jetzt das Schweigen. Es war stets seine erste Frage.

»Gut, Abbas. Es geht ihr gut.«

Abbas nickte, und für einen Augenblick nahm seine Miene einen Ausdruck verzweifelten Vorwurfs an. Er hatte sich nie nach Ludovicis Beziehung zu ihr erkundigt. »Die Geschäfte laufen gut?«

»Dank deiner Hilfe.«

Abbas zuckte die Achseln. Das alles schien ihn eigentlich gar nicht zu interessieren. Gespräche über Kommerzielles langweilten ihn rasch.

»Sie kann nicht mehr in Stambul bleiben«, sagte Abbas unvermittelt.

»Abbas?«

»Du mußt sie aus der Stadt rausschaffen. Hier ist sie nicht mehr sicher. Auch nicht in der Communità Magnifica.«

»Was ist passiert?«

»Politische Dinge ganz einfach, Ludovici. Verlaß dich drauf, ich kann die Gefahr einschätzen.«

Ludovici schüttelte den Kopf, versuchte Zeit zu gewinnen, dachte: das kann ich nicht, Abbas. »Das geht nicht so einfach. Wo soll sie denn hin?«

»Das spielt keine Rolle. Bitte, Ludovici. Ich habe getan, was ich konnte, um sie zu beschützen. Wenn du ihr helfen willst – wenn du mir helfen willst –, dann schaff sie aus Stambul raus, so schnell du kannst.«

»Ich will mein Bestes versuchen.«

Abbas beugte sich vor, packte mit seiner riesigen Faust Ludovicis Handgelenk. »Nein, Ludovici, egal wie, du mußt sie von hier wegschaffen!«

»Einverstanden«, meinte Ludovici.

Abbas nickte befriedigt. »Gut«, erklärte er. »Also dann. Kümmern wir uns um die geschäftlichen Dinge.«

Das Hippodrom

Süleyman saß auf einem schlohweißen kappadokischen Pferd und schaute zu, wie das Heer auf seinem Weg zu den Fährschiffen bei Üsküdar über den Platz At Meydani zog. Verschleiert auf dem vergitterten Podium hinter ihm, das wußte Süleyman, betrachtete auch Hürrem das Schauspiel. Sie in der Nähe zu wissen half, seine nagenden Zweifel zu beschwichtigen.

Das Hippodrom erbebte von dem Poltern der Nachschubwagen und Belagerungsmaschinen, vom Hufgeklapper der Reiterschwadronen, von den eisenbespickten Schuhen der Janitscharen und den Pauken, Flöten und Trommeln der Musikkorps. Erstickende Staubwolken fegten über den Platz und wirbelten durch die Luft wie der Schwanz eines schrecklichen Ungeheuers, das man freigelassen hatte, sein Unwesen über die Ebene hin zu treiben.

Ich müßte sie eigentlich anführen, dachte Süleyman. Dort an die Heeresspitze gehöre ich hin. Das ist schließlich meine Pflicht.

Er sah einen weißen Umhang durch den Staub flattern. Ibrahim galoppierte auf ihn zu. Sein entschlossener Gesichtsausdruck minderte Süleymans Selbstvorwürfe nicht gerade. »Euren Segen für unser Unterfangen, mein Gebieter. Ich wünschte, Ihr wärt bei uns!«

»Du mußt Bagdad verteidigen«, schrie Süleyman zurück.

»Ich werde den Schah vernichten, wie Ihr es mir befohlen habt!« Er brachte sein Pferd zum Stehen, um den Zug an Süleymans Seite zu mustern.

Zuerst kamen die Azeps, die irregulären Fußtruppen, Verbrecher und Wüstlinge, die der Kriegsbeute wegen mitkamen oder um den Heldentod zu finden und auf direktem Weg ins Paradies zu gelangen. Sie hatten nichts zu verlieren und wurden gewöhnlich im Hauptvorstoß jeder Schlacht eingesetzt. »Grabenfüllung« nannte Ibrahim sie.

Die reguläre Reiterei – die Spahis der Hohen Pforte, die höfischen Ritter also – donnerten vorbei, ihre Pferde mit Schabracken aus Gold- und Silbertuch versehen, die Sättel mit Juwelen besetzt; ihre konischen Helme und der blankpolierte Stahl ihrer Kettenpanzer glänzten im Sonnenlicht. Schon sie allein gaben ein prächtiges Schauspiel ab in ihren purpurfarbenen, königsblauen und scharlachroten Gewändern aus goldbesticktem Seidenstoff, Satin oder Samt je nach Rang oder Regiment. Jeder Reiter trug zwei Scheiden, davon eine für den Bogen, die andere voll mit Pfeilen; ein jeder hielt einen Speer in der rechten Hand. Am Sattel hingen jeweils ein edelsteingeschmückter Krummsäbel und eine Stahlkeule.

Ihr scharlachrotes Banner flatterte über ihnen.

Als nächstes kamen die Janitscharen. Ihre riesigen Paradiesvogel-Federbüsche wogten wie ein wandernder Wald im Wind, dunkelblaue geraffte Umhänge schwangen im Takt mit, Hakenbüchsenmusketen hingen ihnen von den Schultern. Sie trugen alle lange Derwischkappen, und im Gedenken an die fließenden weißen Ärmel ihres Gründers Haddschi Bektasch war jeder Ärmel mit einem Kupferlöffel durchbohrt. Die großen Kupferkessel, Standardausrüstung für jedes Regiment, wurden in ihrem Trupp mitgenommen. Über ihnen flatterte ein weißes Banner mit dem flammenden Schwert Mohammeds als heraldischem Zeichen und bestickt mit einer goldenen Inschrift aus dem

Koran. Ihnen voran marschierte ihr Aga, der seine Standarte mit dem Feldzeichen der drei Roßschweife trug.

Jedes einzelne der schnurrbärtigen Gesichter war europäisch. Unsere Stärke, dachte Süleyman. Unsere am meisten gefürchtete Waffe, die Janitscharen-Elite, erneuert sich aus dem Blut christlicher Säuglinge. Wie es der Fatih verlangte.

Dann kamen die Derwische, nackt bis auf grüne, mit Ebenholzperlen gesäumte Schürzen und ihren hochaufragenden Kopfbedeckungen aus braunem Kamelhaar. Sie sangen Texte aus dem Koran oder spielten ihre ernste, klagende Musik auf Hörnern und Flöten.

An den Reihen entlang ritten wilde Gestalten hin und her, mit langem zerzaustem Haar unter Leopardenfellkappen und mit Dolmanen aus Löwen- oder Bärenfell über die Schultern geschlungen; ihre Pferde waren mit Pelzen und Federn behangen. Das waren die verrückten Kundschafter, die religiösen Fanatiker, die sich für die Selbstmordmissionen hergaben, die auszuführen sonst niemand bereit war.

Am Ende des Zuges waren Mitglieder des Diwan: Richter mit ihren grünen Turbanen der Würde und in pelzbesetzten Gewändern, dann die Wesire mit ihren Rössern, die vor Juwelen funkelten. Mit ihnen schaukelten unter den strahlend grünen Falten der islamischen Standarte Kamele entlang, die den Koran und ein unschätzbares Fragment von dem heiligen Ka'aba-Stein trugen. Ein metallener Sandschak-Koran, ein in Bronze geprägter Miniaturkoran, baumelte an der Spitze der Standarte.

Die Nachhut des Aufmarsches bildeten die schweren, voll mit Getreide beladenen Proviantwagen, Kamele, die das Gewicht von Schießpulver und Blei niederdrückte, und die polternden Belagerungskanonen mit ihren enormen Bronzemündungen.

Ich müßte sie eigentlich anführen, dachte Süleyman erneut. Das hier ist verkehrt. Ich sollte bei ihnen sein.

»Ich werde Euch den Kopf des Schahs mitbringen«, rief Ibrahim.

Süleyman verspürte einen unangenehmen Schauer. Was hatte Hürrem noch gesagt? »Machst du dir Sorgen, daß er vielleicht seine Macht mißbraucht?«

Er griff nach den Zügeln von Ibrahims Pferd und zog sich näher heran. »Wir müssen Bagdad zurückgewinnen«, sagte er. »Als Verteidiger der Heiligen Lehre habe ich mich verbürgt, sie zu erobern.«

»Ihr habt mir Euer Vertrauen geschenkt, mein Gebieter. Ich werde mein Bestes tun, Euch zu dienen.«

Süleyman warf einen Blick zu dem Podium hinüber, dann wieder auf Ibrahim. Ja, ich habe dir mein volles Vertrauen geschenkt, dachte er. Wolle Gott, daß ich dir nicht zu sehr vertraue.

Pera

Julia saß in der Sonne auf der Terrasse. Ludovici blieb auf den Marmorstufen stehen, die vom Garten hinaufführten, und beobachtete sie. Sie ist schön, dachte er, so schön, daß es mich schmerzt. Wenn ich sie doch nur zu solchen Gefühlen mir gegenüber bewegen könnte, wie sie sie einst Abbas gegenüber empfunden haben muß. Sie gehört jetzt mir; aber sie hat ja auch keine andere Wahl. Sie ist jetzt praktisch eine Gefangene. Sie kann sich nicht aus meinem Schutz entfernen, ohne in Lebensgefahr zu geraten; würde sie nach Venedig zurückkehren, so würde ihr Vater sie als ehemalige Konkubine verstoßen und der alte Serena, ihr Ehemann, sie vermutlich in ein Kloster stecken. Man würde sie kaum höher als eine Prostituierte einschätzen. Die christliche Nächstenliebe dieser Leute ist kaum besser als die der Muslime, die sie so verabscheuen; die Tugend einer Frau ist alles, was zählt.

Sie blickte auf und bemerkte, daß er sie beobachtete. Er rannte die Treppe hinauf, um sich zu ihr auf die Veranda zu gesellen. Er trug einen rostfarbenen Kaftan, und die Seide knisterte beim Gehen. Er hatte Spaß an seiner Rolle als Abtrünniger innerhalb der Communità. Die osmanischen Gewänder und Bräuche, die er übernommen hatte, unterstrichen seine Verachtung für Venedig.

»Es ist angenehm in der Sonne«, sagte er.

Sie blickte von ihrem Buch auf, lächelte aber nicht. So unnahbar, dachte er. Ein Engel, den ein Künstler aus Eis geschnitzt hat. Ich weiß, daß sie zu tiefer Leidenschaft fähig ist. Doch mir bleibt sie versagt.

Er hatte sie selbst an jenem Morgen aus dem Bosporus geborgen. Das Bild verfolgte ihn noch immer. Sie war halb nackt gewesen, und er hatte bei ihrem Anblick die Luft angehalten. Doch als er nach ihr griff, war sie blau vor Kälte und Sauerstoffmangel. Bei der ersten Berührung war ihr Körper kalt gewesen. Von diesem Moment an war sie ihm so fremd geblieben wie eine Marmorstatue; schön, kalt, leblos.

Wochenlang danach war sie krank gewesen. Später dann, als sie sich einigermaßen erholt hatte, erzählte er ihr die Wahrheit; daß ihre Rettung Abbas und nicht der Vorsehung zu verdanken war. Sie hatte es vielleicht schon vermutet, denn sie reagierte gefaßt auf die Mitteilung, zumindest nach außen hin. Doch für Monate verfiel sie daraufhin in eine tiefe Depression. Sie kleidete und benahm sich wie eine Witwe. Sie liebte ihn also noch immer, begriff Ludovici. Abbas jedoch war im Grunde so gut wie tot für sie.

Was sollte er jetzt also mit ihr anfangen? Seit seinem Treffen mit Abbas am Morgen konnte er an nichts anderes mehr denken, und plötzlich war ihm bewußt geworden, daß auch er sich ihr ferngehalten hatte. Bis jetzt war sie nichts als ein Engel für ihn, den er unbewußt hier in den Gärten und auf den Terrassen aufbewahrt hatte, aus einer Sehnsucht heraus, die zu heilig für jede Berührung war. Er wußte, wie sehr Abbas sie geliebt hatte; sie sich selbst anzueignen würde einen Vertrauensbruch bedeuten.

Jetzt jedoch bestand Abbas darauf, daß er sie wegschickte. Er mußte es tun oder aber sich der Wahrheit stellen, daß er sie für sich selbst begehrte. Abbas hatte kein Recht mehr auf sie. Ludovici war die Grausamkeit verhaßt, die man Abbas angetan hatte; doch er konnte sich nichts mehr vormachen.

Er setzte sich. »Wir müssen miteinander reden.«

Julia legte ihr Buch weg und blickte mit ihren eisblauen Augen zu ihm hoch. Eine Vision, hatte Abbas sie einmal beschrieben, fiel ihm jetzt ein. Kalt, als er sie aus dem Wasser gezogen hatte. Ja, dachte er, es war, als sei sie gar nicht wirklich vorhanden.

»Julia, Ihr seid jetzt seit über zwei Jahren hier unter meinem Schutz.«

»Ihr wißt, daß ich Euch ewig dankbar sein werde für das, was Ihr getan habt«, sagte sie.

»Seid Ihr glücklich hier?«

»Nein, Ludovici. Natürlich nicht.«

»Warum?«

Die Frage schien sie zu überraschen. »Ich bin einsam.«

Ludovici breitete die Hände aus. »Was kann ich denn tun? Wenn Ihr von hier weggeht, begebt Ihr Euch in Gefahr. Und Venedig …« Er zuckte hilflos die Achseln.

Sie schwieg. Ohne männlichen Begleitschutz war sie ausgeliefert.

Was kann ich nur tun? überlegte Ludovici. Sie ist verheiratet. Serena lebt noch auf Zypern. Ich kann sie nicht zurückschicken. Andererseits muß ich ihre Anwesenheit hier geheimhalten, sogar vor den übrigen Mitgliedern der Communità Magnifica. *Corpo di Dio!* Was denke ich da eigentlich? Ich will sie! Zur Hölle mit Abbas. Meine Schuldgefühle geben ihm auch nicht seine Eier wieder!

Vielleicht konnte sie seine Gedanken lesen. »Sagt mir«, fragte sie plötzlich. »Bekommt Ihr ihn je zu sehen?«

»Ja. Manchmal.«

»Fragt er je nach mir?«

»Nein«, log Ludovici.

Ihre Augen schimmerten feucht. »Armer Abbas«, flüsterte sie.

Er streckte die Hand aus und nahm die ihre. Sie war warm. »Ich will versuchen, Euch zu helfen, damit Ihr nicht einsam seid«, erklärte er. Nein, Abbas, ich werde sie nicht wegbringen. Sie wird hierbleiben. Bei mir.

53

Die Tür war leicht angelehnt, und das flackernde Gelb des Kerzenlichts tanzte in der dämmrigen Diele. Ludovici blieb im Dunkeln stehen, vom Geräusch seines eigenen Herzschlags betäubt. Sein Mund war trocken.

Er drückte die Tür auf. Julia saß an ihrem Toilettentisch und kämmte sich das Haar aus. Bei ihren Bewegungen glänzte die Seide ihres Nachtgewandes im Licht. Sie erblickte ihn im Spiegel und hielt verblüfft inne.

Ludovici bemerkte sein eigenes Spiegelbild, den Goldton seines Bartes und den harten, ziellosen Ausdruck seiner eigenen Augen.

Julia legte die Bürste hin. »Ludovici?«

Er stand hinter ihr, die Hände auf ihren Schultern, und musterte ihre Augen im Spiegel. Sie schien keine Furcht zu empfinden, nicht einmal Überraschung. »Steh auf und dreh dich um«, flüsterte er, und seine Stimme war heiser.

Er ließ seine Handflächen über die Biegungen ihrer Schultern gleiten. Nein, nicht aus Marmor, dachte er. Sie war weich und rund, blühend und warm. Sie war einsam. Das Nachtgewand schmiegte sich an ihren Körper und betonte die Konturen. Er spürte einen Druck im Brustkorb. Ein kleines goldenes Kreuz funkelte zwischen ihren Brüsten.

Jetzt ist Schluß mit dem loyalen christlichen Kavalier, dachte er.

Er zog das Gewand vorn mit den Fäusten zusammen und riß es der Länge nach auf, dann schob er es ihr über die Schultern. »Du bist vollkommen«, flüsterte er.

Er küßte ihr den Nacken, die Schultern, die Brust. Er erhaschte den Anblick im Spiegel. Sie war regungslos geblieben. Er hob sie auf und legte sie auf den Rand des Bettes, zerrte ihr den Rest ihres Gewandes vom Leib. So lange schon hatte er auf diesen Augenblick gewartet.

Sie schaute ihn an, während er sich entkleidete. Noch immer regte sie sich nicht und sprach kein Wort.

Er ließ sich auf sie herab und stöhnte auf, so schmerzlich schwoll es in seinen Lenden an. Er küßte die anmutige Biegung ihres Nackens, atmete den sanften Duft ihres Haars ein und begann in sie einzudringen. Julia lag still unter ihm da und beobachtete ihn, wie er sich verausgabte.

Danach lag er auf ihr, unfähig, zu sprechen oder ihr in die Augen zu sehen. Er hatte seine Trophäe an sich gerissen, doch die Trophäe war verloren. Er hatte Vollkommenheit zu schmecken bekommen, doch der Geschmack in seinem Mund war ihm vertraut, und er erkannte das herbe Gefühl als das, was es war.

Enttäuschung.

Aserbaidschan

Rüstem hatte sich schon ausgerechnet, daß er, solange er sich nicht zu früh verpflichtete, von der Eröffnung des Kislar Aghasi profitieren konnte, ungeachtet dessen, wie die Würfel fielen. Es war offensichtlich, daß es zwischen dem Harem und dem Diwan zu einer Auseinandersetzung kommen würde; da war es ratsam, während des Konflikts in keinem der beiden Lager in Erscheinung zu treten. Oder vielmehr: am besten war es, in beiden zugegen zu sein.

Es war ein langer Marsch durch die einsamen Steppen Anatoliens. Das riesige Heer wälzte sich durch die Ebene, gefolgt von einer Staubwolke, die dreißig Meter hoch in die Luft wirbelte. Die Schakale flohen, wo das Heer auftauchte; Bauern, die langhaarige Angoraziegen und blökende Schafe mit molligen Gesichtern hüteten, standen in den Feldern und starrten.

Die lange Kolonne wand sich immer weiter in die Wildnis hinein. Meile um Meile um Meile; von den Akinji, die weiter ins Land streiften und als Späher vorauszogen, bis ganz hinten zu den Kameltrossen und den schweren, über die zerfurchten, staubigen Wege ratternden Geschützen zog sich die Kolonne am Horizont der Steppen entlang. Ein Sommer ging ins Land, während sie ihren Weg gen Osten suchten, bis sie schließlich am Fuß der großen Gebirge Asiens ankamen und ihre eigenen bärtigen, verstaubten Spiegelbilder in den kühlen, stillen Wassern des Van-Sees betrachteten.

Sie schlugen sich weiter ins Gebirge vorwärts und machten vor den blaugekachelten Kuppelgebäuden von Tabriz halt. Ibrahim eilte weiter, dem Schah Tahmasp auf den Fersen; dieser aber weigerte sich zu kämpfen, nicht gewillt, das Risiko einzugehen, seine Kavallerie gegen die Janitscharen einzusetzen, und entschlüpfte in die Berge von Sultania.

Und die Soldaten spürten die erste Herbstkühle in der Luft, sie frösteLten und blickten voller Furcht gen Himmel.

Ibrahims Standarte mit den sechs Roßschweifen – nur der Sultan hatte noch mehr – wurde in die harte, öde Erde gebohrt. Das Zelt flatterte und knallte im Wind. Die Ebene war von scharf umrissenen Bergen umgeben, die grau und drohend gegen den wolkengefleckten Himmel aufragten.

In dem Zelt-Pavillon saß Ibrahim auf einem tragbaren Thron aus Elfenbein, Ebenholz und Perlmutt und dachte bedrückt nach. Man hatte Kohlepfannen aus Kupfer im Zelt aufgestellt und darin Feuer gegen die Kühle angezündet. Und es war noch Sommer! Rüstem erschauerte bei dem Gedanken, wie es sein würde, wenn sie den ganzen Winter hier verbrachten.

Rüstem berührte zum Gruß die dicken Teppiche mit der Stirn.

»Rüstem! Solltest du nicht den Kamelzug und die Seide überwachen?« Rüstem bemerkte den scharfen Unterton in Ibrahims Stimme. Er war in einer gefährlichen Stimmung. Die Frustrationen der vergangenen Wochen waren ihm allmählich anzusehen. Der schnelle, entscheidende Sieg war gegen seine Erwartung nicht eingetreten.

»Ich dachte, ich könnte Euch zu Diensten sein, mein Gebieter.«

»Und mir helfen, mein Geld zu zählen? Das kann ich sehr wohl alleine.«

»Es ist die Sache mit dem Schah, mein Gebieter.«

Abrupt wurde Ibrahims Gesicht rot vor Zorn. So hatte Rüstem ihn noch nie gesehen. Ihn verlangt es zu sehr nach diesem Sieg, dachte Rüstem. Das wird sein Urteil beeinträchtigen.

»Der Schah! Der Schah ist nicht besser als ein Schakal! Er rennt vor uns davon und folgt dann unsrer Spur, um über unsere Beute herzufallen …«

Die Reden, die Ihr schwingt, sind ja schön und gut, dachte Rüstem. Das löst aber das Problem nicht. »Unsre Kundschafter haben das Heer noch nicht ausfindig gemacht?«

»Er versteckt sich noch irgendwo in den Bergen.«

»Vielleicht gäbe es eine Möglichkeit, ihn hervorzulocken.«

In Ibrahims Augen glänzte tiefe Verzweiflung auf. »Wie denn, Rüstem?«

»Wenn Ihr ihm einen Pakt anbietet …«

»Niemals! Ich habe geschworen, ihn zu vernichten!«

»Ihr verhandelt doch nicht mit einem großen europäischen König. Der Schah ist nichts als ein Schakal, wie Ihr gesagt habt. Ungeziefer, das ausgemerzt gehört. Es brächte keine Schande mit sich, das Verhandlungsangebot lediglich dafür zu nutzen, ihn aus seinem Lagerplatz zu locken.«

Ibrahim erhob sich plötzlich und begann im Raum hin und her zu wandern. »Wie können wir ihn finden?«

»Ihr könnt sicher sein, daß uns die Safawiden beobachten. Ein einzelner Bote, der von unserem Lager aus unterwegs ist, wird bestimmt abgefangen.«

»Ja, und bekommt die Nase und die Ohren abgeschnitten, die man uns dann in einem Lederbeutel zurückschicken wird!«

»Vielleicht verspürt der Schah nicht den Wunsch, jeden Sommer schmollend im Gebirge zu verbringen. Er kann nicht auf Dauer Krieg gegen uns führen. Wie alle Ketzer wird er nach jedem Heiligtum greifen, um dort seine Lügen zu verbreiten.«

Ibrahim ging zum Zelteingang und starrte auf die wilden Bergwände hinaus. Mit dem fortschreitenden Nachmittag überzog sich der Himmel bleiern, der dunkle Schatten von Regenwolken stürmte mit der Schnelligkeit einer angreifenden Reiterei auf sie zu.

»Ich muß ihn dazu bewegen, sich zu stellen«, murmelte er.

Rüstem holte tief Luft. Dies war der Augenblick. Aber er hatte die Gefahren abgeschätzt und wußte, daß der Einsatz das Risiko wert war. Ein einziger Schritt jetzt, und Vermögen und zukünftiges Wohlergehen wären ihm sicher. Er konnte nicht ewig dem Wesir zu Diensten sein. »Laßt mich ihm eine Botschaft überbringen.«

Ibrahim drehte sich um, und seine Miene veränderte sich dramatisch. »Du, Rüstem?« Er warf den Kopf in den Nacken und lachte.

»Ich kann den Schakal aus seinem Bau locken, mein Gebieter. Da bin ich mir sicher.«

»Seit wann wird ein Defterdar zu einem Botschafter?«

»Ich kann nicht für immer Defterdar bleiben.«

Ibrahim schien einen Ehrgeiz zu erkennen, der seinem eigenen glich, und er nickte zustimmend. Er wurde mit einemmal wieder ernst. »Was ist dein Plan?«

»Eine versiegelte Botschaft von Euch, mein Herr, in der Ihr ihm Tabriz und Aserbaidschan als Gegenleistung für die Heilige Stadt Bagdad anbietet. Wir achten seine Grenzen gen Osten.«

»Er wird nie und nimmer glauben, daß wir uns auf solch einen Handel einlassen.«

»Ich kann ihn überreden. Ihr habt eine Kopie von Süleymans Tugra, seinem persönlichen Siegel. Wenn das Angebot damit versehen ist, muß er es für echt halten.«

»Und wenn du ihn zum Verhandeln überredest?«

»Dann bringen wir ihn und seine Soldaten damit zur Ebene. Und massakrieren sie.«

Ibrahim schüttelte den Kopf. Der Regensturm war jetzt direkt über ihnen. Er brach krachend gleich Geschützen los, donnerte auf den harten Boden herunter und schlug wie Tausende von Pfeilen gegen die Seitenwände des Zeltes. Die Flammen in der Heizpfanne flackerten in einem Luftstoß auf.

»Das glaubt er nie und nimmer«, sagte Ibrahim.

»Laßt es mich versuchen.«

Er hatte Süleyman den Kopf des Schahs versprochen. Nach Wien konnte er sich keinen weiteren Fehlschlag leisten. Nicht, solange die Hexe Hürrem Stimmung gegen ihn machte. Er brauchte diesen Sieg.

Ibrahim erhob die offene Hand gegen Rüstem. »Ich will ihn haben, Rüstem.« Er ballte die Hand zur Faust. »Wenn du ihn mir bringen kannst, wird die Belohnung dafür deine kühnsten Träume übertreffen!«

Rüstem bestätigte das Angebot mit einer tiefen Verneigung, ließ sich jedoch weder Freude noch Dankbarkeit anmerken. Die Risiken hatte er sich schon genau ausgerechnet. Er wußte, was sie wert waren. Für Ibrahim.

Oder für Hürrem.

54

Schah Tahmasp musterte das bejammernswerte Geschöpf zu seinen Füßen. Mit verbundenen Augen und in Ketten war er von zwei persischen Spähern zu ihm gebracht worden. Mit dem Gesicht nach unten hatte er in den Kieselsteinen und dem Schmutz vor dem Zelteingang gelegen, und zwei Krummsäbel schnitten ihm ins Nackenfleisch, während der Schah den Inhalt des Schreibens las, das der Mann überbracht hatte.

Der Schah zeigte den Brief dem Mullah und den Feldherren, die ihm jeweils zur Seite saßen. Sie schüttelten in ernstem Schweigen den Kopf. Mit was für einer Hinterlist wartete der Großwesir des Sultans denn jetzt auf? Als alle es gesehen hatten, las er den Text erneut, zum drittenmal. Er war ein junger Mann, mit einem schmalen, grausamen Mund und dunklem, sorgsam gepflegtem Bart. Er hatte lange, schlanke Finger, die das Pergament streichelten, während er las, und die schmalen Handgelenke, die aus den Ärmeln seines Gewands ragten, waren mager und nußbraun.

Als er das Wort ergriff, klang seine Stimme hoch und zischend wie bei einem Mädchen. »Wie heißt du, Bote?«

Der Wurm von einem Menschen hob den Kopf ein paar Zentimeter

von der Erde und sprach in Richtung der Stimme. »Rüstem, hoher
Herr.« Sein eisengrauer Bart war völlig verschmutzt, und Blut klebte
daran. Es stammte von seinen Lippen, nachdem die Wachsoldaten ein
wenig zu eifrig dafür gesorgt hatten, daß seine Stirne demütig gegen die
Erde gedrückt blieb.

»Welchen Rang hast du, Rüstem?«

»Defterdar, hoher Herr.«

»Ein Schatzmeister? Seit wann schicken die Osmanen ihre Schatzmeister als Boten los?«

»Der Großwesir vertraut mir, hoher Herr.«

Der Schah nahm den Mann genauer in Augenschein. Er war blaß vor
Erschöpfung, schien sich aber nicht zu fürchten. Dem Eindruck seines
Gesichts hinter der Augenbinde nach zu urteilen, war er ein unauffälli-
ger Mensch.

»Ibrahim gibt sich also dazu her, um Frieden zu werben. Wünscht
sein Sultan ebenfalls den Frieden?«

»Ibrahim hat das Vertrauen des Herrn über zwei Welten. Er hat seine
Tugra.«

»Ja, das sehe ich.«

»Er wird jedes Bündnis einhalten, das mein Gebieter Ibrahim eingeht.«

»Bote Rüstem, kannst du mir erklären, warum dein Herr über zwei
Welten nicht selbst sein Heer gegen uns in die Schlacht führt, wie es
auch sein Vater tat?«

»Er ist des Krieges müde, hoher Herr. Er wünscht nur den Frieden.«

Der Schah zuckte die Achseln. Vielleicht. Vielleicht.

Das Angebot war vernünftig. Zu vernünftig? fragte er sich. Ent-
spräche es jedoch der Wahrheit, so könnte er seinen Mullahs einen
großen politischen Sieg darbieten. Sie hofften doch gewiß nicht, Bagdad angesichts der osmanischen Heerscharen halten zu können. Wenn
Ibrahim schließlich der Jagd auf ihn durch die Berge überdrüssig war
und nach Stambul zurückkehrte, konnte er sich Tabriz und die Heilige
Stadt zurückholen. Doch er würde beides im Jahr darauf wieder aufgeben müssen, sobald Ibrahim erneut erscheinen würde.

Letzten Endes war er gezwungen zu verhandeln. Auf diese Art und
Weise aber gewann er sofort den Frieden und noch wertvollen Boden
hinzu. Mehr Bekehrte für seine Mullahs.

Aber trotzdem.

»Solch ein Vertrag wäre möglich, Bote Rüstem. Aber wir müssen uns an einem Ort meiner Wahl treffen, ohne irgendwelche Begleitung außer unserer eigenen Leibwache.«

»Bezweifelt Ihr Ibrahims Ehrenhaftigkeit?«

Der Schah lächelte. »Ich bezweifle seine Fähigkeit, solch einer Versuchung zu widerstehen.«

Er nickte den beiden Wachposten zu, die Rüstem daraufhin grob auf die Füße zerrten.

»Wenn er auf meine Bedingungen eingeht, so sag ihm, nehme ich sein Angebot an. Geh in Frieden, Bote Rüstem.«

Die Wachsoldaten schleppten ihn weg. Der Schah beobachtete, wie sie ihn, noch immer angekettet und mit verbundenen Augen, auf ein Pferd setzten und durch die Zeltreihen nach Süden führten. Er machte sich erneut Gedanken über Süleyman. Ein Osmane, der den Frieden wünscht? Es war entweder eine Lüge oder aber das erste Zeichen von Schwäche. Wie Gott will, schloß er. Bald werden wir es sehen.

Der Wind war kühl, doch der Winter lag noch weit in der Zukunft. Der Schah war es jetzt schon leid, sich in den Bergen versteckt zu halten.

»Wenn du der Spur folgst, dann führt sie dich zu dem Tal, wo deine Freunde ihr Lager haben«, sagte der Perser, und er riß Rüstem die Augenbinde ab. Der andere Reiter löste die Ketten und zerrte sie ihm von den Handgelenken.

Rüstem blinzelte im Sonnenlicht. Einer der Perser, ein bärtiger Grobian mit einem abgenutzten kegelförmigen Helm, zupfte sich am Bart. »Wenn wir uns das nächstemal treffen, erlaubt der Schah vielleicht, daß ich mein Schwert mit deiner Leber naß mache«, sagte er grinsend.

Rüstem ignorierte ihn und zog an den Zügeln des Pferdes. Er hatte recht gehabt, das Risiko hatte sich als nicht der Rede wert erwiesen. Der Rest der Angelegenheit war jetzt ein Kinderspiel.

Armer Ibrahim. Aber er fand viel zuviel Gefallen an heroischen Gebärden, um ein wahrlich erfolgreicher Wesir zu sein. Wahre Größe erforderte mehr sorgfältiges Denken. Jemand, der fähig war, in der Krise die günstige Gelegenheit zu erkennen.

Jemand, wie er selbst es war.

Die beiden Perser galoppierten von dannen, und er blieb auf dem

Steppenhochland sich selbst überlassen. Jetzt, da er allein war, gönnte er sich ein schmales frostiges Lächeln. Dann ritt er die Spur entlang zum großen Heerlager.

55

Ibrahims Miene verriet Neugier. Belustigung wie Erstaunen waren seinem Gesicht abzulesen. Ein Finger schlug auf die Armlehne des Throns im Takt zum Flattern des Seidenzelts, während der kalte Abendwind seufzte und pfiff.

»Du hast den Schah gefunden?« sagte er schließlich.

»Ja, mein Gebieter.«

»Sie haben dich natürlich mit verbundenen Augen dorthin geführt.«

»Ja, mein Gebieter.«

»Sie haben dich gut behandelt?«

»Hinlänglich, mein Gebieter.«

Ibrahim musterte ihn. Rüstems Gewand war zerrissen und verdreckt. Sein Bart war mit Schmutz verfilzt. Hatte die Erfahrung in den Bergen ihm zugesetzt? Die blaßgrauen Augen gaben nichts preis.

»Deine Lippe ist verletzt.«

»Das ist nichts.«

Ibrahim lachte unvermutet. »Und ich dachte schon, wir würden dich nie wiedersehen. Was für ein Verlust wäre das doch für die Welt der Dichtung und Gesprächskunst gewesen!«

»Das denke ich nicht, mein Gebieter«, erwiderte Rüstem. Die Ironie schien er gar nicht herausgehört zu haben.

Nun, das hätte ich mir schon denken können, überlegte Ibrahim. Er gab sich gelegentlich der Phantasie hin, wie er mit seinem Schwert Rüstems Schädeldecke abhob, so, als kappe er ein Ei. Und wenn er dann hineinspähte, war kein Gehirn zu sehen. Nur ein Rechengerät.

»Was also sagt der Schah zu unserem Verhandlungsangebot?«

»Er hat abgelehnt, mein Gebieter.«

Ibrahims Gesicht verdüsterte sich, doch sein Lächeln verharrte hartnäckig. »Er traut uns nicht, Rüstem?«

»Der Glaubwürdigkeit des Briefes hat er mißtraut.«

»Der Glaubwürdigkeit …?«

Er hat gesagt, mit Euch könne er nicht verhandeln.«

Das Lächeln war jetzt geschwunden. »Weshalb nicht?«

»Er hat gesagt, Ihr wärt nur ein Soldat. Er sagte, er könnte solch ein Angebot nur annehmen, wenn es vom Sultan unterzeichnet ist, nicht vom Schreiber des Sultans.«

Ibrahim stand auf. Er ballte die Fäuste zusammen, um das Zittern seiner Hände zu unterbinden, sein Körper jedoch wurde von einer schrecklichen Gewalt übermannt, deren er nicht Herr wurde. Er packte Rüstem an den Schultern und warf ihn zu Boden.

Rüstem wehrte sich nicht. Er lag Ibrahim zu Füßen und sah weder überrascht noch verärgert aus.

Ibrahim wandte sich ab und zog den Killiç aus der edelsteinbesetzten Scheide an seiner Hüfte und hob ihn mit beiden Händen hoch über seinen Kopf. Er ließ ihn mit aller Kraft auf den Thron niedersausen, so daß Splitter von Elfenbein und Mahagoni durch das Zelt wirbelten.

»Schreiber des Sultans! Ist es der Schreiber des Sultans, der tagtäglich im Diwan sitzt und das Reich verwaltet? Ist es der Schreiber des Sultans, der seine Heerscharen in den Kampf führt, während der Sultan sich in seinem Harem vergnügt? Der Sultan? ICH BIN DER SULTAN!«

»Er sprach aus Ignoranz heraus, mein Gebieter.«

»Glaubt er etwa, der Sultan würde jetzt seine Schreiber in die Schlacht schicken? Was, Rüstem?«

»Mein Gebieter, ich wiederhole nur, was er zu mir gesagt hat. Er sagte, er könne einzig und allein mit dem Sultan der Osmanen verhandeln.«

»Mit dem Sultan! Wie lange soll ich das noch ertragen? Der Sultan hat mir seine Macht anvertraut, seine Reichsgebiete, sein Vermögen, alles! Die Durchführung von Kriegszügen oder das Gewähren von Frieden liegen in meiner Hand. Weiß der Schah, daß ich es war, der veranlaßt hat, daß unsere Armee hierherkommt? Ich war es – nicht der Sultan! Ich trage die Bürde, und jetzt soll ich mich Schreiber des Sultans nennen lassen!«

»Aber, mein Gebieter –«

Ibrahim hielt den Killiç vor Rüstems Augen und drehte ihn langsam, so daß sich auf der Schneide das Licht sammelte und erzitterte. »Wenn wir ihn fassen, dann nur lebendig«, knurrte Ibrahim.

»Erst müssen wir ihn aus dem Versteck ködern, mein Gebieter. Wenn der Sultan hier wäre, könnten wir ihn herlocken und endlich seiner Unverschämtheit ein Ende setzen. Wenn wir dem Herrn über das Leben vielleicht eine Botschaft zukommen lassen –«

»Nein! Ich habe geschworen, daß ich ihm den Kopf des Schahs mitbringe! Soll ich jetzt etwa mit einem dringenden Hilfsgesuch zu ihm eilen?«

»… Dann gibt es vielleicht eine andere Möglichkeit.«

»Eine andere Möglichkeit, Rüstem?«

»Jeder im ganzen Reich weiß, wie außerordentlich viel Ehre und Vertrauen der Sultan Euch schenkt. Vielleicht müßt Ihr dies auch dem Schah vor Augen führen. Ihr müßt ihm beweisen, daß Ihr die Vollmacht zu solch einem Pakt habt.«

»Wie?«

Rüstem blinzelte langsam. »Ihr müßt ihm das Angebot nochmals machen, mein Gebieter. Nur müßt Ihr es diesmal als Sultan unterzeichnen.«

Ibrahim starrte ihn an. Begriff dieser Wahnsinnige eigentlich, was er da von sich gab? Rüstem aber war alles andere als wahnsinnig. Er war eine Rechenmaschine. Es war eine logische Lösung für das Problem.

»Das ist unmöglich.«

»Es wird unserem Zweck dienen. Was bleibt uns anderes übrig, mein Gebieter? Außer ihm vielleicht für den restlichen Sommer durchs Gebirge nachzujagen und dann mit keiner anderen Trophäe als etwas persischer Seide nach Hause zurückzukehren.«

»Ich kann alles mögliche tun, Rüstem, aber ich kann mir nicht den Titel des Sultans anmaßen.«

»Wer soll das schon erfahren, wenn wir ihn erst einmal aus den Bergen gelockt haben? Ihr könnt das Dokument mit dem Schah zusammen begraben.«

Vielleicht hat er recht, dachte Ibrahim. Was muß ich denn befürchten? Süleyman hat mir seinen Diwan anvertraut und sein gesamtes Heer. Ich bin in jeder Hinsicht Sultan, außer dem Namen nach. Wenn Süleyman es nicht wollte, daß ich seine Macht einsetze, warum hat er mir dann soviel anvertraut?

»Ich kann nicht«, erklärte er.

»Es gibt keinen anderen Weg, ihn hervorzulocken, mein Gebieter. Er hat mir gesagt, sollte der Sultan nicht kommen, dann würde er uns nächsten Frühling in Tabriz sehen.«

Ibrahim schloß die Augen. Was konnte er Süleyman gegenüber vorbringen, falls er wiederum ohne Sieg zurückkehrte? Die Österreicher hatten ihn bei Güns gedemütigt, jetzt verhöhnte ihn der Schah von den Bergen herunter. Er sah sich außerstande, ihn zu vernichten, wie er es gelobt hatte. Und bevor die asiatische Grenze gesichert war, konnten sie nicht ihre Armee zu dem großen Feldzug gegen Kaiser Karl in Europa zusammenziehen. Seine Bestimmung war Wien, nicht das hier. Wien war es, was seinen Namen schließlich neben dem Alexanders in den Geschichtsbüchern verewigen würde.

Er sah Rüstem an, der ihn abwartend und scheinbar desinteressiert betrachtete.

»Hol deinen Federkiel und Pergament«, forderte er.

An den Schah Tahmasp von Persien zum Gruße und Wohlergehen, möge Glück und Ruhm Eure Tage auszeichnen. Durch mannigfaltige mündliche Übermittlung sind wir von Eurem Verlangen nach Frieden in Kenntnis gesetzt, und Dank der Gnade des Allerhöchsten, dessen Macht auf ewig lobgepriesen sei! Wir selbst haben kein Verlangen, Krieg gegen unsere Brüder im Islam zu führen. Wir geben daher bekannt, daß wir, solltet Ihr die Heilige Stadt Bagdad und alle Gebiete, die Ihr mit Waffengewalt erobert habt, aufgeben, dagegen Tabriz und die als Aserbaidschan bekannten Ländereien an Euch abtreten, so Ihr jedes Jahr einen Tribut von eintausend Golddukaten zahlt. Bei Tag und Nacht steht unser Pferd gesattelt dazu bereit, Euch zu treffen und unseren Frieden zu schließen.

Geschrieben im Jahre der Hedschra 941

Ibrahim. Seraskier Sultan

56

Seraskier Sultan!

Rüstem brachte sein Pferd auf der über dem osmanischen Heer gelegenen Anhöhe zum Stehen. Der Rauch von den morgendlichen Lagerfeuern trieb noch aufwärts und überzog das Gebirgspanorama in der Ferne mit einem Schleier. Von hier aus konnte Rüstem das prächtige scharlachrote Zelt des Großwesirs sehen, daneben die Standarte mit den sechs Roßschweifen, die schlaff im lauen Wind hingen.

Seraskier Sultan!

Rüstem machte kehrt und ritt gen Norden davon. Er dirigierte sein Pferd um den ersten Felskamm herum, machte dann eine scharfe Wende und galoppierte nach Westen. Wenn er nicht zurückkehrte, würde Ibrahim annehmen, daß die Männer des Schahs ihn ermordet hatten. Gab er ihn dann schließlich als verloren auf, war er selbst schon in Stambul.

Ibrahim, du Narr …

Seraskier Sultan!

Topkapi Sarayi

Süleyman zerknüllte den Brief in seiner Faust, sein Gesicht war vor Kummer verzerrt.

Die Paschas, Muftis und Befehlshaber um ihn herum im Diwan schwiegen. Jeder von ihnen empfand mehr oder weniger ein Gefühl von Triumph, doch keiner ließ es sich anmerken. Ibrahim war endlich zu weit gegangen! Der eitle, prahlerische Grieche hatte sein eigenes Todesurteil geschrieben!

Rüstem Pascha stand in der Mitte der großen Halle und wartete, bis man ihm das Wort erteilte. Der untadelige, gesichtslose Rüstem, dachte Süleyman. Jetzt ging kein Duft von ihm aus. Er stank nach Pferd, und die Falten seiner Haut starrten vor Schmutz. Er behauptete, er sei drei Wochen lang vom Grenzgebiet Aserbaidschans aus hergeritten, um die Nachricht zu überbringen.

Wäre das Pferd doch gestürzt und hätte dir das Genick gebrochen, dachte Süleyman.

»Du hast das auf sein Geheiß geschrieben?« sprach Süleyman schließlich.

»Ja, erlauchter Herr. Er gebot mir, es dem Schah Tahmasp zu überbringen.«

Süleyman schluckte schwer, bemüht, seine Fassung zu wahren. Ibrahim, ich hätte dir alles und jedes verziehen, nur dies nicht! Hätte Rüstem mich privat aufgesucht, so hätte ich vielleicht noch einen Weg finden können, dich zu verschonen. Doch jetzt ist er inmitten des Diwan erschienen und hat mich mit einem Treuebruch konfrontiert, den ich nicht vor aller Augen tolerieren darf. Was hast du nur getan?

»Hat man dich gesehen, Defterdar Rüstem?«

»Nein, mein Herr. Ibrahim glaubt, daß ich mich allein in das Herrschaftsgebiet des Schahs aufgemacht habe. Aber ich kenne meine Pflicht. Ich könnte nicht zulassen, daß solch ein Verrat ungestraft bleibt.«

Du lächerlicher kleiner Wurm, dachte Süleyman. Wie kannst du es wagen, mir mit Verrat zu kommen! Ibrahim hat mir seit über einem Vierteljahrhundert treu gedient, als Freund, als Seraskier meiner Armee und als mein Wesir. Wie willst du wissen, was ihn dazu motiviert hat? Wie kannst du dir so sicher sein?

»Der Sultan schuldet dir großen Dank, Defterdar Rüstem«, zwang er sich zu sagen. Er starrte erneut auf das zerknitterte Pergament in seiner Hand. »Wie steht es um den Feldzug gegen den Schah?«

»Schlecht, mein Herr. Seit Tabriz ist Ibrahim Pascha den Männern des Schahs durch die Berge auf den Fersen, aber das einzige, was wir bisher von ihnen zu sehen bekommen haben, waren die Schwänze ihrer Rösser, als sie sich von kleineren Scharmützeln zurückzogen. Seine Generäle bedrängen ihn, sich Bagdad zuzuwenden, aber er kümmert sich nicht um ihren Rat. Er sagt, er sei als einziger dazu in der Lage, den Sieg zu erringen. Er sagt, das sei schon immer so gewesen.«

Ein kaum merkliches Seufzen war in dem großen Reichssaal zu vernehmen. Wie konnte Rüstem es wagen, derlei zu wiederholen? fragte sich Süleyman. Er zitiert solche Ungeheuerlichkeiten, als ginge es um Zahlen bei einer Abrechnung. Was würde Ibrahim als nächstes sagen? Würde er Anspruch auf den Ruhm von Rhodos und Buda-Pest und Mohács erheben?

»Und was ist mit der Moral im Heer?«

»Sie ist schwach, mein Herr. Sie alle wünschen sich Eure Anwesenheit an ihrer Spitze. Die Janitscharen bestehen heftig darauf, daß Ihr sie zum Sieg führt. Sie befürchten, daß Ibrahim sie nur noch tiefer ins Gebirge und in eine Katastrophe führt.«

Süleyman blickte nach oben auf den Staub, der durch die Säulen gelben Sonnenlichts von den hohen Fenstern her schwebte. Die Hinfälligkeit des Staubs. Die Hinfälligkeit allen Ansehens.

Hinter ihm, so wußte er, lag das große Gitterfenster, das Fenster der Angst, das auf den Diwan herabblickte. An diesem Vormittag war niemand hinter dem schwarzen Taftvorhang, der Zeuge dieses Vorgangs gewesen wäre, doch Süleyman wünschte von ganzem Herzen, er selbst säße dort und könnte jemand anders die schreckliche Entscheidung fällen lassen, die letzten Endes, wie er wußte, unumgänglich war.

57

Der Eski Sarayi

Lichtschein von den Kerzen her kräuselte sich auf den Kachelwänden und schimmerte auf den Weihrauchgefäßen aus Messing, die vom Deckengewölbe herabhingen. Süleyman legte seinen Turban ab und strich sich mit einer Hand über die glatte Schädelhaut bis hin zu der einzigen Schädellocke an seinem Hinterkopf, dem Vermächtnis seiner Ghasi-Vorväter. Er schloß die Augen. An diesem Tag spürte er die Bürde drückender denn je zuvor in den fünfzehn Jahren, seit er den Herrschermantel der Osmanen entgegengenommen hatte.

Er ließ sich auf das Sofa nieder und wartete.

»Mein Gebieter.«

Sie trat leise durch den Samtvorhang ein und kniete zu seinen Füßen nieder. Ausnahmsweise begrüßte ihn kein Lächeln. Sie neigte den Kopf, um ihm die Hand zu küssen, und lehnte ihn dann gegen seine Wange.

»Du hast es gewußt?«

»Ja, mein Gebieter.«

»Wieso?«

»Getuschel, mein Gebieter.«

»Getuschel gibt es immer.«

»Als ich durch den Vorhang kam und dein Gesicht sah, wußte ich, daß die Tuscheleien diesmal zutreffen.«

Er streichelte ihr das Haar, und sein Gesicht wurde weicher. »Was soll ich nur machen?«

»Darf ich den Brief sehen, mein Gebieter?« flüsterte sie.

Er streckte seine linke Hand aus und öffnete sie mit der Fläche nach oben. Der Brief kam zerknüllt zum Vorschein, der, seit Rüstem am Vormittag im Diwan erschienen war, in seiner Faust gesteckt hatte.

Hürrem faltete das Schriftstück auseinander. Es war kaum mehr lesbar. Es war arg zerknittert, und der Schweiß von Süleymans Hand hatte die Tinte verschmiert. Aber sie konnte dem Schreiben entnehmen, daß es ein Friedensangebot war. Und sie konnte noch die Unterschrift lesen.

»Seraskier Sultan.«

Oh, Rüstem! dachte Hürrem. Abbas hat eine gute Wahl mit dir getroffen. Du hast eine selten geniale Begabung für Intrigen!

»Er macht ein Friedensangebot«, sagte sie.

»Es ist Wahnsinn«, flüsterte Süleyman heiser. »Was kann ihn nur dazu getrieben haben, so etwas zu tun?«

»Kann man diesem Defterdar Rüstem über den Weg trauen?«

»Wie sollte er denn von solch einer Lüge profitieren? Außerdem gibt es keine Lüge. Da steht es, unter meinem eigenen Siegel geschrieben: ›Seraskier Sultan.‹ Sultan! Es gibt keine Situation, keine Zwangslage, die es irgend jemand anders als mir selbst gestatten würde, sich Sultan zu nennen! Das zu tun, bedeutet Rebellion. Das weiß er.«

»Er ist dein Freund, Süleyman. Du hast mir so oft von ihm erzählt –«

»Ja, er ist mein Freund. Weit mehr als nur ein Freund! Das macht dies nur um so unverzeihlicher!«

»Handle nicht zu überstürzt, mein Gebieter.«

»Hürrem … du bist heute vielleicht der einzige Mensch, der sich für ihn einsetzt. Mit einemmal hat er Feinde, von denen ich mir nicht träumen ließ. Sie sind aus sämtlichen Palastwinkeln hervorgekrochen, um ihm in den Rücken zu fallen!«

Ja, ich setze mich für ihn ein, dachte Hürrem. Und wenn sein Haupt dann an der Pforte der Glückseligkeit verrottet, wirst du dich daran erinnern, daß ich zu ihm gehalten habe. Wenn ich sichtbar zu seinem Tod beitrage, wirst du mich ebenfalls hassen. Jetzt muß Ibrahims Schicksal der Zeit überlassen bleiben.

»Du mußt zu ihm gehen«, raunte sie.

Er nickte bedächtig. »Je länger ich es aufschiebe, um so mehr bin ich bedroht. Ich kann nicht einfach nichts tun. Und doch kann ich es nicht über mich bringen, ihm Leid zuzufügen, kleine Roxelana. Es wird so sein, als würde ich mir ein Stück aus meinem eigenen Herzen schneiden.«

»Es wird vielleicht nicht nötig sein. Mein Gebieter, wenn er wirklich dein Freund ist, dann muß es irgendeine Möglichkeit geben, ihn zu entschuldigen.«

Er riß ihr den Brief aus der Hand. »Es gibt keine! Welche Entschuldigung soll es denn geben?« Er sprang auf die Füße und ging zu der Kerze, die auf ihrem Silbersockel neben dem Eingang stand. Er hielt den Brief in die Flamme, drehte ihn hin und her und schaute zu, wie er brannte.

»Wirst du ihn mit dem Brief konfrontieren?« fragte sie.

»Damit er ihn dann ableugnet? Er wird mir bei meiner Ankunft aus eigenem Mund von dem Brief berichten. Wenn er wirklich mein Freund ist, wird er nicht versuchen dies vor mir geheimzuhalten.« Er ließ das brennende Pergament aus seinen Fingern auf den Boden gleiten. Er zertrat die Flammen und die Asche mit der Sohle seines Lederstiefels.

Er warf sich auf den Diwan. »Ibrahim …!«

Hürrem stand auf und setzte sich neben ihn. Sie zog seinen Kopf an ihre Brust, und in ihren Armen spürte sie ihn leise weinen.

»Hürrem«, flüsterte er, »was würde ich nur ohne dich machen?«

»Schhh«, murmelte sie und strich ihm über die Schläfe, während sie seine Schwäche mehr denn je zuvor verabscheute.

58

Es war der letzte der heißen Augusttage, die Jahreszeit, in der nur die Armen zurückblieben, um in der brüllenden Hitze der Stadt zu schmachten. Süleyman war erst kürzlich mit seinem Diwan und Harem aus Adrianopel zurückgekehrt, wohin er sich für die Jagd und auf der Flucht vor dem heißen Atem des Schirokko zurückgezogen hatte. Kein geeigneter Zeitpunkt für einen Feldzug, dachte er, so gefährlich knapp vor Winterbeginn. Die Aussicht auf den langen, zermürbenden Ritt durch Anatolien deprimierte ihn. Aber es gab keine andere Wahl. Er mußte sich seiner Armee anschließen, und zwar rasch.

Er überquerte den Bosporus mit dreihundert Solaken und einer Schwadron Spahis und ritt nach Üsküdar, strebte dann über die ausgedörrten weiten Ebenen Anatoliens gen Osten auf die Gebirge Asiens zu.

Er wußte, bis zur Ankunft am Zielgebiet würde der Mond einen vollen Zyklus durchlaufen, einen Monat lang nichts als würgenden Staub und schmerzende Muskeln und Reiten, Reiten, Reiten.

Sultan Seraskier!

Er folgte den Spuren Alexanders durch Haine mit Feigen- und Olivenbäumen, durch Felder von Baumwolle und Weizen. Sie kamen durch Konya, wo seine Vorväter, die Seldschuken, einst gelebt hatten, und er machte dort halt, um dem Mewlana Türbesi seine Ehre zu erweisen, dem Grabmal von Dschalaloddin Rumi, der den Mewlewi-Orden der Tanzenden Derwische begründet hatte.

Von Konya aus ritten sie weiter über die sich endlos hinziehenden dürren Steppen, der Wüstensonne ausgeliefert. Auf der Hochebene boten ihnen nur die einsam verstreuten, flatternden schwarzen Nomadenzelte Gesellschaft und die Backsteinmauern der Karawansereien, Zufluchtsstätten für die Kamelkarawanen aus Samarkand und Medina.

Sie kamen durch Edessa, den Geburtsort Abrahams, wo alte Männer im Schatten der Festung saßen und Kichererbsen in einen Teich mit heiligen Karpfen streuten. Von dort aus ritten sie in die weite, öde Berglandschaft hinein, wohin die heißen Wüstenwinde nicht eindringen konnten. Es wurde mit einemmal kühl, und die braune Steppenlandschaft wich kahlen Felsen und Gebirgsbächen von solcher Eiseskälte, daß sie einem wie Rasiermesser in die bloße Haut zu schneiden schienen. Das Wetter war unberechenbar und änderte sich augenblicklich; innerhalb von Minuten zog aus heiterem Himmel ein heftiger Sturm auf, der Männer wie Pferde seinen Peitschenhieben aussetzte. Es war eine Gegend, in der nur Ziegen, Schafe und die Kurden überleben konnten.

Und der Schah, dachte Süleyman.

Sie ritten zwölf Stunden am Tag und machten nur Rast, wenn die Pferde zu müde für den Weitermarsch waren, sich Schaum auf ihren Mäulern und Flanken bildete und sie ihre geröteten Augen weit vor Erschöpfung und Durst aufrissen. Erst gegen Ende August jedoch erreichten sie schließlich Aserbaidschan.

Die Kundschafter ritten voraus, das Lager zu orten und Ibrahim auf die Begrüßung seines Sultans vorzubereiten. Eine Woche darauf näherten sie sich dem Höhenkamm und sahen Rauchfahnen aus dem Tal aufsteigen. Der Blick auf das osmanische Feldlager tat sich vor ihnen auf.

Süleyman hätte sich am liebsten zu Boden geworfen und vor Erleichterung aufgeheult. Die Erschöpfung hatte von seinen Knochen Besitz ergriffen, fast als sei sie ein Teil seiner selbst, so wie der Schmutz, der seine Haut überzog. Aber er durfte seine Ermüdung nicht vor seinen Kommandanten preisgeben und jetzt schon gar nicht angesichts der Janitscharen. Er richtete sich in seinem Sattel auf und spornte sein Pferd den Abhang hinunter an.

Wie üblich waren die Zelte in langen peniblen Reihen nach Division und Regiment angelegt. In regelmäßigen Abständen hatte man Löcher für die Exkremente ausgehoben. Man hatte die Pferde eingepfercht, die Belagerungsgeschütze, Nachschubwagen und Kanonen nach strenger Ordnung aufgestellt.

Das Lager war ruhig, denn Kämpfe, Spiele oder Alkohol wurden grundsätzlich nicht geduldet. Doch als die Männer der Askeri, der Heeresabteilungen, die Sultansstandarte mit den sieben Roßschweifen erkannten und die großgewachsene, bärtige Gestalt auf dem Schimmel in seinem grünem Gewand und schneeweißen Turban sahen, begannen sie zu jubeln.

Es sprach sich wie ein Lauffeuer herum. Süleyman war gekommen, um sie ein weiteres Mal anzuführen! Er würde sie aus dem Gebirge weg und zum Sieg führen!

Er brachte sein Pferd vor dem scharlachroten Seidenzelt mit dem Banner der sechs Roßschweife zum Stehen. Ibrahim kam heraus und vollführte rasch ein zeremonielles Sala'am auf dem Erboden zu Süleymans Füßen.

»Mein Gebieter«, sagte er.

Wo war das jungenhafte Grinsen geblieben? fragte sich Süleyman. Wo war der junge Mann, der stets nach einer Trennung auf ihn zustürzte, ihn zu umarmen? Statt dessen diese finstere, verstockte Miene.

»Hast du den Kopf des Schahs?« fragte Süleyman.

Ibrahim brauchte lange, bis er antwortete. »Noch nicht, mein Gebieter.«

»Dann brechen wir nach Bagdad auf. Der Sultan übernimmt jetzt seine Armee.«

59

»Es ist gut, daß du hier bist, mein Gebieter.«

»Tatsächlich, Ibrahim?«

»Der Grund allerdings, weshalb du gekommen bist, bekümmert mich. Vertraust du mir als deinem Seraskier nicht mehr?«

»Der Sultan gehört an die Spitze seines Heeres, wie du es mir unaufhörlich in Erinnerung gerufen hast.«

»Ist das der einzige Grund, mein Gebieter?«

Sie saßen im Schneidersitz auf den weichen Teppichen in Süleymans Zelt-Pavillon. Die Kohle in der Kupferpfanne glühte heiß, von einem plötzlichen Luftzug angefacht. In der Nähe stampfte ein Pferd auf und schnaubte, aufgeschreckt vom Heulen des Windes und der ungewohnten Kälte.

Süleyman war müde. Die Reise hatte an ihm gezehrt. Seine Augen waren gereizt vom Schlafmangel, und er konnte sich kaum dazu bringen, klar zu denken. Und er fror. Er hatte schon lange nicht mehr eine solche Kälte erlebt. Er zog sich die Hermelinrobe enger um die Schultern.

»Als Beschützer der Heiligen Lehre bin ich verpflichtet, Bagdad zu verteidigen, nicht aber mein Heer hinter Phantomen durch die Wildnis herjagen zu lassen.«

»Haben wir erst den Schah geschlagen, gehört uns Bagdad sowieso.«

Süleyman forschte in Ibrahims Miene nach der Wahrheit. Jeden Moment, dachte er – jeden Moment wird er mir gestehen, was er getan hat, und mir erklären, weshalb er so etwas fertiggebracht hat. Es darf keine Geheimnisse zwischen uns geben, das würde er niemals zulassen.

Er würde ihm seine Chance einräumen. »Vielleicht sollten wir mit ihm verhandeln«, stellte er fest.

Eine Andeutung von Furcht spiegelte sich in seinen Augen. Es war unmißverständlich. »Und was würden wir ihm dann anbieten?«

»Was sollten wir denn deiner Meinung nach anbieten?«

»Nichts. Außer vielleicht einen Strick für sein Genick.«

Süleyman schüttelte den Kopf. »Er weicht genauso aus wie der römische Kaiser. Womöglich bringen wir keinen von beiden je zu einer Entscheidungsschlacht, Ibrahim. Es ist wichtiger, daß wir unsere Pflicht erfüllen. Wir verteidigen schließlich die Heilige Lehre.«

»Die Heilige Lehre!«

Er konnte erkennen, daß Ibrahim die Gotteslästerung bereute, sobald sie ausgesprochen war. »Das ist die Basis meiner Armee, Ibrahim. Es gibt keine andere. Der Dschihad ist Gott geweiht. Er ist unsere Pflicht.« Die Pferde wurden allmählich unruhig. Er konnte ihr Hufstampfen über das Pfeifen des Windes hinweg hören. »Morgen rüsten wir uns für Bagdad. Wir werden die Heilige Stadt zurückerobern und falls nötig dort überwintern. Das Gebirge ist kein geeigneter Ort für ein Heer von dieser Größe.«

Süleyman spürte, wie gedemütigt Ibrahim sich fühlte. Mit vor Wut zusammengekniffenen Lippen starrte der Wesir in die glimmende Holzkohle. »Warum hast du mir das angetan?« flüsterte er.

Süleyman merkte, wie sich seine Hände auf dem Schoß zu Fäusten ballten. Nach deinem Verrat wagst du es noch, mein Vorgehen in Frage zu stellen? dachte er. »Ich bin müde. Ich muß schlafen«, erwiderte er. »Laß mich jetzt allein.«

Sie hatten es sich zur Tradition gemacht, auf Feldzügen im selben Zelt zu übernachten. Diesmal aber forderte ihn Süleyman nicht zum Bleiben auf, und Ibrahim protestierte nicht gegen die Verbannung. Er stand auf, machte sein Sala'am und ging hinaus.

Des Nachts brach ein schwerer Schneesturm über ihren Häuptern los. Süleyman erwachte vom Gebrüll der Pferde und Kamele in dem Unwetter. Männer brüllten im Dunkeln, und dann rüttelte ein weiterer Windstoß so gnadenlos am Zelt, daß es schien, als habe er die goldfarbene Seide der Länge nach aufgerissen. Süleyman warf sich einen Pelzumhang über und hastete zum Eingang.

Beißende Hagelschauer und Schneeschübe kamen dicht auf dicht herunter, daß nichts mehr zu erkennen war. Er bedeckte sich das Gesicht zum Schutz vor den stechenden Eishieben. Die Entsetzensschreie der Tiere und Männer konnte er vernehmen, doch die Nacht war hinter einem weißen Schleier verschwunden. Kurzzeitig flackerten Fackeln auf, bevor der Wind sie wieder auslöschte.

Die Pagen zitterten vor Entsetzen. Sogar einer seiner Solaken fiel auf die Knie. »Möge Gott uns beschützen«, murmelte er. »Das sind die persischen Zauberer!«

»Es ist bloß der Sturm!« brüllte Süleyman, nach Kräften bemüht, sich verständlich zu machen. »Steh auf, Mann!«

Er zerrte den Soldaten eigenhändig auf die Füße. Verfluchter Ibrahim, dachte er. Fluch über ihn und seinen Verrat und seine Idiotie! Verfluchter Kerl!

Wie vor den Kopf gestoßen von der Szene, die sich ihm bei Morgengrauen darbot, stolperte Ibrahim durch das Schneetreiben. Das Tal war völlig in Weiß gehüllt. Zelte sackten unter dem Gewicht der Schneemassen zusammen. Der erfrorene Lauf eines Kamels ragte wie ein langer Ast aus einer Schneewehe hervor.

»Gott helfe mir in meiner Not«, murmelte er.

Ein unheimliches graues Licht versuchte sich durch die trägen, schwarzen Wolkenklötze zu zwingen. Ein schreckliches Verstummen hatte sich über das Tal gelegt. Ganze Regimenter lagen unter den Schneewehen begraben, ganze Zelte hatte der gewaltige Wind mit sich fortgerissen. Leinwandfetzen flatterten an zerborstenen Pfosten wie die übel zugerichteten Fahnen einer geschlagenen Armee.

Ibrahim hörte, wie ihm schien, den Wind ächzen, doch inzwischen hatte der Sturm sich gelegt. Er begriff, daß es das Schreien der vom Schnee eingeschlossenen Männer war, vermischt mit dem Gebrüll sterbender Kamele und Pferde.

Er hatte sich noch nie einer Niederlage gegenübergesehen, doch jetzt erkannte er sie. Statt Blut war es der Schnee. Nicht ein Feind war ihm in die Flanke gefallen, sondern das Gebirge.

Männer taumelten betäubt und schneeblind durch eine Landschaft, die sie vom Abend zuvor nicht wiedererkannten. Einige krallten sich verzweifelt in den Schnee, um einen Kameraden zu befreien, oder zogen an den Zügeln eines Pferdes, das halb unter einer Schneeverwehung begraben war.

Die meisten richteten den Blick auf die Öffnung des Bergpasses, voller Furcht vor den Silhouetten persischer Reiter in der Dämmerung. Sie waren hilflos. Völlig ausgeliefert. Wenn die jetzt auftauchen sollten …

»Ibrahim!«

Er wirbelte herum. Süleyman stand über ihm auf dem Abhang, den juwelenbesetzten Kiliç an die Hüfte geschnallt. Seinem Gesichtsausdruck konnte er die gleiche rasende Wut entnehmen, wie er sie nur einmal zuvor gesehen hatte; auf Rhodos, als er nach dem Bostanji gerufen hatte, ihn seines Seraskiers und Großwesirs zu entledigen.

»Was hast du angerichtet?«

Ibrahim breitete hilflos die Hände aus. Wer hätte schon einen solchen Sturm im September vorherahnen können?

»Wenn jetzt die Perser kommen, werden wir alle hier sterben!« donnerte Süleyman.

Ibrahim starrte ihn an. Was gab es da noch zu sagen?

Süleyman kam näher, damit die Pagen und Solaken um sie herum seine nächsten Worte nicht mitbekamen. »Ich habe mich manchesmal gefragt, ob wir beide nicht in die falschen Familien hineingeboren wurden«, flüsterte er. »Offenbar ist dem nicht so.«

Süleyman wandte sich ab und kämpfte sich durch den bis zur Hüfte reichenden Schnee auf die Überreste des Janitscharenlagers zu. Ibrahim wurde klar, daß sie sich so schnell wie möglich neu organisieren mußten, um den Rückzug anzutreten. Aber der Sultan hatte jetzt wieder das Kommando, und er würde die Anordnungen des Tages treffen.

60

Galata

Das Licht der Wachskerze erglänzte auf der Glasur der einzelnen Reihe blauer Kacheln. Jedesmal, wenn Abbas sein Gewicht verlagerte, knisterte die Seide seines Kaftans wie trockene Blätter, wenn ein Sturm anhebt. Er seufzte und starrte Ludovici an. »Dieser Tage ist es gefährlich«, sagte er.

»Es ist jeden Tag gefährlich, Abbas.«

»Du hast dich vergewissert, daß sie in Sicherheit ist. Sie ist aus Stambul raus?«

»Ja, antwortete Ludovici und sah Abbas dabei in die Augen. »Sie ist weg.« Abbas brummte befriedigt.

»Liebst du sie noch, Abbas?«

»Lieben?« Das Knistern der Seide. »Ich weiß nicht, Ludovici. Wie soll ich sie noch lieben, so, wie ich jetzt bin?«

Ludovici wußte nichts zu ihm zu sagen.

»Hast du noch Eunuchen in deinem Haushalt, Ludovici?«

»Ich habe meinen eigenen Harem«, war seine Antwort, als stelle dies alles klar.

Abbas sagte nichts, doch in seinem Schweigen lag Vorwurf.

»Denkst du noch jemals an die alten Zeiten zurück, Abbas? In Venedig?«

»Es kommt mir vor, als sei das hundert Jahre her. Meine Erinnerungen an damals sind so, als würde ich in dem Tagebuch eines Fremden blättern.«

»Ich wünschte, du hättest damals auf mich gehört.«

Die Anmutung eines Lächelns, knapp und traurig. »Ja, du hast mich gewarnt, das weiß ich noch. Und die Zeit hat bewiesen, daß du recht hattest.«

»Es hat mir keine Befriedigung verschafft.«

»Das weiß ich, Ludovici. Aber das Los eines Menschen wird ihm zum Zeitpunkt seiner Geburt von Gottes Hand auf die Stirn geschrieben, und so war eben mein Los. Ich hätte mich nicht anders verhalten können, genauso wie eine Wolke nicht entscheiden kann, in welcher Richtung sie über den Himmel zieht. Ihre Richtung wird vom Wind Gottes bestimmt, wie auch mein Leben.«

»Dann hat Gott auch am Tag des Jüngsten Gerichts kein Recht, deine Sünden zu richten. Statt dessen ist er es, der dich um Vergebung bitte sollte.«

»Das ist Gotteslästerung, Ludovici, und ich bin nicht bereit, mir das anzuhören.« Er klatschte zum Zeichen für seine Taubstummen in die Hände und erhob sich zum Aufbruch. »Eine letzte Frage«, sagte er noch. »Hast du Julia jemals in den Harem geführt?«

Ludovici fühlte sich von der Frage überrumpelt. »Sie ist doch keine Konkubine. Sie ist eine Christin von hoher Geburt.«

»Ja, aber hast du es getan? Hast du sie zu deiner Huri gemacht?«

»Nein«, log er, »natürlich nicht.«

»Gut. Ich glaube dir«, erwiderte Abbas, doch etwas an seiner Miene ließ vermuten, daß er ebenfalls gelogen hatte.

Als Ludovici zu seinem Heim in Pera zurückkehrte, ging er nach oben in sein Arbeitszimmer und stand am Fenster mit dem Blick über das Goldene Horn und grübelte. Er brüllte seine Anweisungen Hyazinth zu, der daraufhin über den Gang davonhastete. Ludovici saß an dem mächtigen Schreibtisch aus Eichenholz am Fenster und wartete.

Julia kam leise herein, vom sanften Rascheln ihrer langen Röcke auf dem schwarzweißen Marmorboden angekündigt. »Du wolltest mich sprechen?« fragte sie.

Ludovici stand auf und bot ihr einen Sessel an. »Bitte. Setz dich.«

Sie ließ sich nieder, und er zog einen weiteren Sessel zu ihr heran.

»Stimmt etwas nicht, Ludovici?«

Er schüttelte den Kopf. »Haßt du mich, Julia?«

»Weshalb sollte ich dich hassen?«

Er blieb die Antwort schuldig.

»Du hast bloß dasselbe mit mir gemacht, was der Sultan mit all seinen Konkubinen macht, genau wie du mit deinen eigenen. Nur hast du wenigstens nicht versucht, mich hinterher in einen Sack zu stecken und im Bosporus zu ersäufen.«

»Ich schäme mich.«

»Früher einmal hätte ich mich auch geschämt. Doch dann haben die

Türken mich zur Hure gemacht, und ich habe keine Scham mehr in mir.«

»Du bist keine Hure!« Er erhob sich so plötzlich, daß sein Sessel auf die Marmorfliesen krachte. Er wandte ihr den Rücken zu und starrrte in das Zwielicht, das sich über dem Horn bildete.

»Ich bin dir dankbar, Ludovici. Du hast mir das Leben gerettet. Du gewährst mir hier Obdach. Mir ist es, glaube ich, noch immer lieber, eine Konkubine als eine Nonne zu sein. Obwohl der einzige Unterschied vielleicht nur die Zerstreuungen am Abend sind.«

Er drehte sich um. Machte sie sich über ihn lustig? Er verschränkte die Arme und lehnte sich an das steinerne Fenstersims. »Serena ist gestorben«, sagte er.

Sie atmete tief durch. »Wann?«

»Vor drei Wochen, auf Zypern. Ich hab' es heute erfahren.«

Sie zuckte die Achseln. »Das ändert nichts für mich.«

»Vielleicht doch.« Ludovici entfernte sich vom Fenster. »Heirate mich.«

Julia starrte ihn verblüfft an. »Wieso?«

»Weil ich dich liebe.«

»Ich bin es zufrieden, eine Konkubine zu bleiben, mein Gebieter. Es ändert nichts, wenn ich dich heirate.«

»Ich habe Hyazinth gesagt, er soll meinen Harem verkaufen. Ich will nur dich, Julia.«

Julia erhob sich und ging quer durch das Zimmer. »Du willst, daß ich dich liebe, und ich kann es nicht.«

Du kannst es versuchen«, meinte Ludovici.

Julia schüttelte den Kopf. »Ich bin in Venedig und ein paar gestohlene Nachmittage auf den Kanälen verliebt.« Und in Sirhane? dachte sie.

»Ich will dich.«

»Du besitzt mich schon.«

»Dann sehen wir es doch einfach so, daß ich dies aus Scham tue. Heirate mich trotzdem.«

Sie beugte sich vor und küßte ihn sanft auf die Wange. Er griff nach ihr und zerdrückte sie schier in seinen Armen, doch als er sie küßte, verspürte er keinen Druck der Erwiderung, und er wußte, daß das, wonach ihn wirklich verlangte, für ihn genauso unerreichbar war wie für Abbas.

Bagdad war aus der gleichen Art Ziegel und Stein erbaut worden wie die alte Stadt Babylon. Am Tigris und Euphrat zog sie sich hin, die Stadt des Kalifen Harun Al-Raschid. Palmen umgaben die Kuppeln und Minarette und verhießen Seide und Gold, Juwelen und Frauen.

Süleyman saß regungslos auf seinem weißen Araberhengst und verfolgte, wie die Belagerungsgeschütze und die Kanonen in Position gezogen wurden, und sprach ein stummes Dankesgebet. Die Krise war überstanden.

Die Perser waren an dem denkwürdigen Morgen nicht aufgetaucht. Schon allein seine Anwesenheit hatte die Armee zu neuem Leben erweckt, und bis zum Abend nach dem Sturm hatten sich die Mannschaften wieder neu organisiert und dann den langen, langsamen Rückzug aus den Bergen angetreten, die sie beinahe alle unter die Erde gebracht hätten.

Das Reich Mohammeds, das Heer des Islam wäre dank meines Seraskiers Sultan vernichtet gewesen! dachte er erbittert. Wahrer Gläubiger oder nicht – er war mir verpflichtet. Seine Ruhmsucht hatte ihn verblendet und das vergessen lassen.

Ibrahim ritt auf ihn zu, und die in seinen Sattel und seine Ärmel eingestickten Rubine und Smaragde funkelten in der warmen Morgensonne. Er grinste, als seien die Schrecken der vergangenen Woche bloß ein böser Traum gewesen, den man bei Tagesanbruch in die Vergessenheit schickt.

»Weshalb so ernst, mein Gebieter?«

»Du hättest schon vor zwei Monaten vor diesen Stadttoren stehen sollen.«

Ibrahim zuckte die Achseln, als sei sein Vergehen eher harmlos. »Der Aga der Janitscharen war auf einen langen Feldzug begierig«, sagte er schalkhaft. »Den haben wir ihm verschafft! Der alte Bär ist noch damit beschäftigt, den Schnee in seinen Stiefeln zu schmelzen!«

»Das hier war unser Operationsziel, Ibrahim. Nicht die Beschwichtigung des Aga oder den Schah aufzuspüren. Wir sind hergekommen, die Hunde zu vertreiben.«

Ibrahim wurde zusehends mißmutiger. »Du hast doch gesagt, daß du den Kopf des Hundes willst.«

»Nein. Du hast das gesagt.« Süleyman drückte die Knie in die Flanken seines Pferdes und trottete davon, so daß Ibrahim allein auf der Ebene zurückblieb.

61

Der Eski Sarayi, 1535

Es war Frühlingsanfang, doch der Schnee lag noch immer auf den Pavillondächern im Topkapi Sarayi, stürzte in kleinen Lawinen von der Kuppel der Hagia Sophia und brachte die Brunnen in den Innenhöfen des Eski Sarayi zum Gefrieren. Nur Hürrem und der Kislar Aghasi selbst hatten ein Recht auf die pelzbesetzten Kaftane der Würdenträger. Die anderen Odalisken und Diener froren in ihren dünnen Kaftanen, wenn sie auf den eiskalten Höfen und in den zugigen Laubengängen unterwegs waren. Im Palastinneren, wo alle Fensterläden und Türen dicht gegen die Kälte verriegelt waren, vermischten sich die abgestandenen Aromen von Weihrauch, Holzkohle und Haschisch zu einem Nebel, der einem die Luft nahm. Um dagegen anzugehen, hieß Hürrem ihre Diener, ihre eigenen Räume mit Orangenblütenduft und Rosenwasser zu besprühen.

»Ein Bote ist im Palast eingetroffen, meine Herrin. Süleyman wird innerhalb der nächsten paar Tage wieder in Stambul sein.«

»Mit Ibrahim?«

»Ja, meine Herrin«, erwiderte Abbas. Es war natürlich in der ganzen Stadt der Skandal schlechthin, wie Ibrahim sogar bis hin zur Anmaßung des Titels »Seraskier Sultan« Süleyman herausgefordert hatte. Das Geheimnis sollte eigentlich nicht über den Kreis des Diwan hinausdringen, doch Rüstem hatte dafür gesorgt, daß schon innerhalb von Tagen die ganze Stadt von der Schandtat unterrichtet war. Auf den Defterdar zu verfallen, war in der Tat eine Erleuchtung gewesen.

Die Einnahme Bagdads und das Verstreichen der langen Wintermonate hatten das Gerede nicht zum Schweigen gebracht; im Gegenteil, sie hatten es eher noch belebt. Nachrichten trafen nur selten ein, da die reitenden Boten zwanzig, ja dreißig Tage lang bei Tag und Nacht zur Überbringung der Botschaft unterwegs waren. Und ganz Stambul wartete neugierig darauf, was der Sultan nun tun würde, wie er mit seinem »Seraskier Sultan« umgehen würde.

In allen Basaren spuckten noch immer die Kaufleute auf den Griechen und verfluchten ihn. Die Statuen vor seinem Palast am At Meydani waren eines Nachts verunstaltet worden. Ganz Stambul haßte ihn, war über seinen Einfluß auf den Sultan aufgebracht, über die Art, wie er seinen Reichtum vor ihnen zur Schau stellte. Ein einziger schien seine Exzesse noch immer zu dulden.

Wieder und wieder hatte Hürrem sich gefragt, ob Ibrahim schon tot war, in seinem Zelt von den Bostanji erdrosselt oder aber am Galgen auf dem Hauptplatz von Bagdad aufgeknüpft. Sie wußte, daß er schon seit Wochen in seinem Grab vermodert sein mochte, bevor der Tschausch, der Hofbote, mit Nachrichten eintraf. Sie hatte sich bei Süleymans Aufbruch am Ende des letzten Sommers gesagt, sie werde Ibrahim nie mehr lebend zu Gesicht bekommen. Doch wie ein schrecklicher finsterer Geist schien er einfach nicht sterben zu können.

Hürrem nagte an ihrer Unterlippe. Zum erstenmal erwog Abbas, ob sie Süleymans Wesen falsch eingeschätzt hatte. Wieweit konnte Ibrahim den Sultan reizen, bis Süleyman endlich Maßnahmen gegen ihn ergriff?

»Es gibt noch weitere Nachrichten«, sagte Abbas.

»Laß mich hören.«

»Der Schah hat die Nachhut der Armee auf ihrem Rückzug durch Aserbaidschan angegriffen. Vier hohe Sandschak Begs kamen um, achthundert Janitscharen ergaben sich.«

»Wer war Seraskier?«

»Ibrahim hatte den Oberbefehl. Der Sultan ritt mit den Solaken voraus.«

Hürrem schien sich zu entspannen. Ihr Gesicht besänftigte sich zu einem breiten Lächeln. »Anscheinend hat ihn seine Glückssträhne im Stich gelassen, Abbas.«

»Ja, meine Herrin.«

Abbas empfand angesichts der Intrige, die er mit eingefädelt hatte, kein Gefühl von Triumph. Die Umstände hatten ihn zu dieser Rolle gezwungen. Das einzig wahre Vergnügen, das er sich in seinem Leben vorstellen konnte, war es, Hürrem in einen hübsch mit Gewichten gefüllten Sack zu stopfen und sie dann auf die Mitte des Bosporus zu fahren.

Eines Tages vielleicht …

»Du hast gut agiert, Abbas.«

»Danke, meine Herrin.«

»Rüstem ebenso. Er beweist eine große Begabung. Wir werden sicher in naher Zukunft wieder eine Verwendung dafür finden. Du kannst ihm meinen Dank übermitteln und ihm versichern, daß er reiche Belohnung erhalten wird.«

Abbas vollführte eine Temmenah und konnte es kaum erwarten, das Zimmer zu verlassen. Es lag nicht nur an der übermäßigen Hitze von den Holzkohlepfannen her und dem penetranten Geruch der Duftstoffe – es war so warm in dem Empfangsraum, daß Hürrem nur ein Samtjäckchen und Seidenhosen trug –, sondern allein Hürrems Gegenwart brachte ihn aus dem Gleichgewicht. Süleyman hatte ihr zuviel Freiraum eingeräumt, zuviel Macht. Sie wurde zu einem Monster.

»Übrigens, hast du eigentlich Julia gesehen?« fragte Hürrem ihn, als er sich gerade zurückziehen wollte.

»Nein, meine Herrin.«

»Ich bin bloß neugierig, Ich habe über das, was du mir gesagt hast, nachgedacht. Wieviel konnte dir ein einfaches Sklavenmädchen zahlen, daß es wert wäre, deinen Kopf zu riskieren?«

Sie weiß Bescheid. »Sie hat mir auch leid getan, meine Herrin.«

»Mein guter, wackerer Abbas.«

»Wie Ihr meint, meine Herrin.«

»Sie ist mit Ludovici Gambetto verheiratet, einem der venezianischen Kaufleute in Pera. Hast du das gewußt?«

Der Raum begann sich zu drehen. Abbas hoffte, daß man ihm seine Verwirrung nicht ansehen konnte. »Ja, meine Herrin«, log er.

»Hoffentlich erfreut sie ihn mehr, als sie den Sultan erfreut hat.«

»Das hoffe ich auch, meine Herrin.«

»Danke, Abbas.«

Sein Herz loderte, als er in seine Kammer zurückkehrte. Ludovici, was hast du nur getan? Du hast mich angelogen, du hast gelogen, gelogen!

Arme Julia.

Ich hoffe, du bist glücklich.

Ich habe getan, was in meinen Kräften stand.

62

Süleyman wirkte sichtlich gealtert. Es schien, als sei die Zeit gleich den Brunnen im Eski Sarayi eingefroren, während im Gebirge und auf den Hochebenen zehn Jahreszeiten vergangen waren. Und doch war es keine körperliche Veränderung. Sein Bart enthielt nicht mehr graue Haare als zuvor, sein Rücken war so gerade wie immer, er humpelte nicht und trug keine Narben.

Vielleicht war es seine Haut, dachte Hürrem. Sie war einem langen Winter in Wüste und Gebirge ausgesetzt gewesen, wodurch seine Gesichtszüge jetzt schärfer hervortraten; oder vielleicht lag es nur an seinem Gebaren: so, als habe ihm die persische Wüste allen Saft aus den Poren gesogen. Er sah aus, als gebe er sich geschlagen.

Er saß, die Hände auf dem Schoß zu Fäusten geballt, an einem niedrigen Tisch und starrte irgendein Bild in seiner Vorstellung an. Hürrem stellte das Tablett mit Speisen vor ihn hin und kniete neben ihm nieder.

»Was fehlt dir, mein Gebieter?«

»Ibrahim …!« murmelte Süleyman.

»Mein Gebieter …?«

»Was kann ich nur tun, kleine Roxelana?«

»Du hast ihn doch wegen des Briefes angesprochen?«

»Ich habe sein Geständnis abgewartet. Doch es kam nicht. Was soll ich jetzt bloß tun? Ihm Rüstem gegenüberstellen?«

»Kann ihm auf diese Weise verziehen werden?«

Süleyman schüttelte den Kopf. »Ich wollte nur, daß er es freiwillig zugibt. Ich konnte es nicht ertragen, mir seine Lügen anzuhören. Der Brief war unter dem Duplikat meines Siegels unterzeichnet. Was könnte er jetzt noch zu seiner Rechtfertigung sagen?«

»Und trotzdem?«

»Und trotzdem liebe ich ihn, Hürrem. Nicht so, wie ich dich liebe, nichtsdestotrotz liebe ich ihn. Was kann ich tun?«

Du mußt ihn hinrichten, dachte Hürrem. Sollte die Strafe schonender ausfallen, sind wir alle in Gefahr. Wie kannst du nur so lange zögern? »Du könntest ihn ins Exil schicken, wie du es mit Ahmed Pascha gemacht hast.«

»Ahmed Pascha hat seinen Verbannungsort als Basis für eine Revolte ausgenützt. Kann ich es wagen, das gleiche Risiko mit Ibrahim einzugehen, der viel mächtiger ist, als er es je war?«

Natürlich nicht, dachte Hürrem. »Er ist schon so lange dein Freund, mein Gebieter. Ich weiß, daß du ihn wie einen Bruder liebst. Frag mich nicht nach meinem Rat in dieser Angelegenheit.«

»Wem sonst kann ich denn trauen?«

Sie streichelte seine Wange, spürte seine Reaktion als Druck gegen ihre Hand. »Er ist bisher dein großartigster Wesir.«

»Ja, kleine Roxelana, doch jetzt sind sein Ehrgeiz und seine Habsucht über ihn hinausgewachsen. Auf unserem Rückweg von Bagdad hat er zugelassen, daß die Sandschak Begs von Kairo und Syrien sorglos im Tal ihren Lagerplatz aufgeschlagen haben, ohne Fluchtmöglichkeit. Als Seraskier hätte er unsere Nachhut gegen Angriffe schützen müssen. Statt dessen war es ihm wichtiger, die Sicherheit der großen Seidenballen, die er in Persien erbeutet hatte, zu überwachen. Ihm ist es zuzuschreiben, daß die Kavallerie des Schahs meinem Heer eine schlimmere Niederlage als je zuvor zugefügt hat. Anstatt unseren Sieg über Bagdad zu feiern, sind wir in einem Durcheinander nach Stambul heimgekehrt und lecken unsere Wunden. All das dank des ›Seraskier Sultan‹!«

Hürrem hielt ihn an den Händen. »Er hat sich gegen den osmanischen Thron versündigt, wenn nicht im Herzen, so doch in seinem Handeln. Er ist in deinen eignen Worten der Vernachlässigung seiner Pflichten schuldig. Mein Gebieter, ich spüre deinen Kummer, doch was kannst du anderes tun?«

Jenseits des Fensters ging die Sonne unter und färbte die schneebedeckten Dächer des alten Palastes rötlich. »Er kommt heute abend, um allein mit mir im Topkapi Sarayi zu speisen.«

Hürrem legte den Kopf auf seine Schulter. Unfaßbar! Man mußte schon völlig von Sinnen sein – wie Ibrahim –, um deine Loyalität zu verlieren. »Was wirst du zu ihm sagen, mein Gebieter?«

»Ich dachte nie, daß es je zu diesem Tag kommen würde.«

»Keiner von uns ahnt unsre wahre Zukunft. Wir stellen uns nur vor, wovon wir träumen.«

»Ich kann ihm nicht das Leben nehmen, Hürrem. Ich kann es nicht. Ich habe mich dafür verbürgt.«

»Mein Gebieter?«

»Ich habe gelobt, als ich ihn zu meinem Wesir machte – ich schwor darauf im Angesicht Gottes! –, daß er mich nicht zu fürchten braucht, solange ich lebe. Er hat meinen Eid darauf.«

Sie saßen lange schweigend da. Lange Schatten krochen über die Teppiche. Pagen schlichen stumm in das Zimmer, die Kerzen und Öllampen zu entzünden.

»Muß er sterben?« raunte Hürrem.

»Das Gesetz verlangt seinen Tod.«

»Dann gibt es aber doch einen Weg, mein Gebieter, ich zögere sogar, es dir zuzuflüstern. Doch wenn es deine Qualen beendet …«

»Sag es mir.«

»Du hast geschworen, ihn zu deinen Lebzeiten nicht hinzurichten. Laß also den Befehl ausführen, während du schläfst. Die Muftis sagen, daß ein Mensch nicht wirklich lebt, solange er schläft. Es ist wie ein kleiner Tod. So kannst du dem Gesetz Folge leisten, deine Pflicht dem Thron und dem Islam gegenüber erfüllen und trotzdem nicht deinen Eid brechen.«

Süleyman ließ lange mit einer Antwort auf sich warten.

»So sei es denn«, sagte er schließlich.

63

Topkapi Sarayi

Das flackernde Lampenlicht brach sich auf den in die Heizpfannen eingesetzten Rubinen. Sie erinnerten Ibrahim an die Lagerfeuer im Tal von Sultania am Abend vor dem Schneesturm. Die Erinnerung war wie ein körperlicher Schmerz in seinem Bauch, und er versuchte sie zu verdrängen.

Er fuhr mit dem Finger am Rand seines Jadebechers entlang und starrte in den vollmundigen, dunklen zyprischen Wein. Süleyman war mißmutig und wich seinem Blick aus. Es war nicht sein gewohntes melancholisches Grübeln, was ihm zusetzte, das war Ibrahim klar. Das hier war ganz anders als sonst.

»Du hast die persischen Hunde ordentlich ausgepeitscht«, sagte er. »Die werden noch lange ihre Wunden lecken.«

»Mag sein. Aber der Feldzug war nicht gut angesetzt. Wir sind beinahe in eine Falle geraten. Genaugenommen ging die letzte Schlacht an den Schah. Der feiert jetzt bestimmt, trotz unserer Siege in Tabriz und Bagdad.«

»Es gibt immer wieder einen neuen Sommer.«

»Zu welchem Zweck? Man zielt nicht mit Kanonen nach Spatzen, Ibrahim.«

Ibrahims Zorn war unvermutet. »Wir haben ein Reich, das sich mit dem von Alexander dem Großen messen kann. Warum sollten wir solch einen Kleinmut an den Tag legen, als seien wir geschlagen worden? Wir haben Bagdad, die Safawiden haben den Schnee und die Felsen!«

»Wir haben viele unserer begabtesten jungen Männer verloren. Den Defterdar Rüstem zum Beispiel.«

Ibrahim merkte, wie ihm das Blut aus dem Gesicht wich, und ein kalter, klebriger Schweiß überzog fast augenblicklich seinen gesamten Körper. Seine Spione hatten ihm zugeflüstert, daß Rüstem noch lebe und in Manisa gesichtet worden sei. Rüstem!

Er hatte versucht, sich mit der Ungeheuerlichkeit des Verrats auseinanderzusetzen, und sein Instinkt war auf die Wahrheit gestoßen, bevor sein Verstand sie gesehen und begriffen hatte. So gerissen. Unter anderen Umständen mochte er solch einem Handstreich Beifall gezollt haben. War es das, worauf Süleyman jetzt anspielte?

»Was weißt du über Rüstem?« fragte Ibrahim, ohne aufzublicken.

»Nur, daß er vom Schah ermordet worden ist. Hat er freiwillig seinen Auftrag übernommen, oder hast du ihn losgeschickt?«

»Er ist freiwillig gegangen. Er schien geradezu erpicht darauf, zu gehen.«

»Und was war sein Auftrag?«

»Ich wollte versuchen, den Schah aus dem Gebirge hervorzulocken. Das war meine einzige Absicht.« Das klingt, als ob ich um Nachsicht bettle, dachte Ibrahim. Nun, vielleicht tu ich das ja. Er muß erfahren, daß ich ihm nicht schaden wollte.

»Das ist dir offenbar mißlungen.«

Ibrahim bemühte sich, Süleymans Blick zu entschlüsseln. *Gott helfe mir in meiner Not!* dachte er. *Er glaubt mir nicht.*

»Du mußt mir glauben, daß ich alles versucht habe, um den Schah aus seinem Versteck hervorzuholen. Falls ich zu weit gegangen bin, dann war höchstens der Übereifer mein Fehler.« So. Jetzt war es heraus. Es war ein Flehen um Vergebung, ohne das Eingeständnis irgendeiner Sünde. Was, wenn Süleyman nur Vermutungen hegte? Was, wenn Rüstem eben doch tot war?

Außer, Hürrem hat ihre Hand mit im Spiel gehabt, dachte er, und er verspürte den ersten kalten Schauer des Entsetzens.

»Nun, geschehen ist geschehen.«

»Es wird noch andere Siege geben, mein Gebieter. Wie Rhodos und Mohács. Weißt du noch, wie damals auf Rhodos alles für uns auf der Kippe stand? Wenn wir die finsteren Zeiten durchstehen können, wird Gott uns bestimmt schließlich belohnen.«

»Dein Ratschlag war es, der sich damals durchgesetzt hat, Ibrahim.«

»Ich wollte dir bloß dienen.«

»Und du hast mir gut gedient, bei vielen Gelegenheiten. Doch der Sieg an sich bedeutet gar nichts, es sei denn, er dient dem Islam. Vielleicht haben wir das vergessen.«

»Jeder Sieg kommt dem Islam zugute.«

»Du mußt Mohammeds Geist kennen, bevor du für ihn sprechen kannst.«

Ibrahim schluckte seinen Ärger hinunter. Selbst in seiner Panik bäumte er sich noch gegen Süleymans Versuch auf, ihn zu belehren. Glaubte er denn wirklich, er hätte sich auf Rhodos und bei Mohács ohne ihn durchgesetzt? Oder vielleicht dachte er das tatsächlich. Was, wenn Hürrem gegen ihn Stimmung gemacht hatte?

»Ich bin nicht im Zeichen Mohammeds geboren worden«, sagte er vorsichtig. »Ich muß noch viel lernen.«

»Dafür ist es zu spät«, erwiderte Süleyman. »Ich glaube nicht, daß dir noch irgend jemand etwas beibringen kann.«

Hätte er bei diesen Worten gelächelt, so wäre Ibrahim vielleicht erleichtert gewesen. Doch er lächelte nicht.

Ibrahim weigerte sich einfach zu glauben, Süleyman könnte jemals …

»Sollen wir kommenden Sommer wieder nach Adrianopel zum Jagen gehen?« fragte er.

»Gott allein kennt die Zukunft.«

»Ich könnte wieder die Falken für dich fliegen lassen. Wie früher.«

Süleyman antwortete nicht.

»Weißt du noch damals, wie der Keiler aus dem Dickicht heraus mein Pferd angefallen hat, am Fluß Marantza? Du hast mir damals das Leben gerettet.«

»Du hast dich ihm entgegengestellt, obwohl du unbewaffnet warst. Du hast damals ausgesehen, als hättest du vor überhaupt nichts Angst.«

Der Keiler hatte nur rasiermesserscharfe Hauer, dachte Ibrahim. Da gab es keinen Palast voller Taubstummer mit Strängen zum Erdrosseln. »Ich hatte keine Angst, weil du da warst, um mich zu beschützen.«

»Ich kann nicht immer zur Stelle sein. Wir müssen uns alle einmal allein dem Tod stellen.«

Nein! *Nein!* Das konnte er nicht ernst meinen! Ich bin dein Großwesir, dein Seraskier, dein Freund! Ich habe an deinem Tisch gegessen, auf endlosen Feldzügen unter deinem Zeltdach geschlafen. Nein, Süleyman, das kannst du nicht im Ernst in Erwägung ziehen … »Das einzige, wovor ich Angst habe, ist die Art und Weise, wie der Tod kommt. Du hast mir einst geschworen, du würdest mich nie aburteilen. Ich könnte die Schande eines solchen Todes nicht ertragen.«

»Ich kann mich an den Eid erinnern. Ich werde ihn nie brechen.«

Ibrahim starrte ihn verwirrt an. Was dann? Was eigentlich hat er dann vor? Weshalb diese verschleierten Drohungen, diese hingemurmelten Zweideutigkeiten? »Mein Gebieter, ich bin einfach nur ein Mensch, ich habe viele Fehler gemacht. Da gibt es etwas, was ich bekennen muß –«

Süleyman streckte eine Hand aus, ihm Schweigen zu gebieten. Als Ibrahim aufblickte, nahm er einen merkwürdigen Ausdruck in Süleymans Miene wahr. Bestürzt erkannte er, daß es Mitleid war.

Und Widerwillen.

»Du mußt dich mir gegenüber nicht verteidigen, Ibrahim.«

»Mein Gebieter –«

»Es bedarf keiner weiteren Worte. Ich bin müde. Wir werden morgen weiterreden.«

Süleyman erhob sich, und der Kopf war ihm so schwer, daß er ihn kaum aufrecht halten konnte. Die Wirkung des mit Schlafmitteln versetzten Weines auf ihn war stärker, als sie es offenbar bei Ibrahim war. Aber schließlich wünschte er sich jetzt nichts sehnlicher, als zu schlafen. Er sehnte den Morgen herbei, wollte nur diese Quälerei hinter sich bringen.

»Die Pagen werden dir dein Lager bereiten. Schlaf gut, mein Freund.«

Ibrahim stand auf. So konnte das Ende nicht kommen, davon war er überzeugt. Nicht mit einem schlichten Gute-Nacht-Gruß. »Schlaf gut, mein Gebieter.«

Süleyman umarmte ihn plötzlich. Dann stieß er ihn weg und verschwand in seinem Privatgemach, während hinter ihm die Tür ins Schloß fiel.

Süleymans Gesicht war grau, als sei er krank.

Hürrem erhob sich vom Bett und lief eilends zu ihm. Sie war nackt bis auf rosa Damasthosen, die bei ihren Schritten im Kerzenschein kleine Wellen schlugen. Eine einzelne Perle hing ihr um die Taille, und grünes Seidenband war in ihr Haar geflochten.

Ich muß verhindern, daß er über das, was jetzt geschieht, ins Grübeln gerät, gemahnte sie sich. Ich werde ihn mit dem Wein und mit mir trunken machen, und wenn er dann von beidem gesättigt ist, wird er einschlafen. Wenn er aufwacht, ist alles vorbei, und dann ist keine Begnadigung mehr möglich.

»Mein Gebieter …«, raunte sie.

»Er hat mich praktisch um sein Leben angebettelt.«

Sie legte ihm den Kopf auf die Brust. Es muß doch eine Möglichkeit geben, seine Zweifel zu beschwichtigen, überlegte sie.

»Hör jetzt damit auf«, flüsterte sie. »Vergiß das Gesetz. Vergiß wenigstens diesmal deine Pflicht.«

»Wenn ich meine Pflicht vergesse, darf ich mich nicht mehr Sultan heißen.«

»Gibt es denn gar nichts, was ich machen kann?«

»Halt mich fest, Hürrem.«

Sie führte ihn zum Bett.

»Trink das hier«, raunte sie und bot ihm einen Kelch mit Wein an.

»Hilft mir das, einzuschlafen?«

Sie nickte, und er leerte das Glas in einem Zug. Danach ließ er zu, daß sie ihn auszog – etwas, was er noch nie zuvor erlaubt hatte. Er saß mit gebeugtem Kopf da, und als sie fertig war, bettete sie ihn auf das Lager und legte sich auf ihn, mit ihren Schenkeln zwischen den seinen.

Sie richtete sich auf die Arme auf, so daß ihre kleinen Brüste über seinen Brustkorb strichen. Sie begann, seine Wangen und Augen zu küssen und wiegte ihre Hüften gegen seine. Er reagierte nicht. Sie arbeitete sich mit den Lippen an seinem glatten, rasierten Körper zu seinen Lenden hinab …

Plötzlich entwand er sich ihr und setzte sich auf. Er steuerte auf die Tür zu. »Mein Gebieter!«

Er drehte sich um, und sein Gesicht war verzerrt vor Pein. »Ich kann nicht …«

Er sank in die Hocke und schlang die Arme um seinen Leib, als verspüre er schreckliche Schmerzen. Hürrem füllte den Kelch erneut mit Wein aus der Kristallkaraffe und brachte ihn zu ihm. Sie hielt ihm das Glas an die Lippen, und er schluckte den Trank mit der verzweifelten Gier eines Sterbenden.

»Es wird dir helfen zu schlafen, mein Gebieter«, murmelte sie.

»Laß es nicht geschehen, solange ich noch wach bin …«

»Mein Gebieter –«

»Laß nicht zu, daß ich meinen Eid breche! Laß es nicht geschehen, solange ich wach bin!«

Sie bettete seinen Kopf zwischen ihre Brüste und koste ihn mit einem Singsang, als sei er ein Säugling. »Schlaf, mein Gebieter. Schlaf …«

Nach einer Weile spürte sie, wie sein Kopf schwer wurde und er gegen sie sackte. Sie lag neben ihm auf dem Boden und hielt ihn, während er im Schlaf zuckte und vor sich hin nuschelte. Sie streichelte ihm das Haupt und wartete darauf, daß die Bostanji ihr Werk taten.

64

Ibrahim schritt im Zimmer umher und ließ das Lager außer acht, das die Pagen ihm bereitet hatten, kämpfte gegen die Schwere seiner Glieder an und gegen die bleierne Müdigkeit, die sich seines Hirns bemächtigt zu haben schien. Plötzlich stieß sein Körper mit der Wand zusammen. Er rang nach Luft und richtete sich ruckartig auf. Der Wein!

Süleyman hatte ihm ein Schlafmittel verpaßt! Nein! *Nein!* Das würde er niemals tun! *Niemals!*

Er mußte wach bleiben! Er würde nicht zulassen, daß sie ihn im Schlaf vorfanden, ihn wie eine Kerze einfach ausbliesen. Er war Ibrahim, der mächtigste Mann im ganzen Reich, der Wesir des Herrlichen.

Er konnte nicht auf Befehl des Sultans sterben. Er hatte sein Wort, seinen Eid bei dem Namen Gottes.

Warum aber hatten dann die Pagen die Tür hinter sich verschlossen?

Wie ein Blinder tapste er durch den von Kerzen erleuchteten Raum, kämpfte gegen die mit der Furcht aufsteigende Übelkeit und das vom Wein hervorgerufene Schwindelgefühl an. Das bilde ich mir doch alles bloß ein, sagte er sich. Das geschieht nicht wirklich.

Er hörte schleppende Schritte auf dem Gang und ein Geräusch, das wie das Winseln eines Hundes klang. Die Taubstummen! Die Bostanji! Ein Schlüssel drehte sich im Schloß, und der Griff begann sich zu bewegen.

Gott helfe mir in meiner Not!

Die Tür schwang auf.

Es waren fünf an der Zahl, allesamt Nubier. Die Bostanji-Mörder waren Eunuchen, die man für ihre einzigartigen Palastaufgaben noch um ein weiteres verstümmelt hatte; man hatte ihnen die Trommelfelle mit Nadeln durchstochen und die Zungen abgeschnitten. Auf diese Weise konnten sie nicht auf das Flehen ihrer Opfer eingehen oder ihren Auftrag vorher preisgeben.

Ibrahim zog den Dolch an seinem Gürtel heraus und schwankte zu der Holztür, die sein Zimmer von Süleymans Gemach trennte.

Er trommelte mit den Fäusten gegen das Holz. »Mein Gebieter!«

Er sah sich um. Die Bonstanji bewegten sich auf ihn zu.

»Nein, Gebieter! Süleyman! Bitte! Gebiete Einhalt!«

Süleyman wachte mit einem Ruck auf. »Was war das?«

Da schlugen doch Fäuste gegen die Tür. »Mein Gebieter! Bitte!«

Ibrahim! Ibrahim war im Begriff zu sterben.

Hürrem verschloß ihm mit ihren Händen die Ohren und wiegte seinen Kopf an ihrer Brust. Sie begann zu singen, um die Schreie von dem Zimmer nebenan zu übertönen.

Ibrahim stirbt, dachte Süleyman. Es gibt keinen kleinen Tod im Schlaf.

Während ich doch am Leben bin …

Wieder das Gehämmer. Er hörte jemanden gellend schreien. Es mußte Ibrahim sein.

Ich habe meinen Eid gebrochen. Ich habe meinen besten Freund ermordet.

Aber ich habe dem Gesetz gehorcht.

Jeder der Bostanji hielt eine seidene Schnur von der Stärke einer Bogensehne, das zeremonielle Handwerkszeug zur Hinrichtung von Persönlichkeiten hohen Ranges oder königlichen Geblüts. Dieser Seidenstrang war es, der die verschiedenen Onkel, Vettern und Neffen Süleymans ins Jenseits geschickt hatte.

Ibrahim hielt den Dolch vor sich hin und stellte sich ihnen.

Der erste Bostanji grinste ihn an und kam näher, als habe er das Messer überhaupt nicht wahrgenommen. Vielleicht vertraut er einfach auf seine Fähigkeit, dem Dolch auszuweichen, dachte Ibrahim. Der Mensch stürzte auf ihn zu, doch Ibrahim war darauf vorbereitet und entkam ihm leicht mit einem Schritt zur Seite, während das Messer sich nach oben und dann nach rechts schlängelte.

Die Augen vor Überraschung aufgerissen, blieb der Bostanji mitten im Raum stehen. Er ließ die Schlinge fallen. Blut spritzte von seinem Hals auf die Wand. In einem vergeblichen Versuch, den Blutstrom zu stillen, hielt er sich die Hand an die Kehle und fiel langsam auf die Knie.

Ibrahim zog sich zur anderen Wand zurück, während die übrigen Bostanji, nun schon vorsichtiger, ruckartig zur Mitte des Zimmers vorrückten. Ihr Kamerad fiel auf das Gesicht und schlug mit den Beinen um sich, während ihm das Blut noch immer aus der klaffenden Wunde an der Kehle spritzte.

Er sah, wie sie einander mit geschickten, kaum wahrnehmbaren Handbewegungen Zeichen gaben: die Sprache der taubstummen Bostanji. Er spannte sich an, er war bereit.

Sie agierten rasch, im Einklang; Ibrahim stieß in einem weiten Bogen um sich, und sie sprangen zurück. Einer von ihnen stöhnte auf: ein tiefer, klagender Seufzer aus der Tiefe seiner Brust. Blut ergoß sich aus einer Wunde an seinem Arm.

Ibrahim nahm den übelkeiterregenden Geruch von Kot wahr. Der erste Bostanji hatte sich im Sterben beschmutzt.

Die Attentäter machten einen neuen, diesmal rascheren Vorstoß.

Ibrahim stieß wieder zu, und einer stürzte nieder, doch Ibrahims rebellischer Schrei wurde jäh unterbrochen, als sich ihm ein Seidenstrang um den Hals legte. Die übrigen zwei Bostanji umzingelten ihn, doch Ibrahim stach erneut zu, voller Verzweiflung, und wiederum sah er einen von ihnen niedergehen, der sein Gesicht umklammert hielt.

Doch dann hielt ihn der andere am Arm fest und zog an ihm, wand den Arm in dem Versuch herum, Ibrahims Griff um das Messer zu lockern. Die Schlinge legte sich enger um seinen Hals.

Nein, nein! Ich kann nicht sterben!! Ich bin Ibrahim …

Er trat voller Panik mit den Füßen aus, zwischen die Beine des Mannes, und ein Teil seines Bewußtseins begriff sofort seinen Irrtum. Er schlug wiederum aus, und diesmal traf seine Ferse die Nieren des Menschen, und der Würgegriff ließ gerade so viel nach, daß er seinen Arm mit dem Dolch losreißen konnte, wobei die Schneide der Waffe durch den Ruck seinem Angreifer in die Hände und Arme schnitt.

Er drehte den Dolch in der Hand herum und stach nach hinten. Er spürte, wie sich etwas Warmes über seinen Rücken ergoß und die Schlinge um seinen Hals abfiel. Ibrahim fiel rückwärts und rang nach Luft.

Sofort wurde ihm der Dolch aus der Hand gerissen. Der Griff des Dolches ragte noch aus den Rippen des Bostanji hervor. Ibrahim beugte sich nieder und zog an dem Griff. Er ließ sich nicht herausziehen.

Eine weiterer Strang schloß sich um sein Genick. Sein Angreifer war einer, den er bereits verwundet hatte; er spürte, wie ihm das Blut von dem Arm des Mannes auf den Nacken tropfte. Er schlug wieder aus, doch der Mörder sprang mit der Schlinge ruckartig zurück und warf ihn damit aus dem Gleichgewicht.

Er griff sich an die Kehle, versuchte die Finger unter die Sehne zu schieben, doch der Strang war straff gezogen und schnitt ihm ins Fleisch. Er konnte nicht atmen. Krämpfe schüttelten seinen Brustkorb, und in schrecklicher Schmerzenspein zuckten seine Arme und Beine unwillkürlich hin und her.

Voller Panik schlug er um sich, besinnungslos. Grelles Licht blitzte vor seinen Augen auf.

Er versuchte, Süleymans Namen herauszuschreien, aber kein Ton kam zustande. Er kämpfte, doch er konnte seine Glieder nicht mehr beherrschen. Schwarze Schatten kreisten ihn ringsum ein.

Plötzlich war alle Erinnerung zu Ende.

Güzül eilte an den imposanten roten Mauern von Ibrahims Palast am At Meydani entlang. Ein Bote hatte vor wenigen Minuten eine Aufforderung zu ihrem Haus im jüdischen Viertel gebracht, dringend dorthin zu kommen. Ibrahim wolle sie sprechen.

Sofort.

Die Wachposten geleiteten sie durch das Tor. Sie hastete über den Hof zu der ausladenden Treppe, die zur Audienzhalle des Paschas führte. Sie hielt den Kopf gesenkt und raffte in ihrer Eile den Saum ihrer Ferijde hoch, dabei mußte sie gleichzeitig darauf achten, nicht auf der dünnen Eisschicht, die den Stein überzog, auszurutschen.

Sie war auf halber Höhe angelangt, als sie der Gestalt gewahr wurde, die sie vom oberen Treppenansatz beobachtete. Der Mann trug einen pelzbesetzten grünen Mantel und einen enormen weißen Turban in Form eines Zuckerhuts. Der Kislar Aghasi! Sie starrte ihn erstaunt und begriffsstutzig an.

»Ibrahim ist tot«, sagte Abbas. Sein Tonfall verriet keinen Triumph. Er klang schon eher traurig. Oder widerstrebend.

Güzül drehte sich um und blickte nach hinten. Zwei Bostanji standen mit erhobenem Killiç am Fuß der Treppe.

»Es ist die Anweisung der Herrin Hürrem«, sagte Abbas zur Erläuterung und wandte sich ab, da er kein Verlangen verspürte, die Bostanji ihre Arbeit tun zu sehen.

Hoch von einem Fenster auf den Dritten Hof hinaus schaute Süleyman zu, wie die Leiche auf den Rücken eines Pferdes geladen wurde. Eine Decke aus schwarzem Samt war dem Roß angelegt worden, und in seine Augen hatte man eine besondere Salbe gefügt, damit das Tier Tränen vergoß. Ein Bostanji führte das Pferd davon. Süleyman hatte angeordnet, die Leiche nach Galata zu überführen und in einem anonymen Grab beizusetzen.

Die zwei toten Bostanji hatte man aus dem Zimmer geschleift. Von den übrigen hatte einer, wie man Süleyman unterrichtete, ein Auge verloren, der andere seine Nase. Dunkle Spritzer waren an der Wand zu sehen.

»Er hat gut gekämpft«, sagte Süleyman.

»Bitte, mein Gebieter«, warf Hürrem ein. »Quäl dich doch nicht so. Deine Befehle waren gerecht. Du konntest nichts anderes tun.«

Doch sie erkannte, daß die Schuldgefühle schon begonnen hatten, sich in sein Herz zu fressen. Sein Gesicht war bleich. Er zitterte.

»Kleine Roxelana …«, murmelte er. Er klammerte sich an sie. Schließlich kann er sich, dachte sie erleichtert, an niemand anderen klammern.

Jetzt nicht mehr.

TEIL SECHS
DIESES WEIB HÜRREM

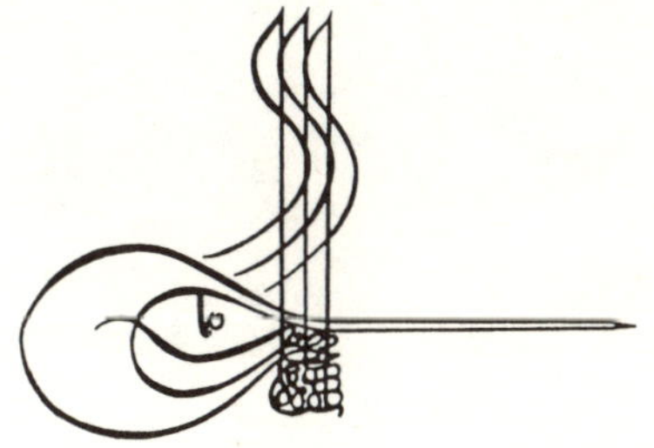

65

Kanlica, 1541

Süleyman beobachtete Mustafa, wie er seinen Araber den Hügel hoch trieb. Der lange, seidige Schwanz des reinrassigen Pferdes stand gerade ab, wie es sich gehörte. Der Wind spielte mit den roten Troddeln des Zaumzeugs und mit Mustafas weißen Gewändern. Er ist zu einem gutaussehenden jungen Mann herangewachsen, dachte Süleyman. Ein ansehnlicher Prinz. Vier eigene Söhne hat er bereits aus seinem eigenen Harem. Sechsundzwanzig Jahre zählt er schon. Das gleiche Alter, in dem er selbst von Manisa hergeritten war, den Thron zu übernehmen.

Er spornte sein Pferd die Anhöhe hinauf an, um sich zu Mustafa zu gesellen, betrachtete die Bogenschützen und ihre Hunde, wie sie durch das Feuchtgebiet dort unten stoben. Die ungeschickte, gebeugte Gestalt Cihangirs kam zu Pferde hinterher, den Geierfalken mit seiner Haube auf dem ausgestreckten Arm.

Überrascht und dankbar hatte Süleyman bemerkt, daß sich zwischen Mustafa und Cihangir in den letzten zwei Wochen eine Freundschaft entwickelt hatte. Mustafas teilnahmsvolles Wesen hatte ähnliche Tugenden bei dem Jungen hinter seinem verwachsenen, deformierten Äußeren entdeckt und hatte ihn unter seine Fittiche genommen; er zeigte ihm, wie man die Falken zur Jagd abrichtete, und verbrachte Stunden mit ihm auf dem Platz der Pfeile oder rittlings in den Hügeln außerhalb der Stadt. Süleyman war dankbar für die Aufmerksamkeit, die sein junger Schahsade seinem unscheinbarsten Halbbruder schenkte; darin spiegelten sich Süleymans eigene Empfindungen für den Jungen.

Cihangir selbst war voller Bewunderung für Mustafa und ganz überwältigt von seiner Zuwendung. Während Mustafas Besuch in der Haupstadt war er ihm überall im Sarayi wie ein junger Hund gefolgt und schaute Mustafa stundenlang beim Reiten im Çerit-Turnier zu.

»Er ist ein guter Junge«, sagte Süleyman. »Er ist ein gelehriger

Schüler und strengt sich sehr an, seine gottgewollte Behinderung zu überwinden.«

Mustafa wandte sich im Sattel um. »Die Ghasis brauchen Gelehrte ebenso wie Krieger.«

Süleymans Blick folgte dem Falken, wie er in die Luft aufstieg, wobei er eine Beute im Visier hatte, die dem Sultan noch verborgen blieb. »Versprich mir, daß du ihm nie ein Leid zufügst«, sagte er.

»Weshalb sollte ich ihm etwas zuleide tun, mein Gebieter?«

»Wenn dir der Thron gehört.«

Mustafa schien über diese Erwägung erzürnt. »Ich bin nicht mein Großvater.«

»Es ist dein Recht, wenn du es wünschst.«

»Ich gebe dir mein Wort, daß ich ihm nichts antun werde. Glaubst du etwa, ich könnte einen so noblen Prinzen abgeben, daß ich als erste Tat meinen verkrüppelten Bruder ermorde?«

»Ich möchte bloß dein Versprechen.«

»Du hast es.«

Sie starrten einander an. Ich wünschte, ich könnte dir Glauben schenken, dachte Süleyman. Aber ich weiß noch, wie leicht es meinem Vater fiel. Sein Blut fließt in meinen Adern und in deinen.

»Was du tust, nachdem ich ins Paradies eingegangen bin, geht nur dich und Gott etwas an. Aber verschone Cihangir.«

»Keiner meiner Brüder braucht mich zu fürchten, mein Gebieter. Jener blutige Brauch hat mit meinem Großvater ein Ende gefunden.«

»Im Lauf der Zeit empfindest du vielleicht anders.«

»Wenn sie sich nicht gegen mich erheben, werde ich ihnen nichts zuleide tun.«

»Selim und Bayezit sind schon fast erwachsen.«

»Es wird ihre Entscheidung sein. Sollten sie gegen mich aufrüsten, dann werde ich handeln. Das ist die Art der Prinzen. Der Thron wird mir gehören, wenn es soweit ist, und ich habe die Absicht, ihn zu besteigen. Doch du kannst ihnen sagen, mein Gebieter, daß sie, falls sie nicht ihre Schwerter ziehen, in Frieden leben sollen. Ich will, was mich angeht, kein Blut an meinem Thron.«

Wohlfeile Worte, dachte Süleyman. Aber wie willst du sicher sein, was du dann tun wirst, wenn das Getuschel losgeht? Er dachte an Ibrahim. Wann gab es einen Tag, an dem er nicht an ihn dachte? »Versprich mir einfach, daß du meinem Cihangir nichts zuleide tust«, sagte er.

Der Geierfalke stürzte sich auf seine Jagdbeute hinunter, und die Hunde kläfften und schossen nach vorn, und die Bogenschützen der Janitscharen brachen in Triumphrufe aus.

Ein weiteres Leben endete an einem heiteren Frühlingsmorgen.

Der Eski Sarayi

Die Schatten wichen über Asien zu dem kalten Dunkel Europas zurück. Die Sonne schob sich langsam durch die Arkaden und dunklen Gärten und löste die weißen Nebelfetzen auf, die an den Dächern hafteten. Eine Spinne, die sich an ihr tauperlenbesetztes Netz klammerte, hob sich klar gegen den zitronenfarbenen Himmel ab. Eine Eule schlug in den Zypressen den Stundenruf der Dämmerung.

Hürrem war in einen Pelzmantel gehüllt, und ihre Haare hingen lose über die Schultern, ungekämmt und nicht geflochten. Sie zitterte, während sie sich gegen das gedrechselte Holzgitter lehnte und über die erwachende Stadt hin auf den Turm des Kubbealti starrte und auf die Minarette der Hagia Sophia, die wie Lanzenspitzen aufblitzten, als sie den Morgennebel durchbrachen.

In der ganzen Stadt fingen die Muezzins an, die Gläubigen zum Gebet zu rufen. »*Allahu akbar! La ilaha illa' llah …*«

Von hier aus konnte sie die uralte Alexandersäule hoch über dem Marktplatz sehen, auf dem sie einst selbst verkauft worden war. Damals war sie eine Sklavin, und bei all ihrem Einfluß und Reichtum war sie auch jetzt eine Sklavin.

Und nur einen Herzschlag von der Vergessenheit entfernt. Sollte Mustafa am Leben bleiben, dachte sie, wird man meine Söhne ermorden oder einsperren und mich zu irgendeinem einsamen Palast in Anatolien verbannen, mit Schakalen und Ziegen als einziger Gesellschaft.

Damals eine Sklavin, jetzt eine Sklavin.

Sie rief nach Muomi, sie möge kommen, um ihr bei der Toilette zu helfen. Sie saß vor ihrem Spiegel und beobachtete, wie Muomi ihr die Haare auskämmte und starrte ihr eigenes Spiegelbild an. An diesem Morgen fühlte sie sich, als starre sie über den Rand einer Klippe. Und nichts als schwarze Finsternis war zu sehen.

»Halt!« befahl sie.

Sie beugte sich näher an das Glas heran. Sie ließ ihren Mantel los und fuhr sich durch die goldfarbenen Haarsträhnen, sah die Bestätigung der schrecklichen Wahrheit. Ein graues Haar.

Du wirst älter, sagte der Spiegel. Du kannst dich nicht mehr verleugnen. Die winzigen Fältchen an deinen Augenwinkeln werden sich vertiefen, bis du sie nicht mehr mit Lidschatten vertuschen kannst, und auf dein erstes graues Haar werden weitere graue Haare folgen, bis du dir nicht mehr einreden kannst, daß es nur an der Beleuchtung liegt. Du mußt hilflos zusehen, wie deine Schönheit vor deinen Augen zerfällt und dahinschwindet.

Und was wird dann geschehen? Wird der Herr über das Leben dann noch dein sein, dir zu Willen, trotz all deiner Verzauberungskünste? Wird er noch immer vergessen, daß er ein Paradies voller williger, ehrgeiziger kleiner Huris besitzt, die darauf aus sind, ihre flüchtige Schönheit zu nützen, um deinen Platz im Bett einzunehmen? Gibt es da noch eine weitere Julia, die ihr üppiges Fleisch im Hammam in Form bringt? Schlimmer noch: Gibt es eine zweite Hürrem, die Pläne schmiedet, wie sie dich ausbooten kann, so wie du es damals mit Gülbehar gemacht hast?

Hürrem schnappte sich von Muomi die Bürste mit dem Elfenbeingriff und schleuderte sie gegen den Spiegel, so daß ihr eigenes Spiegelbild in Scherben zersplitterte.

»Hol Abbas«, schrie sie«, hol ihn sofort!«

»Wie geht's Julia?«

Abbas hatte wieder einmal das Gefühl, als falle er in einen schwarzen Abgrund. Sie würde ihn nie in Ruhe lassen, diese Hexe. Sie würde ihn mit dieser Sache zu Tode quälen. Verdammter Ludovici. Er hatte ihn ihrer Willkür ausgeliefert. Was nur wollte sie jetzt von ihm?

»Ihr geht es sicher gut«, erwiderte Abbas.

Sie waren allein in Hürrems Empfangszimmer, und ihre Stimmen gingen im Echo der hohen Deckengewölbe verloren und wurden von dem Gemurmel der Marmorbrunnen an den Wänden verschleiert. In solch einem Raum wie hier mochte man dazu aufgerufen werden, sich vor Gott zu rechtfertigen, dachte Abbas. Dann blickte er in Hürrems kalte grüne Augen und dachte: Nein, nicht vor Gott. Vor dem Teufel.

Sie saß mit untergeschlagenen Beinen auf dem Diwan und schmiegte sich in den Pelz des langen grünen Mantels. Sie lächelte.

»Ach, Abbas, du solltest dich nicht vor mir fürchten. Ich bin dir wohlgesonnen. Hätte ich die Absicht, dich bei dem Herrn über das Leben anzuschwärzen, dann hätte ich das schon lange gemacht.«

»Ich lebe nur dafür, meinem Sultan und dem Schleier der gekrönten Häupter zu dienen. Ich bin dankbar für Eure Nachsicht, obwohl ich mich gewiß wegen all meiner Sünden vor Gott verantworten werde.«

Hürrem klatschte entzückt in die Hände. »Welch wohlgesetzte Rede! Aus dir ist der perfekte Diplomat geworden, Abbas. Du machst allen Eunuchen auf der ganzen Welt Ehre!«

Wie gern würde ich dir deine hinterhältige Zunge ausreißen und sie in ein Weckglas sperren! »Und Ihr macht allen Frauen auf der ganzen Welt Ehre, meine Herrin!«

Hürrem reckte den Kopf zu einer Seite und fuhr sich mit der Zunge über die Oberlippe. Sie erhob sich langsam und ließ den Mantel von den Schultern gleiten. Sie war fast nackt.

Abbas knirschte mit den Zähnen und senkte den Blick zu Boden.

»Was ist denn los, Abbas? Bin ich ein so häßlicher Anblick?«

»Nein, meine Herrin, Eure Lieblichkeit blendet mich«, antwortete Abbas und war bemüht, die Beherrschung über seine Stimme zu wahren. Fast zwanzig Jahre im Harem haben dir wenig geschadet, dachte er. Du weißt, daß dein Körper noch immer einen Mann erregen kann, sogar einen unvollständigen. Du warst darauf bedacht, nie irgendeinen deiner Säuglinge zu stillen, und du hast dich nicht wie einige der anderen fetten alten Schachteln süßem Gebäck hingegeben. Doch weshalb tust du mir das an? Zweifellos, weil es dir Spaß macht, mich leiden zu sehen.

»Es heißt, daß man dich nach der Pubertät verschnitten hat. Wie alt warst du, Abbas?«

»Siebzehn Jahre alt, meine Herrin.«

»Hattest du davor Erfahrung mit Frauen?«

»Etwas, meine Herrin.«

»Kaum einer überlebt in diesem Alter solch eine Operation, oder? Du hast Glück gehabt.«

»Ich würde es wohl kaum Glück nennen«, sagte er, bevor er sich daran hindern konnte.

Sie streckte die Hand aus und tätschelte ihm die Wange. Er konnte ihr Parfüm riechen. »Armer Abbas. Dann empfindest du also noch manchmal Verlangen?«

Er senkte den Blick auf ihren Körper. O großer Gott, hilf mir in meiner Not! Sie wußte natürlich die Antwort darauf. Selbst bei seinem Haß hätte er am liebsten ganz zart wie ein Liebhaber die sanfte Kontur ihrer Brust liebkost. Der Ausdruck in seinen Augen hatte ihn bereits verraten, das wußte er.

»Nein, meine Herrin.«

»Nicht einmal nach Julia?« fragte sie, und ihre Stimme troff schier vor Honig.

Er hatte das Gefühl zu ersticken. »Nein, meine Herrin.«

»Dann kann ich dich nach deiner unparteiischen Meinung fragen. Glaubst du, daß ich noch genauso begehrenswert bin wie die anderen Frauen im Harem meines Gebieters?«

Sie drehte sich langsam auf den Zehenspitzen herum.

»Das seid Ihr in der Tat«, erwiderte Abbas.

Sie lächelte, und ihre Augen funkelten wie Smaragde. »Ist doch wirklich merkwürdig. Eine nackte Frau ist machtlos gegenüber einem echten Mann. Bei dir jedoch bin ich praktisch in Sicherheit. Das verbindet uns miteinander, Abbas, findest du nicht?«

Bis zum Tod, dachte Abbas. Meinem. Oder deinem. »Uns verbinden die Fesseln des Dienstes.«

»Genau. Und du mußt mir zu Diensten sein, richtig? Wegen Julia.«

Sag mir einfach, was du willst. Hör auf, mich zu drangsalieren. Sag mir, was du willst, und laß mich in Frieden.

»Ich möchte, daß du etwas für mich tust«, erklärte Hürrem.

»Ihr braucht nur Euer Verlangen kundzutun.«

»Mein Verlangen?« Sie schaute ihn prüfend an. »Mein Verlangen ist es, daß du den Harem niederbrennst. Ich möchte, daß dieser Platz dem Erdboden gleichgemacht wird. »Du kannst das doch für mich tun, stimmt's, Abbas? Ja?«

66

Der Schirokko hat seinen Ursprung in der Sahara, und sein heißer Atem versengt die nordafrikanische Küste, bevor er über das Mittelmeer nach Norden vordringt. Bis er dann die Ufer der anderen Seite erreicht, ist er schwer vor Feuchtigkeit. Gewitterwolken türmen sich bis zu den Sternen dahinter. Alles erschlafft.

An diesem Abend fegte der Schirokko durch die engen Straßen Stambuls. Er peitschte die Zweige der Zypressen und Platanen in den Palastgärten, fuhr in die roten und grünen Fahnen des Palastes, daß sie wild flatterten, häufte Gischt an den gegenüberliegenden Ufern des Bosporus auf. Die Atmosphäre wurde schwül und drückend, doch der Regen kam noch immer nicht.

Perfektes Wetter, dachte Abbas.

Er hatte vier Nächte abgewartet, bis er den Zeitpunkt für gekommen hielt, Hürrems neueste Laune in die Tat umzusetzen. Der Palast lag im Dunkeln, als er sich mit zwei Bostanji auf den Weg durch ein selten benutztes Tor in der südlichen Mauer machte. Die drei Eunuchen waren weniger als eine Stunde weg, doch als sie zurückkamen, kroch bereits ein unheimlicher orange-rosafarbener Fleck am Horizont hoch und über die Dächer der dichtgedrängten Holzhäuser, eine trügerische Morgendämmerung.

Als sie wieder im Sarayi in Sicherheit waren, suchte Abbas den Bostanji Bashi auf und ließ ihm einen Smaragdring in die Hand gleiten. Er gebrauchte die Zeichensprache des Bostanji, um zu verdeutlichen, daß die beiden Männer, die ihn bei seiner Besorgung begleitet hatten, den Morgen nicht erleben sollten.

Dann zog er sich in seine Kammer zurück und wartete, wobei er überlegte, welche Sünden er wohl noch im Namen des Überlebens begehen würde.

Das Dröhnen der Holztrommeln erschallte vielfach in den dunklen Straßen. Der Palast erwachte zu den Schreien von »*Yanghinvar!* Feuer!«

Abbas rannte aus seiner Kammer. Die Palastgänge waren noch leer, aber er konnte Frauen von einem der Schlafräume weiter oben schreien hören. In dem Hof unten hatten die beiden Wachposten verwirrt ihre Jatagane gezogen – Idioten, dachte Abbas ungeduldig –, verharrten jedoch auf ihrem Posten und umkreisten einander in großer Verwirrung.

Abbas bemerkte den beißenden Geruch von Rauch.

Er zögerte nicht; schließlich hatte er Tage zur Verfügung gehabt, jeden Schritt in seiner Vorstellung einzuüben. Und Hürrem hatte ihm ziemlich deutlich zu verstehen gegeben, was seine erste Pflicht sein würde.

Er holte zwei seiner Pagen aus dem Bett und schnurrte die Liste der Anweisungen herunter, die er auswendig gelernt hatte. Richtet die Kutschen her. Schafft alle Frauen nach unten auf den Hof. Schickt sechs weitere Pagen zur Schneiderin, und bringt den gesamten Besitz der Herrin Hürrem in Sicherheit.

Natürlich, dachte er, konnte sie kein Stück ihrer Habseligkeiten zurücklassen. Nicht einmal, wenn die ganze Stadt verschmorte.

Dann mühte er sich die Treppe zu ihren Wohnräumen hinauf.

Er staunte über ihre Erscheinung. Sie hat sich die ganze Nacht lang herausgeputzt, dachte er. Sie trug einen umwerfenden smaragdgrünen Kaftan mit Reihen von Mondsicheln und Sternen über einem weißen Untergewand, das mit Schneckenornamenten aus Goldfäden bestickt war. In ihr Haar waren winzige Smaragde und Perlen eingeflochten, und sie trug das Yashmak, ihren Schleier. Muomi stand neben ihr und hielt ihr die Ferijde aus violetter Seide hin.

Sie duftete nach Jasmin und Orangen. Natürlich, dachte Abbas. Sie wird sich doch, nachdem sie gerade aus dem Feuer gerettet wurde, Süleyman nicht so präsentieren, daß sie nach Rauch stinkt.

»Warum brauchst du so lang, mein Aga?« zischte Hürrem. »Hattest du etwa die Absicht, mich in meinem Bett rösten zu lassen?«

»Sie haben soeben erst Alarm geschlagen, meine Herrin.« Abbas rang nach Luft. Die Anstrengung, die zwei Treppenabschnitte zu erklimmen, hatte ihm den Atem verschlagen.

»Weshalb solltest du auf den Alarm warten? Du hast doch schon gewußt, daß die Stadt in Flammen steht!«

Abbas stürzte auf das Gitterfenster zu und stöhnte laut auf. Gott

helfe mir in meiner Not, dachte er. Ich wollte doch nicht, daß die halbe
Stadt von der Feuersbrunst verschlungen wird! Der Wind hatte die
Flammen zu einem Inferno angefacht, und die Holzgebäude auf dem
Hügel unter ihnen wurden in Sekundenschnelle verzehrt. Das Feuer
rollte wie eine Woge auf sie zu.

Ein Haus nach dem anderen knisterte und zersplitterte wie ein her-
abstürzender Baum und fiel in sich zusammen, und jedesmal stob eine
Funkenfontäne hoch in den Nachthimmel auf. In den Gassen unten
rannten Menschen mit ihrer armseligen Habe auf dem Rücken davon,
stolperten in ihrer Panik übereinander. Die aufgeschreckte Menschen-
masse sah wie ein Fluß aus, der sich durch eine Schlucht ergießt, ein
Sturzbach von Fackeln und Körben und stierenden Ochsen mit
Augenklappen, von scheuenden Pferden und unverschleierten Frauen.

Gott vergebe mir, dachte Abbas. So hatte ich mir das nicht vorgestellt.

Ein rotglühendes Holzstück wurde vom Wind herbeigetrieben und
erwischte ihn an der Wange. Er heulte auf und sprang zurück.

»Wir müssen uns beeilen!« schrie er.

»Ich bin seit Stunden fertig«, erklärte Hürrem, so als sei sie für eine
formelle Festlichkeit im Hippodrom spät dran.

Muomi half Hürrem in ihren Umhang hinein, zog ihr die Cazeta
übers Gesicht, wodurch Hürrems Anonymität und damit ihre Würde
gewahrt blieb. Muomi legte sich ihre eigene schwarze Ferijde an, und
Abbas führte die beiden aus der Wohnung hinaus und die Stufen hinunter.

Er spürte sein Herz in seinem Brustkorb hämmern. Furcht, Anstrengung, Erregung trieben seinen Puls hoch. Er hatte angenommen,
ihnen würde mehr Zeit bleiben. In einer echten Notlage, dachte er,
könnte ich nicht zurechtkommen. Es würde einfach die Zeit fehlen, um
alles vorzubereiten. Selbst jetzt bin ich vielleicht schon zu spät dran.

Die Kutschen warteten bereits. »Rein … einsteigen!« brüllte Abbas
und keuchte.

Die beiden zierlichen verhüllten Gestalten schoben sich an ihm vorbei in die erste Kutsche hinein. Die eine der beiden – das mußte natürlich Hürrem sein – zog den Taftvorhang zur Seite, und eine Hand wand
sich aus der Ferijde hervor und griff nach seiner eigenen Hand. Der
verschleierte Kopf beugte sich zu ihm vor, und für einen Augenblick
dachte er schon, sie werde ihm ihren Dank zuflüstern.

»Erlaube dir, irgend etwas von mir zurückzulassen«, zischte sie, ohne daß er ihre Gesichtszüge hinter der violetten Gaze der Cazeta hätte erkennen können, »auch nur ein einziges Stück – und es kostet dich deinen Kopf!«

Topkapi Sarayi

Abbas sackte dankbar auf die Knie herab, das erforderliche Sala'am zu Füßen des Herrn über das Leben zu vollführen. Er ließ seine Stirn etwas länger als nötig auf dem Teppich ruhen und schaffte es beinahe nicht mehr, auf die Füße zu kommen. Sein Mantel roch nach dem Rauch von verbranntem Holz, und sein Gesicht und sein zuckerhutförmiger Turban waren rußverschmiert.

Süleyman musterte ihn mit Sorgenfalten im Gesicht.

»Ich bitte tausendfach um Vergebung, mein Herr«, sagte Abbas atemlos.

»Braucht mein Diener einen Arzt?« fragte Süleyman.

»Ich bin nur erschöpft, mein Herr.« Er schwankte etwas beim Stehen.

»Im Eski Sarayi hat es ein Feuer gegeben?« Süleyman wartete ungeduldig darauf, daß der Kislar Aghasi seine Geschichte loswurde und wieder verschwand. Wo war Hürrem?

»Der Palast stand in Flammen, als ich weg bin. Die Frauen sind jedoch alle in Sicherheit.«

»Hürrem?«

»Sie wartet vor der Tür, mein Herr. Ich habe ihr Leben beschützt, wie ich es mit Eurem aller …«, erneut taumelte er und fing sich wieder, »… kostbarsten Schatz tun würde.«

»Wir sind dir Dank schuldig«, sagte Süleyman. Geh schon und laß mich Hürrem sehen, dachte er. Er war sich bewußt, daß er in diesem Moment nicht den angemessenen Anblick bot. Er war gerade erst aus dem Schlaf erwacht und hatte kaum genug Zeit gehabt, etwas überzuwerfen. Er trug lediglich einen weißen Seidenkaftan und einen Fes. Er war für ein Treffen mit seiner kleinen Roxelana gekleidet, nicht für eine formelle Audienz. »Es gab also keinerlei Verletzungen?«

»Ich fürchte, eine Reihe meiner Pagen und Wachen sind verbrannt … als sie versuchten, einen Teil der Garderobe und des Schmucks meiner Herrin aus ihrer Wohnung zu retten.«

»Der Palast ist zerstört?«

»Das letzte, was ich davon gesehen habe … er war vollkommen in Flammen aufgegangen.«

»Ich bin dir für deine Mühen gewogen, Abbas. Schick die Herrin Hürrem herein, und ruh dich dann aus. Wir werden am Morgen wieder reden.«

»Mein Herr«, sagte Abbas und ließ sich wieder auf den Boden fallen, ein letztes Sala'am zu vollführen. Einen Augenblick lang dachte Süleyman schon, Abbas verliere womöglich das Bewußtsein, doch mit letzter Anstrengung schob er seinen enormen Körper vom Boden hoch und wankte aus dem Zimmer hinaus.

Wenige Augenblicke später tauchte eine in violette Seide gewickelte Gestalt auf und ließ sich fast sofort zu Boden fallen. Süleyman sprang vom Sofa auf und eilte durch den Raum.

»Hürrem? Bist du in Ordnung?«

Er riß die Cazeta weg. Hürrems Gesicht war blaß und kalt wie Marmor, ihre Augen waren vom Weinen rotgerändert und geschwollen.

»Meine kleine Roxelana … hast du dir was getan?«

Sie schüttelte den Kopf, und er spürte, daß sie in seinen Armen wie ein kleiner Vogel zitterte. »Sie hätten nicht in die Flammen zurückgehen sollen«, flüsterte sie.

»Wer?«

»Diese armen Diener … es waren doch bloß ein paar Kleinigkeiten, ein paar Seidensachen … nichts, was ein Menschenleben wert wäre …«

Er drückte sie an sich, spürte ihren Herzschlag an seinem Körper und dankte Gott dafür. »Als der Bote mir von dem Feuer berichtet hat und ich den glühenden Schein über dem Sarayi sah … da wußte ich, wenn dir etwas passiert wäre, hätte ich nicht weitermachen können. Gott sei Dank bist du gerettet worden.«

»Es war schrecklich, mein Gebieter. Es war der Geruch nach Rauch, der mich geweckt hat … ich dachte, ich müßte sterben …«

Er schlug die Kapuze nach hinten und öffnete die Ferijde. »Bist du irgendwo verletzt?«

»Ich bin nicht verletzt, mein Gebieter. Ich danke Gott dafür.«

Er grub sein Gesicht in ihren Nacken und klammerte sich erleichtert an sie, und der Duft von Jasmin und Orangen an ihr mischte sich mit dem Geruch von verbranntem Holz. Umgehend verwandelte sich die Dankbarkeit in Begehren. Er hakte den Zeigefinger und Mittelfinger seiner rechten Hand in den V-Ausschnitt ihres Hemdes und riß mit einem Ruck nach unten die Seide auseinander und zerteilte Gömlek wie Kaftan gleichzeitig über die gesamte Länge.

»Bis die Kutschen kamen, hatte ich Angst, du wärst tot«, flüsterte er voller Inbrunst.

»Es war Kismet«, flüsterte sie zur Antwort.

Seine Hände erforschten das weiche, nachgiebige Fleisch, als müsse er sich vergewissern, daß sie wohlbehalten und am Leben war, daß sie tatsächlich da war. »Meine kleine Roxelana«, sagte er und merkte, wie ihm die Kehle eng wurde. Er hob sein eigenes Gewand hoch und rollte sich zwischen ihre Beine, fast schluchzend vor Erleichterung.

Seine kleine Roxelana. Was hätte er ohne sie nur machen sollen?

Süleyman sieht heute morgen nicht gerade gut aufgelegt aus für die Gnade des allmächtigen Gottes, dachte Abbas. Er sieht vielleicht sogar etwas verdrießlich aus.

»Du mußt Hürrem und die anderen Frauen hier im Palast unterbringen, bis andere Vorkehrungen getroffen werden können«, sagte Süleyman.

»Das ist ein Problem, mein Herr«, äußerte Abbas vorsichtig.

»Ich möchte nichts von Problemen hören.«

»Mein Herr, ich würde Euch nicht mit solchen Banalitäten behelligen, aber es bedarf Eurer besonderen Genehmigung.«

»Um eine Ecke meines Palastes für meinen Haremlik zu räumen? Wie schwierig sollte es denn sein, ein paar Räume für ein paar Frauen und ihre Diener aufzutreiben?«

Unwillkürlich spürte Abbas, wie Vergnügen in ihm aufwallte. Konnte es denn sein, daß der Herr über das Leben tatsächlich so desinformiert über die wahre Größe seines Harems – und insbesondere Hürrems Privathofstaat war? »Mein Herr, schon das Gefolge meiner Herrin Hürrem allein ist beträchtlich, wie es der Lieblingskadin des Herrn über das Leben gebührt.«

Süleyman schob sich gereizt auf dem Thron hin und her. »Wie beträchtlich?«

»Sie selbst hat dreißig Pagen und Sklaven …«

»Dreißig?«

»… und einhundertdrei Hofdamen …«

»Was?«

»… und natürlich ihren Hoflieferanten und die Schneiderin. Das heißt im ganzen einhundertsiebenunddreißig Leute, mich selbst und natürlich die Herrin Hürrem eingeschlossen.«

»Abbas!«

»Wenn man die hundertneun Mädchen hinzufügt, die noch zum Harem meines Herrn gehören, plus eine etwa genauso große Anzahl schwarzer Pagen und Dienerinnen …«

Süleyman zupfte an seinem zerzausten Kinnbart und trommelte mit der anderen Hand auf die Armlehne seines Throns. »Meine Privatgemächer werden dann ja völlig von dem Harem in Beschlag genommen!«

»Bis wir andere Vorkehrungen treffen können, mein Herr«, erwiderte Abbas, bemüht, seiner Stimme nicht den Unterton an Schadenfreude anmerken zu lassen. Ja, sie ist eine kleine Hexe, stimmt es nicht, Süleyman?«

»Süleyman seufzte. »Nun gut.«

»Mein Herr?«

»Da kann man nichts anderes machen. Der Harem muß irgendwo untergebracht werden. Nimm, was du an Räumlichkeiten brauchst, ich werde die Vollmacht dazu erteilen. In der Zwischenzeit werde ich den Architekten Sinan herbeizitieren. Wir müssen uns sofort an den Bau eines neuen Sarayi für den Harem machen.«

67

Sie hat ja Falten um die Augen herum, dachte Selim. Die habe ich noch nie zuvor bemerkt. Aber wie oft habe ich sie schon in den letzten zwölf Monaten gesehen? Er küßte ihr die Hand, und Bayezit tat es ihm gleich. Dann traten sie zurück und verschränkten die Arme vor der Brust, wie man es sie im Enderun, der Prinzenschule, gelehrt hatte. Hürrem betrachtete sie beide kritisch. Muomi stand hinter ihr zu ihrer Rechten.

Selim haßte sie. Schwarz und mürrisch und hinterhältig. Sie ist die Hexe, dachte er, nicht Mutter.

Mutter ist einfach nur bösartig.

»Aus dir ist ein feiner Junge geworden, Bayezit. Deine Lehrer sagen mir, daß du ein guter Reiter und Athlet bist.«

»Danke, Mutter.«

»Aber du mußt besser lernen. Selbst wenn du das Enderun verläßt, solltest du nie aufhören zu lernen. Wenn du je Sultan werden solltest, brauchst du mehr als nur ein Pferd und einen Speer, um Erfolg zu haben.«

»Ich werde mein Bestes tun, Mutter.«

Er wird dich vollkommen ignorieren, dachte Selim. Der hübsche Kopf meines Bruders ist so hohl wie eine Trommel.

»Und du, Selim …« Hürrem seufzte, und ihrem Gesicht war ihr Mißfallen abzulesen. »Es heißt, daß du zuviel Gefallen an Süßigkeiten hast.«

»Ich lerne intensiv«, sagte er.

»Deine Lehrer müssen dir jede Lektion mit den Knöcheln in den Kopf hämmern.«

Ja, das stimmt. Und ich werde es nie und nimmer vergessen. »Ich werde mein Bestes tun, Mutter«, erwiderte Selim, indem er Bayezits Abwehrmaßnahme ausprobierte.

»Dein Bestes ist nicht gut genug. Du bist mein Erstgeborener. Du bist derjenige, auf dem die Hoffnungen der Osmanen ruhen, sollte Mustafa je etwas zustoßen.«

Er wußte von der Art, wie sie Bayezit anschaute, daß ihre eigenen Hoffnungen woanders lagen. Es war nie ein Geheimnis, wer ihr Lieblingssohn war.

Sie war natürlich nicht die einzige. Er war der Liebling aller. Die Lehrer liebten ihn. Alle liebten ihn, außer Süleyman: Er schwärmte für seinen anderen blöden Bruder, Cihangir, jetzt, seit Mehmet tot war. So untypisch für ihn, krank zu werden. Bis dahin war er so vollkommen gewesen.

Selim versuchte seine Vorfreude zu verbergen. Endlich hatte er die Chance, vom Palast wegzukommen, weg von Bayezits Schatten. Während er die Statthalterschaft in Konya übernahm, würde Bayezit auf der anderen Seite der anatolischen Hochebene in Amasya sein. Vielleicht fiel er ja eines Tages vom Pferd, wenn er sein geliebtes Çerit spielte.

Man konnte schließlich immer seine Hoffnungen auf den Allmächtigen für solcherlei Wunder setzen.

»Ihr müßt mir oft schreiben«, sagte Hürrem.

»Das werden wir tun, Mutter«, erwiderte Bayezit stellvertretend für Selim mit. Ich werde dich jeden Morgen und Abend in meinen Gebeten verfluchen, dachte Selim. Du hast meinen Anblick immer gehaßt.

»Meine Hoffnungen ruhen auf euch«, erklärte Hürrem. »Dann wandte sie sich mit einem engelhaften Lächeln an Selim. »Oh Selim! Du hast die Form einer Wassermelone!«

Die Form einer Wassermelone.

Selim dachte häufig darüber nach, wen eigentlich er am meisten haßte: sich selbst, weil er Süleyman nicht ähnlicher war, oder Bayezit, weil der es schon war. Während er selbst eine olivfarbene Haut hatte und fett war, war Bayezit schlank und groß und attraktiv. Es war einer der grausamen Witze des Lebens; zwei Brüder, unter demselben Dach geboren, und der eine hatte eine Persönlichkeit, hatte Kraft und Talent, während der andere keinerlei Begabung aufwies. Er malte sich aus, daß Gott die gleiche Art von Humor wie seine Mutter hatte.

Selims einziger Trost war Cihangir.

Cihangir war sieben Jahre jünger, und er war mit einem Buckel und verkrüppelt zur Welt gekommen. War Gott grausam zu Selim gewesen, so hatte er sich Cihangir gegenüber als tückisch erwiesen, und in jüngeren Jahren war es Selims Trost geworden, Cihangir mit seinem Unglück zu verspotten. Damit errang er sich ein wenig Aufmerksamkeit und sogar gelegentlich widerwilliges Gelächter.

Cihangir war im Alter von acht Jahren zum Enderun gesandt worden. Selim pflegte ihm jeden Morgen über den Hof zu folgen und den seltsamen unausgewogenen Gang seines Bruders nachzuäffen, indem er ein Bein steif hinterherzog und mit gesenktem Kopf die Schultern krümmte.

Es war eine einfache Methode, die anderen zum Lachen zu bringen. Und er hatte bereits entdeckt, daß eine andere Zielscheibe auszumachen der beste Weg war, sich selbst möglicher Verspottung zu entziehen. Außerdem beschwerte sich Cihangir nie. Wie sollte er auch? Er wußte doch schon, daß man sich seiner schämte. Er hätte es nicht gewagt, die Aufmerksamkeit noch mehr auf sich zu ziehen.

Doch eines Tages war Bayezit zur Stelle. Selim hatte ihn nicht einmal bemerkt. Er war Cihangir über das Kopfsteinpflaster des Hofes hinweg auf den Fersen und genoß das unterdrückte Gelächter seiner Zuschauer, als es mit einemmal abbrach.

Etwas stellte sich ihm in den Weg, und er fand sich mit dem Rücken auf dem Boden wieder. Bayezit stand über ihm. Er beugte sich herab und versetzte ihm zweimal eine wohlgezielte Ohrfeige.

»Er ist unser Bruder!« brüllte ihn Bayezit an. »Was fällt dir eigentlich ein, so was zu tun?«

Selim rollte zur Seite und rappelte sich auf die Füße, in vollem Bewußtsein, daß die Blicke aller auf ihn gerichtet waren. Seine Wangen brannten von dem Gefühl der Demütigung. Bayezit war zwei Jahre jünger. Er konnte sich nicht von ihm ausstechen lassen.

Er sprang auf ihn los.

Bayezit trat leichtfüßig zur Seite und stellte ihm wiederum ein Bein, wodurch Selim in voller Länge auf das Kopfsteinpflaster schlug. Selim rang nach Luft, während ihm der Schmerz durch Knie und Ellenbogen fuhr. Er war wie gelähmt. Er war überzeugt, daß er sich etwas gebrochen hatte, und lag still da und schluchzte.

»Wenn ich noch einmal sehe, daß du unseren Bruder verhöhnst, breche ich dir das Genick!« hörte er Bayezit zischen.

Die anderen Jungen zerstreuten sich tuschelnd. Mehrere von ihnen lachten laut auf. Nach einer Weile ließ der Schmerz nach, und Selim setzte sich auf. Er blutete am Kopf und vermochte kaum sein Bein auszustrecken. Er stöhnte laut und wischte sich die bitteren Tränen aus den Augen.

Der Hof war mittlerweile fast leer. Nur Cihangir war noch da. Er kam herbeigehumpelt und reichte Selim eine Hand. Doch Selim konnte den Ausdruck echter Besorgnis in den Augen seines Bruders nicht ertragen, und so beachtete er ihn nicht, taumelte auf die Füße und hinkte davon.

Das Enderun war die Schule im Inneren des Palastes, in der die Prinzen zusammen mit der Elite der Devschirme, der Knabenlese, auf Führungsrollen getrimmt wurden. Außer den Prinzen, deren aristokratisches Blut ohnehin durch Generationen von Konkubinen verdünnt war, war keiner der anderen Knaben türkischer Abstammung. Die jungen christlichen Sklaven bekamen beigebracht, daß sie keine Familie mehr, kein Heimatland und keinerlei Zukunft abgesehen vom Sultan hatten.

Sie lernten den Koran auf Türkisch, Arabisch und Persisch; man unterwies sie im Langspieß- und Lanzenwerfen ebenso wie in Musik, Stickkunst und der Pflege und dem Training von Vögeln und Hunden. Ihnen wurden gute Manieren und Aufrichtigkeit beigebracht, Falknerei, Lederarbeiten und Waffenschmieden neben Maniküre, Haareschneiden und Turbanwickeln.

Ihr Leben war strengen Regeln unterworfen; sie nahmen täglich ein Bad und bekamen jede Woche eine Maniküre und Pediküre. Jeden Tag erhielten sie ein frisches Taschentuch, einmal im Monat einen Haarschnitt. Es herrschte strenge Disziplin, die häufige Schläge mit sich brachte oder sogar die Bastonade durch die weißen Eunuchen, denen die Zöglinge unterstanden, Männer, die Selim wahrlich wie mumifizierte alte Weiber erschienen.

Die Abschlußschüler des Enderun lernten nicht nur, wie man Soldat wurde, sondern man lehrte sie auch alle Prinzipien der Staatskunst und des höfischen Benehmens. Sechs Jahre lang durften sie den Palast nicht verlassen und waren einem ständigen Prozeß der Auslese unterworfen. Die Besten würde man schließlich in das Palastsystem einführen, als Beamte der Schatzkammer oder Garderobemeister, und mit der Zeit mochten sie Paschas oder Statthalter werden. Andere hatten die Möglichkeit, Paschas und Beamte bei den Spahis der Hohen Pforte, der Reichskavallerie, zu werden.

Nur Selim, Bayezit und Cihangir besuchten das Enderun aufgrund ererbten Rechtes und nicht ihrer Verdienste; ein Unterschied, der nur Bayezit nicht belastete, da ihm sein Können zu Pferde und sein gewinnendes Wesen den Respekt seiner Mitschüler wie seiner Lehrer einbrachte.

Für Selim war jeder Tag ein Alptraum, und er sehnte den Tag herbei, da Macht und Einfluß seine Unzulänglichkeiten übertünchen würden.

Einer seiner Lehrer, Hakim Even, schlug ihn, wenn er seinen Koran nicht auswendig konnte, obwohl er Bayezit nie züchtigen würde. Einmal steckte er Selim sogar in den Stock zur Bastonade. Es war eine einfache Vorrichtung: Blöcke hielten die Füße fest, und die Fußsohlen wurden mit langen Stöcken ausgepeitscht. Sogar noch fünf Jahre später konnte Selim sich die Schmerzen vergegenwärtigen. Jeder Schlag ließ ihn damals wie einen Säugling aufkreischen, und Hakim hörte erst auf, als Selim ihn unter Tränen angefleht hatte, einzuhalten. Eine Woche lang konnte er nicht gehen, und es dauerte einen Monat, bis seine Narben verheilt waren.

Sobald er wieder laufen konnte, versuchte er Bayezit zu töten.

Unterhalb der Mauern des Zweiten Hofes lag ein Sportplatz, wo die Schüler des Enderun sich im Çerit übten; die Lehrer nannten es ein Spiel, obwohl es in Wirklichkeit eher eine fingierte Schlacht war. Sie ritten dabei Pferde von starkem Wuchs mit kurzem Nacken, die man auf Geschwindigkeit und Reaktionsfähigkeit gezüchtet hatte. Auf offenem Feld agierten zwei Teams von Reitern mit Speeren von einem Meter Länge, die sie gegen die Köpfe ihrer Gegner schleuderten. Die Partei, die zum Schluß des »Spiels« am häufigsten getroffen hatte, galt als Sieger.

Es gab häufig Verletzungen, und gelegentlich wurden Jungen getötet. Selim graute davor, doch Bayezit warf sich mit der ihm eigenen Tollkühnheit in das Spiel und tat sich dabei hervor.

Obwohl sie zu gegnerischen Teams gehörten – Bayezit ritt für die Blauen, das Lieblingsteam des Sultans (natürlich), und Selim für die Grünen –, wußte er, daß jeder Versuch seinerseits, Bayezit zu verwunden, fehlschlagen mußte. Er war einfach ein zu guter Reiter. Als einziges würde dabei herauskommen, daß Selim sich selbst in Gefahr brachte. Seine gewohnte Taktik war es, sich im Hintergrund zu halten und möglichst mit heiler Haut davonzukommen.

Es war eine ganz einfache Angelegenheit, vor Spielanfang Bayezits Pferd aufzutreiben und den Sattel bis zur Hälfte mit einem Messer anzuschneiden.

Um das Feld herum hatte man Zelte errichtet, und Mengen von Janitscharen standen in Gruppen herum, den Wettkampf zu verfolgen, wie sie es häufig taten, wenn sie nicht auf einem ihrer Feldzüge unterwegs waren. Selim wußte, daß der Sultan vermutlich ebenfalls zuschauen würde, von den Mauern oben über dem Sportplatz.

Nun, heute werden sie ihrem Helden nicht zujubeln können, dachte Selim. Ich bin schon auf Hakims Gesicht gespannt, wenn Bayezit unter den Hufen zertrampelt wird.

Die beiden Reiterteams umkreisten einander, und das Gedonner der Hufe hallte von den Palastmauern wider. Staubwolken trieben über den Platz. Der Anführer der Blauen – die stolze Hakennase von Bayezit unter dem Turban – riß sein Roß herum und ging zum Angriff über. Zwei Reiter von Selims Team scherten aus der Gruppe aus und steuerten mit voller Wucht auf ihn zu. Selim zügelte sein Pferd und brachte es an den Rand seiner Gruppe, damit er einen besseren Überblick hatte über das, was bevorstand.

Als die Reiter aufeinandertrafen, hörte er einen Schrei und sah einen Körper fallen. Die Pferde donnerten über eine Gestalt in Weiß hinweg, die mit dem Gesicht nach unten regungslos im Staub lag.

Sofort ließen die anderen beiden Reiter ihren Speer fallen und sprangen von ihren Pferden.

»Es ist Bayezit!« rief jemand. »Er ist verletzt!«

Selim trabte auf seinem Reittier durch den sich legenden Staub und die tänzelnden Pferde. Bayezit regte sich noch immer nicht. Auf dem Turban seines jüngeren Bruders war zu seiner Befriedigung ein Blutfleck zu sehen. Selim versuchte, besorgt auszusehen.

»Ist er tot?« fragte er hoffnungsvoll.

Aber Bayezit starb nicht. Die Schwellung auf seinem Kopf war beeindruckend, und noch wochenlang hinkte er schlimm und konnte nicht am Çerit teilnehmen, doch er starb nicht. Als man herausfand, daß die Schuld bei dem Sattelzeug lag, wurde Hakim selbst einer Bastonade unterzogen und nach Bitlis verbannt. Das war wenigstens ein gewisser Ausgleich für Bayezits Überleben.

Jetzt aber, da er sich von seiner Mutter verabschiedete, wurde ihm die Anfälligkeit seiner Position klar. Sobald sein Vater starb … morgen, in dreißig Jahren, jedenfalls irgendwann …, würde der Kampf um die Nachfolge einsetzen. Er würde mit Mustafa anfangen, und Selim vermutete, daß selbst Mustafas noble Seele nicht zögern würde, Hürrems gesamte Brut zum Schutz seiner Thronfolge liquidieren zu lassen.

Wenn er jedoch durch irgendeine Gunst des Schicksals schon tot sein sollte, würde der Thron Selim gehören. Nicht aber für einen einzigen Augenblick hielt er es für möglich, daß Bayezit ihm den Thron überlassen würde. Einer von ihnen mußte sterben. Das Gesetz des Fatih sah vor, daß ein Sultan all seine Brüder und deren Kinder zur Wahrung seiner Thronfolge und der Stabilität des Reiches töten durfte.

Das war mit Sicherheit seine eigene Zukunft. Eines Tages würde er Sultan sein, oder aber er war eines Tages tot.

»Geht in Frieden«, sagte Hürrem zu Bayezit und Selim.

Noch lange nachdem die beiden gegangen waren saß Hürrem da und starrte leeren Blickes auf das Deckengewölbe. Der Keim zu einer neuen Idee hatte sich in ihrem Hirn eingenistet. Er ließ nicht locker; wie eine Stechmücke in einem verdunkelten Zimmer. Der Einfall war hartnäckig und bedrohlich, aber sie konnte ihn nicht recht in seiner Gesamtheit erfassen.

Selim.

Er war so offensichtlich kein Sohn von Süleyman, doch mit der Zeit, da er herangewachsen war, war durch Cihangirs Geburt alles in einem neuen Zwielicht des Zweifels erschienen. Wer würde schon glauben, der Herr über das Leben hätte einen Krüppel mit einem Buckel zeugen können? Warum dann nicht auch einen fetten, mißmutigen Jungen mit teigigem Gesicht und ohne jede Begabung außer der, Ressentiments zu hegen?

Doch er sah auch nicht gerade wie der Kapi Aga aus, dachte Hürrem. Jene gefährlichen Tage am Hof des Eski Sarayi schienen schon so lange vergangen, doch in Selim lebten sie fort. Noch lange nach der Geburt war sie sich nicht sicher gewesen, ob Süleyman oder der Oberste Weiße Eunuch der Vater war. Sie hegte noch immer Zweifel. Mit Sicherheit jedoch benahm er sich nicht wie ein Osmane. Sie hatte gehört, was die Valide über ihn geäußert hatte, und widerstrebend gab sie ihrem Urteil recht. Er war kein Ghasi und kein Sultan.

Doch spielte das überhaupt eine Rolle?

Wie die Dinge standen, lag nur ein Menschenleben zwischen ihr und der Chance, die Mutter des nächsten Sultans zu werden. Es erschien ihr ziemlich augenfällig, welcher der Jungen bei irgendeinem Kampf um den Thron als Sieger hervorgehen würde und wer daher ihren Segen und ihre Unterstützung bekommen sollte. Bayezit würde einen guten Sultan abgeben, ja einen hervorragenden; fast so gut wie Mustafa.

Und dann kristallisierte sich die Idee in einem umfassenden und herrlichen Bild heraus, und Hürrem lachte laut auf.

68

Um der Hitze der drückenden Augustnacht zu entrinnen, suchten sie Zuflucht auf den glatten, wellenlosen Wassern des Bosporus. Ein schwarzgoldener Kajik ankerte allzeit bereit am Ufer unterhalb der Serailspitze, und Süleyman gönnte sich dort zusammen mit Hürrem etwas Entspannung, nur von drei taubstummen Bostanji an der Ruderpinne und den Riemen begleitet. Die Fackeln, die am Bug und Heck brannten, warfen lange Schatten über die ölige Wasseroberfläche.

Er saß neben ihr in der Kabine am Heck der Ruderschaluppe, inkognito hinter den schweren schwarzen Samtvorhängen. Hürrem spähte einmal hinaus und sah die dunklen, mit Zedern bepflanzten Friedhofsanlagen von Kanlica vorbeigleiten.

Er war still und geistesabwesend, dachte Hürrem. Seit Ibrahims Tod hatte er sich verändert. Zunächst hatte sie angenommen, die Zeit werde die Wunden seines Gewissens heilen, statt dessen aber hatten sich seine Schuldgefühle bleiern in seine Seele gesenkt. Er lachte nur noch selten. Er hatte alle Sängerinnen des Serails weggeschickt und ihre Musikinstrumente verbrennen lassen. Nur noch selten bat er sie, für ihn zu spielen. Er sagte, die Musik der Viole erinnere ihn zu sehr an Ibrahim.

Er war beinahe zum Asketen geworden und hatte sich angewöhnt, sich mit kleinen Dingen zu bestrafen. Das feine grünweiße chinesische Porzellan, das er am liebsten gehabt hatte, ließ er zum Schatzhaus in Yedikule zurückgehen und aß seither ausschließlich von irdenem Geschirr. Er hatte sich einen strähnigen Bart wachsen lassen und ließ seit Ibrahims Tod keinen einzigen Tropfen Wein mehr über seine Lippen kommen.

»Ich hatte eine Besprechung mit Sinan«, äußerte er. »Er hat einige Entwürfe gezeichnet, die ich dir gern zeigen möchte.«

»Willst du eine prächtige Moschee mir zu Ehren bauen, mein Gebieter?«

»Es ist frevelhaft, solche Scherze zu machen.«

»Ich dachte, du magst es, wenn ich manchmal ein bißchen boshaft bin.«

»Ich habe ihn aufgefordert, einen neuen Palast auf den Ruinen des alten Eski Sarayi zu errichten. Ich glaube, diesmal hat er sich selbst übertroffen.«

»Er übertrifft sich immer selbst«, erwiderte Hürrem. Er ist besessen von der Idee, Stambul wiederaufzubauen, dachte sie. Als würde eine weitere Moschee, eine neue Schule irgendwie Ibrahims Blut von den Palastmauern entfernen.

»Ich möchte, daß du dir die Pläne anschaust und sie billigst.«

Hürrem verzog den Mund und verschränkte die Arme. »Ist es denn so schrecklich, mich im Palast zu haben? Kannst du meine Gegenwart keinen Augenblick länger ertragen?«

»Du weißt, daß das nicht zutrifft. Aber es gibt einfach keinen Platz für den Harem im Königspalast. Es ist unmöglich.«

»Natürlich ist es möglich. Ein Mann könnte den ganzen Tag durch den Vierten Hof galoppieren und würde noch immer nicht die Serailspitze erreicht haben.«

»Eine wilde Übertreibung, kleine Roxelana.«

»Es gibt mehr als genug Platz, dort zu bauen.«

»Es gilt noch andere Dinge zu berücksichtigen.«

»Dann sag sie mir.«

»Staatsangelegenheiten.«

»Das klingt so pompös, mein Gebieter.«

»Der Harem kann ganz einfach nicht Teil des Königspalastes sein«, äußerte Süleyman verärgert. »So ist es schon immer gewesen, seit dem Fatih.«

»Es ist noch immer ein großer Harem, mein Gebieter. Hast du weiterhin Gelüste nach den anderen Mädchen?«

»Natürlich nicht.«

»Wenn du sie aber nicht mehr brauchst, dann könntest du doch vielleicht den Kislar Aghasi beauftragen, Ehemänner für sie zu finden. Dann ginge es nur noch um mich und meinen Haushalt.«

»Was du da vorschlägst ist undenkbar. Sinan hat seinen Auftrag. Und damit Schluß.«

Hürrem begriff, daß sie womöglich zu weit gegangen war. Sie schmiegte sich enger an ihn und legte ihren Kopf auf seine Brust. Sie hatte nicht erwartet, daß er zustimmen würde. Es gab noch eine Alternative … »Es tut mir leid, mein Gebieter, falls ich dich gekränkt habe. Es ist bloß, daß ich es so furchtbar hasse, wenn ich dann wieder von dir getrennt bin.«

»Hürrem, manchmal läßt du dich gehen«, flüsterte er mit heiserer Stimme.

Sie schmiegte sich noch enger an ihn. »Liebst du mich, mein Sultan?«

Er lächelte. »Ich liebe dich mehr als mein Leben.«

»Mehr als Gülbehar?«

Gülbehar! Seit Monaten hatte er nicht mehr an sie gedacht. »Das weißt du doch.«

»Und doch ist sie die Erste Kadin.«

»Das ist das Gesetz.«

»Aber du liebst mich mehr?«

Was will sie nur von mir? überlegte Süleyman. Ich habe Gülbehar weggeschickt. Ich suche meinen Harem nur auf, um sie zu besuchen. Was kann sie denn noch wollen? »Ich liebe dich mehr, als ich je eine Frau geliebt habe.«

»Und wirst du mich eines Tages zu deiner Königin machen?«

Süleyman antwortete lange nicht, er war von der Unverschämtheit dieser Erwägung wie vor den Kopf geschlagen. Dann begann er zu lachen.

»Worüber lachst du?«

»Mach doch kein so zorniges Gesicht, kleine Roxelana.«

»Warum lachst du mich aus?«

»Es ist unmöglich.«

»Unmöglich, in mir etwas anderes als eine Sklavin zu sehen?«

Nun, was hatte er schon von ihr erwarten können? fragte er sich. Wäre sie eine graue Maus wie Gülbehar gewesen, hätte er sie nicht erwählt. Selbstverständlich würde sie stets nach mehr streben.

»Der Sultan darf nicht heiraten.«

»Entspricht das dem Gesetz? Gehört das zur Scheria?«

»Es steht nichts geschrieben.«

»Warum also nicht?«

Süleyman streckte eine Hand aus, um ihr eine verirrte Haarsträhne aus dem Gesicht zu streichen, doch Hürrem entzog sich ihm. »Kein Sultan hat seit Bayezit dem Ersten geheiratet.«

»Du bist größer als Bayezit. Du bist größer, als je irgendein Sultan gewesen ist.«

»Nein, Hürrem. Ich bin nicht größer. Bestimmt nicht größer als mein Vater Selim und auch nicht als mein Urgroßvater Fatih, der Eroberer.«

»Tote bestimmen die Regeln für dich? Du bist doch der Kanuni, der Gesetzgeber. Du bist der Sultan. Nicht irgendein Geist aus der Vergangenheit.«

Er seufzte. »Ich erzähle dir jetzt eine Geschichte, über unsere Vorgeschichte und den allerersten Bayezit der Osmanen. Schon lange, bevor wir hierher nach Stambul kamen, war er Sultan – damals, als wir praktisch noch Nomaden waren. Er hatte eine serbische Prinzessin geheiratet, eine wunderschöne Frau, sie hieß Despina. Das war die Zeit, als wir in Kämpfe mit den Mongolen um die Herrschaft über Anatolien verwickelt waren. Bayezit zog bei Angora in die Schlacht gegen Timur Leng und wurde geschlagen. Es war eine entsetzliche Niederlage, Bayezit wurde gefangengenommen, ebenso Despina. Timur Leng wollte uns demütigen und zwang Despina daher, nackt an seiner Tafel ihm und seinen Feldherren aufzuwarten. Es war der finsterste Augenblick in unserer Geschichte. Die Schande brennt noch im Herzen eines jeden Ghasi. Unsere Schwachstelle, siehst du, sind unsere Frauen. Seit damals hat kein Sultan mehr geheiratet. Wir dürfen uns nie mehr so schwach zeigen.«

»Das ist lange her. Damals waren deine Leute Nomaden. Jetzt aber bist du Herr über das größte Reich der ganzen Welt. Wer soll mich schon je gefangennehmen, mein Gebieter?«

Süleyman sufzte. Die Bedeutsamkeit der Geschichte schien ihr entgangen zu sein. »Was du vorschlägst ist unmöglich.«

»Es gibt keine Timur Lengs mehr. Die ganze Welt erbebt zu deinen Füßen …«

»Laß uns nicht mehr drüber sprechen.«

»Aber mein Gebie-«

»Das Thema ist beendet!«

Sie glitt auf die Knie nieder, auf den Boden der Schaluppe, und küßte ihm die Hand. »Vergib mir, mein Gebieter. Meine Leidenschaft für dich verdrängt manchmal die Stimme meiner Vernunft.«

Sie spürte, wie er sie vom Boden hochzog und sich auf den Schoß setzte. Seine breiten Hände lagen auf ihren Schultern, und seine Miene hatte den Ausdruck resignierter Herablassung, als weise er ein kleines Kind zurecht. »Ich möchte, daß du mir deine Meinung über Sinans

Entwürfe sagst. Und damit lassen wir es bewenden. Du hast Glück, daß ich so großzügig mit dir bin, Hürrem.«

»Ja, mein Gebieter«, flüsterte sie und senkte die Augen.

Mit erhobenen Händen gewährte sie, daß er sie auf den Diwan neben ihm bettete, und sie ergab sich ihm, während er langsam die Perlenknöpfe auf ihrem Hemd öffnete. Die Nacht war warm. Das Liebesstöhnen des Sultans schallte über die ruhigen schwarzen Wasser, doch den Taubstummen blieben alle Geräusche verborgen, und nur die Eulen im Friedhof von Kanlica trugen ihren Teil zu der Symphonie der Nacht bei.

69

Stambul

Die Hagia Sophia war einst die größte Kirche der gesamten christlichen Welt gewesen, bis der Fatih Konstantinopel eroberte und sie als seine Moschee beanspruchte. Bis auf die prächtigen Kaisertore aus Holz und Eisen war jeder Teil der großartigen Kirche mit Millionen von saphirblauen und goldenen Kacheln ausgestattet, und Mosaikdarstellungen der Himmelskönigin und von Christus Pantokrator, dem thronenden Heiland, ließen das Innere erstrahlen. Eine riesige Kuppel schwang sich in die Höhe, scheinbar ohne jede Stütze, wie die gewölbte Hand Gottes. Den Berichten zufolge soll Justinian, als er seine große Schöpfung fast tausend Jahre vor Süleyman zum erstenmal betrat, ausgerufen haben: »Gott sei gepriesen, daß ich mich eines solchen Werkes würdig erwiesen habe. Oh, Salomon! Ich habe dich übertroffen!«

Es war die Zeit des Sonnenuntergangs, die Stunde, da die Lampen angezündet wurden, doch das Flackern der Lichter konnte die Düsternis der riesigen Moschee nicht durchdringen. Auf den Vorleser weit unten fiel ein sepiafarbener Lichtfleck von dem farbigen Glasfenster über ihm, das letzte Tageslicht. Er stand auf dem Gebetspodium, ein Schwert in der einen Hand, in der anderen den Koran, während seine Stimme von den Mauern des riesigen blauen Domes widerhallte.

Hürrem kniete verborgen hinter einer Gitterwand auf ihrer Seccade, einem rubinroten und elfenbeinfarbenen uralten Gebetsteppich aus Seide. Unterhalb von ihr wippten Tausende von Turbanen synchron auf und ab, und das Gemurmel der Bittgebete hallte an den Wänden entlang wie in der Ferne grollender Donner. Obwohl das Ritual selbst ihr nach wie vor nichts bedeutete, beeindruckte es sie doch mit seiner Macht. Welche enorme Kraft konnte man da doch anzapfen! Hier lag die Energiequelle des Osmanischen Reiches.

Vielleicht, überlegte sie, eine Faust im Samthandschuh, die ich in meiner Verachtung bisher übersehen habe.

Die anhaltend summenden Baritonstimmen der Muftis und die stets gleichen Bewegungsabläufe dienten ihrer Konzentration perfekt. Sie hatte soviel erreicht, stellte sie fest, doch diesem geheimnisvollen Sog war sie noch nicht nähergekommen. Sie war noch immer Süleymans Launen ausgeliefert. Sie hatte keine Kontrolle über ihr eigenes Schicksal. Oder die Zukunft ihrer Söhne.

Es sah so aus, als sei Süleyman entschlossen, einen neuen Haremspalast auf der Stelle des alten zu erbauen. Doch jetzt, da der Eski Sarayi in Schutt und Asche lag, gab es vielleicht die günstigste Gelegenheit, ihn dazu zu überreden, den Plan aufzugeben. Wenn er sie zu seiner Königin kürte, würde sie vor einer weiteren Julia, einer zweiten »Frau, die lacht« sicher sein.

Wann immer sie an die ganze Ungerechtigkeit dachte, fachte es erneut die in ihrem Inneren lodernde Rage an. Es war unerträglich. Sklavenmädchen, die zur selben Zeit wie sie in den Harem gekommen waren, waren mittlerweile schon lange irgendeinem Pascha oder Spahi-Beamten zur Frau gegeben worden und hatten jetzt ihren eigenen Besitz und den Status als Gemahlin. Sie aber, die Lieblingsgefährtin des Herrn über das Leben, war noch immer eine Sklavin. Sie begleitete Süleyman überallhin, war seine Bettgespielin, doch es war der Sohn einer anderen Frau, der nach Süleymans Tod den Thron erben würde.

Sie berührte den Teppich mit der Stirn, murmelte ihre Gebete und spürte gleichzeitig, wie sich die Düsternis in der großen Kirche verdichtete, wodurch die tausend Lichter an den Wänden ringsum heller erstrahlten. Ganz genauso erhellte sich die Antwort in ihrem Bewußtsein, langsam und unausweichlich.

Ja, es gab einen Weg, wie sie Süleyman dazu bringen konnte, sie zu seiner Königin zu machen. Die Lösung lag hier vor ihr, im Islam. Sie würde den Willen Gottes dazu benützen, um Süleyman dem Willen seines Weibes gefügig zu machen.

Manisa

Die Gärten von Mustafas Haremlik leuchteten von Hunderten von Tulpen. Gülbehar saß allein in einem Pavillon unter den Türmen der Befestigungsmauer, betrachtete die Blütenpracht und lauschte dem Rhythmus der Bienen. Sie hörte ihren Sohn nicht kommen.

»Hallo, Mutter.«

»Mustafa!«

»Finde ich dich in guter Verfassung vor?«

Sie lächelte überrascht und erfreut und streckte ihm die Hand entgegen. Er hob sie zu seinen Lippen und nahm neben seiner Mutter Platz. »Besser – jetzt, da ich weiß, daß du wieder da bist!« sagte sie zu ihm. Sie drückte seine Hand mit beiden Händen zusammen und wollte sie nicht loslassen. »Du hast mir gefehlt! Wie war es in Stambul?«

»Die reinste Gerüchteküche, wie immer. Jeder, vom niedrigsten Straßenhändler bis zu des Sultans Elixierzubereiter, bildet sich ein, Seraskier zu sein, und plant den nächsten Feldzug gegen das Heilige Römische Reich.«

»Sie lassen dir bestimmt noch einen Teil zur Eroberung übrig, wenn du dann Sultan bist.«

Er grinste. »Wenn Gott gnädig ist.«

Sie blickte ihm forschend in die Augen. »Hast du deinen Vater gesehen?«

»Ja, natürlich.«

»Hat er sich nach mir erkundigt?«

»Er läßt seine besten Wünsche für dein weiteres Wohlergehen bestellen.«

Ihr Lächeln schwand. »Ich kann nicht aufhören, daran zu denken, daß er eines Tages wieder nach mir fragt. Aber was könnte er schon mit einer alten Frau anfangen? Gibt er sich immer noch mit der Ziadi ab?«

»Mutter … sie ist keine Hexe. Sie ist einfach eine Frau.«

»Du liebst ihn zu sehr, Mustafa. Er ist nicht der Heilige, für den du ihn hältst.«

Mustafa drückte ihr die Hand. »Ich heiße nicht gut, was er dir angetan hat. Aber er ist mein Vater und mein Sultan. Verlang nie, daß ich schlecht über ihn rede.«

Gülbehar schmollte. Bitterkeit hat dich häßlich gemacht, dachte Mustafa mit echtem Bedauern. Sie hat dir die Mundwinkel nach unten gezogen und zuviel Grau in deine Haare gepinselt.

Gülbehar schien zu spüren, was er dachte, und wandte das Gesicht ab. Sie hatte sich fest vorgenommen, bei seiner Rückkehr heiter und entgegenkommend zu sein und nicht von Süleyman zu sprechen. Doch sobald sie seiner gewahr wurde, hatte sie wieder das dringende Verlangen verspürt, Neues zu erfahren. Wenn sie ehrlich war, hatte sie während seiner Abwesenheit an nichts anderes gedacht. Süleyman, Süleyman … mein Herr, mein Leben.

Sie zwang sich zu einem Lächeln. »Und was für Neuigkeiten gibt es sonst noch aus der Stadt?«

»Es haben sich große Dramen abgespielt, während ich dort war. Im Eski Sarayi gab es ein Feuer. Der alte Palast ist völlig niedergebrannt, und der größte Teil des umliegenden Viertels …«

»Hürrem?«

»Ihr ist nichts passiert. Sie schläft jetzt im Serail –«

»Im Serail?«

»Was soll denn Süleyman sonst mit ihr tun?«

»Sie schläft tatsächlich im Palast?«

Mustafa zuckte die Achseln, über den Kleinmut seiner Mutter belustigt. »Sinan soll einen neuen Harem auf dem Grundstück des alten bauen.«

»So weit wird es nie kommen. Sie ist jetzt im Palastinneren …«

»… Mutter!«

»Sie intrigiert, sie schmiedet ihre Ränke. Nimm dich in acht, Mustafa, nimm dich in acht.«

»Ich bin der Schahsade, das kann sie nicht ändern. Du traust ihr zuviel zu.« Er führte Gülbehars Hand erneut an die Lippen. »Er liebt sie einfach mehr als dich. Ich wünschte, dem wäre nicht so. Aber mehr als das ist es auch nicht. Versuch es zu vergessen.«

Vergessen!

Anschließend sprach er über seine Familie, erkundigte sich zunächst nach seinen Söhnen und gab der Hoffnung Ausdruck, sie habe keinen Ärger mit seinen Kadins gehabt. Gülbehar herrschte über den Harem, wie es einst seine Großmutter, Hafise Sultan, getan hatte. Sie war über alles informiert, verwöhnte seine Söhne und tolerierte seine Kadins mit knapper Not.

Gülbehar achtete darauf, Süleyman nicht mehr zu erwähnen, doch sie war mit den Gedanken woanders, und die Freude am Wiedersehen mit ihrem Sohn wurde wieder einmal durch alte Geister und neue Befürchtungen getrübt. Nachdem er gegangen war, vergrub sie die Fäuste in ihrem Schoß. Er erkannte die Gefahr nicht, nahm sie überhaupt nicht wahr. Aber wie sollte er auch? Er war schließlich nur ein Mann.

Topkapi Sarayi

Es gab zwei Kodizes im islamischen Reich der Osmanen. Da war der Kanun – die vom Sultan selbst formulierten Gesetze – und dann die Scheria, die heiligen und unveränderlichen Gesetze des Islam. Während der Sultan allein und mit absoluter Macht über seine Untertanen herrschte, war selbst er dem geheiligten muslimischen Gesetz, der Niederschrift von Gottes Wort, unterworfen.

Die Scheria wurde von dem Ulema, dem Rat der religiösen Richter, interpretiert; sie allein konnten Fetwas, ihre Meinungen oder Rechtsgutachten, zu irgendeiner Frage im Zusammenhang mit der islamischen Gerichtsbarkeit abgeben. Ihre Macht war jedoch dadurch eingeschränkt, daß sie nur auf eine Aufforderung hin eine Fetwa äußern und nur dann ihre Stimme erheben konnten, wenn man ihren Rat einholte.

Jeder Statthalter, jeder Beg, jeder Sandschak, jeder Beglerbeg hatte seinen eigenen Mufti, der ihn bei religiösen Rechtsfragen beriet. Der ranghöchste Richter, der Scheich-ül Islam, war dem Sultan selbst zur geistlichen Führung zugeordnet; er allein konnte einen Krieg als heilig und damit als gerechtfertigt erklären. Als Verteidiger des Glaubens oblag dem Sultan die Eidespflicht, die Scheria aufrechtzuerhalten, und infolgedessen war der Scheich-ül Islam einer der mächtigsten Männer im osmanischen Reich. Er hieß Abu Sa'ad.

An diesem Morgen sah Abu Sa'ad einem wichtigen und unerwarteten Besuch entgegen, und er war neugierig. Die Herrin Hürrem legte neuerdings eine ermutigende und leidenschaftliche Hingabe für den Islam an den Tag und hatte einen bedeutenden Teil ihres persönlichen Vermögens für den Bau eines Krankenhauses und einer Moschee aufgewendet. Jetzt aber hatte sie um eine Unterredung mit ihm gebeten, und der Scheich-ül Islam fragte sich, weshalb.

Sein Gemach war eine schlichte Kammer mit Blick auf die Gärten im Zweiten Hof. Die Einrichtung war karg, wie es für einen Mann mit asketischen Neigungen angebracht war. Auf dem Boden stapelten sich einige Perserteppiche aus Seide, es gab einen Tisch aus Walnußholz und zwei silberne Kerzenständer. Eine Heizpfanne aus Messing mit Türkisintarsien hing von der Decke herab. Den Raum beherrschte ein Koranpult aus Elfenbein und Schildpatt. Ein Koran lag offen darauf, dessen Seiten mit goldener und blauer Schrift verziert waren.

Vor der Herrin Hürrem betrat der Kislar Aghasi den Raum, und zwei Pagen halfen seinem schwergewichtigen Leib auf den Boden nieder. Dann erschien Hürrem, von Kopf bis Fuß von ihrem Tschador verhüllt, einer Ferijde aus violetter Seide, die sie völlig verbarg. Der Scheich-ül Islam klatschte zweimal in die Hände, das Zeichen für seine Pagen, daß sie Sorbets für seine Gäste bringen sollten, obwohl er wußte, daß nur Abbas davon trinken würde. Hürrem würde ihr Gefäß nicht anrühren; beim Trinken hätte sie ihre Hand und ihr Gesicht dem Scheich-ül Islam gegenüber entblößt und damit beide entehrt.

»Ich fühle mich durch Eure Gegenwart geehrt, meine Herrin«, sagte Abu Sa'ad. »Gott ist hoch erfreut über den großen Eifer, mit dem Ihr den heidnischen Göttern Eurer Jugend entsagt und Euch dem einzigen wahren Glauben zugewandt habt.«

»Ich muß noch vieles lernen«, erwiderte Hürrem.

»Wir alle müssen viel lernen«, sagte der Scheich-ül Islam huldvoll.

Er warf einen Blick auf Abbas, bestrebt, irgendeinen Hinweis auf den Zweck des Besuches herauszufinden. Doch der Kislar Aghasi starrte unbewegt und scheinbar völlig desinteressiert aus dem Fenster hinaus. Die Pagen servierten die Sorbets und verließen wieder den Raum. Abu Sa'ad wartete, daß Hürrem das Wort ergriff.

»Wie Ihr wißt, sind mir viele Ehren durch den Herrn über das Leben widerfahren«, erklärte Hürrem.

»Ganz richtig«, erwiderte Abu Sa'ad und verneigte sich leicht zur Anerkennung der Großzügigkeit des Sultans und der Selbstverleugnung Hürrems.

»Es hat mir große Freude bereitet, einiges aus den reichen Gaben an mich zum Ruhm des Islam weiterzureichen.«

»Die Gründung einer Moschee ist die glorreichste Tat, deren wir uns Gott gegenüber würdig erweisen können.«

»In der Tat. Doch es gibt eine Frage, die mich sehr beschäftigt. Frommt diese Schenkung auch dem Geber?«

Abu Sa'ad blinzelte. Deshalb also war sie hergekommen! »Es ist zweifellos eine fromme Handlung«, antwortete er vorsichtig.

»Und wird sie im Paradies zur Rettung der eigenen Seele anerkannt?«

Abu Sa'ad nahm sich Zeit. Die Antwort war natürlich recht einfach, aber er legte Bedacht auf die Formulierung seiner Erwiderung. »Sie ist barmherzig, ja, meine Herrin. Doch bei Euch als … Leibeigener … kann sie nicht im Paradies auf Euren Namen angerechnet werden. Sie vermehrt vielmehr die Heiligkeit Eures Sultans, möge Gott ihn beschützen und seinen Glauben vertiefen.«

»Dann sind meine guten Taten also fruchtlos?«

»Ganz im Gegenteil. Sie dienen dem Ruhm Gottes und des Sultans.«

»Aber für mich wird es keinen Platz im Paradies geben?«

Abu Sa'ad vermeinte ein leises unterdrücktes Aufschluchzen zu hören, doch da er das Gesicht der Frau nicht sehen konnte, war es ihm unmöglich, genau festzustellen, wie sehr seine Antwort sie bestürzt hatte.

Er blieb bei seinem Schweigen.

»Danke, daß Ihr mir Zeit eingeräumt habt«, sagte Hürrem. Man half Abbas wieder auf die Füße. Dann half er seinerseits Hürrem aufzustehen. Auf dem Weg hinaus ging sie schleppend und ließ die Schultern hängen. Abu Sa'ad empfand beinahe Mitleid für sie. Doch dann rief er sich ins Gedächtnis zurück, daß sie schließlich nur eine Frau war und die spirituelle Pein nicht so schmerzlich wie ein Mann empfand.

70

Der Çinili Kiosk war vom Fatih selbst erbaut worden. Dieser Pavillon lag an einem steilen Abhang hinter dem Tor des Kühlen Brunnens und blickte hinaus auf die Wasser des Horns und die Paläste der Venezianer und Genueser in Pera. Er war in der Form eines griechischen Kreuzes errichtet worden und war von oben bis unten mit türkischen Fayencen bedeckt, ein glitzerndes Refugium aus smaragd- und türkisfarbener Keramik, das entlang der Wände mit Koranversen in arabischer Schrift gelb auf Mitternachtsblau verziert war.

Süleyman, Herr über das Leben, Besitzer der Menschenhälse, ruhte auf einem Diwan voller grüner Seidenkissen und schaute bestürzt zu, wie Hürrem geistesabwesend an den Saiten ihrer Viole zupfte. Was war nur mit ihr los? rätselte er. War sie krank? Schmachtete sie nach irgend etwas?

Oder gehörte das nur, überlegte er verärgert, zu ihrer geheimen Absicht, Sinans Anstrengungen für den Entwurf eines neuen Haremspalastes zu hintertreiben?

Schon seit zwei Monden gebärdete sie sich so mißmutig. Die ›Frau, die lacht‹ lächelte kaum mehr. Irgendeine große Trauer schien sie ergriffen zu haben, und er verlor allmählich die Geduld mit ihr.

»Hürrem, komm und setz dich zu mir.«

Hürrem legte die Viole weg und durchquerte den Raum, um sich kleinlaut neben ihm auf den Diwan niederzulassen.

»Was ist los, kleine Roxelana?«

»Mein Gebieter, es ist nichts. Es geht wieder vorbei.«

»Als ich das letztemal mit dir zusammen war, da hast du gesagt, es sei deine Zeit des Mondes. Davor hast du behauptet, es sei nur eine vorübergehende Schwermut. Ich weiß nicht mehr, wann ich dich zum letztenmal lächeln sah.«

»Mein Gebieter, vergib mir, wenn ich dir Anlaß zu Ärger gebe. Vielleicht solltest du mich wegschicken.«

»Das sollte ich vielleicht wirklich«, knurrte Süleyman.

Er sprang auf. Die plötzliche Bewegung erschreckte die beiden

Wachposten an der Tür. Hürrem zog die Knie an die Brust heran und vermied seinen Blick. Er stemmte die Hände in die Hüften und starrte finster auf sie herab. »Du mußt mir sagen, was los ist!«

»Mein Gebieter, das kann ich nicht.«

»Das kannst du nicht? Ich bin dein Sultan, dein Gebieter. Hast du das etwa vergessen?«

»Wie könnte ich das vergessen? Ich liebe dich mehr als mein eigenes Leben.«

»Dann sag mir, woran es liegt, daß du solche Trübsal bläst. Diese erbärmliche Laune kann ich keinen Augenblick länger ertragen!«

Hürrem schlug die Hände vor das Gesicht. »Oh, mein Gebieter …«

»Hör jetzt bitte mit dieser Weinerlichkeit auf, und sag, was los ist!« Er riß ihr die Hände weg, doch der Anblick ihres schmerzlich verzerrten Gesichts stimmte ihn milder. Er setzte sich neben sie hin, nahm ihre Arme und legte sie sich um den Hals. »Sag es mir! Bitte!«

»Mein Gebieter, ich bange um meine Seele.«

Dieses plötzliche Bekenntnis traf ihn unvorbereitet. Er lachte beinahe vor Erleichterung. »Wir fürchten alle um unsere Seelen.«

»Aber du vermagst durch gute Taten Vergebung zu erlangen, mein Gebieter.«

»Das verstehe ich nicht.«

»Wenn du dir um dein Seelenheil Sorgen machst, mein Gebieter, warum sollte ich mich dann nicht auch um meine Seele sorgen?«

Süleyman starrte ihr in die Augen und begriff, daß sie es offenbar ernst meinte. Darüber hatte er noch nie nachgedacht, und es wunderte ihn, daß sie darauf gekommen war. Schließlich war sie eine Frau, und Frauen – das hatte ihn der Scheich-ül Islam gelehrt – hatten keine Seele wie ein Mann. Sie waren vielmehr auf einer Ebene mit Hunden und Katzen. Außerdem hatte er sich nie eingebildet, Hürrem hätte sich dem islamischen Glauben, auch wenn sie ihn gezwungenermaßen akzeptiert hatte, mit irgendwelchem Eifer hingegeben.

»Worum sorgst du dich denn, kleine Roxelana?«

»Mein Gebieter, ich habe den Scheich-ül Islam um eine Audienz gebeten. Er ließ mich wissen, daß ich mir trotz meiner vielen Schenkungen für Moscheen und Krankenhäuser in Gottes Augen kein Verdienst damit erworben habe. Selbst im Paradies noch wird man mich ignorieren.«

»Ich kann mir nicht vorstellen, daß selbst der erhabene Gott je in der Lage sein wird, dich zu ignorieren, kleine Roxelana.«

Tränen des Zornes stiegen ihr in die Augen. »Mach dich nicht über mich lustig, mein Gebieter! Ich sitze im Diesseits genauso wie im Jenseits in der Falle! Ich lebe in Todesangst um mein Seelenheil! Was soll ich nur tun?«

Ihre Inbrunst stieß ihn vor den Kopf. Es war ihr wirklich ernst, wurde ihm klar. »Ich wußte nicht, daß du so tief über diese Dinge empfindest.«

»Es ist so ungerecht! Andere Frauen aus dem Harem hat man längst an Paschas und Statthalter verheiratet, und sie haben ihren eigenen Besitz, um ihn für gute Zwecke, die Vakfs, zu stiften und sich damit vor Gott Verdienste zu erringen. Ich dagegen, die Geliebte des erhabensten Mannes auf Erden und Verteidigers des Islam, werde im Paradies niedriger als sie alle sein!«

Süleyman wischte ihr zärtlich eine widerspenstige Locke aus dem Gesicht. »Was genau hat dir denn Abu Sa'ad gesagt?«

»Er hat mir gesagt, daß sich eine Leibeigene für das Paradies nicht verdient machen kann, und daß ich, solange ich Sklavin bleibe, einfach nur Staub im Himmel bin.« Sie blickte ihm gezielt in die Augen, und ihre Hände verkrampften sich auf dem Schoß zu Fäusten. »Ich will unbedingt eine Seele haben, mein Gebieter. Ich will unbedingt erlöst werden!«

»Kleine Roxelana«, murmelte er. Noch nie hatte ihn solch eine Zuneigung zu ihr übermannt wie gerade in diesem Augenblick. Sie hatte natürlich recht. Was blieb einem schon im Angesicht Gottes zu tun übrig?

»Dann werde ich dir die Freiheit geben«, sagte er. »Von heute an bist du keine Leibeigene mehr. Und Gott und all seine Propheten sollen sich einer weiteren Seele erfreuen, die den rechten Weg gefunden hat.«

Am folgenden Tag gewährte Abu Sa'ad der Herrin Hürrem eine Audienz, um sie in geistlichen Angelegenheiten zu beraten. Worum sie ihn bat, machte ihn sprachlos vor Verblüffung. Doch er gab ihr schließlich seine Fetwa, und er tat es aufrichtig, wie es entsprechend den Geboten des Islam und der Lehre des Korans seine Pflicht war.

71

Des Sultans Privatquartier und Audienzräume – der Selamlik – waren von seinem Haremlik durch eine einzige Tür getrennt. Sie führte von seinem Schlafgemach aus zu einem überdachten Gang und dann zu einem wahren Irrgarten von Innenhöfen und Schlafräumen, die einst den Pagen und Eunuchen seines eigenen Gefolges gehört hatten.

Der Weg war im Palast bald als der Goldene Pfad bekannt geworden, und genau durch diese Arkaden eilte jetzt Abbas zu den Wohnräumen der erlauchten Kadin Hürrem. Mit seinem sonderbaren wackelnden Gang machte er eine komische Figur; die Ärmel und der Saum seiner Pelisse schleiften hinter ihm über das Kopfsteinpflaster, und seine Wangen plusterten sich vor Anstrengung auf, während er sein enormes Gewicht schnell voranzutreiben suchte. Bevor er die Stufen zu den Gemächern der Kadin im Erdgeschoß hinunterging, legte er eine Pause ein, um sich auf diese Anstrengung vorzubereiten.

Als Hürrem ihn schließlich in Empfang nahm, mußte er wiederum innehalten und Atem holen; mit einem Seidentaschentuch tupfte er sich die ölige Schweißschicht von der Stirn.

»Nun?« fragte Hürrem, die der Darbietung mit kaum gezügelter Ungeduld von ihrem Diwan aus zuschaute.

»Der Herr über das Leben ordnet Eure Anwesenheit in seinem Schlafgemach an«, sagte Abbas.

»Ich kann nicht kommen«, erwiderte Hürrem, und zwar so beiläufig, daß es einige Sekunden dauerte, bis der Kislar Aghasi die Tragweite der Worte überhaupt begriff.

»Meine Herrin?«

»Sag dem Herrn über das Leben, daß ich ihm nicht zur Verfügung stehen kann«, erklärte Hürrem, und Abbas starrte sie an, jetzt davon überzeugt, daß sie vor lauter Macht tatsächlich den Verstand verloren hatte. Es war der Augenblick, den er schon immer fürchtete, denn sein Schicksal war nun untrennbar mit dem von Hürrem verknüpft. Er stöhnte laut auf.

Dieses blöde kleine Biest.

Süleyman lag quer über den Diwan ausgestreckt da und wirkte entspannt. Allein sein aggressiver Blick und der grausame Ausdruck um den Mund verrieten, wie zornig er war.

»Sie verweigert sich mir?« knurrte er.

Abbas wäre in diesem Moment sehnlichst sonstwo gewesen, nur nicht dort, wo er war. Er vermochte kaum zu atmen. Er spürte, wie ihm der Schweiß schmierig und kalt das ganze Rückgrat hinunterlief, und ihm war bewußt, daß seine Knie tatsächlich zitterten. Das Seidengewand flatterte ihm um die Beine, als stünde er in einer starken Brise. Sein Mund war so trocken, daß ihm das Sprechen schwerfiel.

»Sie hat gesagt, mein Herr, daß Ihr über ihr Leben verfügt, doch sie könne jetzt nicht kommen, ohne gegen Gott und seine geheiligten Gesetze zu verstoßen.« Ja, das hatte sie gesagt, dachte Abbas. Sie hat es mit einem Grinsen des absoluten Triumphs gesagt, das ich bestimmt nicht wiederzugeben versuchen werde.

»Sie wagt es, mich über die Scheria zu belehren?«

»Ich wiederhole nur, was sie gesagt hat, mein Herr.«

Süleyman verharrte lange in Schweigen; als er dann schließlich aufsprang, war Abbas überhaupt nicht darauf gefaßt und trat unwillkürlich einen Schritt zurück. Süleyman stampfte zum Bett hinüber und zog die Seidendecke vor Zorn so heftig ab, daß sie entzweiriß. »Sie kann sich mir nicht widersetzen!«

»Sie sagt, sie wünsche kein Ärgernis zu erregen«, erklärte Abbas, der jetzt, wie ihm bewußt war, ebenso für sein eigenes wie Hürrems Leben um Gnade bettelte. »Sie sagt, sie habe es von den Lippen des Scheich-ül Islam vernommen. Er sagt, daß sie jetzt als freie Frau Euch nicht mehr das gewähren kann, was sie vorher als Leibeigene, ohne sich vor Gott zu versündigen, geben konnte.«

»Das hat Abu Sa'ad zu ihr gesagt?«

»Ja, mein Herr«, antwortete Abbas mit einer gewissen Befriedigung. Soll es doch der großspurige, selbstgefällige alte Narr zur Abwechslung einmal selbst zu spüren bekommen. Wenn Süleyman sich dazu hergeben würde, die Fetwa des Alten einzuholen, dann kamen sie bestimmt mit heiler Haut davon. Gegen die Scheria zu verstoßen, würde der Sultan nicht wagen.

Süleyman zog seinen Killiç aus der Scheide bei seinem Bett. Die Rubine an dem Griff glühten wie heiße Kohle in dem dämmrigen

Raum. Mit vor Rage häßlich verzerrtem Gesicht musterte Süleyman erst das Schwert, dann Abbas.

Gott helfe mir in meiner Not, flüsterte Abbas wieder und wieder. Gleich streckt er mich nieder. Abbas merkte, daß er seine Blase nicht mehr unter Kontrolle hatte. In der letzten Zeit war es ihm öfter passiert, daß er sich wie ein altes Weib naß machte. Das war die Folge seiner Kastrierung, wie er wohl wußte; der Schaden war schon vor langer Zeit seiner Harnröhre zugefügt worden. Es war die letzte Entwürdigung in einem Leben, das buchstäblich von Demütigungen durchsetzt war. Er hatte es sich angewöhnt, wie ein Säugling eine Baumwollwindel zu tragen.

Süleyman erhob das Schwert und stieß es in die Matratze nieder. »Abu Sa'ad«, sagte er.

»Es war seine Fetwa«, äußerte Abbas.

»Dann müssen wir seinen Rat einholen, da er Gottes Absichten besser kennt als ich.«

Süleyman stürmte aus dem Zimmer. Abbas richtete im Flüsterton ein Gebet an den Propheten um seine Fürsprache und folgte.

Jeder andere Mensch wäre zu Tode erschreckt gewesen, hätte man ihn aus dem Schlaf gerissen und mit dem Herrn über das Leben, dem König der Könige, dem Besitzer der Menschenhälse, konfrontiert und ihn gezwungen, in die kalten, stolzen Augen zu blicken und der Wucht seiner maßlosen Rage standzuhalten. Der Scheich-ül Islam jedoch fürchtete Gott allein und kannte mit unerschütterlicher Überzeugung Herz und Geist des Unendlichen. Er vollführte das traditionelle Sala'am, das Süleyman als dem Sultan zustand, und blickte seinem Gegenüber ruhig in die Augen, vollkommen frei von Furcht.

Nur drei Gestalten waren in dem riesigen Audienzsaal: Süleyman, Abbas und Abu Sa'ad. Die Wachen, die den Scheich-ül Islam herbeizitiert hatten, warteten jetzt mit gezogenen Jataganen hinter der Tür.

Süleyman grollte furchterregend mit vor Ingrimm schmal nach unten gezogenen Lippen von seinem Thron herab. »Ich brauche eine Fetwa«, forderte er.

Abu Sa'ad verneigte das Haupt und schwieg.

»Es betrifft die Hasseki Hürrem – die Lachende, die Lieblingsfrau. Du weißt, daß ich sie aus meinem Kullar, meiner Sklavenfamilie, entlassen habe? Sie ist jetzt eine freie Frau.«

»Wie Ihr sagt«, antwortete Abu Sa'ad.

»Kann sie als Freie noch mein Lager teilen, ohne gegen Gott zu handeln?«

Abu Sa'ad war auf diese Frage von Süleyman schon von dem Moment an vorbereitet, als Hürrem sie zuerst stellte. Die Antwort jedoch blieb unabänderlich, sogar an den Herrn über das Leben. »Selbst wenn Ihr tausend Nächte mit ihr als einer Leibeigenen verbracht habt, ist es jetzt, da sie frei ist, eine Sünde gegen Gott. Sie würde ihre Seele in Todesgefahr bringen.«

»Wie kann sie dieses Problem lösen?«

»Sie kann unbescholten nur mit Euch liegen, wenn sie Euer Eheweib ist.«

Süleyman umklammerte die Armlehnen seines Thrones, sagte aber nichts. Abbas schien es, als habe dieser etwas in seinem Mund gefunden, was ihm mißfiel, und als überlege er, ob er es ausspucken sollte.

Was würde jetzt mit ihnen geschehen? dachte er. Da Hürrem sich ihm verweigerte und Süleyman ihr unmöglich die Ehe zubilligen konnte, schien es keinen Ausweg zu geben. Hürrem würde verbannt werden. Was sollte dann aus ihm werden?

»Geht. Verschwindet beide«, sagte Süleyman.

Süleyman blieb noch lange, nachdem sie weg waren, allein in dem großen Gemach zurück. Das höhlenartige Kuppelgewölbe über seinem Kopf, die prunkvollen Fayencen auf den Wänden ringsum, das satte Karmesinrot und Himmelblau im Muster der Seidenteppiche auf dem Boden, das Gemurmel der Marmorbrunnen und das matte Glühen der in die Weihrauchgefäße und Lampen eingelassenen Türkise, all das hatte sich dazu verschworen, ihn zu verspotten.

Der König der Könige empfand eine so überwältigende Verzweiflung wie der armseligste Wurm in seinem Elendsquartier. Es lief schlicht auf eine einzige Wahl hinaus: Gewähre ihr die Ehe, oder gib sie auf. Es gab keine andere Lösung für ihn. In seinem ganzen Riesenreich gab es keinen Menschen, der ihm jetzt helfen konnte. Nicht einmal Hürrem.

Er saß bis weit in die Nacht zusammengesunken auf seinem Thron und beobachtete, wie die Schatten an den Wänden zurückwichen und bis in die hintersten Winkel des Raumes krochen. Er saß da, bis die

Morgendämmerung die Fenster färbte und milchiges Licht von den hohen Decken her eindrang. Und noch immer regte er sich nicht.

Tradition, Pflicht und Furcht saßen neben ihm während seiner Nachtwache, doch noch nie in seinem Leben hatte er sich so mutterseelenallein gefühlt.

<h1 style="text-align:center">72</h1>

Der Vierte Hof des Topkapi Sarayi war im Grunde ein Miniaturwald aus alten Pinien und bizarr geformten Zypressen, die sich an den Hängen der Serailspitze innerhalb der uralten Seemauern der Stadt heraufwanden. Auf der einen Seite bot der Hof einen Blick auf die Übungsfelder für den Çerit und auf die baufälligen byzantinischen Klostergebäude, die als Stallungen dienten; auf der anderen war die funkelnd blaue Meerenge zu sehen, die bei den Türken das Goldene Horn hieß. Hierher konnte der Sultan gehen, um allein zu sein, zu beten und zu meditieren.

Süleyman schritt gesenkten Hauptes dahin, ohne irgend etwas außer dem bestürzenden Durcheinander in seinem Kopf zu bemerken.

Gewähr ihr die Ehe, oder gib sie auf.

Gewähr ihr die Ehe, oder gib sie auf.

Wie konnte er sie wahrhaftig aufgeben? Es war, als wäre sie jetzt bei ihm, ginge neben ihm her, als spielte der Wind mit ihren rotgoldenen Haarflechten; er konnte sie lachen hören, und in seiner Einbildung verspürte er die Tröstung ihrer schlichten Weisheit: »Du bist der Kanuni, der Gesetzgeber. Du bist nicht an die Gesetze der Geschichte gebunden, sondern nur an die Einschränkungen, die du dir selbst auferlegst. Du bist nur an die Scheria gebunden. Mein Gebieter, mach doch nicht so ein trauriges Gesicht! Ist es denn wirklich ein so schreckliches Unterfangen, wenn du vor dem Gesetz vollziehst, was du in deinem Herzen bereits vollzogen hast?«

»Es gibt aber einen Grund dafür«, sagte er laut, als wende er sich an sie. »Ich kann nicht leichthin mit der Tradition brechen. Die Tradition

375

ist es, was uns mit unseren Vorfahren und unserem Erbe verbindet. Schon seit Timur Leng –«

»Befürchtest du denn wirklich, mir könnte so etwas zustoßen?« hörte er Hürrem lachend einwenden. »Wird denn je irgendeiner unserer Feinde auch nur die Mauern von Stambul zu Gesicht bekommen? Wen gibt es denn, der dich auf dem Schlachtfeld besiegen könnte?«

Süleyman erklomm den »Pfad, der das Kamel zum Schreien brachte« bis hinauf zur höchstgelegenen Stelle des Hofes. Von hier aus konnte er nach Süden durch den lilafarbenen Dunst auf die Inseln des Marmarameeres blicken; dahinter lag das Mittelmeer, lagen seine Kolonien in Ägypten, den Barbareskenstaaten und Algerien; jenseits des vom Wind weißgepeitschten Bosporus lagen die Zypressen von Kanlica und dahinter wiederum Asien und die Karawanenstraßen, die gen Osten nach Syrien, Aserbaidschan und Armenien führten. Das alles gehörte ihm. Der Hafen im Norden wimmelte von den Masten der vertäuten Galeeren des Flottenkapitäns Dragut, der das Mittelmeer erobert und in einen türkischen See verwandelt hatte; dahinter lagen die Lagerhallen und Paläste der Venezianer, der Genueser und der Griechen; all diese bedeutenden Republiken zahlten ihm Tribut. Jenseits des Galata Kulesi waren Rumelien, Bosnien, die Walachei und Transsilvanien: sämtlich Vasallenstaaten der Osmanen.

»Hör mal«, hörte er Hürrem sagen, »welchen König gibt es denn noch, der dich unterwerfen und mich dazu bringen könnte, an seiner Tafel aufzuwarten? Dein Reich umfaßt Europa, Asien und Afrika. Selbst der große Kaiser Karl wagt es nicht, dir auf dem Schlachtfeld gegenüberzutreten. Vor wem also fürchtest du dich eigentlich? Vor Ferdinand? Vor dem Schah Tahmasp?«

»Sie sind Staub zu meinen Füßen«, sagte Süleyman laut.

»Wovor also fürchtest du dich, mein Gebieter? Welcher König ist es denn, der dich vor Furcht erzittern läßt, er könne dich dazu bringen, mich aufzugeben … mich, die ich dich so liebe?«

Hürrems Augen füllten sich mit Tränen. Der Anblick war so überzeugend, daß Süleyman die Hand ausstreckte, Hürrem zu trösten. Doch da war niemand – bis auf den Wind und die Qual in seinem Herzen. Falls er sie aufgab, war dies alles, was ihm auf Dauer bleiben würde. Er würde wieder allein sein, mit nichts als der schrecklichen Bürde des Reiches und der schweren Verantwortung vor Gott. Sie war jetzt alles und jedes für ihn: sein Gewissen, sein Trost, seine Beraterin, sein Anwalt, sein bester Freund. Sie war der Wesir, den er nie würde haben können, denn ein Wesir, den er zu sehr liebte, würde ihn hintergehen, so wie es Ibrahim getan hatte. Sie war auch sein Harem, tausend Frauen in einer einzigen Gestalt; eine Frau, die sein Gemüt zu besänftigen vermochte, und nicht allein seinen Körper.

»Ich kann sie nicht aufgeben«, sagte er, und sein Entschluß stand fest. Er würde das Unvorstellbare tun, weil die einzige Alternative unerträglich war.

Als Abbas abermals zu der Zweiten Kadin zitiert wurde, rüstete er sich für alles Erdenkliche, bloß nicht für das, was dann auf ihn zukam.

Die Kadin war an diesem Morgen, wie er mit Erleichterung feststellte, bestens gelaunt. Sie vergeudete keine Zeit an ihre üblichen Floskeln. »Wie würde es dir gefallen, deine Mädchen loszuwerden, Abbas?« fragte sie ihn.

»Meine Herrin?«

»Der Sultan braucht seinen Harem nicht mehr. Die Mädchen sollen an seine Spahis und Minister als Ehefrauen weggegeben werden. Du sollst die nötigen Vorkehrungen sofort in Angriff nehmen.«

Abbas nickte, bemüht, seine Überraschung zu verbergen. Ein Sultan ohne einen Harem! Wie hatte sie das fertiggebracht? »Meinen Glückwunsch zu seinem Urteilsvermögen.«

»Deinen Glückwunsch zu meinem«, erwiderte Hürrem lachend.

»Ich werde mich sofort an die Arbeit machen, wie Ihr befehlt, meine Herrin.«

»Willst du denn nicht erfahren, wieso, mein Abbas?«

»Es steht mir nicht zu, die Entscheidungen der Mächtigen in Frage zu stellen«, sagte Abbas und war befriedigt, daß er seine Stimme frei von Verächtlichkeit gehalten hatte.

Hürrem aber erriet den Unterton sowieso und lachte voller Vergnügen. »Abbas, du bist wirklich ein Schatz! Ich will es dir trotzdem sagen, da du es in Kürze ohnehin erfährst. Der Herr über das Leben kann seinen Harem nicht mehr gebrauchen, weil er sich bald eine Königin nimmt!«

Abbas blinzelte sie an. »Königin, meine Herrin?«

»Du siehst die zukünftige Frau des Sultans der Osmanen vor dir, Abbas.« Sie lachte erneut. »Bist du nicht von der Pracht dieses Anblicks ganz überwältigt?«

»Wie Ihr meint, meine Herrin«, pflichtete Abbas ihr bei. Unmöglich, dachte er insgeheim. Unmöglich! Süleyman würde es nie in die Tat umsetzen!

Aus Anlaß der Hochzeit von Süleyman mit der Hasseki Hürrem – der Lachenden Lieblingsfrau, wie sie am Hof allgemein bekannt war – wurde Stambul Zeuge des rauschendsten Festes, das es je erlebt hatte. Brot und Oliven wurden an die Armen ausgeteilt; Käse, Obst und Rosenblättermarmelade an die Mittelschicht. Die Hauptstraßen waren mit Blumen und Fahnen geschmückt – die scharlachroten Banner des Osmanischen Reiches, die grünen Standarten des Islam.

In einer öffentlichen Prozession führte man die Hochzeitsgeschenke vor: Hunderte von Kamelen, beladen mit Teppichen, Möbeln, goldenen und silbernen Vasen und einhundertsechzig neue Eunuchen zum Dienstantritt bei der Herrin Hürrem. Ringer, Bogenschützen, Jongleure und Akrobaten boten bei Tag und bei Nacht im Hippodrom ihre Künste dar; eine Parade wilder Tiere zog sich über den At Meydani – Löwen, Panther und Leoparden, Elefanten, die Bälle mit ihren langen Rüsseln in die Luft warfen, während die Giraffen mit ihren unmöglich langen Hälsen den Zuschauern vor Staunen den Atem verschlugen.

In einer weiteren Prozession wurde ein riesiger Brotlaib von der Größe eines Zimmers von zehn Ochsen auf einer Lade durch die Straßen gezogen, während die Meisterbäcker der Stadt kleine, mit Sesam und Fenchel bedeckte heiße Laibe in die Menge warfen. Tausende von Menschen drängten sich am Rand der Arena und kletterten auf die Bäume, um einen Blick auf den Sultan zu erhaschen oder etwas von dem Geld, der Seide oder den Früchten abzubekommen, alles Gaben, welche die Sklaven des Sultans an die Menge verteilten.

Im Serail wurde mittlerweile Hürrem zur Königin gekürt, in einer einfachen Zeremonie, an der nur sie selbst, Süleyman und Abu Sa'ad teilnahmen. Süleyman berührte Hürrems verschleierte Hand und flüsterte: »Dieses Weib Hürrem nehme ich zu meiner Frau. Alles, was ihr gehört, soll ihr Besitz sein.«

Nur ein einziger Mensch warf seinen Schatten über die Feier. Er bedeutete ihr den ganzen Tag ein Ärgernis, wie er schon seit siebzehn Jahren ein Ärgernis für sie war.

Mustafa.

Er war jetzt sechsundzwanzig Jahre alt und wartete in Manisa auf seine große Stunde. Beliebt bei den Paschas und Janitscharen, war er der Auserwählte, der nächste Sultan. Ja, ich bin die Königin, dachte Hürrem, ich bin jetzt sicher vor anderen Frauen. Jetzt kann mir nur noch ein Mann gefährlich werden. Und ich werde auch diese Gefahr aus dem Weg räumen, wenn die Zeit dazu reif ist.

Im Hippodrom hatte man ein Podest errichtet, und von dort aus wohnte Süleyman, flankiert von seinen Söhnen, auf einem Thron aus Lapislazuli den Vorführungen bei. Hinter ihm schaute auch Hürrem in einer violetten Seiden-Ferijde und tief verschleiert durch ein vergoldetes Gitter hindurch zu.

Selim saß unruhig im Schneidersitz auf den dicken Teppichen zu seines Vaters Füßen. Er war hungrig. Ein Festschmaus war im Palast vorbereitet worden: Wild, Perlhuhn, Imam Byalti, Fruchtschale mit echtem Eis, Sorbets aus Zitronensaft und Schnee, die mit Honig, Ambra und Moschus abgeschmeckt waren. Sein Magen knurrte.

Unterhalb von ihnen in der Arena riß gerade eine Löwin mit gemächlichen Hieben ihrer Vorderpfoten die Innereien aus einem Keiler, während ihr Partner gähnte und desinteressiert zuschaute. Selim grinste voller Vergnügen über das Schauspiel und kicherte angesichts des strampelnden und quiekenden Wildschweins. Es lag jetzt auf dem Rücken und wand sich auf dem Boden hin und her, färbte den Staub rosafarben. Die Löwin umkreiste es, wobei sie sich vor den Hauern in acht nahm, schlug erneut mit den Tatzen zu und zerrte einen Teil der Innereien des Beutetiers mit sich davon.

Irgend etwas bewog Selim, sich umzusehen. Durch das Gitterwerk hinter Süleymans Thron sah er ein grünes Augenpaar auf sich gerichtet, das wie kleine Smaragde in der Dunkelheit aufblitzte. Mutter, dachte er.

Er wandte rasch den Blick ab, fühlte sich jedoch noch immer von ihr beobachtet. Wie brachte sie das nur alles zustande? rätselte er wieder einmal. Wie hatte sie Süleyman je dazu bewegen können, sie zu heiraten? Eine so mächtige Mutter zu haben bedeutete Trost und Schrecken zugleich. Wenn sie in der Lage war, den Sultan ihrem Willen zu unterwerfen, dann war sie zu allem und jedem in der Lage.

Was also hat sie mit mir vor? überlegte er. Was für Pläne hegt sie für mich?

Die Löwin hatte ihr Spiel mit dem Wildeber jetzt beendet. Der Keiler lag, noch am Leben, zitternd auf der Seite, als die Löwin nun den Kopf senkte, um das erste Stück Fleisch herauszureißen. Normalerweise regten solche Darbietungen Selims Appetit an. Doch mit einemmmal stellte er fest, daß er keinen Hunger mehr verspürte.

Er zwang sich, noch einmal den Kopf zu wenden, aber die Augen waren verschwunden.

TEIL SIEBEN
PARADIES AUF ERDEN

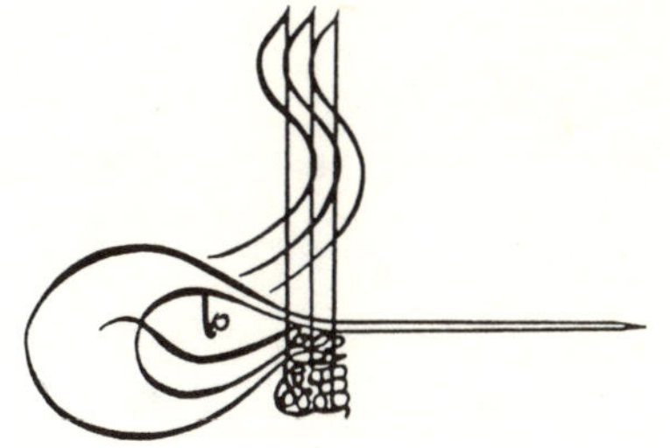

73

Julia beobachtete, wie der schwarzgestrichene Wagen auf dem Kopfsteinpflaster des Hofes unter ihrem Fenster klappernd zum Stehen
kam. Ein schwarzer Eunuch sprang von der Kutsche, um sich der
Pferde anzunehmen, während ein weiterer die Tür öffnete. Die Fenster
waren mit schwarzem Taft verhängt, daher konnte sie den Besucher
nicht erkennen. Julia war nur mäßig interessiert. Ludovici hatte tagsüber häufig Besuch, gewöhnlich andere Kaufleute von der Communità
Magnifica.

Sie sah eine Gestalt aus der Kutsche auftauchen: Haupt und Gesicht
waren unter der Kapuze eines Umhangs und einem schwarzen Schleier
verborgen. Sie runzelte die Brauen. Weder Finger noch Zeh waren zu
sehen, aber die energisch hurtigen Schritte ließen sie vermuten, daß es
eine Frau war.

Kurz darauf klopfte Hyazinth zur Ankündigung ihres Gastes sanft
an ihre Tür.

Sie riß vor Verblüffung den Mund auf, als die Gestalt die Kapuze
ihrer Ferijde abnahm und sie angrinste.

»Sirhane!«

Sirhane hatte sich kaum verändert. Sie war vielleicht etwas dünner, und
um die Winkel von Mund und Augen machten sich Spuren von Falten
bemerkbar. Davon abgesehen schien es, als habe es die vergangenen
sechs Jahre nicht gegeben. Sie waren wieder in den Harem zurückver-
setzt, und das verruchte Kloster, das sie von ihrem Balkon aus jenseits
des Wassers sehen konnten, zeichnete sich tintenschwarz gegen den
fliederfarbenen Himmel ab.

Sirhane trug eine Entari-Jacke von grünem Brokat aus Bursa, die
vorne weit offen war und an der Taille von drei Perlknöpfen zusam-
mengehalten wurde. Die langen Ärmel waren über den Rand des
Diwans drapiert und reichten fast bis zum Boden hinunter. Ihr Hemd

war aus schwerer, schneeweißer, spitzenbesetzter Seide und hing lose über ihren weißen Wollsalwar, der mit seinen Falten bis zu ihren Fesseln herabfiel. Rubine funkelten an ihren Fingern und blitzten funkengleich in ihrem kohlschwarzen Haar auf. Perlen schmückten ihren Hals und ihre Taille und kleine Goldkettchen ihre Handgelenke und Fesseln.

Julia kam sich in dem düsteren Schwarz ihrer venezianischen Gewandung langweilig und leblos vor. Sie starrte auf die glänzende Haut von Sirhanes Armen und spürte schuldbewußt, wie sich Verlangen in ihr regte.

Julia hielt wie ein Schulmädchen ihre Hand umklammert. »Erzähl«, sagte sie lachend, »erzähl mir alles!«

»Du siehst eine achtbare und tugendsame verheiratete Frau vor dir«, erklärte Sirhane.

»Wie bist du aus dem Harem rausgekommen?«

»Süleyman schafft alle seine Mädchen ab …«

»Das ist unmöglich!«

»Es heißt, Hürrem hätte ihn zu der Überzeugung gebracht, daß er seinen Harem nicht mehr braucht! Der Kislar Aghasi hat meine Ehe mit einem Aga bei den Spahis der Hohen Pforte arrangiert. Er heißt Abdül Sahine Pascha. Er ist ein grober Klotz von einem Mann mit Bart, und sein Glied ist so dick wie mein Handgelenk!«

Julia schlug sich mit der Hand auf den Mund. »Oh, Sirhane!«

Sirhane zuckte mit den Achseln. »Er behandelt mich ganz anständig. Ich glaube, er bevorzugt die Knaben. Ich weiß es nicht. Er ist nicht so schlimm. Vielleicht könnte ich ihn lieben. Wenn er kein Mann wäre.« Sie streckte die Hand aus und legte den Kopf auf Julias Schulter. »Du hast mir so gefehlt. Vielleicht ist es verwerflich, aber solange du da warst, war ich glücklich im Harem.«

»Ich auch«, sagte Julia. »Wie hast du mich gefunden?«

Sirhane schniefte und rückte ein Stück weg. Ihre Augen waren feucht. »Es war an dem Morgen, an dem ich den Harem verlassen sollte. Der Kislar Aghasi kam zu mir und erzählte mir, daß du noch lebst und mit einem abtrünnigen venezianischen Kaufmann namens Ludovici verheiratet bist.«

»Abbas!«

»Ich dachte, du wärst tot«, berichtete ihr Sirhane. »Sechs Jahre lang habe ich um dich getrauert. Ich kann es noch immer nicht fassen!«

Sie warf Julia die Arme um den Hals und küßte sie. Julia hörte sich wieder und wieder ihren Namen flüstern, und sie schloß die Augen und spürte, wie Sirhane ihr das Gewand auszog, und sie gab sich den sanften, heiter herausfordernden Liebkosungen ihrer Geliebten hin.

Armer Ludovici, dachte sie. Wenn ich ihn nur auch so lieben könnte.

Die Sonne tauchte hinter den sieben Hügeln unter, und die süßen Stimmen der Muezzins stiegen von der dämmrigen, staubigen Stadt auf, die Gläubigen zum Gebet zu rufen. Licht sammelte sich wie flüssiges Gold auf den Wassern des Horns, und die Umrisse der Platanen und Zypressen schwanden in die frostigen Schatten unterhalb der Mauern des Serails. Sie saßen auf der Terrasse, während es immer dunkler wurde, und unterhielten sich im Flüsterton.

»Also erzähl mir, was alles passiert ist«, sagte Julia. »Stimmt es wirklich? Süleyman hat wirklich seinen gesamten Harem an Beamte verheiratet?«

»Es gibt keinen Honig mehr im Honigtopf«, erwiderte Sirhane. »Das einzige was noch übrig ist, ist Hürrem und ihr Gefolge. Die Lachende hat jetzt hundert Sklavinnen zu ihrer Verfügung. Sie kommt und geht, wann es ihr paßt, und hat eine Leibgarde von dreißig Eunuchen im Schlepptau.«

»Wenn eine Schlange so viele Jahre unter so vielen anderen Vipern überleben kann, verdient sie es, zu einem langen Tier heranzuwachsen.«

»Der Kislar Aghasi hat gesagt, daß sie an dem Befehl des Sultans zu deiner Ertränkung schuld ist.«

Abbas, Abbas …, dachte Julia. Selbst jetzt noch wollte sie nicht an das denken, was sie ihm angetan hatten. *Corpo di Dio*, wie schaffte er es nur, weiterzuleben?

»Ich bin am Leben, Sirhane. Es spielt jetzt keine Rolle mehr.«

Sirhane sah enttäuscht aus. »Du solltest versuchen, mehr Haß an den Tag zu legen. Es schickt sich nicht für eine Frau, nicht gehässig zu sein.«

Julia lachte. »Was Hürrem treibt, kann mir jetzt nichts mehr anhaben.«

Sirhane fuhr trotzdem fort: »Botschafter aus dem Ausland fügen jetzt auch Geschenke für sie, nicht nur für den Sultan bei. Sie senden ihr sogar Briefe und versuchen ihre Meinung zu beeinflussen. Die Wesire,

Muftis und Agas zahlen ihr über den Kislar Aghasi Tribut. Sogar mein Mann macht das. Er sagt, daß sie einflußreicher ist, als es Ibrahim je war.«

Julia lächelte. »Armer Süleyman.«

Sirhane schlug die Beine unter und kuschelte sich wie ein geschmeidiges, verwöhntes Kätzchen in den Diwan. »Wie war er?«

Julia schien nicht mit der Sprache herausrücken zu wollen. »Sag es mir doch!« bedrängte sie Sirhane.

»Er hat kaum ein Wort von sich gegeben. Er hat mir die Kleider ausgezogen, und dann hat er sich auf mich gelegt …«

»Und sein Ding ist nicht groß?«

»Nein.«

»Es heißt, daß es wirklich riesig ist.«

»Sirhane …« Julia streckte hilflos die Hände aus, wie stets voller Verwunderung darüber, daß sie fähig war, so schamlos über solche Dinge zu reden. »Er lag auf mir, und er machte ein paar Geräusche. Dann rollte er wieder herunter. Es ist nichts passiert.« Sie mußte daran denken, wie Ludovici zum erstenmal mit ihr geschlafen hatte. Bis zu dem Zeitpunkt hatte sie nicht begriffen, weshalb Süleyman damals so zornig gewesen war.

»Dann ist er also impotent! Der Sultan ist impotent!«

Julia packte ihre Freundin bestürzt am Handgelenk. »Wenn du das einer einzigen Menschenseele weitersagst, werden wir alle umgebracht!«

»Die schönste Geschichte, die mir je zu Ohren gekommen ist, und ich kann sie nicht weitererzählen!« schmollte Sirhane zum Scherz.

»Es geht dabei um unser aller Leben!«

»Na gut«, antwortete Sirhane, und sie rückte etwas ab. »… Wie ist es denn mit Ludovici?«

Julia senkte den Blick. »Nicht so wie mit dir.«

Sirhane schien mit dieser Antwort zufrieden zu sein. Sie blickte über das Horn und auf die Lichter, die entlang der Hügelkette der Altstadt aufzuflackern begannen. Die Rufe der Muezzins waren verklungen, und das Echo ihrer Stimmen verlor sich in dem zunehmenden Violett der Abenddämmerung. Stille hatte sich über die Stadt gesenkt. »Ich muß gehen.«

Julia griff nach ihrer Hand. »Ich will nicht, daß du gehst.«

»Ich muß aber.«

Einige Minuten später schaute Julia von ihrem Fenster aus zu, wie die verhüllte Gestalt wieder in die anonyme schwarze Kutsche auf dem Hof stieg. Ich bin dem Harem nicht entkommen, dachte sie. Ich habe ihn mit hierhergebracht. Er war meine Gefangenschaft und meine Befreiung. Durch ihn bin ich der Todsünde verfallen. Jetzt, da Sirhane wieder in mein Leben getreten ist, bin ich wieder dem Harem geweiht.

Es war nicht nur eine sexuelle Leidenschaft, überlegte sie, obwohl das durch Sirhane neu geweckte Verlangen real genug war. Es war mehr; es war eine Sehnsucht nach einer Nähe, wie sie sie mit keinem anderen Menschen teilen konnte, ein körperlicher Trost, der frei von Komplikationen war. Ein Ehebruch ohne Folgen vielleicht. Jedoch nicht frei von Sünde, dachte sie.

Und doch eine Sünde, ohne die ich nicht leben kann.

Gott stehe mir bei.

Dann war Sirhane hinter den schwarzen Taftvorhängen der Kutsche verschwunden, und gleich darauf klapperten die Pferde durch das Tor davon, und Julia fühlte, wie die Einsamkeit einmal mehr in ihr aufstieg.

74

Das Schicksal war gnädig mit Ludovici Gambetto umgegangen.

Nahezu.

Es hatte ihm einen mächtigen und einflußreichen Freund bei der Erhabenen Pforte geschenkt. Als Folge davon florierten seine Geschäfte weit über seine Träume hinaus. Das Glück hatte ihm darüber hinaus eine schöne Ehefrau aus einer vornehmen venezianischen Familie zugeführt.

Doch beide Geschenke bargen winzige Silberkapseln voller Schmerz in sich. Sein Wohlergehen war auf Abbas' persönlichen Qualen begründet; Julia gehörte ihm nur, weil sie niemandem sonst angehören konnte.

Selbst nach acht Jahren noch hatte er sich nicht an die Vorstellung gewöhnt, daß sein Jugendfreund jetzt als Eunuch und Sklave im Sultanspalast lebte. Noch immer konnte er Abbas nicht gegenübertreten, ohne zu fühlen, wie ihm Ekel und Abscheu sauer in der Kehle aufstiegen.

Und dann war da Julia.

Sie hatte jetzt keinen Marktwert für irgend jemanden außer für ihn. Er hatte Abbas angelogen und behielt sie in Stambul für sich selbst. Und obwohl Abbas kein Wort des Vorwurfs ausgesprochen hatte, konnte er ihn ihm jedesmal, wenn sie sich trafen, von den Augen ablesen. Irgendwie war er dahintergekommen. Und die Schuld seiner Unehrlichkeit setzte ihm noch immer zu.

Wenn es die Sache nur wert gewesen wäre, wenn sie ihn nur ein wenig hätte lieben können.

Ein Teil von ihm – der Teil seines Wesens, der noch immer venezianisch war – sagte, daß es keine Rolle spielte. Sie war seine Frau, sie war schön, er konnte mit ihr das Lager teilen und sich vergnügen, wann immer er wollte. Was wollte er denn sonst noch?

Doch da gab es einen anderen Teil – zweifellos den Renegaten in seiner Seele –, der wollte, daß sie genauso für ihn empfand wie er für sie. Er wollte ihre Hingabe. Und es war das eine, was ihm bisher vorenthalten blieb.

Er hatte einen neuen Palazzo auf den Anhöhen von Pera erbaut, mit Blick über das Goldene Horn. Er kleidete Julia in die feinsten Gewänder von Samt und Spitze aus Venedig, an ihren Fingern glänzten Rubine und Diamanten. Er besaß Reichtum, Komfort und Einfluß, alles Dinge, die ihm in seinem eigenen Land verwehrt waren. Doch wonach ihn am meisten verlangte, das war Julia; der gewisse Ausdruck in den Augen, jene Leidenschaft in ihrer dunklen Umarmung, die ihm sagen würde, daß sie ihn ebenfalls liebte. Und eben das konnte er nicht haben.

Corpo di Dio! Warum war es denn so wichtig?

Er stand auf der Terrasse und betrachtete Julia, wie sie im Garten las. Die Sommerblumen waren voll erblüht, schwer hing der Duft der Zypressen und schirmförmigen Pinien in der Luft. Er schritt die Marmorstufen zum Garten hinunter. Sie sah ihn und legte das Buch weg. »Du siehst zufrieden mit dir aus«, sagte sie.

»Nicht mit mir. Das kann ich nicht mir selbst zuschreiben.« Er setzte sich neben sie auf die Marmorbank. Es war kühl hier im Schatten der Sandarakzypresse. Durch die Blattbüschel hindurch sah er die Kajiken über die hellen Wasser des Horns gleiten, hin zu den violettfarbenen Silhouetten der Kuppeln und Minarette des Serails an der gegenüberliegenden Küste.

»Was ist geschehen?«

»Ich habe Gerüchte von der Pforte gehört. Die Leute sagen, daß Rüstem Pascha die Sultanstochter heiraten wird.«

»Mihrimah?«

»So habe ich die Leute tuscheln hören.«

»Dann wird er höchstwahrscheinlich Wesir.«

»Ja.«

»Und das freut dich?«

»Könnte ich mich zu den Engeln rechnen, würde es mich nicht freuen. Aber ich bin bloß ein bescheidener Händler, und ich kann es mir nicht leisten, ein Engel zu sein.« Er lächelte sie sardonisch an. »Ich kann mich nicht mehr zu den Engeln rechnen, seit ich Venedig verlassen habe. Vielleicht stimmte es nicht einmal dort. Vielleicht habe ich ja auch deshalb all das hier.« Er wies auf den Palazzo und seine Gartenanlagen.

»Ich verstehe noch immer nicht.«

»Süleymans Wesir Lütfi Pascha ist zu schwierig im Umgang. Er ist zu ehrlich.«

»Ein tödlicher Fehler bei einem Wesir.«

Er lächelte. »Wahrhaftig. Rüstem andererseits würde für eine Provision von zehn Prozent seine eigene Mutter verkaufen.«

»Dann wird er ausgezeichnet sein.«

»Ich bin sicher, daß er sehr erfolgreich sein wird.«

»Und du kannst dann mehr Karamusalis durch die Dardanellen schicken, ohne daß sie kontrolliert werden. Doch was hat Süleyman dazu gebracht, Rüstem für solch eine treffliche Partie auszusuchen?«

»Sein Charme und sein gutes Aussehen?«

Dann kam Julia darauf. »Hürrem!«

»Nun, genau das sagen die Leute in den Basaren. Früher oder später wird es sich zeigen. Was er jedoch getan hat, um sich ihre Gunst zu verdienen, kann ich höchstens vermuten.« Er musterte sie. Sie sah heute anders aus. Auf ihren Wangen lag eine rosige Frische, wie er sie zuvor noch nicht gesehen hatte. »Du hast gestern Besuch gehabt«, sagte er.

Sie wich seinem Blick aus. »Ist das verkehrt?«

»Wer war es?«

»Ein Mädchen. Eine Freundin aus meinen Tagen im Serail.«

»Woher wußte sie …?«

»Abbas.«

»Er hat es ihr gesagt?«

»Sie ist eine Freundin. Es ist sicher bei ihr.«

»Nichts ist je sicher.«

Die Lockerheit in ihrer Stimmung verpuffte plötzlich. »Du nagelst mich wie einen Schmetterling an die Wand, den man nur anschauen, aber nie berühren darf. Manchmal wäre ich lieber tot!«

Ludovici entgegnete nichts. Kurz darauf schien Julia ihren Ausbruch zu bereuen. »Es tut mir leid«, murmelte sie. »Ich weiß, daß du dich auch in Gefahr begeben hast, als du auf deinem Boot losgezogen bist, … um … um nach mir zu fischen.«

Ludovici ließ den Kopf hängen. »Nein. Was du sagst, ist richtig. Ich habe kein Recht auf dich. Ich habe dich damit, daß ich dich hierbehalte, unnötig in Gefahr gebracht. Ich wollte dich ganz für mich allein.« Er holte tief Luft. »Ich habe einen Weinberg auf Zypern. Dorthin könntest du gehen. Du wärst in Sicherheit. Man bräuchte nicht länger deine Existenz an sich geheimzuhalten. Du wärst unter anderen Venezianern genau wie wir …«

»Ich bin keine Venezianerin mehr. Und du gehörst auch nicht mehr dazu.«

»Du brauchst dann nicht mehr wie eine Gefangene zu leben. Ich kann dich dort besuchen.«

Julia lächelte insgeheim. Gestern noch hätte sie ihn vielleicht angefleht, wegzuziehen. Jetzt aber …

»Ich bleibe«, stellte sie fest.

Er schaute sie verblüfft an. »Ich kann deine Sicherheit nicht gewährleisten.«

»Ich will Stambul nicht verlassen.«

Er grinste, da er ihre Gründe falsch auslegte. »Ich habe so gehofft, daß du es nicht willst.«

Sie wandte den Blick ab. Ludovici kannte sich nicht mehr aus. Was wollte sie eigentlich? War es noch immer Abbas? Unmöglich. Weshalb wollte sie hier in Stambul bleiben?

Sie saßen eine Weile schweigend da, während Ludovici überlegte, wie er ihr seine nächste Neuigkeit am besten wiedergeben sollte. »Bald wird eine Delegation aus Venedig eintreffen«, sagte er schließlich. »Sie sind unterwegs, den Sultan aufzusuchen und ihm ein Friedensangebot zu unterbreiten.«

Schon seit der Schlacht von Preveza zwei Jahre zuvor, als der türkische Admiral Dragut die Venezianer dezimiert hatte, bestand ein labiler Waffenstillstand zwischen den Türken und La Serenissima. Die Osmanen hatten die Kontrolle über das Mittelmeer gewonnen und würgten die Hauptschlagader der Republik ab – ihren Handel. Doch selbst der Krieg hatte das Leben der Communità Magnifica in Pera nicht beeinträchtigt – außer, daß er den Preis von Ludovicis illegalem Getreide in die Höhe getrieben hatte.

Julia blickte grübelnd zu ihm auf und fragte sich, warum er solchen besonderen Wert darauf gelegt hatte, ihr dies mitzuteilen.

»Dein Vater soll die Delegation leiten«, erklärte er.

Sie wurde plötzlich blaß. Sie umklammerte ihre Hände auf dem Schoß so fest, daß die Knöchel weiß wurden. »Wird er hierher kommen?« brachte sie schließlich heraus.

»Nur wenn ich ihn einlade. Ich kann kaum einen Grund sehen, weshalb ich das tun sollte.«

Julia versuchte zu lächeln. »Du bist nicht auf die Idee verfallen, daß ich ihn gern sehen würde?«

»Nein. Darauf bin ich nicht gekommen.«

Sie schloß die Augen. »Was ist mit Abbas?«

Er sah sie eindringlich an. »Ja, Abbas. Deshalb mußte ich mit dir darüber reden. Ich werde es ihm sagen.«

»Gut.«

»Meinst du das ernst?«

»Ja.«

Er war überrascht, wie schnell sie geantwortet hatte. »Abbas ist hier in Stambul zu einem mächtigen Mann geworden. Abgesandte an der Erhabenen Pforte sind auch schon in der Vergangenheit in die Kerker von Yedikule geworfen worden. Oder schlimmer noch. Willst du also ganz bestimmt, daß er es erfährt?«

Julias Augen glitzerten vor giftigem Haß. »Nach dem, was mein Vater ihm angetan hat?« Sie holte tief Luft, und ihre Nasenflügel blähten sich. »Ja, Abbas sollte Bescheid wissen. Und wenn ich es mir recht überlege«, fügte sie hinzu, »möchte ich es ihm am liebsten selbst sagen.«

Das hatte Ludovici nicht erwartet. Doch ja, schließlich mußte es einmal dazu kommen. Es wäre töricht, wollte er versuchen, sie daran zu hindern.

»Ich werde es in die Wege leiten«, erwiderte er.

75

Galata

Der Wagen war ein länglicher, mit Blumen und Früchten bemalter Kasten auf Rädern, nicht anders als hundert weitere Kutschen in der Stadt. Er klapperte durch die verdreckte Gasse und hielt vor einem unauffälligen zweistöckigen Holzhaus an, das gelb, in der Farbe der Juden, gestrichen war, wie so viele andere Häuser in dem Viertel. Ein Page öffnete die Tür, und Julia stieg aus.

Niemand hätte sie erkannt. Man hätte nur erraten können, daß sie eine Frau war. Sie trug eine Ferijde, den langärmeligen losen Mantel, den alle türkischen Frauen auf der Straße trugen. Er bestand aus schwarzer Seide, was auf den Rang der Trägerin hinwies; arme Frauen trugen Capes aus schwarzem Alpaka, während Frauen aus dem königlichen Harem Ferijdes aus lilafarbener oder rosa Seide hatten. Sie trug zwei Schleier: das gazeartige Yashmak, das ihr Gesicht bedeckte, und die schwarze Cazeta, die Nase und Mund verhüllte und vom Kopf bis zu Taille reichte, mit nur einer eckig herausgeschnittenen Öffnung für die Augen. Nichts von der Frau war sichtbar, nicht einmal ihre Hände oder Füße. Der einzige Hinweis auf ihr weibliches Geschlecht war der sie umwehende Duft von Moschus und Jasmin, eine süße Oase inmitten der üblen Gerüche der Stadt.

Diese Kleidung hielt eine türkische Frau in Gefangenschaft, bedeutete aber ebenso ihre Befreiung; denn mit der Ferijde und der Cazeta konnte sich selbst die Frau edelsten Geblütes auf die Straße wagen, ohne daß man sie erkannte.

Die schwarze Gestalt eilte von der Straße weg und zur Haustür hinein, während die schwarzen Pagen neben der Kutsche in Wartestellung gingen.

Abbas sah sie, und sein Mund blieb offen stehen.

Im Lauf der Jahre war er sogar noch fettleibiger geworden, bemerkte Julia. Durch die reichgeblümte Seide seines Kaftans konnte sie erkennen, daß die Fettwülste an seinem Körper auseinanderklatschten und sich kissenartig unter seinem Kinn stauten. Er schwitzte, obwohl es erst früh am Morgen war und noch nicht heiß. Der Schweiß glitzerte auf seinem Gesicht und verfärbte die Ränder seines riesigen weißen Turbans.

Sie versuchte sich ins Gedächtnis zurückzurufen, wie er einst ausgesehen hatte, bemühte sich dann, die Vorstellung eines Jugendlichen mit einem Antlitz von glatter, polierter Bronze, wie sie ihn von der Gondel her in Erinnerung hatte, mit dieser alptraumhaften Kreatur in Verbindung zu bringen, mit dem einen weißen, starren Auge und dem aufgeschwemmten wulstigen Gesicht.

Es war unmöglich.

Sie konnte sich nur an ihn als den Kislar Aghasi erinnern, den fetten Falsett-Eunuchen, der ein indigniertes Gesicht gezogen hatte, als sie sich das erstemal gegenüberstanden, und dann jene merkwürdigen Zärtlichkeiten flüsterte, als sie eines Morgens am Bosporus dem Tod entgegensah.

Das war also jetzt Abbas.

Er mühte sich, auf die Füße zu kommen. Er klatschte in die Hände, damit ihm seine Pagen zu Hilfe eilten.

»Wer seid Ihr?« knurrte er, doch sie erriet an seinem Gesichtsausdruck, daß er es bereits wußte.

Sie wartete regungslos ab. Was war, wenn die beiden Palastpagen, die er mit hierhergebracht hatte, sie womöglich erkannten? Er hatte jedoch bereits vermutet, was sie dachte, und sandte die beiden, nachdem sie ihm geholfen hatten, aus dem Raum.

»Julia?« sagte er.

Sie hob die schwere Cazeta hoch, ließ sie wie ein Cape nach hinten gleiten, fast bis auf den Boden. Dann entfernte sie das Yashmak, indem sie sorgfältig die Nadeln löste, damit er ihr Gesicht sehen konnte.

»Hallo, Abbas.«

Er schlug die Hände vors Gesicht und wandte ihr den Rücken zu.

»Was ist los?«

»Du hättest nicht kommen sollen«, stöhnte er.

»Ich mußte dich einfach sehen. Nur noch einmal.«

»Ich habe Ludovici gesagt, daß ich dich nie mehr sehen will. Warum willst du mich so quälen?«

»Bitte, Abbas …«

»Wenn du wüßtest, wie sehr du mich verletzt, hättest du das nicht getan!«

Julia war ratlos, was sie tun sollte. Mit einemmal kam sie sich töricht vor. Noch immer wollte er sich nicht umdrehen.

»Abbas?«

»Weshalb bist du hergekommen? Wie konntest du nur auf so eine Idee kommen? Warum hat Ludovici das zugelassen?«

»Dreh dich um …«

»Damit du dich an meiner Schönheit ergötzen kannst?«

»Ludovici ist ein attraktiver Mann. Aber ich liebe ihn nicht. Und dich habe ich immer geliebt.«

»Hör auf!«

»Dreh dich um …«

Als sich Abbas ihr wieder zuwandte, war sein Gesicht fleckig vor Rage, und sein eines gutes Auge starrte sie schmerzerfüllt und empört an. »Geh weg! Was soll das jetzt noch nützen? Meine Liebe für dich hat mich um alles gebracht! Laß mich dich einfach vergessen, um Himmels willen! Geh jetzt weg!«

Julia streckte ihm die Hände entgegen, ließ sie dann wieder seitlich herabfallen. »Abbas … Ich hatte nie die Gelegenheit … du hast mir das Leben gerettet …«

»Weil ich dich liebte. Willst du mich wiederlieben? Wie? Mit deinen Küssen? Willst du mich in dein Bett einladen? Sollen wir ein Liebespaar werden?«

Der Zorn auf seinem Gesicht verebbte merklich. Julia machte einen Schritt auf ihn zu, um ihn zu trösten, aber er wehrte sie mit ausgestreckter Hand ab. »Nein, nicht …«, sagte er.

»Kannst du dir vorstellen, wie es für mich ist, Julia? Verlangen nach einer Frau zu empfinden und zu wissen, daß es keine Möglichkeit gibt, es je zu stillen? Noch immer diese Leidenschaft in mir zu haben und keinerlei Möglichkeit, sie auszuleben? Ein Mann kann für eine Frau keine Liebe empfinden ohne den Drang, sie körperlich zu vollziehen. Was soll ich also tun? Es gibt keine Erleichterung für mich, weder jetzt noch irgendwann. Überhaupt nie. Von Frauen umgeben, empfinde ich Tag für Tag Pein und brennendes Verlangen. Sie haben mir meine

Männlichkeit abgeschnitten, aber sie ist noch immer da. Tag für Tag fühle ich mich, als säße ich in einem Käfig gefangen, wo ich weder aufrecht sitzen, noch meine Arme oder Beine ausstrecken kann. Jede natürliche Bewegung ist mir versagt, physisch und emotional. Ich will lieben und geliebt werden. Aber wie nur? Wie sollte ich je mit einer Frau die Liebe vollziehen? Sie haben mich jeglichen Sinns beraubt, weshalb es sich zu leben lohnt! Es gibt keine Hölle nach dem Tod, Julia. Sie ist hier und jetzt. Und ich bewohne sie!«

Jetzt, da sein Zorn verraucht war, fielen seine Schultern in sich zusammen, er sank gegen die Wand und holte mühsam Luft. Julia hielt sich zurück. Was gab es da noch zu sagen?

»Bitte geh«, flüsterte er.

»Also gut. Aber vorher gibt es noch etwas, was ich dir sagen muß. Ich bin nicht hierhergekommen, um dich zu quälen, wie du behauptest.«

»Dann sag es mir und geh.«

»Es hat mit meinem Vater zu tun.«

Zunächst schien die Bedeutung dessen, was sie da sagte, ihn gar nicht zu erreichen. »Gonzaga?« fragte er schließlich.

»Er ist auf dem Weg hierher nach Stambul.«

»Bist du dir sicher?«

»Ludovici hat es gestern vom Bailo erfahren. La Serenissima entsendet eine Friedensdelegation an die Pforte. Mein Vater wird der leitende Gesandte sein.«

Abbas rutschte an der Wand entlang nach unten und hockte nun mit dem Gesäß auf dem Teppich. Er legte den Kopf auf die Knie. »Der Teufel nähert sich also dem Paradies«, murmelte er.

Es gab nichts weiter zu sagen. Julia entnahm seinem Schweigen, daß sie hätte gehen sollen, aber sie hatte das verzweifelte Bedürfnis, ihm Trost zu spenden. Sie kniete neben ihm nieder. Er protestierte nicht, und so beugte sie sich vor und küßte ihn behutsam auf die Stirn.

Er zuckte nicht vor ihr zurück, und so entfernte sie ihm den Turban und legte ihn neben sich auf den Teppich. Noch immer blickte er nicht auf.

Sie ließ ihre Hände über den glatten, rasierten Schädel gleiten. Seine Kahlheit stieß sie ab und faszinierte sie zugleich. Sie konnte die einzelnen Knochen sehen, wie sie sich gegen die glänzende Kopfhaut abzeichneten. Sie legte die Hände an seine Kiefer und zog sein Gesicht zu sich herauf.

»Abbas …«

Das eine Auge starrte sie an, blicklos, flehentlich.

Sie langte nach unten und hob den Kaftan hoch. Ihr Herz klopfte, als sie mit den Fingern über die rasierten Schenkel strich und sich gleichzeitig mühte, ihrem Gesicht nicht ihr Entsetzen anmerken zu lassen. Als sie an die Leistengegend kam, war da nichts. Wie bei Sirhane, dachte sie, außer daß keine Feuchtigkeit sie begrüßte, keine Rosenblattlippen warteten. Lediglich das wächserne Gefühl des vernarbten Gewebes, die seltsame Zartheit der Harnröhre.

Sie hörte ihn aufkeuchen. Vor Schmerzen, vor Schock, vor Entsetzen? Er gab ihr keinen Anhaltspunkt.

Sie hatte Geschichten im Harem gehört – zumeist von Sirhane, die ein schier unerschöpfliches Fassungsvermögen für Unsinn wie für Fakten hatte –, daß manche Frauen mittels einer Kombination von starken Aphrodisiaka und der Massage der Harnröhre einen Orgasmus bei Eunuchen hervorgerufen hatten.

Aber vielleicht war das alles ein Hirngespinst.

Während sie zwischen seinen Beinen kniete, reichte sie nach unten und zog sich die Ferijde über den Kopf. Unter dem Umhang war sie vollständig nackt. »An meinen Brustwarzen ist Haschisch dran«, flüsterte sie.

Abbas war jetzt so bereitwillig wie ein Säugling. Langsam legte er seinen Mund an ihre Brust und begann an ihr zu saugen.

Julia nahm ihren Liebesdienst wieder auf, wiegte seinen Kopf mit der einen Hand, während sie ihn mit der anderen zwischen den Beinen an der Leiste massierte. Sie hörte ihn erneut aufstöhnen, vor Lust, und sein Atem wurde rascher und schwerer. Sie wandte den Kopf ab, um ihren Ekel vor dem befremdenden Gefühl des verstümmelten Fleisches zwischen ihren Fingern zu verheimlichen.

»Julia«, stöhnte er.

Sie fuhr fort, ihn zu massieren, und nach langen Minuten begann er, sich im Rhythmus mit ihr zu bewegen, keuchend und noch immer mit den Lippen an ihrer Brust. Es funktioniert, dachte sie. Ich habe es geschafft. Sirhane hatte recht.

Er begann sich hin und her zu winden und seine Lenden gegen sie zu drücken. Sie ließ ihre Finger schneller und schneller zu Werke gehen, ignorierte die verkrampften Muskeln in ihrer Hand. Er warf den Kopf nach hinten und begann schluchzende Laute von sich zu geben, die gleichen kleinen Töne, wie Sirhane sie manchmal machte.

Dann plötzlich, ohne Vorwarnung, erbebte er: ein langes krampfartiges Erschauern, das seinen ganzen Körper durchlief. Seine Arme zerdrückten sie schier in einer massiven Umarmung.

Dann ließ er sie los und fiel gegen die Wand zurück, mit geschlossenen Augen und weit offenem, in die Luft gerecktem Mund.

Sie lehnte sich erschöpft an ihn und spürte, wie ihr der Schweiß zwischen den Brüsten hinunterlief, sich mit seinem mischte. Lange Zeit verharrten sie beide reglos.

»Abbas«, flüsterte sie schließlich.

»Verlaß mich jetzt.«

Sie langte nach ihrer Ferijde und erhob sich langsam.

»Warte«, murmelte er. »Laß mich dich noch einmal ansehen.«

Er starrte sie lange an; als er sich dann endlich abwandte, wußte sie dies als ihr Signal zu deuten. Sie ließ sich den Umhang über den Kopf gleiten, setzte sich wieder den Schleier und die Cazeta auf.

Ich bin nun wieder inkognito, dachte sie. Ein Sack.

Abbas kauerte noch gegen die Wand gelehnt da, aufgebläht, das blinde Auge halb offen und den Kaftan um die Knie gebauscht. Jeder andere, war ihr bewußt, würde solch einen Anblick obszön finden.

Statt dessen aber spürte sie eine Welle der Zärtlichkeit in sich aufsteigen. »Ich liebe dich«, flüsterte sie und ging.

Fast eine Stunde lang rührte sich Abbas nicht. Er hörte das Geklapper der Kutsche, während sie die Gasse entlang davonfuhr, beobachtete dann, wie die Schatten schräg in den Raum fielen, als die Sonne über den Dächern aufstieg und durch die Leisten der Fenster den Weg ins Zimmer fand.

Es war nicht die körperliche Empfindung, die ihn hatte erstarren lassen. Das war alles vorgetäuscht gewesen, ein Theater, das er vollführt hatte, als ihm klargeworden war, daß ihre Mühen völlig wirkungslos waren; sie hätte genausogut versuchen mögen, einen Orgasmus aus seiner Handfläche hervorzuzaubern. Aber er wollte sie nicht demütigen, und deshalb hatte er seine Lust vorgespielt.

Was ihn ergriffen hatte, war ihre Anteilnahme an ihm. Er wußte, daß sein Gesicht und sein Körper andere Menschen abstieß; er ekelte sich sogar selbst davor. Sie aber hatte ihn eine Menschlichkeit spüren lassen, die er vergessen hatte. Sie hatte ihm Zärtlichkeit und Liebe geschenkt.

Er zog die Knie an die Brust heran und schmiegte sich an den Boden. Nach einer Weile begann er zu weinen, erst vor Mitleid, für sich selbst und für sie.

Und dann vor Zorn.

Pera

Es war ein schmutzigblauer Nachmittag. Antonio Gonzaga starrte über das Horn hinweg zu dem Palast auf der Serailspitze hinüber, wo der Kubbealti-Turm wie ein Miniatur-Campanile die übrigen Gebäude am Horizont überragte. Die Zypressen und Pinien drängten sich Spionen gleich in die schwarzen Schatten unterhalb der Festungsmauern.

»Das ist also der Wohnsitz von Il Signore Turco.«

»Wir müssen behutsam mit ihm umgehen«, sagte der Bailo.

Gonzaga machte keinen Versuch, die Verachtung, die sich umgehend auf seinem Gesicht breitmachte, zu verbergen. Nicht etwa, daß er etwas gegen die Vorliebe des Bailos für Handel gehabt hätte – schließlich war es der Handel, der den Löwen von San Marco zu dem gemacht hatte, was er war –, nein, ihm widerstrebte der nagende Verdacht, den er schon seit seiner Ankunft hier hegte, daß nämlich die Loyalität des Bailos gegenüber La Serenissima kompromittiert worden war.

Sie waren reich, zu reich für einfache Kaufleute. Sie wohnten in großen Palästen, einige unter ihnen kleideten sich im türkischen Stil und trugen fließende Kaftans statt dunkler Togati. Am bestürzendsten aber war, daß sie vom Sultan und vom Diwan sprachen, als seien sie irgendwie wichtiger als der Doge und der Consiglio di Dieci.

Süleyman Magnifico nannten sie ihn. Süleyman den Prächtigen.

»Wir werden obsiegen«, erklärte Gonzaga.

»Selbstverständlich, Exzellenz. Doch bis dahin dürfen wir ihn nicht provozieren. Das Mittelmeer ist schließlich ein türkischer See.«

Es entsprach der Wahrheit, und weil es stimmte, war Gonzaga aufgebracht. Der Löwe von San Marco würde sie alle eines Tages zwischen die Zähne bekommen.

»Macht Euch keine Sorgen, Bailo. Eines Tages wird der Löwe von Venedig all seine Feinde zerfleischen. Bis dahin werde ich mich brav wie ein Lamm geben.«

76

Der Gesandte der Erlauchten Signoria von Venedig machte die kurze Fahrt über das Goldene Horn in dem königlichen Kajik. Als er an der Serailspitze eintraf, warteten schon zwei Paschas und vierzig Herolde, um seine Abordnung zu Pferde zu eskortieren. Sie ritten feierlich zum Ba'ab i Hümayun, dem Tor des Erhabenen.

Gonzaga versuchte sich nicht anmerken zu lassen, daß ihn der große Torbogen aus weißem Marmor beeindruckte, oder auch der Inhalt in seinen mitraförmigen Nischen. Die abgehauenen Häupter, die jede Nische einnahmen, verwesten in der Sonne, und am Haupttor gab es noch mehr Köpfe, die wie Kanonenkugeln aufeinandergestapelt waren. Eine Bande Lausejungen spielte damit.

Der Abgesandte der Erlauchten Signoria von Venedig hielt sich ein parfümiertes Taschentuch vor die Nase.

Der massive Torbogen war volle fünfzehn Schritt lang. Von dort aus betraten sie den Ersten Hof des Topkapi-Palastes, den Hof der Janitscharen.

Gonzaga war sofort über die absolute Stille verblüfft, die ihn umgab, sobald er durch die Pforte und in das Sonnenlicht ritt. Obwohl der Hof voller Leute war – Diener trugen ein Tablett mit heißen Brötchen, ein Page wurde auf einer Tragbahre zur Krankenstation getragen, Lakaien eilten in konisch geformten Filzkappen ihres Weges, eine Truppe Janitscharen in blauen Uniformen marschierte zum Ortakapi, und die Federbüsche der Veteranen reichten mit ihren Kaskaden von Paradiesvogelfedern fast bis zu den Knien herab –, sprach niemand lauter als im Flüsterton. Als einzige Geräusche darüber hinaus erklangen die Pferdehufe auf dem Kopfsteinpflaster.

Der Ortakapi – der Torweg zu dem Zweiten Hof – war von zwei achteckigen Türmen mit kegelförmigen Spitzen gesäumt, die wie Kerzenlöscher aussahen. Dort war eine enorme Flügeltür aus Eisen, und Süleymans Tugra – sein persönliches Siegel – hing an einem riesigen Messingschild über der Pforte. Weitere Köpfe verdorrten düster auf Spießen hoch oben an den Mauern.

Bis sie an diesem Punkt ankamen, war Gonzaga noch einigermaßen zufrieden mit der Achtung, die man ihm gezollt hatte. Doch jetzt erhielt er Order, abzusteigen.

»Wir müssen den übrigen Weg zu Fuß zurücklegen«, stammelte der Dolmetscher.

Der Gesandte der Erlauchten Signoria von Venedig fügte sich widerwillig.

Ein dunkler Gang, der rechts vom Wachraum abbog, führte zu einem Wartezimmer. Während Gonzaga schier endlos in der spartanisch eingerichteten Kammer wartete, nutzte der Dolmetscher die Zeit, um ihm zu erklären, daß die Wohnräume des Henkers auf der anderen Seite des Pförtnerzimmers lagen, ebenso wie der Richtblock und eine Zisterne für Ertränkungen. Der Bostanji könne bis zu fünfzig Häupter pro Tag erledigen und an den Mauern der Torwache befestigen, erläuterte er stolz.

Gonzaga dankte ihm für die Mitteilung und richtete sich auf weiteres Warten ein.

Drei Stunden später geleitete man ihn durch das Tor zum Zweiten Hof.

Gonzaga war außer sich vor Wut, so wütend, daß er kaum einen Blick auf die langen Alleen riesiger Zypressen warf, die sich über den ganzen Hof hinzogen, oder auf die Pfade mit Brunnen und eckig gestutzten Hecken am Rand oder die Gazellen, die auf den Rasenflächen ästen. Leichenblaß vor Zorn stapfte er dahin zwischen der Ehrengarde unbewegt blickender Janitscharen, die den Weg bis zum Diwan säumten, so reglos wie Statuen, während sein Gefolge hinter ihm hereilte.

Das eine Detail, das ihm aber doch Eindruck machte, war die unglaubliche Stille. Niemand sprach. Das einzige, was man hören konnte, war das Seufzen des Windes in den Bäumen.

Man eskortierte ihn in den Diwan hinein.

Gonzaga hatte sich noch nie einer so flammenden Farbenpracht gegenübergesehen. Als er den Raum betrat, verneigten sich die Reihen der Höflinge, und unwillkürlich starrte Gonzaga voller Ehrfurcht auf den Glanz und die Vielfalt der ihm dargebotenen Kostüme, auf die Fülle von Seide und Samt, Brokat und Satin. Da war der Großwesir in hellgrünen Gewändern, da waren die Muftis, die Religionsgelehrten, in Dunkelblau, die ehrwürdigen Ulemas in Violett, die Hofbeamten in

Scharlachrot. Straußenfedern wogten wie ein Wald, Juwelen blitzten an Turbanen und von Krummsäbeln herunter und spiegelten sich in den glänzenden Helmen der kaiserlichen Leibgarde.

Hunderterlei Gerichte waren auf den langen Silbertischen hergerichtet, Platten mit Hammelbraten, Perlhuhn, Taubenfleisch, Gänsebraten, Lammfleisch und Hähnchen. Der Abgesandte der Erlauchten Signoria von Venedig sah sich gezwungen, mit der übrigen Gesellschaft auf den Teppichen Platz zu nehmen, um sein Mittagsmahl einzunehmen.

»Wann kann ich den Sultan sprechen?« zischte er zu seinem Dolmetscher, einem unglücklich aussehenden Mann, der offenbar trotz des relativ kühlen Wetters reichlich schwitzte.

»Sehr bald!« antwortete er flüsternd. »Aber wir müssen beim Essen schweigen!«

Wie der Dolmetscher angekündet hatte, wurde die Mahlzeit in völliger Stille eingenommen. Während sie aßen, spritzten ihnen schwarze Sklaven mit beunruhigender Zielgenauigkeit aus einem über den Rücken geworfenen Ziegenfell Rosenwasser in die Kelche. Das Essen wurde von Dienern in roten Seidenroben gereicht, die in langen Schlangen stumm zur Küche hin und von dort zurück schritten oder wie bemalte Figurinen dastanden, um auf das Geheiß eines erhobenen Fingers zu warten. Pasteten, Feigen, Datteln, Wassermelone und Rahat Lokum wurden zum Nachtisch serviert.

Kein einziges Wort fiel.

Die ernste Atmosphäre der ganzen Angelegenheit erfuhr erst eine Unterbrechung, als die Festtafel aufgehoben wurde und die versammelten Würdenträger sich erhoben. Jetzt machten sich die schwarzen Sklaven über die Platten her und kämpften um die Reste des Mahls.

Es bestätigte nur, was der Gesandte der Erlauchten Signoria von Venedig schon immer über die Heiden angenommen hatte.

Das Ba'ab i Sa'adet, das Tor der Glückseligkeit, bewachte den Selamlik, den allerheiligsten Privatbereich des Sultans. Das riesige Doppeltor war von einem reichgeschmückten Baldachin gekrönt, mit sechzehn Porphyrsäulen an den Seiten, und nach Gonzagas Schätzung von mindestens dreißig Eunuchen bewacht. Sie trugen Westen aus Goldbrokat, und ein jeder von ihnen hatte seinen gebogenen Jatagan gezogen, so daß die messerscharfen Klingen im Sonnenlicht aufblitzten.

Gonzaga wurde ein goldgewirktes Tuch gereicht, damit er es sich über sein Gewand zog, um für die Audienz beim Sultan würdig ausgestattet zu sein. Dann erschien der Zeremonienmeister, um die Geschenke entgegenzunehmen.

Vier Laibe Parmesankäse.

Der Dolmetscher enthielt sich eines Kommentars zu dieser Gabe, ob nun großzügig oder nicht. Sie warteten jenseits des Tores, während die Geschenke dem Herrn über das Leben dargeboten wurden.

Plötzlich packten zwei Höflinge den Abgesandten der Erlauchten Signoria von Venedig an Hals und Armen und hielten ihn wie im Schraubstock fest. Sie zwangen ihn, auf die Knie zu gehen und das Portal des Ba'ab i Sa'adet zu küssen, zerrten ihn dann über einen düsteren Hof, durch eine weitere in Zweierreihen wartende Eskorte hindurch und in den Audienzsaal hinein, den Arzodasi.

Der Arzodasi war genaugenommen ein Kiosk von überwältigenden Proportionen, wobei das hervorstehende Dach von einem Säulengang aus Marmor getragen wurde, der um das gesamte Gebäude herumreichte. Innen angekommen, drängte man Gonzaga durch einen Vorraum, der mit einer Täfelung aus reinem Gold und Silber ausgestattet war, und in den Hauptaudienzsaal selbst.

Obwohl er vor lauter Rage und aus dem Gefühl der Demütigung heraus fast die Sprache verloren hatte, entging Gonzaga nicht, daß der Raum, in dem er sich nunmehr befand, so verschwenderisch eingerichtet war, wie er es kaum je zuvor gesehen hatte.

Die Wände waren mit feiner Keramik ausgelegt und mit Koranzitaten auf Arabisch und in Sülü-Schrift geschmückt. Da standen Sofas, die mit venezianischem Brokat, schwerem russischem Samt oder zartem chinesischem Musselin bezogen waren. Auf dem Boden stapelten sich dick die Teppiche: ganz aus Seide, ob aus Persien, Syrien oder von den Mamelucken. In allen Ecken des Saales standen mannshohe chinesische Vasen. Gonzaga war sogar ein Blick auf seine eigene hochherrliche Person vergönnt, wie er da auf den Knien von zwei schwarzen Sklaven in Position gehalten wurde – in einem vergoldeten venezianischen Spiegel.

Der Thron stand in einer Ecke des Saales und ähnelte einem Himmelbett, das von einem mit Silber und Perlen durchwirkten Läufer aus grünem Satin umgeben war. Stoffbahnen aus reiner Seide formten einen bauschigen Baldachin unter einer Kuppel aus fein verarbeitetem

Zedernholz. Auf der einen Seite gab es einen reich geschmückten offenen Kamin aus Bronze, auf der anderen einen sprudelnden Springbrunnen aus Marmor.

Der Thron selbst war aus gehämmertem Gold hergestellt und über und über mit Chrysolithstein vom Roten Meer überzogen, der in goldenen blumenblattförmigen Fassungen ruhte. Perlen und Rubine hingen an Seidentroddeln von dem Kuppeldach herunter. Der Thron war so groß, daß die Füße des Sultans den Boden nicht berührten. Für einen absurden Augenblick hatte Gonzaga das Gefühl, als werde er gleich seine Worte an ein Kind richten.

Sein Eindruck von dem Herrn über das Leben war nur flüchtig. Ein bärtiges Gesicht unter einem weißen Turban, den eine enorme Reiherfeder, drei geflochtene, diamantenbesetzte Tiaren und ein Rubin von der Größe einer Haselnuß schmückten; ein Gewand aus weißem Satin, das vor Rubinen und Saphiren nur so funkelte.

Der Großwesir stand zu seiner rechten Schulter.

Gonzaga setzte dazu an, bei dem Dolmetscher seinen Protest anzumelden, aber der Mann hörte ihm nicht zu. Lütfi Pascha, der Wesir, wandte sich jetzt an ihn. Es war vielleicht ein Glück für das Statusbewußtsein des Gesandten, daß er die Bedeutung dessen, was gesprochen wurde, nicht verstehen konnte.

»Hat man den Hund gefüttert und angezogen?« verlangte der Wesir zu wissen.

»Der Ungläubige wurde gefüttert und gekleidet und hat jetzt das Verlangen, den Staub unter dem Thron Seiner Majestät zu küssen«, erwiderte der Dolmetscher.

»Dann bring ihn her.«

Gonzaga wurde von den Hofdienern zu dem Vollzug des Sala'am genötigt. Dann wurde er in die Mitte des Raumes geschleift, wo sie ein weiteres Mal sein Haupt auf den Boden drückten. Auf dem Weg zum Thron preßten sie ein drittes Mal seine Stirn in den dicken Teppich.

»Der Hund hat seinen Tribut mitgebracht?« fragte der Wesir den Dolmetscher.

»Vier Käselaibe, erhabener Herr.«

»Lagere sie in der Schatzkammer mit den übrigen Geschenken«, wies er ihn an.

Der Abgesandte der Erlauchten Signoria von Venedig wurde rückwärts zum Portal gezerrt. Wiederum zwang man ihn, die Huldigungshaltung einzunehmen, und dann wurde er aus dem Arzodasi hinaus und in den Vorhof befördert, wo die Höflinge ihn schließlich losließen.

Gonzaga zitterte am ganzen Leib vor Empörung. Er vermochte sich kaum zu artikulieren. »Was … was hat das zu bedeuten … mich so zu demütigen … Ich habe mich noch gar nicht an den Sultan gewandt!«

»Aber Ihr könnt Euch nicht direkt an den Herrn über das Leben wenden«, antwortete der Dolmetscher, der ganz ohne Zweifel konsterniert war. »Wir gehen jetzt zum Diwan. Ihr könnt Eure dringenden Gesuche dem Großwesir und dem Rat unterbreiten.«

Gonzaga starrte ihn an, als habe der Mann den Verstand verloren. Dann wandte er ihm den Rücken zu und stampfte davon.

77

Pera

»Es ist eine Beleidigung! Wir kommen in Frieden hierher, und die spucken auf uns! Wie können sie es wagen, uns so zu behandeln!«

Zwei Tage waren vergangen, seit dem Abgesandten der Erlauchten Signoria von Venedig die Ehre einer Audienz bei dem Sultan der Osmanen widerfahren war, und er war noch immer aufgebracht. Ludovici schenkte ihm Wein aus der Kristallkaraffe ein, um ihn zu besänftigen.

»Alle Gesandten werden genauso behandelt. Und zwar schon, seit Murat der Erste von einem serbischen Adeligen ermordet worden ist.«

»Ich habe nicht einmal Gelegenheit erhalten, mit ihm persönlich zu sprechen! Für wen hält er sich eigentlich? Ich bin ein Mitglied des Consiglio di Dieci!«

»Er ist der Herr über das Leben, der Kaiser der zwei Welten, der Königsmacher und Besitzer der Menschenhälse – das ist es, wofür er sich hält, Eure Exzellenz«, sagte Ludovici und bemühte sich, seine Schadenfreude über Gonzagas Erniedrigung zu verbergen. »Außerdem werden alle Entscheidungen zur Außenpolitik vom Großwesir gefällt. Süleyman ratifiziert sie dann oder auch nicht, wie er es für richtig hält. Er verhandelt nie direkt. Das wäre zu entwürdigend.«

»Entwürdigend!«

Sie waren im Empfangszimmer von Ludovicis Palazzo. Es ist schon sehr beeindruckend, dachte Ludovici. Beeindruckend genug, daß er mit Gonzaga auf mehr oder weniger ebenbürtiger Basis verhandeln konnte. Es war mit einem langen Tisch aus poliertem Kastanienholz und geschnitzten, mit karmesinrotem Damast bezogenen Polsterstühlen ausstaffiert. Vergoldete venezianische Spiegel hingen an drei Wänden und ermöglichten es Ludovici, das Unbehagen seines Gastes aus drei verschiedenen Blickwinkeln zu mustern.

Du kennst die wahre Bedeutung von Erniedrigung nicht, dachte Ludovici. Kannst du auch nur erahnen, was Abbas erlitten hat?

»Ihr könnt die Türken nicht verstehen, wenn Ihr sie von unserem Standpunkt aus beurteilt«, sagte Ludovici. »Ihr ganzes System fußt auf einer starren Hierarchie. Ihrer Ansicht nach ist dem Sultan niemand auf der ganzen Welt ebenbürtig. Nicht einmal der Kaiser von Rom … oder der Doge.«

Gonzaga schnaubte verächtlich und trank seinen Wein.

»Der Sultan ist der einzige, der seine Position dank seiner Geburt einnimmt«, fuhr Ludovici fort. »Alle anderen kommen dank ihrer Fähigkeiten zu Ehren. Sie müssen nicht einmal als Muslime geboren sein. Der letzte Großwesir, Ibrahim, war der Sohn eines griechischen Fischers. Sie haben ein System, das Devschirme heißt. Sie nehmen Männer und Frauen von nichtmuslimischen Familien und erziehen sie dazu, dem Kullar anzugehören – der Sklavenfamilie des Sultans. Unter den Männern können die wirklich Fähigen die Rangleiter erklimmen, um ein bedeutender Pascha zu werden. Die mit mehr Muskeln als Hirn werden zu den Janitscharen eingezogen. Die Soldaten dieser Elitetruppen, die wir so sehr fürchten und die halb Europa für die Türken erobert haben, wurden alle als Christen geboren! Was die Frauen betrifft, so mag die Mutter eines Sultans ihr Leben als Tochter eines tscherkessischen Kleinbauern antreten. Das System ist außerordentlich fair.«

»Ich verstehe, worum es Euch geht«, sagte Gonzaga barsch. »Aber Eure Bewunderung wird vielleicht von persönlicher Bitterkeit beeinflußt.«

Ludovici senkte zum Eingeständnis den Kopf. »Ihr müßt jedoch zugeben, Eure Exzellenz, daß der Türke zwar mit allen Mitteln, die ihm zu Gebote stehen, gegen die Ungläubigen – wie er uns nennt – kämpft, daß aber nirgendwo sonst auf der Welt ein Mensch seine Religion so unbehelligt ausüben kann wie im Osmanischen Reich selbst. Sogar als sie gegen Euch – gegen uns – Krieg geführt haben, durften wir in Pera unseren katholischen Glauben in Frieden ausüben. Dort unten in Galata könnt ihr Juden, Muslime, Christen finden, die alle Seite an Seite miteinander arbeiten, während die Leute in Rom noch immer die Lutheraner auf den Scheiterhaufen zu bringen trachten.«

»Ist das der Grund, weshalb Ihr mich hergebeten habt, Ludovici? Um die Tugenden des Sultans aufzuzählen? Vielleicht beabsichtigt Ihr ja, selbst zum Islam zu konvertieren?«

»Ich bleibe ein treuer Untertan von La Serenissima. Ich lebe bloß schon so lange hier, Eure Exzellenz. Ich glaube, daß ich ein wenig Verständnis für ihre Sitten habe.«

»Danke für den Vortrag«, sagte Gonzaga höhnisch. »Er war höchst lehrreich.«

»Das war nicht die Absicht, weshalb ich Euch zu mir eingeladen habe.«

»Ach ja?« Gonzaga trank seinen Wein aus und schenkte sich nach.

»Soweit ich weiß, verliefen Eure Verhandlungen mit Lütfi Pascha nicht gerade gut.«

Gonzagas Gesicht überzog sich erneut mit Zornesröte. »Der unverschämte Kleine erwartet, daß wir ihm Tribut zahlen und die Insel Zypern abtreten! Als nächstes wird er noch San Marco als seinen Sommerpalast benützen wollen!«

»Können wir ihre Forderungen ablehnen?«

Gonzaga starrte ihn mit giftig verzerrter Miene an. »Seit Preveza beherrscht der Türke das Mittelmeer, wie Euch wohlbekannt ist. Ohne ungestörte Handelswege wird unsere Republik im Adriatischen Meer versinken. Dank Eurer aufgeklärten Türken!«

»Es gibt vielleicht eine andere Möglichkeit, dies zu regeln, Exzellenz.«

»Ich höre.«

»Wie Ihr, glaube ich, wißt, sind meine Unternehmungen nicht immer streng legal ... jedenfalls nach osmanischem Recht.«

»Das haben wir schon vermutet.«

»Das hat dazu geführt, daß ich einige ungewöhnliche und wichtige Beziehungen zu Leuten, die mir verpflichtet sind, geknüpft habe. Diese

Beziehungen könnten jetzt für La Serenissima von gewissem Nutzen sein.«

»Und wie?«

»Es stimmt, ich bewundere die Türken wirklich, aber mein Land liebe ich noch mehr. Falls Ihr vielleicht Eure Unterhandlungen mit dem Sultan aufgebt, könnte ich möglicherweise ein Treffen mit dem türkischen Admiral Dragut für Euch arrangieren.«

»Dragut!«

»Er ist im Grunde nur ein Seeräuber, wie Ihr wißt. Er ist käuflich, und zwar für den höchsten Bieter. *Ecco* – wenn Venedig schon für die Nutzung der Wasserstraßen Tribut zahlen muß, dann würde Dragut, da bin ich mir sicher, keine so übermäßigen Forderungen wie der Großwesir stellen.«

Gonzaga trank sein Glas leer und betrachtete Ludovici nachdenklich. »Gut, mein Überläufer von Kaufmann, vielleicht habt Ihr recht. Vielleicht seid Ihr doch noch für die Republik von Nutzen.«

»Es freut mich, das zu hören«, erwiderte Ludovici.

Julia folgte dem Gespräch aus dem dunklen Hintergrund am oberen Treppenabsatz. Ihr Vater! Es kam ihr vor, als habe sie einen völlig fremden Menschen vor sich. Er wirkte grauer und kleiner, als sie ihn in Erinnerung hatte. Vielleicht war er einfach nur gealtert. Es war fast zwölf Jahre her, seit sie ihn zuletzt gesehen hatte. Sein Gesicht wirkte magerer, und die Falten am Mund hatten sich vertieft, so daß die Mundwinkel auf Dauer einen hämischen Ausdruck angenommen zu haben schienen.

Seine Stimme verursachte noch immer einen Stich in der Magengegend. Sie ließ Erinnerungen an kalte Marmorkorridore aufleben, an stumme, bedrückende Mahlzeiten in seiner Gegenwart, an schwarze, verstaubte Bibeln, an Mißbilligung und Zwang.

Sie fühlte sich so, wie einem Häftling zumute sein mochte, dem ein früherer Gefängniswärter über den Weg läuft.

Sie suchte ihre Seele nach einem letzten Rest von Zuneigung ab, fand jedoch nichts als den dunklen Schrecken ihres früheren Lebens. Mit einemmal überkam sie eine tiefe Woge der Dankbarkeit für Ludovici und alles, was er ihr geschenkt hatte.

Und sie mußte an Abbas denken.

Abbas!

78

Stambul

Von den Fenstern des Palastes von Abdül Sahine Pascha aus hatte man die großartige Kuppel der Hagia Sophia und das Firuz Aga Camii aus verschiedenen Blickwinkeln vor sich. An schönen Sommertagen konnte man auch die Delphine im Marmarameer spielen sehen.

Sirhane hatte jetzt ihr eigenes Hammam mit Marmorwänden, die rundherum mit einem Fries von Keramik aus Iznik versehen und mit einem Koranvers in blauer und weißer Sülü-Schrift verziert waren. Das Licht von der gewölbten Decke herunter verlor sich in den aufsteigenden Dampfwolken.

Julia saß nackt am Rand des Badebeckens, während Sirhane einen kleinen Steinbehälter mit Duftöl hielt und sich etwas davon auf die Hände schüttete. Sie begann das Parfüm in Julias Nacken und Schultern zu massieren.

»Du bist angespannt. Was macht dir zu schaffen?«

Julia hob den Kopf. »Kannst du dich noch an deinen Vater erinnern?«

»Natürlich erinnere ich mich an ihn.«

»Wie alt warst du, als man dich zur Devschirme geholt hat?«

»Fünfzehn.«

»Hast du geweint?«

»Eine Woche lang. Wieso?«

»Sag es mir einfach.«

»Wir waren Bauern. Mein Vater hatte Schafe und ein paar Ziegen. Wir haben auch Sonnenblumen angebaut und etwas Getreide. Er war ein guter Mensch, aber er war schon sehr alt, als ich wegging. Er ist jetzt wahrscheinlich tot. Meine Mutter auch. Ich hatte zehn Geschwister. Ich vermisse sie alle. Aber was nützt es schon, darüber ins Brüten zu geraten? Wenn ich noch bei ihnen wäre, wäre ich jetzt auf einem Feld und würde einen Pflug schieben oder Sonnenblumen abernten, anstatt in einem vornehmen Palast zu wohnen mit meiner eigenen Dienerschaft.«

»Aber hast du ihn geliebt?«

»Meinen Vater?« Julia drehte den Kopf zu ihr hin. Die Frage schien Sirhane zu verblüffen. »Aber natürlich.« Sie übte einen starken Druck mit ihren Fingern auf Julias Nackenmuskeln aus, als könne sie ihr die Anspannung mit körperlicher Gewalt austreiben. »Julia, bitte, was ist los?«

»Sirhane, Sirhane. Ich bange um mein Seelenheil.«

»Was?«

»Da steckt etwas Böses in mir. Ich fühle es.«

Sirhane lachte, begriff dann aber, daß es Julia ernst meinte. Sie legte ihr die Arme um die Schultern und drückte sie liebevoll an sich. »Was soll all der Blödsinn? Zuerst fragst du mich über meinen Vater aus, dann willst du mir weismachen, du wärst böse …«

»Es gibt soviel an mir, was ich nicht verstehe. Warum kann ich keinen Mann lieben? Woher kommt es, daß ich lieber mit dir als mit meinem Ehemann zusammen bin?«

Sirhane drehte Julia zu sich herum. »Es ist kein Unrecht.«

»Natürlich ist es das.«

»Wir schaden niemandem. Eine Frau kann keine andere Frau vergewaltigen.«

»Dann ist es also das, worum es geht? Die Liebe ist bloß eine Sache des Samens?«

»Julia …«

»Ich weiß, daß er mich liebt. Ich weiß, daß er möchte, daß ich ihn auch liebe. Ich betrüge ihn jedesmal, wenn ich dich treffe.«

»Wir spenden uns gegenseitig Trost. Es ist nicht dasselbe, wie wenn man mit einem Mann schläft.«

»Weil wir nicht wie ein Mann Besitz haben dürfen? Wir können uns also nicht gegenseitig in Besitz nehmen?«

»Julia, was soll das denn alles?«

Julia seufzte und legte den Kopf auf die Schulter der anderen Frau. Der Gaze-Umhang, den die andere trug, fühlte sich rauh an ihrer Wange an. Sie ließ es zu, daß Sirhane sie hin und her wiegte.

»Wenn du wüßtest, daß jemand etwas Schreckliches zustoßen wird, und du würdest nichts unternehmen, um es zu verhindern …, ist das ein Unrecht?«

Sie spürte, wie Sirhanes Körper sich versteifte. »Du mußt mir sagen, was vor sich geht, Julia.«

»Beantworte meine Frage.«

»… das kommt darauf an«, erwiderte Sirhane zögernd. »Hat dieser Mensch irgendein Vergehen begangen?«

»Ja … oh, ja.«

»Und wird seine Bestrafung vom Gesetz gebilligt?«

Julia antwortete nicht, und Sirhane übte keinen weiteren Druck aus, um eine Antwort zu erhalten. Statt dessen sagte sie: »Was wird denn geschehen, wenn du Stillschweigen wahrst?«

»Dann stirbt jemand.«

»Und wenn du es nicht tust?«

»Dann kommt ein Schuldiger ohne Strafe davon.«

Sirhane drückte sie fester an sich. »Liebst du diesen Menschen?« Wer ist das nur? fragte sich Sirhane. Ist es Ludovici? … Oder bin ich es?

»Ich sollte ihn lieben. Aber ich kann es nicht. Da ist etwas Schlechtes in mir.«

»Nein, Julia«, flüsterte Sirhane. »Da ist nichts, was nicht stimmt bei dir. Du bist gutherzig, und du bist sanft. Kein echtes Paradies würde dir den Eintritt verwehren.«

Nein, dachte Julia. Ich bin nicht gutherzig, ich bin nicht gut. Ich habe mich mit einer anderen Frau versündigt und mit einem Kastraten. Ich habe meinen eigenen Vater verleugnet. Mein Beichtvater hat mir beigebracht, daß die wahren christlichen Tugenden Keuschheit und Vergebung sind. Ich habe mich der Fleischeslust und Rachsucht hingegeben. Und ich versuche nicht einmal mehr, dagegen anzugehen.

Mein Vater.

Abbas!

Zum Teufel mit Antonio Gonzaga. Sie würde ihn in der Hölle wiedersehen.

Sie bettete ihren Kopf auf Sirhanes Schoß, legte die Arme nach hinten und bog den Leib durch, zur Hingabe bereit. »Liebe mich, Sirhane. Sag mir, daß es gut so ist. Ich brauche das, bitte sag mir, daß alles gut wird.«

Pera

Es war Gonzaga ganz natürlich erschienen, daß möglichst wenig Menschen etwas von seinem Treffen mit Dragut erfuhren, und so setzte er im vorhinein nur den Bailo über seine Absichten in Kenntnis, wobei er

Ludovicis Rolle bei den Vorbereitungen überging. Der Kaufmann hatte am meisten zu verlieren, falls die Verhandlungen erfolglos blieben, und Gonzaga war bereit, ihn zu schützen – solange er noch irgendwie von Nutzen war.

Am gleichen Nachmittag war ein Bote zum Wohnsitz des Bailo mit einem versiegelten Schreiben an Gonzaga gesandt worden. Es teilte ihm mit, daß Dragut sich auf der Galeote *Barbarossa* einfinden würde, die jetzt im Hafen bei Galata vertäut sei. Gonzaga solle ihn dort treffen, kurz nach Mitternacht, und er solle allein erscheinen.

Zu jener Nacht verließ er in einer hölzernen Kutsche das Haus des Bailos in Pera. Der Wagen klapperte aus dem Hof heraus und den Hügel hinunter in die tintenschwarzen Eingeweide von Galata.

Der Bailo wünschte ihm Glück und winkte ihm zum Abschied nach.

79

Galata

Ein rosarotes Glühen erhellte den Himmel über den Gießereien und warf einen rosigen Glutschimmer über die verlassenen Docks. Plötzlich klapperte eine Kutsche eine der Yokushs hinunter, eine gefährlich steile Gasse, die direkt am Uferbezirk selbst endete. Aus dem dunklen Hintergrund beobachtete Abbas, wie ein Mann ausstieg. Der Kutscher übergab ihm eine brennende Lampe, und der Mann – Abbas erkannte die Gewänder und die Bareta eines Togato – schritt in Richtung Pier davon.

Er kam nur wenige Meter von dem Eingang entfernt vorbei, in dem Abbas stand, und er sah seine Gesichtszüge im Licht der Laterne recht deutlich. Ein gelebtes Jahrzehnt schwand dahin, und er fand sich im Laderaum der stinkenden Galeote wieder, der übelkeiterregende Gestank seines eigenen Blutes stieg ihm in die Nase, und er konnte die Bilder, die er so lange verbannt hatte, nicht daran hindern, ihn wieder zu überwältigen.

Es waren drei an der Zahl gewesen, ein Messerstecher und zwei Gehilfen. Abbas konnte sich genau an sie erinnern, an ihre Mienen, ihre Stimmen, an jedes kleinste Detail, selbst jetzt noch, nach zwölf Jahren. Er sah das große erhabene Muttermal an der Schläfe des Mannes mit dem Messer vor sich, am Haaransatz; es hatte im Lampenlicht wie eine große Rosine ausgesehen. Er sah auch noch den Mann vor sich, der ihn an den Schultern festhielt, mit den vielen Mitessern in den Falten seiner Nasenflügel. Der andere, der ihn an den Beinen festhielt, litt an Haarausfall, und seine Schädelwölbung glänzte wie ein Spiegel in der Lichtflamme. In seinem Fieber und in seiner Panik bildete er sich damals ein, der Widerschein würde ihn blind machen.

Der eine mit dem Messer hatte eine ungewöhnlich hohe Stimme, wie ein Sängerknabe. Er hatte die ganze Zeit über gelacht. Als sei alles bloß ein Scherz.

Sie hatten ihm um den Unterbauch und seine Lenden einen weißen Verband gewickelt, um das Bluten zu unterbinden. Es hatte sehr lange gedauert, denn er hatte um sich gestoßen und dagegen angekämpft. Der Messerstecher hatte ihn mit Flüchen verwünscht, ihn jedoch nicht geschlagen, und später dann erkannte Abbas, daß der Mann bezweckt hatte, ihn bis zur Erschöpfung zu treiben. Anschließend wuschen sie dann seinen Penis und seine Hoden in heißem Pfefferwasser. Er hatte gellend bei dem heißen, beißenden Schmerz aufgeschrien, und der Messermann lachte wiederum und erklärte, er werde sie, sobald sie ab seien, in kaltes Wasser stecken und für ihn abkühlen.

Abbas hatte nach Leibeskräften gekämpft, sich strampelnd gewunden und sich wie wild gegen sie gewehrt. Er hatte gebettelt und geheult. Selbst jetzt noch setzte ihm die Erinnerung zu, wie er sich dazu hergeben konnte, wie ein Säugling zu jammern und sie anzuflehen, ihm ihren Preis zu nennen.

Der Mann mit dem Messer hatte sich nur noch mehr vor Lachen ausgeschüttet und das sichelförmige Messer aus dem Gürtel gezogen.

Es war unmöglich, sich den Schmerz wieder zu vergegenwärtigen, die tatsächliche körperliche Wirkung, doch wenn er es darauf anlegte, vermochte er sich die Gefühle der Verzweiflung und Angst und Hilflosigkeit ganz genau ins Gedächtnis zurückzurufen. Die Erinnerung daran verursachte ihm eine so entsetzliche Qual, daß er so manches Mal, wenn er des Nachts wach im Bett lag, laut aufstöhnte und um sich schlug.

Er wußte noch, daß er damals so laut geschrien hatte, daß er noch wochenlang danach nicht sprechen konnte. Als sie die Wunde mit brodelndem Pech verätzten, übergab er sich und verlor das Bewußtsein.

Als er wieder zu sich kam, waren sie noch damit beschäftigt, die Wunde mittels in kaltem Wasser getränkten Papiers zu verbinden. Sie plazierten einen Zapfen in eine Öffnung in den Verbandlagen, um den Abfluß von Urin und Blut zu drosseln.

Er hatte noch im Gedächtnis, daß es ihm schon rein körperlich unmöglich war, mit dem Schreien aufzuhören, die Schreie aber schienen von weither und nicht von ihm selbst zu stammen. Irgendeine andere Stimme in ihm war völlig ruhig und bedeutete ihm, bald werde er verbluten, und dann sei alles ausgestanden.

Die Gehilfen des Messerspezialisten zerrten ihn auf die Füße und liefen mit ihm im Schiffsraum herum. Eine Umrundung des Raums zeigte den bläulichen baumelnden Kopf von Signora Cavalcanti, den durchdringenden Blick von Bartolomeo, eine plätschernde Pfütze von blutverfärbtem Bilgenwasser, eine Rolle geteerten Tauwerks, einiges Sackleinen und eine zerbrochene Ladewinde. Dann fing es wieder von vorne an.

Signora Cavalcantis bläulicher baumelnder Kopf … Bartolomeos durchdringender Blick … die rosaverfärbte Pfütze auf dem Schiffsboden …

Sie drehten ihre Runden wieder und wieder; was wie Tage schien, dauerte in Wirklichkeit vermutlich bloß ein paar Stunden. Was ihn wahrhaft verschreckte, war die Art und Weise, wie die beiden Männer ununterbrochen auf ihn einredeten, ihm Mut machten, von anderen Operationen erzählten, die sie miterlebt hatten, und daß schon alles wieder gut werden würde, er brauche nicht zu verzweifeln. Es war, als wären sie seine Freunde, seine Ärzte. Sie schienen sich von der Realität dessen, was sie soeben getan hatten, völlig distanziert zu haben.

Noch schlimmer aber war, daß er merkte, wie sein Haß auf sie dahinschwand. Er schluchzte und dankte ihnen, als sie ihm endlich erlaubten, auf den Boden zu sinken, halb verrückt vor Schmerzen und nur teilweise bei Bewußtsein.

Er hatte keine Ahnung, wie lange er dort lag. Irgendwer zündete ein Feuer in seinem Körper an, und er glühte vor Fieber. Aber sie erlaubten ihm einfach nicht zu trinken, und seine Zunge schwoll in seinem Mund so schlimm an, daß er fast daran erstickte und seine Lippen

Sprünge bekamen und er nicht in der Lage war zu sprechen. Die Zeit war bedeutungslos geworden. Ohne Einfluß darauf zu nehmen, rutschte er von vager Wachheit in ein schwarzes Nichts, als läge er dösend kurz vor dem Aufstehen in seinem Bett, und Wirklichkeit und Traum verschmolzen zu einer Montage alptraumhafter Bilder. Und jedesmal, wenn er aufwachte, betete er nur darum, die Finsternis möge ihn wieder umfangen.

Eines Tages kehrten die beiden Männer in den Schiffsraum zurück und beugten sich herab, die Wunde zu inspizieren. Sie nahmen den Verband ab und nickten einander befriedigt zu. Als sie den Zapfen entfernten, schoß ein Urinstrahl wie eine Fontäne quer durch den Raum.

»Gut gemacht.« Einer der Männer grinste ihn an und gab ihm einen Klaps auf die Schulter. »Du kommst schon wieder in Ordnung.«

In Ordnung? dachte er später. In Ordnung? Was hieß schon »in Ordnung«? Einige Wochen danach verkauften sie ihn auf dem Markt in Algier. Von da aus brachte man ihn dann in den Serail, um dort in Glanz und Gloria zu leiden und bis zum Ende seiner Tage als Monster zu leben, ständig gepeinigt von seiner Behinderung. Das Bewußtsein, daß er von lauter Monstern umgeben war, verschaffte ihm keinen Trost.

Die meisten der übrigen Eunuchen hatten wenigstens nie die geschlechtliche Reife kennengelernt. In gewisser Weise beneidete er sie. Ja, eigentlich gab es kaum einen Tag, an dem er nicht alle Welt beneidete.

Die Erinnerung an jene Zeiten lief in nur wenigen Sekunden vor seinem inneren Auge ab, und dann war Gonzaga verschwunden, und als einziges sichtbares Zeichen blieb nur der Schein seiner Leuchte auf dem verlassenen Kai übrig, während er sich auf die *Barbarossa* zubewegte. Der Umriß der Galeote zeichnete sich vor dem Hintergrund der flammenden Glut aus der Waffenschmiede in Top Hane ab. Weitere Schattengestalten bewegten sich in weiteren Eingängen. Ihre Schritte wurden von dem metallischen Klang der Hämmer und dem Getöse der Gießereien verschluckt.

Abbas trat aus dem Türrahmen heraus und folgte dem hin und her hüpfenden Licht.

Zu lange schon hatte er auf diesen Augenblick gewartet.

Julia kniete in ihrer Privatkapelle und starrte auf das hölzerne Kruzifix, das über dem Altar hing. Sie war zum Gebet hierher gekommen, sie wollte um Vergebung, um Absolution bitten und um die Kraft, gegen ihre Schwachheit anzukämpfen. Statt dessen aber empfand sie nur Zorn.

Was für eine Art von Gott konnte solch ein Elend zulassen? Was für ein Gott würde es zulassen, daß Abbas auf diese Weise litt und Gonzaga es sich so gut gehen ließ?

Der Gott ihres Vaters. Der rachsüchtige, düstere, männliche Gott ihres Vaters.

Sie erhob sich wieder. Sie würde ihren Trost anderswo finden.

80

Galata

Gonzaga spürte die Bewegung hinter sich, noch ehe er die Schritte hörte. Da er keine Gefahr befürchtete, fühlte er sich nicht beunruhigt. Er drehte sich um und spähte in die Schatten.

»*Chi c'è?*«

Keine Antwort.

Aber da war irgend jemand, da war er sicher. Wenn es einer von Draguts Männern war, hätte er sich doch sicher gezeigt? Er wandte sich um und eilte zur Gangway der *Barbarossa*.

Die Galeote lag verlassen da. Die Lichter, die auf dem Vorder- und Hauptmast brannten, warfen lange Schatten über das leere Deck. Keine Nachtwache war zu sehen, kein Geräusch kam von unten herauf.

Gonzaga verspürte ein erstes Prickeln von Furcht.

Wieder vernahm er ein Geräusch von der verdunkelten Werft und drehte sich schnell herum.

»Wer ist da?«

Er zog sein Schwert und verwünschte sich jetzt dafür, daß er sich hatte überreden lassen, allein zu kommen. Ja, da war ganz sicher jemand.

Er fing an, zu laufen.

Plötzlich schälten sich vier Gestalten aus den Schatten und stellten sich ihm in den Weg. Er drehte sich um und lief in die andere Richtung.

Vier weitere Silhouetten traten aus den Schatten der Lagerhäuser hervor. *Corpo di Dio*! Wer waren sie? Was wollten sie?

Er versuchte, seine Fassung zu bewahren. Sie mußten Draguts Männer sein. Schließlich wurde er erwartet. Er hatte nichts zu befürchten.

»Wer von euch ist Dragut?« Seine Stimme hörte sich schrill an, auch für ihn selbst.

»Dragut ist nicht hier«, antwortete eine Falsettstimme in fehlerlosem venezianischem Dialekt. Beim Löwen von San Marco, was war hier los?

»Wo ist er dann? Ich verlange, ihn zu sehen!«

»Er betrinkt sich gerade in Üsküdar, wenn ich mich nicht täusche«, sagte die Stimme wieder. »Jetzt laßt Euer Schwert fallen, oder wir werden gezwungen sein, es Euch wegzunehmen.«

Gonzaga hörte das Kratzen von Stahl, mit dem Schwerter aus der Scheide gezogen wurden. Er stieß einen Angstlaut aus und ließ seine eigene Klinge scheppernd auf das Pflaster zu seinen Füßen fallen. Er warf die Öllampe hin und rannte.

Auf der Stelle tauchten zwei Schatten vor ihm aus dem Nichts auf und griffen ihn bei den Armen. Er strampelte und kreischte voller Panik. Einer der Männer lachte.

»Fesselt ihn«, sagte die Falsettstimme.

Sie waren mindestens ein halbes Dutzend. Rohe Hände warfen ihn in den stinkenden Schlamm, fesselten ihm die Arme auf den Rücken und banden sie mit dickem Manila zusammen. Er fing an, um Hilfe zu schreien, aber ein widerlicher Lumpen wurde ihm in den Mund gestopft und schnitt seine Proteste ab. Einer der Männer holte mit dem Stiefel aus, trat zu und warf ihn auf den Rücken.

Jemand hob die Öllampe auf, die er fallengelassen hatte, und stellte sich über ihn. Gonzaga fand sich einem der häßlichsten Männer gegenüber, die er je gesehen hatte, einem fetten Mohr mit einem Auge, dessen eine Gesichtshälfte durch eine alte Verletzung verstümmelt war. Im Halbdämmer der Lampe sah er aus wie ein Teufel aus der Hölle.

»Antonio Gonzaga«, sagte der Mann. Dies war also das Falsett! »Erinnert Ihr Euch nicht an mich?«

An ihn erinnern? Gonzagas Gedanken überschlugen sich. Was meint er?

Er blinzelte hoch zu dieser Erscheinung im Schummerlicht und versuchte, seinen Peiniger besser zu sehen. Ja, er war tatsächlich ein Mohr, aber kein Werftgeländeabschaum wie die anderen. Er trug eine zobelgefütterte Pelisse, die mit Perlen und Silber bestickt war, und gelbe Lederstiefel. In seinem rechten Ohr steckte eine große runde Perle.

Wer war er? Was wollte er?

Der Mann kauerte sich neben ihn und hielt die Lampe näher an das entsetzlich entstellte Gesicht. Er entfernte den schmutzigen Lappen aus Gonzagas Mund.

»Ihr erinnert Euch wirklich nicht, oder?«

»Natürlich erinnere ich mich nicht an Euch! Ich habe Euch niemals getroffen!«

»Nein, wir haben uns nie getroffen. Ihr habt recht. Aber Ihr habt mich gekannt. Und ich kannte Eure Tochter.«

»Meine Tochter ist tot! Sie wurde von Piraten ermordet!«

»Vielleicht.«

»Wer seid Ihr? *Corpo di Dio*, sagt mir, was Ihr wollt!«

»Was ich will? Ich will, daß Ihr Euch erinnert. Ich will, daß Ihr Euch an Eure Tochter erinnert, das allerschönste Geschöpf, das ich je gesehen habe und je sehen werde. Ich will, daß Ihr Euch zwölf Jahre zurückerinnert, an den Sohn des Obersten Befehlshabers der Truppen …«

Gonzagas Augen weiteten sich im plötzlichen Wiedererkennen – des Namens, wenn schon nicht des Gesichts –, und er stöhnte mit offenem Mund.

»Ah ja, ich sehe, daß Ihr Euch jetzt erinnert. Was mich betrifft, so habe ich niemals vergessen. Wie hätte ich auch? Nach dem, was Ihr Euren Schergen befohlen habt, mir anzutun!« Er stand auf. »Bringt ihn an Bord.«

Gonzaga schrie, aber einer der Männer stopfte ihm den Lumpen schnell wieder in den Mund. Sie hoben ihn mühelos hoch – an den Handgelenken und Füßen, wie ein abgestochenes Schwein –, trugen ihn an Bord der *Barbarossa* in einen der Laderäume.

Perfekte Gerechtigkeit, dachte Abbas.

So hat es mit mir angefangen.

81

Abbas hängte die Lampe an einen Haken an einem der Balken und lehnte sich gegen das Bollwerk, während die Männer ihre winselnde Fracht ihm zu Füßen in einer schwappenden Pfütze aus Teer und Seewasser ablegten. Es schien, als versuche er, sie um Gnade anzuflehen, aber der Knebel unterdrückte jeden Ton, den er machte. Seine Augen waren riesig groß, sie fielen ihm vor Entsetzen fast aus den Höhlen.

Abbas wartete, bis sie allein waren. Dann sagte er: »Ich werde den Knebel entfernen. Aber wenn Ihr schreit, werde ich ihn wieder zurückstecken. Ist das klar?«

Gonzaga nickte verzweifelt mit dem Kopf.

»Da.«

Er riß den Lumpen aus Gonzagas Mund, und die Worte schäumten in einer Flut heraus, als hätte er einen Stöpsel aus einem Weinfaß gezogen. »Ich weiß nicht, was man mit Euch gemacht hat, ich schwöre, ich habe ihnen nur Befehl gegeben, Euch zu verprügeln, Euch abzuschrecken, das war alles. Wenn ich Euch unrecht getan habe, schwöre ich, daß ich es wiedergutmachen kann. Ich bin ein reicher Mann, ich kann Euch viel anbieten, ich bin ein Consig –«

Abbas stopfte den Knebel in den Mund zurück. Die schnüffelnden Laute, die er machte, um für sich zu bitten, gingen weiter. Wie ein Hund, der sein Frühstück erbrach, dachte Abbas.

Aber ich verstehe. So habe ich einmal gebettelt.

»Ich hätte es wissen sollen«, sagte Abbas. »Ich hätte wissen sollen, daß alles, was ich von Euch hören würde, Lügen und hohle Phrasen sind. Was könnt Ihr mir bieten, Consigliatore? Geld? Ich habe mehr, als ich je brauchen werde. Der Sultan und seine Dame zahlen mir alle Unkosten. Ich habe schöne Kleider und mehr Diamanten, als ich sie sogar in Eure tiefen Taschen stecken könnte. Nein, wonach ich mich mehr als nach allem anderen sehne, wird jedem Mann bei der Geburt vergönnt. Und Ihr habt es mir weggenommen. Ihr könnt es nicht zurückgeben.«

Abbas zog einen kurzen Killiç aus der Schärpe um seine Mitte. Er hielt ihn nahe an Gonzagas Gesicht und drehte ihn in seiner Faust, damit die Klinge das Licht der Lampe spiegelte. »Schaut Euch dies hier an, Eure Exzellenz. Ein einfaches Gerät. Man kann Brot damit schneiden oder das Leben eines Mannes damit zerstören. Es kommt darauf an, was man vorhat. Was habe ich vor, Eure Exzellenz? Könnt Ihr raten?«

Mit überraschender Schnelligkeit zog er Gonzagas Robe nach oben und legte seine Oberschenkel und den Unterbauch bloß. Er ergriff Gonzagas Hoden, hielt sie in der Faust und drückte sie kräftig.

Gonzaga wurde steif, und irgendwie entfuhr ihm durch den Knebel ein schriller Schrei. Sein Gesicht war blutunterlaufen, die Äderchen auf seinen Wangen und an seiner Nase hoben sich graublau vom Leichenblaß seiner Haut ab.

»Könnt Ihr Euch vorstellen, wie es ist, Eure Exzellenz? Könnt Ihr Euch einen Augenblick lang vorstellen, wie es sein würde?«

Gonzaga schluchzte, seine Augenlider preßten sich zusammen, und er schüttelte wild seinen Kopf, als versuche er, ihn aus einer Schlinge zu befreien. Abbas betrachtete ihn voller Erinnerung. Plötzlich stand er auf und ließ sich gegen das Bollwerk fallen. Er steckte das Messer wieder in den Gürtel um seine Mitte.

»Nein, Consigliatore, ich würde etwas so Entsetzliches nicht einmal meinem schlimmsten Feind wünschen. Nicht einmal Euch, Consigliatore. Nicht einmal Euch. Ich könnte meine Seele niemals mit einer solchen Sünde besudeln.«

Alle Kraft schien von Gonzagas Körper abzufallen. Er rollte auf die Seite und zog seine Knie an die Brust. Er begann zu weinen.

»Ich werde Euch Gnade erweisen, Eure Exzellenz. Ich werde Euch sogar Euer Leben lassen, wieviel es auch wert ist. Jede Sekunde, die noch übrig ist, sei Euch zum Auskosten gegeben. Am Morgen wird Dragut sein Schiff nach Algier segeln. Ich habe ihn angewiesen, Euch auf dem Marktplatz als Galeerensklave zu verkaufen. Ihr habt viele Jahre vor Euch, Consigliatore. Viele glückliche Jahre, an eine Bank gekettet, überflutet von Eurem eigenen Kot, achtzehn Stunden am Tag hartes Abmühen an den Ruderriemen. Manche Männer überleben fünf, sogar zehn Jahre dieser Folter, ehe ihnen die Kraft ausgeht.«

Abbas öffnete die Tür zum Laderaum. »Wenn Ihr nur mir soviel Rücksicht erwiesen hättet – ich hätte es für die größte Freundlichkeit gehalten im Vergleich zu der Zukunft, die Ihr für mich gewählt habt! Geht mit Gott, Eure Exzellenz!«

Er schaute zum letztenmal auf den Abgesandten der Erlauchten Signoria von Venedig, dann nahm er die Lampe vom Haken und überließ Antonio Gonzaga der Dunkelheit und seinen Träumen.

Pera

Der Mond war hinter den sieben Hügeln untergegangen, als Ludovici zurückkehrte. Julia war noch wach. Sie saß am Fenster und schaute über das Horn auf die Stadt.

Er stand hinter ihr und legte ihr eine Hand auf die Schulter.

»Es ist getan«, flüsterte er.

Er spürte den antwortenden Druck ihrer Finger auf seiner Hand, aber sie sagte nichts darauf. Nach einer Weile ließ er sie dort und ging zu Bett, wohl wissend, daß er nicht schlafen würde.

Der Eski Sarayi

Abbas suchte sich seinen eigenen Schlüssel heraus aus den Hunderten an dem großen Schlüsselring, der in seiner Schärpe steckte. Der letzte Kapi Aga war der allerletzte der weißen Eunuchen, dem man die Verantwortung für die Schlüssel gegeben hatte. Wenigstens, so nahm er an, konnte der Sultan sicher sein, einen Verschnittenen mit der Verantwortung vollkommen betrauen zu können.

Er ließ sich auf seine winzige Liege sacken. Die Katze sprang ihm auf den Schoß, schnurrte, und er streichelte sie abwesend, wobei seine Aufmerksamkeit sich auf ein irgendein Schattentheater tief in seinem Kopf konzentrierte. Er nahm den Turban ab und legte den Kopf zwischen die Hände.

Rache schmeckt gar nicht süß, dachte er. Sie ersetzte nur das eine Gefühl mit einem anderen: Haß mit Bitterkeit, Wut mit Sehnsucht. Er hatte keinen Traum nach Rache mehr, an dem er festhalten konnte, nur den Schmerz der Erinnerung. Die Rechnung war beglichen; er mußte den Rest seiner Tage damit leben, mit dem Preis zu Rande zu kommen, den zu zahlen man ihn gezwungen hatte.

Nichts konnte verändern, was man getan hatte.

Nichts.

Das Licht des zunehmenden Mondes schimmerte auf den Kuppeln und Minaretten des Harems wie Rauhreif und verlieh den Platanen und Zypressenbäumen, die in den Innenhöfen Wache standen, eine Aura des Gespenstischen.

Die Eunuchen, welche die mit Eisendornen bewehrten Türen bewachten, wirkten wie aus Mahagoni geschnitzte Statuen. Weit über ihnen schauten zwei Augenpaare aus den Fenstern hoch über den verworrenen und grimmigen Straßen der Stadt.

Eines starrte über die undurchdringlichen schwarzen Horizonte hin zu dem wogenden Gras der georgischen Steppen; das andere Augenpaar schwebte in Gedanken hinüber zu den sonnenglitzernden Kanälen von La Serenissima. Beide beschworen Brüder oder Geliebte, Gondeln oder Wildpferde und Qualen des Verlustes, die immer noch auf der Seele wie Brandeisen sengten und den Schlaf fernhielten. Abbas und Hürrem, durch Schönheit und Verstümmelung zu Sklaven geworden, gingen rastlos in der Nacht auf und ab, ihre Seelen angefressen von Bitterkeit und Aussichtslosigkeit, jeder ein winziger Außenposten der Hölle in eines Mannes Paradies auf Erden.

TEIL ACHT
DAS GEFÄHRLICHE FENSTER

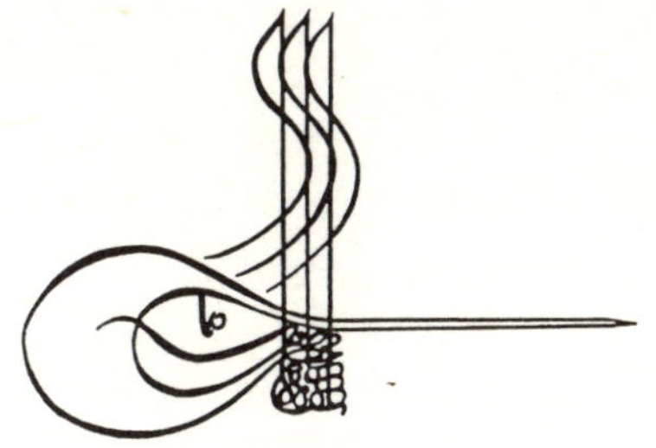

82

Länger als ein Jahrzehnt hatte das Schwert des Henkers über seinen Kindern gehangen. Sogar der König der Könige hatte keine Möglichkeit, irgend etwas zu tun, um seine Kinder nach seinem Tode zu schützen, weil der eigene Großvater, der Fatih, der Eroberer von Stambul, folgenden blutigen Kanun verfaßt hatte:

Die Ulema haben es für rechtmäßig erklärt, daß, wer immer von meinen erlauchten Kindern und Enkeln auf den Thron gelangt, um der Sicherung des Friedens in der Welt willen anordnen soll, seine Brüder hinzurichten. Man lasse sie fürderhin danach handeln.

Als Süleymans Herrschaft immer länger währte und er die ersten nagenden Anzeichen von Zweifel und Alter verspürte, bedrängte ihn zunehmend die Sorge, was infolge der eigenen Sterblichkeit geschehen würde. Darin liegt eine Schwachstelle für uns, dachte er bei sich. Wir werden niemals ein großes Volk werden, wenn wir nicht aufhören mit einem derartigen Blutvergießen zwischen Brüdern und Söhnen.

Das alles hatte Jahre zuvor seinen Anfang genommen. Eines Nachts hatte sie das Problem vor ihm ausgebreitet und dem Unbehagen zum erstenmal Ausdruck verliehen. »Ich habe Angst«, hatte sie Süleyman zugeflüstert, während sie in seinen Armen lag.

»Angst? Wovor, kleine Roxelana?«

»Nicht um mich. Es geht um meine Söhne.«

»Du brauchst dich vor nichts zu fürchten.«

Sie legte ihren Kopf auf seine nackte, glatte Brust. »Mein Gebieter, wenn Ihr sterbt – möge dieser Tag niemals heraufdämmern! –, wird mein Leben nicht mehr lebenswert sein, deshalb fürchte ich nichts. Aber wenn Mustafa den Thron besteigt, darf er sich nach dem Kanun des Fatih all seiner Brüder entledigen, um sich den Thron zu sichern ...«

»Wir haben solche Barbarei hinter uns gelassen. Das wird niemals wieder geschehen.«

»Ah, mein Gebieter, ich fürchte mich nicht vor Mustafa. Er hat ein gutes Herz und hat allen meinen Söhnen gegenüber sein Wohlwollen bewiesen, sogar dem armen Cihangir gegenüber.«

»Worum geht es dann?«

»Mein Gebieter, ich fürchte jene, die ihn vielleicht dann umgeben werden, wenn er auf dem Thron noch unerfahren ist – bevor er seine eigene Autorität entdeckt. Wir wissen, daß Mustafa Sultan sein wird, aber wer wird Wesir unter ihm sein? Würde irgendein vertrockneter Eunuch wie Ahmed Pascha Mitleid für den armen Cihangir aufbringen? Könnte denn selbst der Astrologe aus dem Haus der Zeit vorhersagen, welche Pläne der Aga der Janitscharen vielleicht gegen Selim ausheckt, weil der nicht reiten kann? Welche Fallen könnte ein eifersüchtiger Pascha für Bayezit auslegen, weil dieser so viele Fähigkeiten aufweisen kann? Jetzt schon hängen die Janitscharen und der Diwan an jedem Wort und an jeder Tat Mustafas, begierig wie Hunde, die jedes herunterfallende Krümelchen abbekommen wollen. Es macht mir Angst.«

Süleyman nahm sie fester in den Arm. Arme Hürrem. Sie hatte recht. Wenn er einmal nicht mehr da wäre, würde er weder für sie noch für ihre Söhne irgend etwas tun können. Selim und Bayezit würden sich natürlich um sich selbst kümmern müssen, so, wie er das getan hatte. Was aber würde mit solch einem armen Krüppel wie Cihangir geschehen? Mustafa hatte Süleyman sein Wort gegeben – und dennoch …

Bei aller Macht, die er jetzt besaß: über das Grab hinaus war er hilflos.

Er mußte sich auf Mustafas Edelmut verlassen. Der Junge war kein Schlächter, wie Selim der Strenge einer gewesen war. Süleyman hatte ihn von Kindheit an aufwachsen sehen. Er war ebenso loyal wie tapfer, und er war gerecht. Er hatte keinerlei Anlage zu Berechnung oder Boshaftigkeit. Er war die gute Hand, die gerechte Hand, in die das Banner Mohammeds gelegt werden mußte.

»Er ist ein gerechter Mann, kleine Roxelana.«

»Seine Mutter lebt immer noch. Und sie haßt mich.«

Ja natürlich, Gülbehar! Sie hatte zehn Jahre lang Zeit gehabt, in Manisa über ihre Nichtbeachtung zu grübeln. Wenn er stürbe, würde sie Sultan Valide sein. Würde sie Mustafa drängen, das Dekret Fatihs anzuwenden?

»Was denkst du, sollte ich tun?«

»Niemals sterben.«

Er lächelte in der Dunkelheit über die Schmeichelei in ihrer Antwort. Ah, kleine Roxelana! »Wir sterben alle einmal. Diesen Weg hat Gott uns vorgegeben.«

»Dann werde ich darum beten, daß ich eine Stimme im Diwan haben werde, um mich zu schützen. Rüstem vielleicht …«

Die Weisheit, die aus diesen Worten sprach, brachte Süleyman abermals zum Lächeln. Rüstem Pascha, sein Schwiegersohn! Ja, dieser würde seine Frau und deren Brüder gewiß beschützen. Er war noch jung, und er hatte seine Loyalität im Dienst von Ibrahim unter Beweis gestellt.

»Mustafa wird dir nichts antun, kleine Roxelana. Die Osmanen werden einander nicht mehr abschlachten. Du hast mein Wort darauf.«

Aber als Süleymans Großwesir Ahmed an der Pest starb, überging Süleyman die vorgeschriebene Nachfolge und ernannte seinen eigenen Schwiegersohn zum neuen Wesir.

Der Mann, der niemals lächelte, wurde zum zweitmächtigsten Mann im Osmanenreich.

Abbas wurde zum Empfang beim Wesir geleitet, vollführte die Temmenah und ließ seinen massigen Körper mit Hilfe seiner Pagen auf den Teppich hinab. Rüstem vergegenwärtigte sich, daß dieser groteske Eunuch nicht sein Herr war; er sprach nur mit den Worten desjenigen. Die lilafarbene Seide seines Gewandes entspricht der des herrscherlichen Zeltes, dachte er. Wenn er sich bewegt, ist es, als ob ein ganzes Janitscharengeschwader es unter einer Decke miteinander triebe.

Er gestattete sich nicht, die Erheiterung darüber auf dem Gesicht widerzuspiegeln. Abbas war nicht wichtig. Abbas war nur ein Werkzeug, der Kanal, der ihn zu Stimme, Ohren und Herz des Sultansseramlik führte.

»Darf ich Euch zu Eurem großen Glück gratulieren«, begrüßte Abbas ihn. »In der Tat, Gott lächelt Euch zu. Wesir des mächtigsten aller Osmanensultane zu sein ist wahrlich ein Segen, der sich kaum fassen läßt.«

Der Unendliche hatte hierbei seine Hand nicht im Spiel, dachte

Rüstem. Es ist vielmehr so, daß ich bei weitem gerissener bin als die anderen Dummköpfe im Diwan. Laut aber sagte er: »Dank und Lobpreis gebühren allein Ihm.«

»Wahrlich. Meine Herrin hat mich jedoch beauftragt, Euch daran zu erinnern, daß, obwohl Gott mächtig ist, es doch Zeiten gibt, in denen Seinen Wohltaten – wie auch Seiner Rache – mit Hilfe von eher irdischen Vertretern auf die Sprünge geholfen werden sollte.«

Was für eine zierliche Zunge du doch hast, dachte Rüstem. »Sagt Eurer Herrin, daß ich das nicht vergessen werde.«

»In der Tat«, sagte Abbas, »ist es dies, warum ich hier bin. Um die mannigfaltigen Möglichkeiten zu besprechen, wie Ihr die Anerkennung dieser Tatsache beweisen könnt.«

Rüstem klatschte in die Hände, und seine schwarzen Pagen eilten, um Sorbets und Halva herbeizuholen, während sich beide zur Besprechung niederließen.

»Ihr habt das Flüstern in den Basaren vernommen, Pascha?« fragte Abbas.

»Die Basarhändler tun weit mehr als nur flüstern, Abbas, wie Ihr wohl wißt. Sie schreien einander in ihren Bedesten zu, wie sehr unser Sultan seinen Kriegshunger verloren hat.«

»Solches Gerede ist gefährlich!«

»In der Tat. Aber was kann man da tun, Abbas? Er sucht jetzt seinen Ruhm ausschließlich in der gewaltigen Aufgabe, die Stadt neu aufzubauen. Er verbringt mehr Zeit mit seinem Architekten Sinan als mit seinen Generälen.«

»Er vernachlässigt seine Pflicht vor Gott. Als Beschützer des Glaubens hat er die Aufgabe, das Banner Mohammeds in die Kriegsgebiete zu tragen.«

Ich bin gespannt, wo diese Unterhaltung hinführen wird, dachte Rüstem. Du und deine Herrin, ihr interessiert euch für das Banner Mohammeds geradeso wie für den Preis der Melonen am Obstmarkt. Was euch natürlich Sorge bereitet, ist Mustafa. Wir müssen alle auf der Hut sein, mit solch einem Schahsaden wie ihm, der schon startbereit auf gesatteltem Pferd wartet.

»Ihr habt auch von diesen anderen Gerüchten aus den Kasernen gehört?« fragte er.

»Jedermann in Stambul hat sie gehört. Es sind so viele Flüstertöne, daß sie zusammengenommen denselben Effekt haben wie das entfernte Getöse einer Heerschar in der Nacht.«

»Keiner von uns ist sich der Gefahr nicht bewußt.« Aber man darf nicht voreilig handeln, dachte Rüstem. Die Risiken müssen vorsichtig gegeneinander abgewägt werden, ehe man irgendeine Entscheidung fällt. Ich hoffe, daß deine Herrin das klar erkennt.

Wie immer hatte der Ärger in Persien begonnen. Schah Tahmasp fiel schon wieder plündernd in ihre östlichen Grenzgebiete ein, folterte und tötete die Muftis und stellte seine safawidischen Ketzereien offen zur Schau, und er wurde immer unverschämter, derweil Süleyman Gedichte schrieb, Gesetze verfaßte und Moscheen für seine Sommer-Yalis in Adrianopel und Kanlica plante. Unterdessen warteten seine Janitscharen tatendurstig hinter den Palastmauern und wurden zunehmend ungeduldig über den ehemaligen Eroberer von Rhodos. Sie sprachen immer unverhohlener über den von ihnen verehrten Mustafa, den charismatischen gesetzmäßigen Erben, dessen Flügel schon ausgebreitet waren, und dem schon die ersten grauen Haarbüschel im Bart sprossen. Er würde nicht zögern, sie gegen den häretischen Perser zu führen, sagten sie. Er würde ihnen zu frischen Siegen verhelfen, in denen sie sich dann sonnen könnten. Er würde ihnen Blut und Beute und die Aktivitäten verschaffen, nach denen sie sich verzehrten.

Aber seine Morgendämmerung wäre der Vorbote der Abenddämmerung, die über andere Leben hereinbräche, dachte Rüstem. Über Hürrems zum Beispiel. Und über meins.

Von irgendwoher aus den säulenumstandenen Gärten schlug eine Glocke die Zeit.

»Was wünscht die Herrin Hürrem – was soll ich tun?« fragte er.

»Vergeßt einfach nicht, bei wem Eure Loyalität liegt.«

Das vergesse ich nicht, dachte Rüstem. Sie liegt bei mir selbst. »Ich verstehe«, sagte Rüstem.

83

Süleyman hatte beinahe neunundfünfzig Jahre gelebt und entdeckte plötzlich, daß das Alter begonnen hatte, ihm an den Knochen zu nagen. Er spürte seine eigene Sterblichkeit und fing an, immer mehr Zeit dafür aufzubringen, den Scheich-ül Islam um Rat zu fragen und im Koran zu lesen.

Er hatte sich die Gicht zugezogen, und seine Ellbogen und Knie waren gelegentlich entzündet und empfindlich, die Anfälle dauerten manchmal eine Woche an. An seinem Körper hatten sich Ödeme entwickelt, und sein Gesicht und seine Knöchel waren geschwollen. Er hatte sich angewöhnt, Rouge aufzutragen, um die krankhafte Blässe seiner Haut zu überdecken. Er aß jetzt sehr wenig, normalerweise nur ein Stückchen Zicklein, das er mit geeistem Sorbet herunterspülte.

Hürrem beobachtete ihn und hatte Angst. Dieses äußerliche Sichtbarwerden von Süleymans Sterblichkeit rief ihr ins Gedächtnis, wie unstabil ihr eigene Stellung im Leben war.

Besonders, wenn man Mustafa noch länger am Leben ließ.

Sie hatte so lange Geduld gehabt und auf den richtigen Augenblick gewartet. Jetzt fürchtete sie, daß die Zeit nicht mehr länger zu ihren Gunsten arbeiten würde. Sie stand an den Fenstern des Sarayi und starrte hinaus in die Nacht und auf die schwarzen Wasser des Horns, und sie wußte, daß sie irgendeinen Weg finden mußte, diese Bedrohung beiseite zu schaffen, und sie wußte auch, daß sie es bald tun müßte.

Süleyman lag mit seinem Kopf auf ihrem Schoß und hatte die Augen geschlossen. Im Garten summten Insekten, im Harem aber war es kühl, beinahe frostig. Obwohl schon fast Mittag, war die Sonne noch nicht durch die Platanenbäume und über die hohen Mauern gedrungen, und nur wenig von dem schwachen, gelben Licht sickerte durch die verriegelten Fenster.

»Du siehst müde aus, mein Gebieter«, sagte Hürrem.

»Es gibt so viel zu tun, kleine Roxelana, so viel zu tun, ehe ich alles geschafft habe.«

»Du darfst nicht so hart arbeiten.«

Aber das ist meine Pflicht, dachte Süleyman. Ich habe die Verantwortung für die täglichen Geschäfte des Reiches schon an Rüstem und seinen Diwan abgetreten, damit ich mich dem Neuaufbau der Stadt widmen kann. Stambul wird ein weitaus würdevolleres Zeugnis für meine Herrschaft abgeben, als es Rhodos, Mohàcs oder Buda-Pest sind. Als mein Vater die Stadt eroberte, die einmal Justinians Byzanz gewesen war, da waren schon große Teile davon verlassen und verkommen. Bevor ich sterbe, wird die Stadt all ihren früheren Glanz noch bei weitem übertreffen; ich werde laut verkünden können: »Justinian, ich habe dich eingeholt!«

Das Hauptaugenmerk beim Aufbau lag vornehmlich auf der Errichtung der herrscherlichen Moscheen, denn zu jeder Moschee gehörte auch ein Külliye, eine Ansammlung von wohltätigen Einrichtungen wie Krankenhaus, Religionsschule, Bäder, einem Friedhof, einer Bücherei, manchmal sogar auch einem Hospiz und einer Suppenküche. Neue Wohnquartiere mit einer neuen Bevölkerung wurden geschwind um sie herum aufgebaut.

Jetzt schon fertiggestellt war das Sehzade Camii, welches das Grab von Mehmet beherbergte, und das Selimiye Camii at Fener zu Ehren seines Vaters. Im Augenblick hatte er Sinan gerade damit beauftragt, an der Stelle des Eski Sarayi mit der Arbeit am Süleymaniye zu beginnen. Es sollte sein Meisterwerk werden; die großartigen Steinkuppeln und Minarette würden das Horn und die Stadt der sieben Hügel über tausend Jahre lang beherrschen.

Er hatte sich auch die herkulische Aufgabe gestellt, eine vollständige Gesetzgebung zu verfassen, die allen künftigen Regierungen als Grundlage dienen sollte. Tausende von Kanuns, die er gerade entwickelte, sollten die Rechtsprechung und die Verordnungen des Diwan regeln und den Osmanen erstmalig zu einem vollständigen juristischen Kodex verhelfen. Das hatte ihm den Beinamen »El Kanuni« – »der Gesetzgeber« – eingehandelt.

Es hatte ihm auch die Verachtung der Janitscharen eingehandelt, wie er wohl wußte. Eines Tages, so träumte er, würde deren Dasein auch nicht mehr notwendig sein. Aber diese Arbeit müßte jemand anders übernehmen.

Er starrte auf die verschattete Zimmerdecke und die staubige, vergoldete Laterne über seinem Kopf, und es war beinahe, als könnte er spüren, wie ihm die Zeit zwischen den Fingern verrann. Er betete zu Gott um Kraft und um die Stunden, die Aufgaben, die er sich vorgenommen hatte, zu Ende führen zu können.

Hürrem streichelte ihm über die Wangen. »So tief in Gedanken, mein Gebieter?«

»Ich dachte darüber nach, wie schnell die Zeit verrinnt.«

»Vielleicht solltest du dann nicht soviel Zeit damit verbringen, dich mit deinen Schreibern einzusperren.«

»Ich kann nicht ruhen, bis die Arbeit fertig ist. Ich wage nicht, sie Mustafa zur Fertigstellung zu überlassen. Er ist ein großartiger Soldat und Regierungsverwalter, aber er kann sich nicht dem Studium der Rechtsgeschäfte widmen. Außerdem beschäftigen mich noch andere Angelegenheiten. Ich muß in diesem Sommer gen Persien ziehen. Ich darf den Schah nicht mehr länger unbeachtet lassen.«

Hürrem runzelte die Stirn und verzog den Mund wie eine verwöhnte Huri.

Er lächelte. »Was ist los, kleine Roxelana?«

»Warum sollte man einen wunderbaren Professor losschicken, damit er einem Kind zur Strafe den Hintern versohlt? Ist Tahmasp ein so bedeutender König, daß er deine spezielle Aufmerksamkeit verdient?«

»Er wird zu vorwitzig. Mir bleibt keine andere Wahl, als gegen ihn vorzugehen.«

»Schicke doch Mustafa. Die Janitscharen vergöttern ihn, sie werden ihm überallhin folgen, auch in die Wüsten und Berge Persiens.«

Ein Muskel in Süleymans Wange begann nervös zu zucken. Er blickte sie starr an. »Warum hast du das gesagt?«

»Habe ich dich beleidigt, mein Gebieter?«

»Was für ein Gerede über Mustafa hast du vernommen?«

»Nichts Finsteres, mein Gebieter. Tatsächlich höre ich nur gute Berichte. Man sagt, er sei ein gerechter, guter Mann, geradeso wie du das auch immer gesagt hast. Ein phantastischer Reiter, ein großartiger Befehlshaber.«

»Vielleicht zu großartig«, murmelte Süleyman.

»Kann ein Mann zu großartig sein?«

»Hast du immer noch Angst vor ihm?«

»Mein Gebieter hat mir versichert, daß ich von seinem Sohn nichts zu befürchten habe.«

»Vielleicht«, sagte Süleyman.

»Mein Gebieter?«

»Ich fürchte mich nicht davor, daß er Sultan ist, wenn ich tot bin. Aber ich fürchte ihn manchmal zu meinen Lebzeiten. Ich fürchte die Janitscharen.«

»Sie werden ihn niemals so lieben, wie sie dich lieben«, versicherte ihm Hürrem. »Du hast ihnen Belgrad gegeben, du hast ihnen Rhodos gegeben, und du hast ihnen Buda-Pest gegeben.«

»Ihr Gedächtnis ist sehr kurz. Viele der jungen Rekruten haben damals noch nicht einmal gelebt.«

»Aber du bist ihr Sultan.«

»Das ist mein Großvater auch gewesen.«

»Du hast mir selbst erzählt, daß Mustafa ein gerechter, guter Mann ist. Denkst du, daß er ein Komplott gegen dich schmieden würde?«

Süleyman stand auf, und in seinen Augen konnte man qualvolle Furcht und Zweifel lesen. Es war so lange her, seit er Mustafa gesehen hatte, er konnte sich nicht mehr an den lebhaften Knaben mit den strahlenden Augen erinnern. Sein Kopf beschwor nur Bilder herauf von einer verbitterten Gülbehar und von einem ehrgeizigen, begabten jungen Mann, der älter und ungeduldiger wurde.

Der Schatten seines Vaters und der Kanun des Fatih verfolgten ihn aber weiterhin. Denn es gab eine Antithese zu seiner Vision einer Zivilisation; sie lag im Konzept der Janitscharen. Diese bildeten den Grundstock, auf dem das Reich aufgebaut war; jetzt waren sie seine größte Bedrohung.

Die Janitscharen waren die Elite der osmanischen Armee. Sie waren ausschließlich professionelle Soldaten, und das in einem Zeitalter, in dem die meisten Armeen aus Gruppen von Adligen bestanden, von denen jeder die ihm in der Feudalherrschaft untergebenen Bauern als Infanterie mit sich brachte. Die Janitscharen schworen ihren Treueeid auf einen Mann allein. Es war der Sultan, der ihnen das tägliche Brot gab, und die Nahrung war ihnen zum wichtigsten Symbol geworden. Ihr Aga wurde Chorbaji Pascha genannt – Oberster Suppenausteiler; sein zweiter Befehlshaber hieß Ashçi Bashi oder Chefkoch. Jeder Mann trug einen in Kupfer gefaßten Löffel vorn auf seine Mütze genäht. Kampferkennungszeichen war der Kazan, der Suppenkessel, der als Emblem auf all ihren Standarten prangte. In jedem Feldzug trug jedes Regiment einen eigenen Kupferkessel mit sich, und diese wurden alle vor dem Zelt des Agas aufgestapelt, wenn sie sich im Lager befanden. Es war die größte Schmach, die man sich vorstellen konnte, einen Regimentskupferkessel im Kampf an den Feind zu verlieren.

Die Ränge der Janitscharen wurden immer wieder durch die Devschirme aufgefüllt, durch junge Christen, die man nach der Muskelkraft, nicht nach dem Verstand ausgesucht hatte. Durch körperliche Arbeit in den Palastgärten, in den Schiffswerften und auf Baustellen wurden sie weiter gestählt. Danach erhielten sie ihre militärische Ausbildung, und man brachte ihnen bedingungslosen Gehorsam ihren Agas gegenüber bei. Sie lebten ein strenges, zölibatäres Leben in spartanischen Unterkünften, mit wenig Sold; das einzige, von dem sie sich erhoffen konnten, ihre eigenen Taschen zu füllen, waren die Plünderungen während der Kriege. Deshalb hatten sie Süleymans Vater so sehr geliebt. Im Gefolge Selim des Strengen mußten sie sich niemals wegen Untätigkeit beklagen oder lange auf heißersehntes Raubgut warten.

Es waren die Janitscharen gewesen, die Süleymans Großvater Bayezit den Zweiten zur Abdankung gezwungen hatten; und Süleyman hatte nie vergessen, daß sie einmal zu Anfang seiner eigenen Herrschaft als Zeichen ihres Aufstands unter dem riesigen Platanenbaum außerhalb ihrer Kasernen im Ersten Hof ihre Kessel umgedreht hatten. Obwohl die Revolte unterbunden werden konnte, war er damals gezwungen worden, ihre Löhne zu erhöhen. Noch zwanzig Jahre später blickte er jedesmal, wenn er auf dem Weg zur Moschee durch den Ersten Hof ritt, mit einem Gefühl von Widerwillen auf die Suppenkessel. Der zumindest ursprünglichen Idee nach waren sie seine Sklaven; aber angesichts ihrer beständigen Forderungen nach Krieg und Beute und angesichts der fortdauernden Bedrohung, die sie für den Thron darstellten, fragte er sich manchmal, ob er nicht vielmehr ihr Sklave wäre.

»Es darf kein Blut mehr über den Thron vergossen werden«, sagte er, als ob er sich selber daran erinnern wollte.

»Schau nicht so besorgt drein, mein Gebieter«, sagte Hürrem, und legte ihre Arme um ihn.

»Du verstehst viele Dinge, kleine Roxelana, aber du verstehst die Janitscharen nicht. Es gab Zeiten, da haben sie meine Handlungen bestimmt: wenn ich in die Kriegsgebiete gezogen bin, nur um ihre Kriegslust zu befriedigen, obwohl ich mir eigentlich das Gegenteil gewünscht hätte. Wenn sie über mich verfügen können, dann können sie vielleicht auch über ihn bestimmen.«

»Wie weit ist Manisa von Stambul entfernt?«

»Als mein Vater starb, bin ich in fünf Tagen hergeritten, um meinen Thron in Anspruch zu nehmen. Nur fünf Tage …«

»Wenn du ihn denn wirklich fürchtest, mein Gebieter, übergib die Provinz Saroukhan an Bayezit. Schicke Mustafa nach Osten, nach Amasya oder Karamania.«

»Manisa ist der althergebrachte Sitz des Schahsaden, desjenigen, der erwählt ist. Er wird denken, daß ich ihn zugunsten deiner Söhne fallengelassen habe.«

»Er weiß, daß du ihm keine Garantien geben kannst.«

»Ich kann ihm das nicht antun.«

»Dann laß uns nicht mehr davon reden. Wenn Mustafa ein guter und gerechter Mann ist, was gibt es da zu befürchten?«

Ja, dachte Süleyman. Was gibt es zu befürchten?

Ich habe Angst davor, daß ich all das verlieren werde, was ich mit soviel Anstrengung aufgebaut habe.

Er hatte seinem Reich immer eine Zukunft jenseits von Zelten und von Krieg geben wollen. Das Nomadenvolk aus den anatolischen Steppen, dem er entstammte, würde bald eine Hauptstadt besitzen, die sich der edelsten Architektur im Orient und einer verfassungsmäßigen Regierungsverwaltung rühmen konnte. Literatur, Musik und Malerei blühten. Die Barbarei, welche die Thronerlangung seines Vaters gekennzeichnet hatte, war überwunden; sein eigener Tod und die friedliche Nachfolge Mustafas würden das unter Beweis stellen.

Darum jedenfalls betete er.

Am nächsten Tag aber sprach Süleyman bei einer Privataudienz mit Rüstem. Später setzte er dann sein Siegel auf einen Brief, der Mustafa befahl, Manisa zu verlassen und sich mit seiner Familie und seinem Hof nach Amasya zu begeben, das weit im Osten lag, sechsundzwanzig Tagesritte von Stambul entfernt.

Pera

Hinter den zugezogenen Vorhängen in einem der Paläste auf der anderen Seite des Horns pochte Ludovici Gambetto leise an die Tür und betrat das Schafgemach seiner Frau. Sie erwartete ihn; die weiße Seide ihres Nachtgewandes schimmerte im flackernden Kerzenlicht. Er setzte sich auf die Bettkante und nahm ihre Hand.

Sie richtete sich auf und betrachtete eine Haarlocke zwischen ihren Fingern. »Ein graues Haar!«

Er entwand sich ihr. »Unfug!«

Sie lachte. »Endlich! Ich dachte, du würdest niemals alt werden!«

»Ich bin in der Küche gewesen! Der Koch hat mit Mehl nach mir geworfen!«

»Es ist ein graues Haar. Da muß es noch weitere geben. Soll ich einmal nachsehen?«

»Es ist nur eine Lichttäuschung.«

»Ich habe auch welche, schau her!« Sie hielt einen ihrer langen Haarzöpfe in der offenen Hand und wies mit dem Finger der anderen Hand darauf. »Bei meinem schwarzen Haar läßt sich das nicht verbergen.«

»Für mich siehst du immer noch wunderschön aus«, flüsterte er.

Er nahm ihr Gesicht zwischen die Hände und küßte sie. »Ich will dich«, flüsterte er.

Sie streckte ihm ihre Arme entgegen und lächelte, er aber sehnte sich danach, aus ihren Augen einmal Verlangen, nicht nur Nachgiebigkeit ablesen zu können.

Danach lag er neben ihr in der Dunkelheit. Während sie schlief, betrachtete er, wie sich ihre Brust im Kerzenlicht sanft hob und senkte. Er zeichnete die Linien ihrer Wange mit seinen Fingern nach. Mochte auch Grau in ihrem Haar sein, sie erschien ihm noch immer wunderschön; und immer noch so fest verschlossen, wie sie es in dem Palast ihres Vaters gewesen war.

Nicht, daß sie zu großen Gefühlen unfähig gewesen wäre, das wußte er. Ihre Freundschaft zu Sirhane hatte das bewiesen. Vor zwei Jahren war diese mit ihrem Mann, der zur Leibwache des Schahsaden abkommandiert worden war, nach Amasya aufgebrochen. Julia hatte sich vor Kummer fast aufgezehrt. Sie aß nicht, und sie verließ ihr Zimmer nicht. Ihre Tür war zum erstenmal für ihn verschlossen gewesen, und noch lange danach hatte sie ihn abgewiesen.

Er versuchte das zu verstehen; Sirhane war die einzige wirkliche Freundin gewesen, die sie gehabt hatte. Dennoch schien ihre Untröstlichkeit ihm über alles Maß hinauszuwachsen. Trotzdem hatte er nicht versucht sich ihr aufzudrängen; er hatte gespürt, daß sich ihre Verfassung vielleicht nie mehr ändern würde, wenn er das täte.

Nach ein paar Monaten hatte sie ihre Tür wieder offen gelassen, und sie hatte ihn wieder zu sich in ihr Bett kommen lassen. Er versuchte, sich nichts daraus zu machen, daß sie niemals wirklich auf ihn einging; er begriff, daß sie sich nicht dazu zwingen konnte, ihn zu lieben.

Aber der Neid quälte ihn. Zuerst Abbas, dann Sirhane. Wie kam es, daß sie ihm ihre Kameradschaft geben konnte, ihre Leidenschaft aber für andere zurückhielt? Warum konnte sie diesen so viel geben, und für ihn, der ihr so viel Platz in seinem Leben eingeräumt hatte, war nichts da?

Sultanahmet, Stambul

»Er muß sterben«, sagte Rüstem.

Mihrimah erbleichte und senkte die Augen, als erblicke sie etwas, was zu schändlich war für die Augen einer Frau. »Aber Mustafa ist der Schahsade …«

»Ja, Mihrimah. Und was glaubst du, wird mit uns geschehen, wenn er je Sultan wird? Ich werde es dir sagen. Mustafas erste Handlung wird sein, meinen Kopf auf einen Dorn im Ba'ab i Sa'adet aufzuspießen und dich ins Exil zu schicken. Und denkst du wirklich, er wird deinen Brüdern gegenüber größere Gnade walten lassen?« Er sprach mit ruhiger, beinahe schläfriger Stimme. Nie hatte sie einen anderen Menschen gekannt, dcr so ungerührt über den Tod reden konnte wie ihr Mann.

Mihrimah wandte den Kopf zur Seite. An einem solch schönen Tag über Mord zu reden! Der Palast überblickte ein Labyrinth an Gärten und war mit Bedacht so ausgerichtet, daß er die Brise vom Bosporus und Marmarameer einfing. Es war Frühling, und vom Süden wehte eine warme Luft. In der Vogelvoliere hatte eine Nachtigall zu singen begonnen, und ihre süße Stimme kontrastierte mit den blutigen Plänen, die hier auf der schattigen Terrasse ausgeheckt wurden.

»Ist es nicht gefährlich?«

»Ich habe das Risiko abgewägt. Es besteht größere Gefahr, wenn wir nichts unternehmen.«

»Was sagt mein Vater? Weiß er, was du vorhast?«

»Dein Vater wird genau das sagen, was man ihn glauben macht. Wenn er dich fragen sollte, wirst du ihm sagen, daß du in tödlicher Angst vor dem Schahsaden lebst. Erfinde irgendeine Geschichte nach deinem Geschmack, die dieser Behauptung Glaubwürdigkeit verleiht. Vorausgesetzt natürlich, daß sie einleuchtend ist.«

Mihrimah beobachtete ihren Mann beim Essen. Mechanisch erschien es ihr, so, als ob er die Kosten jedes Bissens berechne.

»Wessen Idee ist dies gewesen, mein Gemahl? Die deine – oder ist sie von der Hasseki Hürrem gekommen?«

Er grinste sie an, und das brachte sie zum Frösteln. Sie wußte, wie man ihn im Diwan nannte – der Mann, der niemals lächelt. Es war natürlich nicht wahr. Sie hatte sein Lächeln gesehen, und sie kannte auch das dahinterliegende Geheimnis; seine beiden Eckzähne waren überproportional kräftig, und wenn er lächelte, straften sie ihn Lügen, weil sie ihm das Aussehen eines Wolfes verliehen.

»Geschieht irgend etwas in Stambul, das Süleymans Königin nicht durch ihre Wünsche oder Handlungen angezettelt hat?«

»Und wenn wir damit fehlschlagen?«

»Wenn es uns nicht gelingt, dann haben wir nichts verloren, weil Mustafa jetzt schon unser Feind ist. Wenn es uns gelingt, haben wir Macht über diesen Sultan und vielleicht auch über den nächsten.«

84

Wie der übrige Palast hatten auch die Wohngemächer des Sultans im wesentlichen zweierlei Funktion: sie sollten den Reichtum der Osmanen zur Schau stellen und sie mit Verschwiegenheit umfangen.

Genauso verhielt es sich auch mit dem Schlafzimmer des Sultans. Der Reichtum war unübersehbar. An den Wänden glänzte überall Keramik. Verse aus dem Koran in Sülü-Schriftzügen wanden sich Weiß auf Blau rings um den Raum, und die bunten Glasfenster waren Meisterwerke in Azur, Smaragdgrün und Karmesinrot. An allen Wänden hingen vergoldete Spiegel aus Vicenza, das Bett selbst lag auf einer erhöhten Plattform, über die sich ein Baldachin wölbte, und war mit Decken aus Goldbrokat und Kissen aus karmesinrotem Samt beladen. An einer Seite des Bettes stand ein goldener Handwaschkrug, der mit Türkisen und Rubinen besetzt war.

Dennoch war alles ein Schattentheater, denn außer den Eunuchensklaven und Hürrem bekam niemand das Schlafzimmer des Sultans zu sehen.

Der Zwang zur Geheimhaltung offenbarte sich in den Springbrunnen, die man in die Wände eingelassen hatte, aus denen parfümiertes Wasser aus goldenen Wasserhähnen in Marmorschalen plätscherte, und in den Sacnissis, den kleinen Aussichtstürmchen, die aus den Wänden herausragten; in ihnen konnte der Sultan sitzen und auf die Gärten schauen, ohne selbst gesehen zu werden.

Bald nachdem Hürrem Königin geworden war, hatte man eine neuerliche Raffinesse eingefügt. Eine versteckte Tür war hinter einem der goldenen Spiegel in den Stein geschlagen und eine Treppe vom Schlafzimmer direkt in die Wohngemächer der Herrin Hürrem gelegt worden, so daß diese kommen und gehen konnte, ohne gesehen zu werden.

Aus dieser Tür trat Hürrem jetzt hervor. Sie fand Süleyman nicht auf seinem Bett ruhend, sondern sah, wie er einem eingeschlossenen Tier gleich mit schnellen Schritten den Raum durchmaß – und das, obwohl sein rechtes Knie von einer kürzlichen Gichtattacke immer noch angeschwollen war, weshalb der Schmerz seine Gesichtszüge verzog.

»Mein Gebieter«, murmelte Hürrem und vollführte das zeremonielle Sala’am, das selbst sie nie zu unterlassen wagte.

Süleyman achtete kaum darauf. Er hatte ein Dokument in seiner Rechten und hielt es ihr unverzüglich entgegen. »Was soll ich jetzt tun? Was hältst du hiervon?«

»Ich kann aus dieser Entfernung nichts dazu sagen, mein Gebieter. Aber wenn du mich fragen solltest, würde ich sagen, daß es ein Stück Pergament ist.«

Da gewann er seine Fassung wieder und seufzte, sich selbst verspottend: »Es tut mir leid. Ich vergesse mich.« Er humpelte auf sie zu und half ihr auf die Füße. »Ich kann meinen eigenen Augen kaum trauen.«

»Mein Gebieter, ich verstehe überhaupt nicht, was hier vorgeht! – Ich bin nur ein armes, ungebildetes Tatarenmädchen.«

»Du bist nichts dergleichen«, stieß er hervor und übergab ihr das Pergament, das er in den Händen hielt. »Lies.«

Hürrem las es schnell. Es war an den Schah Tahmasp gerichtet, den ketzerischen Perser, und unterbreitete nach einem langen Begrüßungsmonolog das Angebot zur Heirat mit einer seiner Töchter. Es fuhr dann fort, die Vorteile herauszustellen, die beiden Parteien aus solch einer Verbindung erwachsen würden.

Es war mit der Tugra des Schahsaden Mustafa signiert.

»Es ist eine Fälschung«, sagte Hürrem, aber sie mußte sich selbst eingestehen, daß es sich um eine sehr gute handelte. Rüstem war zu loben. »Es muß eine sein.«

»Bist du davon überzeugt?«

»Wie kann es anders sein?«

Voller Verzweiflung sank Süleyman auf einen Diwan. »Warum sollte irgend jemand so etwas tun? Warum?«

»Feinde des Reiches gibt es überall. Es wäre sehr nützlich für Karl, wenn du gegen deinen eigenen Sohn kämpfen würdest. Es wäre nicht einmal auszuschließen, daß der Schah sich selbst dazu hinreißen ließe, solch eine Fälschung zu bewerkstelligen.«

»Ich wollte, du hättest recht!« stöhnte er und hielt sich sein Knie. Die Gicht verstärkte seinen Zorn.

Hürrem setzte sich auf den Diwan neben ihn und strich ihm mit ihren langen Fingern über die Schläfen, bis seine Fäuste sich entkrampften und das Kinn ihm auf die Brust herabfiel.

»Was soll ich nur tun? Was soll ich glauben?«

»Warum sollte Mustafa so etwas tun? Es würde ihm nichts einbringen. Der Schah ist der eingeschworene Feind der Osmanen.«

»Es gibt ein Sprichwort, Hürrem: ›Der Feind meines Feindes ist mein Freund.‹ Wenn Mustafa mich als seinen Feind betrachtet, würde eine Allianz mit dem Schah ihm vielleicht gut gefallen.«

»Das kann ich nicht glauben.«

Süleyman schüttelte seinen Kopf. »Und doch jagt es mir Furcht ein.«

»Woher hast du dies?«

»Von einem der Spione, die Rüstem in Amasya hat. Rüstem hat überall Spione.«

»Es wäre ein leichtes, einen von Rüstems Spionen absichtlich an der Nase herumzuführen.«

»Vielleicht.« Süleyman schaute auf sie herab, und seine Lippen verzogen sich zu einem traurigen Lächeln. »Du bist mir ein solcher Trost! Ich verbringe mein Leben zwischen Schlangen und Vipern. Nur du redest mit Vernunft und Maß.« Er stöhnte wieder.

»Soll ich den Arzt holen lassen, damit er sich um dein Knie kümmert?«

»Nein, nimm die Viole. Das ist eine bessere Medizin als jede, die mir der Arzt verabreichen kann.«

Hürrem setzte sich und spielte für ihn. Nach einer Weile schloß er die Augen, und sie dachte, daß er eingeschlafen war. Als sie aber das Instrument beiseite legte, öffnete er die Augen wieder und sagte: »Ich muß noch einmal mit dem Heer in den Osten reiten.«

»Mein Gebieter, du bist nicht gesund. Das darfst du nicht.«

»Wir müssen dem Schah und seinen Ketzereien ein Ende bereiten. Solange er noch gegen uns in Asien konspiriert, kann es keinen Frieden geben. Die Janitscharen, die Agas, ja sogar die Ulemas drängen mich zum Handeln. Als Verteidiger des Glaubens habe ich keine andere Wahl.«

»Schick Rüstem an deiner Statt.«

»Die Armee erwartet, daß ich bei ihr bin.«

Hürrem senkte die Augen. »Bitte, mein Gebieter, ich habe Angst. Was mich betrifft, hege ich keinerlei Zweifel an Mustafas Loyalität, aber dennoch bestehen Zweifel. Wenn ich mich täuschen sollte, dann bin ich zusammen mit meinen Söhnen, dann sind sogar Cihangir und Mihrimah in schrecklicher Gefahr. Du bist nicht gesund, und die Berge im Osten sind sogar im Sommer kalt. Du hast mir selbst gesagt, daß eine Woche in Aserbaidschan so lang ist wie ein Monat im ungarischen Morast. Ich flehe dich an, setze dich keiner Gefahr aus, ehe diese Frage nicht gelöst ist.«

»Ich muß gehen.«

Hürrem starrte ihn an und spürte, daß sie zitterte. Du könntest wirklich dort sterben, dachte sie. Wende dich nicht ab von dieser Wahrheit, wo du so viele meiner Lügen geglaubt hast!

»Ich weiß, daß du keinerlei Gefahr oder Strapaze scheust«, zwang sie sich zu sagen, »aber du könntest hier auch einem doppelten Zweck dienen, wenn du einen anderen Weg einschlägst, mein Gebieter.«

Er lächelte langsam. »Oho, meine kluge kleine Roxelana. Ich habe doch gewußt, daß es einen Plan geben würde in diesem hübschen kleinen Kopf.«

»Ich bin nicht mehr hübsch, mein Gebieter.«

»Du verzauberst mich immer noch. Jetzt sag mir, was ist es, was du denkst?«

»Laß Rüstem über Amasya nach Persien ziehen. Unterzeichne Befehle, mit denen du Mustafa aufforderst, Rüstem mit seinen eigenen Truppen zu begleiten. Auf diese Weise kann Rüstem sich schnell von Mustafas Loyalität überzeugen. Ich bin sicher, daß er herausfinden wird, daß alle diese Gerüchte und Fälschungen unbegründet sind.«

»Das wünsche ich mir von ganzem Herzen. Aber ich könnte Mustafas Loyalität genausogut selbst feststellen.«

»Aber nicht so abgesichert, mein Gebieter. Falls Mustafa Verrat plant: würdest du dann riskieren, sein wirkliches Vorhaben aufzudekken, wenn die Janitscharen dabei sind?«

Süleyman schaute sie nachdenklich an. »Denkst du wirklich, daß es dazu kommen wird?«

»Ich rate nur zur Vorsicht, mein Gebieter.«

Süleyman dachte lange Zeit nach. »Vielleicht hast du recht«, murmelte er schließlich.

Hürrem kniete ihm zu Füßen. »Ich liebe dich mit meinem ganzen Leben, mein Gebieter. Ich wünschte, es gäbe einen Weg, dir diesen Kummer zu ersparen.«

»Nur meine Söhne können das, Hürrem. Obwohl ich mich nur darüber wundern kann, warum sie so versessen darauf sind, auf meinem Thron zu sitzen. Wenn ich ihn jemals aufgeben könnte und dabei immer noch meine Pflicht vor Gott erfüllen würde, wie gerne tauschte ich mein Los mit irgendeinem Hufschmied dieser Stadt. Mit Ausnahme von dir hat mir das Sultanat nur unglaubliche Mühen bereitet.«

Sie legte ihm ihren Kopf auf den Schoß. Er ließ den Brief aus den Fingern auf den Fußboden gleiten.

85

Jeden Monat traf Ludovici Abbas in dem gelben Haus im jüdischen Viertel. Er fand niemals Geschmack an diesen Treffen. Stillschweigend hielten sie sich an ein nie ausgesprochenes Abkommen und sprachen nie über die Vergangenheit, und der Anblick des abscheulichen und verstümmelten Körpers seines alten Freundes bedrückte Ludovici. Das Fett führte dazu, daß Abbas schwitzte. Selbst im Winter war er oft schweißgebadet, und im Sommer tropfte es ihm beständig von den Fingern wie Regen von der Dachrinne.

Als sie jetzt hinter den verschlossenen Fensterläden saßen, fragte Abbas: »Wie geht es Julia?«

Dies waren stets seine ersten Worte: »Wie geht es Julia?« Und jedesmal antwortet Ludovici so wie jetzt: »Es geht ihr gut, mein Freund. Sie bittet dich, ihrer in Fürbitte zu gedenken, und hofft, daß es dir ebenfalls gutgeht.«

Abbas machte keine Bemerkung dazu. Er senkte den Kopf und konzentrierte sich auf das anliegende Geschäft: Schwarzmarktweizen.

Der Schwarzmarkt für Weizen war das am schlechtesten gehütete Geheimnis im osmanischen Weltreich. Jeder türkische Edelmann mit kultivierbarem Land hatte Anteil daran; Rüstem selbst hatte sogar vor achtzehn Monaten seine eigenen Transportschiffe über Alexandrien nach Venedig segeln lassen und mit nur einer einzigen Ladung einen riesigen Gewinn eingesteckt.

Seit dem Sommer von 1548 hatten sich die Türken an fünf hervorragenden Weizenernten erfreut, während in Venedig Weizen Mangelware war. Für die Schwarzmarkthändler wuchs die Gewinnspanne entsprechend an. Ludovici hatte den meisten Erfolg; seine Karamusalis durchsegelten den Bosporus regelmäßig auf dem Weg nach Rodosto am Schwarzen Meer, vorgeblich, um dort Tierhäute oder Wolle zu laden. Auf dem Weg besuchten sie insgeheim den Hafen von Volos, um das Schwarzmarktgetreide aufzuladen. Auf der Rückfahrt durch den Bosporus und die Dardanellen blieben sie unbehelligt von den türkischen Galeoten, welche die Einhaltung der türkischen Handelsvorschriften überwachen sollten; aber diese Vorzugsbehandlung war teuer.

»Rüstem Pascha möchte noch einmal tausend Dukaten im Monat haben«, sagte Abbas.

»Das kann ich mir nicht leisten!«

Abbas zog die Schultern hoch. »Es tut mir leid, alter Freund. Aber es muß viel Bakschisch bezahlt werden. Wenn es nur um Rüstem allein ginge …«

»Wenn es nur um Rüstem allein ginge, dann, denke ich, beliefe sich der Preis immer noch auf eintausend Dukaten. Hat seine Habgier denn keine Grenzen?«

»Scheinbar nicht.«

»Sag ihm, daß ich es ablehne.«

»Sei nicht voreilig, Ludovici. Auch nach dem zusätzlichen Bakschisch wirst du immer noch einen zweifachen Profit machen an jedem Kilo Getreide, das in der Lagune von La Serenissima abgeladen wird. Was zahlst du hier? Zwei Asper für das Kilo? Rüstem weiß, daß du dafür in Venedig fünfunddreißig bekommst.«

»Ich muß einen Gewinn machen.«

»Das waren auch seine Worte.«

Ludovici seufzte. Da war nichts zu machen. Wenn man Geschäfte machen wollte im Reich, mußte man alles bezahlen, was der Wesir verlangte. Jedermann wußte das.

Sie fuhren fort mit ihren Verhandlungen; sie stimmten die Schiffsrouten ab, verhandelten über Zahlungen an kleinere Beamte in den Provinzen und zählten die Silberdukaten, die Ludovici in einem Lederbeutel zu den Treffen mitbrachte. Schließlich waren sie fertig damit, und Abbas entspannte sich. Er genehmigte sich etwas parfümiertes Wasser – er trank niemals Wein – und fing wie immer damit an, in der Art alter Frauen auf dem Markt über die Geschehnisse innerhalb des Haremlik zu schwatzen.

Abbas war Ludovicis hauptsächliche Informationsquelle, was die allgemeine Stimmung und die Innenpolitik der Erhabenen Pforte betraf. Nachdem Abbas seine übliche Tirade gegen die Niederträchtigkeiten der Ziadi, wie er die Herrin Hürrem nannte, und gegen das Ausmaß an Korruption unter Rüstem Pascha – an der er jetzt beteiligt war – beendet hatte, senkte er seine Stimme zu einem Flüstern: »Es wird gemunkelt, daß der Schahsade den Aufstand plant.«

»Mustafa?« Ludovici wurde plötzlich hellhörig. Abbas' Haßreden gegen den Inneren Hof waren bleibender Bestandteil ihrer Zusammenkünfte, aber dies war etwas Neues.

»Man sagt, daß er die Hochzeit mit einer der Töchter von Schah Tahmasp vorbereitet hat. Er wirbt um dessen Beistand für einen Aufstand gegen Süleyman.«

»Ist dies wahr, Abbas? Bist du da sicher?«

»Ihr Venezianer solltet am besten eine Abordnung bilden und mit ihm paktieren. Wenn er den Thron erklimmen sollte, ist er vielleicht nicht so wohlwollend eingestellt gegen eure Schwarzmarktaktivitäten wie Süleymans Minister.«

»Denkst du, daß er Erfolg haben könnte?«

Abbas verzog die Schultern, und seine riesigen Doppelkinnfalten zitterten. »Er hat die Unterstützung der Janitscharen.«

Ludovici war sprachlos. Mustafas Beliebtheit bei der Armee war nie ein Geheimnis gewesen, aber bisher hatte er noch niemals ein Wort über Aufwiegelei vernommen.

Schließlich aber, so sagte er sich selbst, mußte jede Rebellion mit irgend etwas beginnen. Er versuchte abzuschätzen, wie sehr ein solch abrupter Windwechsel sein eigenes Leben beeinflussen könnte. Süleyman hatte auf dem Thron gesessen, seitdem er in Stambul angekommen war. Abbas hatte recht, welche Einstellung würde Mustafa den Händlern gegenüber hegen, die mitgeholfen hatten, Rüstems Taschen zu polstern? Die Feindschaft zwischen den beiden Männern war wohlbekannt.

»Was ist mit dir, Abbas?« fragte er und dachte laut nach: »Was wirst du tun?«

»Ich werde mich Gottes Willen fügen«, sagte Abbas, als ob das selbstverständlich wäre.

»Glaubst du, daß Mustafa den Safawiden wirklich seine Reverenz erweist? Glaubst du, daß dieser Aufstand unvermeidlich ist?«

»Nur das Ergebnis ist ungewiß«, sagte Abbas.

»Süleyman weiß davon?«

Abbas schien erstaunt. »Denkst du, daß du und ich etwas wüßten, was dem Herrn des Lebens verborgen wäre?« Er klatschte in die Hände – es war die Bewegung seiner Hände, die das Signal gab, nicht das Geräusch –, und seine zwei taubstummen Begleiter eilten, ihm auf die Füße zu helfen. Das war keine leichte Arbeit.

Endlich war Abbas soweit, sich zu verabschieden. »Geh mit Gott«, sagte er.

»Geh mit Gott«, wiederholte Ludovici und sah zu, wie Abbas in eine anonyme, schwarz angestrichene Kutsche stieg, die draußen vor der Tür wartete.

Mustafa! dachte er. Es mußte wahr sein. Abbas hatte noch niemals seiner Zunge unbegründet Lauf gelassen. Wenn er jetzt recht hatte, dann sollte er seinen Einsatz auf beide Karten legen, auf den König und den Buben.

»Ist es erledigt?« fragte Hürrem.

Abbas neigte den Kopf. »Ich habe getan, wie Ihr mir befohlen habt.«

»Gut. Du bist ein treuer Diener.« Sie lächelte; mit dem spröden, wissenden Lächeln einer professionellen Kurtisane. »Wie geht es Julia?«

»Julia geht es gut«, sagte Abbas und verweigerte sich dem Köder. »Sie bittet mich um meine Fürbitte.«

»Ich bin sicher, daß du sie an den Himmel weiterleitest. Du kannst gehen, Abbas.«

Abbas ging, und er verachtete sie und verachtete das Leben. Verachtete sich selber.

Es tut mir leid, Ludovici, daß ich dich so benutze. Aber es wird dir nicht schaden, das verspreche ich dir. Es ist nur ein zusätzliches Komplott. Aber es wird dir und meiner geliebten Julia nicht schaden.

Wenn es anders wäre, hätte ich es nicht zugelassen, daß das Biest mich dazu überredet.

Armer Cihangir, dachte Süleyman.

Er konnte den Jungen nie ansehen, ohne daß er einen körperlichen Schmerz in der Brust verspürt hätte. Cihangirs Verwachsungen machten es ihm unmöglich, aufrecht zu stehen; es schien, als müsse er beständig eine unsichtbare, niederdrückende Last auf den Schultern tragen. Er konnte ein Pferd nicht im Galopp reiten, konnte nicht mit Pfeil und Bogen zielen, konnte kein Schwert hochheben.

Ein feiner Sohn für einen Ghasi. Dennoch verspürte er auch Mitleid mit ihm; von allen Söhnen Hürrems liebte Süleyman ihn am meisten.

»Du hast Mustafa gesehen?« fragte er ihn.

Cihangir hob die Augen nicht. Er tut das nie, dachte Süleyman. Er duckt sich vor mir wie der allerergebenste Raya.

»Es geht ihm gut, mein Gebieter«, sagte Cihangir. »Er schickt seine Grüße.«

»Seiner Mutter geht es auch gut?«

»In der Tat, mein Gebieter.«

Oh, Cihangir, dachte Süleyman. Du siehst aus, als fürchtetest du, ich würde jeden Moment den Henker rufen. »Du siehst müde aus«, sagte er.

»Es ist eine anstrengende Reise, mein Gebieter.«

»Die Jagd war erfolgreich?«

»Wir haben jeden Tag gejagt.«

Süleyman runzelte die Stirn. »Mustafa erweist dir viel Freundschaft.« Warum? fragte er sich. Weil er dich liebt? Oder benutzt er dich vielleicht, um mich auszuspionieren? Welchen Gefallen könnte ein solcher Mann am Umgang mit einem Krüppel finden?

»Ich glaube, er hat Mitleid mit mir«, sagte Cihangir, als könnte er seine Gedanken lesen. Süleyman war erstaunt über dieses freimütige Bekenntnis. Cihangir war immer viel scharfsinniger, als er das manchmal für vernünftig hielt.

»Ich bin sicher, daß das nicht der Fall ist«, sagte Süleyman, aber er erwog diese Möglichkeit für einen Augenblick und fragte dann: »Hat er von mir gesprochen?«

»Er hat sich oft nach deiner Gesundheit erkundigt.«

Weil er mich liebt, oder weil er mich tot sehen möchte? dachte Süleyman, und wurde sofort gewahr, wie sehr der Diwan ihn vergiftet hatte. Wann war das geschehen? Wann hat dieser Krebs den Weg in mein Blut gefunden?

»Ich freue mich, dich wieder heil hier zurück zu sehen«, sagte er.

Cihangir schien es eilig zu haben, sich zu verabschieden. Es kam Süleyman so vor, als hätte sein jüngster Sohn gerade so viel Furcht vor ihm, wic cr sie vor seinem eigenen Vater gehabt hatte. Es schien, als sei nicht das Reich, sondern dies das wahre Erbe der Osmanen: ihre Kinder zu zerstören.

Wenn sie sich nicht zuerst selbst zerstörten.

86

Stambul

Als die Sonne über der Stadt aufging, stieg Dampf auf von den feuchten Pflastersteinen und von den zuckenden Flanken der Esel und Pferde, die hintereinander durch die engen, verschlungenen Straßen und Gassen rings um den Obstmarkt trotteten. Es war Melonensaison, und die Händler hatten ihre Ware lagenweise und in Pyramiden auf ihren Wagen oder auf der Straße aufgeschichtet; eine riesige Menge verschiedener Sorten, Farben und Formen, gefleckt und gestreift, grün, gelb und golden. Die Düfte überwältigten die Sinne; reif und fruchtschwer legten sie sich über die eher gewöhnlichen unangenehmen Gerüche nach Urin, Moder und Holzkohlenrauch.

Süleyman zwang seine schmerzenden Glieder die steile, gepflasterte Straße hinauf. Er folgte einem der Hamals, einem Lastenträger der Basare, der so stark gebeugt ging, daß ihm die Hände fast bis zu den Knöcheln herabhingen, bepackt mit Kisten von Feigen, die zu einem riesigen Turm übereinandergestapelt waren. Ich fühle eine genauso große Last, dachte er. Es war noch kühl und feucht, denn die Morgensonne konnte wegen der alten Holzhäuser, welche die Straße überragten, nicht bis hierher vordringen. Er hielt an einem der Stände an und gab vor, die Pfirsiche zu untersuchen, während er dem Gespräch des Händlers mit seinem Nachbarn zuhörte.

»Es heißt, der Sultan wird wieder nach Osten reiten, gegen den Schah«, sagte der Mann gerade.

»Er hätte schon vor Jahren gehen sollen«, sagte der andere Mann. »Die Perser sind uns lange genug auf der Nase herumgetanzt. Wir haben die mächtigste Armee der ganzen Welt und lassen sie in ihren Unterkünften alt werden!«

»Mustafa hätte nicht zugelassen, daß der Schah uns so an der Nase herumführt«, sagte Süleyman.

Die Händler betrachteten Süleyman mit Argwohn. Aber der eine konnte nicht widerstehen, seiner Frustration Ausdruck zu verleihen. »Mustafa ist ein großartiger Krieger. Er hätte den Kopf des Schahs schon vor Jahren auf dem Ba'ab i' Hümayun verschimmeln lassen.«

»Vielleicht ist es an der Zeit, daß Mustafa unser Padischah wird«, sagte Süleyman.

Die Männer schauten ihn an, als wäre er verrückt geworden. »Halt deine Zunge im Zaum!« zischte der Mann. »Der Sultan hat überall Spione!«

»Ich habe keine Angst vor dem Sultan«, sagte Süleyman offen.

»Er sagt nur, was jeder schon weiß«, meinte der Nachbar des Händlers. »Süleyman ist ein alter Mann. Ich habe noch Muttermilch getrunken, als er das letztemal einen großen Sieg errungen hat.«

»Dennoch, er hat viele großartige Dinge getan«, antwortete der
Händler. »Er hat viele edle Moscheen zur Ehre Gottes errichtet, er hat
uns unsere Gesetze gegeben, und seine Flotte beherrscht das Mittelmeer.«

»Die Janitscharen wollen Fleisch«, sagte Süleyman.

»Es ist nur eine Frage der Zeit, bis Mustafa sie aufstachelt und Süleyman vom Thron fegt«, sagte der andere Mann, »und jedermann weiß
das.«

»Sei still!« beschied ihn der Händler und wandte sich dann Süleyman zu. Die Augen des Mannes waren feindselig. Offensichtlich ver-
dächtigte er Süleyman, das zu sein, was er war: ein Spion. »Wenn du ein
paar Pfirsiche kaufen willst, laß mich dein Geld sehen. Wenn nicht,
geh fort und bring mit deinem Gerede jemand anders um Kopf und
Kragen.«

Süleyman folgte einem Esel, der an den Seiten mit weidengeflochte-
nen Tragkörben voller Kirschen beladen war, die Gasse hinunter und
aus den Obstmärkten heraus. Die Worte des Mannes klangen ihm noch
in den Ohren nach: »Es ist nur eine Frage der Zeit, bis Mustafa die
Janitscharen aufstachelt und Süleyman vom Thron fegt – und jedermann weiß das!«

Dann wußte es also jedermann. Völlig in Gedanken versunken sah er
nicht, wie der Esel den Schwanz anhob, um seinen Kot auf die Straße
fallen zu lassen. Ganz plötzlich fand sich der Sultan der Osmanen, der
König der Könige, der Herr über das Leben, mit Scheiße auf den Stiefeln wieder. Nun ja, vielleicht ist es auch endlich an der Zeit, dachte er.

87

Amasya

Einen Monat später kam Rüstem unterhalb der Klippen am Grünen
Fluß an, mit einem Geschwader von Spahis von der Pforte und einer
Oda von Janitscharen. Er schlug das Lager unterhalb der düsteren

Festungsmauern und der altertümlichen pontischen Gräber auf, stellte seine Standarte mit den vier Roßschweifen vor sein Zelt und wartete.

Rüstem wußte schon lange, bevor er den Hufschlag seines Pferdes vernahm, daß Mustafa zu ihm auf dem Weg war. Anders als in den Zeltlagern der Christen achteten die Türken auf Ordnung und eiserne Ruhe. Es gab keine Trinkgelage und Würfelspiele, und fünfmal täglich wurden die Gebete verrichtet, außer während der Kampfhandlungen.

So war es denn auch der Bruch der Stille, der Rüstem vorwarnte. Es kam wie eine Welle auf ihn zu; ein entferntes Säuseln, ein rollender Donner begleiteten die Annäherung. Es war, als hätte ein Kavalleriescharmützel ihre Linien durchbrochen, von Rufen und Warnsignalen begleitet. Rüstem sprang auf die Füße und eilte durch den ausgedehnten Pavillon, um ihn zu empfangen.

Es waren nicht mehr als zwei Dutzend Reiter, von denen alle außer einem die scharlachroten Seidenjacken der Spahikavallerie trugen. Nur ihr Anführer war in Weiß gekleidet, und er trug Reiherfedern auf dem Turban. Eine Diamantschnalle blitzte im Sonnenlicht so sehr auf, daß Rüstem die Hand heben mußte, um seine Augen zu schützen.

Die Janitscharen folgten den Reitern und umdrängten die Flanken und Schweife der Pferde, ihre blauen Mäntel umflatterten sie beim Laufen, und sie waren glücklich über den Staub in ihrem Mund, der vom Hufschlag des Erwählten aufgewirbelt worden war. Beim Laufen stießen sie Freudenschreie aus, eine gewaltige Armee von Kehlen verursachte ein grausiges Geheul, das von den Klippen widerhallte, bis der Lärm sie von allen Seiten zu umgeben schien. Mustafa reagierte nicht auf ihre Zurufe; er wandte sich weder nach rechts noch nach links. Er hielt seine Augen auf das königliche Zelt gerichtet.

Rüstem wartete, zu jeder Seite einen Solaken-Leibwächter. Gott helfe mir in meinem Unglück! dachte er. Du bist ein gefährlicher Mann!

Mustafa führte sein Pferd gerade vor Rüstem hin, und der aufgewirbelte Staub schwebte als orangefarbene Wolke über die wartende Gruppe hin. Rüstem schmeckte die Körner in seinem Mund. Genieß deinen Ruhm, dachte er. Du wirst bald deinen eigenen Staub schmecken. Eine Ewigkeit voll davon.

Mustafa stieg mit einer einzigen geschmeidigen Bewegung vom Pferd, und die Willkommensrufe der Janitscharen hörten allmählich auf. Sie warteten ab, eine riesige, wilde, scharrende Menge.

Mustafa vollführte eine behende Temmenah. »Wo ist mein Vater?«

»Er ist nicht gesund. Ich bin Seraskier für diesen Kriegszug.«

Rüstem konnte das Spiel der Gefühle auf Mustafas Gesicht ablesen. Zuerst Enttäuschung, dann Aufregung. Kam sein Tag näher? »Wie krank ist er?«

»Seine Ärzte sagen, daß es nicht tödlich ist. Aber er konnte die Anstrengungen eines langen Feldzuges nicht auf sich nehmen.« Rüstem schaute an Mustafa vorbei auf die Gesichterschar, die sich jetzt hinter der kleinen Pferdetruppe aufgereiht hatte. Eintausend Janitscharen, dachte er, und jeder von ihnen steht in einem Abstand von nur hundert Metern von uns. »Ich habe noch nie solch lautes Jubelrufen gehört. Nicht einmal für den Sultan.«

»Sie jubeln mir zu, weil ich sein Sohn bin«, sagte Mustafa vorsichtig.

»Vielleicht«, antwortete Rüstem. »Wir wollen uns nach drinnen zurückziehen. Der Staub hat meine Kehle rauh gemacht.«

Rüstem ging voran in den großen Seidenpavillon. Pagen brachten Halva und Rosenwasser, und dann zog Rüstem einen Brief aus den Falten seines Gewandes. Ohne Kommentar überreichte er ihn Mustafa.

Es war der Brief, der unter Mustafas Tugra die Heirat mit der Tochter des Schahs anbot. »Das ist ungeheuerlich«, murmelte Mustafa.

Rüstems Augen waren auf den Teppich zwischen ihnen geheftet. »Du verleugnest es?«

»Verleugnen, daß ich einem eingeschworenen Feind unseres Reiches ein Bündnis anbieten würde? Natürlich leugne ich das!«

»Es trägt dein Siegel.«

»Es ist eine Fälschung! Hat mein Vater dies gesehen?«

»Natürlich.«

»Und was sagt er?«

»Ich bin nicht eingeweiht in seine Überlegungen. Er erwartet deine Antwort.«

»Diese Sache trägt deinen Gestank!« sagte Mustafa und warf den Brief auf Rüstems Schoß.

Der Wesir hob seine grauen Augen zum erstenmal. »Ich bin nicht dein Feind, Mustafa. Jene Janitscharen dort draußen sind dein Feind. Sie jubeln zu laut.«

»Ich habe niemals irgend etwas gegen meinen Vater gesagt oder getan, und ich werde das niemals tun. Ich habe es geschworen. Er muß das wissen!«

»Er erwartet deine Antwort«, wiederholte Rüstem.

»Er soll sie haben.«

»Zuerst habe ich Befehle für dich vom Sultan selbst. Du sollst deine Truppen sammeln und mich auf dem Feldzug gegen die persischen Ketzer begleiten. Unter meinem Oberbefehl, natürlich.«

»Ich werde tun, wie man mir befiehlt«, sagte Mustafa mit Verachtung und erhob sich auf die Füße. Er ging hinaus, ohne noch ein Wort zu verlieren.

Rüstem lauschte darauf, wie der Hufschlag donnernd über die Ebene rollte, und schickte dann nach dem Aga der Janitscharen. Der war ein blonder, drahtiger Mann, ein Slawe, und die linke Seite seiner Kinnlade war an der Stelle deformiert, wo ihn während der Belagerung von Rhodos eine Kartätsche getroffen hatte. Die großen Paradiesvogelfedern an seiner Kappe hüpften und raschelten, als er sein Sala'am vollführte. Er stand bereit, seine Befehle entgegenzunehmen.

»Du sollst eine Staffel deiner besten Männer zusammenstellen«, sagte Rüstem. »Mustafa muß heute nacht aus dem Palast geholt und in Ketten nach Stambul gebracht werden.«

Der Aga zögerte. Für einen Soldaten, den man seit seinem achten Lebensjahr zu unbedingtem Gehorsam erzogen hatte, war das eine vielsagende Reaktion. »Wie Ihr befehlt«, sagte er.

»Die Männer sollen bei Sonnenuntergang bereit sein. Das ist alles.«

»Wie Ihr befehlt«, wiederholte der Aga, aber in seinen Augen stand plötzlich der blanke Haß. Du bist so einfach zu verstehen, dachte Rüstem. Deine Gefühle färben dein Gesicht so, wie unsere Gelehrten einen Koran illuminieren mit ihren zinnoberroten und saphirblauen Tinten.

Es war so einfach. So einfach, wie Hürrem es vorhergesagt hatte.

Topkapi Sarayi

Die Goldene Straße führte von der Haremsmoschee an den Wohngemächern des Sultans vorbei und durch den Haremlik bis zum Diwan und dem kleinen, dunklen Turm des Gefährlichen Fensters. Ein verdunkeltes Treppenhaus führte zu dem vergitterten und mit Vorhängen versehenen Fenster, von dem aus der Sultan den Überlegungen seiner Paschas und Wesire im Diwan zuhören konnte.

Eine Gelegenheit, die jetzt auch Hürrem wahrnehmen konnte.

Die Goldene Straße war die schimmernde Prachtstraße der Macht, sie glänzte mit ihren Kacheln in Königsblau, Gold und Tomatenrot in makelloser Glasur. Als Hürrem hier in ihrem Kaftan, der auf den Pflastersteinen raschelte, entlangeilte, war sie sich der Heiligkeit und Mächtigkeit des Ortes bewußt. Sie kannte jetzt das Herz des Diwan, der Diwan kannte sie nicht.

Als sie oben an der verdunkelten Treppe angelangt war, hämmerte ihr das Herz so stark gegen die Rippen, daß sie sich vor Schmerz an die Brust faßte. Sie bewegte sich näher an den Taftvorhang heran und beobachtete.

Der goldene Baldachin des Diwan ruhte auf zehn Marmorsäulen. Der Taftvorhang vor dem Fenster verwandelte die spiegelnden Flächen aus Marmor und Gold und die leuchtenden Gewänder aus Seide und Brokat in ein Schattenspiel aus Schwarz und Grau. Die Pracht des Diwan blieb ihr vorenthalten. Aber es waren die Stimmen, die wichtig waren, und sie konnte jedes Wort kristallklar heraushören.

»… Du bist dir dessen sicher?« hörte sie einen Mann fragen. Es war Süleyman. Er war während der Abwesenheit von Rüstem zu seinen Verpflichtungen im Diwan zurückgekehrt.

»Meine Information ist sehr verläßlich.« Sie erkannte die Stimme des anderen Mannes nicht. Zweifelsohne einer aus dem Heer von Rüstems Bürokraten.

»Es besteht keine Möglichkeit, daß dein Spion sich täuscht?«

Sie hörte, wie der Mann peinlich berührt hustete. Das Wort »Spion« war ihm offensichtlich zuwider. »Ich habe meine Informationen aus verschiedenen Quellen zusammengetragen, mein Gebieter. Sie bestätigen alle, daß die Venezianer davon überzeugt sind, daß Mustafa ein Bündnis mit dem Schah Tahmasp eingegangen ist. Der Bailo selbst hat insgeheim einen Tschausch mit einem Brief nach Amasya gesandt. Den Inhalt des Briefes kennen wir nicht.«

Wie befriedigend ist es doch, dachte Hürrem, die eigenen Gerüchte in der Diwanhalle wiederholt zu hören! Abbas hat seine Arbeit gut verrichtet. Jahrelang hatte er Ludovici kleine Häppchen Wahrheit verabreicht, um Glaubwürdigkeit herzustellen. Und nun hatte die fremdländische Gemeinde von Galata die dicke Lüge vollständig geschluckt.

Ebenso wunderbar, daß keine Silbe von den häßlichen Sachen, die beständig über Hürrem und Rüstem im Basar verbreitet wurden, jemals dem Herrn über das Leben zu Ohren kamen. Zur wahren Macht gehörte es, das Geflüster zu kontrollieren. Wenn sogar die Spione Angst vor dir hatten, wagte keiner am Hof, ein Wort gegen dich zu wiederholen, selbst wenn es nur aus zweiter Hand war.

Süleyman hatte sein Urteil immer noch nicht ausgesprochen, aber Hürrem konnte sich seinen Gesichtsausdruck vorstellen. Es würde so aussehen, als ob er sich anstrengte, einen Wind fahren zu lassen. Beinahe kicherte sie laut auf, und sie steckte sich die Knöchel in den Mund, um sich zurückzuhalten.

»Ich kann dies immer noch nicht glauben«, hörte sie ihn sagen.

»Mein Gebieter, meine Inform …«

»Genug! Ich will nichts mehr hören!« schrie Süleyman, und sie hörte, wie er aus der Halle stampfte.

Hürrem eilte auf der Stelle fort. Zweifelsohne würde ihr Sultan sie bald herberufen, damit sie ihm Trost spende nach diesem jüngsten Schlag. Es wäre nicht gut, wenn er entdeckte, daß sie den Grund für seine Niedergeschlagenheit schon kannte.

88

Amasya

Ein ärgerliches Brummen unterbrach die Stille der Nacht, als sei die Bienenkönigin von einem herumstöbernden Bären aufgescheucht worden. Die zwei Solaken, die vor Rüstems Zelt Wache hielten, scharrten nervös mit den Füßen. Es geschah zum zweitenmal an diesem Tag, daß die Stille des Lagers durch die Rufe der Janitscharen gestört wurde. Wenn sie einen Aufstand machen sollten …

Die Entladung der Arkebuse klang wie Kanonendonner, und das Echo hallte immer noch von den Klippen, lange nachdem der erste Solake gefallen war und mit einem Aufschrei seine Brust gehalten hatte. Der zweite zog sein Schwert in einem vergeblichen Versuch, sich zu verteidigen. In einiger Entfernung zu seiner rechten gab es noch mehr Lichtblitze, wie Wetterleuchten, und zwei weitere Schüsse lösten sich. Er sah den Mann nicht, der ihn tötete. Die Kugel drang ihm in das linke Auge und zerfetzte sein Gehirn, bevor er noch Zeit zum Aufschreien hatte.

Dunkle Gestalten rannten aus den Schatten hinaus in den Lichtkegel, den die Fackeln ausleuchteten, Fackeln, die die Ziele für die Arkebusen deutlich herausgestellt hatten. Schwerter blitzten auf, als zwei der dunkel umhüllten Gestalten innehielten, um den zwei Solaken, die auf dem Boden lagen, den Todesstoß zu versetzen.

Dann hasteten sie in das Zelt hinein. Im Fackelschein erkannte Rüstem nur einen der Männer, den Aga der Janitscharen, doch an ihren langen grauen Kappen konnte man deutlich erkennen, daß sie alle seine Männer waren.

Er warf sich in seinen Pferdesattel und wandte sich an einen der Spahis an seiner Seite. »Es scheint, daß wir es mit einem Aufstand zu tun haben.«

»Ihr lest die Stimmung der Truppen korrekt, mein Gebieter«, sagte der Mann.

»Ja. Es ist ein Glück, daß ich in diesem Augenblick nicht in meinem Zelt bin. Ich bin fast sicher, daß die Schlächter ihre Arkebuse jetzt sogar auf meine Matratze abfeuern.«

Der Spahi nickte, immer noch sprachlos über das, was er gesehen hatte.

»Wir müssen zurück nach Stambul reiten und dem Sultan melden, was geschehen ist. Ich fürchte, Mustafa hat die Geduld verloren, auf den Thron zu warten.«

Er wandte sein Pferd von den Klippen ab und ritt mit seiner Eskorte in die Dunkelheit. Sie ritten außen am Lager vorbei und dann nach Westen.

Es war spät. Gülbehar war mit der Nachricht vom Aufstand in Rüstems Lager aus dem Schlaf geholt worden. Jetzt saß sie frierend in einer Hermelinrobe und wärmte sich die Knochen über den glühenden Kohlen des Heizbeckens. Aber die Kälte, die von der Furcht ausging, konnte sie nicht loswerden.

Sirhane trat ein und vollführte ihren Sala'am vor ihr. Sie sah schlaftrunken aus, und ihr Haar war ungekämmt. Der eilig übergeworfene Kaftan war zerknittert. Sie war blaß und zitterte. Ihr Ehemann war Mustafas Oberstallmeister. Sie denkt, daß sie eine Witwe ist, ging es

Gülbehar durch den Kopf. Sie denkt, daß ich sie deshalb herbefohlen habe.

»Dein Mann ist in Sicherheit«, sagte sie.

Sirhane ließ vor Erleichterung die Schultern fallen. »Meine Gebieterin …«

»Aber Gefahr besteht dennoch. Für uns alle.«

Sirhane sah sie verwirrt an. »Müssen wir Amasya verlassen?«

»Es gibt keinen Ort, wo wir hinkönnten.«

»Meine Gebieterin?«

Gülbehar zog sich das Gewand fester um die Schultern. »Im königlichen Lager hat es heute abend einen Aufstand gegeben. Die Janitscharen haben versucht, Rüstem Pascha zu töten.«

»Hat mein Gebieter …?«

»Mustafa hat sie nicht dazu aufgewiegelt. Wenn er das täte, bestünde keine Gefahr. Wenn Süleyman davon erfährt, wird er mit Gewißheit meinen Sohn dafür verantwortlich machen. Ich brauche deine Hilfe, Sirhane.«

»Meine Hilfe, meine Gebieterin?«

Gülbehar heftete ihre Augen starr auf sie. »Wenn Süleyman sich gegen meinen Sohn wendet, wendet er sich auch gegen dessen gesamten Haushalt. Dein Mann wird hingerichtet werden, sein Besitz wird konfisziert, und du wirst in die Verbannung geschickt werden. Du wirst deine Tage als Bettlerin beenden. Willst du das, Sirhane?«

Sirhane senkte die Augen. »Nein, meine Gebieterin.«

»Ich hätte es mir auch nicht vorstellen können. Noch will ich, daß das Leben meines Sohnes um der Blindheit eines Mannes willen vergeudet wird. Du erinnerst dich an den Kislar Aghasi, nicht wahr?«

»Ja, meine Herrin.«

»Ich möchte, daß du nach Stambul gehst und ihn aufsuchst. Biete ihm alles. Alles!« Sie beugte sich vor. »Ich will Hürrem tot sehen. Wenn er das für mich tun kann, wird mein Sohn Sultan werden, und Abbas kann alles haben, was er will. Überrede ihn, Sirhane, um meinetwillen – und um deinetwillen!«

89

Süleyman saß zusammengesunken auf dem Thron, als wäre seine Brust nach innen eingebrochen und seine Schultern und sein Kinn hätten keinen Halt mehr von unten. Seine Mundwinkel waren nach unten gezogen und formten einen halbmondförmigen Krummsäbel vor Mißfallen und Abscheu. Er betrachtete Rüstem unverwandt durch die dicken, grau zerfurchten Augenbrauen. Die einzige Bewegung zeigte sich im Blähen der Nasenflügel beim Atmen.

Rüstem vollzog sein Sala'am und wartete darauf, daß er zum Sprechen aufgefordert wurde.

»Nun?« brummte Süleyman.

Er muß es schon erfahren haben, dachte Rüstem. Die Gerüchte rasen durch die Gänge, es hat schon einen wahren Buschbrand von Geflüster um den Palast gegeben, noch ehe ich überhaupt angekommen bin.

»Ich bringe Nachrichten, die mir von Herzen leid tun«, sagte er.

»Berichte einfach. Warum hast du meine Armee verlassen und bist hierhergekommen?«

»Mein Gebieter, ich bin aus Furcht um mein Leben hierhergeritten. Aber es war nicht mein Leben, das ich so sehr schützen wollte, sondern vielmehr das Eure.«

Ein tiefes Knurren entfloh Süleymans Lippen. Es schien von ganz tief innen zu kommen und hing sekundenlang im Raum wie das Grollen eines Erdbebens.

»Mustafa?«

»Ich weiß es nicht, mein Gebieter. Die Janitscharen kamen mitten in der Nacht, töteten meine Wachen und stürmten mein Zelt. Ich war vorgewarnt und konnte deshalb entfliehen.«

»Wie viele?«

»Zu viele, um sie zu zählen, mein Gebieter. Der Aga führte sie an.«

»Und Mustafa?«

»Als er in das Lager einritt, jubelten die Janitscharen ihm zu, bis sie heiser waren. Sie riefen unverhohlen, daß er ihre Standarten flinker zum Haus des Krieges führen könne als ihr Sultan. Sie schrien laut, daß Ihr jetzt zu alt wäret, um sie anzuführen, und daß ich ein Defterdar ohne Kampferfahrung wäre.«

»Du hast ihm den Brief gezeigt?«

»Er sagte, er wäre niemandem außer dem Sultan Rechenschaft schuldig. Und da ich nicht der Sultan wäre, habe er mir nichts zu sagen. Er hat auch gesagt …, daß ich einen Abschiedsbrief an meine Familie schreiben solle. Er sagte, daß er meinen Kopf, sobald er den Thron bestiegen hätte, auf den Ba'ab i Sa'adet hängen würde … Er sagte mir auch, ich solle die Aaskrähen davon benachrichtigen, daß sie nicht lange auf ihre Mahlzeit würden warten müssen.«

»Das waren seine Worte?«

»So wahr ich hier stehe, mein Gebieter«, sagte Rüstem. Wie glatt die Lügen sich in die Wahrheit einfügten!

Der schmerzhafte Aufschrei erschreckte Rüstem so, wie ein einfacher Gewaltakt das niemals je vermocht hätte. Der Sultan warf den Kopf zurück und weinte.

Er winkte mit einer Hand und entließ den Wesir. Rüstem gehorchte ihm eifrig. Er machte sein Sala'am und ging rückwärts aus der Tür, erstaunt und hocherfreut, daß seine Lüge so gut funktioniert hatte.

Das Sonnenlicht spiegelte sich in den goldenen Weihrauchgefäßen des Pavillons, im Sommergarten hing schwer der Duft von Kräutern, Früchten und Rosen, und der Rhythmus der Zikaden wirkte hypnotisierend. Es war so einfach, hier in Hürrems Armen zu liegen und zu vergessen, daß sich das Gewebe der Zukunft unter seinen Händen auflöste.

Er hatte sich auf Mustafa verlassen. Jeder Kanun, den er verfügt hatte, jeder Grundstein, den er gelegt hatte, jeder Feldzug, den er ausgefochten hatte, war dadurch abgesichert gewesen, daß er wußte, Mustafa würde eines Tages das Banner aus seiner Hand übernehmen und jeden Fortschritt, den er gemacht hatte, weiter festigen. Bei Abtrünnigkeit würde alles wieder in sich zusammenbrechen. Die Osmanen wären wieder zurückgekehrt zu den regelmäßigen Blutbädern und Barbareien, die den Aufstieg seines Vaters, seines Großvaters und des Fatihs selbst begleitet hatten.

Vielleicht hatten die Janitscharen recht, und er war zu alt. Aber die

Bürde war ihm auferlegt bis zum Tod, so war es Gesetz bei den Osmanen und nach der Scheria, und Mustafa die widerrechtliche Aneignung zu gestatten, hieße, auf nachfolgende Jahrhunderte hinaus die Schleusen für das Blut der Osmanen zu öffnen.

»Höre nicht auf sie«, flüsterte Hürrem. »Sei stolz darauf, einen Sohn zu haben, der soviel Bewunderung und die Liebe der Janitscharen genießt. Du bist sein Vater. Der Sinn für Pflichterfüllung dir gegenüber wird ihn davon abhalten, falschen Gebrauch zu machen von dieser eigenartigen Macht, die er besitzt.«

»Ich dachte, du fürchtest dich vor ihm.«

»Ich fürchte den Kanun des Fatih. Aber mit dir an meiner Seite fürchte ich ihn nicht. Du bist Süleyman, der Größte all unserer Sultane. Niemand kann dich beim Volk ersetzen.«

»Es ist nicht das Volk, das mich niederbrüllt. Es sind die Janitscharen.«

Sie hörten einen gewaltigen Seufzer über sich und schauten nach oben durch die offenen Fensterläden des Pavillons. Jeden Frühling bauten die Störche ihre Nester aus losen Reisigbündeln auf dem flachen Stein an der Ecke zwischen den Moscheewölbungen und den Kuppeln der Medrese. An diesem heißen Augusttag aber waren sie zu Tausenden in die Luft aufgestiegen und flogen mit einem ersten Spähtrupp gen Süden, vor dem endgültigen Abzug in ihr Winterquartier. Mitten in der brütenden Sommerhitze war es ein Vorauszeichen, daß der Winter nicht mehr weit war.

»Ich muß nach Osten zur Armee reiten, sonst werde ich den Thron verlieren«, sagte Süleyman.

»Was wirst du tun?« fragte Hürrem sanft.

»Ich weiß es nicht. Wer kann mir hier helfend zur Seite stehen?«

»Abu Sa'ad vielleicht?«

Süleyman dachte darüber eine lange Zeit nach.

»Vielleicht«, sagte er.

Abu Sa'ad saß schweigend da und sah zu, wie der Kislar Aghasi fast das ganze Tablett voll Halva verschlang, das seine Pagen ihm vorgesetzt hatten. Es war ein sehr delikater Vorgang; mit gespitztem Zeigefinger und Daumen steckte er sich jedes Gebäckstück in den Mund, aß es auf und wählte dann ein neues. Sein Gesicht trug jenen Ausdruck von Ekstase, den der Scheich-Ül-Islam zuvor nur auf den Gesichtern der

Derwische gesehen hatte, wenn sie in Trance verfielen. Aber schließlich mochte Essen für manche Menschen eine religiöse Erfahrung sein, gestand er sich ein. Besonders für solche, die unbändige Leidenschaften hatten und keine Gelegenheit, sie auszudrücken.

Endlich hatte Abbas genug und spülte die honiggetränkten Kuchenstücke mit ein wenig geeistem Sorbet hinunter. »Ich bringe eine Botschaft von der Herrin Hürrem«, sagte er schließlich.

»Möge Gott sie erhalten«, murmelte Abu Sa'ad.

»In der Tat. Es scheint, daß sie großen Trost in unserem Glauben findet.«

»Sie ist wirklich außerordentlich fleißig in ihrer Beschäftigung mit dem Koran gewesen.«

»Ganz wie Ihr sagt«, meinte Abbas. »Es sieht jetzt so aus, als wolle sie Gott auf eine Weise rühmen, die das sterbliche Fleisch überdauert, aus dem wir gemacht sind, und den Glauben für Jahrhunderte sichert.«

»Gott wird sein Lächeln auf sie herabsenden.«

»In der Tat, sie hat vor, binnen kurzem einen großen Teil ihres persönlichen Vermögens in die Form eines Vakf zu übertragen – es also in eine Stiftung zu überführen, damit in der Stadt mehr Moscheen gebaut und erhalten werden können.«

Abu Sa'ad neigte anerkennend den Kopf. »Diese Großzügigkeit steht einer so edlen Dame gut an.«

»Sie bittet mich, Euch zu übermitteln, daß es Eure großartige Anregung war, die sie dazu gebracht hat, dies zu tun. Sie ist außerordentlich zufrieden gewesen mit dem Dienst, den Ihr ihr erwiesen habt, indem Ihr sie zu dem einen wahren Glauben hingeführt habt, und den Ihr auch dem Sultan in seinen schweren Stunden habt zukommen lassen. Sie bittet nur darum, daß Ihr Eure Arbeit weiterhin mit Sorgfalt ausübt.«

Es dauerte ein paar Augenblicke, ehe der Mullah begriff, was von ihm erwartet wurde. Er strich sich nachdenklich über den Bart. »Die Unruhen im Osten lasten im Augenblick schwer auf dem Herrn über das Leben«, sagte er.

»Wenn doch seine Sorgen zerstreut werden könnten!« warf Abbas ein. »Die Herrin Hürrem sagt, daß sie Tag und Nacht zu Gott bete, damit dieser ihm in seinem Kummer helfen möge. Sie würde alles tun, um ihren Herrn von diesen Lasten zu befreien.«

»Ich werde ihm allen Rat zukommen lassen, den ich vermag«, sagte Abu Sa'ad.

»Ganz wie Ihr sagt«, meinte Abbas.

Nachdem er gegangen war, holte der Scheich-ÜlIslam seine Tespiperlen hervor und murmelte Dank- und Bittgebete. Gott war gut, Gott war mächtig. Um aber seine Lehren zum Volk zu bringen und um großartige Moscheen zu seinem Ruhm zu errichten, mußte ein Mensch manchmal seine Seele ein wenig in den Wind hängen, der gerade blies.

90

Abbas warf die Kapuze der Ferijde zurück und betrachtete Sirhane argwöhnisch aus den Augenwinkeln. »Ich habe deine Nachricht erhalten«, sagte er. »Um was handelt es sich?«

»Ich brauche Eure Hilfe«, sagte Sirhane.

Abbas holte tief Luft. Genau das hatte er befürchtet. »Es scheint, daß ich allen anderen nützlich bin, nur mir selber nicht.«

»Gülbehar hat mich geschickt.«

»Ich habe damit gerechnet«, sagte Abbas. Er schaute im Raum umher, auf die vergoldeten Decken, die glasierten, mit Blumenmustern bemalten Kacheln, den rosigen Schatten der Hagia Sophia, der sich hinter den durchbrochenen Holzgittern, mit denen die Fenster abgedeckt waren, abzeichnete. »Dies ist also der Palast des Abdül Sahine Pascha.«

»Er ist jetzt Oberstallmeister beim Schahsaden.«

»So habe ich gehört. Sein Reichtum und sein Glück mehren sich.«

»Ist es Glück, zum Haushalt eines verdammten Mannes zu gehören, Abbas?«

Abbas schüttelte den Kopf. »Ich kann daran nichts ändern.«

»Gülbehar hat gesagt, daß ich dir alles anbieten darf – alles.«

»Sie ist freigebig. Wenn das so ist, wird sie anbieten, mir meine Männlichkeit zurückzugeben?«

»Abbas …«

»Meine Herrin kleidet mich in die allerfeinsten Kleider, ernährt mich und bezahlt alle meine Ausgaben. Aufgrund meiner Macht und meines Einflusses habe ich mehr Reichtum angehäuft, als die meisten Menschen sich das erträumen können. Und er ist nutzlos für mich. Wenn sie mich in Versuchung führen und mich der Todesgefahr aussetzen will, soll sie mir doch anbieten, mir meine Mannhaftigkeit nur für eine Nacht zurückzubringen, damit ich noch einmal die Berührung einer Frau wirklich spüren kann!«

Sirhane schaute zu Boden. Sie hatte irgendwie gehofft, dies vermeiden zu können, aber sie hatte schon beschlossen, was sie tun würde, wenn Abbas sie zurückwies. Sie wußte, daß Gülbehar recht hatte. Wenn ihr Ehemann zusammen mit Mustafa starb, würde man ihr keine Gnade erweisen. Sie würde den Rest ihrer Tage in Lumpen verbringen, hungernd und vertrieben, als eine Aussätzige.

Es gab immer noch eine Sache, nach der Abbas sich sehnte, das wußte sie. »Und weiß Süleyman über Julia Bescheid?« fragte sie unvermittelt.

Sie schaute nicht auf, aber sie konnte hören, wie Abbas tief Luft holte. Sein Haß war plötzlich beinahe körperlich gegenwärtig im Raum. »Du kleines Luder«, zischte er.

Er muß davon ausgehen, daß Gülbehar ebenfalls Bescheid weiß, sonst würde er mich jetzt töten, dachte Sirhane. Sie konnte ihm nicht in die Augen sehen. »Sehr bald wird eine Frau sterben. Vielleicht Hürrem, vielleicht Julia. Du entscheidest es.«

»Du hast gesagt, du liebtest sie …«

»Wir alle lieben uns selbst am meisten, Abbas.«

»Man hat mir meine Mannhaftigkeit abgetrennt, aber man hat mir nicht mein Herz herausgeschnitten. Zum erstenmal in vielen Jahren gibt es einen anderen, für den ich Mitleid habe. Du verursachst mir große Übelkeit.«

Sirhane blieb bei ihrem Vorsatz. Sie blickte in das kalte, reglose Auge. »Tu es, oder sie wird sterben, Abbas. Verschon mich mit deinen Reden.«

Abbas schlug ihr hart mit der Hand in das Gesicht. Er gab seinen Pagen Zeichen, ihm aufzuhelfen. Er stürmte aus dem Zimmer. Sirhane berührte ihre Wange, ganz zart, und sie haßte sich in dem Moment mehr, als sie jemals irgend etwas gehaßt hatte.

»Ich habe ein Problem, bei dem ich deine Hilfe brauche. Ein bestimmter Fall ist mir im Diwan vorgetragen worden, der mich außerordentlich ratlos gemacht hat. Ich habe beschlossen, dir die Sache zur Beurteilung nach den heiligen Gesetzen des Korans zu überlassen.«

Süleyman legte eine Pause ein, um seine Gedanken zu sammeln.

»Ein Kaufmann in guter Stellung ist kurz krank gewesen«, fuhr er fort. »Während seiner Erkrankung übergab er seinem Diener die Handhabung seiner Geschäfte; dem hatte er immer ein gutes Gehalt und eine gute Stellung zugebilligt. Er hatte sich jedoch kaum auf sein Krankenlager gelegt, als der Diener ihn betrog, ein Komplott gegen seine Familie ausheckte und sogar plante, seinen Herrn umzubringen. Als der Kaufmann wieder wohlauf war, entdeckte er diese gegen jeden Zweifel erhabenen Machenschaften. Was sollte jener Kaufmann tun, und welches Urteil sollte rechtmäßig im Namen der Scheria gefällt werden?«

Abu Sa'ad verzog keine Miene. »Der Koran ist sehr genau in solchen Angelegenheiten. Der Diener muß sterben.«

Süleymans Schultern sackten unter den Falten seines Kaftans nach unten.

Nach einer Weile raffte er sich wieder auf. Er schaute dem Scheich-Ül Islam geradewegs in die Augen. »Und wenn der Name jenes Dieners Mustafa, wenn es der Schahsade wäre?«

»Tod«, sagte Abu Sa'ad.

Zwei Tage darauf bestieg Süleyman wieder einmal sein Pferd bei den Brunnen im dritten Hof, verließ den Palast und brach mit seinem Hausregiment nach Osten auf. An die Agas von Amasya waren schon Befehle abgegangen, ihre Truppen für den Marsch auf Erzerum nach Süden zu bringen. Ein Tschausch wurde zu Pferde mit weiteren Befehlen zu Bayezit geschickt, der von Manisa kommen sollte, um die Regierungsgeschäfte am Topkapi zu übernehmen.

Süleyman wußte, daß er sich beeilen mußte, um seine Autorität bei den Agas wiederherzustellen. Aber zuerst mußte er mit Selim sprechen.

Sie sieht blühend aus, dachte Abbas. Sie sieht nie so jung und lieblich aus, als wenn sie eine Hinrichtung plant. Es verjüngt sie. Das grüne

Samt-Talpack war ihr in einem kessen Winkel auf dem Kopf befestigt, und sie trug einen Kaftan aus pistazienfarbenem, hermelinverbrämtem Samt. Perlenrosetten schimmerten auf dem Rist ihrer Schnabelschuhe. Sie spielte mit langen Strähnen ihres rotgoldenen Haares und betrachtete ihn dabei.

Dies ist also der Tag, an dem ich sterben soll, dachte Abbas. Nun, ich habe ihn lange genug hinausgeschoben. Jetzt, wo es entschieden ist, fühle ich mich seltsam frei, sogar wohlgemut. Es ist sehr schön, daß du auch fröhlich aufgelegt bist. Ich hätte es gehaßt, dein schwarzes kleines Herz herauszuschneiden, wenn du ebenso an der Welt leiden würdest wie ich.

»Hast du ausgeführt, was ich dir aufgetragen habe?« wollte Hürrem wissen.

»Ich habe mit dem Mufti gesprochen, wie Ihr befohlen habt. Er hat schließlich verstanden, was von ihm erwartet wird.«

»Mein guter, treuer Abbas.«

»Ganz wie Ihr sagt, meine Herrin.«

»Und was soll deine Belohnung sein?«

Oho, du willst mich also in Versuchung führen und quälen! dachte Abbas. Ich hatte gehofft, daß du das tun würdest. Ich habe fünfundzwanzig Jahre der Impotenz hinter mir. Heute nacht wirst du in meiner Macht stehen.

»Mit welcher Belohnung möchtet Ihr mich ehren, meine Herrin?«

»Du wählst dir aus dem Harem aus, wen du willst, vielleicht?«

Abbas lächelte über ihren Sarkasmus. Er verneigte sich. »Meine Herrin ist zu gütig.«

Vielleicht bemerkte sie an dieser Stelle sein verändertes Benehmen, denn ihre Augen wurden plötzlich hart. »Du siehst sehr zufrieden mit dir selbst aus, Abbas. Vielleicht möchtest du den Spaß mit deiner Herrin teilen?«

Abbas ging einen Schritt auf sie zu, und seine Hand bewegte sich zu dem juwelenbesetzten Dolch hin, der in der Schärpe steckte, die er um seine Mitte trug. Seine Finger ruhten auf dem Elfenbeingriff. Hürrem senkte die Augen, und ihm wurde klar, daß sie sofort wußte, was er vorhatte. Aber die schwarzen Wächter rings im Raum waren zu weit entfernt, angesichts dieser Routineaudienz zu schläfrig, um ihn aufhalten zu können. Er lächelte sie an. Sobald sie schreit, beschloß er, werde ich es tun.

Aber Hürrem schrie nicht. »Ah, mein Abbas. So bist du endlich ein Mann geworden«, sagte sie. Sie schien beinahe … erregt.

»Ich habe so lange hierauf gewartet«, flüsterte er.

»Und was hat dich abgehalten?«

Abbas starrte sie an. Was hat mich davon abgehalten? Die Antwort ist einfach, dachte er. Ich habe Angst vor dem Sterben. Keine Angst vor Schmerzen – Gott weiß, ich habe genug Schmerz ertragen –, und ich bin nicht in das Leben verliebt, denn es gibt in diesem Leben nichts, das ich gern habe. Nur Furcht davor, was danach kommt. Ich konnte es nicht eher tun. Aber jetzt werde ich es für Julia tun.

Die Wächter hatten nichts bemerkt. Abbas stand immer noch und hielt die Hand an seiner Mitte. Hürrem entspannte sich und räkelte sich fast auf dem Diwan.

»Hast du keine Angst?« flüsterte sie.

»Diesmal wird sie mich nicht hindern.«

»Nicht um deinetwillen, lieber Abbas. Hast du keine Angst, was mit Julia geschehen wird?«

Abbas spürte, wie seine Faust sich fester um das warme Elfenbein schloß. Tu es jetzt! schrie etwas in ihm. Tu es jetzt! Ehe die Hexe irgendeinen Weg findet, deinen Vorsatz abzuschwächen!

»Julia?« hörte er sich selbst sagen.

»Nach meinem Tod wird ein Brief, den ich in sichere Verwahrung gebracht habe, an meinen Sultan ausgehändigt werden. Er wird äußerst ungehalten darüber sein, daß sie immer noch in Pera lebt und vielleicht immer noch die Quelle der vielen Gerüchte ist, die über sein Versagen im Harem kursieren.«

Abbas fühlte, wie der Palast ihm rings um die Schultern zusammenkrachte. Er kam sich vor, als sei er stocksteif gefroren. Er konnte absolut nichts tun. Er konnte sie nicht töten, er konnte sich nicht zurückziehen. Er war abgestorben.

Er wartete, daß sie nach dem Bostanji riefe, um ihn abzuführen. Ich sollte mich jetzt selber töten, dachte er. Erspare dir den Tod nach Art der lebhaften Phantasie dieser Hexe.

Hürrem lachte. »Ich könnte fast schwören, daß dein schwarzes Gesicht ziemlich blaß geworden ist!«

Abbas schwankte auf den Füßen. Öliger Schweiß brach ihm auf der Haut aus. Führe den Dolch gegen dich selbst! rief eine Stimme. Tu es sofort!

»Du denkst, daß ich dich bestrafen werde«, sagte Hürrem.

Er sah ihr ins Gesicht. Ihre Augen glühten vor Wonne. »Zuerst werde ich mich selbst töten«, sagte er.

»Mein lieber Abbas, warum solltest du das tun?«

»Ihr habt mich zum letztenmal gequält.«

Sie beugte sich näher. »Nimm deine Finger fort von dem unfeinen Gerät da. Glaubst du, ich sollte nach Rache trachten, weil du daran gedacht hast, mich umzubringen? Halb Stambul will mich tot sehen! Statt dessen hast du mir gerade bewiesen, daß du mir niemals ein Leid zufügen könntest, ganz gleich, wie sehr du mich haßt. Das macht dich zum vertrauenswürdigsten und gehorsamsten Diener, den ich mir vorstellen kann. Ich habe niemals der Loyalität um ihrer selbst willen vertraut. Auf die kann man sich nicht verlassen!«

Tu es irgendwie! schrie die Stimme in Abbas. Tu es!

Abbas sackte in die Knie. »Ich bin schwach«, murmelte er.

»Ja«, sagte Hürrem lachend. »Aber sehr nützlich!«

91

Konya

Die Stadt lag einsam in einer ausgedehnten, staubigen Weizenschüssel auf der anatolischen Steppe – das Mekka der Osmanen, die Heimstatt des Klosters, das die Knochenüberreste des Dschalaloddin Rumi barg, des Gründers des Derwischordens. Sie war gleichzeitig Verwaltungssitz von Karamania, wo Selim seine Lehrzeit als zweiter Prinz in der Reihe der Thronfolge absolvierte. Hierher kam Süleyman vor seiner Auseinandersetzung mit dem abtrünnigen Schahsaden auf der Suche nach Hoffnung.

Er hatte die Gerüchte gehört, die man sich in den Korridoren des Topkapi und im Bedesten der Stadt zuflüsterte. Hürrems ältester Sohn war ein Trunkenbold. Selim den Säufer nannte man ihn. Der kleine unbeholfene Jugendliche, der von seinem jüngeren Bruder beim Çerit und auf dem Bogenschießplatz immer übertroffen wurde, war jetzt zu einem Hanswurst geworden, einer Witzfigur. Er war gewiß keine Bedrohung für den Thron, wie Mustafa das war. Aber er verkörperte auch nicht die Zukunft, die Süleyman für die Osmanen im Auge gehabt hatte.

Als er jetzt seinem Sohn prüfend in das Gesicht sah, das durch die Auswirkungen von zuviel Wein erhitzt war und auf dessen Wangen und Nase sich die erweiterten Äderchen wie ein karmesinrotes Spinnennetz ausbreiteten, schloß er seine Augen voller Abscheu und dachte: Kann ich dies tun?

Selims Aufmerksamkeit war schon völlig in Beschlag genommen mit seiner eigenen, persönlichen Hetzrede. »Natürlich haßt Mustafa mich. Sollte er auf den Thron steigen, so zweifle ich nicht, daß es seine erste Tat sein wird, den Bostanji loszuschicken, um mich umzubringen. Kannst du dir vorstellen, wie das ist, so zu leben? Ich habe außer dir keinen Freund in aller Welt; wenn du nicht da wärest, gäbe es niemanden, der mich beschützen würde.«

Du jammerst wie ein armer Bauer, dachte Süleyman. Und hier sitzen wir in deinem prächtigen Palast, du nippst an deinem Sorbet und gibst vor, daß es Nektar ist, und denkst, daß ich nicht bemerke, wie deine Hand zittert, wenn du den Kelch hochhebst.

»Hast du von der falschen Anschuldigung gegen Mustafa gehört?«

»Ich bezweifle kein Wort davon.«

Natürlich nicht, dachte Süleyman. Aber schließlich ist deine Meinung schwerlich objektiv. »Wir werden darüber bei Aktepe abschließend befinden. Wenn ich Mustafa an den Bostanji übergeben sollte, wäre es als nächstem an dir, das Joch der Osmanen auf dich zu laden. Denkst du, daß du solch eine schwere Last tragen kannst, mein Selim?«

Selim vermied es, ihm in die Augen zu sehen, aber Süleyman spürte, wie in seinem Sohn Erwartung aufkeimte. »Ich bin dein Sohn. Ich bin dazu geboren. Aber wenn ich der nächste bin, warum hast du dann Saroukhan an Bayezit gegeben?«

»Es war zweckmäßig, das zu tun.«

»Wenn ich Schahsade sein soll, müßte ich in Manisa sein.«

Süleyman seufzte. Er war wie ein bockiges Kind. »Es ist noch nicht beschlossen. Wir reden über das Leben von Mustafa, mein Selim. Es ist keine Angelegenheit, über die man leicht hinwegsehen kann. Ich frage nur, ob du meinst, daß du meine Lasten schultern kannst. Ich habe sie dir nicht versprochen.«

Selim war beleidigt. »Ja, Vater.«

Süleyman konnte kaum glauben, daß dies sein eigener Sohn war, dem man den Namen jenes wild wütenden Kriegers gegeben hatte, der sein eigener Vater gewesen war. Ja, beschloß er, die Gerüchte beruhten alle auf der Wahrheit. Er konnte selbst die Zerrüttungen an Körper und Geist feststellen, welche die Ausschweifungen bei Selim angerichtet hatten; seine Veranlagung war nur allzu offensichtlich. Warum sollte es ihn aber überraschen? Er war ja selber nicht der Schlächter, der sein Vater gewesen war, warum sollte er also erwarten, daß Selim sein eigenes Abbild sei?

Vielleicht war es ja auch sein Versagen, weil er sich nicht um seine Söhne gekümmert hatte; er hatte die Zukunft Mustafa gewidmet, er hatte vergessen, daß Selim auch eines Tages zum Banner vortreten könnte. Jetzt war es zu spät. Selim war ohne Anleitung aufgewachsen, und er war ihm verlorengegangen.

All seine Hoffnungen lagen bei Mustafa, und sie waren gescheitert.

»Was hast du vor mit Mustafa?« wollte Selim wissen.

»Ich weiß es nicht«, beschied Süleyman ihm. »Ich weiß es nicht.«

Pera

Julia konnte ihre Ungeduld kaum bezähmen. Sie beobachtete vom Fenster aus, wie die Kutsche auf den Pflastersteinen klappernd zum Stehen kam und eine Gestalt in einer purpurroten Ferijde herausstieg und ins Haus eilte. Zu lange war es her, seit sie sie gesehen hatte. Viel zu lange. Ihre Hände zitterten wie die eines Mädchens.

Hyazinth geleitete Sirhane in den Raum und verließ ihn dann wieder mit einer Verneigung. Sobald sie allein waren, warf ihr Julia die Arme um den Hals und umarmte sie, bis sich Sirhane protestierend freimachte, um sich Luft zu verschaffen.

Julia riß ihr die Cazeta vom Gesicht. »Nimm dies fort. Ich muß dich sehen«, sagte sie.

Sirhane legte die Ferijde ab. Sie war in einen Kaftan aus rosaroter Seide mit einem Taillenband aus leuchtendblauem Kaliko gekleidet. Julia nahm ihre Hand und führte sie zu einem Diwan.

»Ich habe dich vermißt«, hauchte sie.

»Die Jahre haben dir immer noch nichts anhaben können, Julia«, flüsterte Sirhane.

Julia sah sie an. Wenn ich doch nur dasselbe sagen könnte, dachte sie. Du siehst verhärmt und müde aus. Du hast dunkle Ringe unter den Augen und Schatten dahinter. Irgend etwas stimmt nicht.

»Bist du gesund?« fragte sie sie.

»Ein bißchen müde von der Reise, das ist alles«, sagte Sirhane, und sie legte ihren Kopf auf Julias Schulter, für den Fall, daß sie die Lüge sehen sollte, die ihr ins Gesicht geschrieben stand.

»Es ist schon eine so lange Zeit her. Als dein Bote kam, konnte ich gar nicht glauben, daß du wirklich hier in Stambul bist.«

Sirhane schien nervös zu sein. Nicht die zuversichtliche, erfahrene Frau, an die Julia sich erinnerte. Keinesfalls diese.

»Berichte mir alle Neuigkeiten über dich«, sagte Julia. »Was führt dich hierher?«

»Abdül hat mich fortgeschickt. Es hat Schwierigkeiten gegeben.«

»Schwierigkeiten?« Julia drückte ihre Hand. »Abdül geht es gut?«

»Ja, aber … er glaubt, daß es gefährlich ist.« Sirhane vermied ihren Blick.

»Steht es wirklich so schlecht?«

»Hast du nicht davon gehört?«

»Nur Gerüchte. Man sagt, daß Mustafa ein Bündnis mit Schah Tahmasp eingehen will.«

»Das ist Rüstems Werk. Aber es gibt noch viel Schlimmeres. Die Janitscharen haben versucht, den Wesir zu ermorden, als er am Grünen Fluß seine Zelte aufgeschlagen hatte. Er macht Mustafa dafür verantwortlich.«

»Ist es wahr?«

»Natürlich nicht …, aber was können wir machen? Mein Ehemann ist dem Schahsaden treu ergeben. Wenn es Krieg geben sollte …«

Julia versuchte, sie zu trösten, aber Sirhane entwand sich ihr.

»Mir geht es gut. Ich sollte wegen dieser Angelegenheiten nicht in Panik ausbrechen.«

»Krieg?« Julia schaute sie erschrocken an. »Gibt es irgend etwas, das wir tun können? Ludovici hat Einfluß im Inneren der Pforte, wenn er vielleicht …«

»Nein, es gibt nichts, das ihr tun könnt«, sagte Sirhane, allzuschnell.

»Wenn du dich verstecken mußt …«

»Vor dem Sultan verstecken? Wo er der König von der halben Welt ist?« Sirhane schaute auf und warf plötzlich die Arme um Julias Hals und weinte. »Es tut mir leid.«

»Leid – was tut dir leid?«

Aber Sirhane weinte nur und antwortete nicht. Julia spürte das Zittern ihres Körpers und die Nässe ihrer Tränen durch den Schleierstoff ihres Überwurfs. Es hatte den Anschein, als würde ihr Weinen stundenlang anhalten.

Endlich löste sich Sirhane. »Ich würde dir niemals weh tun«, sagte sie.

»Ich verstehe nicht … Was sagst du?«

Sirhane streichelte ihr die Wange. »Vergiß nur nicht, daß ich dir niemals etwas zuleide tun würde.«

»Das weiß ich. Aber ich verstehe immer noch nicht. Da ist noch irgend etwas anderes im Spiel. Was ist es? Was ist nicht in Ordnung?«

Sirhane schüttelte den Kopf. »Halt mich nur fest«, sagte sie. »Ich werde es dir später sagen. Jetzt nicht.«

Aber Sirhane sagte ihr nicht, was nicht in Ordnung war. Statt dessen gingen sie gemeinsam ins Hammam und badeten. Julia massierte ihr die Schultern, spürte die angespannte Härte ihrer Muskeln und konnte sie nicht ausstreichen.

»Du bist so verspannt«, flüsterte sie.

»Natürlich bin ich angespannt. Wundert dich das?«

Julia antwortete ihr nicht, überrascht durch das Unvermittelte der Antwort. Sie goß sich ein wenig mehr Sandelholzöl auf die Hände und rieb es Sirhane in die Nackenmuskeln ein.

»Wie geht es Ludovici?« fragte Sirhane sie.

»Er hat Erfolg.«

»Ist er ein rücksichtsvoller Ehemann?«

»Ja. Ja, ich denke, das ist er. Behandelt Abdül dich noch gut?«

»Er hat jetzt eine andere Frau. Eine Armenierin. Sie ist achtzehn und sehr schön. Man hat sie bei der jüngsten Devschirme ausgelesen.«

Julia wußte nicht, was sie sagen sollte.

»Er kommt noch einmal in der Woche zu mir. Aber natürlich verbringt er seine Nächte meistens mit ihr. Ich sehne mich dann nach ihm. Sehnst du dich je nach Ludovici, wenn er fort ist?«

»Ich sehne mich nach dir«, sagte Julia.

»Vielleicht solltest du lernen, ihn mehr zu lieben.« Sirhane drehte sich herum. »Du hast recht, ich bin zu verspannt. Hier, ich werde mich um dich kümmern.«

Julia sehnte sich nach Sirhanes körperlicher Berührung, aber als sie sie einölte, tat sie das mit der Zurückhaltung einer Gedikli. Schließlich nahm Julia ihre Hand und führte sie sich an die Brust, aber Sirhane schob sie zurück und flüsterte: »Noch nicht.«

Statt dessen räkelte sie sich im Wasser und redete, schwatzte wie irgendeine dumme Konkubine im Hararet, müßiges Gerede über das Leben in der Zitadelle in Amasya und unzusammenhängende Erinnerungen an ihr Leben im Harem an der Serailspitze. Ihre frühere Vertrautheit war vergangen. Plötzlich waren sie Fremde, und Julia wußte nicht, welches Hindernis sich zwischen sie gestellt hatte oder warum.

Schließlich gingen ihnen einfach die Gesprächsthemen aus, und da sagte Sirhane, daß sie gehen müsse.

Als sie ging, faßte Julia sie am Arm. »Du hast mir immer noch nicht den wahren Grund erzählt, warum du nach Stambul gekommen bist«, sagte sie.

»Beim nächstes Mal«, antwortete Sirhane. Sie entzog sich ihr und schlüpfte in ihre Ferijde.

»Wird es ein nächstes Mal geben, meine Sirhane?«

»Ich werde eine Botschaft schicken.« Sie küßte sie leicht auf ihre Lippen und zog sich die Cazeta wieder über, um ihr Gesicht zu verstecken. »Leb wohl, Julia«, sagte sie, und in ihrer Stimme lag eine fürchterliche Endgültigkeit.

Anatolien

Süleyman stieß auf der Ebene von Aktepe wieder zur Armee.

Die Janitscharen waren schweigsam, als er zwischen ihnen ritt, und ihre Gesichter waren entweder abgewandt oder zeigten mürrischen Respekt. Er postierte die Standarte mit den sieben Roßschweifen vor das königliche Zelt und befahl seinen Tschausch zu sich. Er sandte ihn nach Amasya, mit einem Dokument, das die königliche Tugra trug und Mustafa dringend befahl, sich zu ihm zu begeben.

Dann wartete er.

92

Amasya

»Um Himmels willen, du darfst nicht gehen!«

Mustafa klopfte seiner Mutter auf die Hand. Sie zog sie zurück, ärgerlich über diese Art der Herablassung ihr gegenüber, aber er grinste nur. »Der Sultan befiehlt es. Wenn ich es verweigere, wird man mich der Untreue beschuldigen.«

»Und wenn du gehst, wird er dich vielleicht auch anschuldigen, und wer wird dich dann beschützen?«

»Sie verbreiten schon Gerüchte gegen mich im Palast. Es bietet sich für mich die Gelegenheit, auf ihre Lügen zu antworten.«

»Wenn er deine Antworten gewollt hätte, warum ist er nicht hierher gekommen? Warum ist er nach Konya gegangen?«

»Vielleicht hat er Angst, herzukommen.«

Gülbehar erhob sich und drehte ihm den Rücken zu, um die Tränen der Angst zu verbergen, die ihr in die Augen geschossen waren. »Sollen sie dich doch anschuldigen, wie sie wollen! Sie können nichts beweisen!«

Mustafa fragte sich, ob er ihr von dem Brief und von seiner Unterredung mit Rüstem berichten sollte. Er beschloß, es nicht zu tun. »Die Janitscharen bejubeln mich schon als ihren Führer. Wo kann ich sicherer sein als in ihrer Mitte?«

»Hier! Du wirst hier sicherer sein, in deiner Festung, weit entfernt von Süleyman und Rüstem!«

»Ich muß vor allen anderen Dingen meinem Vater gehorchen. Er hat mich zu sich gerufen. Ich werde gehen.«

»Und was ist, wenn die Bostanji schon warten?«

»Er hat mir mein Leben gegeben. Er hat das Recht, es wieder zu nehmen.«

Gülbehar drehte sich um, und in ihren Augen funkelten Haß und Furcht. »Nein! Er hat kein Recht! Ich habe dir auch das Leben gegeben! Ich habe dich an meiner Brust gestillt und habe dich vom Säug-

lingsalter an großgezogen! Er hat kein Recht, dich mir fortzunehmen!«
Plötzlich war es Gülbehar, als habe sie einen Stoß in den Bauch erhalten. Sie klappte vornüber, schluchzte und rang nach Luft. Mustafa fing sie auf, barg sie in seinen Armen und führte sie zum Diwan.

Er hielt sie eine lange Zeit. Endlich flüsterte er: »Ich muß gehen.«

»Nimm dir den Thron. Du hast lang genug gewartet. Du mußt nur ein Wort sagen, und die Janitscharen werden sich mit dir erheben. Es braucht kein Blutvergießen zu geben. Dein eigener Großvater hat Bayezit vom Thron entfernt und ihn in die Verbannung geschickt. Es ist im Rahmen des Gesetzes.«

»Es ist gegen das Gesetz des Himmels. Süleyman hat mich das gelehrt.«

»Das sieht ihm natürlich ähnlich!«

»Ich kann es nicht tun. Es ist unmöglich. Ich würde lieber sterben, als meinen Namen vor den anderen Prinzen der Welt zu entehren und meine Seele vor Gott zu besudeln!«

»Mustafa …« Nichts würde ihn bewegen, das wußte sie. Das Biest hatte gewonnen. Sie stellte sie sich gerade vor, auf ihren Diwan hingeräkelt, den Kopf zurückgeworfen, lachend. Das Leben war so einfach, wenn man an nichts anderes glaubte als an den eigenen Erhalt.

»Meine Ehre ist mehr wert, als jedes Reich der Welt mir geben kann. Was für ein König werde ich sein, wenn ich meine Seele verrate, um an die Macht zu kommen? Ich werde ohne Schuldgefühl regieren, oder ich werde überhaupt nicht regieren.«

»Du bist ein Dummkopf«, stieß Gülbehar hervor.

»Du weißt, daß du das nicht so meinst«, grinste Mustafa. »Wenn ich mich erweichen ließe, würdest du dich schämen. Und ich mich auch.«

»Du läßt zu, daß sie so leicht gewinnt«, murmelte Gülbehar, aber Mustafa hörte sie nicht.

»Jedenfalls ist es so«, fügte er hinzu, »wenn ich nicht gehe, ist es ein Schuldeingeständnis. Er wird mir nichts antun, Mutter. Er hat sein Wort gegeben. Er ist ein Mann der Ehre wie ich.«

Nein, dachte Gülbehar. Er ist ein Mann der Pflicht. Das mag für dich dasselbe sein, aber diese beiden Sporen sind von zweierlei Metall.

»Ich werde bei Tagesanbruch aufbrechen«, sagte er.

»Geh mit Gott«, flüsterte Gülbehar und ließ zu, daß er ihre Hand küßte und sie verließ. Als er fort war, gab es keine Tränen mehr zum Weinen; statt dessen saß sie am Fenster und sah zu, wie die Sterne über das Gesicht der Erde zogen, und sie verzehrte sich hilflos vor Zorn in ihrem Gefängnis.

Aktepe

Der Rauch von feuchtem Fichtenholz hing in der Luft. Im Lager herrschte Stille. Wasserkarren quietschten zwischen den Zeltreihen, Schafe trippelten in alles erstickenden Staubwolken zu den Zelten der Metzger. Eine Gruppe Janitscharen in blauen Jacken spielten mit Glückswürfeln neben einer glühenden Kohlenpfanne und hatten sich zum Schutz vor der Abendkühle eng darum herum geschart.

Als sie Mustafa sahen, sprangen sie auf die Füße und drängelten sich um sein Pferd, wie sie es in Amasya getan hatten. Die Nachricht verbreitete sich schnell durch das Lager; der Schahsade war gekommen, um sie gegen die Perser anzuführen! Einige nannten ihn sogar Padischah, und ihre Rufe erschallten überall im Lager, bis dorthin, wo Süleyman auf dem Thron saß und sich mit Rüstem besprach. Sie verfielen in Schweigen und hörten den Stimmen zu, und Rüstem sah, wie sich die Züge des alten Mannes zu einem Entschluß verfestigten.

Padischah! *Herrscher*!

»Hier kommt das Gespenst meines Vaters«, murmelte Süleyman.

Der Jubeln währte noch eine lange Zeit, lange nachdem Mustafa seinen Zelt-Pavillon nahe dem von Süleyman errichtet hatte und auf den Befehl zum Erscheinen wartete, um sich seinen Anklägern zu stellen.

Aber in jener Nacht sprachen seine Ankläger, nicht er. Der Geist Selims erschien am Fußende von Süleymans Bett; er hielt die Hände zu seinem Sohn ausgestreckt, und in ihnen hielt er den Kopf seines eigenen Vaters.

»Großvater«, murmelte Süleyman im Schlaf, »du hättest ihn töten sollen. Du warst zu schwach.«

Er dachte an Cihangir und an seine Mihrimah, und er wußte, was er zu tun hatte.

93

Morgengrauen.

Den ganzen vergangenen Nachmittag und Abend lang hatte Mustafa die Grußbotschaften der Wesire und Agas in seinem Zelt empfangen, aber jetzt herrschte wieder Stille im Lager. Die Muezzins riefen die Armee zu den Gebeten, Tausende von Turbanen wurden hintereinander aufgereiht und hoben sich gegen den malvenfarbenen Himmel ab wie seidene Hecken.

Nachdem Mustafa seine Bittgebete an Gott beendet hatte, machte er sich fertig. Er kleidete sich ganz in Weiß, als ein Zeichen der Unschuld, und steckte sich seine Abschiedsbriefe in das Gewand nahe dem Herzen, wie es üblich war für jeden türkischen Mann, wenn er der Gefahr gegenübertrat.

Er bestieg den Sattel seines Araberhengstes und machte sich auf, wie die Tradition es vorschrieb, die wenigen Meter, die sein Zelt von dem seines Vaters trennten, hinüberzureiten. Sein Aga, und sein Stallmeister Sahine bestiegen ihre Pferde zu seinen Seiten.

Mustafa fühlte, wie sich jedes Auge auf der riesigen Ebene erwartungsvoll auf ihn heftete. Jedermann wußte, was an diesem Morgen stattfinden sollte, warum Mustafa herbeizitiert worden war. Würden sie sich versöhnen, oder würde Mustafa seinen alternden Vater vor eine Herausforderung stellen?

Die Janitscharen machten sich an ihre Aufgaben, aber keiner von ihnen war bei der Sache. Einige bereiteten sich darauf vor, einen neuen Sultan zu preisen, noch ehe die Sonne den Himmel überquert hatte.

Am Eingang zum Sultanspavillon glitt Mustafa vom Pferd herunter, nahm den Dolch von seiner Taille ab und überreichte ihn Abdül Sahine. Er ging unbewaffnet in das Treffen mit seinen Vater.

Mustafa begrüßte die Solakenwache, die draußen stand, und bedeutete seinem Aga und seinem Stallmeister, dort zurückzubleiben, wo sie waren. Die Eingangslasche wehte hinter ihm zu.

Abdül Sahine klammerte sich an die Zügel der Pferde und schaute den Aga nachdenklich an. Er vernahm Schritte hinter sich und sah, wie sich ein Solakengeschwader zwischen ihnen und dem Rest des Lagers formierte. Ohne zu zögern, zogen diese ihren Kiliç und kamen auf sie zu.

Der Pavillon war riesig, und er war mit großen Wänden wogender Seide in Abteilungen unterteilt. Der Eingang war mit schweren rubinroten und pfauenblauen Teppichen ausgelegt, und an jeder Wand standen Diwane aus Seraserbrokat. Ein kleiner, silbergedeckter Tisch stand in der Mitte.

»Vater?«

Mustafa trat durch die Eingangshalle in den Audienzraum. Ein Windstoß peitschte das Zelt, es machte ein Geräusch wie ein Pistolenschuß, und er schnellte herum.

Ein schwarzer Bostanji trat aus dem Schatten in der Ecke. Und dann noch einer. Er drehte sich um. Drei weitere traten hinter dem Vorhang hervor, der vor ihm lag. Einer von ihnen hielt eine seidene Bogensehne.

Er sah einen Schatten, der sich hinter der Seide bewegte.

»Vater?«

Die Bostanji bewegten sich leise auf ihn zu, auf riesigen fleischigen Füßen; die Arme hielten sie locker an der Seite. Mustafa wurde bewußt, daß er dies erwartet hatte. Aber da war keine Furcht, nur Zorn. Er trat in die Mitte des Raumes.

»Vater, hör mich erst an! Laß mich meinen Anklägern antworten! Dies ist nicht gerecht!«

Dies war nicht die Art, die sein Vater ihm beigebracht hatte; es lag kein Ehre darin.

Er hörte das Kratzen von Stahl, darauffolgende laute Rufe und die Aufschreie eines verwundeten Mannes. Ihm wurde klar, daß sein Aga und Abdül Sahine angegriffen wurden. Wenn es ihm gelingen würde, an den Bostanji vorbei ins Freie zu gelangen, könnten die Solaken ihm nichts anhaben. Ein Prinz konnte nur mit der Bogensehne ins Jenseits befördert werden. Sobald er die Janitscharen erreicht hätte, wäre er in Sicherheit.

Aber das wollte er nicht. Er wollte mit seinem Vater sprechen. »Vater, höre mir zu!«

Einer der Bostanji versuchte, ihm eine Schlinge über den Kopf zu werfen, aber Mustafa erkannte das Vorhaben und duckte sich fort. Er stieß mit dem ersten Schwarzen zusammen und rang ihn zu Boden, bezwang ihn leicht. Ein anderer stürzte sich auf ihn, verfehlte ihn aber, und der eigene Schwung ließ diesen Mann ausgestreckt auf dem Silbertisch landen und setzte ihn außer Gefecht.

»Vater! Ich habe dich niemals verraten! Warum verrätst du mich jetzt? Komm heraus und rede mit mir!«

»Werdet ihr denn niemals erledigen, was ich euch geheißen habe?« hörte er Süleyman stöhnen mit einer Stimme, die durch den seidenen Vorhang gedämpft war. »Werdet ihr diesem Verräter niemals ein Ende machen, von dem ich mich in diesen zehn Jahren nicht eine Nacht lang habe ausruhen können?«

Aber die Taubstummen konnten ihn nicht hören. Mustafa war sein einziges Publikum. »Ruf deine Mörderidioten zurück! Ich bin unschuldig! Du besudelst deine Ehre mehr als die meinige!«

»Macht zu!« hörte er Süleyman ächzen.

»Vater, bitte!«

Süleyman legte sich die Hände über die Ohren, schloß die Augen und wünschte, daß es vorüber sei. Nein, nein, *nein*! Es konnte keine Entschuldigung für Verrat geben! Die Beweise gegen Mustafa waren offensichtlich. Er könnte versuchen, ihn mit Schönreden einzulullen, aber er hatte schon jede Menge Überlegungen angestellt und gehört. Er würde das Gespenst Selims des Strengen jetzt ein für allemal zu Fall bringen.

Wenn er Mustafa sprechen ließe, würde er ihn schwanken machen. Er würde seine Schwäche hervorlocken, und die Janitscharen würden ihn beseitigen, wie sie seinen Großvater beseitigt hatten.

Oh, Mustafa, alle meine Hoffnungen lagen in dir.

Du warst mein erster Sohn. Du warst die ganze Hoffnung meiner Jugend.

Er dachte an seine übrigen Söhne. Cihangir, den gelehrten Krüppel, Selim den Säufer.

Bayezit müßte es werden. Es gab jetzt nur Bayezit.

Oh, Gott, hilf mir in meinem Kummer! Er hatte niemals gedacht, daß es so schmerzhaft sein würde wie jetzt. Er hatte sich niemals träumen lassen, daß die Qual ihn so zerreißen würde, wie ein Messer, das seinen Bauch aufschlitzte, und daß sie solch physische Pein verursachen würde.

Nein, nein, nein.

Er warf den Vorhang beiseite.

»NEIN!«

Zu spät.

Mustafa lag auf dem Fußboden zu seinen Füßen, mit weit aufgerissenen Augen, die Bogensehne tief ins Halsfleisch eingeschnitten. Blut quoll um ein dünnes, zinnoberrotes Halsband.

Süleyman bedeutete den Stummen: »Wickelt ihn in den Teppich, und werft ihn aus dem Zelt.«

Er sackte auf den perlen- und schildpattbesetzten Thron und wartete. Ein leises Ächzen verbreitete sich wie das Seufzen des Windes durch das Lager. Es schwoll an zu einem verzweifelten Wehklagen, als die Janitscharen sich dem Zelt näherten, um ihren Favoriten zu betrauern. Der Tonfall ihrer Trauer überzeugte Süleyman davon, daß er recht gehandelt hatte: Dank sei Gott, denn fast wäre er schwach geworden! Jetzt war es vorbei. Er hatte die Macht der Janitscharen beschnitten und die Osmanen vor einem Tyrannen bewahrt. Er wollte um Mustafa weinen, merkte aber, daß er es nicht konnte.

In der Tat, er entdeckte, daß er überhaupt nichts mehr fühlte.

94

»Gib uns Rüstems Kopf, oder wir werden kommen und ihn holen!«

Seltsam, wie er sogar jetzt keinerlei Furcht zeigt, dachte Süleyman. In den Adern dieses Mannes fließt Eis. Sogar jetzt berechnet er die Vorteile, und er ist überzeugt davon, daß ich ihn retten werde. Die Janitscharen schwärmen um mein Zelt, fletschen die Zähne und drängen nach seinem Blut wie ein Rudel geifernder Wölfe, und er schaut drein, als stünden da drei Fuß dicke Steinmauern zwischen ihm und ihnen, nicht nur ein paar Streifen aus goldener und purpurner Seide.

»Sie machen dich verantwortlich, Rüstem«, sagte Süleyman.

»Mein Gebieter, Mustafa war sein eigenes Verderben.«

Der Aufruhr draußen vor dem Zelt war zu einem Crescendo angewachsen. Da standen ihrer Tausende, vom Aga angeführt, wälzten sich zum Eingang mit gezogenem Kılıç, und ihre Stimmen bellten nach dem einen Opfer, das sie besänftigen würde: Rüstem. Alles, was sie zurückhielt, waren die zwei Solaken und die Unantastbarkeit der Osmanen. Keiner von ihnen wagte es, die Schwelle des herrscherlichen Pavillons ungebeten zu überschreiten.

Doch es bedürfte nur eines einzigen Mannes, der sich der Autorität des herrscherlichen Blutes entgegenstellte, und der Rest würde ihm folgen. Der Pavillon würde verschlungen werden wie ein Damm aus Sand unter einer tobenden Flut. Trotz dieses Wissens fühlte sich auch Süleyman ruhig; als ob alle natürliche Furcht von ihm abgefallen wäre.

»Die Janitscharen wollen einen Sündenbock«, sagte er zu Rüstem. »Da sie nicht wagen, sich an einem Osmanen zu vergreifen, haben sie sich für dich entschieden.«

Zum erstenmal bemerkte Süleyman die Unsicherheit in Rüstems grauen, starren Augen. Ich könnte es wirklich tun, kam es Süleyman in den Sinn, und er wunderte sich über seine eigenen Gedanken. Ich habe das Allerschlimmste getan, was ich mir vorstellen kann. Jetzt könnte ich alles tun.

»Habt Ihr einen Tschausch nach Amasya abgeschickt, mein Gebieter?«

Süleyman war beeindruckt. Sogar jetzt, im Angesicht des Todes, wandten sich Rüstems Überlegungen praktischen Erwägungen zu. »Ja, seine Frau und seine Söhne werden ihn im Paradies nicht lange einsam lassen.«

»Dann werden wir nichts weiter von ihm zu befürchten haben.«

»Nicht von Mustafa.« Süleyman schrie jetzt, um seine Stimme über die Schreie der Soldaten draußen zu erheben. »Fürchtest du dich nicht vor den Janitscharen, Rüstem?«

»Sie werden tun, was Ihr ihnen befehlt.«

»Vor einer Stunde waren sie bereit dazu, Mustafa auf den Thron zu setzen.«

»Er ist tot. Die Janitscharen sind wie Hunde. Sie brauchen einen Herrn.«

»Sie brauchen ebenfalls rohes Fleisch.«

Süleyman erhob sich langsam vom Thron am seidenen Vorhang, den er noch warm wähnte von Mustafas Berührung. Er durchquerte das abgeteilte Vorzimmer und riß den Vorhang beiseite, um sich dem

Anblick von einem Meer von Augen und Kinnladen gegenüberzuse-
hen, das um den Zelt-Pavillon brandete und schrie.

Auf der Stelle verstummten sie.

Süleyman betrachtete sie mit festem Blick und sah den unverhohle-
nen Haß in ihren Gesichtern, fühlte den scharfen, brennenden Giftbiß
in seinem eigenen Herzen. Er würde am liebsten alle ihre Köpfe auf den
Ba'ab i Hümayun bringen, wenn er könnte. Diese Männer waren der
Grund für Mustafas Tod. Sie hatten das Reich erbaut; jetzt würden sie
es zerstören, wenn man sie nicht unter Kontrolle hielt.

Der Aga unterbrach die knisternde Stille. »Wir wollen Rüstem.«

»Rüstem wird ersetzt werden. Das goldene Siegel des Großwesirs
wird an Ahmed, den zweiten Wesir, übertragen. Aber Rüstem wird
nichts angetan.«

»Er hat uns unseren Mustafa genommen!«

»Ich habe euch euren Mustafa genommen.«

Der Aga starrte ihn an, und in seinen Augen glitzerte der Haß. Aber
er antwortete nichts. Jede Antwort hätte ihn den Hals gekostet.

»Wir marschieren gegen die Safawiden«, sagte Süleyman, »um unseren Gaza gegen den Ketzer Tahmasp zu führen. Da wird es Beute und
Weiber geben. Wenn deine Männer Blut wollen, so laß es persisches
sein.«

»Wir wollen Rüstem«, sagte der Aga halsstarrig.

»Wenn ihr ihn wollt, müßt ihr zuerst mich töten«, sagte Süleyman,
und er zog den juwelenbesetzten Dolch aus der Scheide an seiner
Taille.

Und er sah zu, wie die Janitscharen ihm einer nach dem anderen den
Rücken kehrten und wieder ins Lager zurückgingen. Es dauerte viele
Minuten, denn sie waren zu Tausenden, aber Süleyman bewegte sich
nicht von der Stelle, bis er schließlich allein mit dem Aga dastand. Der
alte General drehte sich schließlich um und ging.

So, es ist vollbracht, dachte Süleyman. Die Zukunft gehört jetzt Bayezit.

Amasya

Das Sendschreiben war in weißer Tinte auf schwarzem Papier
geschrieben worden. Gülbehar brauchte es nicht zu lesen, um seinen
Inhalt zu kennen. Sie hatte es gewußt, als sie den Tschausch des Sultans

im Hof vom Pferd steigen sah. Nein, sie hatte es noch früher gewußt. Mustafas Schicksal war in dem Augenblick besiegelt gewesen, als er aus den Toren geritten war.

Sie weigerte sich, den Brief von ihm anzunehmen. Sie spuckte dem Boten ins Gesicht, verfluchte ihn und seine Söhne in alle Ewigkeit und versuchte, sein Gesicht mit ihren Fingernägeln zu zerfurchen. Ihr Kislar Aghasi und ihre Dienerinnen hielten sie zurück, und der Mann floh, mit bleichem Gesicht, zitternden Händen, und in seinen Ohren klang das schmerzerfüllte Wehklagen der Kadin.

Stambul

Sie wußte, daß Mustafa und ihr Ehemann tot waren, sobald sie ihn sah. Er war ein schwerer, glattgesichtiger sudanesischer Schwarzer, kastriert und taubstumm. Er konnte nicht sprechen und nicht hören. Da gab es keine Möglichkeit, mit ihm zu reden oder zu argumentieren. Alles Gefühl und alles Erbarmen waren ihm durch die zugefügten Schmerzen und Verstümmelungen und die grausame Disziplin ausgebrannt worden.

Aus seinem zungenlosen Mund rang sich ein seltsames, kreischendes Geräusch, als er auf sie zukam, und der Atem rasselte ihm in der Brust. Er hielt die Bogensehne vor sich und hatte seine Augen unverwandt auf sie gerichtet. Sie wußte, wer er war: der Tschausch des Kislar Aghasi.

Sirhane wich instinktiv vor ihm zurück, obwohl sie wußte, daß es kein Entrinnen gab. Er würde erst von hier fortgehen, wenn sie tot wäre, mit ihrem Kopf in dem Lederbeutel, der für gerade diesen Zweck von einer Schärpe um seine Taille herunterhing.

»Jetzt wo Mustafa tot ist, geht Abbas kein Risiko ein, zu handeln«, sagte sie zu ihm. »Er denkt, daß ich immer noch eine Bedrohung für Julia bin.« Sie fühlte, wie ihr die Tränen über das Gesicht herunterrannen. »Ich hätte es niemals getan. Ich hätte sie niemals verraten«, flüsterte sie dem tauben Mann zu. »Es war nur ein Täuschungsmanöver. Ich hätte sie niemals verletzt. Niemals. Aber sie wird das jetzt nie erfahren. Es macht mir nichts aus, zu sterben, aber ich will nicht, daß sie mich haßt.« Sie schloß die Augen und legte ihre Arme an die Seite. Sie würde ihn nicht bekämpfen. Sie konnte nicht entfliehen. »Julia, ich würde niemals –«

Der Bostanji schlang ihr die Schnur um den Hals und erstickte ihre Worte. Die Muskelstränge seiner Arme traten hervor, er hob sie mühelos vom Boden hoch und würgte sie schnell und gründlich zu Tode.

95

Julia sperrte ihre Tür ab und blieb drei Tage lang in ihrem Schlafzimmer. Manchmal, am Abend, hörte Ludovici ihr Weinen durch die Tür. Er klopfte und rief sie an, aber sie antwortete ihm nicht. Er aß allein in der großen Halle, und der sanfte Klang von Silber auf Porzellan hallte wider in dem mit Kuppeln ausgestatteten Speisesaal. Er starrte auf ihren leeren Stuhl und schob den dunklen Schatten des Verdachtes beiseite und weigerte sich, ihn näher zu betrachten.

Am vierten Morgen, als Julia schließlich erschien, hatte ihr Gesicht die Farbe eines Leichentuches, und tiefe Ringe lagen unter ihren Augen. Der Gesichtsausdruck war leer.

Er stand auf und sah zu, wie sie sich auf den Mahagonistuhl mit der hohen Rückenlehne am Tischende fallen ließ.

»Ist alles in Ordnung mit dir?«

Sie antwortete nicht sofort. Schließlich murmelte sie: »Liebst du mich, Ludovici?«

»Du weißt, daß ich das tue.«

»Dann finde heraus, wer den Befehl dafür gegeben hat.«

»Wozu würde das nützen?«

»Finde es einfach heraus.«

»Was du da erbittest, ist unmöglich.«

»Abbas wird es herausfinden. Abbas wird es wissen.«

»Und wenn es der Sultan war?«

»Finde es einfach heraus für mich. Bitte.«

Er war verärgert, und er fühlte sich hilflos. Würde sie so weit gehen, nach Rache innerhalb der Pforte selbst zu trachten? Unmöglich. Was hoffte sie wirklich zu erlangen? Hinrichtungen waren normal im Reich. Die Ankunft des Todestschauschs war wie Schicksal, es konnte nicht vorhergesehen oder verhindert werden. Man akzeptierte das, wie man jedes natürliche Unglück hinnehmen würde, wie Unwetter oder Erdbeben.

Er seufzte. »Ich werde es herausfinden«, sagte er endlich. Ja, er würde Abbas fragen. Und danach würde er entscheiden, was er Julia erzählte.

Schließlich war Sirhane nur eine Freundin. Julia hatte schon mehr Kummer gezeigt als nötig. Sie benahm sich, als ob sie ihren Ehemann verloren hätte.

Lächerlich, dachte er und vertrieb den Gedanken schnell aus dem Kopf.

Galata

Abbas schüttelte den Kopf. »Da gibt es nichts, was sie tun kann, Ludovici.«

»Ich muß es wissen, Abbas, ich habe mein Wort gegeben.«

Abbas nahm sich noch ein Stück Halva von dem Tablett, das vor ihnen stand, und kaute es gedankenverloren. »Du hast schon früher dein Wort gegeben und es gebrochen. Warum das nicht wiederholen?«

In Ludovicis Augen blitzte es auf, mit dem plötzlichen, bitteren Zorn der Schuldigen. Aber er sagte nichts. Was gab es da zu sagen?

»Du hast mir einmal versprochen, daß du sie aus dem Reich der Osmanen fortschickst.«

»Ich liebe sie«, sagte Ludovici weich.

»Dann bist du ein ebensolcher Dummkopf, wie du ein Lügner bist.«

Ludovici sprang auf die Füße. Er stand über Abbas gebeugt und hatte sich die Fäuste in die Seiten gestemmt. »Wenn irgendein anderer Mann das zu mir gesagt hätte –«

»Im Lauf der Jahre hast du mein Leben unzählige Male in Gefahr gebracht durch das, was du getan hast. Und jetzt ärgerst du dich, weil ich dir das auf den Kopf zusage. Hast du gedacht, es wäre eine Nichtigkeit, Ludovici? Hast du gedacht, daß ich es jemals vergessen könnte?« Er suchte sich noch ein Stück Halva aus.

»Die Liebe hat aus dir einmal einen Dummkopf gemacht.«

»Nein, sie hat mich zum Eunuchen gemacht. Aber sie hat mich nicht zum Lügner gemacht.« Er schaute auf zu Ludovici. »Wenn du vorhast, mich zu verlassen oder mich anzugreifen, dann tu es. Sonst setz dich. Wir kennen uns viel zu lange für solcherlei Mätzchen.«

»Ich werde sie nicht aufgeben«, zischte Ludovici.

»Du hast gar nichts aufzugeben!«

»Wovon redest du?«

»Setz dich.«

Ludovici setzte sich, am ganzen Körper gespannt wie ein Bogen. Irgendein Gefühl sagte ihm, daß er nicht dableiben sollte. Abbas war zu einem Monster geworden. Welche Kiste mit Ungeheuern würde er als nächstes öffnen?

»Wie sieht sie dieser Tage aus?« fragte Abbas sanft.

»Sie altert mit Anmut«, antwortete Ludovici ihm.

»Ist sie immer noch schön?«

»Sie ist nicht mehr sechzehn, Abbas. Es gibt ein wenig Silber in ihrem Haar. Aber sie ist immer noch so schlank, wie sie war, als du sie in Venedig gesehen hast. Ja, sie ist immer noch schön.«

»Ich war es, der die Frucht ausgewählt hat. Und du hast sie gekostet. Weißt du, wie sehr ich dich dafür gehaßt habe?«

»Ich habe das immer vermutet.«

Abbas ließ den Kopf hängen, und einen Augenblick lang spürte Ludovici den vertrauten Stich Mitleid. Aber als er den Kopf wieder hob, hatte Abbas seinen Schmerz abgelegt. Sein Gesicht war hart. »Du fragst mich, ob ich herausfinden kann, wer den Todesboten zu Sirhane gesandt hat. Das ist nicht notwendig. Ich weiß es schon.«

»War es der Sultan oder seine Hexe?«

»Es war weder der große Gebieter noch seine Königin. Ich war es.«

Ludovici starrte ihn entgeistert an.

»Sie wollte dem Herrn über das Leben Julias Identität enthüllen und sie als die Ursache der vielen Gerüchte im Bailo anzeigen. Süleyman ist kein Mann, der leicht vergibt oder vergißt, wie du weißt. Ich tat, was du auch getan hättest, um sie zu schützen.«

Ludovici sackte in sich zusammen. »Oh, Abbas.«

»Sirhane war ihre einzige Freundin. Das wird sie hart treffen, Abbas.«

»Sie war mehr als eine Freundin, Ludovici. Hast du niemals Verdacht geschöpft?«

»Verdacht?«

»Sie liebten sich, Ludovici. Sie waren Geliebte. Sie waren Geliebte im Harem gewesen. Sie waren seitdem immer Geliebte geblieben.«

Ludovici schloß die Augen. Nun, natürlich. Natürlich. All diese Jahre hatte er gedacht, daß es Abbas sei, der zwischen ihnen gestanden hätte. Was machte es für einen Unterschied? Er hatte sich schon vor langem mit dem Kompromiß abgefunden. Ein wenig war immer noch besser als gar nichts. Sie hatte niemals vorgegeben, ihn zu lieben. Es ist nur dein Stolz, der jetzt verletzt ist, ermahnte er sich. Nur dein Stolz.

»Hast du das nicht gewußt?« fragte Abbas.

»Doch, ich habe es gewußt«, log Ludovici. Aber in seinem Herzen wollte er sie umbringen.

Außerhalb von Tabriz

Der Tschausch brachte sein Pferd zum Stehen vor dem seidenen Zelt mit der Standarte der sieben Roßschweife, dem Sultanspavillon.

Er war Tag und Nacht von Stambul hergeritten. Er sprang vom Pferd und warf die Zügel dem Stallmeister des Sultans zu. Er wurde von den Solaken vor den Herrn des Lebens geführt und warf sich demütig auf den Boden.

Die Botschaft, die er brachte, wurde Rüstem Pascha überreicht, der sie dem Herrn über das Leben laut vorlas. Cihangir war im Topkapi Sarayi tot aufgefunden worden. Er hatte sich aufgehängt.

Süleyman warf den Kopf zurück und stieß einen gequälten Schrei aus, der im ganzen Lager vernommen werden konnte und von den umgebenden Bergen widerhallte und der den abgebrühtesten Janitscharen einen Schauer über den Rücken laufen ließ, einen Schrei des Schmerzes und der Trauer über die Zukunft der Osmanen.

Pera

Sie saßen zusammen in der einbrechenden Dunkelheit: der Emporkömmling im seidenen Gewand, das Sklavenmädchen im schwarzen Umhang. Sie schauten der Sonne zu, bis sie hinter dem Rand der Erde verschwunden war und die Welt eine graue Farbe annahm. Lichter flackerten rings im Hafen auf, die Masten der türkischen Galeoten und griechischen Karamusalis zeichneten sich vor dem perlenschimmern-

den Gewässern des Horns ab wie Knochen, die aus dem Schlamm
emporragten. Aber sie bewegten sich immer noch nicht.

»Ich glaube nicht ein Wort davon«, sagte Julia schließlich. »Er versucht nur, mich zu schützen.«

»Ich berichte dir nur, was er gesagt hat«, gab Ludovici ihr zu verstehen.

Julia schüttelte den Kopf. »Sirhane würde mich nicht in Gefahr bringen.«

Ludovici schwieg weiter.

»Ich glaube nicht ein Wort davon«, wiederholte Julia. »Nicht ein Wort.«

»Du mußt sie sehr geliebt haben«, sagte Ludovici.

Julia wandte sich ihm zu und versuchte, seinen Gesichtsausdruck im Dunkel zu erhaschen. Wußte er? Ja, er mußte es wissen. Der Schmerz war in seine Züge eingemeißelt. Sie hatte ihn niemals so verletzen wollen. Was war es, das Sirhane zu ihr gesagt hatte?

Vielleicht solltest du lernen, ihn mehr zu lieben.

Im Augenblick konnte nichts getan werden. Sie war zu tief verwundet. Sie war einfach zu tief verwundet.

»Abbas hat gelogen«, sagte sie. Aber in ihrem Herzen wußte sie, daß es wahr war, und sie blutete.

TEIL NEUN
TOD
EINER NACHTIGALL

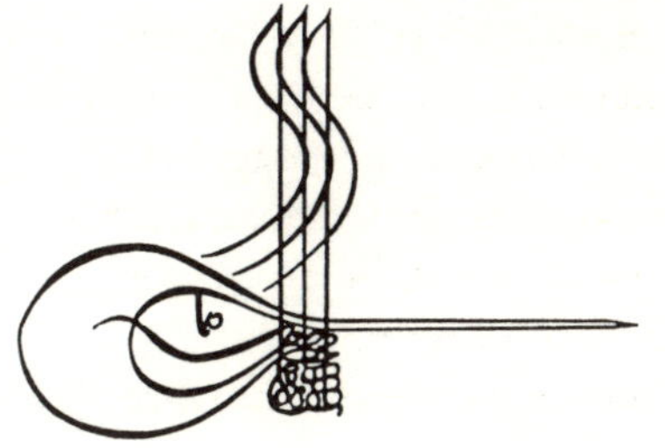

96

Bei der Gnade des Allerhöchsten, dessen Macht auf ewig lobgepriesen sei! Bei den geheiligten Wundern von Mohammed, möge Gottes Segen auf ihm ruhen! An Euch, die Ihr der Sultan der Sultane seid, der Beherrscher aller Herrscher, der Schatten Gottes auf Erden, Gebieter über das Weiße Meer und das Schwarze Meer, über Rumelien und Anatolien und Karamania, über das Reich Rum, über Diabekir, Kurdistan, Aserbaidschan, Persien, über Damaskus, Aleppo, Kairo, Mekka, Medina und Jerusalem, über ganz Arabien, den Jemen und viele weitere Länder, die meine edlen Vorfahren und meine glorreichen Stammväter (möge Gott sich ihrer Gräber gnädig erweisen!) mit der Gewalt ihrer Waffen erobert haben und welche meine hochherrliche Majestät meinem flammenden Schwert und meiner siegreichen Klinge unterworfen hat, Sultan Süleyman Khan, Sohn des Sultans Selim Khan. Vater.

Auf mannnigfaltigem mündlichem und schriftlichem Kommunikationswege habe ich an meinen Gebieter appelliert, er möge gegen jene einschreiten, die danach trachten, Verleumdungen gegen mich zu verbreiten. Gott ist Zeuge, daß ich niemals versucht habe, Vorteile für mich zu erlangen, ganz im Gegensatz zu anderen, die bei den Ulemas und dem Militär um Gunst buhlen, um ihr eigenes Ansehen zu steigern und mit unserem eigenen gesegneten Vater zu rivalisieren. Ich bin ihrer Verschwörung gegenüber machtlos, ich, der ich nie etwas anderes angestrebt habe, als Euch zu dienen. Alles, was ich habe, ist Eure Liebe, ebenso wie die meiner huldvollen Mutter. Mein Schicksal liegt voll und ganz in Eurer Hand. Weil ich jedoch nicht versuche, die Janitscharen in meinem Sinn zu beeinflussen und auf meinem Pferd daherzustolzieren, bin ich denen, die sich gegen mich verschworen haben, gnadenlos ausgeliefert. Ich weiß, daß ich nie und nimmer das überwältigende Licht überstrahlen könnte, das Ihr über die ganze Welt werft.

Ich sorge mich außerordentlich um Eure Sicherheit, mein Gebieter.

Süleyman schleuderte den Brief zur Seite und stöhnte verzweifelt auf. Er sah aschfahl und geschrumpft auf seinem Thron von gehämmertem Gold aus, wie er so zwischen den beiden goldenen Löwen kauerte, beinahe als wäre er ihre Beute und nicht ihr Herr und Meister. Rüstem wartete stumm und mit ausdruckloser Miene ab.

»Er bettelt mich wie eine Frau an!« sagte Süleyman.

»Er fürchtet Bayezit.«

»Zu Recht. Bayezit ist ein Löwe. Ein echter Ghasi.«

»Ganz wie Ihr sagt, mein Gebieter.«

»Und was berichten dir deine Spione über Selim? Er trinkt noch immer zuviel Wein?«

»Er verbringt seine ganze Zeit an der Tafel oder auf der Jagd.«

Süleyman machte eine ungeduldige Handbewegung. »Und da will er, daß ich ihn vor Bayezit in Schutz nehme!«

»Wenn die Zeit reif ist, mein Gebieter, wird Bayezit ihm den Thron entreißen.«

»Wenn ich tot bin, möge Gott der Richter sein.«

Süleyman schloß die Augen. Er hatte gehofft, das Blutvergießen, das mit der Thronfolge der osmanischen Herrscherlinie verbunden war, irgendwie zu beenden, doch mit der Hinrichtung Mustafas hatte er es nur noch untermauert. Es gab ein altes Ghasi-Sprichwort: *Es bleibt, wie es immer war.* Sein Vater hatte um des Thrones willen gemordet. Es hatte den Anschein, daß seine Söhne dasselbe tun würden, trotz all seines Bemühens.

Es leuchtete ihm nicht ein, weshalb diese jungen Männer so auf Macht versessen waren. Ihm selbst war es nie so ergangen. Sein größtes Bedauern war immer schon, daß sein Vater nicht länger gelebt hatte. Seit den jüngsten Jahren lastete die Robe der Ghasis wie ein brennendes Joch auf seinen Schultern.

Der Thron hatte ihn nicht nur Mustafa gekostet; wenige Wochen später hatte sich Cihangir erhängt. Warum? Aus Trauer um seinen

Stiefbruder? Oder wegen seiner entsetzlichen Angst vor seinem eigenen Vater?

Er versuchte den Gedanken beiseite zu schieben. Rüstem beobachtete ihn geduldig. Süleyman wies auf den Brief, der zwischen ihnen auf den Teppichen lag.

»Stimmt irgend etwas an Selims Behauptungen? Ist Bayezit nach Stambul gekommen?«

»Meine Spione haben mir nichts dergleichen gesagt«, erwiderte Rüstem.

Süleyman nickte bedächtig. Wenn Rüstem nichts davon wußte, dann war es auch nicht geschehen. Und doch lag ein Körnchen Wahrheit in dem, was Selim berichtete; Bayezit hatte in der Tat Mustafas Rolle als bevorzugter Held der Janitscharen geerbt. Selbstverständlich war das ganz richtig so; ein Sultan konnte nicht ohne ihre Unterstützung den Thron übernehmen. Es lag jedoch auch eine Gefahr darin, falls Bayezit ungeduldig werden sollte.

»Wer sollte es sein, Rüstem? Selim ist der Älteste. Der Thron sollte ihm gehören. Er ist der Schahsade.«

»Bayezit ist die einzige Wahl, mein Gebieter«, entgegnete Rüstem.

Süleyman nickte. Es entsprach Rüstems Wesen, bei solch einem Thema genauso emotionslos zu sein, wie er es angesichts der Finanzen oder Verordnungen war. Seit den vergangenen paar Jahren setzte ihm die Wassersucht grausam zu, und Ödeme hatten sein Gesicht und seine Gliedmaßen anschwellen lassen, seine Augen jedoch waren so wie immer, kühl und grau. In seinem Bilanzbuch war kein Raum dafür, Entscheidungen mit Gefühlen zu besudeln.

»Bayezit ist dir nicht gewogen, Rüstem.«

»Ich werde nicht dasein, um ihn zu fürchten, mein Gebieter.«

Typisch für ihn, daß er über seinen eigenen Tod mit jenem gleichen Mangel an Intensität sprach. »Falls dem aber nicht so ist, Rüstem, beauftrage ich dich mit deiner letzten Mission. Wenn ich tot bin, mußt du einen Tschausch auf einem schnellen Pferd nach Manisa schicken, um den Schahsaden Selim zu unterrichten und ihn aufzufordern, eiligst zur Stadt aufzubrechen.« Er hielt inne, weil ihn seine Gicht im Knie zusammenzucken ließ. »Sodann sollst du einen weiteren Boten zu Bayezit schicken, auf einem noch schnelleren Pferd, und ihm mitteilen, daß der Thron dem Besseren gehört. Als Gegenleistung wird Bayezit dir zweifellos seine Ungnade ersparen, wenn er Padischah ist.«

»Es wird geschehen, wie Ihr befehlt, mein Gebieter.«

Die Entscheidung war also gefallen, dachte Süleyman. Soll Gott die Wahl treffen. Er hatte sein Bestes getan. Er hatte die Gesetze erlassen, die künftig die Verwaltung des Reiches gewährleisten würden. Vielleicht konnte das Reich einen weiteren Krieger überleben; oder gar einen Trunkenbold, sollte es dazu kommen.

Dies aber würde sein wahres Vermächtnis sein, wurde ihm bewußt: seine beiden Söhne, die sich wie Aasgeier, die einem noch nicht ganz toten Tier die Augen aushacken, um das Reich balgen. Vielleicht würde es immer so sein.

Gott helfe mir in meiner Not!

97

Pera

Er saß allein in der großen Halle und starrte auf die brennenden Holzklötze im Kamin. Julia kam, blieb hinter ihm stehen und legte ihm die Hand auf die Schulter.

»Du siehst bekümmert aus.«

»Ich dachte gerade … ich dachte, was wohl geschieht, wenn Süleyman nicht mehr Sultan ist.«

»Hast du Gerüchte gehört?«

»Er ist alt und krank. Er regiert schon seit achtunddreißig Jahren an der Hohen Pforte. Niemand lebt ewig. Selbst der Schatten Gottes auf Erden muß sterben.«

Julia lächelte. »Er wird dir wohl fehlen.«

Ludovici lächelte ebenfalls. »Ich bin bloß ein bescheidener Kaufmann. Sie könnten meinetwegen auch eines ihrer Kamele zum Sultan krönen. Aber Veränderung und Ungewißheit machen mich nervös. Ich weiß lieber stets genau, wen ich bestechen muß und für wieviel.«

»Wer wird wohl sein Nachfolger, Ludovici?«

»Ich kann mir vorstellen, daß die Herrin Hürrem dabei ein Wörtchen mitzureden hat.«

»Vielleicht erklärt sie sich ja selbst zum Sultan.«

Ludovici grinste. »Ich bezweifle, daß selbst sie das bewerkstelligen könnte. Nein, es muß Bayezit sein. Wie könnte es je Selim werden? Der Mann ist ein gieriger Wüstling. Er würde einen ausgezeichneten Beg von Algier abgeben – aber den Sultan? Nicht einmal ich würde das den Türken wünschen.« Ein Scheit zerbarst und sackte im Kamin zusammen. »Ich würde es vielleicht den Venezianern wünschen, aber nicht den Türken.«

»Und Rüstem Pascha?«

»Bayezit würde eher in kochend heißem Pech ertrinken, als ihn zu seinem Wesir zu machen. Außerdem wird auch er schon alt. Bald wird sich alles ändern. Ein neuer Sultan, ein neuer Wesir. Eine Zeitlang greifen sie dann vielleicht sogar mit den Gesetzen durch, und das bedeutet eine ernsthafte Störung meiner Geschäfte.«

Der Sturm heulte und rüttelte an den Fenstern, und ein Windstoß fachte die glimmenden Kohlen im Kamin an. »Du wirst ganz bestimmt weiterhin Erfolg haben, Ludovici.«

»Vielleicht. Aber diese Ungewißheit schlägt mir auf den Magen. Man weiß nie genau, was diese Osmanen als nächstes tun werden. Der Diwan ist ein Natterngezücht, Julia, und man kann nie sicher sein, welche Giftschlange aus der Brut am prächtigsten gedeiht.«

Topkapi Sarayi

Rauhreif glitzerte auf den Kuppeln und Halbkuppeln des Palastes. Die Sonne schien an einem klaren blauen Himmel, gab aber keine Wärme. Hürrem roch in den Nordwind hinein nach einem Duft aus der Steppe, aber der Wind war so frostig und abweisend wie die schwarzen Wasser des Bosporus. Sie fröstelte und zog sich die Hermelinrobe enger um die Schultern, neuerdings jedoch drang ihr die Kälte bis auf die Knochen, und nichts half dagegen. Sie wurde alt.

Sie schob ihre Füße tiefer unter den Tandir, die Pfanne mit brennenden Holzkohlen, die unter dem rechteckigen Tisch mit der Zinnplatte stand, an dem sie saß. Aber es war ihr, als könne sie gar keine Hitze mehr spüren. Alles war so kalt.

Sie starrte aus dem Fenster mit seinem Holzgitter und blickte wiederum nach Norden, über das Schwarze Meer hinaus in Richtung Steppe, die irgendwo hinter dem violettfarbenen Horizont verborgen lag. Sie schloß die Augen, und ihr Geist trieb von der alten dösenden Frau am Fenster weg, flog sich frei und schwebte über die Wasser und oberhalb der Karawanserei bei Üsküdar entlang. Üsküdar! Ja, sie erinnerte sich noch daran. Das Stein-Han mit dem Brunnen in der Mitte, wohin sie fünfunddreißig Jahre zuvor gekommen war. Sie sah sich selbst, ein kupferblondes Mädchen mit giftiger Zunge und vor Trotz blitzenden Augen. Sie lachte. Schau sie dir an! Man hätte sie den Fischen im Bosporus zum Fraß vorwerfen sollen! Wie brachte es solch ein eigenwilliger Wildfang je dazu, Kadin zu werden?

Doch das Mädchen war jetzt weit hinter ihr, vom Horizont verschluckt. Ihr Geist segelte noch immer dahin, und unter ihr lag das Kara Denizi, das Schwarze Meer, dessen Oberfläche einer mit den winzigen Tupfen der Karamusalis besprenkelten Stahlklinge glich. Und dann schwang sie sich wieder über das Land dahin, wie eine Rabenkrähe, und unter sich sah sie einen Stamm von Krimtataren, die Felle ihrer Kabitkas, die Zeltwagen, die sich schwarz von dem Gras abhoben, die Frauen beim Melken der Schafe oder Ziegen, ihre Männer, wie sie von der Steppe her auf sie zuritten. Sie winkte, und ihre Mutter schaute von der Ziege auf, die sie gerade melkte, und winkte zurück.

Hürrem begann lachend auf sie zuzulaufen.

Ihr Vater lachte genauso und hob sie in seinen starken Armen auf den Sattel seines Arabers, und er nahm sie mit auf eine Spritztour über die rotgrünen Inseln von Vater Dnjepr, an den aufragenden Fingern und Kuppeln der Moscheen und an den Katafalken vorbei, und in der Ferne sah sie eine große Stadt mit Zelten und Pferden auftauchen, und sie hörte die Zigeunerflöten …

»Meine Herrin!«

Hürrem erwachte plötzlich mit einem heftigen Aufzucken des ganzen Körpers, als hätte jemand ihr Fleisch mit einem glühendheißen Messer versengt. Ihr Herz raste, klebriger Schweiß bedeckte ihr Gesicht. Muomi starrte sie an und schüttelte sie an den Armen.

»Was ist los?« fragte Hürrem.

»Ihr habt geschrien, meine Herrin. Ist alles in Ordnung?«

»… Geschrien?«

»Habt Ihr geschlafen?«

»Ich habe geschlafen«, antwortete Hürrem, und vor Enttäuschung hatte sie das Gefühl, sie müsse ersticken.

»Seid Ihr in Ordnung, meine Herrin?« fragte Muomi sie ohne Anteilnahme.

»Geh weg.«

Muomi machte ihr Sala'am und ging aus dem Raum.

Hürrem ließ voller Resignation die Schultern hängen, und sie begann zu weinen, leise zuerst. Sie hatte nicht zurückkommen wollen. Sie war glücklich gewesen, sagte sie sich – soweit sie sich erinnern konnte, zum erstenmal, seit sie hierhergekommen war, wirklich glücklich. Und ihr war warm gewesen.

Es hatte ihr nichts gebracht, dieser Kampf darum, andere Frauen zu überrunden. Sicher, da war die Erleichterung damals, als Süleyman sie zu Anfang erwählt hatte, und eine gewisse kalte Befriedigung später dann, als sie Gülbehar aus dem Rennen geworfen hatte – obwohl das weiß Gott keine sonderliche Leistung war. Aber echtes Glück hatte sie nicht erfahren. Vielleicht lag es daran, daß Frauen nicht ihre eigentlichen Feinde waren. Die Männer waren es.

Und Süleyman. Sie haßte ihn jetzt noch genauso wie damals an dem Tag, als er sie ausgesucht hatte, fünfunddreißig Jahre war es her. Nein, länger schon. Sie haßte ihn seit dem allerersten Tag ihrer Versklavung durch die Devschirme, als sie mit Fesseln an den Handgelenken aus dem Dorf weggeholt wurde. Der Haß hatte sich durch ihre Machtfülle oder seine Zuneigung nicht etwa gemildert: Er saß noch immer da, tief in ihrer Seele, ein bitteres grünes Gift, das im Lauf der Zeit nichts von seiner Wirksamkeit eingebüßt hatte.

Aber es waren nicht die Kälte oder ihre Erinnerungen, was diese düstere Stimmung hervorgerufen hatte. Es war die Nachtigall.

Sie hatte sie von Süleyman geschenkt bekommen. Er hatte ihr den Singvogel am Tag ihrer Hochzeit gegeben, in einem aus Zedernholz geschnitzten und mit Onyx und Perlen besetzten Käfig, und die Nachtigall hatte seither jeden Tag für sie gesungen. Als sie heute morgen nach ihr schaute, lag sie auf dem Käfigboden, steif und kalt. Sie nahm sie sanft heraus, schützte sie mit beiden Handflächen und schaute ihr in das reglose Auge.

Ihre erste Reaktion war nicht Kummer, sondern Panik. Während sie den Vogel anstarrte, sang er ein letztesmal für sie. Mein Leben gehört dir, sang die Nachtigall. Du hast dein Leben wie ich verbracht, in diesem wunderschönen Palast aus Onyx und Perlen, und der Sultan hat dich bewundert und dich genossen und über deine Singkunst und deine Schönheit gestaunt. Bald aber kommt der Tag, wo auch dein Auge, wie bei mir, kalt in die Morgenröte starrt und du die Wärme des Tages nicht mehr wahrnimmst. Dann ist alles vorbei. Dein Leben wird zu Ende sein. Die Käfigtür wird sich niemals öffnen. Dein Lied wird verklungen sein, und du wirst der Vergessenheit angehören.

Sie hatte gedacht, daß sie eines Tages die Valide sein würde, die Mutter eines Sultans, und das hätte dann wahre Macht bedeutet. Selim zu manipulieren wäre einfach gewesen. Nachdem Mustafa vernichtet war, hatte es keinen einzigen Moment gegeben, an dem sie auf die Idee gekommen wäre, sie würde den Tag, an dem sie einen ihrer Söhne auf dem Thron erblickte, nicht erleben. Bis jetzt.

Jetzt.

Und jetzt spielte es keine Rolle mehr für sie. All die Macht, die sie für sich selbst errungen hatte, war ihr in den Fingern wie Staub zerronnen. Sie war letzten Endes bloß eine Sklavin.

Süleymans Sklavin.

Doch es blieb noch immer genug Zeit, ihren Fluch über das Herrscherhaus der Osmanen und seine arroganten männlichen Sprößlinge zu bringen. Sie würde sich trotz allem rächen; eine süße Gerechtigkeit, die sie von ihrem Grab aus für Jahrzehnte, ja vielleicht auf Jahrhunderte hinaus genießen konnte.

Ja, ja. Natürlich. Sie wollten Bayezit. Überließ man es dem eigenen Kräftemessen der beiden, würde Bayezit ganz gewiß den armen, kleinen fetten Selim aus dem Rennen um den Thron werfen. Er war der Starke, der Anführer, der Ghasi.

Selim war nach ihrem besten Wissen der Sohn eines weißen Eunuchen.

Also würde sie ihnen Selim verpassen.

Muomi kam in das Zimmer geeilt, und als sie sah, daß Hürrem wach war, fiel sie widerwillig auf die Knie. »Meine Herrin, ich dachte, ich hätte Euch wieder schreien gehört.«

»Ich habe gelacht, Muomi.«

»Gelacht, meine Herrin?«

»Ja, gelacht, kleine Muomi. Mir ist plötzlich wieder warm geworden. Nimm den Tandir, und stell ihn an die Tür. Ich glaube, es liegt Frühling in der Luft.«

Die Kuppeln und Turmspitzen der Süleymaniye Moschee überragten
die Stadt wie ein graues Marmorgebirge: das in Stein verwandelte Flehen eines Mannes um Gottes Gnade. Andere Gebäude drängten sich
ihr zu Füßen aneinander: Suppenküchen, Krankenhäuser, öffentliche
Badeanstalten, eine Karawanserei, eine Bibliothek, eine islamische
Hochschule, Medrese genannt, dazu Schulen und Gartenanlagen; es
gab auch vier Universitäten mit den besten Professoren für Theologie
und Rechtswissenschaften im ganzen Reich. Es hatte siebenhundert-
tausend Dukaten gekostet, das Lösegeld für einen König, und es hatte
die Schuld eines Sultans an der Ermordung seines Sohnes beglichen.

Vielleicht.

An den Gitterfenstern von Hürrems Wohngemächern stand Süleyman, die Hände auf Hürrems Schultern, und blickte zur Moschee
hinüber. »Sie ist herrlich, mein Gebieter. In tausend Jahren werden die
Menschen sie betrachten und bedauern, daß sie nicht in einem Zeitalter
wie unserem zur Welt gekommen sind.«

»Vielleicht, kleine Roxelana«, murmelte Süleyman. Er umschlang sie
fester. Sie fühlte sich zerbrechlich an. Er konnte die Form ihrer Knochen durch die Seide und den Seraser-Brokat spüren, und das machte
ihm angst. Er wußte, daß sie seit geraumer Zeit kränkelte, hatte jedoch
versucht, die Symptome zu ignorieren. Die Erkenntnis, daß sie
womöglich ernsthaft krank war, versetzte ihn schlagartig in abgrund-
tiefen Schrecken.

Er musterte sie genauer. Sie trug ein kleines grünes Talpack wie das,
welches sie am Tage ihrer ersten Begegnung getragen hatte, aber es
wirkte wie eine Parodie auf ihre Jugend. Unter dem Kajal und Henna
und Puder glich ihre Haut Pergament, war dünn und trocken; fast
schien es, als würde sie in seinen Fingern reißen und zu Staub zerfallen,
wenn er sie zu grob berührte. Hürrems Wangen waren eingesunken,
und den Umriß ihres Schädels konnte man in der durchdringenden
Klarheit des frühen Morgenlichts deutlich erkennen. Ihr Haar hatte
viel von seinem goldenen Glanz eingebüßt; an den Wurzeln war es mil-
chig weiß wie der Winterhimmel draußen; nur die grünen Augen
waren so lebhaft und intensiv wie immer.

Er zog sie fest an sich, als könne er sie mit seinem Willen und seiner
Körperkraft sogar vor dem Tod schützen. Ihm war bewußt, daß er sie
jetzt mehr denn je liebte. Körperliche Leidenschaft war in den letzten
Jahren seelischer Geborgenheit gewichen, einem Gefühl von Gelassen-

heit und intimer Nähe in ihrer Gegenwart, wie er es mit niemandem sonst teilte. Wie konnte er jetzt noch ohne sie leben? Schon allein der Gedanke daran war unerträglich.

»Es ist ein großes Werk, mein Gebieter«, flüsterte Hürrem. Sie hatte nicht gespürt, wohin seine Gedanken gewandert waren. Ihre Aufmerksamkeit galt weiterhin der Süleymaniye Moschee.

»Eines Tages werden unsere Gebeine dort Seite an Seite ruhen«, sagte Süleyman, und er dachte: Laß diesen Tag noch viele Jahre lang nicht kommen!

»Dann werde ich also nie aus dem Eski Sarayi entkommen? Ich kehre also eines Tages auf den Hügel über dem Sklavenmarkt zurück, wo du mich gekauft hast?«

»Wo das Schicksal dich zu mir geführt hat«, entgegnete er. Der seltsam bittere Unterton in ihrer Stimme bestürzte ihn. »Bist du wohlauf, kleine Roxelana?« fragte er sie.

»Ich habe keinen rechten Appetit.«

»Soll ich meinen Arzt anweisen, dir ein Elixier zu schicken?«

»Muomi versorgt mich, mein Gebieter. Ich werde mich bald erholen. Wenn der Frühling kommt.«

Der Nordwind, der Tramontana, heulte wie ein Dschinn durch die Steinmauern, und Süleyman erzitterte in seinem zobelbesetzten Gewand. »Du mußt besser auf dich aufpassen.«

»Mach dir keine Sorgen, mein Gebieter. Ein paar Beschwerden sind zu erwarten, wenn wir älter werden.«

Süleyman konnte es nicht ertragen, sich noch weiterhin mit Hürrems Sterblichkeit abzugeben. »Ich habe mit Rüstem geredet«, stellte er abrupt fest. »Über die Nachfolge.«

»Was hast du beschlossen, mein Gebieter?«

»Wenn der Tag da ist, sollen beide davon erfahren. Möge Gott entscheiden.«

»Wenn sie beide davon erfahren, dann bleibt Gott nichts mehr zu entscheiden. Bayezit wird den Thron beanspruchen.« Sie wandte sich vom Fenster ab und hielt sich an seinen Schultern fest. »Wirst du mir wohl zum Diwan hinüberhelfen, mein Gebieter?«

Süleyman winkte ihren Gedikli ab und half ihr durch den Raum; es schockierte ihn, wie leicht sie sich an seinem Arm anfühlte, ganz so, als sei sie innerlich hohl und nur noch in der äußeren Schale vorhanden. Wie lange schon war sie in diesem Zustand? fragte er sich. Wie lange war es her, seit er sie zum letztenmal gesehen hatte? Nicht länger als eine Woche. Wie konnte sie nur so schnell dahingesiecht sein?

Er half ihr dabei, die Füße unter dem Tandir zu verstauen, und stützte ihr sanft den Rücken mit Polsterkissen ab.

»Danke, mein Gebieter.«

»Ich sollte nach dem Arzt rufen.«

»Es ist nichts weiter. Bloß eine leichte Verkühlung.« Eine der Gedikli warf ihr eine Steppdecke über die Knie. Als sie es sich bequem gemacht hatte, sagte Hürrem: »Mein Gebieter, ich würde gern weiter mit dir über diese Angelegenheit sprechen. Sie sind meine Söhne. Ich kenne sie durch und durch.«

Süleyman setzte sich neben sie auf den Diwan und nahm sie bei der Hand. »Kleine Roxelana, Selim ist ein liebevoller Sohn, aber er könnte niemals ein bedeutender Sultan werden. Bayezit ist der Ghasi.«

»Gut, er ist ein Krieger. Er wird zumindest bei den Janitscharen beliebt sein.«

»Ohne die Janitscharen kann ein Sultan nicht regieren.«

»Die Janitscharen! Für die du nichts als Verachtung übrig hast.«

»Es gibt Zeiten, da ein Sultan sich gezwungen sieht, sein Schwert zu benützen, selbst wenn er den Krieg verabscheut.«

»Bayezit versteht sich auf nichts sonst. Er würde sein ganzes Leben im Sattel verbringen, wenn er könnte. Mein Gebieter, ich sage das nicht, um ihn zu verurteilen, sondern nur, damit du es noch einmal überdenkst. Selim ist der Schahsade. Er mag kein Krieger sein wie sein Bruder, wohl aber könnte er ein wahrer Ritter im Diwan sein. Du selbst hast doch gesagt, daß es das Gesetz und nicht das Schwert ist, was die Zukunft der Osmanen absichern wird.«

»Kleine Roxelana, wir müssen uns der Wahrheit stellen. Selim ist ein Lustmolch und ein Trunkenbold. Er erscheint fast nie in seinem eigenen Diwan in Manisa. Sollen wir denn darauf hoffen, daß sich das ändert, wenn er Padischah wird?«

»Wenn Bayezit den Thron übernimmt, wird Selim sterben.«

»Laß Gott entscheiden. Rüstem hat seine Anweisungen. Wenn die Zeit reif ist, wird man zu beiden einen Boten losschicken. Davon kannst du mich nicht abbringen.«

Hürrem senkte das Haupt und drückte ihm zur Antwort die Hand. »Es sei, wie du sagst, mein Gebieter. Ich lege mich nicht mit deiner Weisheit an. Ich werde für beide meiner Söhne beten.«

Er umarmte sie und empfand zugleich einen schrecklichen dumpfen Schmerz in der Brust. Bitte, verlaß mich nicht, kleine Roxelana. Ich kann nicht mehr ohne dich leben! Es ist das einzige, was meinem Leben irgendeinen Sinn gegeben hat. Ich habe meinen besten Freund ermordet und meinen Sohn hingerichtet, um das Sultanat der Osmanen zu erhalten. Doch nie habe ich meine Liebe zu dir verraten. Es ist das einzige, wovon ich aus tiefstem Herzen überzeugt bin, daß es wahrhaft und gut ist. Laß es mich noch ein wenig länger behalten. Ohne dich komme ich nicht zur Ruhe.

Verlaß mich nicht, kleine Roxelana. Verlaß mich nicht.

98

Topkapi Sarayi

Muomi war bei ihr, als sie stürzte.

Hürrem hatte sich auf den Balkon ihrer Wohnung hinausbegeben, ihren Nachtigallen zu lauschen und über den Bosporus zu blicken, wie stets am Morgen. Plötzlich schrie sie auf, und Muomi fing sie in ihren Armen auf. Hürrems Dienerinnen kamen zu Hilfe geeilt, doch bis sie Hürrem auf den Diwan gebettet hatten, war sie schon bewußtlos und atmete nur noch unregelmäßig und flach.

Galata

Ludovici erhielt die dringende Aufforderung, Abbas in dem jüdischen Haus zu treffen. Abbas verspätete sich.

Als er schließlich eintraf, war nichts von der Dringlichkeit zu spüren, die Ludovici erwartet hatte. Nach den üblichen Anfangsfloskeln halfen vier seiner Pagen Abbas, sein enormes Gewicht auf den Boden zu plazieren. Er machte es sich schweigend bequem und konzentrierte sich auf das Gebäck, das auf dem Silberteller vor ihm aufgehäuft war. Als er alles verzehrt hatte, näßte er die Hände mit spitzen

Fingern in der Silberschüssel, die ein weiterer Diener von Ludovici anbot. Höflich rülpste er in ein seidenes Taschentuch, das er aus den reichen Falten seines Gewandes hervorholte.

»Ich habe deine Botschaft erhalten«, sagte Ludovici.

»Du bist ungeduldig«, erklärte Abbas. »Du lebst schon seit all diesen Jahren bei diesen Muslims und hast noch immer nicht die einfache Kunst der Geduld erlernt.«

»In der Botschaft hieß es, es sei dringend.«

Abbas seufzte. »Ja, die Angelegenheit ist dringend. Dringend im Sinn von Stunden, nicht von Minuten. Ich hatte gehofft, unser Treffen auszukosten. Es wird vermutlich unser letztes sein.«

»Was ist geschehen?«

Abbas beugte sich vor und stützte sich mit den Ellenbogen auf die Knie. »Die Herrin Hürrem, die Lachende, liegt im Sterben.«

»Bist du dir sicher?«

»Sie leidet schon seit vielen Monaten an ihrem Gebrechen. Jetzt liegt sie in ihrem Bett, mit dem Ruch des Todes um sich. Dieser Geruch ist unmißverständlich. Ich habe das schon oft erlebt.«

»Aber was hat das mit mir zu tun? Warum diese Eile?«

»Es geht um Julia, Ludovici! Du mußt sie aus Stambul rausschaffen. Sofort!«

»Ich werde sie niemals wegschicken.«

»Im Angesicht Gottes, Ludovici, schwöre ich dir, hier in der Stadt ist sie in Todesgefahr!«

»Ich werde sie nicht aufgeben.«

»Das brauchst du doch gar nicht! Ich weiß, daß du Land auf Zypern hast. Nimm sie dorthin mit!«

»Ihr Vergehen liegt zwanzig Jahre zurück. Was auch immer du sagst – Süleyman hat sie doch längst vergessen. Ich werde nicht all das, was ich hier aufgebaut habe, nur dafür aufgeben, um vor Gespenstern davonzulaufen!«

»Er mag die Sache vergessen haben, aber sobald er erfährt, daß sie noch am Leben ist, wird er es seiner Pflicht und seinem Stolz dem Diwan gegenüber schulden, mich und sie zu bestrafen! Glaubst du wirklich, er wird vor dem Befehl zurückschrecken – besonders jetzt? Er wird seinen Tschausch auch bis in die Communità hinein nach ihr schicken! Glaubst du etwa, daß er den Bailo von Venedig fürchtet?«

»Ich werde nicht all das aufgeben, was ich hier aufgebaut habe.«

»Um Himmels willen, schaff sie aus Stambul raus! Hürrem hat alles in ihrer eigenen Handschrift niedergeschrieben. Sie schwört, daß es auf ihren Tod hin dem Großwesir übermittelt wird.«

»Zu welchem Zweck?«

»Sie hat ihre Gründe!«

»Ich werde sie nicht wegschicken.«

»Dann geh mit ihr mit, wenn es denn sein muß!«

Ludovici beugte sich vor und schüttelte den Kopf. »Alles, was ich hier aufgebaut habe, zurücklassen, um vor Gespenstern davonzulaufen! Schau mich an, Abbas. Deinen Freund, den Bastardo. Den armen Waisen-Bastard meines Vaters. Ich war nicht gut genug für die Togati, für die gehobene venezianische Gesellschaft. Also bin ich hierhergekommen, und seit damals habe ich ständig meine Freude daran, ihnen meine Rache mit Goldmünzen in den Rachen zu stopfen! Hier müssen sie sich nämlich vor mir verneigen!«

»Das sind keine Gespenster, wovor du davonläufst, Ludovici. Aber wenn dir diese Dinge so wichtig sind, dann hast du die Wahl … dein geliebtes Reich von Warenhäusern und Schiffen oder Julia!« Abbas hustete. Es hörte sich feucht und zugleich rauh in seiner Brust an. Er hielt sich das Taschentuch an die Lippen, und als er es wieder entfernte, bemerkte Ludovici einen wässerigen roten Fleck darauf. »Ich bitte um Verzeihung. An manchen Tagen plagt mich dieser Husten mehr als sonst.«

Ludovici schwieg lange Zeit. Abbas wartete und machte keinen Versuch, ihn bei seinen Überlegungen zu unterbrechen. »Also gut«, sagte Ludovici, »ich werde tun, was du verlangst. Jetzt tu du mir auch einen Gefallen.«

»Wenn es in meiner Macht steht.«

»Meine Karamusalis können nach Belieben die Dardanellen befahren und wieder verlassen. Sie werden nie untersucht. Mein Bakschisch an Rüstem ist eine hübsche Bezahlung für dieses Privileg. Falls ich Passagiere an Bord nehmen wollte, hätten sie die Garantie für eine sichere Überfahrt.« Er packte Abbas am Handgelenk. »Du kommst mit. Wenn Hürrem Julia an Süleyman verrät, dann verrät sie auch dich. Verschwinde von hier, sofort! Wenigstens kannst du dann deine letzten paar Jahre in Frieden verbringen!«

Abbas blickte weg. Frieden? Gab es so etwas überhaupt? »Wo?«

»Morgen früh bei Morgengrauen, in Galata. Eines meiner Karamusalis wird dort sein. Es wird den venezianischen Löwen am Achterdeck flattern lassen, jedoch verkehrt herum. Der Kapitän wird Bescheid wissen. Geh einfach an Bord und eiligst nach unten.«

Abbas fragte sich: Wie würde es wohl sein, wieder frei zu sein? »Wohin würdest du uns schicken? Nach Zypern?«

»Dort gibt es keine Palastmauern, Abbas. Bloß Weinberge und Olivenhaine. Bitte. Genauso, wie dir Julias Sicherheit am Herzen liegt und *mir* ihre Sicherheit am Herzen liegt, ist mir auch deine wichtig.«

Abbas nickte. »Danke«, murmelte er. Er hustete wieder und verzog das Gesicht wegen der Schmerzen in seinem Brustkorb. Er klatschte in die Hände, und umgehend standen ihm die Taubstummen zur Seite und halfen ihm auf die Füße. Als es geschafft war, klammerte sich Abbas vor Erschöpfung mit pfeifendem Atem an sie.

»Leb wohl, Ludovici.« Er vollführte eine anmutige Temmenah.

»Morgen ganz in der Früh.«

»Ja. Vielleicht der Auftakt zu einem neuen Tag.« Er blieb an der Tür stehen und wandte sich Ludovici zu. »Falls ich nicht da bin, sag Lebewohl zu Julia für mich.«

Und dann war er verschwunden.

Topkapi Sarayi

»Muomi.«

Hürrems Stimme war nur ein schwaches Flüstern. Muomi legte ihr Ohr ganz nah an Hürrems Lippen, um die Worte zu erhaschen.

»Ja, meine Herrin.«

»… Rache.«

»Ja, meine Herrin.«

»Ich … sterbe jetzt … aber danach … wird Süleyman … zu dir kommen.«

»Was soll ich zu ihm sagen?«

»Was immer ihn … am meisten … trifft.«

Muomi lächelte. »Ja, meine Herrin.«

Julia hatte Ludovici noch nie so erlebt. Er ließ sich in den Eichenholzsessel in seinem Arbeitszimmer fallen, mit eingesunkenen Schultern. Er strich sich über den golden und silbern schimmernden Bart, die Gedanken völlig auf irgendeine innere Qual gerichtet.

Sie wartete geduldig darauf, daß er zu sprechen begann. Was konnte im argen sein? grübelte sie. Und dann schloß sie: es war Abbas. Und es gab schlimme Neuigkeiten.

»Ich schicke dich weg«, sagte er plötzlich.

»Mein Gebieter?«

»Ich hätte dies schon vor Jahren machen sollen. Es geht um deine eigene Sicherheit.«

Sie fühlte plötzlich eine Welle der Empörung in sich aufsteigen. Wieder einmal war sie nur irgendeine Spielfigur, die nach Belieben eines anderen Menschen um das Mittelmeer herumgeschubst wurde. »Wieso soll ich in Gefahr sein?«

»Der Sultan weiß vielleicht, daß du hier bist.«

»Aber das ist doch alles schon Jahre her –«

»Abbas ist sich seiner Sache sicher. Es ist eben nicht vergessen. Bald wird es der Großwesir wissen, und dann wird Süleyman keine andere Wahl haben, als zu handeln.«

Ludovici saß mit dem Rücken zu den mit Gitterwerk versehenen Fenstern da. Hinter ihm zeichnete sich der Kubbealti auf der Serailspitze gegen den Himmel ab. Es ist geradezu eine Karikatur seines Dilemmas, dachte Julia. Ständig überschattet ihn die Macht des Diwan.

»Wohin soll ich denn gehen?«

»Ich habe Ländereien auf Zypern. Dort wird man sich gut um dich kümmern.«

Julia versuchte es sich vorzustellen. Wieder eine einsame Villa, einige Rebenpflanzen, ein paar Diener, vielleicht ein paar Bücher und ihre Stickerei zur Beschäftigung. Praktisch so gut wie ein Kloster. Die Aussicht war unerträglich.

Sie schaute zu Ludovici hoch und begriff, daß er ihr fehlen würde. Wann war das nur geschehen? Mit Abbas hatte es den stürmischen Drang der Jugend, die Gefahr der Romanze gegeben; mit Sirhane hatte sie die Erleichterung der Lust erfahren und, ja, überlegte sie, eine Methode gefunden, wie sie sich von dem Bedürfnis nach Männern befreien konnte, eine süße, ausgereifte Form von Rache. Erst seit Sirhanes Tod aber hatte sie begonnen Ludovici als das zu sehen, was er war: ein sterblicher Mensch, der sie vielleicht mehr liebte, als er fähig war zu zeigen. Obwohl er ihr Ehemann geworden war, hatte sie sich ihm nie so wie Sirhane hingegeben, ja sogar nie so wie jenes eine Mal Abbas; er war jedoch ihr Gefährte geworden und ihre Zuflucht, und er mochte sogar noch zu ihrem Freund werden. Sie würde seine Wärme neben ihr im Bett vermissen, seinen hellen Geist, seine Stärke.

Nein, entschied sie. Ich kann nicht mehr ohne ihn sein.

»Du wünschst, daß ich weggehe?« fragte sie ihn.

»Nein«, sagte Ludovici. »Das ist das letzte, was ich mir wünsche.«

»Dann gehe ich auch nicht.«

»Du begreifst es nicht, Julia –«

»Ich begreife vollkommen. Ich will einfach nicht von dir weg.«

Er starrte sie perplex an. »Warum?«

»Vielleicht habe ich dich liebgewonnen.«

»Was?«

Julias Lippen kräuselten sich zu einem schmalen, traurigen Lächeln. »Ist das denn so schwer zu glauben?«

»Ja. Ja, wirklich. Ich habe nie gedacht, daß ich das noch zu hören bekomme.«

»Wenn du mit mir mitkommst, dann gehe ich. Wenn du es nicht kannst, dann bleibe ich hier. Ich habe mich entschieden.«

Ludovici stand auf und ging zum Fenster hinüber; er wandte ihr den Rücken zu. *Corpo di Dio!* So lange schon hatte er auf einen einzigen Augenblick der Leidenschaft gewartet, daß ihn nun ihr ruhiges Zeugnis der Zusammengehörigkeit völlig aus der Fassung brachte. Er wußte nicht, was er sagen oder tun sollte. Er hatte sich damit abgefunden, etwas aufzugeben, was er im Grunde genommen nie wirklich besessen hatte, und dann das.

»Ich weiß nicht, was ich sagen soll.«

Er hörte ihre Röcke rascheln, als sie auf ihn zukam. Er spürte ihre Hand auf seinem Arm. »Was wirst du tun?«

»Ich kann nicht riskieren, dich weiterhin hierzulassen.«

»Kommst du also mit?«

»Ja. Vielleicht gefällt mir Zypern ja auch. Vielleicht baue ich dann Wein an und werde in der Sonne ganz braun und zerknittert.«

»Das klingt nicht gerade nach dir.«

»Ich werde die laufenden Geschäfte einem meiner Zwischenhändler übergeben. Falls sich Abbas in dieser Sache täuscht, können wir nach ein paar Monaten zum Palast zurückkehren. Falls nicht – dann ...« Er zuckte mit den Achseln. »Vielleicht hat der venezianische Renegaten-Bastardo sowieso schon seine Tauglichkeit unter Beweis gestellt.« Er drehte sich um. Sie lächelte ihn an.

Ihm fiel wieder ein, wie er sie damals zum erstenmal gesehen hatte, mit Abbas zusammen, in der Kirche Santa Maria dei Miracoli. Die Vision in Samt, wie Abbas sie einst beschrieben hatte, war nicht mehr der Engel, der sie einmal gewesen war. Sie war vom Alter gezeichnet, von Sünde und menschlicher Hinfälligkeit.

Aber er liebte sie noch immer, wie er es stets getan hatte. Und jetzt wollte sie ihn endlich. Und das war letzten Endes genug.

99

Abdullah Ali Osman, Süleymans Privatarzt, war ein unglücklicher Mensch. Süleyman musterte ihn mit vor Verzweiflung wild verzerrter Miene vom Diwan aus.

»Du mußt ihr etwas verschreiben. Wenn sie stirbt, werde ich dich dafür verantwortlich machen. Du wirst einen ungetrübten Blick auf den nächsten Sonnenaufgang von einer Nische in der Wand des Ba'ab i Hümayun aus genießen.«

Ali Osman berührte den Seidenteppich mit der Stirn. »Wie Ihr meint, mein Gebieter.« *Gott helfe mir in meiner Not!*

Eine Eskorte von Eunuchen führte ihn mit gezogenen Jataganen durch das enorme Tor aus Eichenholz und Eisen in das stille Heiligtum des Harems. Sie kamen durch einen beängstigend ruhigen, von einem Kreuzgang umgebenen Hof und erklommen eine Treppenflucht schmaler Steinstufen zu dem Wohnbereich der Hasseki Hürrem.

Als sie die ausladende Audienzhalle mit ihrer Kuppel durchquerten, warf er nicht einmal einen Seitenblick auf die großartigen blauweißen

Ming-Vasen oder die Goldspiegel aus Vicenza oder die juwelenbesetzten Weihrauchgefäße, die von dem Deckengewölbe wie Früchte herabhingen. Furcht hatte seine Augen nach innen gelenkt. Oh, hätte Gott ihn nur verschont und zu einer anderen Zeit leben lassen, als der Sultan seine Frauen nicht so liebte!

Eine Reihe von Eunuchen stand paarweise auf dem Weg ins Schlafzimmer hinein, so daß er nichts hinter ihnen sehen konnte, aber er wußte, daß sie da war; ihre Gegenwart, das beklommene Schweigen um sie herum erfüllten den Raum. Die Wachen, die ihn von der Audienzhalle her begleitet hatten, blieben plötzlich stehen und ließen ihn weitergehen.

Niemand sprach ein Wort, und er fragte sich, was er tun sollte.

Mit einemmal erschien eine Hand zwischen den paarweise postierten Eunuchen, eine blasse und schlaffe Hand, deren Handgelenk von den rundlichen ebenholzfarbenen Fingern irgendeines schwarzen Eunuchen gehalten wurde. Vermutlich der Kislar Aghasi, folgerte er. Ihre Hand war mit Sicherheit das einzige, was er überhaupt untersuchen durfte. Ali Osman trat nach vorn.

Er nahm die gereichte Hand fast ehrfurchtsvoll, denn ihm war bewußt, daß er außer dem Sultan selbst der einzige vollständige Mann war, der je Erlaubnis gehabt hatte, sie zu berühren, seit sie in die Mauern des Harems eingetreten war. Es war jetzt natürlich die Hand einer alten Frau, mit einer Haut, die lose auf den Knochen saß, und Flecken von der Farbe verschütteten Kaffees darauf. Er fühlte den Puls und taxierte die Hauttemperatur, was ihm Rückschlüsse auf die Hitze der inneren Organe erlaubte. Er drückte leicht auf das Fleisch unter den Fingernägeln, um die Geschwindigkeit des Blutes zu erproben.

»Ihr Herz schlägt sehr langsam«, sagte er vor sich hin. »Ihr Körper verliert Wärme in Vorbereitung auf den Tod.«

Er mußte sich beeilen. Er mußte einen Trunk herrichten, der ihre Organe möglichst belebte und das Blut beschleunigte. Er verspürte keinen Wunsch, den Sonnenaufgang vom Ba'ab i Hümayun aus zu sehen, gleichgültig, wie schön der Anblick sein mochte.

»Ist der … alte Trottel … weg?«

»Ja«, bedeutete ihr Abbas. Die Wachposten marschierten ab, und sie waren allein im Raum. Merkwürdig, wie er sie gehaßt hatte, dachte Abbas, jetzt dagegen den Mut bewunderte, mit dem sie ihrem Tod entgegensah. Könnte er doch nur selbst die gleiche Kraft aufbringen! »Ja, er ist weg.«

»Ich würde … ihm nicht mal … das Schneiden meiner Zehennägel … anvertrauen.«

»Nein, meine Herrin.«

Das Weiße ihrer Augen war nicht mehr weiß; sie waren gelb verfärbt und tief in die Höhlen eingesunken. Es schien fast, als falle ihr das Fleisch vom Leibe, während er zuschaute. Kein Elixier oder Arzneitrank auf der ganzen Welt konnte sie noch retten, schloß Abbas. Sie roch nach Tod.

Ihre Lippen spalteten sich zu einem Lächeln. »Jetzt … wirst du … mich also doch noch … tot … sehen, mein … Abbas. Das … freut … dich sicher.«

»Ja, meine Herrin«, sagte Abbas.

»Deine Offenheit … ist so erfrischend … Die sagen alle … zu mir, daß ich … am Leben bleibe.«

»Ich würde sagen, daß sie sich außerordentlich täuschen, meine Herrin«, flüsterte Abbas.

Hürrem richtete langsam, voller Mühe ihre Augen auf ihn. »Ich habe … noch einen … letzten Auftrag … für dich.«

»Ich glaube kaum, daß Ihr noch in der Lage seid, mir Befehle zu erteilen, meine Herrin.«

»Du … willst … den Brief?«

Abbas beherrschte sich nur mit Mühe. »Macht Euren Frieden mit Gott, meine Herrin. Die Angelegenheiten der Welt werden Euch bald nichts mehr angehen!«

Irgendwie lachte sie. Das Lachen zerbarst in einen Hustenanfall, der sie minutenlang völlig geschwächt zurückließ. Endlich, nachdem sie sich erholt hatte, flüsterte sie: »Du … hast recht, mein Abbas. Muomi hat … den Brief. Sie … hat meine Anweisung … ihn dir … zu übergeben.«

»Dann gab es also tatsächlich solch einen Brief?«

»Aber … ja. Ich mache … nie leere Drohungen. Aber … ich bin … keine rachsüchtige Frau. Geh in … Frieden … mein Abbas.«

Verrotte in der Hölle, dachte Abbas.

Er erhob sich, um sie zu verlassen. Noch heute nacht würde die Hexe sterben, davon war er überzeugt. Und im Morgengrauen würde er auf einem Karamusali sein und über das Marmara Denizi davongleiten – endlich, endlich frei.

Doch als er auf die Füße kam, hörte er sie flüstern: »Haßt du sie … denn nicht … diese Türken?«

Hatte sie das tatsächlich gesagt? Abbas beugte sich näher an sie heran, und seine Nase zuckte bei dem üblen Fäulnisgeruch zurück. »Meine Herrin?«

»Was sie mir … und dir … angetan haben. Haßt du … sie denn nicht?«

»Bis aufs Mark.«

Hürrem schloß die Augen. Die Anstrengung, die ihr das Sprechen verursachte, ermüdete sie. »Sie haben mich zu … einer Sklavin … und dich zu einem … Witz gemacht.« Nun, dachte Abbas, nicht einmal auf dem Sterbebett zog sie Taktgefühl ihrer Brüskheit vor. »Willst du nicht … ein gewisses Maß an … Rache?«

»Was ist die Vorstellung meiner Herrin?«

»Meine Vorstellung … ist Selim … als der nächste … Sultan.«

»Das kann nie geschehen!«

»Wer weiß schon … was geschehen wird … mein Abbas? … Vielleicht wirst du … doch … noch von Nutzen sein …« Sie versuchte sich die Lippen zu befeuchten. Sie waren aufgesprungen, und ein wenig wäßriges Blut sickerte heraus. »Ich habe … dich … meinem Sohn für seine Dienste vermacht. Vielleicht … kannst du mir … bei diesem letzten … Unternehmen helfen.«

Sie schloß erneut die Augen, und wenige Augenblicke später war sie eingeschlafen. Abbas ging aus dem Zimmer. Er drehte sich noch einmal nach ihr um. Wie eine zerbrechliche und mitleiderregende Kreatur sieht sie aus, dachte er. Wie die Stoffpuppe eines Kindes, die auf dem Kissen liegt. Wie konnte er nur solch schreckliche Angst vor ihr gehabt haben?

Und wie konnte er nun plötzlich zu so später Stunde solch eine Sympathie für sie in seinem Inneren entdecken? »Ich werde dir helfen«, murmelte er. »Diesmal mußt du mir nicht drohen. Ich werde gern mein Bestes tun.«

Er ging hinaus und schloß leise die Tür hinter sich.

100

Marmarameer

»Warum ist er nicht gekommen?« fragte Julia.

Ludovici lehnte an der Reling des Karamusalis und schaute auf die Kuppeln und Turmspitzen der prächtigen Stadt, wie sie sich in dem violetten Morgendunst verloren. »Ich weiß nicht. Ich habe Abbas' Motive für seine Handlungen noch nie begriffen.«

»Aber er hat doch gesagt, daß er kommt.«

Er hat genauso angedeutet, daß er vielleicht nicht kommt.«

»Glaubst du, daß er noch am Leben ist?«

Ludovici schüttelte den Kopf. »Meine Quellen innerhalb der Pforte werden es früher oder später für mich herausfinden. Wenn sie ihn umgebracht haben, dann war es richtig von uns, nicht länger abzuwarten. Und wenn er wohlauf ist und beschlossen hat, nicht zu kommen … Nun, ihn kann nichts von einer Entscheidung abbringen, sobald er sie einmal getroffen hat.«

Das Wasser erglänzte mit Goldpfützen, als die Sonne am Himmel heraufkam. Das Karamusali wurde jetzt von der Morgenbrise erfaßt und glitt an den Inseln vorbei in Richtung Dardanellen und Mittelmeer. Julia mußte wieder an jenen anderen Morgen denken, als sie zum erstenmal die Stadt erblickte, die sie dann gefangenhielt und zugleich befreite. Ein ganzes Menschenleben schien es her zu sein. Nicht vorstellbar, daß sie die Silhoutte der Minarette und Kuppeln womöglich nie mehr sehen würde.

»Ich werde für ihn beten«, sagte Julia. Sie legte ihre Hand auf seine. Die Brise war salzig und frisch. Sie verabschiedete sich im stillen von Abbas und Sirhane und spürte, wie ihre Seele die Vergangenheit gleich einer alten, verwelkten Haut abstreifte.

Hürrem lag im Sterben.

Es war offensichtlich für ihn, schon als er den Raum betrat. Sie lag mit Kissen abgestützt da; Muomi hatte ihr Perlen in die Haare geflochten, das kleine grüne Talpack war ihr mit Nadeln aufs Haupt gesteckt worden, und man hatte sie in einen Kaftan aus schlohweißer Seide gekleidet, als sei sie eine für die erste Nacht mit dem Sultan hergerichtete Konkubine. Es war eine absurde Parodie auf ihre Jugendzeit, und er hätte am liebsten laut aufgeschrien bei dem Anblick. Was machten sie nur mit ihr? Hatten sie gar keine Achtung? War das irgendeine Art grausamen Scherzes?

Er konnte sie kaum mehr erkennen. Ihr Fleisch war so abgemagert, daß ihre Knochen hervortraten und die ihr einst eigenen Gesichtszüge nicht mehr vorhanden waren. Sie schien nicht mehr zu sein als ein straff mit durchsichtiger Haut bezogener Schädel auf einem winzigen, geschrumpften Körper, wie eine Kinderpuppe.

Muomi und Abbas hockten an ihrem Lager und hatten vor Entsetzen ganz düstere Mienen. Zweifellos aus Angst um ihre eigene Haut, dachte Süleyman.

Guter Gott, sie starb wirklich.

»Kleine Roxelana …«, flüsterte er.

Ihre Augen öffneten sich flackernd. »Süleyman.«

Die anderen zogen sich vom Bett zurück. Süleyman setzte sich an den Rand ihrer Matratze und nahm ihre Hand auf. Sie war so kalt wie Marmor. »Verlaß mich nicht …«, flüsterte er.

»Ich bin frei, Süleyman.« Ihre Stimme hatte alle Sanftheit verloren; sie hatte einen heiseren, metallischen Klang, wie Metall auf einer Raspel.

»Verlaß mich nicht.«

Ihr Mund kräuselte sich. »Du Narr.«

Er führte ihre Finger an seine Lippen und küßte sie zart. »Ich liebe dich, kleine Roxelana.«

»Ich glaube … daß du das tust. Das Leben hat dir … übel mitgespielt, Süleyman. Aber schließlich hast du es auch verdient.«

Tief in seinem Magen gefror etwas zu Eis. Er fragte sich, ob er sie richtig verstanden hatte, ob er überhaupt begriff, was sie da sagte. »Was meinst du damit?«

»Ich meine damit … du sollst … zum Teufel gehen.«

Süleyman starrte sie an, völlig entsetzt. Er ließ plötzlich ihre Hand los, als hätte sie soeben zugegeben, daß sie die Pest habe, und stand auf. Er wandte sich an die Gesichter im Umkreis. »Raus! Raus mit euch allen!«

Muomi und die anderen Gedikli liefen eiligst hinaus. Nur Abbas zögerte, und sein volles schwarzes Gesicht war vor Verwunderung und Verwirrung ganz verzogen.

»Raus!« wiederholte Süleyman.

Die Tür schloß sich knarrend hinter ihm.

Als Süleyman sich Hürrem wieder zuwandte, grinste sie – ja, sie grinste, dachte er, denn ein Lächeln konnte man das wirklich nicht nennen. Ihre Lippen entblößten ihre Zähne zu dem Anblick eines triumphierenden Totenkopfes.

»Kleine Roxelana …«

»Ich bin nicht … deine kleine Roxelana. Ich habe dich … nie geliebt. Jeden Tag … meines Lebens … habe ich dich gehaßt … bis mir die Zähne weh getan haben … vor lauter Haß.«

Süleyman klammerte sich an die geriffelte goldene Säule des Baldachins, um sich festzuhalten. »Du bist krank. Ich werde das nicht beachten«, sagte er laut.

»Ich war deine Gefangene … mir blieb nichts anderes übrig … als mich dir zu unterwerfen. Aber oh … wie habe ich dich gehaßt!«

Süleyman hielt sich voller Verzweiflung die Ohren zu. »Ich werde mir das nicht länger anhören!«

»Hast du dir nie überlegt … warum Bayezit ein so … großartiger Kämpfer ist? Das kommt daher, daß er … zu Ibrahim … gehört!«

»Nein! Das ist unmöglich!«

»Du hast ihm … so vertraut … Narr … du hast nie gemerkt … was er getrieben hat … nachdem er aus … Ägypten zurückkam.«

»Nein!«

»Siehst du … das also ist mein Vakf … meine Hinterlassenschaft … an die Osmanen. Entscheide dich, Süleyman! Selim … oder der Sohn … des Griechen! Ich verfluche dich, und ich verfluche … jeden Sultan, der dir folgt … bis dein Reich zerfällt … zu Schatten und Staub.«

»Hör auf! BITTE!«

»Wie ich … dich hasse!«

»NEEEEEIIIN!« Er packte sie an den Schultern und schüttelte sie. »Du liebst mich! Sag es! Du liebst mich!«

Er schaute ihr in die Augen und sah das Licht verlöschen. Ein helles Aufflackern, wie ein Kerzenlicht in einem Windstoß, dann Finsternis. Er warf den Kopf nach hinten und schrie. Dann schleuderte er sie mit aller Kraft auf das Bett zurück. Sie sackte auf die Seite.

»NEEEEEINNNN! ES STIMMT NICHT!«

Er riß ihr das Talpack vom Kopf, und die in ihr verblichenes Haar geflochtenen Perlen kullerten auf den Marmorboden, und ihr Haar riß mit den Wurzeln aus und hing in Büscheln von seinen Fingern.

»Neeeeeiiiin!«

Er griff nach einem Hocker und schleuderte ihn gegen den Vicenza-Spiegel, und er sah, wie sein Spiegelbild in Tausende von Stücke zersplitterte.

Dann stürmte er aus dem Raum heraus.

Als Abbas ihn später aufsuchte, lag er zusammengerollt auf seinem eigenen Lager und weinte wie ein Säugling. Seine Diener ließen ihn allein zurück; sie waren zu Tode erschrocken, und keiner wußte, was zu tun war. Drei Tage lang lag er so da und schluchzte und redete mit den Phantomen, die sein Bett umringten, und als er schließlich Abbas noch einmal zu sich zitierte, befahl er ihm, Hürrems Gemächer abzusperren und zu versiegeln, damit er nie mehr in die Verlegenheit käme, irgendeinen Raum betreten zu müssen, wo einst ihr Lachen erschollen war und sie sich in den Armen gelegen hatten.

TEIL ZEHN

GOTTES WIND

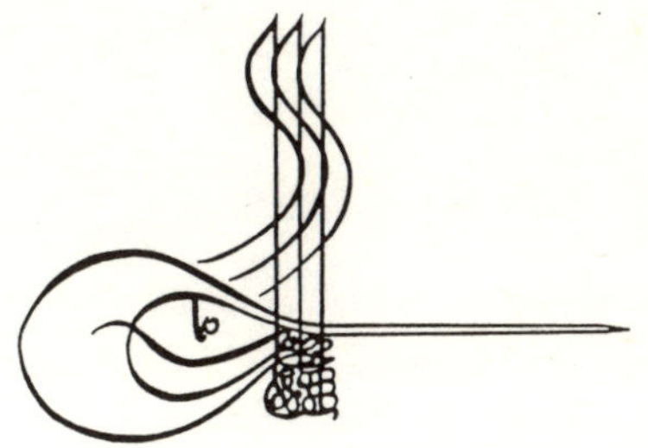

101

Amasya, 1559

Die Reiter galoppierten mit voller Wucht aufeinander zu, die Pferdehufe trommelten auf der weichen Erde und warfen hinter sich in dicken braunen Klumpen Lehm in die Luft. Der erste Reiter warf einen Speer, und sein Gegner versuchte, sich auf der einen Seite seines Pferdes aus der Bahn zu drücken, aber der Schaft versetzte ihm einen Streifstoß in den Rücken. Die Reiter hoch zu Roß auf der einen Seite der Arena jubelten. Die Musik der Trommeln und Zounas wurde drängender.

»Schhhhhh«, zischelte Bayezit seinem Araber zu, der aufgeregt durch die Musik und die Rufe der Reiter ringsum mit den Vorderläufen scharrte und ausschlug.

»Noch mal drei Punkte.« Murat lachte. »Ein guter Tag für die Blauen.«

»Bald werden wir vielleicht richtige Speere werfen«, sagte Bayezit. Er grinste wie ein Besessener und legte los zur Mitte der Arena, auf zwei Reiter von den Grünen zu. Als sie sich näherten, sah Murat den ersten Wurfspeer, der zu schnell abgeschossen war, ohne Schaden anzurichten über die Schultern seines Prinzen hinweggleiten, während der sich hinter den Kopf des Pferdes duckte. Bayezit schwenkte seinen Araber plötzlich nach rechts, und der andere Reiter mußte die Zügel scharf herumreißen, um nicht in ihn hineinzudonnern.

Bayezit zog die Zügel an, und das Pferd reagierte sofort. Ehe der andere Reiter erkannt hatte, was geschah, war Bayezit hinter ihm und der Speer traf den Grünen zwischen den Schulterblättern. Der Mann schrie auf vor Schmerz und fiel nach vorn über sein Pferd.

Die Männer um Murat standen in ihren Steigbügeln und jubelten.

Bayezit stürmte zurück und rief nach einem nächsten Wurfspeer, den ihm die Pagen reichen sollten, die zwischen den Beinen der Pferde hin und her flitzten. Sein Gesicht war erhitzt vom Triumph. Durch seinen dicken schwarzen Bart grinste er Murat verschmitzt zu.

»Nun, was sagst du, Murat?«

»Ich sage, wir marschieren und schneiden uns ein Stück aus dem Gerstenpudding!«

Bayezit lachte. Es gab ein neuerliches Aufbrüllen der Reiter rings um sie herum, als noch ein anderer aus ihrem Team einen direkten Stoß mit seinem hölzernen Speer plazieren konnte und einen Grünen, dem das Blut aus dem Kopf spritzte, taumelnd auf den weichen Boden schickte.

Sie waren unbesiegbar an diesem Tag. Sie konnten nicht verlieren. Es schien einfach nicht möglich.

Sie war jetzt eine alte Dame. Bayezit fand sie in den Gärten des Harems, im Rosenkiosk. Der hölzerne Pavillon war von einer Kolonnade mit verzierten Säulen umgeben und mit Blattgold belegt. Die durchbrochenen Fenster und gebogenen Türeingänge zeigten in einen Rosengarten, der jetzt in voller Pracht stand mit roten, goldenen und leuchtendrosa Blüten.

Sie saß allein im Pavillon, und die Stille wurde nur durch das beständige Klick-klick-klick des Perlentespi unterbrochen, das sie sich durch die Finger gleiten ließ, und ihre Lippen bewegten sich leise unter dem Rezitieren der Gebete Mohammeds. Sie trug einen Kaftan aus rubinrotem Seraser, der mit goldenem Faden bestickt war, und ein reinweißes Tuchjackett, das an den Säumen mit Schwanendaunen besetzt war. Ihr Gesicht war hinter einem Yashmak aus Musselin verborgen, aber Bayezit konnte die tiefen Linien um ihre Augen sehen, die ihr Alter verrieten. Die Jahre waren nicht gütig gewesen zur Rose des Frühlings. Nur noch die Dornen waren übriggeblieben.

»Was wirst du tun, Bayezit?«

»Was kann ich tun, meine Herrin? Süleyman hat mir keine Chance gelassen. Aber den Streit habe ich mit Selim, nicht mit meinem Vater.«

»Du irrst dich.«

Bayezit senkte die Augen und antwortete ihr nicht. Es war wunderschön hier im Garten, und die Luft duftete von den Rosensträuchern, die den Pavillon umgaben. Der Tag war zu vollkommen, um über Blutvergießen zu sprechen.

Eine Gedikli goß Gülbehar parfümiertes Sorbet in ein Kristallglas, und sie nippte daran.

»Was auch immer ich tue, es wird Krieg geben«, sagte Bayezit.

»Wegen Selim?«

»Die Schwierigkeiten der Osmanen beginnen und enden nicht mit

Selim. Die großartigen Enkelsöhne der Männer, die dem Fatih nach Stambul gefolgt sind, sitzen jetzt auf ihren Timars in Anatolien und sehen zu, wie ihr Ghasi-Stamm von den Völkern beherrscht wird, die ihre Väter besiegt haben. Die Devschirme hat uns mit einem Heer von Bürokraten belastet. Sie werden durch ihre eigenen christlichen Sklaven von ihrem Land vertrieben. Mein Vater hat die Schafsfelle seiner Vorfahren vergessen. Sie verschimmeln in seinem Schatzhaus, während ein bulgarischer Wesir sogar auf Kräuter und Rosen Steuern erhebt und die Timariots gewaltsam von ihrem Land vertreibt und sich dabei die eigenen Taschen füllt! Alles ist Bakschisch, Bakschisch! Was ist mit Süleymans eigenen Kanuns geschehen, denen zufolge jede Beförderung nur nach dem Verdienst geschehen solle? Er hat seine prächtigen Gesetze gemacht und uns dann vergessen! Die echten Osmanen haben in Zelten gelebt und sich ihr Reich vom Sattel der Pferde aus genommen, nicht indem sie sich auf seidenen Diwans zurücklehnten und ihre Juwelen zählten!«

Gülbehar ließ sich das Tespi durch die Finger rinnen, klick-klick-klick. »Erinnerst du dich daran, als Mustafa ermordet wurde, Bayezit? Erinnerst du dich daran, was die Janitscharen sagten? ›Unsere Hoffnung ist mit Mustafa verlorengegangen‹.«

»Ich erinnere mich.«

»Wir brauchen einen neuen Mustafa.« Sie legte das Tespi beiseite und blickte ihn fest an. »Dich, Bayezit. Du ähnelst ihm so sehr. Du kannst reiten, du kannst kämpfen, du kannst anführen. Du bist ein wahrer Ghasi.«

»Wenn doch nur mein Vater so dächte!«

»Süleyman war viele Jahre lang mein Herr, aber ich erkenne den Mann, der er geworden ist, wirklich nicht wieder. Er hat vergessen, daß er ein Ghasi ist. Sogar jetzt, wo die Hexe tot ist. Sieh doch nur, was er dir angetan hat! Er hat Schande über dich gebracht, dich hierher nach Amasya verbannt, wie er es mit meinem Sohn getan hatte. Er hat den Thron tatsächlich fast schon an deinen fetten Säufer von einem Bruder weitergegeben!«

»Es ist sein Recht. Irgendwie hat Selim ihn dahin gebracht. Es ist Selim, mit dem ich mich auseinandersetzen muß.«

»Nein, es ist Süleyman. Sei auf der Hut!«

»Ich liebe ihn wahrlich nicht, meine Herrin. Aber er ist mein Vater und mein Sultan.«

»Das waren auch die Worte meines Sohnes.« Gülbehar wandte sich wieder ihrem Tespi und ihren stillen Gebeten zu.

»Er weiß, was für eine Art von Mann mein Bruder ist. Es ergibt keinen Sinn.«

»Es hat keinen Sinn ergeben, meinen Sohn zu töten. Aber er hat es trotzdem getan. Sei auf der Hut, Bayezit. Gehe mit Gott.«

Sie streckte ihre Hand aus. Bayezit küßte sie und verabschiedete sich.

Gegen Süleyman reiten? Nein, das war undenkbar. Sie war nur eine bittere alte Frau. Süleyman stellte ihn auf die Probe, das war alles. Er mußte wissen, daß er Selim nicht gestatten konnte, in Manisa zu bleiben, in nur fünf Tagesritten Entfernung von der Hauptstadt, während er so gut wie im Exil lebte, beinahe einen ganzen Monat von Stambul entfernt. Selim hatte geschworen, ihn umzubringen, wenn er je den Thron besteigen sollte. Was blieb ihm anderes übrig? Er mußte gegen ihn vorgehen. Es war die einzige Art, die Osmanenart. Sicherlich würde sein Vater das verstehen.

Topkapi Sarayi

Süleyman betrachtete seinen Großwesir nachdenklich und saß bewegungslos da, außer daß sein Zeigefinger beständig auf die goldene Armlehne seines Thrones trommelte. Er trug einen ärmellosen karmesinroten Kaftan mit goldenen Tigerstreifen und schwarzem Zobelfutter über einer Robe aus grünem Seraser-Brokat. Smaragde glitzerten auf seinem Turban und an seinen Fingern. Aber trotz aller Pracht sah er eingefallen aus, dachte Rüstem; als ob da nicht mehr säße als ein verhutzelter grauer Kopf auf einem Bündel leerer, eleganter Kleider. Auf seine Wangen war dick Rouge aufgetragen, um die bleiche Hautfarbe zu überdecken.

»Es war die Krankheit«, murmelte Süleyman.

Rüstem runzelte die Stirn. »Mein Gebieter?«

Süleyman ruckte mit dem Kopf nach oben, als habe er plötzlich die Gegenwart seines Wesirs wahrgenommen. »Ah, Rüstem …«

»Ich komme gerade aus dem Diwan, mein Gebieter.«

»Dem Diwan«, wiederholte Süleyman, als versuche er, sich zu erinnern, was das wohl für ein Ding sein könne.

»Ich habe schlechte Nachrichten, mein Gebieter.«

»Bayezit?«

»Jawohl, mein Gebieter.« Rüstem fühlte sich schon wieder verunsichert; Süleyman schien im einen Augenblick am Rande des Wahnsinns zu sein, und im nächsten war er hellwach und aufmerksam. Er war beständig in diesem Zustand, seit Hürrem gestorben war.

»Hat er dem Tschausch des Sultans geantwortet?«

»Er hat, mein Gebieter.«

»Und was sagt er?«

»Seine Antwort war kurz, mein Gebieter.« Er zog einen Brief aus den Falten seines Gewandes hervor. Er las die formelle Begrüßungsformel. »Er fährt fort und sagt nur dieses, mein Gebieter: ›Ich werde in allem dem Befehl des Sultans, meines Vaters, gehorchen, außer in all dem, was zwischen Selim und mir liegt.‹«

Süleyman stieß einen kleinen Schrei aus, wie ein Tier, das man in einer Falle gefangen hatte. »Sie war sehr krank. Sie hat das nicht gemeint, was sie gesagt hat.«

»Mein Gebieter?«

Süleyman schlug mit der Faust auf die Thronlehne. »Warum trotzt er mir?«

Was bleibt ihm anderes übrig? dachte Rüstem. Du hast ihn nach Hürrems Tod regelrecht nach Amasya verbannt. »Er versammelt eine Armee bei Angora«, sagte Rüstem. »Es heißt, die Timariots und die Turkmenen flögen ihm scharenweise zu.«

»Zu welchem Zweck?«

»Sein Ziel erscheint eindeutig. Selim hat sich darüber beschwert, daß er eine Frauenmütze und eine Schürze von seinem Bruder als Geschenk erhalten habe. Die Botschaft sieht deutlich genug aus.«

»Wir müssen dies unterbinden, Rüstem. Solange ich lebe, müssen sie mir gehorchen.«

»Es gibt da vielleicht einen Weg, mein Gebieter.«

»Sag ihn mir.«

»Versetze Bayezit nach Kütahya. Wenn nicht dahin, dann nach Konya. Aber indem Ihr ihn nach Amasya sendet, übergebt ihr die Thronfolge an Selim. Wenn er geht, muß er mit dem sicheren Tod rechnen.«

»Er muß mir gehorchen!«

»Wenn Ihr darauf besteht, können wir einen Bürgerkrieg nicht vermeiden.«

»Sie sind meine Söhne. Noch bin ich nicht im Grab! Sie müssen tun, was ich ihnen sage!«

»Ich fürchte, wir können Bayezit nicht dazu überreden, seine Hand zurückzuziehen, mein Gebieter.« Er zögerte. »Ich bin immer davon ausgegangen, daß Ihr Bayezit als Euren Nachfolger haben wolltet.«

»Dann hast du es falsch verstanden, Rüstem. Du wirst alt. Vielleicht hat die Wassersucht dir den Verstand verwirrt.«

Rüstem berührte mit seiner Stirn den Teppich. »Ganz wie Ihr sagt, mein Gebieter.« Er ließ nicht zu, daß Süleyman bemerkte, wie schmerzhaft solch eine Grundübung für ihn war. Er durfte niemals jemandem gestatten, irgendeine Schwäche an ihm wahrzunehmen.

»Sag Selim, er soll nach Konya weiterziehen, um unsere südliche Route nach Syrien und Ägypten zu bewachen. Schicke Mohammed Sokollu, um ihn mit einem Janitscharenregiment und dreißig Kanonen zu beschützen. In der Zwischenzeit kannst du Pertew Pascha zu Bayezit schicken, damit der versucht, ihn dazu zu überreden, ohne Verzug wieder zur Gouverneurschaft von Amasya zurückzukehren, und um ihm ein Versprechen seiner Ergebenheit und Treue abzuringen. Es darf ihnen nicht gestattet werden, das Reich in einen Krieg zu verwickeln, solange ich noch auf diesem Thron sitze.«

»Ganz wie Ihr sagt, mein Gebieter«, antwortete Rüstem. Er erhob sich langsam auf die Füße und humpelte aus dem Zimmer. Süleyman ist wahnsinnig! dachte er. Hürrems Tod hat ihn um den Verstand gebracht. Aber er würde tun, was der Sultan befahl. Sollten doch seine Söhne sich um den Nachfolger Süleymans kümmern. Er würde vorher sterben.

»Du warst krank«, sagte Süleyman zu der widerhallenden Stille. »Du hast nicht gemeint, was du da gesagt hast.«

»Da hat ein Fieber in meinem Kopf gewütet«, sagte Hürrem. »Es war der Teufel, der da gesprochen hat.«

»Bayezit ist mein Sohn«, sagte Süleyman.

»Natürlich ist er dein Sohn. Ich habe dich von ganzem Herzen geliebt. Nebenbei, ich wurde im Harem scharf bewacht. Ibrahim hätte dort nicht bis zu mir vordringen können. Es war die Lüge des Teufels.«

»Du liebst mich. Sag mir, daß du mich liebst.«

»Du warst mein Gebieter, der Herr über mein Leben. Ich habe dich von ganzem Herzen geliebt, immer.«

Süleyman streckte eine Hand aus, um sie zu berühren, aber sie war nicht da.

Er schloß die Augen und spürte, wie ihm die Tränen, glühendheiße Tränen, über die Wangen liefen. Tränen der Trauer und des Mitleids mit seinem eigenen Herzen. Fünfunddreißig Jahre lang hatte er sie geliebt, hatte sie mehr geliebt als jedes andere Lebewesen. Er hatte ihr zuliebe seinen Harem aufgegeben und sie zu seiner Königin gemacht. Doch mit ihren letzten Worten hatte sie ihn in diese Hölle verdammt.

Es war die Krankheit, natürlich. Es muß die Krankheit gewesen sein.

Aber er konnte sich nicht von der Erinnerung befreien. Die Worte waren ihm ins Gehirn eingebrannt, und immer, wenn er meinte, sein Weinen und Fasten hätte sie ihm schließlich aus dem Kopf vertrieben, vernahm er plötzlich ihre Stimme, als ob sie im selben Zimmer wäre, oder er sah sie sogar, wie sie auf dem Bett lag mit einem entsetzlich alabasterweißen Gesicht. Ihre Stimme klang rauh wie Metall und flüsterte: »Ich hasse dich. Ich habe dich immer verachtet.«

»Meine kleine Roxelana, bitte …«

Er öffnete die Augen und erwartete, sie zu sehen. Aber da standen nur die Palastwachen, Taubstumme, unempfindlich seinem Kummer gegenüber, mit Gesichtern, die blank wie Stein waren.

Kleine Roxelana.

Er schloß die Augen wieder und erinnerte sich daran, als er sie zum erstenmal gesehen hatte, im Hof unter den Wohngemächern der Valide, im alten Eski Sarayi; das kleine grüne Talpack auf ihr Haar gesteckt, mit einem kindlichen Stirnrunzeln bei der Nadelarbeit. Ein unschuldiges Kind. Sie war nicht fähig zu solch unmäßigem Haß. Es war der Satan, der durch ihren Mund gesprochen hatte, sagte er sich; sie weilte schon im Paradies, als er diese Worte vernahm.

Dennoch konnte er nicht sicher sein. Er konnte spüren, wie die Zweifel ihm in den Eingeweiden wühlten wie ein schwärendes Geschwür, jeden Tag ein wenig schlimmer. Das war der Grund, warum er Bayezit nach Osten, nach Amasya verbannt hatte. Es würde Selim den Thron sichern, selbstverständlich – es wäre besser, einen betrunkenen Osmanenprinzen zu haben, als die Linie für immer abzubrechen, noch dazu mit dem Sohn eines Verräters.

Auch wenn es ein Verräter war, den er einst geliebt hatte.

Er warf den Kopf in den Nacken, und plötzliche Wut ließ ihm die

Adern an Hals und Schläfen anschwellen. »Verflucht seist du, Ibrahim!« schrie er in die umwölbte Stille. »Verflucht seist du!«

Und verflucht seist du, Hürrem. Aber er konnte sich auch jetzt nicht dazu überwinden, diese Worte laut auszusprechen. Es hätte bedeutet, daß sein ganzes Leben nichts wert gewesen wäre.

102

Angora

Im Frühling ist Kappadokien mit Wildblumen übersät, in dieser Zeit treiben die Regengüsse eine Farbenorgie aus den sonnenverbrannten Steppen. Bayezit ritt mit seinem Stallmeister Murat an einem Fluß entlang, zwischen Reihen hochgewachsener, dünner Pappeln hindurch; zu beiden Seiten lagen Felder mit leuchtendgelben Rapsblüten und in der Entfernung Hügel, die von blauen Blümchen übersät waren.

Sie erreichten den Kamm des Gebirgsausläufers und schauten hinunter in die Ebene. Bayezits Armee war in einem Lager außerhalb des Dorfes untergebracht, unter den mächtigen Türmen der Hisar-Festung. Bayezit fühlte, wie das warme Fleisch seines Araberhengstes unter ihm zitterte, als wenn es Erregung verspürte. Im Lager herrschte Gebetszeit; Männer knieten in Reihen nebeneinander, Hecken gleich. Die Turbane hoben und senkten sich im Gleichtakt, zu Tausenden, nein, Zehntausenden, Reihe um Reihe.

In den vergangenen Wochen waren sie aus der ganzen Ebene angekommen. Da gab es Kurden in weiten Hosen und mit breiten, scharlachroten Schärpen um ihre Taillen, die anstelle von Turbanen wollene Schädelkappen trugen; turkmenische Banditen, denen sich schafwollene Löckchen um die flachen, asiatischen Gesichtszüge kringelten; schwarzbefederte Spahis, die auf der Suche nach dem neuen Mustafa in kleinen Gruppen von der Pforte desertiert waren; die enteigneten Timariots, deren bunte Zusammenstellung von Rüstungen und konischen Helmen sich vor dem malvenfarbenen Himmel abzeichnete.

Zwanzigtausend kampierten jetzt auf der Ebene, eine traditionelle Ghasi-Armee. Die Timariots und Nomadenkrieger, deren Väter die Steppen im Namen der Osmanen erobert hatten, sammelten sich erneut, um die neuen christlichen Armeen ihrer Herren für sich zurückzuerobern. Sie waren bereit zum Kampf gegen Selim, und, wenn es nötig war, gegen die Janitscharen und die Spahis, die ihn unterstützten.

Murat wandte sich grinsend an Bayezit. »Du hast eine Flamme unter dem Reich angezündet. Sie kommen nun alle in Scharen zu dir. Du bist jetzt ihre Zukunft.«

»Wir werden sie nicht enttäuschen«, sagte Bayezit. »Sollen sie ihre Hoffnung jetzt auf Bayezit setzen!«

Sie gaben ihren Pferden die Sporen und lenkten sie den Abhang hinunter, ins Lager hinein.

Manisa

Der Schahsade Selim war sehr schlechter Stimmung. Bayezit versammelte eine riesige Armee gegen ihn, und immer noch weigerte sich sein Vater, gegen ihn vorzugehen. Statt dessen hatte er Sokollu und seine Kanonen geschickt sowie einen königlichen Befehl, nach Konya weiterzuziehen, um sich ihm in den Weg zu stellen. War er nicht der Auserwählte? Warum saß Süleyman dann immer noch in seinem Palast und sah zu, wie die Sonne die Schatten über die Wände ziehen ließ, während der »neue Mustafa« in Angora an Stärke gewann und bereit war, ihn umzubringen? Es war ihm jetzt ganz klar: er war verstoßen worden.

Er leerte den kristallenen Becher, der an seiner Seite stand, und klatschte in die Hände, damit der Page ihn aus dem Krug mit Chian-Wein wieder nachfülle.

Verdammt sollen sie sein. Verdammter Bayezit. Und verdammter Süleyman.

Vielleicht war alles eine Verschwörung gegen ihn. Süleyman mochte vielleicht sogar in diesem Augenblick in Amasya sein und heckte mit Bayezit aus, wie man ihn am besten aus dem Weg räumen könnte. Sein Bruder würde es sich mit ihm in seinem Serail wohlergehen lassen oder dem Vater sein Können beim Çerit vorführen. Schlimmer noch, Bayezit könnte sich statt dessen mit dem Aga der Janitscharen verschwören, um den Thron an sich zu reißen, wie Selim der Strenge das getan hatte.

Gierig nahm er noch einen Schluck Wein und schluchzte laut. Das Leben war so ungerecht. Hürrem hatte ihm niemals irgendeine Art von Zuneigung erwiesen, und Süleyman hatte ihn zugunsten von Mustafa und Cihangir unbeachtet gelassen. Vielleicht hätte er mit einem Rückgrat wie ein Kamelbuckel geboren werden sollen, dann hätte ihm vielleicht jemand ein wenig Zeit, ein wenig Zuwendung erwiesen.

Verdammt sein sollen sie alle.

Er schloß die Augen, eine plötzliche Welle von Schwindel ergriff ihn, als stünde er am Rand einer großen schwarzen Felsenklippe, und auf der Suche nach Halt klammerte er sich an den Ecken des Diwans fest. Er würde sterben. Sie verschworen sich alle gegen ihn, und er war hilflos.

Er begann zu weinen, heiße Tränen strömten ihm die Wangen hinunter in den Bart herein. Das Leben war so ungerecht.

Sogar der Wein half ihm heute nacht nicht. Er brauchte eine Ablenkung.

»Abbas!«

Sein Kislar Aghasi trat vor und verbeugte sich tief zum Sala'am. Häßliches Scheusal, dachte Selim. Warum hatte Hürrem darauf bestanden, daß er nach ihrem Tod in seine Dienste überstellt werden sollte? Vielleicht war er ein Spion. Vielleicht sollte er dafür sorgen, daß der Kopf des alten Eunuchen als Schmuck auf einer gespitzten Lanze steckte. Er würde darüber nachdenken.

»Mein Gebieter«, murmelte Abbas.

»Ich brauche etwas Ablenkung, Kislar Aghasi.«

»Was wünscht mein Gebieter?«

»Bring die Herde herein«, sagte Selim. »Der Bulle scharrt schon auf der Erde.«

»Wie Ihr wünscht, mein Gebieter«, antwortete der Kislar Aghasi. »Wie Ihr wünscht.«

Angora

Die Öllampen waren angezündet im Feldzelt des Prinzen, und seine Offiziere drängten sich Seite an Seite mit den turkmenischen und kurdischen Banditen, um auf die Papierrollen zu blicken, die er auf dem Teppich vor ihren Stiefeln ausgebreitet hatte.

»Süleyman hat angeordnet, daß Prinz Gerstenpudding …«, ein kurzes höhnisches Gelächter der anderen folgte auf diesen Spottnamen, den sie alle dem Schahsaden Selim gegeben hatten, »…seine Armee und seinen Haushalt nach Konya bringt, um die Landroute nach Aleppo und Syrien zu schützen. Vor uns, nehme ich an. Wie auch immer, wir haben keinen Streit mit Süleyman.« Bayezit schaute herum im Kreis der harten, bärtigen Gesichter im Zelt. »Unsere Auseinandersetzung gilt Selim. Wir werden nach Süden reiten, um ihn in Konya zu stellen.«

»Er wird fortlaufen«, warf jemand ein.

»Ja, mein Bruder würde gerne weglaufen. Aber mein Vater hat ihm ein Rückgrat gesandt in Gestalt eines Janitscharenregiments und von dreißig Kanonen. Es kann ein härterer Kampf werden, als wir bislang angenommen haben.«

»Dreißig Kanonen werden uns nicht aufhalten«, sagte eine Stimme.

»Die Kanonen sind nicht wichtig, auch die Janitscharen nicht. Nicht sie müssen besiegt werden.« Bayezit schaute in jedes Gesicht im Raum, und keiner der Männer hatte Zweifel, als sie ihm ihrerseits fest ins Auge schauten. »Selim ist wichtig. Wenn Selim tot ist, ist der Kampf gewonnen.« Er zeigte auf die Karte zu seinen Füßen. »Wir werden unsere Armee hier auf der Ebene versammeln und warten. Sokollu wird unser Gegner im Kampf sein, nicht Selim. Er hat Befehl, uns voneinander fernzuhalten, nicht, uns anzugreifen. Also wird er seine Kanonen in einer defensiven Stellung postieren. Wir werden ihm den Angriff liefern, den er erwartet, und ihn in Schach halten. Unterdessen werden wir ein Reiterschwadron hier in den Bergen im Westen zurücklassen. Es wird so klein sein, daß es unbemerkt bleiben wird; ein winziger Pfeil, gerade groß genug, um die Vene in Prinz Gerstenpuddings Hals zu treffen. Wenn er tot ist, können wir den Angriff abblasen. Unsere Arbeit wird getan sein. Es wird keinen anderen Nachfolger für den Kanuni geben.«

Seine Augen flammten vor Überzeugung, und jedes Gesicht im Zelt spiegelte dieselbe Überzeugung wider.

Manisa

Vier Dutzend Mädchen waren da, und alle waren nackt. Sie waren die allerschönsten Mädchen im Reich, keine war älter als zwanzig, einige gerade erst zwölf Jahre jung, und sie waren durch die Sandschak-Begs der äußeren Provinzen gekauft worden oder durch Selims besondere Bevollmächtigte, die den Markt an der Verbrannten Säule aufsuchten. Weil der Sultan kein neues Fleisch mehr für den königlichen Harem in Anspruch nahm, wurde die beste Auswahl nun seinen Söhnen zur Verfügung gestellt.

Selim wankte in die Halle, stolperte infolge der Wirkung des Weines und grinste.

Sie waren alle auf allen vieren, das lange geflochtene Haar fiel ihnen am Gesicht vorbei zu Boden, unter ihnen schaukelten die Brüste, während sie sich über die dicken Teppiche bewegten, eine vorwärtsgetriebene Herde aus Häuten: kaffeefarben, alabaster, oliv. Abbas, der Kislar Aghasi, knallte wie ein Viehtreiber mit einer kurzen Ochsenziemerpeitsche über ihren Köpfen in die Luft, um sie in Trab zu halten.

Die Gesichter der Eunuchenpagen glänzten im Fackellicht, sie hielten ihre Augen auf einen Punkt oben an den Wänden gerichtet.

Selim brüllte wie ein Löwe und machte sich daran, seine Kleider abzustreifen.

Der Kislar Aghasi trat zurück und griff den Peitschenriemen fest, als Selim zwischen die Mädchen tauchte. Selim fing den Rücken des Mädchens, das ihm am nächsten war, und versuchte es zu besteigen. Der Eunuch sah, wie sie vor Schmerz das Gesicht verzog.

Wieder brüllte Selim und lachte. Endlich war er in sie eingedrungen. Er begann, brutal gegen sie an zu stoßen. Dann schubste er sie beiseite und kroch auf allen vieren fort, einem anderen Mädchen hinterher, wobei sein Bauch bis auf den Boden durchhing. Er fing ein anderes Mädchen an den Hüften, eine Armenierin mit hellen Haaren, und in ihrer Not zappelte diese plötzlich herum.

Nein, tu das nicht, dachte der Eunuch. Er wird dich töten lassen, wenn du Widerstand leistest.

Aber Selim war zu betrunken, um es zu bemerken. Er bestieg sie, und seine dicken Finger nahmen ihre Brüste in die hohle Hand und drückten sie voller Boshaftigkeit. Das Mädchen schrie auf, und Selim lachte erregt. Er brüllte noch einmal und ließ nach einer letzten Stoßbewegung seiner Hüften von ihr ab.

Er klatschte in die Hände, und ein Page suchte sich seinen Weg durch die Mädchen mit einem Becher voll Wein. Selim leerte ihn auf einen Zug und wandte sich dann wieder seiner Arbeit zu.

Er bestieg ein weiteres Mädchen und ergriff ihre geflochtenen Haare, als wären sie Pferdezügel. »Verdammt seist du, Bayezit! Sieh her, ich werde eine ganze Herde Frauen schwängern, und meine Söhne werden über den Thron ausschwärmen wie Ameisen über eine Leiche!«

Er ließ das Mädchen los und kroch hinter einer anderen her, aber jetzt begann der Wein, ihn langsam werden zu lassen, und er sackte vornüber auf sein Gesicht. Lachend rappelte er sich wieder auf die Knie. Die Mädchen waren allmählich weg von ihm zu den Wänden hin abgerückt, aber Abbas knallte seine Peitsche über ihren Köpfen, um sie wieder in die Mitte des Raumes zu zwingen.

Selim grunzte und machte sich an die nächste. Er schnappte ihr Bein, aber sie wand sich los, und er kippte nach hinten über und lag auf dem Rücken; schweratmend hob und senkte sich seine Brust, der weiße und unanständig große Bauch ließ die Genitalien zwergenhaft erscheinen. Er hatte seine Erektion schon verloren, wie Abbas mit grimmiger Genugtuung bemerkte.

Selim machte Anstalten, sich zu erheben, aber sein Kopf fiel zurück auf die Teppiche. Er lachte wieder, dann schlossen sich seine Augen. »Verdammt sollst du sein, Bayezit!« Innerhalb weniger Sekunden schnarchte er.

Abbas klatschte in die Hände, und die Mädchen flohen sofort aus dem Zimmer. Er klatschte erneut in die Hände, und die Pagen hoben den schlafenden Schahsaden vom Boden auf und trugen ihn in sein Schlafgemach. Erleichtert schnauften sie auf, als sie fertig waren mit der Arbeit.

Der Prinz der Osmanen, der erste Sohn des Prächtigen, der Anwärter auf den Thron des mächtigsten Reiches der Welt, Sohn von Gottes Schatten auf der Erde, drehte sich zur Seite und erbrach sich ausgiebig über die blutroten Seidenlaken.

103

Konya

Die Derwische hatten einen Monat lang gefastet und gebetet. Opiumtrunken und mit Gesichtern, die gespenstisch weiß waren vom Talkum, marschierten sie jetzt hintereinander in den Hof. Die Musiker hatten schon einen Kreis gebildet und saßen mit gekreuzten Beinen auf dem harten Stein. Die Flöten fingen an zu spielen, und ihr weiches Klagen schwebte aufwärts, während sich hinter der Kuppel des Türbesi eine Mondsichel nach oben schob. Der Fackelschein warf lange Schatten über die Wände des Klosters.

Die Flöten begannen schneller zu spielen, die Trommeln fielen ein und beschleunigten den Rhythmus des Herzens, und jetzt fingen die Tänzer an, sich zu drehen, wobei ihre langen Hemden sich fächerförmig um ihre Beine ausbreiteten. Die Trommler huben an mit ihrem Gesang und beteten für die Großen.

Der Rhythmus der Trommeln und Zimbeln wurde mächtiger, und die gefältelten Röcke der Tänzer sprangen pilzförmig auf. Sie neigten ihre Köpfe auf die rechten Schultern, und ihre schweren, aufgebauschten Gewänder gaben ein pfeifendes Stöhnen von sich, wie der Nordwind in den Bergen. Schneller. Schneller.

Bayezit spürte, wie sich sein eigener Herzschlag im Rhythmus beschleunigte mit dem Schnellerwerden der Trommeln, dem Singsang der Bettelmönche und dem Klagen der Flöte. Immer noch drehten sie sich, schneller und schneller, bis die Gesichter der Tänzer zu verschwimmen anfingen. Aber keiner von ihnen stolperte, keiner fiel hin.

Die Musik endete ohne Vorwarnung. Die Tänzer fielen erschöpft zu Boden, die Köpfe rollten auf ihren Schultern, Schaumblasen bildeten sich auf ihren Lippen. Sie waren in Trance.

Bayezit trat in den Kreis und näherte sich einem der Tänzer, einem langen, dünnen Mönch mit einem weißen Bart und einem braunen Gesicht, das so faltig und hart war, als wäre es eine Walnuß. Man sagte ihm nach, daß er einhundertundelf Jahre alt wäre.

»Heiliger Mann, kannst du sehen?« flüsterte er.

Seine Augen waren offen, aber die Pupillen waren kalt und glasig wie bei einem toten Fisch. »Ich kann sehen«, antwortete der alte Mann.

»Kannst du für die Osmanen sehen?«

»Ich kann sehen.«

»Sag mir, was du für die Söhne Süleymans sehen kannst.«

»Wenn derjenige, der nicht der Sohn Süleymans ist, König wird, kann ich nur Elend, Korruption und Widerlichkeit sehen.«

Bayezit beugte sich tiefer über den alten Mann und versuchte, seine Worte deutlicher zu verstehen. Derjenige, der nicht sein Sohn war?

»Was ist mit Bayezit?«

»Ich sehe ihn nicht.«

»Wen siehst du?«

»Ich sehe einen Wind. Einen mächtigen Wind, der einen Vorhang über alles bläst. Gottes Wind.«

»Was noch?«

»Da gibt es nichts anderes mehr. Ich sehe nur den Wind.«

Bayezit erhob sich auf die Füße und runzelte verstimmt die Stirn. All diese heiligen Männer sprachen immer nur in Rätseln. Hier gab es keine Antwort für ihn.

Er ging in die Moschee hinein, fiel auf die Knie und erbat ein Art Lösung von Gott.

Topkapi Sarayi

Süleyman starrte die schwarze Frau an, die vor dem Thron auf dem Fußboden kniete. Die dichten schwarzen Haarkringel waren von Grau durchzogen, aber ihre Augen, das bemerkte er, hatten nichts von ihrer Boshaftigkeit verloren. Fünfunddreißig Jahre lang war sie nicht mehr als Hürrems Sklavin gewesen; kaum seiner Beachtung wert. Jetzt war sie durch speziellen Befehl zu ihm gerufen worden; und sie jagte ihm Angst ein. Denn Muomi könnte als einzige das Opiat gegen seinen Kummer besitzen.

Er beugte sich vor. »Wie lange bist du die persönliche Magd der Herrin Hürrem gewesen?« fragte er sie.

»Schon seit sie Gözde wurde, mein Gebieter.«

»Du warst sehr vertraut mit ihr?«

»Ja, mein Gebieter.«

»Dann möchte ich also über vertrauliche Dinge sprechen«, sagte Süleyman. »Es gibt keinen Grund zur Furcht«, fügte er hinzu und wies auf die Eunuchen, die ringsum den Raum Wache standen, »sie sind alle taubstumm. Sie können nichts verstehen. Jetzt mußt du mir wahrheitsgemäß antworten, denn ich bin dein Sultan, und deine Untertanenpflicht gilt mir, nicht der Herrin Hürrem. Sie ruht nun und ist jenseits von menschlicher Vergeltung.«

»Ja, mein Gebieter.«

»Ich möchte, daß du dich zurückerinnerst an deine ersten Dienstjahre. Erinnerst du dich an einen Mann mit Namen Ibrahim, der über viele Jahre mein Wesir gewesen ist?«

»Ich erinnere mich, mein Gebieter.«

Süleyman zögerte und beugte sich noch näher zu der knienden Gestalt heran, so daß er auf der äußersten Kante des Thrones saß. »War es möglich …, daß die Herrin Hürrem ihn je im Eski Sarayi empfangen hat?«

Zum erstenmal seit sie das Audienzzimmer betreten hatte, hob Muomi die Augen. Sie blickte Süleyman ihrerseits an, aber nicht mit Furcht, wie er das erwartet hatte. Da gab es irgend etwas anderes, etwas, das er nicht ausmachen konnte.

»Sie hat ihn einmal empfangen, mein Gebieter.«

Der Atem stockte ihm.

»Wie?« fragte er endlich.

»Ein Bestechungsgeld an den Kislar Aghasi, mein Gebieter, den Hauptmann der Mädchen vor Abbas' Zeit. Die Herrin Hürrem hat mich zur Geheimhaltung verpflichtet. Sie sagte, ich würde sterben, wenn ich je ein Wort darüber verlöre.«

Sie lügt, dachte Süleyman. Es ist ihr deutlich ins Gesicht geschrieben, daß sie lügt.

Sie muß lügen.

Sie muß es.

Eine Lüge, eine Lüge, eine Lüge.

»NEIN!« schrie er sie an. Er sprang vom Thron auf, und seine Hand schleuderte aus der Seite nach vorn und traf sie voll auf die Wange. Muomi fiel nach hinten über, benommen, und ihre Hand fuhr zu dem verschmierten Rot auf ihren Lippen.

»Bostanji!« schrie Süleyman und machte ein Zeichen zu dem Taubstummen, der auf Abruf bereitstand. Der Mann trat vor und zog seinen

Jatagan aus dem Gürtel. Mit einer wüsten Bewegung säbelte er Muomi den Kopf von den Schultern. Ein zartes Muster aus Blut spritzte über Süleymans gelbe Lederstiefel.

Es war eine Lüge.

Es mußte eine Lüge sein.

104

Konya

Wind.

Die Wimpel an den waagrecht gehaltenen Speeren wurden nach hinten gerissen und die Gewänder der wartenden Reiter flatterten. Bayezit saß unbeweglich auf seinem Pferd, und sein Gesicht war teilweise verdeckt hinter dem Nasenschutz des kegelförmigen Silberhelms. Als er das Damaszenerschwert aus der Scheide an seinem Sattel zog, machten Tausende anderer Reiter in den Reihen hinter ihm diese Bewegung nach, und der Klang von Stahl, der an den geschärften Klingen kratzte, war sogar über dem Heulen des heißen Wüstenwindes noch vernehmbar.

Bayezit gab seinem Pferd die Sporen und ritt es im Trab nach vorn. Die Formation der Reiter folgte ihm.

Sogar aus dieser Entfernung konnte Bayezit die schwarzen Mündungen der Kanonen ausmachen, die auf der anderen Seite der Ebene auf sie warteten. Er fürchtete sie nicht. Sie würden stumm bleiben. Er war überzeugt davon.

»Vvvvvt!« flüsterte Bayezit seinem Pferd zu, und es wechselte aus dem Schritt in einen kurzen Galopp über.

Der Staub von Tausenden von Hufen wirbelte auf, ein langer, roter Schwanz, der sich wie eine Fahne aus der Ebene erhob und ihnen folgte. Bayezit hörte das Stimmengeheul hinter sich, als sie an Geschwindigkeit zulegten. Es war immer ein aufregender Moment dachte Bayezit, dieser erste Augenblick des Angriffs, wenn der Donner der Pferde jedes andere Geräusch ausschaltete, wenn der Boden unscharf vorüberblitzte und es den Anschein hatte, als könne nichts der Mauer von angreifendem Stahl und den Muskeln der phantastischen Araberhengste standhalten.

Er schwang das Schwert über den Kopf und hielt es dann vor seinen Körper, und die Stahlspitze zeigte auf die immer noch ruhigen Kanonenmündungen. Die Reihen der Pferde lösten sich im Angriff auf.

Und während er ritt, fragte sich Bayezit zum erstenmal, ob man die Janitscharen wirklich dazu bringen könnte, auf ihren bevorzugten Sohn zu schießen.

Selim hörte den trommelnden Hufschlag von seinem Sitz aus, sogar noch über das Stöhnen des Windes hinweg, und er spürte das Beben durch die dicken Teppiche hindurch, die man in seinem Zelt ausgelegt hatte. Er umklammerte die Lehnen seines Schildpatt-Thrones, als wenn sich rings um ihn herum ein klaffender Spalt in der Erde aufgetan hätte.

Er klatschte in die Hände, und Abbas eilte ihm zur Seite mit dem Weinkrug, um sein Glas nachzufüllen.

»Abbas? Wo ist Sokollu?«

»Er ist bei den Janitscharen, mein Gebieter«, sagte Abbas.

Selim leerte das Glas, aber seine Hand zitterte, und er verschüttete den Wein in seinen Bart und über die Vorderseite seines goldenen Gewandes. Abbas füllte es schnell wieder auf. Der letzte Bedienstete, der den Trinkkelch des Schahsaden zu langsam nachgefüllt hatte, hatte seine Hand vom Handgelenk abwärts verloren.

»Was ist los?«

»Bayezit greift mit seiner Reiterschar an, mein Gebieter.«

»Sokollu sollte hier bei mir sein.«

»Mit Verlaub, es ist besser, wenn er bei den Kanonieren ist, mein Gebieter. Einer muß sie anleiten.«

Selim hätte ihn für seine Unverschämtheit bestraft, aber er hatte viel zuviel Angst, als daß er seiner Stimme hätte trauen können. Er hatte das verzweifelte Bedürfnis, seinen Darm zu entleeren. Er trank sein Glas aus und eilte aus dem Zelt.

Die Pferde hatten den kommenden Sturm im Gespür und waren jetzt unruhig. Sie schüttelten ihre quastengeschmückten Köpfe und stampften mit den Hufen. »Schhhh«, machte Murat und strich seinem Pferd über die Mähne. »Schhhh!«

Er ritt auf den Kamm des Grabens und überprüfte sorgsam den Himmel im Süden. Die Linie zwischen der Erde und dem Himmel war verschwunden. Ein rötlicher Vorhang hatte sich über die Erde herabgelassen, und irgendeine unsichtbare Hand zog ihn über die staubige Steppe zu ihnen herüber. Er beobachtete, wie er über das Mevlevi-Kloster hinwegfegte, das auf der Hügelspitze lag, die über Konya blickte, als ob die Derwische selbst ihn durch ihren Willen herbestellt hätten.

»Sandsturm!«

»Gottes Wind«, sagte Murat. »Er kommt geradewegs auf unsere Kavallerie zu. In wenigen Minuten werden sie blind sein.« Er zog den Killiç aus dem Gürtel. Zwei Dutzend Reiter warteten in der Senke unterhalb. Er drehte sein Pferd, um sich vor sie zu stellen.

»Jetzt!« bellte er.

Mohammed Sokollu hatte Ärger vorausgesehen.

Er hatte eine handverlesene Schwadron Janitscharen und Solakenwächter aus Stambul mitgebracht; sie waren Veteranen der Feldzüge in Persien unter Süleyman, eine Handvoll von ihnen hatte als junge Männer bei Mohács gedient. Sie waren dem Sultan ergeben, und sie würden nicht ungehorsam sein. Er hatte die Vorsichtsmaßnahme ergriffen und sie hinter der Artillerie aufmarschieren lassen.

Als er jetzt Bayezits Horden auf sich zustürmen sah, dankte er Gott für die Gabe der Weisheit.

Zwei Wolkenbanner wehten auf ihren Standort zu: die Kavallerie vorn, der Wüstensturm dahinter. Er fragte sich, welches zuerst ankommen würde.

»Wenn ich Befehl gebe, feuert ihr!« brüllte er über das Brausen des Windes hinweg.

Die Janitscharen an den Gewehren blickten einander an, blickten dann auf die näher kommende Reiterschar und warteten auf eine Stimme. Endlich nahm einer von ihnen seinen Mut zusammen. »Wir können nicht auf den Schahsaden schießen«, sagte er.

Die Pferde kamen näher.

»Er ist nicht der Schahsade«, brüllte Sokollu den Soldaten an. »Selim ist der gesetzmäßige und erwählte Sohn von Süleyman. Fertigmachen zum Feuern!«

Sie zögerten. Keiner von ihnen beugte sich herab zu der Pyramide aus Kanonenbällen, die zu Füßen ihrer Kanonen aufgebaut waren. »Lang lebe Bayezit!« schrie einer.

Sokollu konnte Bayezit jetzt erkennen, den grünen Kaftan, der ihm um die Knie flatterte – ein kluger Schachzug, dachte Sokollu, die Farbe Mohammeds. Von den Hufschlägen begann der Boden unter seinen Füßen zu beben.

Sokollu zog sein Schwert und wandte sich an die Janitscharen, die jetzt in einer Reihe hinter den aufgestellten Artilleriegeschützen warteten. »Fertigmachen zum Feuern«, brüllte er. Sie stützten ihre Arkebusen auf die gegabelten Stöcke, die sie in der linken Hand trugen, und zielten auf die Kanoniere vor sich.

Sokollu drehte sich wieder zurück zu den Artilleristen. »Feuert, oder ich werde befehlen, euch zu erschießen!« sagte er.

Noch immer zögerten sie.

»Zielt …«, sagte Sokollu. Ihre Nerven werden das durchhalten, dachte er. Sie werden mich zwingen, auf sie zu schießen.

Die Kavallerie war jetzt nahe, sehr nahe.

Plötzlich nahm einer der Männer eine Kanonenkugel hoch und schob sie in die Mündung seiner Kanone. Murrend folgte einer nach dem anderen.

»Feuer an die Zündschnüre«, sagte Sokollu.

Die Mündungen der Kanonen wurden gesenkt und starrten hungrig auf den heranbrausenden Festschmaus.

Gerade in dem Augenblick, als Bayezit sich selbst zur Überzeugung gebracht hatte, daß die Geschütze nicht feuern würden, entdeckte er die ersten winzigen orangefarbenen Flammenblüten entlang der Artilleriereihe, ein hübscher Anblick, wenn man nicht wußte, was das war. Dann vernahm er das Zischen von Geschossen in der Luft; und rings um ihn herum explodierte die Erde. Es war, als hätte Gott selbst eine Sense zur Hand genommen und sie mit aller Wucht über ihre Reihen entlanggezogen. Plötzlich war Bayezit allein.

Sie waren alle fort! Beinahe jeder Mann, der mit ihm den ersten Ansturm geritten hatte, war weg. Er stürmte an einem Pferd vorbei, das mit vor Entsetzen und Schmerz weit aufgerissenen Augen versuchte, wieder auf die Beine zu kommen, während ihm das Blut aus dem verletzten Vorderbein tropfte. Sein Reiter lag als staubiges Bündel daneben.

Er drehte sich im Sattel herum. Die Ebene war übersät mit kleinen Hügeln, mit Pferden und Menschen, einige krümmten sich, andere lagen still an ihrer Stelle. Die zweite Welle kam vor. Der Boden brach wieder auf, und einen Moment lang waren sie hinter einem Wall aus Feuer und Schmutz verloren.

Nur eine Handvoll ritt aus der Wolke hervor.

Eine dritte Welle, eine vierte.

Sie mußten weiterkommen. Er drehte sich um und spornte sie an.

Er hörte das Scheppern von Kreuzbogenbolzen und Musketenkugeln auf den Rüstungen, das Zischen und Klappern von Pfeilen. Wieder brach der Boden auf, wieder wurden Pferde unter ihren Reitern hinweggemäht.

Bayezit streckte sein Schwert in die Höhe und hob sich von seinem Sattel, damit sie ihn sehen konnten. »Vorwärts, vorwärts!«

Eine neue Welle kam, und wieder eine. Seine abgerissene Armee aus Banditen und Reitern ließ sich nicht beirren. Er erkannte, daß sie bereit zum Sterben waren, solange der neue Mustafa fest im Sattel saß.

Sie würden es schaffen! beschloß Bayezit. Trotz Sokollus Kanonen, sie würden es schaffen!

Als sie Selims Lager erreicht hatten, hatte der Sturm sich schon darüber gelegt und die Roßschweifstandarte vor dem Zelt des Schahsaden eingenebelt. Murat trieb sie voran. Sie mähten die wenigen Wächter, die sich ihnen entgegenstellten, nieder und galoppierten durch das Lager.

Dann verdunkelte der Wind alles.

Murat konnte kaum den Boden wenige Meter vor sich erkennen, während sein Pferd sich durch die Zeltreihen wand. Plötzlich zog er verwirrt die Zaumzügel. Er wendete sich im Sattel hin und her und suchte verzweifelt nach einem Hinweis auf die Standarte.

»Wo ist er?« schrie er.

Er konnte den Rest des Stoßtrupps hören, das Hämmern der Pferdehufe, aber jede Sicht zu ihnen war in dem stechenden Sandschwall verloren. Er erhob den Arm, um sein Gesicht zu schützen, und sah den Mann nicht, der aus einem der Zelte gerannt kam, sein Schwert in einem Sensenbogen schwang und damit die Kniesehnen im rechten Vorderbein seines Reittiers durchtrennte. Das Pferd bäumte sich auf, schrie vor Schmerz und fiel krachend auf die Seite.

Das Pferd fiel schwer und klemmte ihn ein, wobei ihm der Killiç aus der Hand gerissen und er selbst verdreht wurde. Er schnappte nach Luft und schaute sich angestrengt nach seinem Angreifer um. Er erhaschte einen Blick auf die blaue Jacke und graue Kappe eines Janitscharen mit erhobenem Schwert. Murat tastete nach dem Speer im Futteral am Pferdesattel. Er zielte instinktiv.

Die Übung durch den Çerit war ihm nützlich. Der Speer durchbohrte den Kämpfer mitten in der Brust. Röchelnd und strampelnd fiel er um.

Der zum Krüppel gemachte Araber scharrte gegen den Sand und versuchte, sich wieder aufzustellen. Für einen Augenblick lag Murats Bein frei, und er strampelte sich los. Er kroch zu dem sterbenden Janitscharen und zog ihm den Killiç aus der Faust. Keuchend vor Schmerzen im Fußgelenk zog er sich in die Höhe und humpelte fort, vollkommen verirrt jetzt und blind vom Sturm.

Murat hörte das Schreien von Frauen. Der Sand gab einen Augenblick lang die Sicht frei, und etwas weiter weg zu seiner linken Seite sah er verschleierte Gestalten aus einem seidenen Pavillon rennen und zwischen die ausschlagenden Pferde und die Umrisse kämpfender Männer hineinlaufen. Der Rest der Schwadron mußte Selims Harem gefunden haben, dachte er. Das bedeutete, daß Prinz Gerstenpudding nicht weit entfernt sein konnte. Er humpelte auf sie zu, aber dann verdunkelte der Sand wieder alles rings um ihn herum, und die rennenden Gestalten verschmolzen mit den rötlichen Schatten und waren verschwunden.

Plötzlich fand er sich vor einem seidenen Pavillon wieder. Er erkannte die Roßschweifstandarte: Selim! Aber wo waren die Wächter? Ihm wurde klar, daß sie fortgelockt worden sein mußten durch den Kampf, den er vor dem Frauenzelt gesehen hatte. Mit einem Triumphschrei riß er die Eingangsklappen des Pavillons auseinander und ging hinein, wobei er das verletzte Bein nachzog.

Ich werde dich nicht enttäuschen, Bayezit, mein Gebieter, dachte er. Du wirst Sultan sein. Ich werde in diesen nächsten Augenblicken dafür Sorge tragen.

Er sah sich einem riesigen schwarzen Mann von Angesicht zu Angesicht gegenüber. Der trug einen Kaftan aus geblümter Seide, rehbraun und pistazienfarbig, leuchtend blau und mit einer zobelgefütterten Pelisse über dem Oberteil. An den Füßen hatte er spitze Schnabel-

schuhe, die mit Rosetten aus Smaragden verziert waren, und an seinem
rechten Ohrläppchen glitzerte ein Rubin. Aber trotz all der Schönheit
seiner Kleidung war er entschieden die allerhäßlichste Kreatur, die er je
in seinem Leben gesehen hatte. Sein Gesicht war durch einen Schwert-
streich so schlimm zerschnitten worden, daß nur ein gebrauchsfähiges
Auge übriggeblieben war, und selbst für einen Eunuchen war er unanständig fett. Überrascht starrte er Murat mit offenem Mund an und fiel
dann ausgestreckt vor ihm auf den Boden.

»Bitte tut mir nicht weh«, jaulte er, »ich bin nur ein harmloser Page.«

Murat schnaubte vor Verachtung und brach durch den seidenen Vorhang in das innerste Heiligtum. Selim lag scheußlich hingeräkelt auf
dem Bauch, alle viere weit von sich gestreckt. Murat stützte sein
Gewicht auf sein Schwert und rollte ihn mit seinem unverletzten Fuß
herum, in der Erwartung, ihn aufgeschlitzt vorzufinden, wie es dem
überreifen Pfirsich entsprach, der er war.

Er hörte am Rascheln der Seide, daß der Eunuch ihm gefolgt war.
»Ist er tot?« fragte Murat.

»Nein, er ist nicht tot, mein Gebieter, nur betrunken. Sobald er den
ersten Kanonenschuß vernahm, ist er ohnmächtig geworden.«

»Dann hat er Glück. Er wird nicht spüren, wie mein Schwert seine
Rippen kitzelt.«

Murat erhob seinen Killiç zum Todesstoß. Plötzlich hatte er das
Gefühl, als sei jeder Muskel, jeder Nerv in seinem ganzen Körper
betäubt worden. Er konnte nicht atmen. Er hörte, wie der Killiç auf
den Teppich fiel, obwohl er nicht spüren konnte, wie er ihm aus den
Fingern glitt. Er verstand nicht, was geschah. Er merkte, daß er hinfiel.

Er lag auf dem Rücken und starrte den Eunuchen an. Abbas erwiderte den Blick. In seiner rechten Hand hielt er einen juwelenbesetzten
Dolch, dessen Klinge blutverschmiert war.

»Es tut mir leid«, sagte Abbas zu ihm, »aber ich werde dafür sorgen,
daß diese Türken bereuen werden, was sie mir angetan haben.«

Aber Murat konnte ihn nicht hören. Und wenn er es gekonnt hätte,
würde er ihn nicht verstanden haben.

Bayezit wandte sein Pferd heraus aus dem peitschenden Windstoß voll
Sand und ritt über die Ebene zurück; sein Pferd bahnte sich den Weg
durch die Haufen blutenden, ächzenden Fleisches von Pferden und
Menschen gleichermaßen. Er hatte keine Vorstellung, wie viele sie ver-

loren hatten, wohin der Rest seiner Armee gegangen war. Der Angriff war vom Wind und von den Kanonen fortgeblasen worden.

Sogar Sokollus Armee war jetzt still. Da gab es nur noch das Heulen des Windes und das Stöhnen der Sterbenden. Ein Pferd rieb seine Nase an einem gefallenen Reiter; ein gefallener Kurde versuchte zu ihm zu kriechen – beide Beine waren ihm abgeschossen worden, und er hinterließ eine Spur aus geronnenem Blut. Bayezit sprang von seinem Pferd und verabreichte ihm mit einer einzigen Bewegung den Gnadenstoß, schickte den Mann in den Frieden, ins Paradies.

Sie waren geschlagen. Ihr Angriff war durch ein Sperrfeuer aus Sand und Kartätschen beendet worden. Es war Gottes Wind und Gottes Wille.

105

Süleyman lag gestützt auf einem Diwan im Çinilli Kiosk und schaute über die Gärten hinweg. Die Judasbäume entlang des Bosporus standen in Blüte, und die Bucht von Yenikapi war voller schaukelnder Kajiken, auf denen man Auberginen, Gurken und Melonen aufgetürmt hatte, um sie von der asiatischen Küste herüberzubringen.

Sommer. Eine Zeit der Fülle, eine Zeit des Krieges.

»Da ist keine Antwort auf meinen Brief?«

»Nein, mein Gebieter«, sagte Rüstem. »Aber das bedeutet an und für sich nichts. Selim kann seinen Boten abgefangen haben.«

»Oder da hat es vielleicht keinen Boten gegeben. Vielleicht trotzt er mir immer noch.« Süleyman betrachtete seinen Wesir. Er sah hoffnungslos krank aus. Sein Gesicht und sein Körper waren bis zur Unkenntlichkeit aufgedunsen, und seine kühlen, grauen Augen waren von roten Äderchen durchzogen. Er hat Schmerzen, dachte Süleyman.

»Was für Nachrichten sonst noch, Rüstem?«

»Er versammelt seine Truppen erneut in Amasya.«

»Dann ist es entschieden. Die Abgesandten vom Schah und von Ferdinand sind bei Hof. Verhandle mit ihnen. Wir dürfen uns nicht ablenken lassen, solange wir noch Geschäfte im eigenen Haus fertigzustellen haben.«

»Warum ziehen wir unser Schwert gegen ihn, mein Gebieter? Ist das klug?«

Süleyman beugte sich vor, und seine Stirn faltete sich zu einem Runzeln. »Rüstem, du überraschst mich. In diesem Stadium deines Lebens nimmst du dich plötzlich einer Sache an? Ich habe dir alle diese Jahre vertraut, weil dein Herz kein Gefühl kannte. Nun setzt du dich für Bayezits Belange ein? Bist du jetzt in seinen Diensten?«

»Mein Gebieter. Ich möchte Euch nicht kränken. Ich bin nur neugierig.«

»Rede also.«

»Es ist einfach so, daß ich nicht verstehe«, sagte Rüstem, und er hörte, wie eine Stimme in seinem Kopf laut rief: Halt den Mund! Warum sprichst du für Bayezit? Er ist kein Freund von dir! Wenn er je auf den Thron gelangte, bestünde seine erste Handlung darin, dich nach Diyarbakir zu verbannen!

Sei still!

»Was verstehst du dabei nicht?« wollte Süleyman wissen.

»Die dahinterliegende Logik. Warum müssen wir Bayezit vernichten? Mustafa ging natürlich zu weit. Er war eine Bedrohung. Aber wenn wir Bayezit zermalmen, dann fällt der Thron Selim zu. Und Selim …« Er breitete seine Hände aus in einer verzweifelten Geste.

»Du bist mein Wesir und dennoch einer aus meinem Kullar. Du hast zu tun, was ich dich heiße.«

»Und dennoch«, beharrte Rüstem, »was hat er verbrochen? Euer eigener Vater, der Yavuz Sultan, war nicht Schahsade und hat doch mit seiner eigenen Waffenkraft den Thron gesichert, für sich selbst und für Euch. Solltet Ihr Euch wünschen, dieses großartige Reich einem Schwächling anzuvertrauen? Hat Selim den Sieg bei Konya errungen? Nein, bei neunundneunzig heiligen Namen, das hat er nicht! Es waren der Wind der Derwische und die Kanonen von Mohammed Sokollu. Selim ist nicht würdig. Es ergibt keinen Sinn.«

Welcher Dschinn hat mich geritten, so frei heraus zu sprechen? dachte Rüstem, als er in das Gesicht seines Sultans aufschaute und die dunkelrote, zornige Verfärbung sah. Ist es, weil du deinen Willen bekommen hast, ohne selbst dafür zu intrigieren? Du weißt, daß er seinen Willen nicht ändern wird. Er tut das niemals, wenn er etwas beschlossen hat. Warum ihn derartig provozieren? Ein Leben lang hast du deine Gedanken für dich behalten. Warum dich jetzt selbst einem Risiko aussetzen?

Einen blinden, von panischem Schrecken erfüllten Augenblick lang dachte er, daß Süleyman ansetzte, seinen Bostanji herbeizurufen und ihn exekutieren zu lassen. Statt dessen aber sagte er milde: »Ich habe entschieden, daß Bayezit nicht würdig ist. Selim ist mein Erstgeborener. Genug.«

Rüstem senkte geschlagen den Kopf. Mühsam stand er auf, hinkte aus dem Zimmer und verfluchte sich selbst als einen Dummkopf. Welcher Wahnsinn hatte ihn dazu getrieben, solche Dinge zu sagen, wo der Sieg so nahe lag?

In Gedanken durchblätterte er die Seiten seiner persönlichen Bestandsaufnahme; achthundertundfünfzehn Bauernhöfe, siebzehnhundert Sklaven, achttausend Turbane, sechshundert illustrierte Kopien vom Koran, zwei Millionen Dukaten …

Er hatte das Spiel eindeutig gewonnen. Er hatte sein Leben lang mit List und Zielstrebigkeit gespielt, und jetzt war er – mit Ausnahme des Sultans – zum wohlhabendsten Mann im Reich geworden. Reicher und mächtiger sogar, als es Ibrahim gewesen war. Dem Gesetz nach würde bei seinem Tod alles an den Sultan zurückfallen, aber angesichts der geschickten Reformen, die er eingeleitet hatte, ging er davon aus, daß sein Reichtum an seine eigenen Söhne weitergereicht würde wie bei einem Sultan.

Ja, er hatte sich als Meister des Spiels erwiesen, der Beste des Kullars und der Größte aller Wesire. Die letzte Bilanz seines Lebens rechtfertigte alles und bewies seinen Wert.

Er wartete darauf, daß ein Gefühl des Triumphs ihn erfüllen würde, aber jetzt, wo der Tod ihm mit einem krummen Finger winkte, kämpfte er mit dem anhaltenden Gefühl, daß er möglicherweise etwas versäumt haben könnte.

Die große Trommel im Hof der Janitscharen war über viele Jahre lang nicht ertönt. Jetzt aber erklang sie, ihr Echo wurde von den Wänden des Palastes zurückgeworfen, ihr Rhythmus beschleunigte die Vorkehrungen, die die Soldaten in letzter Minute trafen. Süleyman bestieg sein

Pferd am Brunnen des Dritten Hofes, zuckte zusammen unter der Gicht in seinen Knien und führte seine Armee hinaus. Die stummen Läufer trabten neben den Steigbügeln, die Straußenfedern seiner Solakenwachmänner wogten hinter ihm. Die Armee überquerte den Bosporus bei Üsküdar, wand sich durch die Zypressenhaine bei Kanlica hinter den schwerbeladenen Weizenkarren her, während der trockene Wind über die staubigen Straßen wirbelte.

Er versuchte, nicht an die Anstrengungen der Reise zu denken, die vor ihm lag. Mindestens fünfundzwanzig Tage zügigen Rittes, um zur Festung bei Amasya zu gelangen. Ein langer Feldzug in dem Staub und der Hitze Anatoliens, um seinen eigenen Sohn wie einen wilden Keiler zu jagen. Krieg im Staat, dachte er. Ich wollte aufbauen, statt dessen muß ich meinen Kindern helfen, ihn auseinanderzureißen.

Ich bin zu alt hierfür. Wahrhaftig, mein altes Fleisch protestiert jetzt schon beim Gedanken an die endlosen Tage in diesem lederknarzenden Sattel, an jeden knochenerschütternden Schritt meines Pferdes und an das heiße Brennen der Sonne auf meiner Haut. Ich bin jetzt zu alt hierfür. Dennoch habe ich keine Wahl.

Beim Reiten fragte Süleyman sich, was mit seinem Traum geschehen war, die Armee als ein Instrument des Friedens abzuschaffen. Es schien jetzt, als wenn es nur das gewesen wäre: ein Traum. Die Janitscharen, die Spahis von der Pforte, die Kanonen; dies waren die einzigen Symbole, welche die Menschen verstanden.

Er würde nicht zulassen, daß die Osmanenlinie abbrach; wenn Bayezit sich seinem Willen nicht beugen wollte, mußte er zur Unterwerfung gezwungen werden.

106

Armenien

Hinter Erzerum zerklüftete sich die anatolische Ebene in eine Landschaft vulkanischen Ursprungs aus hochaufragenden schneebedeckten Bergkuppen und steil abstürzenden Tälern. Die Dörfer waren hier aus rotem Lehm gebaut, die unverschleierten Frauen trugen Röcke und weite Hosen, und ihre Kopftücher waren mit Glitzerfäden durchzogen.

Als sie zu den hohen Pässen gelangten, wurden sie von grauen Wolken eingeschlossen. Die Pfade schlängelten sich an Schluchten entlang, das Geröll bröckelte unter den Hufen der Pferde, die Felswände waren glatt geschliffen, nachdem sich jahrhundertelang Tiere an ihnen festgekrallt hatten, um sich von der steil abfallenden Tiefe fernzuhalten.

Der Wind zerrte ihnen an den Haaren, eine lebendige Kraft, welche die Männer manchmal vom Sattel zu schieben drohte. Die schwarzen Felsen erhoben sich wie spitze Zähne, erodiert durch Jahrhunderte von Wind und Eis, verlassen, abgesehen von der gelegentlich auftauchenden schwerfälligen Gestalt eines braunen Bären.

Sie waren eher Teil des Himmels als der Erde. Bayezit fühlte, daß er die Hand nur von seinem Sattel auszustrecken brauchte, um die grauen Wolkenfetzen über seinem Kopf zu berühren. Ein Rinnsal von einem Wasserlauf tröpfelte über ein paar Steine und fiel dann über einen nackten Felsen hinunter auf ein Talpanorama aus Ocker und Stroh, das so tief unter ihnen zu liegen schien, als säßen sie hoch oben an der Kante eines Abgrundes. Darüber der Berg, der Felsstein, weiß, verwittert wie blanker Knochen.

Ein Falke kreiste und schwebte über ihren Köpfen. Sein Schrei durchdrang das Rauschen des Windes, einsam und traurig. Die Oberfläche des kleinen Bergsees war schwarz und mit Eis verkrustet. Bayezit rutschte vom Pferd und kniete sich neben das Rinnsal, das aus dem Überlauf des Wasserbeckens rieselte, und füllte die Wasserflaschen wieder auf. Sie waren den ganzen Tag lang geritten, die hohen Pässe vom Van-See hinauf, der nun ein stahlgrauer Spiegel weit hinter ihnen war; sie waren jetzt tief im Inneren Armeniens.

Den Hang entlang reihten sich hier die abgerissenen Überbleibsel der großen Armee, die einst auf der Ebene von Konya gestanden hatte. Jetzt waren nur wenige tausend übrig, die meisten bluteten, und ihre Pferde lahmten und waren vom Sattel wund. Männer kauerten neben den Pferden, versorgten ihre Wunden und versuchten, die Schande der Niederlage zu überwinden. Er wußte, daß zahllose andere Gruppen wie die ihrige in den Bergen verstreut waren. Viele der Turkmenen und Kurden waren schon verschwunden, zurück in ihre Dörfer und Weiler, um sich um ihre Schafe, Angoras und Pferde zu kümmern.

Seit Amasya wußten sie, daß die Schlacht bereits verloren war. Dort hatte sich Bayezit von seinen Frauen verabschiedet, und er hatte seine vier kleinen Söhne mit sich genommen, zuerst auf den schweren Wagen, dann zu Pferde, Tag und Nacht von seinen Leibwächtern behütet. Die vergangenen Monate waren ein Durcheinander von Erinnerungen an Kämpfe und kleine Gefechte, die auf der Flucht ausgetragen wurden. Sie waren kein Gegner für Süleymans Armee. Sobald sein Vater gegen ihn zu Feld gezogen war, hatte er gewußt, daß der unmittelbare Streit verloren war.

Aber niemals waren ihm Worte von Kapitulation und Unterwerfung über die Lippen gekommen; auf den Kamelen und Pferden trug er den Schatz bei sich, den er brauchte, um eine neue Armee zusammenzustellen. Seine Söhne würden eines Tages der Samen für ein neues Sultanat sein. Solange er und sie noch lebten, würde Selim niemals Ruhe haben können. Solange sie noch lebten, war er nicht wirklich geschlagen.

Wenn sie nur irgendeinen Weg zum Überleben finden könnten! Was immer auch geschehen würde, er schwor, daß er sich jetzt nicht der Gnade seines Vaters überlassen würde; in der Vergangenheit hatte dieser herzlich wenig von dieser speziellen Gemütsregung zur Schau gestellt. Besonders nicht jenen gegenüber, die zu lieben er vorgegeben hatte.

Er hätte zu gern gewußt, was mit dem Tschausch geschehen war, den er nach der Schlacht bei Konya nach Stambul gesandt hatte, um seinen Anspruch, aber auch seine Loyalität gegenüber Süleyman nochmals zu bekräftigen. Vielleicht hatten Selims Soldaten ihn abgefangen und getötet; vielleicht hatte sein Vater es vorgezogen, sein Begehren nicht zu beachten. Er würde es niemals erfahren, und jetzt war es gleichgültig. Zu spät dafür.

Die Schäferhütte war am Rand des Kamms mit Blick über das Tal errichtet worden; durch eine optische Täuschung hatte man das Gefühl, als schwebe sie zwischen den Bergen, wobei der rote Stein sich von dem Moosgrün der darüberliegenden Bergseite kräftig abhob.

Bayezit wandte sich an seinen Leutnant.

»Wir werden heute nacht hier kampieren. Wir werden unser Hauptlager in der Hütte dort aufschlagen.«

»Ja, mein Gebieter«, sagte der Mann und eilte fort, den Befehl weiterzugeben.

Bayezit trat in die Hütte ein.

Sie war wegen des bevorstehenden Winters verlassen worden. Sie war einfach und spartanisch. Vier Steinwände ohne Läden an den Fenstern und keine Tür. Der Boden bestand aus blanker Erde, und der Geruch nach Tieren war streng. Ein weiter Weg vom Topkapi – Palast, dachte Bayezit. Diesmal vielleicht so weit, daß ich niemals zurückkehren werde.

Ein Regenbogen spannte sich über das Tal. Ein Bündel Sonnenstrahlen spürte den bevorstehenden Regenschauer durch einen Wolkenriß hindurch auf. Das Licht hatte sich in ein schwefliges Grün verwandelt, und ein kalter Wind fuhr über die Grasflächen und brachte plötzlichen, schneidenden Regen mit.

Donner hallte rings um die hohen Pässe wider, und über den Bergen ballte sich ein schwarzer Amboß aus Wolken zusammen, versammelte seine Kraft und machte sich daran, ins Tal hinunter zu stürzen.

Die sich zusammenziehende Düsternis spiegelte seinen Gemütszustand wider. Er würde sich seinem Vater nicht ergeben, aber er wußte, daß seine Bande aus Rebellen, Timariots und Reitern nicht lange standhalten konnte gegen Süleymans Geschütze und die eiserne Disziplin seiner Janitscharen. Das Gefühl von Verzweiflung hatte alle überkommen. Es schien jetzt nur noch eine Frage der Zeit.

Die Zelte waren durchgeweicht, gefrierender Regen tropfte die Leinwand herab, sickerte in die Kleider und Stiefel und durchtränkte alles, auch noch, nachdem das Unwetter vorübergegangen war. Die Nebel hingen an den Seiten des Tales und zogen durch das zerlumpte Lager wie böse Berggeister. Pferde stampften und schnaubten gegen die Kälte des Morgengrauens an, die Schmerzenschreie der Verwundeten waren der einzige andere Laut. Männer bewegten sich durch das Lager, still und langsam wie Gespenster.

Bayezit aß ohne Appetit. Sie ernährten sich jetzt von Feldrationen, Yoghurt mit ein paar Zwiebeln und Salz, verdünnt mit kaltem Wasser, auf ein wenig Pittabrot. Sein Leutnant machte ein kleines Feuer in der Hütte, um sie zu wärmen. Irgendwo weiter oben in den Bergen hustete und heulte ein Schakal.

Plötzlich hörte Bayezit Rufe vom unteren Lager, und er sprang auf die Füße und dachte, daß Süleymans Akinji sie gefunden hätten. Aber der Reiter, der plötzlich auf dem Bergkamm oberhalb des Lagers aufgetaucht war, war allein gekommen, aus dem Osten, und trug eine persische Rüstung. Bayezits böse zugerichteten Kämpfer erhoben sich vom Boden, standen da und starrten ihn wild an, als er an ihnen vorbeiritt. Sie würden nicht zulassen, daß ein Feind sie mit gesenkten Köpfen sah, besonders nicht ein Safawide.

Er wurde von zwei Leibwächtern Bayezits entwaffnet und durch die finster blickenden Reihen der Türken in Bayezits Zelt geführt. Bayezit erwartete ihn mit untergeschlagenen Beinen auf einem Seidenteppich sitzend, den man auf dem Boden der Hütte ausgebreitet hatte.

Der Reiter vollführte ein zeremonielles Sala'am. »Ich bringe eine Botschaft vom Schah Tahmasp«, sagte der Mann.

Bayezit nickte, und sein Leutnant nahm dem Kurier den Brief ab und übergab ihn ihm. Er las ihn schnell.

»Er bietet uns also Asyl an?«

»Süleyman ist niemals ein Freund Persiens gewesen«, sagte der Kurier. »Wenn Sultan Bayezit den Thron besteigt, hofft der Schah, endlich einen Verbündeten bei der Erhabenen Pforte vorzufinden.«

Der Wind fegte in Böen durch das Tal und drang mit einem unheimlichen Seufzer durch die offenen Fenster des Yali. *Den Thron besteigen!* dachte Bayezit. Im Augenblick wäre Überleben ausreichend. Eine Gelegenheit, Luft zu holen, ohne daß die Reiterschar meines Vaters mir beständig nach den Fersen schnappt. Sieh uns an. Kalt und entmutigt, geschlagen in jedem Kampf seit Konya. Was habe ich für eine Wahl?

»Du wirst warten, während ich über meine Antwort nachdenke«, sagte Bayezit, aber als der Mann fortgeführt wurde, wußte er schon, wie diese Antwort aussehen würde.

Süleyman schaute zu den Bergen hinauf, wo der grüne Rasen in das Violett und Schieferblau der Geröllhalden überging und die Schneefeldflecken um die Felsspitzen lagen. Ein graues, schweres Wolkenband hing über den Gipfeln und Pässen und weinte Regen.

»Er ist fort«, murmelte Sokollu. »Er hat die Grenze nach Persien überschritten.«

»Der Schah?«

»Er hat ihm Asyl angeboten. Meine Spione sagen, er habe einhundert seiner Männer mit sich mitgenommen. Der Rest hat sich überall in den Bergen in kleine Banden aufgelöst, auf dem Weg zurück in ihre Dörfer. Sie werden uns keinen Ärger mehr bereiten.«

»Laß es die Armee wissen«, sagte Süleyman.

Bayezit, du Dummkopf! dachte Süleyman. Solange du hier im Reich warst, hattest du immer noch eine Chance. Hast du nicht erkannt, daß meine Armee am Rande einer Revolte stand? Ganze Regimenter von Janitscharen weigern sich, gegen dich zu marschieren, Schwadronen von Spahis machen sich auf in die Berge und kehren nach drei Tagen mit frischen Pferden und keinerlei Blutstropfen auf ihren Lanzen zurück. Nur die Akinji kämpfen noch, gierig nach jeglichem Blut, ihnen ist es gleich, welches. Wenn du mir noch einen Monat länger standgehalten hättest, hätte ich sie nach diesem Winter nicht mehr dazu bringen können, zurückzukehren. Sie haben dich geliebt. Sie liebten die Art, wie du bei Konya gegen ihre Geschütze angestürmt bist, obwohl keiner von ihnen seine Waffe freiwillig gegen dich gerichtet hätte. Sie liebten es, wie du fortfuhrst zu kämpfen, sogar nachdem ich meine Armee gegen dich aufgestellt hatte. Sie lieben dich, weil sie Selim verachten, und weil sie denken, daß ich zu alt bin.

Aber jetzt bist du über die Grenze gegangen, und jetzt kann dich nichts mehr retten. Du hast aufgehört, ein Osmane zu sein, als du das Asyl des Persers angenommen hast. Als du den türkischen Boden verlassen hast, hast du deinem Erbe den Rücken gekehrt.

Dennoch hast du beinahe gewonnen.

Sogar ich habe gezweifelt. In diesen letzten Tagen habe ich angefangen, den Verdacht zu schöpfen, daß Hürrem gelogen hat. Du hast so gut und so lange gekämpft. Aber jetzt hast du deine wahre Farbe gezeigt; kein echter Osmane hätte von einem Safawiden Asyl angenommen.

Du Dummkopf. Sogar deine geliebten Janitscharen werden dich jetzt verfluchen.

107

Amasya, 1561

Sie vollführte kein Sala'am, als er den Raum betrat; sie sah nicht einmal auf. Aber schließlich ist sie jetzt eine alte Frau, sie fürchtet vielleicht die Konsequenzen einer Beleidigung mir gegenüber nicht mehr so, wie sie das einmal getan hat. Ich habe sie solch lange Zeit meines Lebens geliebt, dachte er. Und jetzt ist es, als träfe man eine Fremde.

»Mein Gebieter«, sagte sie.

»Es ist eine lange Zeit her.«

»Wie du sagt, mein Gebieter.«

Er setzte sich neben sie auf den Diwan. »Geht es dir gut, meine Herrin?«

Gülbehar starrte ihn lange an mit der Art von brennendem Haß, den nur Liebe und Zurückweisung auslösen können. »So gut, wie man das von diesem phantastischen Alter erwarten kann«, sagte sie. »Und dir, mein Gebieter?«

»Meine Beine schwellen an und schmerzen, und ich werde leicht müde«, sagte Süleyman.

»Was hat dich also hergeführt, so weit weg von der Pforte?«

»Du weißt, was mich hergebracht hat.«

Gülbehar betrachtete ihn genau und suchte nach einem Anhaltspunkt für seinen Grund. Sie hantierte mit den Tespiperlen in ihrem Schoß. »Ja, ich glaube, ich weiß es«, sagte sie.

»Ich muß meinen Sohn aus Persien holen.«

»Mag er mit Gott gehen.«

»Wie du sagst, meine Herrin.«

Die Zeit kann grausam sein, dachte Süleyman. Schau, was sie mit dir gemacht hat, meine Gülbehar! Schau, was sie mit uns beiden gemacht hat. Sie hat dich deiner Schönheit und mich meiner Träume beraubt. Zu guter Letzt hatten wir nicht mehr Einfluß auf unser Schicksal als Blätter am Baum.

»Ich habe ihm geraten, gegen dich zu Felde zu ziehen«, sagte Gülbehar. »Er wollte nicht auf mich hören.«

Süleyman war so überrascht vom ihrem Geständnis, daß er sie nur angaffte.

»Du glaubst mir nicht?«

Süleyman schüttelte den Kopf.

»Nach dem, was du mir angetan hast? Nach dem, was du meinem Sohn angetan hast? Du wagst es noch, hierher zu kommen?«

»Ich bin immer noch dein Gebieter. Du gehörst immer noch zu meinem Kullar.«

»Einst hätte ich willig alles getan, was du mir befohlen hättest. Später habe ich dir gehorcht, weil ich Angst hatte. Jetzt ist es mir gleichgültig.«

Dies war nicht, was er erwartet hatte. Er war hergekommen – warum? Um der Versöhnung willen? Um Vergebung? »Ich könnte deine Hinrichtung jetzt sofort anordnen, wenn ich das will.«

»Dann tu es.«

Süleyman stand auf. In der Ecke des Raumes stand eine große blauweiße Ming-Porzellanvase. Süleyman zog den Killiç mit dem goldenen Griff aus dem Futteral und zerschmetterte sie mit einem Hieb. »Ich bin dein Gebieter!« schrie er sie an.

»Du bist der Mörder meines Sohnes!«

»Ich habe ihm Leben gegeben! Er hat es gegen mich gerichtet! Was hat er denn von mir erwartet, das ich tun sollte?«

»Er war unschuldig! Du bist genauso ein Schlächter wie dein Vater!«

Süleyman schrie und erhob sein Schwert über den Kopf. Gülbehar zuckte mit keiner Wimper. Sie blickte ihm in die Augen und wartete. Das Perlentespi klickte ihr durch die Finger.

Genau wie dein Vater.

Das Schwert hing sekundenlang in der Luft. Mach Schluß damit, flüsterte ihm eine Stimme zu. Du bist der Sultan. Wie kann sie es wagen, gegen dich zu sprechen? Sie ist nur eine Sklavin, eine Konkubine. Wie kann sie es wagen, dich in Frage zu stellen, den Herrn über das Leben, den König der Könige, den Besitzer der Menschenhälse? Tu es. Tu es.

Er senkte das Schwert.

»Genug«, murrte er. Er warf das Schwert zur Seite, so daß es über den Marmorboden kreiselte und schepperte. Er stürmte aus dem Zimmer. Gülbehar wandte sich wieder ihrem Tespi zu, als wäre er nie dagewesen.

Der Mond hatte einen Hof.

Bayezit hörte das Klappern von Hufen auf den Pflastersteinen und eilte zum Fenster. Der Reiter sprang von seinem Pferd und überließ es der Obhut eines der Sklaven; Dampf stieg auf aus den Nüstern und den sich hebenden und senkenden Flanken. Er rief dem Wächter im unteren Hof sein Kennwort zu und verschwand durch den unteren Torweg aus dem Sichtfeld. Vielleicht waren dies die Nachrichten, die er erwartet hatte. Vielleicht …

Er erschauerte in der Fellpelisse und starrte über die Mauern hinweg in die Ferne auf die Schneekuppen der Zagros-Berge, die im Mondlicht glitzerten, mächtig, fremd und eisweiß. Als hätte man mich auf den Mond selbst ins Exil geschickt, dachte er. Vielleicht wäre es besser gewesen, wenn ich in meinem eigenen Land gestorben wäre, als diese Entfremdung noch länger zu ertragen. So wenige sind von uns übriggeblieben, von der großartigen Armee, die ich nach Konya geführt habe, und die meisten von uns sind in Zitadellen und Palästen über Persien verstreut. Hier muß ich meine ruhelosen Tage mit meinen Söhnen verbringen, getrennt von meinem Thron und meinem Volk durch einen Wall von Bergen und durch die tausend Meilen Entfernung zwischen dem Herzen meines Vaters und meinem eigenen.

Er erinnerte sich wieder daran, was Gülbehar einmal zu ihm gesagt hatte: »Es war sinnlos, meinen Sohn zu töten. Aber er hat es trotzdem getan. Sei auf der Hut, Bayezit …«

Das war sein Fehler gewesen. Er war davon ausgegangen, daß er Süleymans Gründe verstehen würde, und das war nicht so. Aber was hätte er anderes tun können? Mustafa hatte nichts getan, und Süleyman ließ ihn umbringen. Er handelte wie ein wahrer Ghasi, und statt dessen hatte Süleyman sich mit der Kraft seiner Waffen hinter seinen fetten Säufer von einem Bruder gestellt. Wie war es möglich, einen solchen Mann zu verstehen?

Und doch konnte er immer noch nicht glauben, daß sein Vater das Reich einem Trunkenbold und Wüstling, wie sein Bruder einer war, in die Hand legen würde. Das war einfach nicht möglich. Dies war eine Probe. Er hatte jetzt Zeit gehabt, über alles mit Abstand nachzudenken, und er würde es sehen. Er mußte.

Er schaute nachdenklich auf die Gärten unterhalb der Mauern. Die

Apfel-, Birnen- und Kirschbäume waren kahl, nur noch ein Gerippe, und dicker Schnee lag auf den Zweigen. Der Mond warf lange Schatten über den weißen Garten.

Ein Holzscheit knackte und barst im Kamin. Vielleicht brachte der Bote Nachrichten vom Abtauen des Winters …

Schritte auf den Steinfliesen im Korridor draußen, und die Tür wurde aufgestoßen: Schah Tahmasp …

Der Schah trat lächelnd ein. Ich kann das Lächeln nicht leiden, dachte Bayezit, es ist wie das Grinsen eines Schakals, und die Mundwinkel deines Bartes sind immer naß, als ob du dir die Kiefer benetzt. Nein, ich will dir nicht vertrauen, aber welche Wahl habe ich? Außerdem hast du mir, meinen Söhnen und meinem Gefolge gegenüber schier endlose Großzügigkeit erwiesen. Vielleicht sollte ich dich nicht zu streng beurteilen.

»Ich habe gute Nachrichten für den jungen Schahsaden der Osmanen«, kündigte der Schah an.

»Euer Tschausch ist aus Stambul zurückgekehrt?« Es hatte so viele Boten in den letzten paar Monaten gegeben – vielleicht sogar mehr, als der Schah mir gesagt hat, dachte er. Vielleicht hatte sich sein Vater jetzt – endlich – in seinen Bedingungen erweichen gelassen. Er spürte Hoffnung aufsteigen.

»Der Tschausch ist tatsächlich zurückgekehrt. Man ist endlich übereingekommen, was Zeit und Ort betrifft.« Er nickte. »Ja, Bayezit, er will sich mit Euch treffen.«

Bayezit wollte vor Erleichterung auf den Boden sinken. Er hatte die Hoffnung auf irgendeine Versöhnung schon fast aufgegeben. Er hatte begonnen, sich zu fragen, ob er und seine Söhne den Rest ihres Lebens im Exil würden verbringen müssen.

»Wo?«

»Tabriz«, sagte der Schah. »Er kommt inkognito dorthin. Alles ist vorbereitet.«

»Und Selim?«

»Selim weiß nichts von der Abmachung. Vielleicht hat Euer Vater seine Beziehung zu seinen Söhnen neu überdacht. Der Schatten Gottes auf der Erde hat vielleicht entdeckt, daß er genauso sterblich ist wie wir übrigen.«

Bayezit fragte sich: Hat Selim schließlich weiter über die Stränge geschlagen, als selbst die großzügigen Grenzen, die Süleyman ihm eingeräumt hatte, es zugelassen haben, oder hat er seine Meinung geändert? Er ist meine einzige Hoffnung. Ich kann nicht hoffen, jetzt gegen Selim antreten zu können, nicht ohne die Unterstützung der Janitscharen. Wenn sie mir bei Konya nicht geholfen haben, werden sie mir jetzt auch nicht helfen.

»Darf ich den Brief sehen?«

Der Schah schien zu zögern. »Es hat keinen Brief gegeben. Die Botschaft war dem Gedächtnis meines Tschauschs anvertraut worden.«

Du lügst, dachte Bayezit. »Das sieht meinem Vater nicht ähnlich.«

Der Schah sagte nichts.

»Hat er Eurem Tschausch auch irgendeinen Zweck für sein Vorhaben übermittelt?«

»Was anderes könnte es sein, als daß er eine Versöhnung mit seinem Ghasi wünscht?«

Es ist nicht meines Vaters Art, seine Worte nicht unter seine Tugra zu legen. Der Schah hält etwas vor mir verborgen. Aber was habe ich für eine Wahl? Wenn ein Treffen arrangiert wurde, muß ich gehen.

»Wann?« fragte Bayezit.

»Wir brechen heute abend auf. Wir werden in der Zitadelle von Tabriz auf seine Ankunft warten.«

Konya

Der Schahsade Selim war erst vierunddreißig Jahre alt, sagte Abbas sich. Aber er sieht jetzt schon wie ein alter Mann aus. Das prächtige goldene Gewand, das er trug, verbarg die Unförmigkeit seines Körpers nicht. Sein Gesicht war aufgedunsen und gerötet, so daß die Augen ihm wie zwei schwarze Korinthen aus dem Kopf schauten. Kein Wunder, daß er Bayezit so sehr fürchtete. Die Janitscharen würden dem hier niemals in den Kampf folgen. Nicht diesem Prinzen Gerstenpudding.

Selim lag wie ein Sack auf einem Diwan und stocherte auf einem großen Tablett mit Halva herum, das auf einem Silbertisch neben ihm stand. Er suchte sich drei Stück von dem Zuckerwerk aus und warf sie sich in den Mund.

Er schaute Abbas schlecht gelaunt an. »Du bringst Nachrichten, Kislar Aghasi?«

»In der Tat, mein Gebieter«, sagte Abbas. Er fragte sich, wie er reagieren würde, wenn er sie hörte. Auch Abbas selbst fragte sich, was davon zu halten sei.

»Von meinem Vater?«

»Er hat Amasya verlassen und reitet nach Osten.«

Selim grunzte und wählte zwei weitere Stück Halva. Die Verhandlungen hatten sich über ein Jahr lang hingezogen. Der Schahsade hatte sich scheinbar als weit weniger wert erwiesen, als Schah Tahmasp gehofft hatte. Man hatte sich zugeflüstert, er habe gefordert, daß Süleyman Mesopotamien zurückgeben solle im Austausch für den jungen Prinzen. Süleyman hatte das abgelehnt.

»Er sieht krank aus, hoffe ich?« Selim lachte, und ein feiner Sprühnebel von Speichel und angekauten Süßigkeiten glitzerte wie Rauhreif auf dem Teppich vor Abbas Knien.

»Der Herr über das Leben kann nicht mehr so lange im Sattel sitzen wie früher.«

»Hat er seine Armee bei sich?«

»Nein, mein Gebieter«, sagte Abbas. »Meine Spione sagen, er hat je eine Schwadron Solaken und Spahis und eine Oda Janitscharen.«

Selim klatschte in die Hände. Sofort erschien ein Page an seiner Seite mit einem Krug Wein und einem juwelenbesetzten Becher. Selim schnappte sich den Becher und hielt ihn zum Füllen hin. Er trank ihn in einem Zug leer und wischte sich mit dem Ärmel über den Mund, wobei der blutrote Wein und das Halva sich in seinem Bart verklebten.

Der Page füllte den Becher noch einmal und zog sich zurück.

»Wofür?«

»Es heißt, er will Bayezit in Tabriz treffen. Es wird von Versöhnung geflüstert.«

Plötzlich war Selim auf den Füßen, und der Becher war über den Teppich verschüttet. Er stand aufrecht, hatte die Fäuste an seiner Seite fest geballt und stieß einen durchdringenden Klagelaut aus wie ein kleines Tier, das man auf einen Stock aufspießt. Speichel rann ihm aus den Mundwinkeln und lief in winzigen Rinnsalen durch den Bart. Er begann zu zittern.

Niemand bewegte sich; weder die Pagen noch die Wächter, noch die Paschas. Schließlich fiel Selim auf den Diwan zurück.

Selim hielt einen Zipfel seines Gewandes in seiner Faust zusammengedrückt. Er starrte Abbas lange Zeit an, und es hatte den Anschein, als schielten seine Augen ein wenig.

»Ich bin betrogen worden«, sagte er. Plötzlich setzte er sich aufrecht. »Wein! Wo ist mein Wein? Du da!« Er zeigte auf den Bostanji, der auf Abruf neben seinem Thron stand. Der Mann sprang vor. Selim wies auf den Pagen, der den silbernen Weinkrug hielt. »Hau ihm den Kopf ab!«

Der Mann tat, wie ihm befohlen wurde. Abbas zog sich still zurück, wobei er keinerlei Aufmerksamkeit auf sich lenkte. Er hatte kein Interesse an dem Schauspiel. Zu lange hatte er unter der Tyrannei von Prinzen gelebt.

108

Tabriz

Mondlicht ergoß sich wie poliertes Silber auf die gekachelten Kuppeln der Blauen Moschee und brannte wie Phosphor auf dem kalten Wasser des Aji-Chai-Flusses. Gelbes Licht drang durch die Fensterläden der Zitadelle, und die stille, kalte Luft trug den Schall von Flöten und Trommeln weithin.

Die Musik ertränkte den Klang der Pferdehufe auf dem Pflasterstein und die seltsamen, zischenden Stimmen der Spätankömmlinge im unterhalb gelegenen Hof. Sie glitten von ihren Pferden und verschwanden im Schatten; die Augen der Wächter funkelten vor Furcht und Verachtung.

In der großen Halle spiegelte sich das Fackellicht in den Weihrauchgefäßen aus Messing, die an langen Ketten von der Decke herabhingen. Sklavenmädchen in bunter Seide und dünner Gaze tanzten, während sich die Gäste Leckerbissen von den Silbertabletts aussuchten, die auf den Teppichen vor ihnen ausgebreitet waren: gewürztes Lamm und Zicklein, Duftreis und geröstetes Hühnerfleisch. In der Mitte des Raumes saßen der Schah und sein Ehrengast Bayezit.

Bayezit aß ohne Appetit und war in Gedanken mit der Zukunft beschäftigt.

Süleyman hatte endlich zugestimmt, hierherzukommen und über

Versöhnung zu reden. Was bleibt ihm anderes übrig? dachte Bayezit. Außer mir ist nur noch Selim ein Überlebender der osmanischen Blutlinie, und er kommt überhaupt nicht in Frage. Er muß verhandeln. »Süleyman bereut, was er Euch angetan hat«, hatte der Schah ihm gesagt. »Vielleicht kann ich zwischen euch vermitteln. Es ist nicht zu spät. Ich werde Euch jetzt helfen, und wenn Ihr Sultan seid, werden Persien und die Osmanen Verbündete sein.« Ich werde zustimmen, mich zurückzuhalten, bis zu seinem Tod im Osten zu bleiben und in Kauf nehmen, daß Selim vor mir Stambul erreicht. Es wird nicht wichtig sein. Die Janitscharen werden ihn niemals gegen mich unterstützen.

Die Delegation sollte früh am nächsten Morgen ankommen. Bayezit erwartete ungeduldig, das Treffen hinter sich zu bringen und sein Exil zu beenden. Jeder Tag, den er außerhalb des Reiches verbrachte, bedrohte seine Stellung bei den Janitscharen. Er war impulsiv gewesen, das sah er jetzt ein. Er mußte Geduld erlernen und Schlauheit. Es gab genug Zeit, um Selims Kopf aufgespießt zu sehen.

Bayezit verspürte einen kalten Luftzug in seinem Rücken und gewahrte, daß jemand durch die großen Türen hinter ihm eingetreten war. Spätankömmlinge. Er fühlte, wie die kurzen Haare an seinem Halsrücken warnend prickelten.

Der Schah hatte sich Bayezit gegenübergesetzt und hatte die Türen im Auge. Er schaute einen Moment lang auf und beschäftigte sich dann wieder mit seinem Mahl.

»Wer sind unsere Gäste?« fragte Bayezit ihn.

Dann hörte Bayezit es; es war ein vertrauter Laut. Er hatte ihn oft vernommen in den Palästen am Topkapi und in Amasya, ein hechelnder, bellender Husten, als wenn ein Hund versuchte, einen Klumpen Knorpel zu verschlingen. Der Laut eines Taubstummen.

Der Laut eines Bostanji.

Der Schah lächelte mit Bedauern. »Es tut mir leid«, sagte er. »Euer Vater hat darauf bestanden.«

Es war ein schlechter Handel, aber der Schah war schließlich zur Zustimmung gezwungen worden. Süleyman hatte ihm vierhunderttausend Goldstücke angeboten. Die Mullahs des Schahs hatten dringend zu Kompromißlosigkeit geraten. Sie wollten immer noch Bagdad haben. Sehr gut für sie. Sie wären schnell in den Bergen verschwunden, wenn Süleyman mit seinen riesigen Heeren gegen Shiraz aufmarschiert wäre.

Bayezit drehte sich ihm mit einem verachtungsvollen Schnauben zu. »Ihr habt Euch zu meinem Schutz verpflichtet!«

»Es handelt sich um das, was man bei der Erhabenen Pforte mit Diplomatie bezeichnet. Man sagt, was zu sagen im Augenblick das Beste ist. Es tut mir wahrhaftig leid. Es ist ein erbärmliches Beispiel für unsere Gastfreundschaft. Ich wünschte, es hätte anders sein können.«

Bayezit wirbelte herum. Sie waren zu fünft. Er erkannte einen von ihnen. Es hieß, er wäre der Mann gewesen, der Mustafa ermordet hatte, der Bostanji Bashi, der oberste Gärtner, ein riesiger, häßlicher Sudanese. Jeder von ihnen hielt eine Schlinge aus rasiermesserdünner Seide in seiner riesigen Hand.

Bayezit hatte nur ein Dutzend Männer aus Shiraz mit sich gebracht, sie waren im Hof postiert worden. Sie mußten überwältigt worden sein. Die übrigen waren noch immer in der Hauptstadt des Schahs.

»Was ist mit den anderen?«

»Ich fürchte, sie sind alle tot.«

Bayezit fühlte, wie Wut in ihm aufstieg, und seine Hand fuhr zu dem Killiç an seinem Gürtel, aber der Schah hielt schon seinen eigenen juwelenbesetzten Dolch, und seine Leibwächter hatten sich dicht hinter ihn gestellt. Bayezit wußte, daß er in der Falle war. Die bewaffneten Wächter an jedem Eingang schienen ihm bei seiner Ankunft nichts anderes zu sein als eine bloße Formalität. Jetzt erkannte er, daß sie auch eine sehr nützliche Funktion erfüllten. Diesmal würde es keine Gnadenfrist geben.

Er betrachtete seine Söhne. Sie schauten ihn erwartungsvoll an. Sie waren noch zu jung, um zu verstehen oder sich zu fürchten. Gott, hilf mir in meinem Unglück! »Hättet Ihr meine Söhne nicht auslassen können?«

»Süleyman war ziemlich genau in dem, was er verlangt hat«, sagte der Schah.

»Dann soll Selim seine Grabinschrift sein«, sagte Bayezit. Plötzlich lag die seidene Bogensehne um seinen Hals, und er wurde unter Röcheln mit einem Ruck über das Knie des Eunuchen nach hinten gezogen. Seine Hände würgten instinktiv an seinem Hals. Aber sobald der Bostanji die Schlinge angebracht hatte, gab es kein Entrinnen.

Die Kinder schrien. Der älteste Junge lief, seinem Vater zu helfen und rief den anderen zu, wegzulaufen; aber die Eunuchen fingen sie ein und machten sich an ihre Arbeit.

Der Schah sah mit angewidertem Stirnrunzeln zu. Er nahm sich noch eine Scheibe Lamm von dem Teller, den er vor sich hatte, und fuhr fort, zu kauen. Staatskunst war manchmal ein unfeines Geschäft, aber man mußte es ertragen.

Bursa

Eine Frau schrie im Hof unter dem Fenster, und ihr Kreischen hallte von den Wänden ringsum wider wie das Wehklagen eines Dschinns. Der Eunuch wünschte, die Wächter würden irgend etwas tun, um sie zur Ruhe zu bringen.

Bayezits jüngster Sohn war erst neun Monate alt. Er war vor der Schlacht bei Konya empfangen worden, sein Vater hatte ihn nie gesehen. Er war hier mit seiner Mutter zurückgelassen worden.

Als der Eunuch sich über die Krippe beugte, lächelte das Kind zu ihm auf, legte ihm den Arm um den Hals und küßte ihn. Die Hand des Mannes begann zu zittern. Er ließ die Bogensehne fallen.

Er ging nach draußen und gab dem Pförtner, der ihn den Weg die Treppen hinauf geführt hatte, zwei Goldstücke und die seidene Bogensehne. Er wartete. Wenige Minuten später erschien der Mann wieder und flüchtete die Treppen hinunter. Die Seidenschnur flatterte auf die Steine.

Er ging wieder nach innen. Das Kind lächelte ihn schelmisch an.

»Gott helfe mir in meinem Unglück«, murmelte er. Er tastete nach dem Lederbeutel an seiner Taille. Wenn er zurückkehrte, ohne ihn gefüllt zu haben, würde Süleyman ihn sofort hinrichten lassen.

Er nahm die Schnur auf und schloß die Tür hinter sich. Als er sich näherte, gluckste das Kind fröhlich und streckte die Arme aus.

109

Konya

Es war eine lange Reise von Venedig nach Konya, in die Mitte der anatolischen Steppe, ein weiter Weg vom Campanile und von San Marco in
die einsame asiatische Stadt, die auf der weiten, staubigen Ebene nur
von wenigen Karawansereien aus Stein, von den schwarzen Jurten der
Nomaden und ein paar herumlungernden Schakalen umgeben war. Ein
weiter Weg von Venedig und ein einsamer Platz zum Sterben.

Sie fanden Abbas in seiner Zelle.

Er war mit dem Gesicht nach unten auf den Teppich gesackt. Eine
weiße Katze leckte an dem blutbefleckten Taschentuch, das er in seiner
linken Hand festhielt.

»Schwindsucht«, murmelte der Arzt. Oder vielleicht Gift, dachte er.
Vielleicht war der Tod dem Dasein als Kislar Aghasi des Schahsaden
Selim unendlich vorzuziehen. Oder vielleicht gab es andere Gründe.
Wer konnte das wissen? Je weniger man wußte, um so besser. Wissen
konnte gefährlich sein.

Sechs Pagen wurden dafür benötigt, ihn hochzuheben und aus der
eisendornbewehrten Tür des Harems auf den wartenden Karren her-
auszutragen. Der Arzt blieb zurück, um das Zimmer zu inspizieren.

Abbas hatte einen Brief geschrieben. Federkiel und Pergament lagen
auf dem niedrigen Tisch neben dem Körper. Er blickte darauf; der Brief
war nicht fertig geworden. Tatsächlich hatte er nur die Grußformel
geschrieben.

»Liebe Julia.«

Der Oberste Eunuch und einem Mädchen schreiben? Vielleicht war
dies sein Kosename für einen anderen der schwarzen Jungen, dachte er.
Nun, es war jetzt gleichgültig. Er zerknitterte ihn und warf ihn ins
Feuer.

Nachdem der Kleiderpage sich verbeugt und ihn verlassen hatte nach seinen abschließenden Opfergebeten, war Süleyman allein. Er lag auf seiner Steppdecke und horchte auf das Geräusch seines eigenen, schwer gehenden Atems, aber der Schlaf wollte sich nicht einstellen. Nach einer Weile stand er auf, ging an das vergitterte Fenster und betrachtete die Sterne durch die dunklen Schatten der Zypressenbäume.

Es war jetzt entschieden. Selim würde der nächste sein. Wenn es die Wahrheit war, was Hürrem ihm gesagt hatte, dann hatte er seine Pflicht den Osmanen gegenüber erfüllt.

»Aber bitte sag mir, daß du gelogen hast«, sagte er laut.

»Ich war krank, ich lag im Sterben«, sagte Hürrem hinter ihm. »Wie konntest du es nur glauben?«

»Wie konnte ich sicher sein?«

»Du hast mich geliebt. Wie konntest du an mir zweifeln?«

Er starrte sie an. So wunderschön mit ihrem Kupferhaar, in das glitzernde Perlen geflochten waren, das grüne Talpack verwegen am Kopf befestigt.

»Du hast gesagt, das Kind gehöre Ibrahim.«

»Mein Gebieter, wie kannst du das glauben? Kannst du im Ernst glauben, daß ich dich fünfunddreißig Jahre lang hintergangen habe?«

Süleyman konnte ihr nicht antworten.

»Ich hätte dich nie auf diese Weise betrogen«, sagte Ibrahim. Süleyman wandte sich ihm zu. Ibrahim, der auf diese besondere, arrogante Schrei-dem-Teufel-ins-Gesicht-Weise grinste. Ibrahim in prahlerischer Positur mit den Daumen in der Schärpe um seine Taille, mit einer graublauen, rohen Wunde um den Hals.

»Du hattest die Gelegenheit«, sagte Süleyman. »Ich habe dich geliebt. Ich habe dir mein Vertrauen gegeben. Ich habe dich ins Herz meines Serails eingelassen. Du allein hättest die Möglichkeit gehabt.«

»Sie hat dich angelogen.«

»Sag es ihm!« schrie er Hürrem an. »Sag ihm, was du mir erzählt hast!«

»Ich war krank«, sagte Hürrem. »Es war der Teufel, der gesprochen hat, nicht ich.«

Süleyman brüllte laut auf und bedeckte sich die Ohren. Aber es war

Mustafa, der als nächster sprach. »Ich war der Schahsade, Vater. Ich habe dich nicht verraten.«

»Die Beweise gegen dich waren offensichtlich!«

Mustafa, wie er sich an ihn erinnerte an jenem Morgen, als er zu seinem Zelt kam; der fließende weiße Kaftan und Seidenturban, sein Bart säuberlich gepflegt, stolz, tapfer, sein Kopf im Trotz hoch erhoben. Mustafa, der ihn niemals angelogen hatte. »*Du* warst es, der *mich* verraten hat! Du hast unser Reich an Selim gegeben, einen Lüstling und Trunkenbold. Ist dies deine Pflicht vor den Osmanen?«

»Wenigstens ist er von meinem Blut.«

»Ich habe dich geliebt, mein Gebieter«, sagte Hürrem. »Wie hast du das je bezweifeln können. Hast du wirklich geglaubt, Bayezit wäre nicht dein Sohn? Ich habe dich geliebt!«

»Natürlich hast du mich geliebt! Ich habe meinen Harem für dich aufgegeben! Ich habe dich zur Königin gemacht! Natürlich hast du mich geliebt! Du mußt mich geliebt haben!«

»Warum hast du dann unseren Sohn ermordet?«

»Weil ich nie sicher sein kann!« stöhnte Süleyman, und er sank in die Knie. Die schwarzen Pagen, die seinen Schreien taub gegenüberstanden, beobachteten ihn voller Schrecken, aber sie bewegten sich nicht von ihren Posten an der Tür.

»Weil ich niemals je sicher sein kann …«, schluchzte Süleyman.

Und es konnte niemals irgendeinen Frieden geben. Die Nacht legte sich um den Ort der Stille, das Paradies aus Marmor, Gärten und glitzernden Steinen, und ließ den König der Könige, den Herrn über das Leben, den Schatten Gottes auf der Erde die Wahngestalten beschimpfen, die zurückgekehrt waren, um ihn zu quälen und zu foltern, und ließ ihn sich noch fünf weitere Jahre in der Hölle winden.

Was Menschen Weltreich nennen,
ist weltweiter Hader
und unaufhörlicher Krieg.
In aller Welt
liegt die einzige Freude in der Ruhepause
eines Eremiten.

Aus einem Gedicht, das Sultan Süleyman geschrieben hat,
der, den sie den Prächtigen heißen,
entdeckt nach seinem Tod im Jahr 1566.

EPILOG

Die Süleymaniye-Moschee beherrscht die Stadt Istanbul, hoch türmen sich ihre Minarette und wuchtigen Kuppeln über dem Hafen des Goldenen Horns und lassen die Moschee von Rüstem Pascha am Abhang darunter klein erscheinen. Sie wird von massiven Säulen aus Porphyr, Granit und weißem Marmor getragen, ihre Fenster sind gelb und rot gefärbt, so daß in der Hitze des Tages auf die schweren Teppiche in Karmesin und Kobalt Lichtbündel aus Gold und aus Blut einfallen. Ein Moscheediener steht manchmal an der Kanzel und rezitiert den Koran; er hat sein Leben dem Auswendiglernen des ganzen Buches gewidmet. Seine Gedanken sind für nichts anderes zu gebrauchen.

Sie ist ein Denkmal aus Stein für den Mann, an den sich das türkische Volk als an den größten aller ottomanischen Sultane erinnert. In den ersten dreihundert Jahren der Herrschaft errichteten zehn Sultane, mit Süleyman als Höhepunkt, ein Weltreich von dreißig Millionen Menschen, das zwanzig verschiedene Sprachen umfaßte – alles im Krieg erobert und alles vom Pferdesattel aus.

Nach Süleyman gab es noch fünfundzwanzig weitere Sultane, eine ununterbrochene Reihe von Schwächlingen und Degenerierten, die sich in ihren Harems verausgabten, die Finanzen des Reiches durch Extravaganzen ausbluteten oder ihre Begierden stillten mit Taten ungezügelter Grausamkeit an jenen, die unglücklicherweise in ihre Gewalt fielen. Die osmanische Tradition von Soldaten und Staatsmännern endete mit Selim dem Zweiten, den sie den Säufer nannten.

Gelehrte haben Vermutungen angestellt, daß die Blutlinie abbrach. Es kann niemals bewiesen werden. Es mag einfach das natürliche Ergebnis eines Übermaßes an Macht, Reichtum und Wohlleben gewesen sein.

Vielleicht liegt die Antwort in einem ruhigen Garten neben der großen Kuppel der Süleymaniye-Moschee begraben.

An diesem grauen Tag bewegt ein feuchter Wind die hochgelegenen Zweige der Platanen. Tauben gebärden sich wichtig und gurren auf den hohen Marmorsäulengängen und in den ausgedehnten Höfen. Ein feiner Sprühregen geht nieder.

Der Friedhof liegt an der Südostwand der Moschee. Die grauen Grabsteine sind der Form von Turbanen nachgebildet, womit die

Begräbnisstätten derer gekennzeichnet werden, die einmal eine hohe Position innehatten. Sie sind von Unkraut überwachsen. Aber innerhalb des Türbeler, des Grabes von Süleyman, ist die Luft durch Stille geheiligt. Sein Grab liegt zwischen zwei anderen. Turbane aus sattem, karmesinrotem Samt sind über die verhüllten Mausoleen gelegt worden, um hervorzuheben, daß die Sarkophage zu Männern gehören, die einmal Sultane des Reiches waren.

Für fünftausend türkische Lire wird dir der Bekçi über diese Männer erzählen. »Dies ist das Grab von Süleyman. Im Westen nennt man ihn den Prächtigen, hier ist er als der Kanuni-Sultan bekannt, wegen der vielen Kanuns oder Gesetze, die er während seiner Amtszeit verabschiedet hat. Er wird als der größte aller Sultane angesehen aufgrund der gewaltigen militärischen Siege, der großartigen Gebäude, die er mit seinem Architekten Sinan geschaffen hat, und der wunderbaren Lyrik und Musik jener Zeit ...« Er rezitiert die Geschichtslektion, die er allen Touristen zukommen läßt, als ob er über ein Mitglied seiner eigenen Familie spräche.

In der Ecke des Friedhofs gibt es ein kleineres Türbeler, dessen Eingang durch Eisentore versperrt ist. Der Geruch des sanften Regens mischt sich mit dem modrigen Luftzug, der wie Dunst aus dem Inneren zu schweben scheint.

Ein Schild bezeichnet es als das Grab der Hasseki Hürrem, Süleymans Königin. Ich versuche mich an den Toren, aber sie sind verschlossen. Ich hole den Bekçi, aber er gesteht, wenig über sie zu wissen. Es sieht aus, als schliefe sie jetzt allein. Ihre Geheimnisse bleiben bei ihr in ihrem Mausoleum.

Ein Plakat auf einem Brett am Geländer kündigt das bevorstehende Festival in Konya an. Es wird Aufführungen der Derwische und ein Çerit-Turnier geben. Es regnet stärker, deshalb mache ich mich auf den Weg aus dem Friedhof hinaus.

Es wird spät, und heute gibt es wenige Touristen, deshalb geht der Bekçi auch und verschließt die Pforte hinter sich. Wir überlassen den Sultan und seine Königin ihrer Stille.